应用本科通识教育系列教材

U0694407

文学经典选读

WENXUE JINGDIAN XUANDU

主　编　邹春霞　贾　彬

副主编　季　芳　任芯颖　童　敏
　　　　孙洪祯　潘晓旭

参　编　卢　颖　寒　佳　蒋静静
　　　　刘子菱　杨晓玉

重庆大学出版社

图书在版编目(CIP)数据

文学经典选读/邹春霞，贾彬主编.--重庆：重庆大学
出版社，2017.8（2022.1重印）
ISBN 978-7-5689-0794-1

Ⅰ.①文… Ⅱ.①邹…②贾… Ⅲ.①世界文学—文学欣赏—
高等学校—教材 Ⅳ.①I106

中国版本图书馆CIP数据核字（2017）第214488号

文学经典选读

主 编 邹春霞 贾 彬
副主编 季 芳 任芯颖 童 敏
孙洪禛 潘晓旭
策划编辑：贾 曼
责任编辑：向文平 版式设计：张 晗
责任校对：王 倩 责任印制：张 策

*

重庆大学出版社出版发行
出版人：饶帮华
社址：重庆市沙坪坝区大学城西路21号
邮编：401331
电话：（023）88617190 88617185（中小学）
传真：（023）88617186 88617166
网址：http://www.cqup.com.cn
邮箱：fxk@cqup.com.cn（营销中心）
全国新华书店经销
重庆华林天美印务有限公司印刷

*

开本：787mm×1092mm 1/16 印张：24.75 字数：463千
2017年8月第1版 2022年1月第5次印刷
ISBN 978-7-5689-0794-1 定价：68.00元

前 言

"旧书不厌百回读，熟读深思子自知"，这是北宋大文豪苏轼对阅读经典作品的感喟。同样，意大利作家卡尔维诺在他那篇著名的文章《为什么要读经典作品？》中提出："经典作品是那些你经常听人家说'我正在重读——'而不是'我正在读'的书。"

本着对"经典不厌重读"的理解，本书编写组遴选了数十篇古今中外的文学经典作品，这些文学作品或为先民自然而然的内心吟唱，或为文人墨客感世忧怀的铿锵篇章，抑或是大作家在屏息凝思后的人生拷问。总之，每一处文字和段落，都可能承载着一段深沉的人生情怀与隐秘的历史幽情。

时代的发展日新月异，书院里的儒士们早已变成了今天高等学府里掌握现代学问的莘莘学子。我们在科技引领一切的时代里，能够便利而富足地生活，但我们的心灵仍旧需要安顿，精神仍旧需要寄托。所以，我们不仅要成为一个专业知识过硬的应用型人才，更要做一个有情怀、有担当、有文化、有审美的受过良好高等教育的知识人，这就需要我们在经典中积淀底蕴，在阅读中认识自我。

本书编写组讨论议定全书共分为中国文学和外国文学两个主体部分。其中，中国文学又分为古代文学（1—6单元）和现当代文学（7—8单元）两个部分。中国古代文学作品的遴选，遵照了古代文学史常用的时代划分法，选取了各个时代成就较为突出的文学体裁，也兼顾了不同风格的作家作品。中国现当代文学作品由于离我们现在的时代较近，很多作品尚未完全确立经典地位，我们选取的原则就是，在一定时期内具有一定历史影响的作品。外国文学作品的遴选，考虑了作家的国别、文学的体裁、汉译本的质量等方面，选取了一些较为知名和经典的文本段落。同时，为了避免与中小学语文教材的文章重复，也特意避开了一些耳熟能详的作品。

本书注释精当，特色鲜明，既便于学生自学，又便于教师参考。本书既可以作为高等学校非中文专业大学语文课的延伸阅读资料，又可以作为广大文学爱好者的案头文学读物。

本书由邹春霞、贾彬担任主编，负责全书的总纂、统稿、修改和定稿工作，季芳、任芯颖、童敏、孙洪禛、潘晓旭担任副主编，卢颖、蹇佳、蒋静静、刘子菱、杨晓玉等老师参与了相关章节的资料收集与编纂工作。本书在编写过程中，参阅了很多经典的古籍注本和汉译名著，在此谨向原作者和翻译者致以衷心感谢！

由于我们水平有限，又因每位编者对于文学审美的理解多有不同，本书难免存在一些问题和不足，恳请专家、读者批评指正，以便我们再版时修正、完善。

因时间仓促，本书所引用的某些文章及译文未及与著作权人联系，见书后，请有关著作权人与重庆大学出版社或重庆市版权保护中心联系。

编　者

2017 年 6 月

目　录

第二单元　秦汉文学

第三单元　魏晋南北朝文学

目 录

第五单元　宋代文学

第六单元　元明清文学

目 录

第九单元　外国文学（上）

第十单元　外国文学（下）

第一单元

先秦文学

　　先秦文学在思想、语言和文学体例上都深深影响了我国的文学发展。

　　先秦文学是指从远古时代到秦朝建立之前的文学。这个漫长的历史时期经历了原始社会、奴隶社会和封建社会初期三个发展阶段。文学的样式有神话、诗歌和散文。

　　原始社会时期的文学有歌谣和神话，它们都是当时人类不自觉的艺术创作。比如《夸父逐日》等上古神话，在被文学化、艺术化的过程中，其中蕴含的矢志不移、奋斗不息的民族精神值得我们学习。

　　《诗经》是我国第一部诗歌总集，收录西周初期至春秋中叶的诗歌，是我国现实主义文学的源头。以屈原的作品为代表的《楚辞》，是一种明显的艺术创作并具有鲜明的楚国地方文化色彩，是继《诗经》之后另一座新的里程碑，也是我国浪漫主义文学的源头。

　　先秦诸子散文是春秋后期至战国后期这一历史阶段诸子百家阐述各自思想观点和政治主张的哲理性著作。如《论语》提倡仁义礼乐，《墨子》主张兼爱非攻，《老子》《庄子》提倡自然无为，《韩非子》主张法术势合等。先秦诸子散文，在文学创作和政治思想上，对我国后来的政治制度、文化、艺术、自然科学等各方面都产生了极为深远的影响。

1　上古神话

夸父逐日[1]

　　夸父与日逐走[2]，入日[3]；渴，欲得饮[4]，饮于河、渭[5]；河、渭不足[6]，北饮大泽[7]。未至[8]，道渴[9]而死。弃[10]其杖，化为邓林[11]。

[1] 选自周明初校注《山海经》，浙江古籍出版社，2001年版，注释参见此书及郭锡良等编著《古代汉语》（商务印书馆，1999年版）。夸父：神话中的英雄。父：古代用在男子名后的美称，又写作"甫"。
[2] 逐走：赛跑。逐：竞争。走：跑。
[3] 入日：追赶到太阳落下的地方。意思是追赶上了太阳。
[4] 欲得饮：很想能够喝水解渴。饮：用作名词，喝的水。下面两个"饮"字是动词，喝。
[5] 河、渭：黄河、渭水。
[6] 不足：指水不够喝。
[7] 北饮大泽：到北边去喝大湖的水。大泽：大湖。
[8] 未至：没有赶到。
[9] 道：路上，用作渴的状语。渴：他感到口渴。
[10] 弃：遗弃。
[11] 邓林：即桃林。《山海经·中山经》载，有夸父之山，"其上有林焉，名曰桃林"。

2 《诗经》二首[1]

硕 人[2]

　　硕人其颀[3]，衣锦褧衣[4]。齐侯之子[5]，卫侯[6]之妻。东宫[7]之妹，邢侯之姨[8]，谭公维私[9]。

　　手如柔荑[10]，肤如凝脂，领如蝤蛴[11]，齿如瓠犀[12]，螓首蛾眉[13]，巧笑倩[14]兮，美目盼[15]兮。

　　硕人敖敖[16]，说于农郊[17]。四牡有骄[18]，朱幩镳镳[19]。翟茀[20]以朝。大夫夙退[21]，无使君劳。

　　河水洋洋[22]，北流活活[23]。施罛濊濊[24]，鳣鲔发发[25]。葭菼揭揭[26]，庶姜孽孽[27]，庶士有朅[28]。

---

[1] 选自〔清〕阮元校刻《十三经注疏·毛诗正义》，中华书局影印本，1980 年版。注释参见〔宋〕朱熹撰《诗经集传》（中国书店出版社，2005 年版）及周振甫译注《诗经译注》（中华书局，2013 年版）。
[2] 出自《诗经·卫风》。这是赞美卫庄公夫人庄姜的诗。《左传》载："卫庄公娶于齐东宫得臣之妹，曰庄姜，美而无子。卫人所为赋《硕人》也。"
[3] 硕：美。颀（qí）：身材修长的样子。
[4] 衣锦：穿着锦衣。"衣"（yì）为动词。褧（jiǒng）：妇女出嫁时御风尘用的麻布罩衣，即披风。
[5] 齐侯：指齐庄公。子：这里指女儿。
[6] 卫侯：指卫庄公。
[7] 东宫：指齐国的太子宫。
[8] 邢：春秋国名，在今山东邢台。姨：这里指妻子的姐妹。
[9] 谭公维私：此句意即谭公是庄姜的姐夫。谭：春秋国名，在今山东历城。维：其。私：女子称其姊妹之夫。
[10] 荑（tí）：白茅初生的嫩芽。
[11] 领：脖子。蝤蛴（qíu qí）：天牛的幼虫，色白身长。
[12] 瓠犀（hù xī）：瓠瓜的子（葫芦籽），色白，排列整齐。
[13] 螓（qín）：似蝉而小，头宽广方正。螓首，形容前额丰满开阔。蛾眉：蚕蛾触角，细长而曲。这里形容眉毛细长弯曲。
[14] 倩：嘴角间好看的样子。
[15] 盼：望，指眼波流动。
[16] 敖敖：修长高大貌。
[17] 说（shuì）：通"税"，停车。农郊：近郊，一说东郊。
[18] 四牡：驾车的四匹雄马。有骄：骄骄，强壮的样子。"有"是虚字，无义。
[19] 朱幩（fén）：马嚼铁外挂的绸子。镳镳（biāo）：马嚼子。
[20] 翟茀（dí fú）：野鸡毛羽作车后的装饰。翟：山鸡。茀：车蔽，古代妇女乘车不露于世，车之前后设障以自隐蔽。
[21] 夙退：早早退朝。
[22] 河水：特指黄河。洋洋：水流浩荡的样子。
[23] 北流：指黄河在齐、卫间北流入海。活活（guō）：水流声。
[24] 施：张，设。罛（gū）：大的渔网。濊濊（huò）：撒网入水声。
[25] 鳣（zhān）：鳇鱼。一说赤鲤。鲔（wěi）：鲟鱼。一说鲤属。发发（bō）：鱼尾击水之声。一说盛貌。
[26] 葭（jiā）：初生的芦苇。菼（tǎn）：初生的荻。揭揭：长的样子。
[27] 庶姜：指随嫁的姜姓众女。孽孽：高大的样子，或曰盛饰貌。
[28] 庶士：从嫁的媵臣。朅（qiè）：勇武貌。

七 月[1]

七月流火，九月授衣[2]。一之日觱发，二之日栗烈[3]。无衣无褐，何以卒岁[4]？三之日于耜，四之日举趾[5]。同我妇子，馌彼南亩[6]。田畯至喜[7]。

七月流火，九月授衣。春日载阳，有鸣仓庚[8]。女执懿筐，遵彼微行，爰求柔桑[9]。春日迟迟，采蘩祁祁[10]。女心伤悲，殆及公子同归[11]。

七月流火，八月萑苇[12]。蚕月条桑[13]，取彼斧斨，以伐远扬[14]，猗彼女桑[15]。七月鸣鵙，八月载绩[16]。载玄载黄，我朱孔阳，为公子裳[17]。

四月秀葽，五月鸣蜩[18]。八月其获，十月陨箨[19]。一之日于貉，取彼狐狸，为公子裘[20]。二之日其同，载缵武功[21]。言私其豵，献豜于公[22]。

五月斯螽动股，六月莎鸡振羽[23]。七月在野，八月在宇，九月在户，十月蟋蟀入我床下[24]。穹窒熏鼠，塞向墐户[25]。嗟我妇子，曰为改岁，入此室处[26]。

六月食郁及薁，七月亨葵及菽[27]。八月剥枣，十月获稻[28]。为此春酒，以介眉

---

[1] 出自《诗经·豳风》。此诗反映了周代早期的农业生产情况和农民的日常生活情况。
[2] 七月：指夏历七月。以下的月份都是指夏历。流：指向下运行。火：星名，即心宿（天蝎座 α 星），又称"大火"。每年夏历六月黄昏时候，心宿二在中天，方向最正，位置最高。到了七月，就偏西向下行。这时暑热开始减退。授衣：指分发寒衣，因为到了九月蚕绩之功已成，天开始寒冷了。
[3] 一之日：一月的日子，指周历正月，即夏历十一月。以下二之日、三之日等仿此。为豳历纪日法。觱（bì）发（bō）：双声连绵词，寒风触物声。栗烈：双声连绵词，或作"凛冽"，寒冷的样子。
[4] 褐：粗麻或兽毛做的短衣。古时贫苦人所服。卒：终了。这句话的意思是说，连御寒的粗衣都没有，怎么度过这一冬？
[5] 于：犹"为"。为耜是说修理耒耜（耕田起土之具）。足：足。"举趾"是说去耕田。
[6] 同：动词，偕同。我：农家的家长自称。妇子：妇女和小孩。馌（yè）：送饭。亩：指田身。田耕成若干垄，高处为亩，低处为畎。田垄东西向的叫作"东亩"，南北向的叫作"南亩"。这两句是说妇人童子往田里送饭给耕者。
[7] 田畯（jùn）：农官名，又称正正或田大夫。至：指来到田间。
[8] 春日：指夏历二月。载：开始。阳：温暖。有：动词词头。仓庚：鸟名，就是黄莺。
[9] 懿（yì）：深。遵：循，顺着……走。微行（háng）：小径（桑间道）。爰：寻求。求：寻求。柔桑：初生的桑叶。
[10] 迟迟：缓慢的样子。蘩（fán）：菊科植物，今名白蒿。据说用蘩煮水浇润蚕子，则蚕易出。祁祁：众多的样子。
[11] 殆：副词，也许，只怕。及：与。公子：指贵族的公子。这句话的意思是说女子担心被强迫和公子一起回去。
[12] 萑（huán）苇：指收获芦苇。这里是名词用作动词。萑：即获，苇的一种。苇：芦草。八月萑苇长成，收割下来，可以做蚕箔。
[13] 蚕月：指三月。条桑：修剪桑树。
[14] 斧斨（qiāng）：泛指斧头。斨：方孔的斧子。远扬：指长得太长而高扬的枝条。
[15] 猗（yī）：通"掎"，牵引、拉住。"掎桑"是用手拉着桑枝来采叶。女桑：柔桑。这句是说，用手拉住桑枝采摘那柔嫩的桑叶。
[16] 鵙（jué）：鸟名，即伯劳。载绩：开始绩麻。绩：将劈开的麻接拧成线，准备织布用。
[17] 载玄载黄：于是又染成玄色黄色。载：副词，又。玄、黄：都用作动词。玄：黑红色。朱：朱红，比较鲜艳的颜色。孔：副词，很。阳：鲜明，指鲜艳。
[18] 秀：植物抽穗开花。葽（yāo）：植物名，今名远志。鸣蜩（tiáo）：蝉鸣。
[19] 其获：收获。其，动词词头。陨箨（tuò）：落叶。箨：草木落下的皮或叶。
[20] 于貉（hé）：指猎取貉。于：动词词头。貉：一种较贵重的皮毛兽，今通称貉（háo）子，也叫狸。这里用作动词。裘：毛皮的衣服。
[21] 同：聚合，言狩猎之前聚合众人。缵：继续。武功：指田猎。
[22] 言私：指打猎的私人占有。言：动词词头。私：这里用作动词，指私有。豵（zōng）：一岁小猪，这里用来代表比较小的兽。私其豵：言小兽归打猎者私有。豜（jiān）：三岁的猪，代表大兽。公：公家，指统治者。
[23] 斯螽（zhōng）：虫名，蝗类，即蚱蜢、蚂蚱。旧说斯螽以两股相切发声，"动股"言其发出鸣声。莎鸡：虫名，今名纺织娘。振羽：言鼓翅发声。
[24] 这个复句的主语都是蟋蟀。"七月""八月""九月""十月"都是时间名词作状语。宇：房檐，这里指房檐下。
[25] 穹（qióng）：穷尽，清除。窒：堵塞。穹窒：将室内满塞的角落搬空，搬空了以便于熏鼠。向：朝北的窗户。墐（jìn）：用泥涂抹。贫家门扇用柴竹编成，涂泥使它不通风。
[26] 曰为改岁：是到年终了。曰：句首语气词。改岁：除岁，此指周历。岁：居住。这句是说到了冬天过室内生活。
[27] 郁：一种果树，果实像李子。薁（yù）：一种野葡萄。亨（pēng）通"烹"，煮。葵：即冬葵，古代一种重要蔬菜。菽（shū）：豆的总名。
[28] 剥（pū）：通"攴"，击、打。

寿[1]。七月食瓜，八月断壶，九月叔苴[2]，采荼薪樗。食我农夫[3]。

九月筑场圃，十月纳禾稼[4]。黍稷重穋，禾麻菽麦[5]。嗟我农夫，我稼既同，上入执宫功[6]。昼尔于茅，宵尔索绹[7]。亟其乘屋，其始播百谷[8]。

二之日凿冰冲冲，三之日纳于凌阴[9]。四之日其蚤，献羔祭韭[10]。九月肃霜，十月涤场[11]。朋酒斯飨，曰杀羔羊[12]。跻彼公堂，称彼兕觥：万寿无疆[13]！

---

[1]春酒：冬天酿酒经春始成，叫作"春酒"。枣和稻都是酿酒的原料。介（gài）：通"匃（丐）"，乞，祈求。眉寿：长寿，人老眉间有豪毛，叫秀眉，所以长寿称眉寿。

[2]断：指摘下。壶：葫芦。叔：拾取。苴（jū）：秋麻之籽，可以吃。

[3]荼（tú）：苦菜。薪樗（chū）：用臭椿木当柴火。薪：用作动词。樗：臭椿。食（sì）：使动用法，给……吃。这里是养活的意思。

[4]场：打谷的场地。圃：菜园。春夏做菜园的地方秋冬就做成打谷场，所以场圃连成一词。纳：入，指把粮食收进谷仓。禾稼：谷类通称。下面两句是分开说。

[5]重（tóng）：即"种"，是早种晚熟的谷。穋（lù）：即稑（lù），稑是晚种早熟的谷。禾：这里专指一种谷，即今之小米。菽：豆。

[6]同：集中，指农民把打下的谷物都集中送入统治者的谷仓。上入：进入公家之宅，即到统治者的住宅里去。执：指服役。宫：室。功：事，工作。这句是说，农民们除了把打下的粮食都交给统治者之外，还要到统治者家中去服劳役。

[7]白天去割草，夜晚搓绳子。尔：语气词。于：动词词头。茅：茅草。这里用作动词。索：动词，搓的意思。绹（táo）：绳。索绹：搓绳子。

[8]亟：急。乘屋：盖指登上屋顶（修理住房）。乘：升，登。其始：指岁始，即春初。

[9]冲冲：凿冰之声。凌：冰。凌阴：冰窖。

[10]其蚤：指早朝，是一种祭祀仪式（依朱熹说）。蚤：通"早"。献羔祭韭（jiǔ）：用羔羊和韭菜祭祖。《礼记·月令》说仲春献羔开冰，四之日正是仲春。

[11]肃霜：双声连绵词，即"肃爽"，指天高气爽。霜：通"爽"（依王国维说）。涤场：清扫干净打谷场。

[12]朋酒：两樽酒。朋：量词，本指两串贝壳，这里"两樽（壶）"是引申义。斯：指示代词，复指酒。飨（xiǎng），用酒食款待人。曰：句首语气词。

[13]跻（jī）：登，升。公堂：或指公共场所，不一定是国君的朝堂。称：举起。兕（sì）觥（gōng）：角爵。古代用兽角做的酒器。兕：雌的犀牛。觥：古代用兽角做的饮酒器。万：大。无疆：无穷。以上三句言升堂举觞，祝君长寿。

3 郑伯克段于鄢[1]

《左传》

　　初，郑武公娶于申，曰武姜[2]。生庄公及共叔段[3]。庄公寤生，惊姜氏，故名曰寤生，遂恶之[4]。爱共叔段，欲立之，亟请于武公[5]。公弗许[6]。

　　及庄公即位，为之请制[7]。公曰："制，岩邑也，虢叔死焉[8]。佗邑唯命[9]。"请京，使居之，谓之京城大叔[10]。祭仲曰[11]："都城过百雉，国之害也[12]。先王之制：大都不过参国之一[13]，中五之一，小九之一。今京不度，非制也，君将不堪[14]。"公曰："姜氏欲之，焉辟害？[15]"对曰："姜氏何厌之有[16]！不如早为之所，无使滋蔓[17]。蔓，难图也[18]。蔓草犹不可除，况君之宠弟乎[19]！"公曰："多行不义，必自毙，子姑待之[20]。"

---

　　[1] 选自〔清〕阮元校刻《十三经注疏·春秋左传正义》，中华书局影印本，1980年版。注释参见刘利、纪凌云译注《左传》（中华书局，2011年版），郭锡良等编著《古代汉语》（商务印书馆，1999年版）。本文题目是后加的，主要讲述郑庄公同其胞弟共叔段之间为了夺国君权位而进行的一场你死我活的斗争。郑伯：指郑庄公。郑伯属爵，故称郑伯。段：共（gōng）叔段。鄢：地名，在今河南鄢陵县境。

　　[2] 初：当初。这是追述往事的习惯用词。郑武公：姓姬，名掘突，郑桓公的儿子，郑国第二代君主。娶于申：从申国娶妻。申，春秋时国名，姜姓，河南省南阳市。武姜：武公妻姜氏，"武"是她丈夫武公的谥号，"姜"是她娘家的姓。

　　[3] 共（gōng）叔段：郑庄公的弟弟，名段。古代以"伯、仲、叔、季"表兄弟间排行，段比庄公小三岁，所以叫"叔段"。叔段后来失败出奔共国，所以称"共叔段"。共：国名，在今河南辉县。

　　[4] 寤（wù）生：难产的一种，胎儿的脚先生出来。寤：通"牾"，逆，倒着。惊：使动用法，使姜氏惊。遂恶（wù）之：因此厌恶他。遂：连词，因而。恶：厌恶。

　　[5] 爱：喜欢，喜爱。欲立之：想要立他（为太子）。亟（qì）：屡次。

　　[6] 公弗许：武公不答应她。弗：不。

　　[7] 及庄公即位：到了庄公做国君的时候。及：介词，到。即位：君主登上君位。为：介词，替，给。制：地名，即虎牢，河南省荥（xíng）阳县西北。

　　[8] 岩邑：险要的城镇。岩：险要。邑：人所聚居的地方，大小不定。虢（guó）叔死焉：东虢国的国君死在那里。虢：指东虢，古国名，为郑国所灭。焉：介词兼指示代词相当于"于是""于此"。

　　[9] 佗邑唯命：别的地方，听从您的吩咐。佗：同"他"，指示代词，别的，另外的。唯命："唯命是听"的省略。只听从您的命令。"唯……是……"是宾语前置的凝固格式。

　　[10] 京：地名，河南省荥阳县东南。谓之京城大（tài）叔：京城百姓称叔段为京城太叔。大：同"太"。

　　[11] 祭（zhài）仲：郑国的大夫，字足，故一称"祭足"或"祭仲足"。

　　[12] 都城过百雉，国之害也：大城市的城墙超过了三百丈，是国家的祸害。都：《左传·庄公二十八年》"凡邑有宗庙先君之主曰都"。指次于国都而高于一般邑等级的大城市。城：指城墙。雉：单位名词。古代城墙长三丈，高一丈为雉。百雉就是城墙的面积长三百丈高一丈。

　　[13] 先王：前代君王。大都不过参（sān）国之一：大城市的城墙不超过国都城墙的三分之一。参：同"三"。国：国都。与上文"国之害也"的"国"，词义不同。当时的制度，侯伯的国都，城墙为三百雉。三分之一就是百雉。

　　[14] 不度：不合法度。度：法度，法制。这里用作动词。非制：不是先王的制度。不堪：受不了，控制不住的意思。

　　[15] 焉辟害：怎么能逃避祸害。焉：疑问代词，哪里，怎么。常用在动词前作状语。辟："避"的古字。

　　[16] 何厌之有：有何厌。有什么满足，宾语前置。何：疑问代词作宾语定语。之：代词，复指前置宾语。

　　[17] 不如早为之所，无使滋蔓：不如早点给他安排个地方，不要让他发展。为之所：给他安排个地方，双宾语，即重新安排。无使滋蔓（zī màn）：不要让他滋长蔓延，"无"通"毋"（wú）。

　　[18] 图：图谋，谋划。这里指想办法对付。

　　[19] 蔓草犹不可除，况君之宠弟乎：蔓延的野草还不能除掉，何况您的尊贵的弟弟呢？犹：副词，尚且，还。况：连词，何况。

　　[20] 多行不义，必自毙：多做不义的事，必定自己垮台。毙：本义倒下去、垮台。汉以后才有"死"义。子：您，古时对男子的尊称。姑：姑且，暂且。之：代词，指共叔段自毙的事。

既而大叔命西鄙北鄙贰于己[1]。公子吕曰[2]："国不堪贰，君将若之何？[3]欲与大叔，臣请事之；若弗与，则请除之[4]。无生民心[5]。"公曰："无庸，将自及[6]。"大叔又收贰以为己邑，至于廪延[7]。子封曰："可矣，厚将得众[8]。"公曰："不义不暱，厚将崩[9]。"

大叔完聚，缮甲兵，具卒乘，将袭郑[10]。夫人将启之[11]。公闻其期[12]，曰："可矣！"命子封帅车二百乘以伐京[13]。京叛大叔段，段入于鄢[14]，公伐诸鄢[15]。五月辛丑，大叔出奔共[16]。

书曰："郑伯克段于鄢。"段不弟，故不言弟[17]；如二君，故曰克[18]；称郑伯，讥失教也[19]；谓之郑志[20]。不言出奔，难之也[21]。

遂寘姜氏于城颍，而誓之曰[22]："不及黄泉，无相见也[23]。"既而悔之[24]。

颍考叔为颍谷封人，闻之，有献于公[25]。公赐之食[26]。食舍肉[27]。公问之，对曰："小人有母，皆尝小人之食矣，未尝君之羹[28]。请以遗之[29]。"公曰："尔有母遗，繄我独无[30]！"颍考叔曰："敢问何谓也[31]？"公语之故，且告之悔[32]。对曰："君何患

---

[1] 既而：固定词组，不久。命西鄙（bǐ）北鄙贰于己：命令原属庄公的西部和北部的边境城邑同时也臣属于自己。 鄙：边邑也，从邑，啚声，边境上的城邑。贰：两属，臣属于二主。
[2] 公子吕：字子封，郑国大夫。
[3] 堪：承受。若之何：固定结构，对它怎么办？之：指"大叔命西鄙北鄙贰于己"这件事。
[4] 欲与大叔：如果想把国家交给共叔段。与：给予。臣请事之：那么我请求去侍奉他。
[5] 生民心：使动，使民生二心。
[6] 无庸：不用。"庸""用"通用，一般出现于否定式。将自及：将自己赶上（灾祸），杜预注："及之难也"。及：赶上。
[7] 收贰以为己邑：把两属的地方收为自己的领邑。贰：指原来两属的西鄙北鄙。 以为："以之为"的省略。廪（lǐn）延：地名，河南省延津县北。
[8] 厚将得众：势力雄厚，就能得到更多的百姓。厚：本义是山陵大。众：指百姓。
[9] 不义不暱：厚将崩：对君不义对兄不亲，势力再雄厚，将要崩溃。暱：同昵（异体），亲近。
[10] 完聚：修治（城郭），聚集（百姓）。缮甲兵：修整作战用的甲衣和兵器。缮：修理。甲：铠甲。兵：兵器。具卒乘（shèng）：准备步兵和兵车。具：准备。卒：步兵。乘：四匹马拉的战车。袭：偷袭。行军不用钟鼓。
[11] 夫人：指武姜。启之：给段开城门，即作内应。启：开门。
[12] 公闻其期：庄公听说了偷袭的日期。
[13] 帅：率领。古代每辆战车配备甲士三人，步卒七十二人。二百乘，共甲士六百人，步卒一万四千四百人。
[14] 叛：背叛。入：逃入。
[15] 诸：之于，合音词。其中"之"指代共叔段。
[16] 辛丑：五月辛丑，即隐公元年五月二十三日，古人以干支纪日。出奔共：出逃到共国（避难）。出奔：逃亡到国外。奔：逃亡。
[17] 不弟：不守为弟之道。与"父不父，子不子"用法相同。意思是说共叔段不遵守做弟弟的本分，则也就不必以兄弟之义相待。
[18] 如二君，故曰克：兄弟俩如同两个国君一样争斗，所以用"克"字；克：战胜。
[19] 称郑伯，讥失教也：称庄公为"郑伯"，是讥讽他对弟弟失教。讥：讽刺。失教：庄公本有教弟之责而未教。
[20] 谓之郑志：赶走共叔段是出于郑庄公的本意。志：意愿。
[21] 不言出奔，难之也：不写共叔段自动出奔，是史官下笔有为难之处。
[22] 寘："置"的通用字。放置，放逐。誓之：为动，对她发誓。城颍：地名，在今河南临颍县西北。
[23] 黄泉：地下的泉水，喻墓穴，指死后。
[24] 悔之：为动用法，意思是为之悔（为了这件事后悔）。
[25] 颍考叔：郑国大夫，执掌颍谷（今河南登封西）。封人：管理边界的地方长官。封：疆界。有献：有进献的东西。献作宾语，名词。
[26] 赐之食：赏给他吃的。这是动词带双宾语结构。下文"语之故""告之悔"结构相同。
[27] 食舍肉：吃的时候把肉放置一边不吃。舍：放置。
[28] 尝：吃过。小人：颍考叔谦称自己。羹：带汁的肉。《尔雅·释器》：肉谓之羹。
[29] 遗（wèi）之：赠送给她。
[30] 尔：你。繄（yī）我独无：我却单单没有啊！繄：句首语气助词，不译。
[31] 敢问何谓也：冒昧地问问你说的是什么意思呢！敢：表敬副词，冒昧。何谓：即"谓何"。疑问句中代词宾语前置。下文"何患"结构相同。
[32] 语（yù）：告诉。故：缘故，原因和对姜氏的誓言。悔：后悔。

焉^[1]？若阙地及泉，隧而相见^[2]，其谁曰不然^[3]？"公从之。公入而赋^[4]："大隧之中，其乐也融融^[5]！"姜出而赋^[6]："大隧之外，其乐也洩洩。"遂为母子如初^[7]。

君子曰："颍考叔，纯孝也，爱其母，施及庄公。《诗》曰：'孝子不匮，永锡尔类。'其是之谓乎！"

---

[1] 何患焉：您在这件事上忧虑什么呢？患：忧虑，担心。焉：于此。
[2] 阙：通"掘"，挖。隧而相见：挖个地道，在那里见面。隧：隧道，这里用作动词，指挖隧道。
[3] 其谁曰不然：谁说不是这样（不是跟誓词相合）呢？其：语气助词，加强反问的语气。然：指示代词，这样。这里指黄泉相见。
[4] 入：指走进隧道。赋：赋诗，孔颖达疏，"谓自作诗也"。
[5] 大隧之中，其乐也融融：走进隧道里，欢乐真无比。融融：形容和睦快乐的样子。下文"洩洩"义近。
[6] 大隧之外，其乐也洩洩：走出隧道外，心情多欢快。洩洩：自由自在的样子。
[7] 从此作为母亲和儿子像当初一样，也就是恢复了母子关系。

4　召公谏厉王弭谤[1]

《国语》

厉王虐，国人谤王[2]。召公告曰[3]："民不堪命矣[4]！"王怒，得卫巫[5]，使监谤者。以告，则杀之。国人莫敢言，道路以目[6]。

王喜，告召公曰："吾能弭谤矣，乃不敢言[7]。"召公曰："是鄣之也[8]。防民之口，甚于防川；川雍[9]而溃，伤人必多。民亦如之。是故为川者，决之使导[10]；为民者，宣之使言[11]。故天子听政[12]，使公卿至于列士献诗[13]，瞽献曲[14]，史献书[15]，师箴[16]，瞍赋[17]，矇诵[18]，百工[19]谏，庶人传语[20]，近臣尽规[21]，亲戚补察[22]，瞽、史教诲，耆艾修之[23]，而后王斟酌焉[24]。是以事行而不悖[25]。民之有口也，犹土之有山川也，财用于是乎出[26]；犹其有原隰衍沃也[27]，衣食于是乎生。口之宣言也，善败于是乎兴[28]。行善而备败，所以阜财用衣食者也[29]。夫民虑之于心，而宣之于口，成而行之，

---

[1] 选自上海师范大学古籍整理组校点《国语》，上海古籍出版社，1978年版。注释参见陈桐生译注《国语》（中华书局，2016年版）。本文记载了周厉王被逐的过程，揭示了防民之口甚于防川的道理。
[2] 厉王：周夷王之子，名胡，公元前878—前842在位，共三十七年。国人：住在国都里的人，这里指平民。
[3] 召公：名虎，周王朝卿士，谥穆公。召，一作邵。
[4] 命：指周厉王苛虐的政令。
[5] 卫巫：卫国的巫者。巫：古代以降神事鬼为职业的人。
[6] 莫：没有谁。目：用眼睛看看，用作动词。表示敢怒不敢言。
[7] 弭（mǐ）谤：消除议论。弭：消除。谤：公开批评指责别人的过失；谤言，这个词后来一般作贬义词。
[8] 鄣：堵塞。
[9] 雍（yōng）：堵塞。溃：水冲破堤坝。
[10] 为川者：治水的人。决之使导：引水使它流通。
[11] 宣之使言：治民者必宣导百姓，使之尽言。宣：放，开导。
[12] 天子：古代帝王的称谓。听政：治理国政。听：治理，处理。
[13] 公卿：三公九卿。至于：及。列士：上士，中士，下士。诗：有讽谏意义的诗篇，不是指《诗经》。
[14] 瞽（gǔ）献曲：盲人乐师向国王进献乐曲。瞽：无目，失明的人。因古代乐官多由盲人担任，故也称乐官为瞽。
[15] 史献书：史官向国王进献记载史实的书籍。
[16] 师箴（zhēn）：少师进献规劝的文辞。师：少师，乐官。箴：一种具有规谏性的文辞。
[17] 瞍（sǒu）赋：没有眼珠的盲人吟咏（公卿烈士所献的诗）。瞍：没有眼珠的盲人。赋：朗诵。
[18] 矇（méng）：有眼珠的盲人诵读。瞍矇均指乐师。
[19] 百工：周朝职官名，指掌管营建制造事务的官员。
[20] 庶人传语：百姓的意见间接传给国王。
[21] 近臣尽规：常在左右的臣子，进献规谏的话。尽规：尽力规劝。
[22] 亲戚补察：君王的内外亲戚弥补并监察国王的过失。
[23] 耆（qí）艾修之：国内元老大臣把这些规谏修饬整理。耆：六十岁的人。艾：五十岁的人。
[24] 后王斟酌焉：而后由国王仔细考虑，付之实行。
[25] 是以事行而不悖（bèi）：国王的行事由此才不至于违背事理。悖：违背。事行：政事畅行，政令通行。而：转折连词，但是。
[26] 于是乎出：从这里生产出来。于：从。是：这。乎：助词。
[27] 犹其有原隰（x1）衍沃也：犹：如同。其：指代土地。原：宽阔。隰：地下而潮湿的土地。衍：低下而平坦的土地。沃：肥美的土地，就好比土地有原隰衍沃的一样。
[28] 口之宣言也，善败于是乎兴：由百姓用口发表意见，国家政治的好坏才能从中表现出来。宣言：发表议论。宣：宣泄，引导。善败：治乱。于是：从这里面。兴：暴露出来。
[29] 行善而备败，其所以阜（fù）财用衣食者也：凡是老百姓认为好的就做，反之就得加以防备，这是增多衣食财物的办法。备：防备。所以：用来……的方法。其：副词，表示揣测，（这）大概（就是）。阜：增加，使……丰富。

胡可壅也^[1]？若壅其口，其与能几何^[2]？”

王弗听，于是国人莫敢出言^[3]。三年，乃流王于彘^[4]。

---

[1] 成：成熟。行：自然流露，自然表现。胡：怎么。
[2] 其与能几何：能有什么帮助呢？这句是说，那赞同的人能有多少呢？其：代词，那。与：帮助。
[3] 于是：从，从这里。指的是在这种情况下。
[4] 乃流王于彘（zhì）：把国王放逐到彘地去。乃：副词，终于。流：流放，放逐。于：介词，到。彘：地名，在今山西省霍县境内。

5 冯谖客孟尝君[1]

《战国策》

齐人有冯谖者，贫乏不能自存，使人属孟尝君，愿寄食门下[2]。孟尝君曰："客何好[3]？"曰："客无好也。"曰："客何能？"曰："客无能也[4]。"孟尝君笑而受之曰："诺[5]。"

左右以君贱之也，食以草具[6]。居有顷，倚柱弹其剑[7]，歌曰："长铗归来乎[8]！食无鱼。"左右以告[9]。孟尝君曰："食之，比门下之客[10]。"居有顷，复弹其铗，歌曰："长铗归来乎！出无车。"左右皆笑之，以告。孟尝君曰："为之驾，比门下之车客[11]。"于是乘其车，揭其剑，过其友曰[12]："孟尝君客我[13]。"后有顷，复弹其剑铗，歌曰："长铗归来乎！无以为家[14]。"左右皆恶之[15]，以为贪而不知足。孟尝君问："冯公有亲乎？"对曰："有老母。"孟尝君使人给[16]其食用，无使乏。于是冯谖不复歌。

后孟尝君出记[17]，问门下诸客："谁习计会，能为文收责于薛者乎[18]？"冯谖署曰[19]："能。"孟尝君怪之，曰："此谁也？"左右曰："乃歌夫长铗归来者也。"孟尝君笑曰："客果有能也，吾负之[20]，未尝见也。"请而见之，谢曰[21]："文倦于事，愦于忧，而性懧愚，沉于国家之事，开罪于先生。先生不羞，乃有意欲为收责于薛

---

[1] 选自［西汉］刘向辑录《战国策》，上海古籍出版社，1985 年版。注释参见缪文远等译注《战国策》（中华书局，2016 年版）。本文记叙了冯谖为巩固孟尝君的政治地位而进行的种种政治外交活动（狡兔三窟：焚券市义，谋复相位，立庙于薛），表现了战国时士的风采，同时也反映出齐国统治集团内部和齐、魏诸侯国之间的矛盾。标题中的"客"，此处用作动词，指做门客。
[2] 冯谖（xuān）：齐国游说之士。属：嘱托，请托。孟尝君：齐国贵族，姓田名文，齐闵王时为相。其父田婴在齐宣王时为相，并受封于薛。田婴死后，田文袭封地，封号为孟尝君。孟尝君好养士，据说有门客三千，成为以养士而著称的"战国四公子"之一，另三位为魏国信陵君，楚国春申君，赵国平原君。寄食门下：在孟尝君门下作食客。
[3] 好（hào）：爱好，擅长，喜好。
[4] 能：才能，本事。
[5] 诺：答应声。
[6] 以：因为，因为孟尝君的态度而轻视冯谖。贱：轻视，看不起。食（sì）：通饲，给人吃。草具：粗劣的饭菜。具：供置，也能作酒肴。
[7] 居有顷：过了不久。弹：敲打。
[8] 铗（jiá）：剑。归来：离开，回来。乎：语气词。
[9] 以告：把冯谖弹剑唱歌的事报告孟尝君。
[10] 比：和……一样，等同于。
[11] 为之驾：为他配车。车客：能乘车的食客，孟尝君将门客分为三等：上客食鱼、乘车；中客食鱼；下客食菜。
[12] 揭：举，过：拜访。
[13] 客：待我以客，厚待我。即把我当上等门客看待。
[14] 归来：回去。无以为家：没有能力养家。
[15] 恶（wù）：讨厌。以为：以之为。
[16] 给（jǐ）：供给。
[17] 出记：出通告，出文告。
[18] 计会（kuài）：会计。习：熟悉。责：同"债"，债的本字。薛：孟尝君的领地，今山东省枣庄市附近。
[19] 署：署名，签名。
[20] 果：副词，果真，果然。负：辜负，对不住。实际意思是没有发现他的才干。
[21] 谢：道歉。

乎[1]？"冯谖曰："愿之。"于是约车治装，载券契而行[2]，辞曰："责毕收，以何市而反[3]？"孟尝君曰："视吾家所寡有者[4]。"

驱而之薛，使吏召诸民当偿者，悉来合券[5]。券遍合，起，矫命，以责赐诸民[6]。因烧其券。民称万岁。

长驱到齐，晨而求见[7]。孟尝君怪其疾也[8]，衣冠而见之，曰："责毕收乎？来何疾也！"曰："收毕矣。""以何市而反？"冯谖曰："君云'视吾家所寡有者'。臣窃计[9]，君宫中积珍宝，狗马实外厩，美人充下陈[10]。君家所寡有者，以义耳！窃以为君市义。"孟尝君曰："市义奈何？"曰："今君有区区[11]之薛，不拊爱[12]子其民，因而贾利之[13]。臣窃矫君命，以责赐诸民，因烧其券，民称万岁。乃臣所以为君市义也。"孟尝君不说[14]，曰："诺，先生休矣[15]！"

后期年，齐王谓孟尝君曰[16]："寡人不敢以先王之臣为臣[17]。"孟尝君就国于薛，未至百里，民扶老携幼，迎君道中[18]。孟尝君顾谓冯谖[19]："先生所为文市义者，乃今日见之。"

冯谖曰："狡兔有三窟，仅得免其死耳[20]；今君有一窟，未得高枕而卧也。请为君复凿二窟。"孟尝君予车五十乘，金五百斤，西游于梁，谓惠王曰[21]："齐放其大臣孟尝君于诸侯[22]，诸侯先迎之者，富而兵强。"于是梁王虚上位[23]，以故相为上将军，遣

---

[1] 倦于事：忙于事务，疲劳不堪。愦（kuì）于忧：忧愁思虑太多，心思烦乱。愦：同"溃"，乱。懧愚：懦弱无能。懧（nuò）：同"懦"。沉：沉浸，埋头于。开罪：得罪。不羞：不以为羞耻。
[2] 约车治装：准备车马、整理行装。约：缠束，约车即套车。券契：债契。债务关系人双方各持一半为凭。古时契约写在竹简或木简上，分两半，验证时，合起来查对，故后有合券之说。
[3] 市：买。反：同"返"，返回。
[4] 寡有：缺少，或没有。寡：少。
[5] 驱：赶着车。之：往。当偿者：应当还债的人。合券：验合债券。
[6] 遍合：都核对过。起：站起来。矫命：假托（孟尝君）命令。以责赐诸民：把债款赐给（借债的）老百姓，意即不要偿还。以：用，把。
[7] 长驱：一直赶车快跑，中途不停留。见：谒见。
[8] 怪其疾：以其疾为怪。因为他回得这么快而感到奇怪。疾：迅速。
[9] 窃：私自，谦词。计：考虑。
[10] 下陈：堂下，后室。
[11] 区区：少，小，此亦隐指放债之利。
[12] 拊爱：爱抚。拊：同"抚"，抚育，抚慰。
[13] 贾：做买卖。贾（gǔ）利之：做买卖获利。
[14] 说：通"悦"。
[15] 休矣：算了吧。
[16] 后期年：一周年之后。期（jī）年：整整一年。齐王：齐湣王。
[17] 《史记·孟尝君列传》："齐（湣）王惑于秦、楚之毁，以为孟尝君各高其主，而擅齐国之权，遂废孟尝君。"所谓"不敢以先王之臣为臣"，是托词。
[18] 就国：回自己的封地。国：指孟尝君的封地薛。未至百里：距薛地还有一百里。
[19] 顾：回顾，旁顾。
[20] 窟：洞。
[21] 梁：大梁，魏的国都。惠王：梁惠王，魏武侯之子。
[22] 放：放逐。
[23] 虚上位：把上位（宰相之位）空出来。

使者黄金千斤，车百乘，往聘孟尝君。冯谖先驱[1]，诫孟尝君曰："千金，重币也；百乘，显使也[2]。齐其闻之矣。"梁使三反，孟尝君固辞不往也[3]。

　　齐王闻之，君臣恐惧，遣太傅赍黄金千斤、文车二驷，服剑一，封书，谢孟尝君曰[4]："寡人不祥，被于宗庙之祟，沉于谄谀之臣，开罪于君[5]。寡人不足为也[6]；愿君顾先王之宗庙，姑反国统万人乎[7]！"冯谖诫孟尝君曰："愿请先王之祭器，立宗庙于薛[8]。"庙成，还报孟尝君曰："三窟已就，君姑高枕为乐矣。"

　　孟尝君为相数十年，无纤介之祸者，冯谖之计也[9]。

---

[1] 先驱：驱车在前。
[2] 重币：贵重的财物礼品。显使：地位显要的使臣。
[3] 三反：先后多次往返。反：同"返"。固辞：坚决辞谢。
[4] 太傅：官名，为辅弼国君之官。掌制定颁行礼法。赍（jī）：带着。文车：文饰华美的车辆。驷：四马驾的车。服剑：佩剑。封书：写信，古代书信用封泥加印，故曰封书。谢：赔礼道歉。
[5] 不祥：不善、不好。一说通"详"，审慎，不详即失察。被于宗庙之祟：遭受祖宗神灵降下的灾祸。被：同"披"，遭受。沉于谄谀（chǎn yú）之臣：被阿谀奉承的奸臣所迷惑。
[6] 不足为：不值得你看重并辅助。一说无所作为。顾：顾念。
[7] 姑：姑且。万人：指全国百姓。
[8] 愿：希望。请：指向齐王请求。祭器：宗庙里用于祭祀祖先的器皿。立宗庙于薛：孟尝君与齐王同族，故请求分给先王传下来的祭器，在薛地建立宗庙，将来齐即不便夺毁其国，如果有他国来侵，齐亦不能不相救。这是冯谖为孟尝君所定的安身之计，为"三窟"之一。
[9] 纤介："介"同"芥"，纤丝与草籽，比喻极微小。

6 论语二则[1]

侍 坐[2]

子路、曾晳、冉有、公西华侍坐[3]。

子曰："以吾一日长乎尔，毋吾以也[4]。居则曰[5]：'不吾知也[6]。'如或知尔[7]，则何以哉[8]？"

子路率尔而对曰[9]："千乘之国[10]，摄乎大国之间[11]，加之以师旅[12]，因之以饥馑[13]。由也为之，比及三年[14]，可使有勇，且知方也[15]。"

夫子哂之[16]。

"求，尔何如[17]？"

对曰："方六七十，如五六十[18]，求也为之，比及三年，可使足民[19]。如其礼乐，以俟君子[20]。"

"赤，尔何如[21]？"

对曰："非曰能之，愿学焉[22]。宗庙之事[23]，如会同[24]，端章甫[25]，愿为小相

[1] 选自［清］阮元校刻《十三经注疏·毛诗正义》，中华书局影印本，1980年版。注释参见杨伯峻译注《论语译注》（中华书局，2006年版），王力主编《古代汉语》（中华书局，1999年版）。
[2] 选自《论语·先进篇》。
[3] 曾晳：名点，字子晳，曾参的父亲，也是孔子的学生。
[4] 这两句话历来有不同的解释，今依孔安国说，大意是：不要因为我比你们的年龄稍长一些，就不敢回答我的问题。以：介词，因为。乎：于。尔：你们。
[5] 居：闲待着，指平日在家的时候。
[6] 知：了解。
[7] 或：有人，无定代词。
[8] 则何以哉：你们打算做些什么事情呢？
[9] 率尔：轻率、急切。
[10] 乘：兵车。拥有一千辆兵车的国家在当时只能算中等国家。
[11] 摄：逼近。摄乎大国之间，意为处于大国之间不得伸展。
[12] 加：加到……上。之：指千乘之国。师旅：指侵略军队。
[13] 因之：等于说"继之"。饥：谷不熟。馑：菜不熟。饥馑：泛指荒年。
[14] 比及：比，音 bì。等到。
[15] 方：道义的方向。
[16] 哂（shěn）：笑。
[17] 求：冉有，姓冉，名求，字子有。
[18] 如：或者。下文"如会同"的"如"同。这两句是指周围六七十里和五六十里的小国家。
[19] 足民：即使民富足。
[20] 如：若，至于。俟：等待。
[21] 赤：公西华，姓公西，名赤，字子华。
[22] 非曰能之，愿学焉：我不敢说我能够做，但是，我愿在这方面学习。
[23] 宗庙之事：指诸侯祭祀祖先的事。
[24] 会：指诸侯会盟。同：指诸侯共同朝见天子。
[25] 端：古人用整幅布做的礼服，又叫玄端。章甫：一种礼帽。端和章甫这里都用如动词，即穿着礼服，戴着礼帽。这里指小相所服（依刘宝楠说）。

焉[1]。”

“点，尔何如？”

鼓瑟希[2]，铿尔，舍瑟而作[3]，对曰：“异乎三子者之撰[4]。”

子曰：“何伤乎[5]？亦各言其志也[6]。”

曰：“莫春者[7]，春服既成，冠者五六人[8]，童子六七人[9]，浴乎沂[10]，风乎舞雩[11]，咏而归[12]。”

夫子喟然叹曰[13]：“吾与点也[14]！”

三子者出，曾皙后。曾皙曰：“夫三子者之言何如[15]？”

子曰：“亦各言其志也已矣[16]！”

曰：“夫子何哂由也？”

曰：“为国以礼，其言不让[17]，是故哂之[18]。唯求则非邦也与[19]？安见方六七十如五六十而非邦也者[20]？唯赤则非邦也与？宗庙会同，非诸侯而何[21]？赤也为之小，孰能为之大？[22]”

荷蓧丈人[23]

子路从而后，遇丈人，以杖荷蓧[24]。

---

[1] 相（xiàng）：在祭祀或会盟时，主持赞礼和司仪的人。按：宗庙会同，都是诸侯的事。公西华愿为小相只是谦辞。
[2] 希："同"稀"，指瑟的声音已近尾声。
[3] 铿：象声词。铿尔：等于说铿然，这里形容推瑟发出的声音。舍：舍弃，后来写作"捨"。作：起，站起来。
[4] 撰：才具（才干），指从事政治工作的才能。
[5] 何伤乎：伤害什么呢？意思是"有什么关系呢？"
[6] 亦：副词，这里有"只是""不过是"的意思。
[7] 莫：同"暮"。莫春：指三月。者：语气词。
[8] 冠者：成年人。古代子弟到20岁时行冠礼，表示已经成年。
[9] 童子：未冠的少年。
[10] 浴乎沂：沂，水名，发源于山东南部，流经江苏北部入海。在水边洗头面手足。
[11] 风：用如动词，吹风，乘凉。舞雩（yú）：雩，地名，原是祭天求雨的地方，在今山东曲阜东面。
[12] 咏：唱歌。
[13] 喟然：长叹的样子。
[14] 与（yù）：赞成，同意。孔子当时知道他的政治主张不行了，所以这样说。
[15] 夫（fú）：指示代词。
[16] 已矣：罢了。
[17] 让：谦让。
[18] 是故：因此。
[19] 这句的大意是：（子路谈的固然是治理国家的大事，）难道冉有说的就不是治国大事吗？唯：句首语气词，帮助判断。邦：国家。
[20] 安见：怎见得。与：语气词。
[21] 非诸侯而何：不是诸侯的事情是什么？这是说，那也是国家大事啊！
[22] 公西华只能给诸侯做小相。那么谁能给诸侯做大相？之：指诸侯。小：小相。为之小：是双宾语结构，下句同此。
[23] 选自《论语·微子》。蓧：音diào，古代耘田所用的竹器。
[24] 从：跟从。后：动词，落在后面。丈人：老者。

子路问曰："子见夫子乎？"

丈人曰："四体不勤，五谷不分。孰为夫子[1]？"植其杖而芸[2]。

子路拱而立[3]。

止子路宿，杀鸡为黍而食之[4]，见其二子焉[5]。

明日，子路行，以告[6]。

子曰："隐者也。"使子路反见之[7]。至则行矣[8]。

子路曰："不仕无义[9]。长幼之节，不可废也；君臣之义，如之何其废之？欲洁其身，而乱大伦[10]。君子之仕也，行其义也[11]；道之不行，已知之矣[12]。"

---

[1] 勤：辛勤，勤劳。四体不勤，五谷不分：一说这是丈人指自己。意为：我忙于播种五谷，没有闲暇，怎知你夫子是谁？另一说是丈人责备子路。说子路手脚不勤，五谷不分。多数人持第二种说法。
[2] 植其杖：把他的拐杖插在地上。芸：通"耘"，除草。
[3] 拱：拱手，表示敬意。
[4] 止：留。黍(shǔ)：黏小米。食(sì)：拿东西给人吃。
[5] 见(xiàn)其二子：使他的两个儿子拜见（子路）。见：用作使动。
[6] 以告："以之告"的省略。意思是把这件事告诉孔子。
[7] 反：返回。
[8] 到了（丈人家时），而丈人已经走出去了。
[9] 不仕无义：不做官是不合宜的。义：指合宜的道理。
[10] 洁其身：使其身洁。乱：这里是破坏、废弃的意思。大伦：指君臣之间的伦常关系。
[11] 君子之仕也：主谓结构之间插入"之"字，变成名词性词组，做主语。行其义：做他该做的事。
[12] 道：这里指儒家的政治理想、原则。

7 齐桓晋文之事[1]

《孟子》

齐宣王问曰[2]："齐桓、晋文之事，可得闻乎[3]？"

孟子对曰："仲尼之徒，无道桓文之事者，是以后世无传焉[4]。臣未之闻也。无以，则王乎[5]？"

曰："德何如则可以王矣？"

曰："保民而王，莫之能御也[6]。"

曰："若寡人者，可以保民乎哉？"

曰："可。"

曰："何由知吾可也？"

曰："臣闻之胡龁曰[7]：王坐于堂上，有牵牛而过堂下者，王见之，曰：'牛何之[8]？'对曰：'将以衅钟[9]。'王曰：'舍之！吾不忍其觳觫[10]，若无罪而就死地。'对曰：'然则废衅钟与[11]？'曰：'何可废也，以羊易之[12]。'不识有诸[13]？"

曰："有之。"

曰："是心足以王矣[14]。百姓皆以王为爱也，臣固知王之不忍也[15]。"

王曰："然；诚有百姓者[16]。齐国虽褊小[17]，吾何爱一牛？即不忍其觳觫，若无罪而就死地，故以羊易之也。"

---

[1] 选自 [清] 阮元校刻《十三经注疏·孟子注疏》，中华书局影印本，1980 年版。注释参见杨伯峻译注《孟子译注》（中华书局，2008 年版）。本文通过孟子游说齐宣王提出放弃霸道，施行王道的经过，比较系统地阐发了孟子的仁政主张。

[2] 齐宣王：田氏，名辟疆，齐国国君，前 320 年至前 301 年在位。

[3] 齐桓、晋文：指齐桓公小白和晋文公重耳，春秋时先后称霸，为当时诸侯盟主。宣王有志效法齐桓、晋文，称霸于诸侯，故以此问孟子。

[4] 仲尼：孔子的字。道：述说，谈论。传：传述。

[5] 无以：不得已。以，同"已"，作止讲。王（wàng）：用作动词，指王天下，即用王道（仁政）统一天下。

[6] 保：安。莫之能御：没有人能抵御他。御：抵御，阻挡。

[7] 胡龁（hé）：齐王的近臣。

[8] 之：往，到……去。

[9] 衅（xìn）钟：古代新钟铸成，用牲畜的血涂在钟的缝隙中祭神求福，叫衅钟。衅：血祭。

[10] 觳（hú）觫（sù）：恐惧颤抖的样子。若：如此。就：接近，走向。

[11] 然则：既然如此，那么就……

[12] 易：交换。

[13] 识：知道。诸："之乎"的合音。

[14] 是：代词，这种。足以王（wàng）：足够用来王天下。

[15] 爱：爱惜，这里含有吝啬之意。

[16] 诚有百姓者：的确有这样（对我误解）的百姓。诚：的确，确实。

[17] 褊（biǎn）小：土地狭小。

曰："王无异于百姓之以王为爱也[1]。以小易大，彼恶知之[2]？王若隐其无罪而就死地，则牛羊何择焉[3]？"

王笑曰："是诚何心哉！我非爱其财而易之以羊也，宜乎百姓之谓我爱也[4]。"

曰："无伤也，是乃仁术也[5]！见牛未见羊也。君子之于禽兽也：见其生，不忍见其死；闻其声，不忍食其肉。是以君子远庖厨也[6]。"

王说曰[7]："《诗》云：'他人有心，予忖度之[8]。'夫子之谓也[9]。夫我乃行之，反而求之，不得吾心；夫子言之，于我心有戚戚焉[10]。此心之所以合于王者，何也？"

曰："有复于王者曰[11]：'吾力足以举百钧[12]，而不足以举一羽；明足以察秋毫之末，而不见舆薪[13]。'则王许之乎[14]？"曰："否！""今恩足以及禽兽，而功不至于百姓者，独何与？然则一羽之不举，为不用力焉；舆薪之不见，为不用明焉；百姓之不见保，为不用恩焉。故王之不王，不为也，非不能也。[15]"曰："不为者与不能者之形何以异[16]？"曰："挟太山以超北海[17]，语人曰：'我不能。'是诚不能也。为长者折枝[18]，语人曰：'我不能。'是不为也，非不能也。故王之不王，非挟太山以超北海之类也；王之不王，是折枝之类也。""老吾老，以及人之老[19]；幼吾幼，以及人之幼。天下可运于掌[20]。诗云：'刑于寡妻，至于兄弟，以御于家邦。[21]'言举斯心加诸彼而已[22]。故推恩足以保四海，不推恩无以保妻子。古之人所以大过人者[23]，无他焉，善推其所为而已矣！今恩足以及禽兽，而功不至于百姓者，独何与？权，然后知轻重[24]；度，然后知长短[25]。物皆然，心为甚。

---

[1] 无异：莫怪，不要感到奇怪。于：对。
[2] 彼恶知之：他们怎么知道呢？恶（wū）：怎，如何。
[3] 隐：哀怜。何择：有什么分别。择：区别，分别。
[4] 宜：应当。乎：在这里表示感叹。此句是主谓倒装句，"百姓之谓我爱也"是"宜乎"的主语。之：助词，用在主谓之间，取消句子的独立性。
[5] 无伤：没有什么妨碍，此处译为没有什么关系。仁术：指仁爱之道，实施仁政的途径。
[6] 庖厨：厨房。
[7] 说：同"悦"，高兴。
[8] "《诗》云"二句：见于《诗经·小雅·巧言》，意思是他人有心思，我能推测它。忖（cǔn）度（duó）：揣测。
[9] 夫子之谓也：（这话）说的就是你这样的人。夫子：古代对男子的尊称，这里指孟子。……之谓也：……说的就是。
[10] 戚戚：心动的样子，指有同感。
[11] 复：报告。
[12] 钧：古代以三十斤为一钧。
[13] 明：眼力。秋毫之末：鸟兽秋天生出的绒毛的尖端，喻极细小的东西。舆薪：一车薪柴。
[14] 王许之乎：大王相信吗？许：相信，赞同。
[15] "今恩"句以下是孟子的话，省去"曰"字，表示语气急促。见保：受到保护或安抚。见：被。
[16] 形：具体的外在区别和表现。异：区别。
[17] 挟（xié）：夹在腋下。太山：泰山。超：跳过。北海：渤海。
[18] 枝：枝同"肢"。这句意思即为年长者按摩肢体。
[19] 老吾老：第一个"老"字作动词用，意动用法，可译为尊敬；第二个"老"作名词，是老人的意思。其下句"幼吾幼"句法相同。
[20] 运于掌：运转在手掌上，比喻称王天下很容易办到。
[21] "《诗》云"句：见于《诗经·大雅·思齐》，意思是给妻子做好榜样，推及兄弟，以此德行来治理国家。刑：同"型"，这里作动词用，示范。寡妻：国君的正妻。御：治理。家邦：家和国。
[22] 言举斯心加诸彼而已：这几句诗的意思是说把对待自己亲人的心，推广到别人身上罢了。
[23] 大过：大大超过。
[24] 权：秤锤，这里作动词用，指用秤称重。
[25] 度（duó）：用尺量。度（duó）：思量，揣度。

王请度之。抑王兴甲兵，危士臣，构怨于诸侯[1]，然后快于心与？"

王曰："否，吾何快于是！将以求吾所大欲也。"

曰："王之所大欲可得闻与？"

王笑而不言。

曰："为肥甘不足于口与？轻煖不足于体与[2]？抑为采色不足视于目与？声音不足听于耳与？便嬖不足使令于前与[3]？王之诸臣皆足以供之，而王岂为是哉[4]！"

曰："否，吾不为是也。"

曰："然则王之所大欲可知已，欲辟土地，朝秦、楚，莅中国，而抚四夷也[5]。以若所为，求若所欲，犹缘木而求鱼也[6]。"

王曰："若是其甚与[7]？"

曰："殆有甚焉[8]。缘木求鱼，虽不得鱼，无后灾。以若所为求若所欲，尽心力而为之，后必有灾。"

曰："可得闻与？"

曰："邹人与楚人战[9]，则王以为孰胜？"

曰："楚人胜。"

曰："然则小固不可以敌大，寡固不可以敌众，弱固不可以敌强。海内之地方千里者九，齐集有其一[10]；以一服八，何以异于邹敌楚哉？盖亦反其本矣[11]！今王发政施仁[12]，使天下仕者皆欲立于王之朝，耕者皆欲耕于王之野，商贾皆欲藏于王之市[13]，行旅皆欲出于王之塗[14]，天下之欲疾其君者皆欲赴愬于王[15]。其若是，孰能御之？"

王曰："吾惛，不能进于是矣[16]！愿夫子辅吾志，明以教我。我虽不敏[17]，请尝试

[1] 抑：选择连词，还是。危：使……受到危害。构怨：结仇。
[2] 肥甘：指肥美的食物。甘：美味。轻煖：轻柔暖和的衣服。煖："暖"的异体字。
[3] 采色：彩色，指服饰、玩好和女色。声音：指音乐。便嬖（pián bì）：国王宠爱的近侍。
[4] 岂：难道。
[5] 辟：开辟，扩大。朝：使……称臣（或朝见）。莅（lì）：居高临下，引申为统治。中国：指中原地带。而：表并列。抚：安抚，使……归顺。四夷：四方的少数民族。
[6] 以：凭借。若：如此。若：你。缘木而求鱼：爬到树上去捉鱼，比喻不可能达到目的。
[7] 若是：如此。甚：厉害。
[8] 殆：不定副词，恐怕，大概。有：同"又"。
[9] 邹：与鲁相邻的小国，在今山东邹县。楚：南方的大国。
[10] 集：凑集。这句说，天下土地方圆千里的国家有九个，齐国土地合起来只有其中一份。
[11] 盖：同"盍"，兼词，"何不"的合音。反其本：回到根本上来，指回到王道仁政上来。 反：通"返"。
[12] 发政施仁：发布政令，推行仁政。
[13] 商贾（gǔ）皆欲藏于王之市：做生意的都愿意把货物储存在大王的集市上。
[14] 塗：通"途"。
[15] 疾：憎恨。赴愬：前来申诉。
[16] 惛：同"昏"，思想昏乱不清。进：前进。于：在。是：这。敏：聪慧。
[17] 不敏：古人自谦之词。等于说"不才"。敏：聪慧。

之！"曰："无恒产而有恒心者[1]，惟士为能。若民，则无恒产因无恒心[2]。苟无恒心，放辟邪侈[3]，无不为已。及陷于罪，然后从而刑之，是罔民也[4]。焉有仁人在位罔民而可为也？是故明君制民之产，必使仰足以事父母，俯足以畜妻子，乐岁终身饱，凶年免于死亡[5]；然后驱而之善，故民之从之也轻[6]。今也制民之产，仰不足以事父母，俯不足以畜妻子，乐岁终身苦，凶年不免于死亡；此惟救死而恐不赡，奚暇治礼义哉[7]？王欲行之，则盍反其本矣[8]！五亩之宅，树之以桑，五十者可以衣帛矣[9]。鸡豚狗彘之畜[10]，无失其时，七十者可以食肉矣。百亩之田[11]，勿夺其时，八口之家，可以无饥矣。谨庠序之教[12]，申之以孝悌之义[13]，颁白者不负戴于道路矣[14]。老者衣帛食肉，黎民不饥不寒[15]，然而不王者，未之有也。"

---

[1] 恒产：用以维持生活的固定的产业。恒心：安居守分之心。

[2] 若：至于。因：因而，就。

[3] 苟：如果。放辟邪侈：指不遵守当时社会的规矩法度。"放"和"侈"同义，都是纵逸放荡的意思。"辟"和"邪"同义，都是行为不轨的意思。无不为：什么坏事都干。

[4] 罔民：张开罗网陷害百姓。罔，同"网"，用作动词。

[5] 制：规定。畜：同"蓄"，养活，抚育。妻子：妻子儿女。乐岁：丰收的年头。终：一年。凶年：饥荒的年头。

[6] 驱：督促，驱使。之：往，到。善：做好事。轻：容易。

[7] 赡（shàn）：足，及。奚：何。暇：空闲时间。

[8] 盍：何不。

[9] 五亩之宅：五亩大的住宅。传说古代一个男丁可以分到五亩土地建筑住宅。古时五亩合现在一亩二分多。衣（yì）：穿。帛：丝织品。

[10] 豚（tún）：小猪。彘（zhì）：大猪。

[11] 百亩之田：孟子主张一人耕田百亩。勿夺其时：指不因劳役等耽误了农时。时：指农时。

[12] 谨：重视，谨慎地对待。庠（xiáng）序：古代学校的名称。周代叫庠，殷代叫序。

[13] 申：反复教导。孝：顺从父母。悌（tì）：顺从兄长。

[14] 颁白者：头发半白半黑的老人。颁：同"斑"。

[15] 黎民：百姓。

8　庄子与惠子游于濠梁之上[1]

《庄子》

庄子与惠子游于濠梁之上[2]。庄子曰："鲦鱼出游从容[3]，是鱼之乐也[4]。"惠子曰："子非鱼，安知鱼之乐?"庄子曰："子非我，安知我不知鱼之乐?"惠子曰："我非子，固不知子矣[5]；子固非鱼也[6]，子之不知鱼之乐，全矣[7]！"庄子曰："请循其本[8]。子曰：'汝安知鱼乐'云者[9]，既已知吾知之而问我[10]。我知之濠上也。"

---

[1] 选自［晋］郭象注、［唐］成玄英疏《庄子注疏》，中华书局，2011年版，注释参见此书及孙通海译注《庄子》（中华书局，2016年版）。本文记叙了庄子与惠子二人在濠水桥上游玩时进行的一场小辩论。
[2] 濠梁：濠水的桥上。濠：水名，在现在安徽凤阳。
[3] 鲦（tiáo）鱼：古同"鲦"，又名白鲦。从容：悠闲自得。
[4] 是：这。
[5] 固：固然；本来。
[6] 固：本来。
[7] 全：完全，确定是。
[8] 循其本：从最初的话题说起。循：顺着。其：话题。本：最初。
[9] 子曰'汝安知鱼乐'云者：你说"汝安知鱼乐"，等等。汝安知鱼乐：你怎么（哪里）知道鱼是快乐的呢。云者：如此如此。安：疑问代词，怎么，哪里。
[10] 既：既然。已：已经。

9　五蠹（节选）[1]

《韩非子》

　　上古之世，人民少而禽兽众，人民不胜禽兽虫蛇[2]。有圣人作[3]，构木为巢以避群害，而民悦之[4]，使王天下，号曰有巢氏[5]。民食果蓏蚌蛤[6]，腥臊恶臭而伤害腹胃，民多疾病。有圣人作，钻燧取火以化腥臊[7]，而民说之[8]，使王天下，号之曰燧人氏。中古之世[9]，天下大水，而鲧、禹决渎[10]。近古之世，桀、纣暴乱，而汤、武征伐[11]。今有构木钻燧于夏后氏之世者[12]，必为鲧、禹笑矣。有决渎于殷、周之世者，必为汤、武笑矣。然则今有美尧、舜、汤、武、禹之道于当今之世者，必为新圣笑矣[13]。是以圣人不期修古，不法常可，论世之事，因为之备[14]。宋人有耕田者[15]，田中有株[16]，兔走，触株折颈而死，因释其耒而守株[17]，冀复得兔[18]，兔不可复得，而身为宋国笑[19]。今欲以先王之政，治当世之民，皆守株之类也。

　　古者丈夫不耕，草木之实足食也[20]；妇人不织，禽兽之皮足衣也[21]。不事力而养足[22]，人民少而财有余，故民不争。是以厚赏不行[23]，重罚不用而民自治[24]。今人有五子不为多，子又有五子，大父未死而有二十五孙[25]。是以人民众而货财寡，事力劳而

---

[1] 选自冀昀主编《韩非子》，线装书局，2007年版。注释参见张觉《韩非子译注》（上海古籍出版社，2012年版）。本文举出了大量的事实，于对比中指出古今社会的巨大差异，论述法治应当适应时代的要求。作者把儒者、游侠、纵横家、患御者（逃避服兵役的人）和工商之民称为"五蠹"。
[2] 不胜（shēng）：受不住。
[3] 作：兴起、出现。
[4] 悦（yuè）：悦，喜欢。
[5] 王（wàng）天下：统治天下，为天下之王。号之曰：称之为。
[6] 果蓏（luǒ）蚌蛤（gé）：木实、蚌蛤。
[7] 钻燧（suì）取火：钻燧木以取得火种。燧：用以钻火之木材。
[8] 说（yuè）：通"悦"。
[9] 中古：指距秦较远之时。
[10] 鲧：禹（夏朝开国之君）之父。决：开挖。渎：水道，沟渠。
[11] 桀（jié）纣（zhòu）：桀，夏朝末代之暴君。纣：商朝末代之暴君。汤武：汤，殷朝开国之君。武：武王，周朝开国之君。
[12] 夏后氏：夏朝开国之君禹。后：君主。
[13] 尧舜：夏朝以前有盛名之二君主，尧传舜，舜传禹。新圣：新兴帝王。
[14] 期修古：期，希求。修：习。修古：学习古法。法常可：效法可常行之道。常可：指旧制度。论：研讨。因为之备：从而为之作准备，采取措施。因：依，按照。备：采取措施。
[15] 宋：春秋战国时国名，在今河南省商丘市一带。
[16] 株：树橛子。
[17] 释：放下。耒（lěi）：农具，状如木叉。
[18] 冀：希望。
[19] 身：本身，自己。国：指全国之人。
[20] 丈夫：指男丁。足食：足够吃。
[21] 衣（yì）：动词，穿。
[22] 不事力而养足：不从事劳动，而衣食充足。养：供养。
[23] 厚赏：丰厚之赏赐。
[24] 自治：自然就不乱。
[25] 大父：祖父。

供养薄[1]，故民争，虽倍赏累罚而不免于乱[2]。

尧之王天下也，茅茨不翦，采椽不斫[3]；粝粢之食，藜藿之羹[4]；冬日麑裘，夏日葛衣[5]；虽监门之服养[6]，不亏于此矣。禹之王天下也，身执耒臿以为民先，股无胈，胫不生毛，虽臣虏之劳，不苦于此矣[7]。以是言之，夫古之让天子者，是去监门之养而离臣虏之劳也，古传天下而不足多也[8]。今之县令，一日身死，子孙累世絜驾，故人重之[9]。是以人之于让也，轻辞古之天子，难去今之县令者，薄厚之实异也[10]。夫山居而谷汲者，膢腊而相遗以水[11]；泽居苦水者，买庸而决窦[12]。故饥岁之春，幼弟不饷[13]；穰岁之秋，疏客必食[14]。非疏骨肉爱过客也，多少之实异也。是以古之易财[15]，非仁也，财多也；今之争夺，非鄙也[16]，财寡也。轻辞天子，非高也，势薄也[17]；争土橐，非下也，权重也[18]。故圣人议多少、论薄厚为之政[19]。故罚薄不为慈，诛严不为戾，称俗而行也[20]。故事因于世，而备适于事[21]。

古者大王处丰、镐之间，地方百里，行仁义而怀西戎[22]，遂王天下。徐偃王处汉东，地方五百里，行仁义，割地而朝者三十有六国[23]。荆文王恐其害己也，举兵伐徐，遂灭之[24]。故文王行仁义而王天下，偃王行仁义而丧其国，是仁义用于古不用于今也[25]。故曰：世异则事异。当舜之时，有苗不服[26]，禹将伐之。舜曰："不可。上德不厚而

---

[1] 供养：享用之物。
[2] 倍赏：加倍赏赐。累罚：屡次惩罚。
[3] 茅茨 (cí) 不翦：用茅草覆盖屋顶，而且没有修剪整齐。翦，通"剪"，采椽不斫 (zhuó)：柞 (zuò) 木做屋椽，而且不加雕饰。斫：斫，加工。
[4] 粝粢 (lì) 粢 (zī) 之食：粗粮饭。粝：粗米。粢：小米。藜 (lí) 藿 (huò) 之羹：野菜汤。藜，藿，皆草名。羹：带汤的蔬菜食品。
[5] 麑 (ní)：小鹿。葛：麻布。
[6] 监门：看门之人。
[7] 臿 (chā)：掘土工具，锹。股无胈 (bá)：大股上没有毛。胈：股上之毛。胫：小腿。臣虏：奴隶。
[8] 让天子：指尧舜禅 (shàn) 让。不足多：不值得赞扬。多：赞美。
[9] 县令：一县之长。 一日身死：一旦死了。絜 (xié) 驾：套车，此处指乘车，意为仍然阔气。重：看重。
[10] 轻辞：轻易辞谢，以辞为轻易。实：实际情况。
[11] 山居而谷汲：住在山中 (高处) 而自谷中 (低处) 汲水。谷：山涧。膢 (lóu) 腊 (là)：祭名。膢：二月祭，祭饮食之神。腊：腊月祭，祭百神。遗 (wèi)：馈赠。因得水难。
[12] 泽居苦水：住在洼地，苦于水涝。买庸而决窦：雇人掘水道排水。窦：通水之路。
[13] 春：其时青黄不接，为缺粮季节。幼弟不饷：虽幼弟之亲，亦不予之食。
[14] 穰 (ráng) 岁：丰年。疏客：关系不深之客。
[15] 易：轻视。
[16] 鄙：低下，粗俗。
[17] 势薄：(天子) 权势轻微。
[18] 土橐 (tuó)：高职位。另一说，土，应作"士"，同"仕"，做官；橐，通"托"，托身于诸侯。
[19] 为之政：为政，行政。
[20] 戾 (lì)：暴戾，残暴。 称 (chèn) 俗：适合世情。称：适合。
[21] 事因于世而备适于事：情况因时世不同而有异，措施应适合于当前时世的情况。
[22] 丰镐 (hào)：二地名，皆在今陕西省西安市附近。 地方百里：占有之区域，方圆百里。 怀西戎：安抚西方各民族，使之归顺。怀，感化，安慰。
[23] 徐偃王：西周穆王时徐国国君，据今安徽省泗县一带。 汉东：汉水之东。 割地而朝：割地予徐而朝见徐偃王。
[24] 荆文王：楚文王。荆，楚之别称。楚文王在春秋时，与徐偃王不同时，有人认为"荆文王"的"文"是衍文。究竟是哪一个楚王，不可考。
[25] 用于古：适用于古代，古代可行。
[26] 有苗：舜时一部落，亦称三苗。有：助词，无义。

行武[1]，非道也。"乃修教三年，执干戚舞，有苗乃服[2]。共工之战，铁铦短者及乎敌，铠甲不坚者伤乎体[3]。是干戚用于古不用于今也。故曰：事异则备变。上古竞于道德[4]，中世逐于智谋，当今争于气力。齐将攻鲁，鲁使子贡说之[5]。齐人曰："子言非不辩也[6]，吾所欲者土地也，非斯言所谓也[7]。"遂举兵伐鲁，去门十里以为界[8]。故偃王仁义而徐亡，子贡辩智而鲁削[9]。以是言之，夫仁义辩智，非所以持国也[10]。去偃王之仁，息子贡之智，循徐、鲁之力使敌万乘，则齐、荆之欲不得行于二国矣[11]。

---

[1] 上德不厚而行武：在上位者德行微薄，而使用武力。上：指帝王。
[2] 修教：修整教化，推行教化。 执干戚舞：手持干戚而舞。干：盾。戚：斧。二者皆兵器。执之舞：化武器为舞具也。
[3] 共工：传说为上古主百工事的官，其后人以官为姓，世居江淮间。战争之史实不详。铁铦（xiān）短者及乎敌：短武器亦能及敌人之身。极言战争激烈。
[4] 竞于道德：争以道德相高。下文"逐""争"义同。
[5] 子贡：姓端木，名赐，字子贡，孔子弟子，以善外交辞令著名。
[6] 辩：言辞巧妙。
[7] 非斯言所谓：与你所说并非一回事。
[8] 去门十里以为界：以距鲁都城门十里处为国界。言所侵甚多。
[9] 削：土地减少（被侵占）。
[10] 非所以持国：不是可以用来管理国家的。
[11] 循：依照。使敌万乘：用来抵挡大国（的侵略）。使：用。万乘：一万辆兵车，指大国。乘：四匹马驾一辆兵车。

10　九歌·湘夫人[1]

屈　原

帝子降兮北渚，目眇眇兮愁予[2]；
嫋嫋兮秋风，洞庭波兮木叶下[3]。

登白蘋兮骋望，与佳期兮夕张[4]；
鸟何萃兮苹中，罾何为兮木上[5]？

沅有茝兮澧有兰，思公子兮未敢言[6]；
荒忽兮远望，观流水兮潺湲[7]。

麋何食兮庭中？蛟何为兮水裔[8]？
朝驰余马兮江皋，夕济兮西澨[9]；
闻佳人兮召予，将腾驾兮偕逝[10]；

筑室兮水中，葺之兮荷盖[11]，
荪壁兮紫坛，播芳椒兮成堂[12]。

---

[1] 选自[宋]洪兴祖撰《楚辞补注》，中华书局，1983年版，注释参见此书及董楚平著《楚辞译注》（上海古籍出版社，2012年版）。《九歌·湘夫人》是《楚辞·九歌》组诗十一首之一，是祭湘水女神的诗歌，和《九歌·湘君》是姊妹篇。屈原（约公元前340或339年—前278年）：战国时期楚国诗人、政治家，出生地楚国丹阳，湖北省宜昌市，芈姓，屈氏，名平，字原。屈原是中国历史上第一位伟大的爱国诗人，中国浪漫主义文学的奠基人，"楚辞"的创立者和代表作者，开辟了"香草美人"的传统，被誉为"中华诗祖""辞赋之祖"。
[2] 帝子：指湘夫人。舜妃为帝尧之女，故称帝子。 眇眇（miǎo）：向远处望的样子。愁予：使我忧愁。
[3] 嫋嫋（niǎo）：同"袅袅"，形容秋风吹动树木的样子。木叶：树叶。波：生波。下：落。
[4] 蘋（fán）：一种近水生的秋草。骋望：纵目而望。佳：佳人，指湘夫人。期：约会。张：陈设。
[5] 萃：集。鸟本当集在木上，反说在水草中。罾（zēng）：捕鱼的网。罾原当在水中，反说在木上，比喻所愿不得，失其应处之所。
[6] 沅澧（lǐ）：二水名，在今湖南省，都流入洞庭湖。茝（zhǐ）：即白芷，一种香草。公子：指湘夫人。古代贵族称公族，贵族子女不分性别，都可称"公子"。
[7] 荒忽：双声连绵词，同"恍惚"，不分明的样子。 潺湲（chán yuán）：叠韵连绵词，水缓慢流动的样子。
[8] 麋：兽名，似鹿。 水裔：水边。此句意谓蛟本当在深渊却在水边。比喻所处失常。
[9] 皋：水边高地。 澨（shì）：楚方言，水边。
[10] 佳人：指湘夫人。 腾驾：驾着马车奔腾飞驰。偕逝：同往。
[11] 葺：编草盖房子。盖：指屋顶。荷盖：以荷叶为屋盖。
[12] 荪壁：用荪草饰壁。荪（sūn）：一种香草。紫：紫贝。坛：中庭。椒：一种香木。成：装饰。

桂栋兮兰橑，辛夷楣兮药房[1]，

罔薜荔兮为帷，擗蕙櫋兮既张[2]。

白玉兮为镇，疏石兰兮为芳[3]；

芷葺兮荷屋，缭之兮杜衡[4]。

合百草兮实庭，建芳馨兮庑门[5]。

九嶷缤兮并迎，灵之来兮如云[6]。

捐余袂兮江中，遗余褋兮澧浦[7]；

搴汀洲兮杜若，将以遗兮远者[8]；

时不可兮骤得，聊逍遥兮容与[9]！

---

[1] 栋：屋栋，屋脊柱。橑（liǎo）：屋椽（chuán）。辛夷：木名，初春开花。楣：门上横梁。药：白芷。
[2] 罔：通"网"，用作动词，编结。薜荔：一种香草，缘木而生。帷：帷帐。擗（pǐ）：析开。蕙：一种香草。櫋（mián）：隔扇。这两句是说，把百草汇合起来充实庭院，建造芳馨的廊庑和门户。
[3] 镇：镇压坐席之物。疏：分疏，分陈。石兰：一种香草。
[4] 芷葺：用芷草覆盖。缭：缠绕。杜衡：一种香草。这两句是说，在荷屋上覆盖芷草，用杜衡缭绕四周。
[5] 合：合聚。百草：指众芳草。实：充实。馨：能够远闻的香。庑（wǔ）：走廊。
[6] 九嶷（yí）：山名，传说中舜的葬地，在湘水南。这里指九嶷山神。缤：盛多的样子。灵：神。如云：形容众多。
[7] 袂（mèi）：衣袖。褋（dié）：单衣。这两句是说，把衣袖沉入江中，把单衣沉入澧水。
[8] 汀：水中或水边的平地。杜若：一种香草。远者：指心中所想念的远方的美人，即湘夫人。
[9] 骤得：数得，屡得。逍遥：游玩。容与：双声连绵词，迟缓不前的样子。

知识链接一

诗　经

　　说到《诗经》，我们可能有一种阳春白雪的感觉，认为它很高雅、高深。其实《诗经》和我们的生活息息相关：比如我们所熟知的邓丽君所演唱的《在水一方》源自《诗经·蒹葭》；比如陷入爱河的我们所说的"执子之手，与子偕老"语出《诗经·邶风》；比如我们思念友人所想到的"一日不见，如隔三秋"源自《诗经·王风·采葛》；比如我们拜寿表达祝愿时的"万寿无疆"语出《诗经·豳风·七月》，"寿比南山"语出《诗经·小雅·天保》；再比如"兢兢业业""人言可畏""信誓旦旦""新婚燕尔""逃之夭夭"等，皆出自《诗经》。你是不是感觉很不可思议？是《诗经》本来就很"俗"，还是历史跟我们开了个玩笑而已？我们先来看看《诗经》的历史。

　　《诗经》收录了自西周初年至春秋中叶大约五百年间的诗歌三百零五篇，内容丰富，涵盖的地域包括今天的山西、陕西、河南、河北、山东等地区，记载了当时的劳动与生活、爱情与家庭、战争与徭役、风俗和地貌、祭祀与宴会等社会面貌，涉及周朝社会的方方面面，被誉为古代的百科全书，以现实主义描写著称。从中不难了解到，《诗经》的取材大部分很接地气，源自于当时的生活，跟你我他息息相关，虽然历经两三千年的时间，我们还是可以从中找到熟悉的感觉。

　　谈到《诗经》，"风、雅、颂、赋、比、兴"是我们常接触到的概念。"风""雅""颂"是依据音乐的不同对《诗经》的分类："风"又叫"国风"，是十五个地区的歌谣；"雅"指朝廷正乐，西周王畿的乐调；"颂"指宗庙祭祀之乐。"赋""比""兴"是《诗经》的表现手法，也就是现在所说的修辞手法。按照朱熹《诗集传》中的说法，"赋者，敷也，敷陈其事而直言之者也"，如"执子之手，与子偕老"，直接叙述自己的感情。对于"比"，朱熹的解释是"以彼物比此物"，相当于如今的比喻这一修辞手法。"赋"和"比"都是《诗经》中最基本、最常用的表现手法。"兴"是《诗经》中独特的表现手法，"先言他物以引起所咏之辞"，借助其他事物为所咏之内容作铺垫，类似于现代的比喻、象征等手法。

　　《诗经》是诗歌合集，作者和作品的成分非常复杂，主要包括朝廷乐官制作的用于政治的乐歌、采诗官所收集的民间歌谣和地方诸侯、士大夫等的献歌，春秋流传下来的据说有三千多首，由于战乱的影响和记载工具的限制，流传过程中有所遗失，最后孔子根据礼的标准加以删订。这种说法见于《史记·孔子世家》："古者诗三千余篇，及至孔子，去其重，取可施于礼义……三百五篇。"

《诗经》原称《诗》或《诗三百》，只是一部诗歌合集。儒家发展壮大后，出于特定的目的，荀子始将其尊为"经"。《荀子·劝学》中，"始乎诵经，终乎读《礼》"，接下来其将《书》《诗》《礼》《春秋》也列于"经"的名下。

汉武帝于建元五年（公元前136年）置"五经博士"，《诗》被正式列为儒家五经之一。《史记·儒林列传》中"申公独以《诗经》为训以教"，第一次正式将《诗经》作为书名列于典籍。此后，它作为儒家经典的权威地位被确定下来，始有《诗经》之称。

后代学者对《诗经》也多有推崇，如梁启超曾言："现存先秦古籍，真赝杂糅，几乎无一书无问题，其真金美玉，字字可信者，《诗经》其首也"。林语堂在《吾土吾民》中认为："应该把诗歌称作中国人的宗教，我几乎认为，假如没有诗歌——生活习惯的诗和可见于文字的诗——中国人就无法生存至今。"时至今日，《诗经》在中国文学史上仍具有崇高的地位和深远的影响。

第二单元

秦汉文学

　　所谓秦汉文学，是指秦统一全国至东汉献帝四百多年间的文学，由于秦代历时较短，文学成就不高，因而秦汉文学主要指两汉文学。秦汉文学从文学样式上来看，主要有辞赋、散文和汉诗，且在历史上都有较深远的影响。

　　因秦始皇实行焚书坑儒，秦代文学虽可取不多，但秦代在政治、经济、文字等方面的一系列变革，却给汉代文学提供了有利的条件。汉高祖刘邦对各家学说采取了宽容并蓄的政策，汉初的思想、文化比较自由，因此产生了贾谊、晁错、董仲舒等一批散文大家，诞生了《过秦论》《淮南子》等著作。

　　叙事散文在汉代文学中占据着很高的地位，以司马迁的《史记》和班固的《汉书》为代表。司马迁开创了纪传体史书的新样式，《史记》被鲁迅誉为"史家之绝唱，无韵之离骚"。

　　辞赋是汉代的一种新的文学样式，有汉代"一代之文学"之称。它兼具诗歌和散文的特点，可以看作诗歌的散文化或散文的诗歌化。枚乘的《七发》标志着这种辞赋的正式形成，司马相如的《子虚赋》《上林赋》等作品代表着汉赋的最高成就。

　　汉诗是秦汉文学除辞赋和散文之外的另一主要文体。先秦的诗歌主要是四言，汉代产生了新的诗歌样式——五言诗。东汉时期五言诗已经趋于成熟，留下了《古诗十九首》等经典诗歌。此外乐府诗在汉代也具有重大意义，它是由乐府机构所采集的民间诗歌组成，《陌上桑》和《孔雀东南飞》是汉乐府诗的代表。

1 谏逐客书[1]

李 斯

臣闻吏议逐客，窃以为过矣[2]。昔穆公求士[3]，西取由余于戎[4]，东得百里奚于宛，迎蹇叔于宋[5]，来邳豹、公孙支于晋[6]。此五子者，不产于秦，而穆公用之，并国二十，遂霸西戎[7]。孝公用商鞅之法[8]，移风易俗，民以殷盛[9]，国以富强，百姓乐用，诸侯亲服，获楚魏之师[10]，举地千里，至今治强。惠王用张仪之计[11]，拔三川之地[12]，西并巴蜀[13]，北收上郡[14]，南取汉中[15]，包九夷[16]，制鄢郢[17]，东据成皋之险[18]，割膏腴之壤，遂散六国之纵，使之西面事秦，功施到今[19]。昭王得范雎[20]，废

---

[1] 选自［西汉］司马迁撰《史记》，中华书局，1959 年版。注释参见郭锡良等编著《古代汉语》（商务印书馆，1999 年版）。李斯（约公元前 284 年—前 208 年），李氏，名斯，字通古。战国末期楚国上蔡（今河南省上蔡县）人。秦代著名的政治家、文学家和书法家。

[2] 吏：官吏，在先秦和西汉，大小官员都可以称为"吏"。过：错误。

[3] 穆公：也写作秦缪（mù）公（公元前 659—前 621 年在位）。是春秋时秦国国君，"春秋五霸"之一。士：春秋战国时用自己的知识技能为统治阶级服务的一个阶层，包括文士和武士。

[4] 由余：亦作"繇余"，戎王的臣子，是晋人的后裔。穆公屡次使人设法招致他归秦，以客礼待之。入秦后，受到秦穆公重用，帮助秦国攻灭西戎众多小国，称霸西戎。"戎"，古代中原人多称西方少数部族为戎。此指秦国西北部的西戎，活动范围约在今陕西西南、甘肃东部、宁夏南部一带。

[5] 蹇（jiǎn）叔：岐（今陕西岐山东北）人。岐地当时在西戎区域。蹇叔曾游于宋。百里奚的好友，经百里奚推荐，被秦穆公委任为上大夫。

[6] 邳豹：晋国大夫邳郑之子，邳郑被晋惠公杀死后，邳豹投奔秦国，秦穆公任为大夫。公孙支：岐人，曾游晋，后返秦任大夫。

[7] 产：生，出生。并：吞并。并国二十，遂霸西戎：《秦本纪》云秦缪公"益国十二，开地千里，遂霸西戎"。这里的"二十"当是约数。

[8] 孝公：即秦孝公（公元前 361 年—前 338 年在位）。商鞅（公元前？—前 338 年），卫国公族，氏公孙，亦称公孙鞅，受到秦孝公重用，于公元前 356 年和前 350 年两次实行变法，奠定秦国富强的基础。因封为商君，故称商鞅。

[9] 殷：多，众多。殷盛：指百姓众多而且富裕。

[10] 魏：国名。梁惠王时迁都大梁（今河南开封市），因亦称"梁"。后国势衰败，公元前 225 年被秦国所灭。"获楚魏之师"，指战胜楚国、魏国的军队。公元前 340 年，商鞅设计诱杀魏军主将公子昂，大败魏军。同年又与楚战，战况不详，据此，此也是秦军获胜。

[11] 惠王：即秦惠王（公元前 337 年—前 311 年在位）秦孝公之子。张仪：魏人，秦惠王时数次任秦相，鼓吹"连横"，游说各国诸侯事奉秦国，辅佐秦惠文君称王，封武信君。秦武王即位，入魏为相。于公元前 310 年去世。

[12] 三川之地：指黄河、雒水、伊水三川之地，在今河南西北部黄河以南的洛水、伊水流域。韩宣王在此设三川郡。公元前 308 年秦武王派兵攻取三川大县宜阳（今河南宜阳县西）。公元前 249 年秦灭东周，取得韩三川全郡，重设三川郡。

[13] 巴、蜀：都是古国名。巴在今四川重庆北，蜀在今四川成都一带。据《华阳国志》记载，张仪、司马错等领兵灭巴蜀，而《史记》只记司马错伐蜀。

[14] 上郡：郡名，本来是魏地，在现在的陕西的榆林。秦国于公元前 304 年于此设置上郡。

[15] 汉中：郡名，在现在的陕西汉中。公元前 312 年，被秦将魏章领兵攻取，秦于此重置汉中郡。

[16] 包：这里有并吞的意思。九夷：指楚国境内西北部的少数部族，在今陕西、湖北、四川三省交界地区。

[17] 鄢（yān）：楚国别都，在今湖北宜城县东南。春秋时楚惠王曾都于此。郢（yǐng）：楚国都城，在今湖北江陵市西北纪南城。公元前 279 年秦将白起攻取鄢，翌年又攻取郢。

[18] 成皋：邑名，在今河南荥阳县汜水镇，地势险要，是著名的军事重地。春秋时属郑国称虎牢，公元前 375 年韩国灭郑属韩，公元前 249 年被秦军攻取。

[19] 六国：韩、魏、燕、赵、齐、楚。施（yì）：蔓延，延续。

[20] 昭王：即秦昭王（公元前 306 年—前 251 年在位），名稷，秦惠王之子，秦武王异母弟。范雎（jū）：一作"范且"，魏人，入秦后受到秦昭王信任，为秦相，对内力主废除外戚专权，对外采取远交近攻策略，封于应（今河南宝丰县西南），亦称应侯。

穰侯[1]，逐华阳[2]，强公室，杜私门，蚕食诸侯[3]，使秦成帝业。此四君者，皆以客之功。由此观之，客何负于秦哉！向使四君却客而不内[4]，疏士而不用，是使国无富利之实，而秦无强大之名也。

今陛下致昆山之玉[5]，有随和之宝[6]，垂明月之珠[7]，服太阿之剑[8]，乘纤离之马[9]，建翠凤之旗[10]，树灵鼍之鼓[11]。此数宝者，秦不生一焉，而陛下说之[12]，何也？必秦国之所生然后可，则是夜光之璧不饰朝廷，犀象之器不为玩好[13]，郑卫之女不充后宫[14]，而骏良駃騠不实外厩[15]，江南金锡不为用[16]，西蜀丹青不为采[17]。所以饰后宫、充下陈[18]、娱心意、说耳目者，必出于秦然后可，则是宛珠之簪，傅玑之珥，阿缟之衣[19]，锦绣之饰不进于前，而随俗雅化佳冶窈窕赵女不立于侧也[20]。夫击瓮叩缶弹筝搏髀而歌呼呜呜快耳者[21]，真秦之声也；郑卫桑间、韶虞武象者[22]，异国之乐也。今弃击瓮叩缶而就郑卫，退弹筝而取韶虞，若是者何也？快意当前，适观而已矣[23]。今取人则不然，不问可否，不论曲直，非秦者去，为客者逐；然则是所重者在乎色乐珠玉，而所轻者在乎人民也。此非所以跨海内、制诸侯之术也。

臣闻地广者粟多，国大者人众，兵强则士勇。是以泰山不让土壤[24]，故能成其大；河海不择细流[25]，故能就其深；王者不却众庶[26]，故能明其德。是以地无四方，民无异国，

---

[1] 穰（ráng）侯：即魏冉，楚人后裔，秦昭王母宣太后之异父弟，秦武王去世，拥立秦昭王，任将军，多次为相，受封于穰（今河南邓县），故称穰侯。因秦昭王听用范雎之言，被免去相职，终老于陶。

[2] 华阳：即华阳君芈戎，楚昭王母宣太后之同父弟，曾任将军等职，与魏冉同掌国政，先受封于华阳（今河南新郑县北），故称华阳君。公元前266年，与魏冉同被免职遣归封地。

[3] 蚕食：比喻像蚕吃桑叶那样逐渐吞食侵占。

[4] 向使：假使，倘若。内：同"纳"，接纳。

[5] 陛下：对帝王的尊称。致：求得，收罗。昆山：即昆仑山。

[6] 随和之宝：即所谓"随侯珠"和"和氏璧"，传说中春秋时随侯所得的夜明珠和楚人卞和所得的美玉。

[7] 明月：宝珠名。

[8] 太阿（ē）：亦称"泰阿"，宝剑名，相传为春秋著名工匠欧冶子、干将所铸。

[9] 纤离：骏马名。

[10] 翠凤之旗：用翠凤羽毛作为装饰的旗帜。

[11] 鼍（tuó）：亦称扬子鳄，俗称猪婆龙，皮可蒙鼓。

[12] 说：同"悦"，喜悦，喜爱。

[13] 犀象之器：指用犀牛角和象牙制成的器具。

[14] 郑卫之女不充后宫：春秋战国时郑卫的民间歌舞很著名，郑卫之女大多能歌善舞。充：充实，充满。

[15] 駃騠（jué tí）：骏马名。外厩（jiù）：宫外的马圈。

[16] 江南：长江以南地区。此指长江以南的楚地，素以出产金、锡著名。

[17] 丹：丹砂，可以制成红色颜料。青：可以制成青黑色颜料。西蜀丹青：蜀地素以出产丹青矿石出名。采：彩色，彩绘。

[18] 下陈：殿堂下放置礼器、站立侍从的地方。充下陈：此泛指将财物、美女充实府库后宫。

[19] 宛珠之簪：指用宛（今河南南阳市）地出产的珍珠所作装饰的发簪。傅：附着，镶嵌。玑：不圆的珠子。此泛指珠子。珥（ěr）：耳饰。阿：细缯，一种轻细的丝织物。或以"阿"为地名，指齐国东阿（今山东东阿县）。缟（gǎo）：未经染色的绢。

[20] 随俗雅化：合时俗而雅致不凡。佳：美好，美丽。冶：妖冶，艳丽。窈窕（yǎo tiǎo）：美好的样子。

[21] 瓮（wèng）：陶制的容器，古人用它打水。缶（fǒu）：一种口小腹大的陶器。秦人将瓮、缶作为打击乐器。搏：击打，拍打。髀（bì）：大腿。搏髀：拍打大腿，以此掌握音乐唱歌的节奏。

[22] 桑间：为卫国濮水边上地名，在今河南濮阳县南，有男女聚会唱歌的风俗。此指桑间的音乐，是郑卫的民歌。韶虞：相传是歌颂虞舜的舞乐。武象：周武王时的一种歌舞。其乐曲称"武"，舞蹈称"象"。

[23] 适观：看起来舒适。

[24] 让：辞让，拒绝。

[25] 择：舍弃，抛弃。细流：小水流。

[26] 却：推却，拒绝。

四时充美，鬼神降福，此五帝三王之所以无敌也[1]。今乃弃黔首以资敌国[2]，却宾客以业诸侯[3]，使天下之士退而不敢西向，裹足不入秦，此所谓"藉寇兵而赍盗粮"[4]者也。

夫物不产于秦，可宝者多；士不产于秦，而愿忠者众。今逐客以资敌国，损民以益雠[5]，内自虚而外树怨于诸侯[6]，求国无危，不可得也。

---

[1] 五帝：指黄帝、颛顼、帝喾、尧、舜。三王：指夏、商、周三代开国君主，即夏禹、商汤、周文王和周武王。
[2] 黔首：无爵平民不能服冠，只能以黑巾裹头，故称黔首。此泛指百姓。资：资助，供给。
[3] 业：从业，从事，事奉。
[4] 赍（jī）：送，送给。这句是说，把武器粮食供给寇盗。
[5] 益：增益，增多。雠：通"仇"，仇敌。减少该国的人口而增加敌国的人力。
[6] 外树怨于诸侯：指宾客被驱逐出外必投奔其他诸侯，从而构树新怨。

2 过秦论（上）[1]

贾 谊

秦孝公据崤函之固[2]，拥雍州之地[3]，君臣固守以窥周室，有席卷天下，包举宇内，囊括四海之意，并吞八荒之心[4]。当是时也，商君佐之，内立法度，务耕织，修守战之具；外连衡而斗诸侯[5]，于是秦人拱手而取西河之外[6]。

孝公既没，惠文、武、昭襄蒙故业[7]，因遗策[8]，南取汉中，西举巴蜀，东割膏腴之地，北收要害之郡[9]。诸侯恐惧，会盟而谋弱秦，不爱珍器重宝肥饶之地，以致天下之士，合从缔交[10]，相举为一。当此之时，齐有孟尝，赵有平原，楚有春申，魏有信陵[11]。此四君者，皆明智而忠信，宽厚而爱人，尊贤而重士，约从离衡[12]，兼韩、魏、燕、赵、宋、卫、中山之众。于是六国之士，有宁越、徐尚、苏秦、杜赫之属为之谋，齐明、周最、陈轸、召滑、楼缓、翟景、苏厉、乐毅之徒通其意，吴起、孙膑、带佗、倪良、王廖、田忌、廉颇、赵奢之朋制其兵[13]。尝以十倍之地，百万之众，仰关而攻秦。秦人开关延敌，九国之师逡巡而不敢进[14]。秦无亡矢遗镞之费[15]，而天下诸侯已困矣。于是从散约败，争割地而赂秦。秦有余力而制其弊，追亡逐北[16]，伏尸百万，流血漂橹，因利乘便，宰割天下，分裂山河，强国请服，弱国入朝。

---

[1] 选自［汉］贾谊撰、阎振益、钟夏校注《新书校注》，中华书局，2000 年版，注释参照此书。贾谊（公元前 200—前 168 年），汉族，洛阳（今河南洛阳东）人，西汉初年著名政论家、文学家，世称贾生。贾谊著作主要有散文和辞赋两类，其辞赋皆为骚体，形式趋于散体化，是汉赋发展的先声，以《吊屈原赋》《鵩鸟赋》最为著名。
[2] 崤函：殽（xiáo）山和函谷关的东边。函谷关：在今河南省灵宝县。
[3] 雍州：今陕西省中部北部、甘肃省（除去东南部）、青海省的东南部和宁夏回族自治区一带地方。
[4] "君臣固守……"：意思是说（秦孝公）有并吞天下野心。席卷、包举、囊括：都有并吞的意思。宇内、四海、八荒：都是天下意思。八荒：原指八方荒远的地方。
[5] 连衡：对外用连衡的策略使诸侯自相斗争。连衡：也写作"连横"，是一种分散六国，使它们各自同秦国联合，从而各个击破的策略。斗：在这里是使动用法。
[6] 拱手：两手相合，形容毫不费力。西河之外：指魏国在黄河以西的地区。
[7] 惠文王：惠文王是孝公的儿子。武王：惠文王的儿子。昭襄王：武王的异母弟。
[8] 因遗策：承接已有的基业，沿袭前代的策略。
[9] 汉中：今陕西南部一带。东据膏腴之地，收要害之郡：秦武王四年，秦攻取韩国的宜阳，昭襄王二十年，魏国献出河东故都安邑，即所谓"膏腴之地"和"要害之郡"。
[10] 合从：即"合纵"，东方各国北自燕，南至楚联合起来抗秦。
[11] 孟尝：孟尝君田文。平原：平原君赵胜。春申：春申君黄歇。信陵：信陵君魏无忌。以上四人是战国时著名的四公子，以招贤纳士著称。
[12] 约从离衡：即山东各国相约"合纵"，以离散秦"连横"之策。
[13] 以上所列数人，包括了政治、军事、外交等各方面的人才，有些人事迹已不详。
[14] 九国：指上文列举的韩、魏等。逡（qūn）巡：迟疑徘徊，欲行又止。此段所记为公元前 318 年楚、赵、魏、韩、燕五国攻秦之事。
[15] 镞（zú）：箭头。
[16] 亡：逃亡。北：败走。

施及孝文王、庄襄王，享国之日浅[1]，国家无事。

及至始皇，奋六世之余烈[2]，振长策而御宇内，吞二周而亡诸侯[3]，履至尊而制六合[4]，执敲扑[5]而鞭笞天下，威振四海。南取百越之地[6]，以为桂林、象郡[7]；百越之君，俯首系颈[8]，委命下吏。乃使蒙恬北筑长城而守藩篱[9]，却匈奴七百余里。胡人不敢南下而牧马，士不敢弯弓而报怨。于是废先王之道，焚百家之言[10]，以愚黔首[11]；堕名城[12]，杀豪杰，收天下之兵，聚之咸阳，销锋镝[13]，铸以为金人十二，以弱天下之民。然后践华为城，因河为池[14]，据亿丈之城，临不测之渊以为固。良将劲弩，守要害之处，信臣精卒，陈利兵而谁何[15]。天下已定，始皇之心，自以为关中之固，金城千里，子孙帝王万世之业也。

始皇既没，余威震于殊俗[16]。然陈涉，瓮牖绳枢之子，甿隶之人，而迁徙之徒也[17]。才能不及中人，非有仲尼、墨翟之贤，陶朱、猗顿之富[18]。蹑足行伍之间[19]，而俯起阡陌之中[20]，率疲弊之卒，将数百之众，转而攻秦。斩木为兵，揭竿为旗，天下云集而响应，赢粮而景从[21]。山东豪俊遂并起而亡秦族矣。

且夫天下非小弱也，雍州之地，崤函之固，自若也。陈涉之位，非尊于齐、楚、燕、赵、韩、魏、宋、卫、中山之君也；锄耰棘矜[22]，非铦于钩戟长铩也[23]；谪戍之众，非抗于九国之师也[24]；深谋远虑，行军用兵之道，非及向时之士也。然而成败异变，功业相反，

[1] 享国之日浅：孝文王在位仅数日，庄襄王在位也不过三年。
[2] 六世：指秦孝公以下六王。余烈：遗留下来的功业。
[3] 二周：东周末年赧王时，东西周分治，西周都王城，东周都巩。秦昭襄王五十一年灭西周，庄襄王元年灭东周。
[4] 六合：天、地和四方。
[5] 敲扑：鞭打的刑具，短曰敲，长曰扑。
[6] 百越：古代越族散居在今浙江、福建、广东、广西一带，因其种类繁多，故称。
[7] 桂林、象郡：桂林郡地处今广西北部及东部地区，象郡地处今广西南部地区，两郡均为秦始皇新置。
[8] 系颈：以带系颈，表示投降。
[9] 蒙恬：秦名将。秦统一六国后，蒙恬率兵三十万击退匈奴，并主持修筑长城。后为秦二世所逼，自杀。藩篱：篱笆，这里引伸为边疆。
[10] 废先王之道，焚百家之言：秦始皇三十四年（前213）秦始皇遂下令焚烧《秦记》以外的各国史记和《诗》《书》。次年又将四百六十多名方士和儒生坑死在咸阳。史称"焚书坑儒"。
[11] 黔首：百姓。黔：黑色。
[12] 堕（huī）：古同"隳"，毁坏。
[13] 锋：兵器。据《秦始皇本纪》载，秦始皇二十六年，"收天下兵，聚之咸阳，铸以为钟鐻（jù）（钟鼓的架子），金人十二，重各千石（二十四万斤）"。
[14] 践华为城，即据守华山以为帝都的东城。因河为池：以黄河作为帝都咸阳的护城河。
[15] 谁何：关塞上的卫兵盘问来往行人。何：呵问。
[16] 殊俗：风俗不同于汉族的地区。
[17] 陈涉：秦末农民起义的领袖。瓮（wèng）：陶制器皿。牖（yǒu）：窗。瓮牖即用破瓮砌成的窗。绳枢：用绳子系住门板。枢：门上的轴。隶：低贱的人。迁徙之徒：谪罚去边地戍守的士卒。
[18] 仲尼：孔子名丘，字仲尼。墨翟（dí）：墨子名翟。陶朱：范蠡辅佐越王勾践灭吴后，弃官出走，在陶（今山东曹县）经商，号陶朱公。猗（yī）顿：鲁人，靠经营盐业致富。
[19] 行（háng）伍：都是军队下层组织的名称。
[20] 俯起：后面省略介词"于"。
[21] 赢：担负。景：同"影"。
[22] 耰（yōu）：古农具，形似榔头，平整土地用。棘矜：棘木做的矛柄。
[23] 铦（xiān）：锋利。铩（shā）：长矛类兵器。
[24] 抗：同"亢"，高出，超过。

何也？试使山东之国与陈涉度长絜大[1]，比权量力，则不可同年而语矣。然秦以区区之地，致万乘之势，序八州而朝同列[2]，百有余年矣。然后以六合为家，崤函为宫。一夫作难而七庙堕[3]，身死人手，为天下笑者，何也？仁义不施，攻守之势异也。

---

[1] 度长絜（xié）大：比量长短大小。絜：度量物体的粗细。
[2] 八州：九州中除雍州以外的八州。
[3] 七庙：古代天子设七庙供奉七代祖先。

3　报任安书^[1]

司马迁

太史公牛马走司马迁再拜言^[2]。少卿足下：曩者辱赐书^[3]，教以慎于接物，推贤进士为务。意气勤勤恳恳，若望仆不相师，而用流俗人之言^[4]。仆非敢如此也。仆虽罢驽，亦尝侧闻长者之遗风矣^[5]。顾自以为身残处秽^[6]，动而见尤，欲益反损，是以独郁悒而谁与语！谚曰："谁为为之？孰令听之？"盖钟子期死，伯牙终身不复鼓琴^[7]。何则？士为知己者用，女为说己者容^[8]。若仆大质已亏缺矣，虽材怀随和^[9]，行若由夷^[10]，终不可以为荣，适足以发笑而自点耳^[11]。

书辞宜答，会东从上来^[12]，又迫贱事，相见日浅，卒卒无须臾之间^[13]，得竭指意。今少卿抱不测之罪，涉旬月，迫季冬^[14]，仆又薄从上雍^[15]，恐卒然不可为讳^[16]，是仆终已不得舒愤懑以晓左右，则是长逝者魂魄私恨无穷。请略陈固陋。阙然久不报，幸勿为过。

仆闻之：修身者，智之符也；爱施者，仁之端也；取予者，义之表也；耻辱者，勇之决也；立名者，行之极也。士有此五者，然后可以托于世，列于君子之林矣。故祸莫憯于欲利^[17]，悲莫痛于伤心，行莫丑于辱先，诟莫大于宫刑。刑余之人，无所比数，非一世也，

---

[1] 选自 [东汉] 班固撰《汉书》，中华书局，1962 年版。注释参见 [梁] 萧统编、[唐] 李善注《昭明文选》（上海古籍出版社，1986 年版）及郭锡良等编著《古代汉语》（商务印书馆，1999 年版）。司马迁（前 145 年—？），字子长，夏阳（今陕西韩城南）人。西汉史学家、散文家。司马谈之子，任太史令，因替李陵败降之事辩解而受宫刑，后任中书令。发奋继续完成所著史籍，被后世尊称为史迁、太史公、历史之父。创作了中国第一部纪传体通史《史记》，被鲁迅誉为"史家之绝唱，无韵之离骚"。
[2] 太史公：即司马迁所担任的官职太史令。牛马走：谦词，意为像牛马一样以供奔走。走：义同"仆"。此十二字《汉书·司马迁传》无，据《文选》补。
[3] 曩（nǎng）：从前。
[4] 望：怨。流：流转、迁移的意思。
[5] 罢（pí）：同"疲"。驽（nú）：劣马，引申为低能。侧闻：从旁听说，自谦之词。
[6] 身残处秽：指因受宫刑而身体残缺，兼与宦官贱役杂处。
[7] 钟子期、伯牙：春秋时楚人。伯牙善鼓琴，钟子期知音。钟子期死后，伯牙破琴绝弦，终身不复鼓琴。事见《吕氏春秋·本味篇》。
[8] 说（yuè）：同"悦"。喜悦，指宠爱。容：容貌，这里作动词，装饰、打扮的意思。
[9] 随和：随侯之珠和和氏之璧，是战国时的珍贵宝物。
[10] 由夷：许由和伯夷，两人都是古代被推为品德高尚的人。
[11] 点：用作动词，玷污。
[12] 书辞：指任安的来信。会：适逢、碰巧。
[13] 卒卒（cù）：同"猝猝"，匆匆忙忙的样子。
[14] 季冬：冬季的第三个月，即夏历十二月。汉律，每年十二月处决囚犯。
[15] 薄：同"迫"。雍：地名，在今陕西凤翔县南，设有祭祀五帝的神坛五畤。
[16] 不可讳：死的委婉说法。
[17] 憯（cǎn）：同"惨"，惨痛。

所从来远矣。昔卫灵公与雍渠同载，孔子适陈[1]；商鞅因景监见，赵良寒心[2]；同子参乘，袁丝变色[3]：自古而耻之。夫以中材之人，事有关于宦竖[4]，莫不伤气，而况于慷慨之士乎？如今朝廷虽乏人，奈何令刀锯之余荐天下之豪俊哉！仆赖先人绪业，得待罪辇毂下[5]，二十余年矣。所以自惟[6]：上之不能纳忠效信，有奇策材力之誉，自结明主；次之又不能拾遗补阙，招贤进能，显岩穴之士；外之又不能备行伍，攻城野战，有斩将搴旗之功[7]；下之不能积日累劳，取尊官厚禄，以为宗族交游光宠。四者无一遂，苟合取容，无所短长之效，可见于此矣。向者，仆尝厕下大夫之列[8]，陪外廷末议[9]，不以此时引维纲[10]，尽思虑，今已亏形为扫除之隶，在阘茸之中[11]，乃欲仰首伸眉，论列是非，不亦轻朝廷、羞当世之士邪？嗟乎！嗟乎！如仆尚何言哉！尚何言哉！

且事本末未易明也。仆少负不羁之才，长无乡曲之誉[12]。主上幸以先人之故，使得奉薄伎，出入周卫之中[13]。仆以为戴盆何以望天[14]，故绝宾客之知，忘室家之业，日夜思竭其不肖之才力，务一心营职，以求亲媚于主上。而事乃有大谬不然者！夫仆与李陵俱居门下[15]，素非能相善也。趣舍异路，未尝衔杯酒[16]，接殷勤之余欢。然仆观其为人，自守奇士：事亲孝，与士信，临财廉，取予义，分别有让，恭俭下人，常思奋不顾身，以徇国家之急。其素所蓄积也，仆以为有国士之风。夫人臣出万死不顾一生之计，赴公家之难，斯已奇矣。今举事一不当，而全躯保妻子之臣，随而媒孽其短[17]，仆诚私心痛之。且李陵提步卒不满五千，深践戎马之地，足历王庭[18]，垂饵虎口，横挑强胡，仰亿万之

---

[1] "卫灵公"二句：春秋时，卫灵公和夫人乘车出游，让宦官雍渠同车，而让孔子坐后面一辆车。孔子深以为耻辱，就离开了卫国。事见《孔子家语》。

[2] "商鞅"二句：商鞅得到秦孝公的支持变法革新。景监是秦孝公宠信的宦官，曾向秦孝公推荐商鞅。赵良是秦孝公的臣子，与商鞅政见不同。事见《史记·商君列传》。

[3] "同子"二句：同子指汉文帝的宦官赵谈，因为与司马迁的父亲司马谈同名，避讳而称"同子"。袁丝，亦即袁盎，汉文帝时任郎中。有一天，文帝坐车去看他的母亲，宦官陪乘，袁盎伏在车前说："臣闻天子所与共六尺舆者，皆天下豪英，今汉虽乏人，奈何与刀锯之余共载？"于是文帝只得依言令赵谈下车。事见《汉书·爰盎传》。

[4] 竖：供役使的小臣。后泛指卑贱者。

[5] 待罪：做官的谦词。辇毂下：皇帝的车驾之下。代指京城长安。

[6] 惟：思考。

[7] 搴（qiān）：拔取。

[8] 厕（cè）：参与，夹杂在里面。谦词。下大夫：太史令官位较低，属下大夫。

[9] 外廷：汉制，凡遇疑难不决之事，则令群臣在外廷讨论。末议：微不足道的意见。"陪外廷末议"是谦词。

[10] 维纲：国家的法令。

[11] 阘茸（tà róng）：连绵词。卑贱：指地位卑贱的人。

[12] 负：恃（依王先谦说）。乡曲：乡里。

[13] 周卫：周密的护卫，即宫禁。

[14] 戴盆何以望天：当时谚语。形容忙于职守，见识浅陋，无暇他顾。

[15] 李陵：字少卿，西汉名将李广孙，善骑射。武帝时，为骑都尉，率兵出击匈奴贵族，战败投降，封右校王。后病死匈奴。俱居门下：司马迁曾与李陵同在"侍中曹"（官署名）内任职。

[16] 趣（qū）舍异路：进取和退止有不同的道路。比如各人志向不同。趣：同"趋"，趋向，进取。衔杯酒：指饮酒很少。余欢：与"杯酒"一样，都是形容很少。

[17] 媒孽（niè）：酿酒的酵母。这里用作动词，夸大的意思。

[18] 王庭：匈奴单于的居处。

师[1]，与单于连战十有余日，所杀过当。虏救死扶伤不给，旃裘之君长咸震怖[2]，乃悉征其左右贤王[3]，举引弓之民，一国共攻而围之。转斗千里，矢尽道穷，救兵不至，士卒死伤如积。然陵一呼劳军，士无不起，躬自流涕，沫血饮泣，更张空弮[4]，冒白刃，北向争死敌者。陵未没时，使有来报，汉公卿王侯皆奉觞上寿[5]。后数日，陵败书闻，主上为之食不甘味，听朝不怡。大臣忧惧，不知所出。仆窃不自料其卑贱，见主上惨怆怛悼[6]，诚欲效其款款之愚[7]，以为李陵素与士大夫绝甘分少[8]，能得人之死力，虽古之名将，不能过也。身虽陷败，彼观其意，且欲得其当而报于汉。事已无可奈何，其所摧败，功亦足以暴于天下矣。仆怀欲陈之，而未有路，适会召问，即以此指推言陵之功，欲以广主上之意，塞睚眦之辞[9]。未能尽明，明主不晓，以为仆沮贰师[10]，而为李陵游说，遂下于理[11]。拳拳之忠，终不能自列。因为诬上，卒从吏议。家贫，货赂不足以自赎，交游莫救，左右亲近不为一言。身非木石，独与法吏为伍，深幽囹圄之中，谁可告愬者[12]！此真少卿所亲见，仆行事岂不然乎？李陵既生降，隤其家声[13]，而仆又佴之蚕室[14]，重为天下观笑。悲夫！悲夫！事未易一二为俗人言也。

仆之先非有剖符丹书之功[15]，文史星历近乎卜祝之间，固主上所戏弄，倡优畜之[16]，流俗之所轻也。假令仆伏法受诛，若九牛亡一毛，与蝼蚁何以异？而世又不与能死节者比，特以为智穷罪极，不能自免，卒就死耳。何也？素所自树立使然也。人固有一死，或重于泰山，或轻于鸿毛，用之所趋异也。太上不辱先，其次不辱身，其次不辱理色，其次不辱辞令，其次诎体受辱，其次易服受辱[17]，其次关木索[18]、被箠楚受辱，其次剔毛

---

[1] 仰：仰攻。当时李陵军被围困谷地。
[2] 旃（zhān）裘：匈奴人穿的衣服，这里指匈奴。
[3] 左右贤王：左贤王和右贤王，匈奴封号最高的贵族。
[4] 沫（huì）：以手掬水洗脸。弮（quān）：强硬的弓弩。
[5] 上寿：献祝寿之辞。这里指祝捷。
[6] 怛（dá）：悲痛。
[7] 款款：忠诚的样子。
[8] 士大夫：此指李陵的部下将士。绝甘：舍弃甘美的食品。分少：指分东西的时候，让给大家，自己少分。
[9] 指：同"旨"。睚眦（yá zì）：怒目相视。
[10] 沮：败坏，毁坏。贰师：贰师将军李广利，汉武帝宠妃李夫人之兄。李陵被围时，李广利并未率主力救援，致使李陵兵败。其后司马迁为李陵辩解，武帝以为他有意诋毁李广利。
[11] 理：指大理，即廷尉，九卿之一，掌司法之官。
[12] 囹圄（líng yǔ）：监狱。愬：同"诉"。
[13] 隤（tuí）：堕落，败坏。
[14] 佴（èr）：相次，等于说编次、排列。蚕室：宫刑狱室，温暖如同养蚕的房子。初受腐刑的人怕风，故须住此。
[15] 剖符：把竹做的契约一剖为二，皇帝与大臣各执一块，上面写着同样的誓词，说永远不改变立功大臣的爵位。丹书：把誓词用丹砂写在铁制的契券上。凡持有剖符、丹书的大臣，其子孙犯罪可获赦免。
[16] 畜：同"蓄"。
[17] 易服：换上罪犯的服装。古代罪犯穿赭（zhě，红褐）色的囚服。
[18] 木索：木枷和绳索。

发[1]、婴金铁受辱[2]，其次毁肌肤、断肢体受辱，最下腐刑极矣[3]。传曰"刑不上大夫[4]。"此言士节不可不勉厉也。猛虎在深山，百兽震恐，及在槛阱之中[5]，摇尾而求食，积威约之渐也。故士有画地为牢，势不可入；削木为吏，议不可对，定计于鲜也[6]。今交手足，受木索，暴肌肤，受榜棰[7]，幽于圜墙之中。当此之时，见狱吏则头抢地，视徒隶则心惕息[8]。何者？积威约之势也。及以至是，言不辱者，所谓强颜耳，曷足贵乎！且西伯，伯也，拘于羑里[9]；李斯，相也，具于五刑[10]；淮阴，王也，受械于陈[11]；彭越、张敖，南面称孤，系狱抵罪[12]；绛侯诛诸吕，权倾五伯，囚于请室[13]；魏其，大将也，衣赭衣，关三木[14]；季布为朱家钳奴[15]；灌夫受辱于居室[16]。此人皆身至王侯将相，声闻邻国，及罪至罔加[17]，不能引决自裁。在尘埃之中，古今一体，安在其不辱也？由此言之，勇怯，势也；强弱，形也。审矣，何足怪乎？夫人不能早自裁绳墨之外，以稍陵迟，至于鞭棰之间，乃欲引节，斯不亦远乎！古人所以重施刑于大夫者，殆为此也。夫人情莫不贪生恶死，念父母，顾妻子。至激于义理者不然，乃有所不得已也。今仆不幸，早失父母，无兄弟之亲，独身孤立，少卿视仆于妻子何如哉？且勇者不必死节，怯夫慕义，何处不勉焉？仆虽怯懦，欲苟活，亦颇识去就之分矣，何至自沉溺缧绁之辱哉[18]！且夫臧获婢妾[19]，犹能引决，况仆之不得已乎？所以隐忍苟活，幽于粪土之中而不辞者，恨私心有所不尽，鄙陋没世，而文采不表于后也。

　　古者富贵而名摩灭，不可胜记，唯倜傥非常之人称焉[20]。盖文王拘而演《周易》[21]；

---

[1] 剔毛发：把头发剃光，即髡（kūn）刑。

[2] 婴：环绕。颈上带着铁链服苦役，即钳刑。

[3] 腐刑：即宫刑。

[4] 刑不上大夫：语出《礼记·曲礼上》。

[5] 槛：关兽的笼子。　阱：捕兽的陷坑。

[6] 鲜：不以寿终为鲜。即自杀，以示不受辱。

[7] 榜：棰击，打。棰：竹棒，此处用作动词。

[8] 抢：触，碰撞。惕息：胆战心惊。

[9] 西伯：即周文王，为西方诸侯之长。羑（yǒu）里：一作"牖里"，在今河南汤阴县。文王曾被殷纣王囚禁于此。

[10] 五刑：秦汉时五种刑罚，见《汉书·刑法志》："当三族者，皆先黥劓，斩左右趾，笞杀之，枭其首，菹其骨肉于市。"

[11] 淮阴：指淮阴侯韩信。受械于陈：汉立，淮阴侯韩信被刘邦封为楚王，都下邳（今江苏邳县）。后高祖疑其谋反，用陈平之计，在陈（楚地）逮捕了他。械：拘禁手足的木制刑具。

[12] 彭越：汉高祖的功臣。张敖：汉高祖功臣张耳的儿子，袭父爵为赵王。彭越和张敖都因被人诬告称孤谋反，下狱定罪。

[13] 绛侯：汉初功臣周勃，封绛侯。惠帝和吕后死后，吕后家族中吕产、吕禄等人谋夺汉室，周勃和陈平一起定计诛诸吕，迎立刘邦中子刘恒为文帝。五伯：即"五霸"。请室：官署名，大臣犯罪等待判决的地方。周勃后被人诬告谋反，囚于狱中。

[14] 魏其：大将军窦婴，汉景帝时被封为魏其侯。武帝时，营救灌夫，被人诬告，下狱判处死罪。三木：头枷、手铐、脚镣。

[15] 季布：楚霸王项羽的大将，曾多次打击刘邦。项羽败死，刘邦就重金缉捕季布。季布改名换姓，受髡刑和钳刑，卖身给鲁人朱家为奴。

[16] 灌夫：汉景帝时为中郎将，武帝时官太仆。因得罪了丞相田蚡，被囚于居室，后受诛。居室：官署名，属少府，后改名保宫。

[17] 罔：同"网"，法网，刑法。

[18] 缧绁（xiè）：捆绑犯人的绳子，引申为捆绑、牢狱。

[19] 臧获：古时对奴婢的贱称，奴曰臧，婢曰获。

[20] 倜（tì）傥：豪迈不受拘束。

[21] 传说周文王被殷纣王拘禁在牖里时，把古代的八卦推演为六十四卦，即《周易》。

仲尼厄而作《春秋》[1]；屈原放逐，乃赋《离骚》[2]；左丘失明，厥有《国语》[3]；孙子膑脚，《兵法》修列[4]；不韦迁蜀，世传《吕览》[5]；韩非囚秦，《说难》《孤愤》[6]；《诗》三百篇，大底圣贤发愤之所为作也[7]。此人皆意有所郁结，不得通其道，故述往事、思来者。乃如左丘无目，孙子断足，终不可用，退而论书策，以舒其愤，思垂空文以自见。仆窃不逊，近自托于无能之辞，网罗天下放失旧闻[8]，略考其行事，综其终始，稽其成败兴坏之纪，上计轩辕，下至于兹，为十表，本纪十二，书八章，世家三十，列传七十，凡百三十篇。亦欲以究天人之际，通古今之变，成一家之言。草创未就，会遭此祸，惜其不成，是以就极刑而无愠色[9]。仆诚以着此书，藏之名山，传之其人，通邑大都，则仆偿前辱之责，虽万被戮，岂有悔哉！然此可为智者道，难为俗人言也！

　　且负下未易居，下流多谤议。仆以口语遇遭此祸，重为乡党所笑，以污辱先人，亦何面目复上父母之丘墓乎？虽累百世，垢弥甚耳！是以肠一日而九回[10]，居则忽忽若有所亡，出则不知其所往。每念斯耻，汗未尝不发背沾衣也！身直为闺阁之臣[11]，宁得自引深藏于岩穴邪？故且从俗浮沉，与时俯仰，以通其狂惑。今少卿乃教以推贤进士，无乃与仆私心刺谬乎？今虽欲自雕琢[12]，曼辞以自饰，无益，于俗不信，适足取辱耳。要之，死日然后是非乃定。书不能悉意，略陈固陋。谨再拜[13]。

[1] 孔丘字仲尼，周游列国宣传儒道，在陈地和蔡地受到围攻和绝粮之苦，返回鲁国作《春秋》一书。
[2] 屈原：曾两次被楚王放逐，幽愤而作《离骚》。
[3] 左丘：春秋时鲁国史官左丘明。《国语》：史书，相传为左丘明撰著。
[4] 孙子：春秋战国时著名军事家孙膑。膑脚：孙膑曾与庞涓一起从鬼谷子习兵法。后庞涓为魏惠王将军，骗膑入魏，割去了他的膑骨（膝盖骨）。孙膑有《孙膑兵法》传世。
[5] 不韦：吕不韦，战国末年大商人，秦初为相国。曾命门客著《吕氏春秋》（一名《吕览》）。
[6] 韩非：战国后期韩国公子，曾从荀卿学，入秦被李斯所谗，下狱死。著有《韩非子》，《说难》《孤愤》是其中的两篇。
[7] 《诗》三百篇：今本《诗经》共有三百零五篇，此举其成数。
[8] 失：读为"佚"（yì），散失。
[9] 愠（yùn）：怒。
[10] 九回：九转。形容痛苦之极。
[11] 闺阁之臣：指宦官。闺、阁是宫中小门，指皇帝的内廷。
[12] 自雕琢：同"自饰"，自我装饰，指用推贤进士的行为来掩盖自己的耻辱。
[13] 谨再拜：旧时书信末尾的客套话。

4 汉书·艺文志·诸子略[1]

班 固

儒家者流，盖出于司徒之官[2]。助人君顺阴阳、明教化者也[3]。游文于六经之中[4]，留意于仁义之际。祖述尧舜，宪章文武，宗师仲尼[5]，以重其言[6]，于道最为高。孔子曰："如有所誉，其有所试[7]。"唐虞之隆，殷周之盛，仲尼之业，已试之效者也。然惑者既失精微，而辟者又随时抑扬，违离道本，苟以哗众取宠[8]。后进循之，是以五经乖析，儒学寖衰，此辟儒之患[9]。

道家者流，盖出于史官[10]。历记成败、存亡、祸福、古今之道，然后知秉要执本，清虚以自守，卑弱以自持，此君人南面之术也[11]。合于尧之克攘，《易》之嗛嗛，一谦而四益，此其所长也[12]。及放者为之，则欲绝去礼学，兼弃仁义[13]，曰：独任清虚，可以为治。

阴阳家者流，盖出于羲和之官[14]。敬顺昊天，历象日月星辰，敬授民时[15]。此其所长也。及拘者为之，则牵于禁忌，泥于小数[16]。舍人事而任鬼神[17]。

法家者流，盖出于理官[18]。信赏必罚[19]，以辅礼制。《易》曰："先王以明罚饬

---

[1] 选自［东汉］班固撰《汉书》，中华书局，1962年版。注释参见［梁］萧统编、［唐］李善注《昭明文选》（上海古籍出版社，1986年版）及郭锡良等编著《古代汉语》（商务印书馆，1999年版）。艺文，指书籍。略，概要。"艺文志"为汉书所首创，在以后的史书中，或称为"艺文志"或"经籍志"，都是关于历代著述目录的记载。从本文中可以看出，班固是站在儒家正统派的立场来评论诸子学派的。班固（32—92年），字孟坚，扶风安陵（今陕西咸阳东北）人，东汉著名史学家、文学家。

[2] 流：流派。司徒：官名，先秦掌管对人民进行教化的事。

[3] 阴阳：指儒家所说的阴阳之道，即天地人事自然之道。

[4] 游文：等于说"习文"。六经：儒家的六种经典，即诗、书、礼、乐、易、春秋。这句是钻说研习六经。

[5] 祖述：奉行其道。宪章：法制，用作动词，是守其法制的意思。宗师仲尼：并以仲尼为师。宗：尊敬。

[6] 以重其言：这样做是为了增加自己的学说的重要性。

[7] 这两句见《论语·卫灵公》，原文作："如有所誉者，其有所试矣。"大意是：如果我对人有所称誉，那是因为我考察过他。

[8] 精微：指儒家学说的精妙细微之处。辟（pì）后来写作"僻"。辟者：邪僻不正的人。抑：压抑。扬：抬高。道本：指儒道的本旨。苟：苟且，随随便便。哗：喧哗。宠：尊荣。哗众取宠：使众人轰动，以取得尊荣。

[9] 乖（guāi）：背离，相反，这里指违反五经的本义。析：分离，这里指弄得经义支离破碎。寖：通"浸"，逐渐。

[10] 史官，古代史官负责记言和记事。

[11] 清虚以自守：道家主张清虚自守，鼓吹"清静为天下正"，"致虚极"，"见素抱朴，少私寡欲"（俱见《老子》）。卑弱以自持：道家提倡柔道，认为弱能胜强，柔能胜刚。《老子》第七十六章："强大处下，柔弱处上。"又第七十八章："天下莫柔弱于水，而攻坚强者莫之能胜。"君：用作动词。君人：做老百姓的君主。

[12] 克：能。攘：通"让"，谦让。嗛：通"谦"。《周易·谦卦》："谦谦君子。"益：增益。四益，指在天、地、鬼、神四方面都有益。

[13] 放：放任，指过分。

[14] 阴阳家：研究阴阳律历的一个学派。羲和：羲氏、和氏，相传为上古时掌天地四时的官。

[15] 昊（hào）天：即天。昊：大。历：记载历法的书。象：观测天文的仪器。"历""象"在这里用如动词，指推测历象。敬：慎。时：天时，包括年、月、日、晦、朔、弦、望、四季、节气等。

[16] 拘：固执不通。牵：指拘束。禁忌：有关吉凶的忌讳。泥（nì）：拘泥，拘执。小数：有关禁忌的小术。

[17] 舍：放弃。任：听凭。

[18] 理官：审理狱讼的官，即法官。也可以单称为"理"。

[19] 信：诚。必：必定。两个词都用作动词。

法^[1]。"此其所长也。及刻者为之^[2]，则无教化，去仁爱，专任刑法，而欲以致治；至于残害至亲，伤恩薄厚^[3]。

名家者流，盖出于礼官^[4]。古者名位不同，礼亦异数^[5]。孔子曰："必也，正名乎？名不正则言不顺；言不顺则事不成^[6]。"此其所长也。及警者为之，则苟钩鈲析乱而已^[7]。

墨家者流，盖出于清庙之守^[8]。茅屋采椽^[9]，是以昭俭；养三老五更^[10]，是以兼爱；选士大射，是以上贤^[11]；宗祀严父，是以右鬼^[12]；顺四时而行，是以非命^[13]；以孝视天下，是以上同^[14]。此其所长也。及蔽者为之^[15]，见俭之利，因以非礼；推兼爱之意，而不知别亲疏。

从横家者流，盖出于行人之官^[16]。孔子曰："诵《诗》三百，使于四方。不能专对，虽多，亦奚以为^[17]！"又曰"使乎！使乎^[18]！"言其当权事制宜，受命而不受辞^[19]，此其所长也。及邪人为之，则上诈谖而弃其信^[20]。

杂家者流，盖出于议官^[21]。兼儒墨，合名法，知国体之有此，见王治之无不贯^[22]。此其所长也。及荡者为之，则漫羡而无所归心^[23]。

农家者流，盖出于农稷之官^[24]。播百谷，劝耕桑，以足衣食。故八政一曰食，二曰

---

[1] 饬（chì）：整顿。这句话见于《周易·噬嗑（shì hé）卦》，但"饬"作"敕"。
[2] 刻：刻薄，仁厚的反面。
[3] 薄厚：使仁厚变为刻薄，变关系深厚为疏远的。
[4] 名家：战国时代的一个研究"名""实"关系的学派。这个学派在逻辑的研究方面有贡献，但是也有诡辩的倾向。礼官：古代掌礼仪的官。
[5] 数：这里指差等。
[6] 见《论语·子路》。
[7] 警（jiǎo）：挑剔，找岔子。钩：取。鈲（pī）：破。钩鈲：钩取出诡怪的道理而破坏名实。析乱：分析得支离破碎而淆乱名实。
[8] 清庙：宗庙，宗庙肃然清静，所以称为清庙。守字是官字之误（依余嘉锡说）。
[9] 采：木名，即栎（11）木，是一种粗劣的木材。
[10] 三老五更：古代天子以父兄之礼养三老、五更各一人。更：当作"叟"（依钱大昕说，见《潜研堂文集卷十一》）。
[11] 选士：相传周代有选士的制度。《礼记·王制》："命乡论秀士，升之司徒，曰选士。"大射：古射礼之一。据说诸侯将有祭祀之事，与群臣射，屡中者得参与祭祀，否则不得参与。上：通"尚"。墨子主张选择贤者居上位，就是天子也不应世袭而应由万民选择。
[12] 宗祀：庙祭。右：即尊尚。墨家信鬼神，尊尚鬼神。
[13] 非命：反对天命之说。
[14] 视：通"示"，昭示。上同，指与在上者取得一致，然后天下太平。墨子主张上同于乡长、国君、天子，最后上同于天。
[15] 蔽：蔽塞，见解不全面。
[16] 从横家：指策辩之士。本来春秋时代的使臣就很讲究辞令。战国时代，苏秦、张仪合从连横，以雄辩的语言游说诸侯。从此策辩之士自成一家，叫作纵横家。从（zòng）：也作"纵"。行人：《周礼》有大行人、小行人，掌朝觐聘问之事，类似后世的外交官。
[17] 春秋时代，使者出使四方，有会同之事，常引用《诗经》的诗句以见意，所以做外交官要熟读《诗经》。专对：独自应对。这几句见于《论语·子路》。原文于"诵诗三百"后，尚有"授之以政，不达"。
[18] 使乎："真是一个使者呀！"语出《论语·宪问》，是孔子赞美使者的话。
[19] 权事制宜：权衡事实以作出合适的对策。
[20] 上：通"尚"。谖（xuān）：诈。
[21] 杂家：不主一说而糅合诸家之说的一个学派。议官：谏议之官。
[22] 国体：治国之法。此：指儒、墨、名、法诸家的学说。王治：王者的政治。无不贯：对各家学说无不贯通。
[23] 荡者：学识浮泛的人。漫羡（yǎn）：即"漫衍"，指牵涉面很广而抓不住要点。无所归心：心没有归宿。
[24] 农稷之官：周的始祖弃在尧时做稷官，号曰"后稷"。

货[1]。孔子曰："所重民食[2]。"此其所长也，及鄙者为之，以为无所事圣王，欲使君臣並耕，诪上下之序[3]。

小说家者流，盖出于稗官[4]。街谈巷语，道听途说者之所造也。孔子曰："虽小道，必有可观者焉。致远恐泥，是以君子弗为也[5]。"然亦弗灭也。闾里小知者之所及，亦使缀而不忘，如或一言可采，此亦刍荛狂夫之议也[6]。

凡诸子百八十九家，四千三百二十四篇。

诸子十家，其可观者九家而已[7]。皆起于王道既微，诸侯力政[8]，时君世主，好恶殊方。是以九家之说，蜂出并作[9]，各引一端，崇其所善，以此驰说，取合诸侯。其言虽殊，辟犹水火[10]，相灭亦相生也；仁之与义，敬之与和，相反而皆相成也。《易》曰："天下同归而殊涂，一致而百虑[11]。"今异家者，各推所长，穷知究虑，以明其指，虽有蔽短，合其要归，亦六经之支与流裔[12]。使其人遭明王圣主，得其所折中，皆股肱之材已[13]。仲尼有言："礼失而求诸野[14]。"方今去圣久远，道术缺废，无所更索，彼九家者不犹愈于野乎？若能修六艺之术，而观此诸家之言，舍短取长，则可以通万方之略矣[15]。

---

[1] 八政：《尚书·洪范》中提到君主应施行的八种政事：食、货、祀、司空、司徒、司寇、宾、师。食：教民勤于农耕。货：教民宝用财货。食列在第一项，表明八政以食为先。
[2] 见《论语·尧曰》。意思是：治理国家，所重的是人民和吃的东西。本文引用这句话，重点只在食上。
[3] 鄙者：鄙野的人，实指主张亲自参加农业劳动的人。並：同"并"。《孟子·滕文公上》中的许行就是一位农家，主张君臣并耕而食。诪（bèi）：扰乱。
[4] 小说：我国上古所说的"小说"和现代所说的"小说"，含义不同。在上古，凡记载下来的街谈巷语，都叫作小说。稗（bài）官：负责记述闾巷风俗的官。
[5] 见《论语·子张》，但现在的《论语》作"子夏曰"。又，"弗为"作"不为"。小道：小的道理。按《论语》原意当解作"小技艺"。致远恐泥：小道用在远大的事业上就窒疑不通了。泥（nì）：阻滞。
[6] 缀：联缀，这里指联缀辞句记录下来。刍荛：割草打柴。这里泛指一般平民。
[7] 九家：指除小说家以外的九家。因为小说家不是一个学派。
[8] 政：通"征"。力政：以武力相征伐。
[9] 蜂出：像群蜂纷飞似的出现了。
[10] 辟（pì）：比喻。后来写作"譬"。
[11] 见《周易·系辞下》。大意：同一个目的地，可以有不同的途径；同一个目标，可以有不同的考虑。
[12] 穷知（zhì）究虑：用尽心思。穷、究：都是穷尽。指：通"旨"，意图。蔽：蔽塞，对某方面的道理蔽塞不通。要：主要的道理。归：指归，目的。支：分支。流裔（yì）：末流。
[13] 折中：调节过与不及，使合乎中道。股：大腿。肱（gōng）：上胳膊。人体靠股肱来活动，用以比喻辅佐之臣。
[14] 野：指民间。
[15] 则可以通万方之略矣：就可以通晓天下一切道术了。万方：指天下。略：道术。

5　子虚赋[1]

司马相如

楚使子虚使于齐[2]，齐王悉发境内之士，备车骑之众，与使者出田[3]。田罢，子虚过诧乌有先生[4]，而无是公在焉。坐定，乌有先生问曰："今日田乐乎？"子虚曰："乐。""获多乎？"曰："少。""然则何乐？"对曰："仆乐王之欲夸仆以车骑之众，而仆对以云梦之事也。"曰："可得闻乎？"

子虚曰："可。王车驾千乘，选徒万骑，田于海滨，列卒满泽，罘罔弥山[5]，掩兔辚鹿[6]，射麋脚麟[7]，骛于盐浦[8]，割鲜染轮[9]。射中获多，矜而自功[10]，顾谓仆曰：'楚亦有平原广泽游猎之地饶乐若此者乎？楚王之猎何与寡人[11]？'仆下车对曰：'臣，楚国之鄙人也[12]，幸得宿卫十有余年，时从出游，游于后园，览于有无，然犹未能遍睹也，又恶足以言其外泽者乎！'齐王曰：'虽然，略以子之所闻见而言之。'

"仆对曰：'唯唯[13]。臣闻楚有七泽，尝见其一，未睹其余也。臣之所见，盖特其小小者耳[14]，名曰云梦。云梦者，方九百里，其中有山焉。其山则盘纡茀郁，隆崇嵂崒[15]；岑巖参差，日月蔽亏[16]；交错纠纷，上干青云[17]；罢池陂陁，下属江河[18]。其土则丹青赭垩，雌黄白坿，锡碧金银，众色炫耀，照烂龙鳞[19]。其石则赤玉玫瑰，琳珉

---

[1] 出自［西汉］司马迁《史记·司马相如列传》，中华书局，1959 年版。注释参见［梁］萧统著、［唐］李善注《昭明文选》（上海古籍出版社，1986 年版）及章沧授等编著《古文鉴赏辞典》（上海辞书出版社，1997 年版）。《子虚赋》是汉代辞赋家司马相如早期游梁时所作，有着浓厚的黄老道家色彩。通过夸张声势的描写，表现了汉王朝的强大声势和雄伟气魄。司马相如（约公元前179 年—前 118 年），字长卿，汉族，蜀郡成都人，西汉辞赋家，中国文化史文学史上杰出的代表。工辞赋，其代表作品为《子虚赋》。后人称之为"赋圣"和"辞宗"。
[2] 子虚：与乌有先生都是赋中虚构的人物。
[3] 悉：全，皆。田：通"畋"，打猎。
[4] 过：拜访。诧（chà）：夸耀。
[5] 罘（fú）：捕兔的网。罔：捕鱼的网。弥（mí）：满。
[6] 掩：覆盖、罩住。辚：用车轮辗压。
[7] 麋：麋鹿。脚：本指动物的小腿，此用为动词，捉住小腿之意。麟：雄鹿，非指古人作为祥瑞之物的麟。
[8] 骛：纵横奔驰。盐浦：海边盐滩。
[9] 鲜：指鸟兽的生肉。染轮：血染车轮。此句言猎获之物甚多。
[10] 矜：骄矜、夸耀。自功：自我夸功。
[11] 何与：何如，比起来怎么样。
[12] 鄙人：见识浅陋的人。
[13] 唯唯：应答的声音。
[14] 特：只。
[15] 盘纡：迂回曲折。茀郁：山势曲折的样子。隆崇：高耸之状。嵂崒（lù zú）：山势高峻险要的样子。
[16] 岑巖：山势高峻的样子。参差：形容山岭高低不齐的样子。蔽：全遮住。亏：半缺。
[17] 交错纠纷：形容山岭交错重叠，杂乱无序。干：接触。
[18] 罢（pí）池：山坡倾斜的样子。下文"陂陁"亦此意。属：连接。
[19] 丹：朱砂。青：青色石料。赭（zhě）：赤土。垩（è）：白土。雌黄：一种矿物名，即石黄，可制橙黄色染料。白坿：石灰。碧：青色的玉石。众色：指各种矿石闪现出的不同光彩。炫耀：光辉夺目的样子。照：照耀。烂：灿烂。这句说各种矿石光彩照耀，有如龙鳞般的灿烂辉煌。

琨珸，瑊玏玄厉，瑌石武夫[1]。其东则有蕙圃衡兰[2]，芷若射干，穹穷昌蒲，江离蘪芜，诸蔗猼且[3]。其南则有平原广泽，登降陁靡，案衍坛曼[4]。缘以大江，限以巫山[5]。其高燥则生葴蓑苞荔，薛莎青薠[6]。其卑湿则生藏莨兼葭，东蔷雕胡，莲藕菰芦、菴闾轩芋[7]。众物居之，不可胜图[8]。其西则有涌泉清池，激水推移，外发芙蓉菱华，内隐巨石白沙[9]。其中则有神龟蛟鼍，瑇瑁鳖鼋[10]。其北则有阴林巨树[11]。楩柟豫章，桂椒木兰，檗离朱杨，樝梨梬栗，橘柚芬芳[12]。其上则有赤猨蠷蝚，鵷雏孔鸾，腾远射干[13]。其下则有白虎玄豹，蟃蜒貙犴，兕象野犀，穷奇獌狿。[14]

"于是乃使专诸之伦，手格此兽[15]。楚王乃驾驯驳之驷，乘雕玉之舆[16]。靡鱼须之桡旃，曳明月之珠旗，建干将之雄戟，左乌号之雕弓，右夏服之劲箭[17]；阳子骖乘，纤阿为御[18]；案节未舒，即陵狡兽[19]，蹵邛邛，蹴距虚，轶野马而轊騊駼[20]；乘遗风而射游骐[21]。倏眒凄浰，雷动熛至，星流霆击[22]，弓不虚发，中必决眦，洞胸达腋，绝乎

---

[1] 赤玉：赤色的玉石。玫瑰：一种紫色的宝石。琳瑉：一种比玉稍次的石。琨珸：即"琨"，《说文》："琨，石之美者。"瑊玏（jiān lè）：次于玉的一种石名。玄厉：一种黑色的石头，可以磨刀。瑌（ruǎn）石：一种次于玉的石头。武夫：一种次于玉的美石，质地赤色而有白色斑纹。

[2] 蕙圃：蕙草之园。蕙与兰皆为香草，外貌相似。衡：杜衡，香草名，"其状若葵，其臭如蘪芜"（见《文选》李善注）。兰：兰草。

[3] 芷：白芷，或称"药"，香草名。若：杜若，香草名。穹穷：今通常叫作"川芎"，香草名。昌蒲：水草名。蘪（mí）芜：水生香草名，《文选》李善注引张揖曰："似蛇床而香。"诸蔗：即甘蔗。猼且（bó jū）：即芭蕉。

[4] 登降：此言地势高低不平，或登上或降下。陁靡：山坡倾斜绵延的样子。案衍：地势低下。坛曼：地势平坦。

[5] 缘：沿、循。大江：指长江。限：界限。巫山：指云梦泽中的阳台山，在今湖北境内，非为今重庆巫山。

[6] 高燥：高而干燥之地。葴：马蓝，草名。蓑：一种像燕麦的草。苞：草名。按：即《左传》讲到的楚国的特产苞茅，可滤酒、编席、织鞋等。荔：草名，其根可制刷。薛：蒿的一种。莎（suō）：一种莎类植物名。青薠：一种形似莎而比莎大的植物名。

[7] 卑：低。藏莨（zāng láng）：即狗尾巴草，也称狼尾草。东蔷：草名。雕胡：即蒋，或称菰，俗称茭白。菰（gū）芦：《文选》李善注引张晏说即葫芦。菴（ān）闾：蒿类植物名，子可入药。轩芋：即莸（yóu）草，一种生于水中或湿地里的草。

[8] 众物：指众多的草木。居：此指生长。图：计算。

[9] 涌泉：奔涌的泉水。推移：浪涛翻滚向前。外：指池水表面之上。发：开放。芙蓉：即荷花。菱华：即菱花，开小白花。内：指池水下面。隐：藏。

[10] 中：指池水中。蛟：古代传说中能发水的一种龙。鼍（tuó）：即今之扬子鳄，俗名猪婆龙。瑇瑁：玳瑁，龟类动物，其有花纹的甲壳可做装饰品。鼋：大鳖。

[11] 阴林：背阳面的树林。

[12] 楩（pián）：树名，即黄楩木。柟（nán）：树名，即楠木，树质甚佳。豫章：树名，即樟木。椒：花椒树。木兰：树名，高大乔木，开白花。檗（bò）：即黄蘖树。其高数丈，其皮外白里黄，入药清热燥湿。离：通"樆（lí）"，即山梨树。朱杨：生于水边的树名，即赤茎柳。樝（zhā）梨：即山楂。梬（yǐng）栗：梬枣，似柿而小。橘柚：芸香科植物，俗称橘子、柚子。

[13] 赤猨蠷蝚：皆猿猴类。鵷雏（yuān chú）：凤凰。孔：孔雀。鸾：鸾鸟，传说中似凤凰的鸟名。腾远：疑为"腾猿"之误字，猿善腾跃。射（yè）干：似狐而小的动物，能上树。

[14] 蟃蜒：应作"獌狿"，一种似狸的大兽。貙犴（qū hàn）：一种似狸而大的猛兽。

[15] 专诸：春秋时代的吴国勇士，曾替吴公子光刺杀吴王僚。此指像专诸一样的勇士。伦：类。格：击杀。

[16] 驯：被驯服。驳：毛色不纯的马。驷（sì）：古代四匹马驾一车称驷，此泛指马。雕玉之舆：用雕刻的玉石装饰的车，言车之高贵。

[17] 靡：通"麾"，挥动。鱼须：海中大鱼之须，用来做旗子的穗饰。桡旃（náo zhān）：曲柄的旗。曳：摇动。明月之珠旗：画有明月装饰有珠子的旗。建：举起。干将：本为春秋时代吴国的著名制剑工匠，此指利刃。雄戟：有刃的戟。乌号：古代良弓名，相传为黄帝所用。雕弓：雕刻花纹的弓。夏服：通"夏箙（fú）"，盛箭的袋子。相传善射的夏后羿有良弓繁弱，还有良箭，装在箭袋之中，此箭袋即称夏服。

[18] 阳子：即孙阳，字伯乐，秦穆公之臣，以善相马著称。骖乘：陪乘的人。古时乘车，驾车者居中，尊者居左，右边一人陪乘，以御意外，称骖乘。纤阿（ē）：传说是为月神驾车的仙女，后人泛称善驾车者为纤阿。

[19] 案节：马走得缓慢而有节奏。此言马未急行。未舒：指马足尚未尽情奔驰。陵：侵凌，此指践踏。狡兽：强健的猛兽。按《广雅》："狡，健也。"

[20] 轊：用车轮辗压。邛邛（qióng）：传说中的怪兽，其状如马，善奔驰。蹴距虚：一种善于奔走的野兽名，其状如驴。轶：超过。轊（wèi）：车轴顶端。这里是以……撞击之意。騊駼（táo tú）：北方野马名，一说即野马。

[21] 遗风：千里马名。骐：野兽名，似马。

[22] 倏眒（shū shēn）：迅速的样子。倏，通"儵（shū）"，疾速。凄浰（lì）：迅疾的样子。雷动：像惊雷那样震动。熛（biāo）：即飘风，迅疾的大风。星流：流星飞坠。霆：疾雷。

心系[1]，获若雨兽，揜草蔽地[2]。于是楚王乃弭节裴回，翱翔容与，览乎阴林，观壮士之暴怒，与猛兽之恐惧，徼郄受诎，殚睹众物之变态[3]。

"于是郑女曼姬[4]，被阿緆，揄纻缟，杂纤罗，垂雾縠，襞积褰绉，纡徐委曲，郁桡溪谷[5]。衯衯裶裶，扬袘戌削，蜚纤垂髾[6]；扶与猗靡，噏呷萃蔡[7]。下摩兰蕙，上拂羽盖[8]；错翡翠之威蕤，缪绕玉绥[9]；缥乎忽忽，若神仙之仿佛[10]。

"于是乃相与獠于蕙圃，媻珊勃窣，上金隄[11]，揜翡翠，射鵔鸃，微矰出，纤缴施，弋白鹄，连驾鹅，双鸧下，玄鹤加[12]。怠而后发，游于清池，浮文鹢，扬旌栧，张翠帷，建羽盖[13]。罔瑇瑁，钓紫贝，摐金鼓，吹鸣籁[14]，榜人歌，声流喝[15]，水虫骇，波鸿沸[16]，涌泉起，奔扬会[17]，礧石相击，硠硠礚礚，若雷霆之声，闻乎数百里之外[18]。

"将息獠者，击灵鼓，起烽燧，车案行，骑就队，纚乎淫淫，班乎裔裔[19]。于是楚王乃登阳云之台，泊乎无为，澹乎自持，勺药之和具而后御之[20]。不若大王终日驰骋而不下舆，脟割轮淬，自以为娱[21]。臣窃观之，齐殆不如。'于是齐王默然无以应仆也。"

乌有先生曰："是何言之过也！足下不远千里，来况齐国，王悉发境内之士，而备车骑之众，以出田，乃欲勠力致获，以娱左右也，何名为夸哉[22]！问楚地之有无者，愿闻

---

[1] 决：射裂。眦（zì）：眼眶。洞：洞穿。绝：断裂。心系：连接心脏的组织。
[2] 雨（yù）：下雨。这里指把猎物丢下来像落雨一样，夸耀多。揜（yǎn）：掩盖。
[3] 弭节：停鞭缓行。徼：截取。郄（jù）：穷尽，指精疲力竭。殚（dān）：尽。
[4] 郑女：古代郑国多美女。曼姬：美女。曼，皮肤细腻柔美。
[5] 被：同"披"。此指穿衣。阿：轻细的丝织品。緆（xì）：细布。揄：牵曳。纻：麻布。缟：白绸布。纤罗：纤细的有花纹的丝绸（按：凡言纤言细都是指的丝绸质量好，质量好才做得到轻薄）。雾縠（hú）：轻柔的细纱。襞（bì）积：形容女子腰间裙褶重重叠叠。褰（qiān）绉：褶皱。郁桡：深曲的样子。
[6] 衯（fēn）衯裶（fēi）裶：衣服长长的样子。扬：抬起。袘（yì）：裙子下端边缘。戌削：形容裙缘整齐的样子。蜚：通"飞"。纤：妇女上衣上的飘带。髾（shāo）：本指妇女燕尾形的发髻，此指衣服的燕尾形的下端。
[7] 扶与猗靡：形容衣服合身，体态婀娜的样子。噏呷（xī xiá）、萃蔡：皆为人走路时衣服摩擦所发出的响声的象声词。
[8] 摩：摩擦。拂：拂拭。羽盖：插饰羽毛的车盖。
[9] 错：间杂。翡、翠：皆为鸟名，前者羽毛红色，后者羽毛绿色。威蕤（ruí）：指作装饰的羽毛发亮（按：威蕤，同"葳（wēi）蕤"，也作"萎蕤"，就是植物玉竹，玉竹因为叶面有光泽，晶莹可爱，所以也用来指有光泽的东西）。缪绕：缭绕。玉绥：用玉装饰的帽带。
[10] 缥乎：缥缈。忽忽：飘忽不定的样子。仿佛：似有似无。
[11] 獠：夜间打猎。媻姗：同"蹒跚"，走路缓慢的样子。勃窣（bó sū）：缓缓前行的样子。金隄：堤名。
[12] 鵔鸃（jùn yí）：锦鸡，野鸡一类。缴（zhuó）：系在射鸟的箭上的绳线。施：射出。弋（yì）：用带丝线的箭射飞禽。白鹄：白天鹅。连：牵连。此指用带丝线的箭射中驾鹅。驾（jiā）鹅：野鹅。鸧（cāng）：鸟名，即鸧鸹（guā），形似雁，黑色。玄鹤：黑鹤。加：箭加其身，即射中之意。
[13] 怠：疲倦。发：指开船。游：泛舟。清池：指云梦西边的涌泉清池。浮：漂浮。文：花纹。鹢（yì）：水鸟名，此指船头绘有鹢鸟的图案的船。扬：举起。旌：旗。栧：船桨。张：开。翠帷：画有翡翠鸟图案的帷帐。建：树立。羽盖：用鸟毛装饰的伞盖。
[14] 罔：通"网"，用网捕取。摐（chuāng）：撞击。金鼓：形如铜锣的古乐器，即钲。籁：管乐器。
[15] 榜人：划船的人。按："榜人"即"舫人"，《说文》："舫人，习水者"。流喝：声音悲凉嘶哑。
[16] 水虫：指水中的鱼虾之类。鸿：洪大。沸：指波涛翻滚。
[17] 奔扬：指波涛。会：汇合。
[18] 礧（léi）：通"磊"。硠（láng）硠、礚（kē）礚：皆为水石相撞击的声音。
[19] 灵鼓：神鼓。起：点燃。烽燧：烽火。行：行列。案行：归队。纚（xǐ）：持续不断的样子。淫淫：渐进的样子，指队伍缓缓前行。班（pán）乎：犹"班然"，依次相连的样子。裔裔：绎绎不绝地向前行进的样子。
[20] 云阳之台：楚国台榭之名，在云梦南部的巫山下。泊乎：安静无为的样子。澹乎：憺泊，安静无为的样子。勺药：即芍药。和：调和。具：通"俱"，齐备。御：用。
[21] 脟（luán）：通"脔"，把肉切成小块。淬（cuì）：同"焠"，用火烤。轮淬：转着烤。
[22] 况：通"贶"，惠赐。勠力：齐心合力。致获：获得禽兽。

大国之风烈[1]，先生之余论也。今足下不称楚王之德厚，而盛推云梦以为高，奢言淫乐而显侈靡[2]，窃为足下不取也。必若所言，固非楚国之美也。有而言之，是章君之恶；无而言之，是害足下之信[3]。章君恶而伤私义，二者无一可，而先生行之，必且轻于齐而累于楚矣[4]。且齐东陼巨海，南有琅邪[5]；观乎成山，射乎之罘[6]；浮勃澥，游孟诸，邪与肃慎为邻，右以汤谷为界[7]。秋田乎青丘，彷徨乎海外，吞若云梦者八九，其于胸中曾不蒂芥[8]。若乃俶傥瑰伟[9]，异方殊类[10]，珍怪鸟兽，万端鳞萃[11]，充牣其中者[12]，不可胜记，禹不能名，契不能计[13]。然在诸侯之位，不敢言游戏之乐，苑囿之大；先生又见客[14]，是以王辞而不复[15]，何为无用应哉！"

---

[1] 风：风范。烈：功业。
[2] 显：彰显。
[3] 害：损害，减少。信：诚信。
[4] 轻：受人轻视。累：受人牵累。
[5] 陼（zhǔ）：水边，此处用作动词。琅邪（yé）：或写作"琅琊"，山名，在今山东诸城东南。
[6] 成山：山名，在今山东荣成市东北。之罘：也作"芝罘"，在今山东烟台市。
[7] 浮：行船。勃澥：也作"渤澥"，即今之渤海。孟诸：古代大泽名，在今河南商丘市东北，已淤塞消失。邪：同"斜"，指侧翼方向。肃慎：古代国名，在今东北三省境内。右：李善注《文选》以为此"右"字当是"左"字之误。汤谷：或写作"旸谷"，神话传说中太阳升起的地方。
[8] 青丘：国名，相传在大海之东三百里。曾：竟。蒂芥：指极小的东西。
[9] 俶傥：通"倜傥"，卓越非凡。瑰伟：奇伟，卓异。
[10] 异方：不同地区。殊类：别样物类。
[11] 鳞萃：像鱼鳞般地聚集在一起。萃：会聚。
[12] 牣：满。充牣：充满。
[13] 名：叫出名字来。契：应是指的商代的始祖契，传说做过舜臣，时代上正好在禹之后。
[14] 见客：被当作客人对待。
[15] 王辞不复：齐王没有回话。这两句的意思是齐王没有回话，不是没有话回。

6 归田赋[1]

张 衡[2]

游都邑以永久，无明略以佐时[3]。徒临川以羡鱼，俟河清乎未期[4]。感蔡子之慷慨，从唐生以决疑[5]。谅天道之微昧，追渔父以同嬉[6]。超埃尘以遐逝，与世事乎长辞[7]。

于是仲春令月[8]，时和气清；原隰郁茂[9]，百草滋荣。王雎鼓翼，仓庚哀鸣[10]；交颈颉颃[11]，关关嘤嘤。于焉逍遥[12]，聊以娱情。

尔乃龙吟方泽，虎啸山丘[13]。仰飞纤缴[14]，俯钓长流。触矢而毙，贪饵吞钩。落云间之逸禽，悬渊沈之鲨鰡[15]。

于时曜灵俄景，系以望舒[16]。极般游之至乐，虽日夕而忘劬[17]。感老氏之遗诫，将回驾乎蓬庐[18]。弹五弦之妙指，咏周、孔之图书[19]。挥翰墨以奋藻，陈三皇之轨模[20]。苟纵心于域外，安知荣辱之所如[21]。

---

[1] 选自［明］张溥编著《张河间集》，［清］木刻本埽叶山房两卷本。注释参自［梁］萧统著、［唐］李善注《昭明文选》（上海古籍出版社，1986年版）及上海辞书出版社文学鉴赏辞典编纂中心编《古文鉴赏辞典》（上海辞书出版社，2012年版）。

[2] 张衡（78—139年），东汉文学家、科学家，字平子，河南南阳人。精通天文历算，创制了浑天仪和地动仪，首次解释月食的成因。著有天文著作《灵宪》，又有诗赋，明人张溥编有《张河间集》。

[3] 都邑：指东汉京都洛阳。永：长。久：滞。言久滞留于京都。明略：明智的谋略。这句意思说自己无明略以匡佐君主。

[4] 徒临川以羡鱼：《淮南子·说林训》曰："临川流而羡鱼，不如归家织网。"表明自己空有佐时的愿望。徒：空，徒然。羡：愿。俟：等待。河清：黄河水清，古人认为这是政治清明的标志。此句意思为等待政治清明未可预期。

[5] 蔡子：指战国时燕人蔡泽。《史记》卷七九有传。慷慨：壮士不得志于心。唐生：即唐举，战国时梁人。决疑：请人看相以解决前途命运的疑惑。蔡泽游学诸侯，未发迹时，曾请唐举看相，后入秦代范睢为秦相。

[6] 谅：确实。微昧：幽隐。渔父：［宋］洪兴祖《楚辞补注》引王逸《渔父章句序》："渔父避世隐身，钓鱼江滨，欣然而乐。"嬉：乐。此句表明自己将与渔父通于川泽。

[7] 超尘埃：即游于尘埃之外。尘埃，比喻纷浊的事务。遐逝：远去。长辞：永别。由于政治昏乱，世路艰难，自己与时代不合，产生了归田隐居的念头。

[8] 仲春令月：春季的第二个月，即农历二月。令月：美好的月份。

[9] 原：宽阔平坦之地。隰（xí）：低湿之地。郁茂：草木繁盛。

[10] 王雎：鸟名。即雎鸠。仓庚（cāng gēng）：鸟名。即黄鹂。

[11] 颉颃（xié háng）：鸟飞上下貌。

[12] 于焉：于是乎。逍遥：安闲自得。

[13] 尔乃：于是。方泽：大泽。这两句言自己从容吟啸于山泽间，类乎龙虎。

[14] 纤缴（zhuó）：指箭。纤：细。缴：射鸟时系在箭上的丝绳。

[15] 逸禽：云间高飞的鸟。鲨鰡（shā liú）：一种小鱼，常伏在水底沙上。

[16] 曜灵：日。俄：斜。景：同"影"。系：继。望舒：神话传说中为月亮驾车的仙人，这里代指月亮。

[17] 般（pán）游：游乐。般：乐。虽：虽然。劬：劳苦。

[18] 感老氏之遗诫：指《老子》十二章："驰骋田猎，令人心发狂。"

[19] 五弦：五弦琴。指：通"旨"。周、孔之图书：周公、孔子著述的典籍。此句写其读书自娱。

[20] 翰：毛笔。藻：辞藻。此句写其挥翰遗情。陈：陈述。轨模：法则。

[21] 如：往，到。这两句说自己纵情物外，脱略形迹，不在乎荣辱得失所带来的结果。

7 风 赋[1]

宋 玉

楚襄王游于兰台之宫，宋玉、景差侍[2]。

有风飒然而至，王迺披襟而当之[3]，曰："快哉此风！寡人所与庶人共者邪[4]？"宋玉对曰："此独大王之风耳，庶人安得而共之[5]！"

王曰："夫风者，天地之气，溥畅而至[6]，不择贵贱高下而加焉。今子独以为寡人之风，岂有说乎？"宋玉对曰："臣闻于师，枳句来巢[7]，空穴来风[8]。其所托者然，则风气殊焉[9]。"

王曰："夫风，始安生哉[10]？"宋玉对曰："夫风生于地，起于青蘋之末[11]。侵淫溪谷，盛怒于土囊之口[12]。缘泰山之阿[13]，舞于松柏之下，飘忽溯滂[14]，激飏熛怒[15]。耾耾雷声，迴穴错迕[16]。蹶石伐木，梢杀林莽[17]。至其将衰也，被丽披离，冲孔动楗，眴焕粲烂，离散转移[18]。

"故其清凉雄风，则飘举升降，乘凌高城，入于深宫[19]。邸华叶而振气，徘徊于桂

---

[1] 选自[梁]萧统编、[唐]李善注《昭明文选》，上海古籍出版社，1986 年版，注释参见此书及郭锡良等编著《古代汉语》（商务印书馆，1999 年版）。《风赋》以风为题材，采用夸张的手法，通过"大王之雄风"和"庶人之雌风"的对比描写揭露社会生活中不平等的现象。宋玉（约公元前 298 年—约公元前 222 年），又名子渊，战国时期鄢（今湖北宜城）人，宋国公族后裔，楚国文人。与唐勒、景差齐名。曾事楚顷襄王。

[2] 楚襄王：即楚顷襄王（公元前 298—前 263 在位），名横，楚怀王之子。兰台之宫：朝廷收藏典籍收罗文士之所，也为楚王冶游之处，在郢都以东，汉北云梦之西。景差：楚大夫，《汉书·古今人表》做"景磋"。"差"为"磋"之省借。侍：站立左右侍候，这里指随从。

[3] 飒：风声。迺：同"乃"。披襟：敞开衣襟。当之：迎着风。当，对着，面对。

[4] 寡人：古代君王对自己的谦称，意为"寡德之人"。庶人：平民。共：指共同享有。

[5] 独：副词，仅仅，只是。安：疑问代词，怎么。得：得以，能够。

[6] 溥：通"普"，普遍。畅：畅достигает通。

[7] 枳：一种落叶小乔木，也称枳橘。句（gōu）：弯曲。来：使动，招致。巢：用作动词，筑巢。

[8] 空穴来风：有洞穴的地方就有风进来。空穴：连绵词，即孔穴。

[9] 其：指"鸟巢"和"风"。托：依靠，凭借。然：如此，这样。殊：异，不同。

[10] 始：开始，最初。 安：怎样。

[11] 青蘋（píng）之末：即青蘋的叶尖。蘋：蕨类植物，多年生浅水草本。

[12] 侵淫：渐渐进入。溪谷：山谷。盛怒：暴怒，形容风势猛烈。囊（náng）：洞穴。

[13] 缘：沿着。泰山：大山。泰：通"太"，大的意思。

[14] 飘忽：轻快移动的样子，此处形容风很大。溯滂（píng páng）：大风吹打物体发出的声音。

[15] 激飏（yáng）：鼓动疾飞。熛（biāo）怒：形容风势猛如烈火。熛：火势飞扬。

[16] 耾耾（hóng hóng）：风声。迴穴：风向不定，疾速回荡。错迕（wǔ）：盘旋错杂貌。

[17] 蹶（jué）石：摇动山石，飞沙走石。蹶：撼动。伐木：摧断树木。梢（shāo）杀林莽：摧毁树林和野草。梢杀：指毁伤草木。莽：草丛。

[18] 被丽、披离：皆为连绵词，四散的样子。冲孔：冲进孔穴。动楗（jiàn）：吹动门闩。楗：门闩。眴（xuàn）焕、粲烂：皆连绵词，色彩鲜明、光华灿烂的样子。离散转移：形容微风向四处飘散的样子。

[19] 飘举：飘飞、飘动的意思。升降：偏义复词，"升"意。乘凌：跨越。高城：高大的城垣。深宫：深邃的宫苑。

椒之间[1]，翱翔于激水之上[2]，将击芙蓉之精[3]，猎蕙草，离秦衡[4]，概新夷，被荑杨[5]，迴穴冲陵[6]，萧条众芳[7]，然后倘佯中庭，北上玉堂[8]，跻于罗帷，经于洞房[9]，迺得为大王之风也。

"故其风中人[10]，状直憯凄惏栗[11]，清凉增欷[12]。清清泠泠[13]，愈病析酲[14]，发明耳目[15]，宁体便人[16]。此所谓大王之雄风也。"

王曰："善哉论事！夫庶人之风，岂可闻乎[17]？"

宋玉对曰："夫庶人之风，塕然起于穷巷之间[18]，堀堁扬尘，勃郁烦冤，冲孔袭门[19]。动沙堁，吹死灰[20]，骇溷浊，扬腐余[21]，邪薄入瓮牖，至于室庐[22]。

"故其风中人，状直憞溷郁邑[23]，殴温致湿[24]，中心惨怛[25]，生病造热[26]，中唇为胗[27]，得目为蔑[28]，啗齰嗽获[29]，死生不卒[30]。此所谓庶人之雌风也。"

---

[1] 邸（dǐ）：通"抵"，触。华：同"花"。振：摇动、振荡。桂：桂树，一种香木。椒：花椒。
[2] 激水：激荡的流水，犹言急水。
[3] 芙蓉之精：芙蓉的花朵。精：通"菁"，即华（花）。
[4] 猎：历，掠过。蕙（huì）：香草名，和兰草同类。离：指风吹开。秦衡：一种香草。
[5] 概：古代量谷物时刮平斗斛的器具，此处为吹平意。新夷：即"辛夷"，又名"留夷"，一种香草。被：同"披"，覆盖，此处为掠过之意。荑（tí）杨：初生的杨树。
[6] 迴穴冲陵：回旋于洞穴之中，冲激于陵陆之上。冲：冲撞。陵：通"凌"，侵犯。
[7] 萧条众芳：使各种香花香草凋零衰败。萧条在此处用为动词。
[8] 倘佯（cháng yáng）：犹"徘徊"。中庭：庭院之中。玉堂：玉饰的殿堂，亦为殿堂的美称。
[9] 跻（jī）：上升，登上。罗帏（wéi）：用丝罗织成的帷幔。洞房：指宫殿中深邃的内室。洞：深。
[10] 中（zhòng）人状：指风吹到人身上的样子。中：中，状况，情形。
[11] 直：副词，仅，只是。憯（cǎn）凄：憯通惨，寒冷的样子。惏栗：冷得有点发抖的样子。
[12] 增：通"层"，重复，反复。欷（xī）：唏嘘。本是叹息或叹息声，这里是说在酷热的天气，遇到一阵清凉的风吹来，不禁爽快地舒了一口气。
[13] 清清泠（líng）泠：清凉爽快的样子。
[14] 愈病：治好病。析酲（chéng）：解酒。酲：酒后困倦眩晕的状态。
[15] 发明耳目：使耳目清明。发：开。明：使之明亮。
[16] 宁体便人：使身体安宁舒适。
[17] 论事：分析事理。岂：通"其"，表示期望。
[18] 塕（wěng）然：风忽然而起的样子。穷巷：偏僻小巷。
[19] 堀（kū）堁（kè）：风吹起灰尘。堀：冲起。堁：尘埃。勃郁：风沙回旋翻滚的样子。袭：入。
[20] 沙堁：沙尘，沙土。死灰：冷却的灰烬。
[21] 骇：惊起。此处为搅动之意。溷（hùn）浊：指污秽肮脏之物。腐余：腐烂的垃圾。
[22] 邪薄：指风从旁侵入。邪：通"斜"。薄：迫近。瓮牖（wèng yǒu）：在土墙上挖一个圆孔镶入破瓮做成的窗户。室庐：指庶人所居住的简陋小屋。庐：草屋。
[23] 憞（dùn）溷：烦乱。郁邑：忧闷。
[24] 殴温致湿：驱来温湿之气，使人得湿病。殴：通"驱"。
[25] 中心：即心中。惨怛（dá）：悲惨忧伤。怛：痛苦。
[26] 造热：得热病。
[27] 中唇：吹到人的嘴唇上。胗（zhēn）：唇上生的疮。
[28] 得目为蔑：吹进眼里就得眼病。蔑：眼病。
[29] 啗齰嗽获（dàn zé sòu huò）：中风后口动的样子。啗：吃。齰：咬。嗽：嚼。嗽：吸吮。获：大叫。
[30] 死生不卒：不死不活。此言中风后的状态。生：活下来，指病病愈。卒：终结。

8 陌上桑[1]

汉乐府民歌

日出东南隅[2]，照我秦氏楼。秦氏有好女，自名为罗敷。

罗敷喜蚕桑[3]，采桑城南隅。青丝为笼系[4]，桂枝为笼钩[5]。

头上倭堕髻[6]，耳中明月珠。缃绮为下裙，紫绮为上襦[7]。

行者见罗敷，下担捋髭须。少年见罗敷，脱巾著帩头[8]。

耕者忘其耕，锄者忘其锄。来归相喜怒，但坐观罗敷[9]。

使君从南来[10]，五马立踟蹰。使君遣吏往，问是谁家姝。

"秦氏有好女，自名为罗敷。""罗敷年几何？""二十尚不足，

十五颇有余"。使君谢罗敷[11]："宁可共载不？"

罗敷前致辞："使君一何愚！使君自有妇，罗敷自有夫。"

"东方千余骑，夫婿居上头[12]。何用识夫婿？白马从骊驹，

青丝系马尾，黄金络马头，腰中鹿卢剑[13]，可值千万余。

十五府小吏，二十朝大夫，三十侍中郎[14]，四十专城居。

为人洁白皙，鬑鬑颇有须。盈盈公府步，冉冉府中趋[15]。

坐中数千人，皆言夫婿殊[16]。"

---

[1] 选自[清]吴兆宜注、程琰删补《玉台新咏笺注》，中华书局，1985年版。《陌上桑》一名《艳歌罗敷行》，又名《日出东南隅行》。陌：田间的路。桑：桑林。
[2] 东南隅：指东方偏南。隅：方位、角落。中国在北半球，夏至以后日渐偏南，所以说日出东南隅。
[3] 喜蚕桑：喜欢采桑。喜：有的本子作"善"（善于、擅长）。
[4] 青丝为笼系：用黑色的丝做篮子上的络绳。笼：篮子。系：络绳（缠绕篮子的绳子）。
[5] 笼钩：一种工具。采桑用来钩桑枝，行时用来挑竹筐。
[6] 倭堕髻：即堕马髻，发髻偏在一边，呈坠落状。倭堕：叠韵字。
[7] 缃绮：浅黄色有花纹的丝织品。襦：短袄。
[8] 帩（qiào）头：古代男子束发的头巾。
[9] 但：只是。坐：因为，由于。
[10] 使君：汉代对太守、刺史的通称。
[11] 谢：这里是"请问"的意思。
[12] 居上头：在行列的前端。意思是地位高，受人尊重。
[13] 鹿卢剑：剑把用丝绦缠绕起来，像鹿卢的样子。鹿卢：即辘轳，井上汲水的用具。宝剑：荆轲刺秦王时带的就是鹿卢剑。
[14] 侍中郎：出入宫禁的侍卫官。
[15] 鬑鬑（lián lián）：须发稀疏貌。盈盈：仪态端庄美好。冉冉：走路缓慢。
[16] 殊：出色，与众不同。

9　行行重行行[1]

《古诗十九首》

行行重行行，与君生别离[2]。

相去万余里，各在天一涯[3]。

道路阻且长[4]，会面安可知？

胡马依北风，越鸟巢南枝[5]。

相去日已远，衣带日已缓[6]。

浮云蔽白日，游子不顾返[7]。

思君令人老，岁月忽已晚[8]。

弃捐勿复道，努力加餐饭[9]。

---

[1][梁]萧统编、[唐]李善注《昭明文选》，上海古籍出版社，1986年版。注释参照隋树森编著《古诗十九首集释》（中华书局，1957年版）。《行行重行行》是《古诗十九首》中的第一首，是一首汉代的文人五言诗，抒写了一个女子对远行在外的丈夫的深切思念之情。

[2]重（chóng）：又。这句是说行而不止。生别离：是"生离死别"的意思。屈原《九歌·少司命》："悲莫悲兮生别离。"

[3]相去：相距，相离。涯：方。

[4]阻：艰险。

[5]胡马：北方所产的马。越鸟：南方所产的鸟。"胡马倚北风，越鸟朝南枝"：是当时习用的比喻，借喻眷恋故乡的意思。

[6]缓：宽松。这句意思是说，人因相思而躯体一天天消瘦。

[7]顾返：还返，回家。顾：返也。反：同"返"。

[8]"老"：并非实指年龄，而指消瘦的体貌和忧伤的心情，是说心身憔悴，有似衰老而已。"晚"：指行人未归，岁月已晚，表明春秋忽代谢，相思又一年，暗喻青春易逝。

[9]弃捐：抛弃。这两句的意思是说这些都丢开不必再说了，只希望你在外保重；一说是指这些都丢开不必再说，自己要努力保重自己，以待后日相会。

汉 赋

辞赋是汉代文学的最高代表，有"一代之文学"的称誉，兴盛于两汉四百余年间，汉代的学者大多致力于这种文体的创作，因此辞赋在文学史上有"汉赋"的专称。

一般认为，汉赋是在特定的政治、经济背景下，融合诗经、楚辞和散文等南北不同地域文风的产物。首先，汉代强盛的国力和经济，为汉赋的产生和发展提供了物质基础；统治者的好大喜功和大力提倡，使汉赋成为两汉文人创作的动力；《诗经》的写实和《楚辞》的浪漫，以及黄老思想与儒家、法家、道家等各种思潮的碰撞共存，为汉赋的产生提供了思想基础，种种原因使得汉赋这一神话与现实交错并举、辞藻华美与思维发散的文学形式得以盛行，产生了"穷山海之瑰富，尽人神之壮丽"的艺术效果。

汉赋的发展大致可分为三个阶段：西汉初期是汉赋的产生阶段，文人模拟、综合楚辞和散文的特点，开始创作"非诗非文，亦诗亦文"的新文体，这一时期的创作大体上还继续以楚辞为主流，开始融入散文的成分，最初多是抒发政治诉求和感慨的作品，比如贾谊的《吊屈原赋》即悼念屈原、抒发愤慨之意。枚乘的《七发》标志着这种辞赋的正式形成，这一时期的代表人物还有陆贾、淮南王刘安、庄忌等。

西汉武帝至东汉中叶，是汉代大赋的繁荣阶段。经过汉初几十年的休养生息，汉代国力强大，皇权经"罢黜百家，独尊儒术"而得以至高无上，统治者养成了耽于声色的享乐风气，这就为赋体文学提供了发展的基础，汉赋成为一种宫廷文学，代表人物有司马相如、张衡、班固等。比如司马相如的《子虚赋》《上林赋》，结构宏大，气势磅礴，辞藻富丽，后人称之为"赋圣"和"辞宗"。

第三个阶段是东汉中叶至东汉末年，随着汉代的衰败，社会动乱，民生凋敝，汉代大赋开始走向衰弱，汉赋的风格开始有所转变，不再空洞地堆砌辞藻，而是走向了抒情小赋的兴盛期，作者在创造中赋予了更多的情感，代表作有班昭的《东征赋》、蔡邕的《述行赋》、祢衡的《鹦鹉赋》等。这一类作品的数量虽少，却为后代文体的进一步演变打下了基础。

第三单元

魏晋南北朝文学

　　文学史上所说的魏晋南北朝时期，始于汉献帝建安年代，迄于公元 589 年隋文帝杨坚统一中国，历时约四百年。这一时期是中国历史上最为动荡的时期，南北方长期处于分裂状态。西晋后期，经历了争夺王位的"八王之乱"，游牧民族乘虚而入，这便是历史上的"五胡乱华"。

　　在这样的社会背景下，文艺思潮有了明显的变化，思想空前自由与开放，玄学兴起，道教、佛教广为传播，人们对艺术和美的理解逐渐具有了自觉性。

　　这一时期的文学可分为前后两期，前期是魏和西晋，后期是东晋和南北朝。三国时期，很多文士学习汉代乐府诗，后来形成独特风格的"建安风骨"。西晋时期，"三张、二陆、两潘、一左"成为太康年间重要的代表作家。东晋、南北朝文学以诗歌为主，诗歌创作经历了玄言诗—山水诗—永明体—宫体诗的演进历程。这一时期，产生了大量写作山水诗的大诗人谢灵运和大量写作田园诗的大诗人陶渊明。南北朝时期，代表性的乐府民歌有北朝的《木兰诗》和南朝的《西洲曲》。除此之外，散文、小说创作也饶有成就，如郦道元的《水经注》、杨衒之的《洛阳伽蓝记》、颜之推的《颜氏家训》。小说代表作主要有东晋干宝所编的志怪小说《搜神记》，南朝宋刘义庆所编的志人小说《世说新语》等。

1　短歌行[1]

曹　操

对酒当歌，人生几何[2]！譬如朝露，去日苦多[3]。

慨当以慷[4]，忧思难忘。何以解忧？唯有杜康[5]。

青青子衿，悠悠我心[6]。但为君故，沉吟至今[7]。

呦呦鹿鸣，食野之苹。我有嘉宾，鼓瑟吹笙[8]。

明明如月，何时可辍[9]？忧从中来，不可断绝。

越陌度阡[10]，枉用相存[11]。契阔谈䜩[12]，心念旧恩[13]。

月明星稀，乌鹊南飞。绕树三匝[14]，何枝可依？

山不厌高，水不厌深[15]。周公吐哺，天下归心[16]。

---

[1] 本篇选自郭茂倩编《乐府诗集》，中华书局，1979年版。注释参考余冠英注《三曹诗选》（人民文学出版社，1956年版）和朱东润主编《中国历代文学作品选》（上海古籍出版社，2002年版）。《短歌行》属乐府《相和歌·平调曲》，曹操《短歌行》共有两首，这里所选为第一首。这首诗感叹时光易逝，继而抒写求贤若渴的心情，最后点出自己的雄心大志。曹操（155—220年），字孟德，沛国谯县（今安徽亳州）人，三国时期杰出的政治家、军事家、文学家。
[2]“对酒”二句：这两句说人生饮酒听歌的行乐时间是不多的。当：对，应当。
[3]“譬如”二句：这两句说人生本来很短暂，可悲的是逝去的日子又已甚多。苦：患。
[4] 慨当以慷：犹云“当慨而慷”。将“慷慨”二字颠倒并隔开来，是为了叶韵和足成四字句。
[5] 杜康：相传古代最初造酒的人。这里作为酒的代称。
[6] 青青子衿，悠悠我心：出自《诗经·郑风·子衿》，这里借用《诗经》成句表达对贤才的思慕。衿：衣领。青衿：周代学子的服装，这里指代有学识的人。悠悠：长久的样子，形容思念之情。
[7]“但为”二句：原文无此两句，据《文选》补。沉吟：沉思吟味，即整日在心头回旋。
[8]“呦呦”四句：出自《诗经·小雅·鹿鸣》。呦呦：鹿鸣声。苹：艾蒿。《鹿鸣》原本是宴宾客的诗歌，此处表示自己招纳贤才的态度。
[9] 辍：停止，一作“掇”，拾取。以上两句，形容人才难得。
[10] 越陌度阡：陌和阡都是田间的道路。南北为阡，东西为陌。古谚有“越陌度阡，更为客主”的话，这里用成语表达客人远道来访。
[11] 枉用相存：屈驾来访，枉劳存问的意思。枉：屈驾。用：以。存：问候。
[12] 契阔谈䜩：两情契合，在一处谈心宴饮。契阔：聚散。契是投合，阔是疏远。这里有久别重逢的意思。䜩：同“宴”。
[13] 旧恩：旧日的情谊。以上四句是作者希望久别的朋友远道来归。
[14] 匝（zā）：周围。
[15] 水不厌深：水，一作海。这两句比喻贤才多多益善。
[16] 哺：咀嚼着的食物。这两句引周公以自比，说明自己渴望贤才帮助建功立业的心思。

2 七 哀[1]

曹 植

明月照高楼，流光正徘徊。

上有愁思妇，悲叹有余哀。

借问叹者谁？言是客子妻。

君行逾[2]十年，孤妾常独栖。

君若清路尘，妾若浊水泥。

浮沉[3]各异势，会合何时谐？

愿为西南风，长逝[4]入君怀。

君怀良[5]不开，贱妾当何依？

---

[1] 本篇选自郭茂倩编《乐府诗集》，中华书局，1979年版。注释参考余冠英注《三曹诗选》（人民文学出版社，1956年版）和朱东润主编《中国历代文学作品选》（上海古籍出版社2002年版）。七哀：乐府新题，起于汉末。本篇又题作"杂诗"或"怨歌行"，主要描写思妇怀念游子的哀怨，也有人认为曹植别有寄托，慨叹自己与曹丕的不同处境，以孤妾自喻。曹植（192—232年），字子建，沛国谯县（今安徽亳州）人，曹操子，曹丕同母弟弟，封陈王，谥思，故世称陈思王。三国曹魏时期著名文学家，建安文学的代表人物。

[2] 逾：超过。

[3] 浮：指清路尘；沉：指浊水泥。

[4] 逝：往。

[5] 良：确实。

3 咏怀·夜中不能寐[1]

阮 籍

夜中不能寐，起坐弹鸣琴。

薄帷鉴明月[2]，清风吹我襟。

孤鸿号外野，翔鸟鸣北林[3]。

徘徊将何见？忧思独伤心。

---

[1]本篇选自［魏］阮籍撰、［明］张溥评汉魏六朝百三家集本《阮步兵集》，木刻竹纸版。注释参考黄节注《阮步兵咏怀诗注》（人民文学出版社，1957年版）和朱东润主编《中国历代文学作品选》（上海古籍出版社，2002年版）。《咏怀诗》共82首，是阮籍平生诗作的总题，不是一时一地所作，内容大多写自己对现状不满和无法解脱的矛盾苦闷心情。本篇是其中的第一首，有发端的意义，隐晦曲折地表现了诗人在黑暗时代中的彷徨与苦闷。阮籍（210—263年），字嗣宗，陈留尉氏（今河南尉氏）人，阮瑀之子，三国时期魏诗人，"竹林七贤"之一，曾为步兵校尉故世称阮步兵。
[2]薄帷，薄薄的帐幔。鉴：照。这句是说月光照于薄帷之上。
[3]孤鸿：失群的大雁。号：鸣叫。翔鸟：飞翔着的鸟。此二句说，因为月明，所以鸟在夜里飞翔。

4 咏史·郁郁涧底松[1]

左 思

郁郁涧底松[2]，离离山上苗[3]。

以彼径寸茎[4]，荫此百尺条[5]。

世胄蹑高位[6]，英俊沉下僚[7]。

地势使之然，由来非一朝。

金张籍旧业，七叶珥汉貂[8]。

冯公岂不伟[9]，白首不见招。

---

[1] 本篇选自郁贤皓主编《中国古代文学教程》，高等教育出版社，2007年版，注释参考此书及朱东润主编《中国历代文学作品选》（上海古籍出版社，2002年版）。《咏史》诗共八首，大都通过对古人古事的歌咏来抒写自己的怀抱，题名咏史，实则咏怀。本篇为第二篇，诗歌以山上苗和涧底松为喻，抒发在门阀世族社会中，出身贫寒的人才受压抑的愤慨。左思，字太冲，齐国临淄（今山东淄博东北）人，生卒年不详，与陆机、潘岳等同时。西晋著名文学家，其《三都赋》被人称颂，造成"洛阳纸贵"。

[2] 郁郁：茂盛的样子。

[3] 离离：下垂的样子。苗：初生的草木。

[4] 彼：指山上苗。径寸茎：直径一寸的茎杆。

[5] 荫（yìn）：遮盖。此：指涧底松。条：树枝。径寸之苗能遮盖百尺之条，是地势使之如此。

[6] 世胄：世家子弟。蹑（niè）：登。

[7] 下僚：小官。

[8] 金张：指金日磾（jīn mì dī）和张安世两家族，两人皆为西汉宣帝时的权贵。籍：同"藉"，依靠。旧业：先人的遗业。七叶：七世。珥（ěr）：插。汉貂：汉代侍中、中常侍的帽子上，皆插貂尾为饰。这两句是说，金张两家的子弟凭借祖先的世业，七代做汉朝的贵官。

[9] 冯公：指冯唐，生于汉文帝时，年老了（汉武帝时）仍居郎官小职。伟：奇异，出众。

5　读山海经·孟夏草木长[1]

陶渊明

孟夏草木长[2]，绕屋树扶疏[3]。

众鸟欣有托，吾亦爱吾庐。

既耕亦已种，时还读我书。

穷巷隔深辙，颇回故人车[4]。

欢然酌春酒，摘我园中蔬。

微雨从东来，好风与之俱。

泛览周王传[5]，流观山海图[6]。

俯仰终宇宙[7]，不乐复何如！

---

[1] 本篇选自逯钦立校注《陶渊明集》，中华书局，1979年版。《读山海经》共13首，大都为陶渊明归田前期所作。除第一首是写阅读的乐趣外，其他各篇都是分咏书中所载的奇异事物。本篇为第一首。陶渊明（365—427年），字元亮，一说名潜，字渊明，自号五柳先生，浔阳柴桑（今江西九江市）人。因不为五斗米折腰，辞官归里，躬耕自资，卒后朋友私谥靖节。中国第一位大量创作田园诗的诗人，被称为"隐逸诗人之宗"。
[2] 孟夏：夏历四月。
[3] 扶疏：茂盛。
[4] 穷巷：陋巷。隔：隔绝。深辙：指显贵者所承大车的车迹。回：回转。故人：旧交。这两句是说，因为居处偏僻，路况不佳，车行深陷，常使故人回车而去，意即少人来往。
[5] 周王传：指《穆天子传》，记周穆王驾八骏西征的故事。
[6] 山海图：指《山海经图》，古《山海经》有图。
[7] 俯仰：指顷刻之间。这句是说，俯仰之间就可以从图书中穷尽宇宙之事。

6 石壁精舍还湖中作[1]

谢灵运

昏旦变气候[2]，山水含清晖。

清晖能娱人，游子憺忘归[3]。

出谷日尚早，入舟阳已微。

林壑敛暝色，云霞收夕霏[4]。

芰荷迭映蔚[5]，蒲稗相因依[6]。

披拂趋南径[7]，愉悦偃东扉[8]。

虑澹物自轻[9]，意惬理无违[10]。

寄言摄生客[11]，试用此道推[12]。

---

[1] 本篇选自［明］张溥评汉魏六朝百三名家集本《谢康乐集》，注释参考黄节注《谢康乐诗注》（人民文学出版社，1958年版）和顾邵柏校注《谢灵运集校注》（中州古籍出版社，1987年版）。本诗写自石壁精舍至湖中一天游观的乐趣和从中体会到的理趣。石壁精舍在始宁县（今浙江省上虞县）东南。精舍：指佛寺。湖：指巫湖。谢灵运（385—433年），陈郡阳夏（今河南太康县）人。东晋名将谢玄之孙，袭封康乐公，故世称谢康乐。他是中国诗歌史上第一个大量创作山水诗的诗人。

[2] 昏旦：一天。昏：黄昏。旦：早晨。此句是说山中气候多变，黄昏与早晨各不相同。

[3] 憺（dàn）：恬静安适。此二句从屈原《九歌·东君》："羌声色兮娱人，观者憺兮忘归"化用。

[4] 林壑：山林溪谷。敛：聚集。暝色，夕霏：傍晚时分因光线暗淡而变得朦胧模糊的山色和云气。

[5] 芰（jì）：菱。迭映蔚：言芰荷之光色相互映照。

[6] 蒲稗（bài）：菖蒲和稗草。相因依：两种水草杂生在一起，相互依靠。

[7] 披拂：用手拨开路边的草木。

[8] 偃：歇息。东扉：东轩。这句是说愉快地在东轩歇息。

[9] 虑澹：心思清纯，恬淡寡欲。这句是说思虑淡泊则外物自轻。

[10] 意惬（qiè）：心满意足。理：自然界万物之理。这句是说由于心里常常感到很满足，因此觉得万物之理无违于自己的意愿。

[11] 摄生客：注意保养生命的人。

[12] 此道：指上面"虑澹""意惬"二句所讲的道理。推：求。

7　别　赋[1]

江　淹

黯然销魂者[2]，唯别而已矣。况秦吴兮绝国[3]，复燕宋兮千里[4]。或春苔兮始生，乍[5]秋风兮暂起。是以行子肠断，百感凄恻。风萧萧而异响，云漫漫而奇色。舟凝滞[6]于水滨，车逶迟[7]于山侧，棹容与而讵前[8]，马寒鸣而不息。掩金觞而谁御[9]，横玉柱而沾轼[10]。居人愁卧，怳若有亡[11]。日下壁而沉彩[12]，月上轩而飞光。见红兰之受露，望青楸之离霜[13]。巡曾楹而空掩[14]，抚锦幕而虚凉。知离梦之踯躅[15]，意别魂之飞扬[16]。

故别虽一绪，事乃万族[17]。至若龙马[18]银鞍，朱轩绣轴[19]，帐饮东都[20]，送客金谷[21]。琴羽张[22]兮箫鼓陈，燕赵歌兮伤美人[23]；珠与玉兮艳暮秋，罗与绮兮娇上春[24]。惊驷马之仰秣[25]，耸渊鱼之赤鳞[26]。造[27]分手而衔涕，感寂寞而伤神[28]。

---

[1] 本篇选自胡之骥注《江文通集汇注》，中华书局，1984 年版，注释参照此书及朱东润主编《中国历代文学作品选》（上海古籍出版社，2002 年版）。本篇通过对各种不同类型人物离情别绪的描写，刻画了他们各自的心理状态和不同特点。作品善于通过环境的描绘突出人物的心理感受，具有浓厚的抒情气息。江淹（444—505 年），字文通，济阳考城（今河南省兰考县）人。南朝著名文学家，出身寒微，沉静好学。长抒情小赋，尤以《恨赋》《别赋》最为著名。
[2] 黯然：心神沮丧，形容惨戚之状。销魂：即丧魂落魄。此为形容别恨之深。
[3] 秦：今陕西一带。吴：今江苏、浙江一带。绝国：隔离绝远之地。
[4] 燕：今河北北部一带，宋：今河南东部一带。
[5] 乍：忽然。与上一句"或"互文见义。
[6] 凝滞：留止不前貌。
[7] 逶迟：行缓慢之状。
[8] 棹（zhào）：船桨，这里指船。容与：徘徊不进貌。讵前：滞留不前。讵：岂。
[9] 掩：覆盖。觞（shāng）：酒杯。御：饮用。
[10] 玉柱：用玉做的琴瑟上的系弦之木，这里指琴。沾：泪泪。轼：车前的横木。
[11] 怳（huǎng）：丧神失意的样子。亡：失。这句说，恍然若有所失。
[12] 沉彩：落日余晖消失。
[13] 楸（qiū）：落叶乔木名。离：即"罹"，遭受。
[14] 曾楹（yíng）：高高的楼房。楹：屋柱，此指房屋。掩：关门。
[15] 踯躅（zhí zhú）：徘徊不进貌。这句说，居人设想行子因不忍相别，在梦中也行步踯躅不前。
[16] 意：料想。飞扬：言心神不安。本段总起，泛写别双方的悲伤状况。
[17] 族：类。
[18] 龙马：马八尺以上称"龙马"。
[19] 朱轩：泛指装饰豪华的车辆。轩：车。轴：车轴，这里代指车。这两句形容车马的壮丽。
[20] 帐饮东都：西汉疏广、疏受告老还乡，公卿大夫故旧数百人为其饯行于长安东都门外，事见《汉书·疏广传》。
[21] 金谷：晋石崇在洛阳西北金谷所造金谷园。石崇曾在金谷园中盛宴送王诩还长安，见其《金谷诗序》。
[22] 羽：古代五音之一。琴羽：指琴中弹奏出羽声。羽声较为慷慨。张：开，指弹奏。
[23] 燕赵：燕赵的美人唱歌以相合。伤美人：连歌唱令美人亦为之悲伤不已。
[24] "珠与玉"二句：这两句写美人装饰华丽，当春秋佳日，容光焕发。上春：初春。
[25] 仰秣（mò）：言本来正在进食的马，因听到美妙的音乐而仰起头来。秣：饲马。
[26] 耸：惊动。鳞：鱼。
[27] 造：至。
[28] 本段写富贵者之别。

　　乃有剑客惭恩[1]，少年报士[2]，韩国赵厕[3]，吴宫燕市[4]，割慈忍爱，离邦去里，沥泣共诀[5]，抆血[6]相视。驱征马而不顾，见行尘之时起。方衔感于一剑[7]，非买价于泉里[8]。金石震而色变[9]，骨肉悲而心死[10]。

　　或乃边郡未和，负羽[11]从军。辽水无极[12]，雁山参云[13]。闺中风暖，陌上草薰[14]。日出天而耀景[15]，露下地而腾文[16]，镜朱尘之照烂[17]，袭青气之烟煴[18]。攀桃李兮不忍别，送爱子兮沾罗裙[19]。

　　至如一赴绝国，讵[20]相见期。视乔木兮故里，决北梁[21]兮永辞。左右兮魂动，亲宾兮泪滋。可班荆兮赠恨[22]，惟尊酒兮叙悲。值秋雁兮飞日，当白露兮下时。怨复怨兮远山曲[23]，去复去兮长河湄[24]。

　　又若君居淄右[25]，妾家河阳[26]。同琼佩[27]之晨照，共金炉之夕香，君结绶[28]兮千里，惜瑶草[29]之徒芳。惭幽闺之琴瑟，晦高台之流黄[30]。春宫闷[31]此青苔色，秋帐含兹明月光，夏簟[32]清兮昼不暮，冬釭凝兮夜何长[33]！织锦曲兮泣已尽，回文诗兮影独

---

[1] 惭恩：感恩。
[2] 报士：报恩之士。
[3] 韩国：指战国时侠士聂政为韩国严仲子报仇，刺杀韩相侠累一事。赵厕：战国初期，豫让因自己的主上智氏为赵襄子所灭，乃变姓名为刑人，入宫涂厕，侠比首欲刺赵襄子一事。
[4] 吴宫：指春秋时专诸置匕首于鱼腹，在宴席间为吴国公子光刺杀吴王僚一事。燕市：指荆轲为燕太子丹，刺秦王一事。以上四人事均见《史记·刺客列传》。
[5] 沥泣：下泪。诀：别。
[6] 抆（wěn）：擦拭。抆血：拭血。言泣血为别。
[7] 衔感：怀恩感遇。这句说，心里铭记知遇之恩，所以愿以剑行刺来为此效命。
[8] 买价：沽名钓誉以取声价。泉里：黄泉。这句说，不是为了追求声名于身后。
[9] 金石：钟、磬一类乐器。色变：荆轲与秦武阳入秦，秦王使卫士持戟夹陛而立。既而鼓钟并发，群臣皆呼万岁，武阳大恐，面如死灰色。
[10] "骨肉"句：聂政刺杀韩相侠累后，剔眼、毁容、剖腹自杀，以免牵连他人。韩国当政者将他暴尸于市，下令能识出者悬赏千金。他的姐姐聂嫈为宣扬弟弟的义举，宣布聂政姓名，伏尸而哭，在弟弟尸旁自杀。本段写剑客游侠之别。
[11] 羽：箭。
[12] 辽水：辽河，在今辽宁省西部。无极：没有尽头。
[13] 雁山：雁门山，在今山西原平县西北。参云：高插入云。
[14] 薰：香。
[15] 耀景：闪射光芒。
[16] 腾文：纹彩闪烁。
[17] 镜：照。朱尘：红色的尘霭。照烂：明亮灿烂。这句说，春日阳光下照耀着明亮灿烂的红尘。
[18] 袭：侵入。青气：春天郊野之气。烟煴（yīn yūn）：同"氤氲"，云气笼罩弥漫的样子。
[19] 本段写从军之别。
[20] 讵：岂有。
[21] 决：同"诀"，诀别。梁：桥。
[22] 班荆：折荆铺地而坐。《左传》襄公二十六年载，伍举与声子相善。"伍举奔郑，将遂奔晋。声子将如晋，遇之于郑郊，班荆相与食，而言复故。"后世就有"班荆道故"的成语，来比喻亲旧惜别的悲痛。
[23] 山曲：山坳。
[24] 湄：水边。本段写远赴绝国之别。
[25] 淄右：淄水西边，在今山东境内。古代以西为右。
[26] 河阳：黄河北岸。水北山南为阳。
[27] 琼佩：用美玉做的佩饰。
[28] 绶：系印章的丝带。结绶：指做官。
[29] 瑶草：香草，妇人用此自喻。
[30] 晦：昏暗不明。流黄：一种精细的丝织品。这句是说，爱人离别，无心织锦。
[31] 春宫：指闺房。闷（bì）：关闭。
[32] 簟（diàn）：竹席。
[33] 釭（gāng）：灯。以上四句写一年四季的相思之感。

伤^[1]。

傥有华阴上士^[2]，服食还山^[3]。术既妙而犹学，道已寂^[4]而未传。守丹灶而不顾^[5]，炼金鼎而方坚，驾鹤上汉^[6]，骖鸾腾天^[7]。暂游万里，少别千年。惟世间兮重别，谢主人兮依然^[8]。

下有芍药之诗^[9]，佳人之歌^[10]。桑中卫女，上宫陈娥^[11]。春草碧色，春水渌波，送君南浦^[12]，伤如之何！至乃秋露如珠，秋月如珪^[13]，明月白露，光阴往来，与子之别，思心徘徊^[14]。

是以别方^[15]不定，别理千名，有别必怨，有怨必盈，使人意夺神骇，心折骨惊^[16]。虽渊云^[17]之墨妙，严乐^[18]之笔精，金闺之诸彦^[19]，兰台^[20]之群英，赋有凌云之称^[21]，辩有雕龙之声^[22]，谁能摹暂离之状，写永诀之情者乎^[23]！

---

[1]"织锦"二句：这两句是互文见义。苻秦时秦州刺史窦韬身处沙漠，妻子苏蕙就织锦为回文诗寄赠给他，事见（《晋书·列女传》）。织锦曲：即回文诗。回文诗为古代一种文体，其文从正反两方读之意义皆通。本段写夫妇之别。

[2]傥（tǎng）：或。华阴：即华山。上士：求仙的人。

[3]服食：道家服食丹药。还山：即成仙，一作"还仙"。

[4]寂：达到寂灭之境。

[5]丹灶：与下句的"金鼎"皆为炼丹炉。不顾：指不问世事。

[6]汉：银河。

[7]骖（cān）：乘。鸾：凤凰一类的鸟。

[8]谢：告辞。依然：依依不舍。本段写方外之别。

[9]芍药之诗：语出《诗经·郑风·溱洧》："维士与女，伊其相谑，赠之以芍药。"

[10]佳人之歌：汉李延年歌："北方有佳人，绝世而独立。"

[11]"桑中"二句：《诗经·鄘风·桑中》："期我乎桑中，要我乎上宫，送我乎淇之上矣。"桑中、上宫：卫地，皆为男女约会之所。娥：美女。

[12]南浦：南面的水滨，泛指送别之地。《楚辞·九歌·河伯》："子交手兮东行，送美人兮南浦。"

[13]珪（guī）：上尖下方的美玉。

[14]本段写男女情人之别。

[15]别方：别离的方式。

[16]心折骨惊：倒装，当为"骨折心惊"，为押韵故。

[17]渊：即王褒，字子渊。云：即扬雄，字子云。二人都是西汉著名辞赋家。

[18]严：严安。乐：徐乐。二人曾上书汉武帝言时务，深得武帝赞赏。

[19]金闺：原指汉代长安金马门，汉武帝使学士待诏金马门以备顾问。彦：有才学的人。

[20]兰台：汉代朝廷中藏书和讨论学术的地方。汉设兰台史令，掌校理图籍治理文书。

[21]凌云之称：司马相如作《大人赋》，汉武帝赞誉为"飘飘有凌云之气，似游天地之间"，事见《史记·司马相如列传》。

[22]雕龙之声：指驺奭（shì）。《史记·孟子荀卿列传》载，战国齐人驺奭"採驺衍之术以纪文"。齐人后有"谈天衍，雕龙奭"的说法。后多用"雕龙"形容文章华美。

[23]本段为总结，写别情痛苦之深，非笔墨所能形容。

8 西洲曲[1]

南朝乐府民歌

忆梅下西洲[2]，折梅寄江北[3]。

单衫杏子红[4]，双鬓鸦雏色[5]。

西洲在何处？两桨桥头渡。

日暮伯劳飞[6]，风吹乌臼树[7]。

树下即门前，门中露翠钿[8]。

开门郎不至，出门采红莲。

采莲南塘秋，莲花过人头。

低头弄莲子[9]，莲子青如水[10]。

置莲怀袖中，莲心彻底红[11]。

忆郎郎不至，仰首望飞鸿[12]。

鸿飞满西洲，望郎上青楼[13]。

楼高望不见，尽日[14]栏杆头。

栏杆十二曲，垂手明如玉。

卷帘天自高，海水摇空绿[15]。

海水梦悠悠，君愁我亦愁。

南风知我意，吹梦到西洲[16]。

---

[1] 本篇选自郭茂倩编《乐府诗集》，中华书局，1979 年版。注释参考朱东润主编《中国历代文学作品选》（上海古籍出版社，2002 年版）和郁贤皓主编《中国古代文学教程》（高等教育出版社，2007 年版）。本篇收入"杂曲歌辞"类，说是古辞。全篇通过季节的变换的描写，表达一个女子对所爱男子的深长思念。此诗当是经过文人加工后的南朝民歌，但有的选本认为本诗为江淹或梁武帝所作。

[2] 下：往。西洲，当在女子住处附近。

[3] 江北：当指男子所在的地方。此句意思是说，女子见到梅花又开了，回忆起以前曾和情人在梅下相会的情景，因而想到西洲去折一枝梅花寄给在江北的情人。

[4] 杏子红：杏红色单衫。

[5] 鸦雏色：像小乌鸦羽毛一样的颜色。形容女子的头发乌黑发亮。

[6] 伯劳：鸟名，仲夏始鸣，喜欢单栖。这里一方面用来表示仲夏季节，一方面也暗喻女子孤单的处境。

[7] 乌臼：亦作"乌桕"，落叶乔木，夏开小黄花，种子可榨油制肥皂或蜡烛。

[8] 翠钿：用翠玉做成或镶嵌的首饰。

[9] 莲子：谐音"怜子"（爱你）。

[10] 青如水：隐喻爱情的纯洁。

[11] 莲心：谐音"怜心"，即爱情之心。彻底红：隐喻怜爱之深透。

[12] 望飞鸿：这里暗含"望书信"的意思。因为古代有鸿雁传书的故事。

[13] 青楼：以青色涂饰的楼。为古代女子住处的通称。

[14] 尽日：整天。

[15] "卷帘"二句：承接"楼高"二句，忆郎不至，则登楼而望，然楼虽高而望仍不见，卷帘所见，唯有碧天自高，海水空自摇绿而已。

[16] "海水"四句：即江水。这句是说，终日栏杆独凭，唯见海水之悠悠，不仅现实如此，连梦境亦如海水之悠悠，于是从我之愁推想到对方之愁亦必如此，因此唯有期望南风把梦境中的对方吹向西洲，使我能在梦中与所爱之人会面。

9 《世说新语》三则[1]

刘义庆

简文帝（言语门）

简文帝[2]入华林园[3]，顾谓左右曰："会心[4]处不必在远，翳然[5]林水，便自有濠、濮[6]间想[7]也。觉鸟兽禽鱼，自来亲人。"

桓公（品藻门）

桓公少与殷侯齐名，常有竞心[8]。桓问殷："卿何如[9]我？"殷云："我与我周旋[10]久，宁作我！"

王子猷（任诞门）

王子猷居山阴[11]，夜大雪，眠觉，开室，命酌酒。四望皎然，因起彷徨[12]，咏左思《招隐》诗[13]。忽忆戴安道[14]。时戴在剡[15]，即便夜乘小船就之[16]。经宿方至[17]，造门不前而返[18]。人问其故，王曰："吾本乘兴而行，兴尽而返，何必见戴？"

---

[1] 本文三则选自余嘉锡笺疏《世说新语笺疏》，中华书局，1983年版。注释参考张万起、刘尚慈译注《世说新语译注》（中华书局，1998年版）。《世说新语》，笔记小说集，南朝宋临川王刘义庆撰，梁刘孝标注。全书主要记载汉末至东晋的士族阶层人物的逸闻轶事，反映了这个时期士族的精神风貌和生活方式。全书按内容分类，分德行、言语、政事、文学等36篇。刘义庆（403—444年），彭城（今江苏铜山县）人，是刘宋宗室，袭封临川王。性喜文学，门下招聚了不少才学之士，此书当为他招聚的门客集体所编纂的。
[2] 简文帝（320—372年）：晋太宗司马昱，字道万。晋元帝司马睿幼子，东晋第八位皇帝。
[3] 华林园：宫苑名。在东晋都城建康（今南京），本是吴旧宫苑，晋渡江后，仿洛阳名苑修葺而成。
[4] 会心：领悟，领会，神意相得。
[5] 翳然：遮蔽之状。
[6] 濠、濮：二水名。濠：在安徽凤阳县东北。濮：在河南境内。《庄子·秋水》载庄子与惠子游于濠梁之上及垂钓濮水的故事，表达了庄子对远离尘世、回归自然的向往。
[7] 想：情怀。
[8] "桓公"二句：桓温与殷浩是东晋文武重臣。《晋书·殷浩传》："温既以雄豪自许，每轻浩，浩不之惮也。"
[9] 何如：比……如何。
[10] 周旋：交往，应酬。
[11] 王子猷（yóu）：名徽之，字子猷，王羲之的儿子。山阴：今浙江绍兴市。
[12] 彷徨：徘徊，这里有逍遥的意思。
[13] 左思：西晋文学家。所作《招隐诗》二首，描写隐居田园乐趣的诗，旨在歌咏隐士清高的生活。
[14] 戴安道：戴逵，字安道，西晋人。博学多能，擅长音乐、书画和佛像雕刻，性高洁，终生隐居不仕。
[15] 剡（shàn）：今浙江嵊州。
[16] 就之：到他那里去。
[17] 这句说，经过一宿的工夫才到达。
[18] 造：到。这句说，到了门口不进去就返回了。

知识链接三

乐府诗[1]

　　西汉所谓"乐府"，指的是主管音乐的官府。汉代人把乐府中配乐演唱的诗称为"歌诗"，直到魏晋南北朝时，人们才将这些"歌诗"称作"乐府"。于是，"乐府"便由音乐机关的名称，变为带有音乐性的诗歌体裁。

　　据《汉书·艺文志》记载，西汉乐府民歌有138首。但是这些乐府民歌流传下来的只有40首左右。现存的汉代乐府民歌，大都是东汉乐府机构所采集的，这些作品基本上都收录在宋朝郭茂倩所编的《乐府诗集》当中。郭茂倩把从汉代到唐代的乐府诗分为十二类，其中包含有汉乐府的是郊庙歌辞、鼓吹曲辞、相和歌辞、杂曲歌辞等八类。郊庙歌辞都是文人制作的用于朝廷祭祀的歌词。乐府民歌则主要保存在鼓吹曲辞、相和歌辞、杂曲歌辞这三类当中。在音乐上，这三类歌辞各具特色：相和歌辞是一种演唱方式，含有"丝竹相和"和"人声相和"两种意思，原本是汉代的"街陌谣讴"，是民间流播的主要乐曲，在汉乐府中最有价值。鼓吹曲辞是汉武帝时吸收北方民族音乐元素而形成的军乐。杂曲歌辞是一种声调失传的杂牌曲子。

---

[1] 本篇关于"乐府诗"的介绍，选自郁贤皓主编《中国古代文学教程》，高等教育出版社，2007年版。

第四单元

隋唐五代文学

　　源远流长的中国古代文学，到隋唐五代时期，发展到了一个全面繁荣的新阶段，整个文坛出现了自战国时期以来所未有的百花齐放的局面。

　　在散文方面，由于古文运动的兴起，创造出许多传记、游记、寓言、杂说等新型短篇散文。在小说方面，也出现了许多打破六朝志怪小说格局、独具机杼、富于文采与意境的传奇作品。除了这些前代已有的文体在这个时期获得推陈出新的辉煌成就之外，变文一类通俗讲唱文体也在民间广泛流传；词从大众到文人，从萌芽到成熟；更为后代文学的新发展开拓了道路。其中诗歌的发展，更达到了高度成熟的黄金时代。唐代不到三百年的时间，遗留下来的诗歌就将近五万首，比自西周到南北朝一千六七百年中遗留下的诗篇数目多出两三倍。独具风格的著名诗人有五六十个，也大大超过战国到南北朝著名诗人的总和。

　　唐诗的形式和风格是丰富多彩、推陈出新的。它不仅继承了汉魏民歌、乐府传统，并且大大发展了歌行体的样式；不仅继承了前代的五言、七言古诗，并且发展为叙事言情的鸿篇巨制；不仅扩展了五言、七言形式的运用，还创造了风格特别优美整齐的近体诗。唐诗是中华民族最珍贵的文化遗产之一，是中华文化宝库中的一颗明珠，同时也对世界上许多民族和国家的文化发展产生了很大影响。

1　人日思归[1]

薛道衡

入春才七日，离家已二年[2]。
人归落雁后[3]，思发在花前[4]。

---

[1] 本篇选自逯钦立辑校《先秦汉魏晋南北朝诗》隋诗卷四，中华书局，1986 年版。薛道衡（540—609 年），字玄卿，河东汾阴（山西万荣）人，著名诗人，历仕北周、北齐。入隋，官至司隶大夫，后为隋炀帝所害。这首诗是薛道衡聘陈时思归所作。人日：旧俗以农历正月初七为人日。
[2] "离家" 句：意指在客中度岁，由旧岁进入了新年。
[3] "人归" 句：这句说，秋天北雁南飞，春天又飞回北方，雁归而人未归。落：落在……后。
[4] "思发" 句：人日春花未发，而人归思已动，故云 "在花前"。思：思归。

2　在狱咏蝉[1]

骆宾王

西陆[2]蝉声唱，南冠客思侵[3]。

那堪玄鬓影[4]，来对白头吟[5]。

露重飞难进，风多响易沉[6]。

无人信高洁[7]，谁为表予心。

---

[1] 本篇选自陈熙晋笺注《骆临海集笺注》，上海古籍出版社，1985年版。此诗作于高宗仪凤三年，骆宾王为侍御史时，因屡上书议论政事，触怒武后，被诬下狱。此诗写于狱中，诗前有长序，说明因蝉声之悲引发感慨，以蝉声自况，抒写自己高洁而受诬之怨愤。骆宾王（约640—约684年），婺州义乌（今浙江义乌）人。曾为临海县丞，世称"骆临海"。其诗文与王勃、杨炯、卢照邻齐名，并称为"初唐四杰"。

[2] 西陆：指秋天。《隋书·天文志》："日循黄道东行，一日一夜行一度，三百六十五日有奇而周天。行东陆谓之春，行南陆谓之夏，行西陆谓之秋，行北陆谓之冬。"

[3] 南冠：楚冠，代指囚犯。《左传》："成公九年：晋侯观于军府，见钟仪，问之曰：'南冠而絷者谁也'有司对曰：'郑人所献楚囚也。'"杜预注："南冠：楚冠。"后因以"南冠"为囚犯的代称。客思：家乡之思。侵：侵袭。一作"深"。

[4] 玄鬓影：指蝉。鬓发梳得薄如蝉翼。这里比喻自己正当盛年。

[5] 白头吟：语义双关，即秋蝉正对着自己的白头哀吟。又《白头吟》为乐府曲名，鲍照、张正见、虞世南诸作，皆自伤清直却遭诬谤，此处意思为自己正当盛年却默诵《白头吟》哀怨诗句。

[6] "露重"二句：以蝉所处艰苦环境喻自己的处境，冤情难白。露重：秋露浓重。飞难进：蝉难以高飞。响：指蝉声。沉：沉没。

[7] 高洁：古人认为蝉饮露而不食，是高洁的象征。作者因以自喻清高洁白。

3 感遇·兰若生春夏[1]

陈子昂

兰若[2]生春夏，芊蔚何青青[3]。

幽独空林色[4]，朱蕤冒紫茎[5]。

迟迟[6]白日晚，袅袅秋风生[7]。

岁华尽摇落[8]，芳意[9]竟何成。

---

[1] 本篇选自徐鹏校注《陈子昂集》，中华书局，1960年版。陈子昂《感遇》组诗共38首，此为第二首。作者屡斥时弊，为武攸宜等所排挤，沉沦下僚。此诗抒写怀才不遇的忧愤心情。陈子昂（661—702年），字伯玉，梓州射洪（今四川射洪）人。出身豪族，少任侠，后发奋攻读。著名诗人。
[2] 兰若：兰草和杜若，都是香草。
[3] 芊（qiān）蔚：指草木茂盛状。青青：同"菁菁"，繁盛的样子。
[4] "幽独"句：意谓兰草和杜若幽独地生于林中，有着空绝群芳的秀色。
[5] "朱蕤"句：红花开在紫茎上面。蕤（ruí）：花下垂状。
[6] 迟迟：徐行貌。
[7] 袅袅：《楚辞·九歌·湘夫人》："袅袅兮秋风"，形容秋风微微吹拂。
[8] 岁华：草木一年一度开花，故云。华：古"花"字。摇落：为秋风所凋零。《楚辞·九辩》："萧瑟兮草木摇落而变衰。"
[9] 芳意：春意，比喻理想。

4　夜归鹿门山歌[1]

孟浩然

山寺钟鸣昼已昏[2]，渔梁[3]渡头争渡喧。

人随沙岸向江村，余亦乘舟归鹿门。

鹿门月照开烟树[4]，忽到庞公[5]栖隐处。

岩扉松径长寂寥[6]，惟有幽人[7]自来去。

---

[1] 本篇选自佟培基笺注《孟浩然诗集笺注》，上海古籍出版社，2000 年版。鹿门：山名，在今湖北襄阳。孟浩然（689—740 年），襄州襄阳（今湖北襄阳人）。少时，隐居鹿门山，四十岁时应长安进士举，失意而归，诗名与王维并称，属于"山水田园"诗人代表。

[2] 昼已昏：天色已黄昏。

[3] 渔梁：洲名，在湖北襄阳城外汉水中。《水经注·沔水》载："襄阳城东沔水中有渔梁洲，庞德公所居。"

[4] 开烟树：指月光照耀下，原先烟雾缭绕下的树木渐渐显现出来。

[5] 庞公：庞德公，襄阳人，东汉隐士，隐居鹿门山。与司马徽、诸葛亮等人交好，荆州刺史刘表请他做官，不久后，携妻登鹿门山采药，一去不返。

[6] 岩扉：石门。寂寥：寂静空旷。

[7] 幽人：隐居者，诗人自称。

5 终南别业[1]

王 维

中岁[2]颇好道，晚家南山陲[3]。

兴来每独往，胜事空自知[4]。

行到水穷处，坐看云起时。

偶然值[5]林叟，谈笑无还期[6]。

---

[1] 本篇选自赵殿成笺注《王右丞集笺注》，上海古籍出版社，1961年版。终南别业：指王维在终南山上的别墅。王维（701—761年），字摩诘，原籍太原祁州（今山西祁县）人，后官至尚书右丞，世称"王右丞"，人称"诗佛"。对音乐、绘画、书法及诗文，无不精擅。其"山水田园诗"，与孟浩然并称"王孟"，其山水画，为南宗之祖。苏轼称其"诗中有画，画中有诗"。
[2] 中岁：中年。
[3] 晚：近时。家：安家。南山：即终南山。陲（chuí）：边缘。
[4] 胜事：快意的事。空：只。
[5] 值：遇到。
[6] 无还期：指和林叟谈笑，忘记归家。

6 从军行·琵琶起舞换新声 [1]

王昌龄

琵琶起舞换新声,

总是关山旧别情。

撩乱 [2] 边愁听不尽,

高高秋月照长城 [3] 。

---

[1] 本篇选自中华书局校本《全唐诗》卷一四三,中华书局,1980 年版。注释参考李云逸注《王昌龄诗注》(上海古籍出版社,1984 年版)。《从军行》是乐府"相和歌辞·平调曲"旧题,内容叙述军旅战争之事。《从军行》组诗共有七首,此诗为第二首。王昌龄(698—约 757 年),字少伯,太原(今山西太原)人,一说京兆(陕西西安)人。世称"王江宁"或"王龙标",其诗多写边塞军旅、宫苑闺情。时称"诗家夫子王江宁",又有"七绝圣手"之称。

[2] 撩乱:心绪烦乱。

[3] 长城:借指边塞。

7 封丘县[1]

高 适

我本渔樵孟诸野[2]，一生自是悠悠者[3]。

乍可狂歌草泽中[4]，宁堪作吏风尘下？

只言小邑无所为，公门百事皆有期[5]。

拜迎长官心欲碎，鞭挞黎庶令人悲。

归来向家问妻子，举家尽笑今如此。

生事应须南亩田，世情付与东流水[6]。

梦想旧山安在哉，为衔君命且迟回[7]。

乃知梅福徒为尔[8]，转忆陶潜归去来[9]。

---

[1] 本篇选自刘开扬笺注《高适诗集编年笺注》，中华书局，1981 年版。此诗是天宝八年（749）年，高适任封丘（今河南封丘）尉时所作。这首诗写任职时内心深刻的矛盾和痛苦，充满着抑郁不平之感和对穷苦人民的同情。高适（约 702—765 年），字达夫，一字仲武，郡望渤海蓨（今河北景县）人，早岁家贫，20 岁游长安求仕，官至散骑常侍，世称"高常侍"，其诗多作于显达前，擅写边塞军旅生活，与岑参同为盛唐边塞诗派代表人物。

[2] 渔樵：打鱼砍柴。孟诸：古大泽名，在今河南商丘东北。高适出仕前曾在此久居。

[3] 悠悠：无拘束的人。

[4] 乍可：只可。草泽：草野。

[5] 期：期限。

[6] "生事"二句：意谓自己之所以风尘作吏，是以为家里无田可耕，而过去的入世之情，一经接触现实，则完全消失。生事：犹言生计。南亩：田亩的泛称。

[7] 衔：奉。迟回：徘徊，欲去而又未去。

[8] 梅福：字子真，西汉末寿春人。曾任南昌县尉，后弃家隐遁，隐居读书。徒为尔：只是为了这个缘故。

[9] 陶潜：即陶渊明，东晋诗人。归去来：指陶渊明赋《归去来兮辞》。这句表示要弃官归田。

8　走马川行奉送封大夫出师西征[1]

岑　参

君不见走马川行雪海边[2]，平沙莽莽黄入天。

轮台[3]九月风夜吼，一川碎石大如斗，随风满地石乱走。

匈奴草黄马正肥[4]，金山西见烟尘飞[5]，汉家[6]大将西出师。

将军金甲夜不脱，半夜军行戈相拨[7]，风头如刀面如割。

马毛带雪汗气蒸，五花连钱旋作冰[8]，幕中草檄[9]砚水凝。

虏骑闻之应胆慑，料知短兵不敢接[10]，车师西门伫献捷[11]。

---

[1] 本篇选自陈铁民、侯忠义等校注《岑参集校注》，上海古籍出版社，1981 年版。注释参考朱东润主编《中国历代文学作品选》（上海古籍出版社，2002 年版）。走马川：在新疆轮台县附近。行：古代诗歌的一种体裁。封大夫：即封常清，唐朝将领。西征：出征播仙（左末城）。岑参（715—770 年），南阳（今河南南阳）人，曾官至嘉州刺史，故世称"岑嘉州"，与高适并称，都是以反映边塞生活著称的优秀诗人。

[2] 走马川行雪海边：其中"行"字当为衍文。雪海：泛指西北苦寒之地。

[3] 轮台：地名，在今新疆轮台县。

[4] "匈奴"句：匈奴为游牧民族，马肥适合征战。

[5] 金山：即阿尔泰山。烟尘飞：战争已经发生。

[6] 汉家：唐代诗人写诗，多以汉代唐。

[7] 戈相拨：兵器互相撞击。

[8] "五花"句：意谓汗和雪在马身上很快就结成冰。五花和连钱：都指马斑驳的毛色。旋：立即。

[9] 草檄（xí）：起草讨伐敌人的文书。

[10] 短兵：指刀剑一类短武器。接：接战，交锋。

[11] 车师：安西都护府所在地，今新疆吐鲁番。伫：久立，此处为等待。

9　李白诗二首[1]

李　白

古风·西上莲花山[2]

西上莲花山[3]，迢迢见明星[4]。

素手把芙蓉[5]，虚步蹑太清[6]。

霓裳曳广带[7]，飘拂升天行。

邀我登云台[8]，高揖卫叔卿[9]。

恍恍[10]与之去，驾鸿凌紫冥[11]。

俯视洛阳川，茫茫走胡兵[12]。

流血涂野草，豺狼尽冠缨[13]。

---

[1] 李白（701—762年），字太白，号青莲居士。祖籍陇西成纪（今甘肃省秦安县），有"诗仙"之名，与杜甫并称为"李杜"，著名诗人。

[2] 本篇选自王琦注《李太白全集》，中华书局，1977年版。本诗作于安史之乱时期，安禄山在洛阳自称大燕皇帝，当时李白在江南过着隐居生活。这首诗写巨大的变乱给予他精神上的震撼；诗歌采用游仙体，前面写幻想中遗世独立的情趣，结尾从幻想回到现实，对叛军的残暴表示愤慨，对人民的苦难给予同情。《古风》诗共五十九首，原第十九首。

[3] 上：一作岳。莲花山：莲花峰，西岳华山的最高峰。华山因形似花，故名华山。

[4] 迢迢：遥远貌。明星：传说中的华山仙女。

[5] 芙蓉：莲花别名。

[6] 虚步：凌空而行。蹑：踏。太清：天空。

[7] 霓（ní）裳（cháng）：虹霓制成的衣裳，仙人所服。曳（yè）：拖曳。广带：指长长的飘带。

[8] 云台：云台峰，是华山东北部的高峰，景色秀丽。

[9] 卫叔卿：汉武帝时中山人。传说服云母石成仙。曾降临宫殿，为武帝所见。武帝曾派人寻其踪迹，终于在华山绝岩之下，望见他与数仙人在石上下棋。事见《神仙传》。

[10] 恍恍：恍惚。

[11] 紫冥：紫色的天空。

[12] 胡兵：指安史之乱叛军。

[13] "豺狼"句：安禄山建立伪政权后，大封官职。豺狼：喻指投敌的人。冠缨：官帽和系官帽的带子，此借指出任伪职者。

月下独酌·花间一壶酒[1]

花间[2]一壶酒，独酌无相亲。

举杯邀明月，对影成三人[3]。

月既不解饮，影徒[4]随我身。

暂伴月将[5]影，行乐须及春。

我歌月徘徊，我舞影零乱。

醒时同交欢，醉后各分散。

永结无情游[6]，相期邈云汉[7]。

---

[1] 本篇选自王琦注《李太白全集》，中华书局，1977年版。此诗当作于玄宗天宝年间，李白供职翰林时，遭谗后君王疏之，思想极为苦闷。原诗有四首，此诗为第一首。始终写花间月夜独饮的场景，表面上豪放不羁，及时行乐，实则深含失意孤独之痛苦心情。

[2] 间：一作"下"，一作"前"。

[3] 三人：自己、月和影为三人。

[4] 徒：只。

[5] 将：共、与。

[6] 无情游：月、影都无感情，李白与之结交，故称。

[7] "相期"句：意谓诗人想象自己飘然成仙，故与月、影相约在遥远的高空聚会。邈：遥远。云汉：天河，高空。

10 杜甫诗二首^[1]

杜 甫

月 夜^[2]

今夜鄜州月^[3]，闺中只独看^[4]。

遥怜小儿女，未解忆长安^[5]。

香雾云鬟湿，清辉玉臂寒^[6]。

何时倚虚幌^[7]，双照泪痕干。

秋兴·夔府孤城落日斜^[8]

夔府^[9]孤城落日斜，每依北斗望京华^[10]。

听猿实下三声泪^[11]，奉使虚随八月槎^[12]。

画省香炉违伏枕^[13]，山楼粉堞隐悲笳^[14]。

请看石上藤萝月，已映洲前芦荻花。

[1] 杜甫（712—772年），字子美，巩县（河南巩义）人。自称"杜陵布衣""少陵野老"，世称"杜少陵"，因官至左拾遗和校检工部员外郎，故又称"杜拾遗""杜工部"，其诗沉郁顿挫，深刻反映了当时的社会变化，诗歌被称为"诗史"，其人被尊为"诗圣"，与李白齐名，并称"李杜"。
[2] 本篇选自仇兆鳌注《杜诗详注》，中华书局，1979年版。天宝十五载（756）六月，安史叛军攻陷长安，杜甫逃难至鄜州。七月，肃宗即位灵武（今宁夏灵武），杜甫前往投效，途中被俘，被带到长安，此诗作于流落长安时，表达诗人月夜思家的心情。
[3] 鄜（fū）州：今陕西省富县。当时杜甫的家属在鄜州的羌村，杜甫在长安。
[4] 闺中：内室，指妻。看，读平声kān。
[5] "遥怜"句：此句是说自己的儿女很小，尚不懂得思念在长安的父亲。
[6] "香雾"二句：写想象中妻独自久立，望月怀人的形象。香雾：从涂有膏沐的云鬟中散发出来，故言。望月已久，雾深露重，故云鬟沾湿，玉臂生寒。云鬟：古代妇女的环形发饰。
[7] 虚幌：透明的帷幔。
[8] 本篇选自仇兆鳌注《杜诗详注》，中华书局，1979年版。《秋兴》共八首，是代宗大历元年（766）秋杜甫流离夔州时所作。秋兴，因秋而感发。此诗写身居巫峡，心系长安，抒发遭遇安史之乱，滞留他乡的客中秋感。八首脉络贯通，首尾呼应，组织严密，是晚年杜诗的代表作。该诗为秋兴第二首，写自己身在夔州，对长安的思念。
[9] 夔（kuí）府：即夔州，唐时曾在此设都护府，故称。
[10] 京华：指长安。长安在夔州正北，故常依北斗所在的方向瞻望故乡。
[11] "听猿"句：此句为倒装句，应为"听猿三声实下泪"，自伤羁旅。
[12] "奉使"句：传说每年八月海上有木筏来去，可通银河，这里化用张华《博物志》的典故。奉使：指严武任西川节度使。随槎：入幕。杜甫曾托身严武幕府，希望有同严武还朝的机会，后落空。槎：木筏。
[13] 画省：指尚书省。杜甫在严武幕中任检校工部员外郎，工部属尚书省，古代尚书省用胡粉涂壁，画古贤人像，故称"画省"。尚书郎入职，有侍女史捧香炉烧香从入，故称。违伏枕：自己因伏枕卧病，远离朝廷。
[14] 山楼：白帝城楼，指夔州。堞：城上的矮墙。隐悲笳：隐藏着悲笳之声。

11　秦中吟·轻肥[1]

白居易

意气骄满路，鞍马光照尘。

借问何为者，人称是内臣[2]。

朱绂皆大夫，紫绶或将军[3]。

夸赴军[4]中宴，走马去如云。

樽罍溢九酝[5]，水陆罗八珍[6]。

果擘洞庭橘，脍切天池鳞[7]。

食饱心自若[8]，酒酣气益振[9]。

是岁江南旱，衢州[10]人食人！

---

[1]本篇选自谢思炜校注《白居易诗集校注》，中华书局，2006年版。《秦中吟》共十首，原序云："贞元、元和之际，予在长安，闻见之间，有足悲者。因直歌其事，命为《秦中吟》。"本诗讽刺中唐宦官擅权，与黎民的饥饿死亡两相对照，有"朱门酒肉臭，路有冻死骨"之感。本篇为第七首。轻肥：轻裘肥马，代指奢华生活。白居易（772—846年），字乐天，晚号香山居士，下邽（今陕西渭南）人。"新乐府"运动的倡导者，主张"文章合为时而著，歌诗合为事而作"，与元稹并称为"元白"，世称"白香山""白少傅""白文公"，自分其诗为讽喻、闲适、感伤、杂律，《秦中吟》为讽喻诗的代表作品。

[2]内臣：宦官。

[3]朱绂（fú）：与下一句的"紫绶"都标志着官阶。绂：朝服。绶：佩带。官分九品，唐朝四、五品佩朱绂，二、三品佩紫绶。大夫、将军：指代文武官员。

[4]军：宦官手下的禁军。

[5]樽罍：酒皿。九酝：美酒名。

[6]八珍：精美罕见的食品。

[7]脍切：将鱼肉切做菜。鳞：鱼。

[8]心自若：志得意满，旁若无人。

[9]振：（zhēn）读平声。

[10]衢州：今属浙江衢州。

12　张中丞传后叙[1]

韩　愈

　　元和二年[2]四月十三日夜，愈与吴郡张籍[3]阅家中旧书，得李翰[4]所为《张巡传》。翰以文章自名[5]，为此传颇详密。然尚恨有阙者：不为许远[6]立传，又不载雷万春事首尾[7]。

　　远虽材若不及巡者，开门纳巡[8]，位本在巡上。授之柄[9]而处其下，无所疑忌，竟与巡俱守死，成功名，城陷而虏[10]，与巡死先后异耳。两家子弟材智下，不能通知二父志[11]，以为巡死而远就虏，疑畏死而辞服于贼。远诚畏死，何苦守尺寸之地，食其所爱之肉[12]，以与贼抗而不降乎？当其围守时，外无蚍蜉蚁子之援[13]，所欲忠者，国与主耳，而贼语以国亡主灭[14]。远见救援不至，而贼来益众，必以其言为信；外无待而犹死守[15]，人相食且尽，虽愚人亦能数[16]日而知死所矣。远之不畏死亦明矣！乌有城坏其徒俱死，独蒙愧耻求活？虽至愚者不忍为，呜呼！而谓远之贤而为之邪？

---

[1] 本篇选自马其昶校注、马茂元整理《韩昌黎文集校注》，上海古籍出版社，1986年版。这篇文章作于宪宗元和二年（807年），内容包括两部分：一是就李翰所作《张巡传》，推论安史之乱时睢阳战役对扭转当时局势的意义和作用。二是对《张巡传》作必要的事实补充。《张中丞传》即《张巡传》。张巡（709—757年），邓州南阳（今河南南阳）人，安史之乱时，起兵抗击。后与许远同守睢阳（今河南商丘），诏拜御史中丞。誓死抵抗终因粮尽援绝而城陷，张巡和部将等三十六人全部遇难。韩愈（768—824年），字退之，河内河阳（今河南孟县）人。世称"韩昌黎""韩文公"，与柳宗元倡导了唐朝的古文运动，唐宋八大家之首。提倡"以文为诗"，诗歌创作对宋诗影响很大。

[2] 元和二年：唐宪宗李纯的年号（806—820年），即公元807年。

[3] 张籍（约768—约830年）：字文昌，吴郡（今江苏省苏州）人，唐代著名诗人，韩愈的学生。

[4] 李翰：字子羽，赵州赞皇（今河北省元氏县）人，官至翰林学士。客居睢阳时，曾亲见张巡战守事迹。张巡死后，有人诬其降贼，因撰《张巡传》上肃宗，其文宋时犹存，今轶。

[5] 以文章自名：《旧唐书·文苑传》：翰"为文精密，用思若涩"。自名，自许。

[6] 许远（709—757年）：字令威，杭州盐官（今浙江海宁县）人。安史之乱时，任睢阳太守，后与张巡合守孤城，城陷被掳往洛阳，至偃师被害。事见旧、新唐书本传。

[7] 雷万春：张巡部下勇将。因后文详叙"南霁云"事，故此当是"南霁云"之误，如此方与后文相应。

[8] 开门纳巡：肃宗至德二载（757年）正月，叛军安庆绪部将尹子奇带兵十三万围睢阳，许远向张巡告急，张巡自宁陵率军入睢阳，自是以后，许远在城中接应，其他战争筹划，皆出自于张巡，事见《资治通鉴》卷二一九。

[9] 柄：权柄。

[10] 城陷而掳：此年十月，睢阳陷落，张巡、许远被虏。张巡与部将被斩，许远被送往洛阳邀功。后许远被害于偃师。

[11] "两家"句：据《新唐书·许远传》载，安史之乱平定后，大历年间，张巡之子张去疾轻信小人挑拨，上书代宗，谓城破后张巡等被害，唯许远独存，是屈降叛军，请追夺许远官爵。诏令去疾与许远之子许岘及百官议此事。两家子弟即指张去疾、许岘。通知：通晓。

[12] "食其"句：尹子奇围睢阳时，城中粮尽，军民以雀鼠为食，最后只得以妇女与老弱男子充饥。当时，张巡曾杀爱妾、许远曾杀奴仆以充军粮。事见《资治通鉴》卷二二〇。

[13] 蚍（pí）蜉（fú）：黑色大蚁。蚁子：幼蚁。形容极微小的援助。

[14] "而贼"句：安史之乱时，长安、洛阳陷落，玄宗逃往西蜀，唐室岌岌可危。即敌人以此为由招降。

[15] 外无待：睢阳被围后，河南节度使贺兰进明等皆拥兵观望，不来相救。

[16] 数：计算，读上声。

说者又谓远与巡分城而守，城之陷，自远所分始[1]。以此诟远，此又与儿童之见无异。人之将死，其藏腑[2]必有先受其病者；引绳而绝之，其绝必有处。观者见其然，从而尤之，其亦不达于理矣！小人之好议论，不乐成人之美，如是哉！如巡、远之所成就，如此卓卓，犹不得免，其他则又何说！

当二公之初守也，宁能知人之卒不救，弃城而逆遁？苟此不能守，虽避之他处何益？及其无救而且穷也，将其创残饿羸之余，虽欲去，必不达。二公之贤，其讲之精矣[3]！守一城，捍天下，以千百就尽之卒，战百万日滋之师，蔽遮江淮，沮遏[4]其势，天下之不亡，其谁之功也！当是时，弃城而图存者，不可一二数；擅强兵坐而观者，相环也。不追议此，而责二公以死守，亦见其自比于逆乱，设淫辞而助之攻也。

愈尝从事于汴徐二府[5]，屡道于两府间，亲祭于其所谓双庙者[6]。其老人往往说巡、远时事云：南霁云之乞救于贺兰也[7]，贺兰嫉巡、远之声威功绩出己上，不肯出师救；爱霁云之勇且壮，不听其语，强留之，具食与乐，延霁云坐。霁云慷慨语曰："云来时，睢阳之人，不食月余日矣！云虽欲独食，义不忍；虽食，且不下咽！"因拔所佩刀，断一指，血淋漓，以示贺兰。一座大惊，皆感激为云泣下。云知贺兰终无为云出师意，即驰去；将出城，抽矢射佛寺浮图[8]，矢着其上砖半箭，曰："吾归破贼，必灭贺兰！此矢所以志[9]也。"愈贞元中过泗州[10]，船上人犹指以相语。城陷，贼以刃胁降巡，巡不屈，即牵去，将斩之；又降霁云，云未应。巡呼云曰："南八[11]，男儿死耳，不可为不义屈！"云笑曰："欲将以有为也；公有言，云敢不死！"即不屈。

张籍曰："有于嵩者，少依于巡；及巡起事[12]，嵩常在围中[13]。籍大历中于和州乌江县见嵩[14]，嵩时年六十余矣。以巡初尝得临涣县尉[15]，好学无所不读。籍时尚小，粗问巡、远事，不能细也。云：巡长七尺余，须髯若神。尝见嵩读《汉书》，谓嵩曰：

---

[1] "说者"句：张巡和许远分兵守城，张守东北，许守西南。城破时叛军先从西南处攻入，故有此说。
[2] 藏腑：脏腑。
[3] "二公"二句：谓二公功绩前人已有精当的评价。此指李翰《进张中丞传表》所云："巡退军睢阳，扼其咽领，前后拒守，自春徂冬，大战数十，小战数百，以少击众，以弱击强，出奇无穷，制胜如神，杀其凶丑九十余万。贼所以不敢越睢阳而取江淮，江淮所以保全者，巡之力也。"讲之精：考虑得很周到。
[4] 沮（jǔ）遏：阻止。
[5] "愈尝"句：韩愈曾先后在汴州（今河南开封市）、徐州（今江苏徐州市）任推官之职。唐称幕僚为从事。这里指任职。
[6] 双庙：张巡、许远死后，后人在睢阳立庙祭祀，称为双庙。
[7] 南霁云（？—757年）：魏州顿丘（今河南清丰县西南）人。安禄山反叛，被遣至睢阳与张巡议事，为张所感，遂留为部将。贺兰：复姓，指贺兰进明。时为御史大夫、河南节度使，驻节于临淮一带。
[8] 浮图：佛塔。
[9] 志：识，标记。
[10] 贞元：唐德宗李适年号（785—805年）。泗州：唐属河南道，州治在临淮（今江苏泗洪县东南）。当年贺兰屯兵于此。
[11] 南八：南霁云排行第八，故称。
[12] 起事：起兵讨贼。
[13] 常：曾经。围中：指在睢阳。
[14] 大历：唐代宗李豫年号（766—779年）。和州乌江县：今安徽省和县东北。
[15] "以巡"句：张巡死后，朝廷封赏他的亲戚、部下，于嵩因此得官。临涣：故城在今安徽省宿县西南。

"何为久读此？"嵩曰："未熟也。"巡曰："吾于书读不过三遍，终身不忘也。"因诵嵩所读书，尽卷不错一字。嵩惊，以为巡偶熟此卷，因乱抽他帙以试[1]，无不尽然。嵩又取架上诸书试以问巡，巡应口诵无疑。嵩从巡久，亦不见巡常读书也。为文章，操纸笔立书，未尝起草。初守睢阳时，士卒仅万人[2]，城中居人户，亦且数万，巡因一见问姓名，其后无不识者。巡怒，须髯辄张。及城陷，贼缚巡等数十人坐，且将戮。巡起旋[3]，其众见巡起，或起或泣。巡曰："汝勿怖！死，命也。"众泣不能仰视。巡就戮时，颜色不乱，阳阳[4]如平常。远宽厚长者，貌如其心；与巡同年生，月日后于巡，呼巡为兄，死时年四十九。"嵩贞元初死于亳宋间[5]。或传嵩有田在亳宋间，武人夺而有之，嵩将诣州讼理[6]，为所杀。嵩无子。张籍云。

---

[1] 帙（zhì）：书套，这里指书。
[2] 仅：几乎。
[3] 起旋：起来小便。
[4] 阳阳：安详貌。
[5] 亳宋间：亳州与宋州之间。亳州：今安徽亳县。宋州：睢阳。
[6] 诣：往。讼理：即诉讼。

13 寓言两则[1]

柳宗元

蝜蝂传

蝜蝂[2]者，善负[3]小虫也。行遇物，辄持取[4]，卬[5]其首负之。背愈重，虽困剧[6]不止也。其背甚涩[7]，物积因不散[8]，卒踬仆[9]不能起。人或怜之，为去其负。苟能行，又持取如故。又好上高，极其力[10]不已。至坠地死。

今世之嗜[11]取者，遇货[12]不避，以厚[13]其室。不知为己累也，唯恐其不积。及其怠而踬也，黜弃之，迁徙之[14]，亦以病[15]矣。苟能起，又不艾[16]，日思高其位，大其禄，而贪取滋甚，以近于危坠，观前之死亡不知戒。虽其形魁然大者也，其名[17]人也，而智则小虫也。亦足哀夫！

---

[1] 以下两篇选自柳宗元著、吴文治编《柳宗元集》，中华书局，1979年版。柳宗元（773—819年），字子厚，河东（今山西永济）人。世称"柳河东""柳柳州"，散文与韩愈齐名，诗与韦应物并称，唐代杰出的散文家和诗人，也是古文运动的倡导者，唐宋八大家之一。
[2] 蝜蝂（fù bǎn）：一种黑色小虫，背隆起部分可负物。
[3] 负：驮。
[4] 辄（zhé）：就，立即。持取：抓取。
[5] 卬（áng）：同"昂"，抬头。
[6] 困：疲惫，劳累。剧：甚，非常。
[7] 涩：粗糙，不光滑。
[8] 散：散落。
[9] 卒：终于。踬仆（zhì pū）：跌倒。
[10] 极：用尽。已：停止。
[11] 嗜：喜好，指贪得无厌。
[12] 货：财物。
[13] 厚：使……富裕。
[14] 黜（chù）弃：罢官。迁徙：贬谪流放。
[15] 病：困苦。
[16] 艾（yì）：治理，悔改。
[17] 名：叫作。

哀溺文序[1]

　　永之氓咸善游[2]。一日，水暴[3]甚，有五六氓乘小船绝[4]湘水，中济[5]，船破，皆游。其一氓尽力而不能寻常[6]。其侣曰："汝善游最也，今何后为[7]？"曰："吾腰千钱，重，是以后。"曰："何不去之？"不应，摇其首。有顷，益怠[8]。已济者立岸上，呼且号曰："汝愚之甚，蔽之甚，身且死，何以货为？"又摇其首，遂溺死。吾哀之。且若是[9]，得不有大货之溺大氓者乎？于是作《哀溺》。

---

[1]《哀溺文》本是柳宗元写的一篇杂文，本篇选录该文的序。
[2] 永：永州，今湖南零陵。氓（méng）：普通老百姓。咸：都。善：擅长。
[3] 暴：上涨。
[4] 绝：渡过，越过。
[5] 中济：渡到河的中央。济：渡。
[6] 寻常：古代长度单位，八尺为寻，倍寻为常。这里指游出的距离很短。
[7] 侣：同伴。善游最：即最善游。何后为：何以为后？后：落在后面。
[8] 益：更。怠：疲惫无力。
[9] 且若是：如果是这样。

14 竹枝词两首[1]

刘禹锡

其一

白帝城[2]头春草生，白盐山[3]下蜀江清。

南人上来歌一曲，北人莫上动乡情。

其二

山桃红花满上头[4]，蜀江春水拍山流。

花红易衰似郎意，水流无限似侬愁。

---

[1] 本篇选自卞孝萱校订《刘禹锡集》，中华书局，1990年版。竹枝词，是巴、渝（今重庆市一带）民歌的一种，歌词歌咏当地风物和男女爱情，富有浓厚的生活气息。《竹枝词》共九首，是刘禹锡在夔州任刺史时所作，本篇所选为第一、第二篇。刘禹锡（772—842年），字梦得，洛阳（今河南洛阳）人，曾和柳宗元参加王叔文改革被贬，世称"刘宾客"，与白居易为晚年诗友，其仿《竹枝词》民歌，对后世影响很大。
[2] 白帝城：在今重庆市奉节东白帝山上，下临瞿塘峡口之夔门。
[3] 白盐山：在今重庆市奉节东南长江南岸。蜀江：泛指蜀地境内河流。
[4] 山桃：野桃。上头：山头，山顶上。

15 梦 天[1]

李 贺

老兔寒蟾泣天色[2]，云楼半开壁斜白[3]。

玉轮轧露湿团光[4]，鸾佩相逢桂香陌[5]。

黄尘清水三山下[6]，更变千年如走马[7]。

遥望齐州九点烟，一泓海水杯中泻[8]。

---

[1] 本篇选自王琦等注《三家评注李长吉歌诗》，中华书局，1960年版。这首诗写梦游月宫的幻想境界，想象奇特，形象鲜明，意境开阔，能显示李贺的浪漫主义特色。李贺（790—816年），字长吉，福昌（今河南宜阳）人，年少失意，抑郁而死，其诗尤长乐府。

[2] 老兔寒蟾：代指月亮。泣天色：意谓秋月初出，光影凄清，有如兔和蟾在哭泣似的。

[3] 云楼：想象中的月中楼阁。壁斜白：月光斜照。

[4] 此句意思为所乘车轮被露水打湿，形容已是深夜。

[5] 鸾佩：雕刻着鸾凤的玉佩，此代指仙女。桂香陌：月宫中的路。此句是诗人想象自己在月宫桂花飘香的路上遇到了仙女。

[6] 三山：指海上的三座神山蓬莱、方丈、瀛洲。这里指东海上的三座山。三山在天上观之，一会儿黄尘，一会儿清水，形容天上瞬息万变。

[7] 走马：跑马。

[8] "遥望"二句：这两句说在月宫俯瞰中国，九州小得就像九点烟尘。而大海波涛，也不过是泻在杯中的一泓水而已。齐州：中州，即中国。

16 安定城楼[1]

李商隐

迢递高城百尺楼，绿杨枝外尽汀洲[2]。

贾生年少虚垂涕[3]，王粲春来更远游[4]。

永忆江湖归白发，欲回天地入扁舟[5]。

不知腐鼠成滋味，猜意鹓雏竟未休[6]。

---

[1] 本篇选自冯浩笺注《玉溪生诗集笺注》，上海古籍出版社，1979 年版。这首诗写于唐文宗开成三年（838 年），李商隐博学宏词落选之后，寄居在他岳父王茂元家，登楼感怀而发。安定：即泾州（今甘肃省泾川）。李商隐（812—约 858 年），字义山，号玉溪生，怀州河内（今河南沁阳）人。当时卷入牛李党争，一生困顿失意。与晚唐杜牧齐名，并称为"小李杜"，晚唐重要诗人。

[2] 汀洲：汀指水边之地，洲是水中平地。此句写登楼所见。

[3] 贾生：指西汉贾谊。《汉书·贾谊传》载：贾谊认为"可为痛哭者一，可为流涕者二，可为太息者六。"数次上书陈政事，但文帝并未采纳他的建议，故称"虚垂涕"，李商隐以贾生自比。

[4] 王粲：字仲宣，东汉末年人，建安七子之一。北方大乱时，曾依附刘表，但并不得志。他曾于春日登当阳城楼作《登楼赋》，李商隐以寄人篱下的王粲自比。

[5] "永忆"二句：意谓自己时常向往于做出一番回旋天地的大事业，等到功成年老，然后乘扁舟归隐江湖。下句暗用范蠡归隐的典故。

[6] "不知"二句：《庄子·秋水》："惠子相梁，庄子往见之。或谓惠子曰：'庄子来，欲代子相。'于是惠子恐，搜于国中，三日三夜。庄子往见之，曰：'南方有鸟，其名为鹓雏。子知之乎？夫鹓雏发于南海，而飞于北海，非梧桐不止，非练实不食，非醴泉不饮。于是鸱得腐鼠，鹓雏过之，仰而视之曰：吓！今子欲以子之梁国而吓我邪？'"李商隐以庄子和鹓雏自比，自谓志趣高远，并非汲汲于官位利禄之辈，但谗佞之徒却以小人之心度之，猜忌不休。

17　早　雁^[1]

杜　牧

金河秋半虏弦开^[2]，云外惊飞四散哀。

仙掌月明孤影过^[3]，长门灯暗数声来^[4]。

须知胡骑纷纷在，岂逐春风一一回^[5]？

莫厌潇湘少人处，水多菰米岸莓苔^[6]。

---

[1] 本篇选自冯集梧注《樊川诗集注》，上海古籍出版社，1962 年版。这是一首托物寓意的诗。武宗会昌二年（842 年）年八月，正是北雁开始南飞的季节。回纥南侵，大肆掳掠。杜牧忧念边地流散的人民，借咏雁以寄慨。农历八月为秋之第二月，故曰"早雁"。杜牧（803—852 年），字牧之，京兆万年（今陕西西安）人，宰相杜佑之孙，世称杜樊川，与李商隐齐名，后人称其为"小杜"，以别杜甫。晚唐时期重要诗人。

[2] 金河：在今内蒙古自治区呼和浩特市南，这里泛指北方边地。秋半：八月。虏弦开：双关语，以胡人射雁的季节来指回纥发动战争。

[3] 仙掌：指汉武帝时，长安未央宫内铜铸仙人，举掌托起承露盘。

[4] 长门：汉宫名，汉武帝时陈皇后失宠时幽居于此。这两句写早雁离散惊飞的悲惨。

[5] "须知"二句：这里是说，南飞的大雁，即使春天到了，也不能飞回北方，意指胡人侵略之下逃难的黎民，已无家可归。

[6] "莫厌"二句：意谓南方多空旷之地，可以托生。潇湘：泛指湖南一带。菰米：草本植物，生于浅水，秋季结果。莓苔：一种植物。这两种东西都是雁的食物。有讽刺意味，批评朝廷无力安边。

18　菩萨蛮·小山重叠金明灭^[1]

温庭筠

小山重叠金明灭^[2]，鬓云欲度香腮雪^[3]。懒起画蛾眉^[4]，弄妆^[5]梳洗迟。照花前后镜^[6]，花面交相映。新帖绣罗襦^[7]，双双金鹧鸪^[8]。

---

[1] 本篇选自房开江注《花间集全译》，贵州人民出版社，1997年版。此词写一个贵族女子空虚的寄生生活，似别有寄托。温庭筠（约812—约870年），本名岐，字飞卿，太原（今山西太原）人。屡试不第。世称"温方成""温助教"，《花间集》列其词为首，对后世词风有巨大影响。

[2] 小山：画屏，由于屏风是折叠的，所以说小山重叠。明灭：隐现明灭的样子。金明灭：形容阳光照在折叠的屏风上，或明或暗，光彩夺目。一说是指女子额上涂成梅花图案的额黄有所脱落而或明或暗。一说，小山眉，弯弯的眉毛。金：妇女眉际妆饰之"额黄"，亦通。

[3] 鬓云：鬓发。度：覆盖。香腮雪：雪白的面颊。

[4] 蛾眉：女子长而美的眉毛。

[5] 弄妆：梳妆。

[6] 花：头上插花。前后镜：两面前后对照的镜子。

[7] 罗襦：丝绸短袄。

[8] 鹧鸪：贴绣上去的鹧鸪图，取其成双成对之意。

19　浪淘沙·帘外雨潺潺[1]

李　煜

帘外雨潺潺[2]，春意阑珊[3]，罗衾不耐五更寒。

梦里不知身是客，一晌[4]贪欢。

独自莫凭栏，无限江山，别时容易见时难。

流水落花春去也，天上人间[5]。

---

[1] 本篇选自王仲闻校订《南唐二主词校订》，中华书局，2007 年版。一题《浪淘沙令》，怀念故国之辞。李煜（937—978 年），字重光，世称李后主，在位 15 年，政事不修，纵情享乐，后国亡为宋所俘，封违命侯，过了三年囚犯生活。作品多表现故国之思，亡国之痛。五代时期重要词人。

[2] 潺潺：雨声。

[3] 阑珊：衰残。一作将阑。

[4] 一晌（shǎng）：片刻。

[5] 此句意思为昔时与今日，如天上与人间之隔，永无见期。

知识链接四

唐 诗

唐诗不仅是唐朝文学的代表，也是后世文学的典范。唐诗的发展主要分为四个时期：初唐、盛唐、中唐、晚唐。

初唐易代之际的诗坛主要出现了两个诗人群，一是生活在社会上层的宫廷诗人群，一是生活在社会下层的诗人群。前者主要是前朝旧人，以虞世南、李百药等人为代表，诗作多歌功颂德、浮夸淫靡，总体成就不高。后者多为隐士，如王绩、寒山、王梵志等。初唐诗坛成就较高的当属"初唐四杰"（即王勃、杨炯、卢照邻、骆宾王）。在对唐诗格律的改良上，有以"文章四友"和"沈宋"为代表的格律诗派。把唐诗推向革新顶峰的，当属倡导风骨写作的陈子昂。

盛唐时期的诗歌公认成就最高，不仅形成山水田园诗派和边塞诗派，还有冠绝古今的"李杜文章"。山水田园诗人的主要代表有孟浩然和王维，边塞诗人的代表主要有高适、岑参和王昌龄。李白和杜甫拓宽了浪漫主义和现实主义写作的边界，为后代的文学提供了丰富的精神养分。

中唐时期诗歌创作主要分为三种类型：第一，以"大历十才子"与刘长卿、韦应物为代表，总体诗风追求淡泊幽静；第二，以白居易、元稹为代表的新乐府写作，尚俗尚实；第三，以韩愈、孟郊为代表的诗派，尚险尚怪。到了中唐后期，还有两位因参加王叔文改革运动而被贬的大诗人刘禹锡和柳宗元，前者的创作趋于政治和历史化，后者的创作从偏向政治转为歌咏山水。

晚唐的诗人代表主要有杜牧和李商隐：杜牧风格多元，其咏史怀古诗多受推崇；李商隐文风曲折深婉，象征朦胧，是唐朝后期最杰出的诗人之一。

第五单元

宋代文学

　　宋代文学在中国文学发展史上有着特殊地位，它处在一个承前启后的阶段，即处在中国文学从"雅"到"俗"的转变时期。所谓"雅"，指主要流传于社会中上层的文人文学，指诗、文、词；所谓"俗"，指主要流传于社会下层的小说、戏曲。

　　宋代文学主要涵盖了宋代的词、诗、散文、话本小说、戏曲剧本等，其中词的创作成就最高，诗、散文次之，话本小说又次之。宋朝的文学作品在北宋初期秉承了晚唐风格，用词浮艳，常作唱和酬答之用。随着王禹偁关注民生，朝廷又偏重儒学，文人开始注重儒家的说教功能，但成就不高。直到欧阳修发起的第二次古文运动，文人才以平实的语言来创作，加上内容多反映生活时弊，雅俗共赏，文学创作进入了高峰期。

　　宋代文学中贯穿着爱国主义精神，愤慨国势削弱、外族侵凌，怀抱破敌立功的壮志，早在苏舜钦的诗里，就有《庆州败》一类的诗。稍后，苏轼的《江城子·密州出猎》里，有"射天狼"的豪情。南宋陆游、辛弃疾等多数作家的大量作品里，更是充满着爱国忧国之情。而到南宋灭亡前后，在文天祥、谢翱等人的诗文里，这种感情就更加强烈。这种爱国主义精神一直感染着后来的读者，成为宋代文学的重要特色。

1　秋声赋[1]

欧阳修

　　欧阳子方夜读书，闻有声自西南来者，悚然[2]而听之，曰："异哉！"初淅沥以萧飒[3]，忽奔腾而砰湃[4]，如波涛夜惊，风雨骤至。其触于物也，鏦鏦铮铮[5]，金铁皆鸣；又如赴敌之兵，衔枚[6]疾走，不闻号令，但闻人马之行声。予谓童子："此何声也？汝出视之。"童子曰："星月皎洁，明河[7]在天，四无人声，声在树间。"

　　予曰："噫嘻悲哉！此秋声也，胡为而来哉？盖夫秋之为状[8]也：其色惨淡，烟霏云敛[9]；其容清明，天高日晶[10]；其气栗冽[11]，砭[12]人肌骨；其意萧条，山川寂寥。故其为声也，凄凄切切，呼号愤发。丰草绿缛[13]而争茂，佳木葱茏而可悦；草拂之而色变，木遭之而叶脱。其所以摧败零落者，乃其一气[14]之余烈[15]。夫秋，刑官也，于时为阴；又兵象也，于行用金，是谓天地之义气，常以肃杀而为心。天之于物，春生秋实，故其在乐也，商声主西方之音，夷则为七月之律。商，伤也，物既老而悲伤；夷，戮也，物过盛而当杀。"

　　"嗟乎！草木无情，有时[16]飘零。人为动物，惟物之灵；百忧感其心，万事劳其形；有动于中，必摇其精。而况思其力之所不及，忧其智之所不能；宜其渥[17]然丹者为槁木，

---

　　[1]《秋声赋》是宋代大文学家欧阳修的辞赋作品。此赋作于宋仁宗嘉祐四年（1059年）秋，欧阳修时年五十三岁，虽身居高位，然有感于宦海沉浮，政治改革艰难，故心情苦闷，乃以"悲秋"为主题，抒发人生的苦闷与感叹。欧阳修（1007—1072年），字永叔，号醉翁，晚号"六一居士"。北宋政治家、文学家、史学家，与韩愈、柳宗元、王安石、苏洵、苏轼、苏辙、曾巩合称"唐宋八大家"。后人又将其与韩愈、柳宗元和苏轼合称"千古文章四大家"。
　　[2] 悚（sǒng）然：惊惧的样子。
　　[3] 萧飒：形容风吹树木的声音。
　　[4] 砰湃：同"澎湃"，波涛汹涌的声音。
　　[5] 鏦鏦（cōng）铮铮：金属相击的声音。
　　[6] 衔枚：古时行军或袭击敌军时，让士兵衔枚以防出声。枚：形似竹筷，衔于口中，两端有带，系于脖上。
　　[7] 明河：天河。
　　[8] 秋之为状：秋天所表现出来的意气容貌。状：情状，指下文所说的"其色""其容""其气""其意"。
　　[9] 烟霏云敛：烟气浓重，云雾密聚。霏：飞散。敛：聚。
　　[10] 日晶：日光明亮。晶：明亮。
　　[11] 栗冽：寒冷。
　　[12] 砭（biān）：古代用来治病的石针，这里引用为刺的意思。
　　[13] 绿缛（lù rù）：碧绿繁茂。
　　[14] 一气：指构成天地万物的混然之气。天地万物的变化都是"一气"运行的结果。
　　[15] 余烈：余威。
　　[16] 有时：有固定时限。
　　[17] 渥：红润的脸色。

黟然[1]黑者为星星[2]。奈何以非金石之质[3]，欲与草木而争荣？念谁为之戕贼[4]，亦何恨乎秋声！"

　　童子莫对，垂头而睡。但闻四壁虫声唧唧，如助予之叹息。

---

[1] 黟（yī）然：形容黑的样子。
[2] 星星：鬓发花白的样子。
[3] 非金石之质：指人体不能像金石那样长久。
[4] 戕（qiāng）贼：残害。

2 答司马谏议书[1]

王安石

某启[2]：

昨日蒙教[3]，窃[4]以为与君实游处[5]相好之日久，而议事每不合，所操之术多异故也。虽欲强聒[6]，终必不蒙见察，故略上报，不复一一自辨。重念[7]蒙君实视遇厚[8]，于反复不宜卤莽[9]，故今具道[10]所以，冀君实或见恕也。

盖儒者所争，尤在名实[11]，名实已明，而天下之理得矣。今君实所以见教者，以为侵官、生事、征利、拒谏，以致天下怨谤[12]也。某则以为受命于人主[13]，议法度而修之于朝廷，以授之于有司，不为侵官；举先王之政，以兴利除弊，不为生事；为天下理财，不为征利；辟邪说，难壬人[14]，不为拒谏。至于怨谤之多，则固前知其如此也。人习于苟且非一日，士大夫多以不恤[15]国事、同俗自媚于众[16]为善，上乃欲变此，而某不量敌之众寡，欲出力助上以抗之，则众何为而不汹汹然[17]？盘庚之迁，胥怨[18]者民也，非特朝廷士大夫而已。盘庚不为怨者故改其度，度义[19]而后动，是而不见可悔故也。如君实责我以在位久，未能助上大有为，以膏泽[20]斯民，则某知罪矣；如曰今日当一

---

[1] 本文选自张元济等辑《四部丛刊》本《临川先生文集》，高等教育出版社，2016年版。司马谏议，即司马光（1019—1086年），字君实，陕州夏县（今属山西）人，当时任右谏议大夫（负责向皇帝提意见的官）。作者王安石（1021—1086年），字介甫，晚号半山，小字獾郎，封荆国公，世人又称王荆公。抚州临川人（现为抚州东乡县上池里洋村），北宋杰出的政治家、思想家、文学家。
[2] 某：自称。启：写信说明事情。
[3] 蒙教：承蒙指教。这里指接到来信。
[4] 窃：私，私自。这里用作谦词。
[5] 游处：同游共处，即同事交往的意思。
[6] 强聒（guō）：硬在耳边啰唆，强作解说。聒：语声嘈杂。
[7] 重（chóng）念：再三想想。
[8] 视遇厚：看重的意思。
[9] 卤莽：简慢无礼。
[10] 具道：详细说明。
[11] 名实：名义和实际。
[12] 怨谤（bàng）：怨恨，指责。
[13] 人主：皇帝。这里指宋神宗赵顼。
[14] 壬（rén）人：佞人，指巧辩谄媚之人。
[15] 恤（xù）：关心。
[16] 同俗自媚于众：指附和世俗的见解，向众人献媚讨好。
[17] 汹汹然：吵闹、叫嚷的样子。
[18] 胥（xū）怨：全都抱怨。胥：皆。
[19] 度（duó）义：考虑是否合理。度：考虑，这里用作动词。
[20] 膏泽：施加恩惠，这里用作动词。

切不事事^[1]，守前所为^[2]而已，则非某之所敢知^[3]。

无由会晤，不任^[4]区区向往之至。

---

[1] 一切不事事：什么事都不做。事事：做事。前一"事"字是动词，后一"事"字是名词。
[2] 守前所为：墨守前人的作法。
[3] 所敢知：愿意领教的。知：领教。
[4] 不任：不胜，受不住，形容情意的深重。

3 八声甘州·对潇潇暮雨洒江天[1]

柳 永

对潇潇[2]暮雨洒江天，一番洗清秋[3]。渐霜风[4]凄紧[5]，关河[6]冷落，残照[7]当楼。是处红衰翠减[8]，苒苒[9]物华休[10]。唯有长江水，无语东流。

不忍登高临远，望故乡渺邈[11]，归思[12]难收。叹年来踪迹，何事苦淹留[13]？想佳人妆楼颙望[14]，误几回[15]、天际识归舟。争[16]知我，倚阑杆[17]处，正恁[18]凝愁！

---

[1] 本文选自唐圭璋编纂、王仲闻参订、孔凡礼补辑《全宋词》，中华书局，1999年版。柳永（约987—约1053年），北宋著名词人，婉约派创始人物。汉族，崇安（今福建武夷山）人，原名三变，字景庄，后改名永，字耆卿，排行第七，又称柳七。宋仁宗朝进士，官至屯田员外郎，故世称柳屯田。他自称"奉旨填词柳三变"，以毕生精力作词，并以"白衣卿相"自诩。其词多描绘城市风光和歌妓生活，尤长于抒写羁旅行役之情，创作慢词独多。铺叙刻画，情景交融，语言通俗，音律谐婉，在当时流传极其广泛，人称"凡有井水饮处，皆能歌柳词"，是婉约派最具代表性的人物之一，对宋词的发展有重大影响。
[2] 潇潇：下雨声。一说雨势急骤的样子。一作"萧萧"，义同。
[3] 清秋：清冷的秋景。
[4] 霜风：指秋风。
[5] 凄紧：凄凉紧迫。
[6] 关河：关塞与河流，此指山河。
[7] 残照：落日余光。
[8] 红衰翠减：指花叶凋零。
[9] 苒苒（rǎn）：同"荏苒"，指光阴流逝。
[10] 物华：美好的景物。休：这里是衰残的意思。
[11] 渺邈（miǎo）：远貌，渺茫遥远。一作"渺渺"，义同。
[12] 归思（旧读：sì，做心绪愁思讲）：渴望回家团聚的心思。
[13] 淹留：长期停留。
[14] 颙（yóng）望：抬头凝望。颙：一作"长"。
[15] 误几回：多少次错把远处驶来的船只当作心上人的归舟。语意出温庭钧《望江南》词："过尽千帆皆不是，斜晖脉脉水悠悠，肠断白苹洲。"
[16] 争（zěn）：怎。
[17] 阑杆：一作"栏杆"。
[18] 恁（nèn）：如此。

4　江城子·密州出猎[1]

苏　轼

老夫聊发少年狂[2]，左牵黄，右擎苍[3]，锦帽貂裘[4]，千骑卷平冈[5]。为报倾城随太守，亲射虎，看孙郎[6]。

酒酣胸胆尚开张[7]，鬓微霜[8]，又何妨！持节云中，何日遣冯唐[9]？会挽雕弓如满月[10]，西北望，射天狼[11]。

---

[1]本文选自[宋]苏轼撰《东坡乐府》，广陵书社，2014年版。苏轼（1037—1101年），宋代文学家，字子瞻，字和仲，号东坡居士，眉州眉山（今属四川）人。嘉祐（宋仁宗年号，1056—1063年）进士。曾上书力言王安石新法之弊，后因作诗讽刺新法而下御史狱，贬黄州。宋哲宗时任翰林学士，曾出知杭州、颍州，官至礼部尚书。后又贬谪惠州、儋州。多惠政。卒谥文忠。学识渊博，喜奖励后进。与父苏洵、弟苏辙合称"三苏"。其文纵横恣肆，为"唐宋八大家"之一。

[2]老夫：作者自称，时年四十。聊：姑且，暂且。狂：狂妄。

[3]左牵黄，右擎苍：左手牵着黄狗，右臂托起苍鹰，形容围猎时用以追捕猎物的架势。

[4]锦帽貂裘：名词作动词，头戴着华美鲜艳的帽子，身穿貂鼠皮衣。这是汉羽林军穿的服装。

[5]千骑卷平冈：形容马多尘土飞扬，把山岗像卷席子一般掠过。千骑（jì）：形容从骑之多。平冈：指山脊平坦处。

[6]孙郎：三国时期东吴的孙权，这里作者自喻。《三国志·吴志·孙权传》载："二十三年十月，权将如吴，亲乘马射虎于凌亭，马为虎伤。权投以双戟，虎却废。常从张世，击以戈、获之。"

[7]酒酣胸胆尚开张：尽情畅饮，胸怀开阔，胆气豪壮。尚：更。

[8]鬓：额角边的头发。霜：白。

[9]持节云中，何日遣冯唐：朝廷何日派遣冯唐去云中郡赦免魏尚的罪呢？典出《史记·冯唐列传》。汉文帝时，魏尚为云中（汉时的郡名，在今内蒙古自治区托克托县一带，包括山西西北部分地区）太守。他爱惜士卒，优待军吏，匈奴远避。匈奴曾一度来犯，魏尚亲率车骑出击，所杀甚众。后因报功文书上所载杀敌的数字与实际不合（虚报了六个），被削职。经冯唐代为辩白后，认为判得过重，文帝就派冯唐"持节"（带着传达圣旨的符节）去赦免魏尚的罪，让魏尚仍然担任云中郡太守。苏轼此时因政治上处境不好，调任密州太守，故以魏尚自许，希望能得到朝廷的信任。节：兵符，带着传达命令的符节。持节：是奉有朝廷重大使命。

[10]会挽雕弓如满月：会：应当。挽：拉。雕弓：弓背上有雕花的弓。满月：圆月。

[11]天狼：星名，一种犬星，旧说指侵略者，这里引指西夏。《楚辞·九歌·东君》："长矢兮射天狼。"《晋书·天文志》云："狼一星在东井南，为野将，主侵掠。"词中以之隐喻侵犯北宋边境的辽国与西夏。

5 武陵春·风住尘香花已尽[1]

李清照

风住尘香[2]花已尽[3]，日晚[4]倦梳头。物是人非[5]事事休，欲语泪先流。

闻说[6]双溪[7]春尚好，也拟泛轻舟。只恐双溪舴艋舟[8]，载不动许多愁。

[1] 本文选自唐圭璋编纂、王仲闻参订、孔凡礼补辑《全宋词》，中华书局，1999年版。李清照：宋代女词人，号易安居士，齐州章丘（今属山东）人。早期生活优裕，与夫赵明诚共同致力于书画金石的搜集整理。金兵入据中原，流寓南方，明诚病死，境遇孤苦。所作词，前期多写其悠闲生活，后期多悲叹身世，情调感伤，也流露出对中原的怀念。形式上善用白描手法，自辟途径，语言清丽。论词强调协律，崇尚典雅情致，提出词"别是一家"之说，反对以诗文之法作词。并能作诗，留存不多，部分篇章感时咏史，情辞慷慨，与其词风不同。有《易安居士文集》《易安词》，已散佚。后人有《漱玉词》辑本。今人辑有《李清照集校注》。
[2] 尘香：落花触地，尘土也沾染上落花的香气。
[3] 花已尽：《词谱》、[清]万树《词律》作"春已尽"。
[4] 日晚：《花草粹编》作"日落"，《词谱》《词汇》、[清]万树《词律》作"日晓"。
[5] 物是人非：事物依旧在，人不似往昔了。
[6] 闻说：[清]叶申芗辑《天籁轩词选》作"闻道"。
[7] 双溪：水名，在浙江金华，是唐宋时有名的风光佳丽的游览胜地。有东港、南港两水汇于金华城南，故曰"双溪"。
[8] 舴艋（zé měng）：小舟也，见《玉篇》及《广韵》。"舴艋舟"：小船，两头尖尖如蚱蜢。

6 鹊桥仙·纤云弄巧[1]

秦 观

纤云[2]弄巧[3]，飞星[4]传恨，银汉迢迢[5]暗度[6]。金风玉露[7]一相逢，便胜却人间无数。

柔情似水，佳期如梦，忍顾[8]鹊桥归路。两情若是久长时，又岂在朝朝暮暮[9]。

---

[1] 本文选自唐圭璋编纂、王仲闻参订、孔凡礼补辑《全宋词》，中华书局，1999年版。秦观（1049—1100年），江苏高邮人。被尊为婉约派一代词宗，别号邗沟居士，学者称其为淮海居士。北宋文学家、词人，宋神宗元丰八年（1085年）进士。曾任秘书省正字、国史院编修官等职。因政治上倾向于旧党，被视为元祐党人，绍圣（宋哲宗年号，公元1094—1098年）后贬谪。文辞为苏轼所赏识，为"苏门四学士"之一。工诗词，词多写男女情爱，也颇有感伤身世之作，风格委婉含蓄，清丽雅淡。诗风与词相近。有《淮海集》40卷、《淮海居士长短句》（又名《淮海词》）。

[2] 纤云：轻盈的云彩。

[3] 弄巧：指云彩在空中幻化成各种巧妙的花样。

[4] 飞星：流星。一说指牵牛、织女二星。

[5] 迢迢：遥远的样子。

[6] 暗度：悄悄度过。

[7] 金风玉露：指秋风白露。李商隐《辛未七夕》："恐是仙家好别离，故教迢递作佳期。由来碧落银河畔，可要金风玉露时。"

[8] 忍顾：怎忍回视。

[9] 朝朝暮暮：指朝夕相聚。语出宋玉《高唐赋》。

7　临安春雨初霁[1]

陆　游

世味[2]年来薄似纱，谁令骑马客京华[3]？

小楼一夜听春雨，深巷明朝卖杏花。

矮纸斜行闲作草[4]，晴窗细乳[5]戏分茶[6]。

素衣莫起风尘叹[7]，犹及清明可到家。

---

[1] 本篇选自［宋］陆游著、钱仲联校注《剑南诗稿校注》，上海古籍出版社，1985 年版。注释参考朱东润主编《中国历代文学作品选》（上海古籍出版社，2002 年版）。陆游（1125—1210 年），字务观，号放翁，越州山阴（今浙江绍兴）人，生平作诗近万首，南宋著名爱国诗人。此诗写客居临安春感，有厌倦风尘之意，当时陆游已 62 岁。临安：南宋都城，今浙江杭州。游霁（jì）：雨后或雪后转晴。

[2] 世味：社会人情。

[3] 京华：京城。

[4] 矮纸：短纸、小纸。斜行：倾斜的行列。草：指草书。

[5] 晴窗：明亮的窗户。细乳：沏茶时水面呈白色的小泡沫。

[6] 分茶：宋元时煎茶之法。注汤后用箸搅茶乳，使汤水波纹幻变成种种形状，故而称"戏"。

[7] 风尘叹：因风尘污染衣服而叹息。见陆机《为顾彦先赠妇》："京洛多风尘，素衣化为缁。"

8　摸鱼儿·更能消几番风雨[1]

辛弃疾

淳熙己亥[2]，自湖北漕[3]移湖南，同官王正之[4]置酒小山亭，为赋。

更能消[5]、几番风雨，匆匆春又归去。惜春长怕[6]花开早，何况落红[7]无数。春且住，见说道、天涯芳草归路。怨春不语。算只有殷勤[8]，画檐[9]蛛网，尽日惹飞絮。

长门[10]事，准拟佳期又误。蛾眉[11]曾有人妒。千金纵买相如赋[12]，脉脉[13]此情谁诉？君莫舞，君不见、玉环飞燕[14]皆尘土！闲愁[15]最苦！休去倚危栏[16]，斜阳正在，烟柳断肠[17]处。

---

[1] 本文选自辛弃疾撰，龙榆生注释《稼轩长短句》上海古籍出版社，2016 年版。辛弃疾（1140—1207 年），南宋词人，字幼安，号稼轩，历城（今山东济南）人。二十一岁参加抗金义军，曾任耿京军的掌书记，不久投归南宋。历任江阴签判，建康通判，江西提点刑狱，湖南、湖北转运使，湖南、江西安抚使等职。四十二岁遭谗落职，退居江西信州，长达二十年之久，其间一度起为福建提点刑狱、福建安抚使。六十四岁再起为浙东安抚使、镇江知府，不久罢归。一生力主抗金北伐，并提出有关方略，均未被采纳。其词热情洋溢、慷慨激昂，富有爱国感情。有《稼轩长短句》以及今人辑本《辛稼轩诗文钞存》。

[2] 淳熙己亥：淳熙是宋孝宗的年号，己亥是干支之一。淳熙己亥对应公元 1179 年。

[3] 漕：漕司的简称，指转运使。

[4] 同官王正之：作者调离湖北转运副使后，由王正之接任原来职务，故称"同官"。王正之：名正己，是作者旧交。

[5] 消：经受。

[6] 怕：一作"恨"。

[7] 落红：落花。

[8] 算只有殷勤：想来只有檐下蛛网还殷勤地沾惹飞絮，留住春色。

[9] 画檐：有画饰的屋檐。

[10] 长门：汉代宫殿名，武帝皇后失宠后被幽闭于此，司马相如《长门赋序》："孝武皇帝陈皇后，时得幸，颇妒。别在长门宫，愁闷悲思，闻蜀郡成都司马相如天下工为文，奉黄金百万，为相如、文君取酒，因于解悲愁之辞，而相如为文以悟主上，陈皇后复得幸。"

[11] 蛾眉：借指女子容貌的美丽。

[12] 相如赋：即司马相如的《长门赋》。

[13] 脉脉：绵长深厚。

[14] 玉环飞燕：杨玉环、赵飞燕，皆貌美善妒。

[15] 闲愁：指自己精神上的郁闷。

[16] 危栏：高处的栏杆。

[17] 断肠：形容极度思念或悲痛。

9　碾玉观音[1]

《京本通俗小说》

山色晴岚影物佳，暖烘回雁起平沙。

东郊渐觉花供眼，南陌依稀草吐芽。

堤上柳，未藏鸦，寻芳趁步到山家。

陇头几树红梅落，红杏枝头未着花。

这首《鹧鸪天》说孟春影致，原来又不如《仲春词》做得好：

每日青楼醉梦中，不知城外又春浓。

杏花初落疏疏雨，杨柳轻摇淡淡风。

浮画舫，跃青骢[2]，小桥门外绿阴笼。

行人不入神仙地，人在珠帘第几重？

这首词说仲春景致，原来又不如黄夫人做着《季春词》又好：

先自春光似酒浓，时听燕语透帘栊。

小桥杨柳飘香絮，山寺绯桃散落红。

莺渐老，蝶西东，春归难觅恨无穷。

侵阶草色迷朝雨，满地梨花逐晓风。

这三首词，都不如王荆公看见花瓣儿片片风吹下地来，原来这春归去，是东风断送的；有诗道：

春日春风有时好，春日春风有时恶。

不得春风花不开，花开又被风吹落。

苏东坡道："不是东风断送春归去，是春雨断送春归去。"有诗道：

雨前初见花间蕊，雨后全无叶底花。

蜂蝶纷纷过墙去，却疑春色在邻家。

---

[1] 本文选自缪荃孙刊印《京本通俗小说》，上海古籍出版社，1988年版。《碾玉观音》是宋代话本，主人公璩秀秀，出身于贫寒的装裱匠家庭，生得美貌出众，聪明伶俐，更练就了一手好刺绣。无奈家境窘迫，其父以一纸"献状"，将她卖与咸安郡王，从此，正值豆蔻年华的秀秀，身入侯门，失去自由。其后郡王将秀秀许给碾玉匠崔宁。秀秀和崔宁品貌相当，心灵手巧，相互爱恋。为了追求自由的爱情两人一起私奔，却屡次被郡王迫害，后崔宁被发配，秀秀杖责而亡。其父母担惊受怕投河而死，秀秀魂魄与崔宁又续前缘，最后，崔宁发现秀秀非人，秀秀父母也非人。秀秀父母入水而逃，秀秀携崔宁一起在地府做了一对鬼夫妻。
[2] 青骢：毛色青白相杂的骏马。

秦少游道："也不干风事，也不干雨事，是柳絮飘将春色去。"有诗道：

> 三月柳花轻复散，飘扬澹荡[1]送春归。
>
> 此花本是无情物，一向东飞一向西。

邵尧夫道："也不干柳絮事，是蝴蝶采将春色去。"有诗道：

> 花正开时当三月，蝴蝶飞来忙劫劫。
>
> 采将春色向天涯，行人路上添凄切。

曾两府道："也不干蝴蝶事，是黄莺啼得春归去。"有诗道：

> 花正开时艳正浓，春宵何事老芳丛？
>
> 黄鹂啼得春归去，无限园林转首空。

朱希真道："也不干黄莺事，是杜鹃啼得春归去。"有诗道：

> 杜鹃叫得春归去，物边啼血[2]尚犹存。
>
> 庭院日长空悄悄，教人生怕到黄昏。

苏小妹道："都不干这几件事，是燕子衔将春色去。"有《蝶恋花》词为证：

> 妾本钱塘江上住，花开花落，不管流年度。
>
> 燕子衔将春色去，纱窗几阵黄梅雨。
>
> 斜插梳犀云半吐，檀板轻敲，唱彻《黄金缕》。
>
> 歌罢彩云无觅处，梦回明月生南浦。

王岩叟道："也不干风事，也不干雨事，也不干柳絮事，也不干蝴蝶事，也不干黄莺事，也不干杜鹃事，也不干燕子事；是九十日春光已过，春归去。"曾有诗道：

> 怨风怨雨两俱非，风雨不来春亦归。
>
> 腮边红褪青梅小，口角黄消乳燕飞。
>
> 蜀魄健啼花影去，吴蚕强食柘桑稀。
>
> 直恼春归无觅处，江湖辜负一蓑衣！

说话的因甚说这春归词？绍兴年间，行在有个关西延州延安府人，本身是三镇节度使咸安郡王。当时怕春归去，将带着许多钓眷游春。至晚回家，来到钱塘门里，车桥前面。钓眷轿子过了，后面是郡王轿子到来。只听得桥下裱铺里一个人叫道："我儿出来看郡王！"当时郡王在轿里看见，叫帮总虞候道："我从前要寻这个人，今日却在这里！只在你身上，明日要这个人入府中来！"当时虞候声诺，来寻这个看郡王的人，是甚色目人？正是：

---

[1] 澹荡（dàn dàng）：荡漾，飘动。
[2] 啼血：古代传说杜鹃鸟乃上古蜀王望帝（杜宇）所化，至春啼鸣，故称。杜鹃昼夜悲鸣，啼至血出乃止。

尘随车马何年尽？情系人心早晚休。

只见车桥下一个人家，门前出着一面招牌，写着"璩家装裱古今书画。"铺里一个老儿，引着一个女儿，生得如何？

云鬟轻笼蝉翼，蛾眉淡指春山。朱唇缀一颗樱桃，皓齿排两行碎玉。莲步半折小弓弓，莺啭一声娇滴滴。

便是出来看郡王轿子的人。虞候即时来他家对门一个茶坊里坐定，婆婆把茶点来，虞候道："启请婆婆，过对门裱褙[1]铺里，请璩大夫来说话。"婆婆便去请到来。两个相揖了就坐，璩待诏问："府干有何见逾？"虞候道："无甚事，闲问则个。适来叫出来看郡王轿子的人，是令爱么？"待诏道："正是拙女，止有三口。"虞候又问："小娘子贵庚？"待诏应道："一十八岁。"再问："小娘子如今要嫁人，却是趋奉官员？"待诏道："老拙家寒，那讨钱来嫁人？将来也只是献与官员府第。"虞候道："小娘子有甚本事？"待诏说出女孩儿一件本事来，有词寄《眼儿媚》为证：

> 深闺小院日初长，娇女绮罗裳。
>
> 不做东君造化，金针刺绣群芳样。
>
> 斜枝嫩叶包开蕊，唯只欠馨香。
>
> 曾向园林深处，引教蝶乱蜂狂。

原来这女儿会绣作。虞候道："适来郡王在轿里，看见令爱身上系着一条绣裹肚。府中正要寻一个绣作的人，老丈何不献与郡王？"璩公归去与婆婆说了，到明日写一纸献状，献来府中。郡王给与身价，因此取名秀秀养娘。

不则一日，朝廷赐下一领团花绣战袍，当时秀秀依样绣出一件来。郡王看了欢喜道："主上赐与我团花战袍，却寻甚么奇巧的物事献与官家？"去府库里寻出一块透明的羊脂美玉来，即时叫将门下碾玉待诏道："这块玉堪做甚？"内中一个道："好做一副劝杯。"郡王道："可惜！恁般一块玉，如何将来只做得一副劝杯。"又一个道："这块玉上尖下圆，好做一个摩侯罗儿[2]。"郡王道："摩侯罗儿只是七月七日乞巧使得，寻常间又无用处。"数中一个后生，年纪二十五岁，姓崔名宁，趋事郡王数年，是升州建康府人。当时又手向前，对着郡王道："告恩王：这块玉上尖下圆，甚是不好，只好碾一个南海观音。"郡王道："好！正合我意。"就叫崔宁下手，不过两个月，碾成了这个玉观音。郡王即时写表进上御前，龙颜大喜。崔宁就本府增添请给，遭遇郡王。

---

[1] 裱褙（biǎo bèi）：贴在衬垫物上借以加固或供陈列，特指粘贴（如一张纸）在结实的材料上作为装订。
[2] 摩侯罗儿：唐、宋、元习俗，用土、木、蜡等制成的婴孩形玩具。多于七夕时用，为送子之祥物。

不则一日，时遇春天，崔待诏游春回来，入得钱塘门，在一个酒肆，与三四个相知方才吃得数杯，则听得街上闹吵吵，连忙推开楼窗看时，见乱哄哄道："井亭桥有遗漏！"吃不得这酒成，慌忙下酒楼看时，只见：

初如萤火，次若灯火。千条蜡烛焰难当，万座糁盆[1]敌不住；六丁神推倒宝天炉，八力士放起焚山火。骊山会上，料应褒姒逞娇容；赤壁矶头，想是周郎施妙策。五通神牵住火葫芦；宋无忌赶番赤骡子。又不曾泻烛浇油，直恁的烟飞火猛！

崔待诏望见了，急忙道："在我本府前不远。"奔到府中看时，已搬挈得罄尽，静悄悄地无一个人。崔待诏既不见人，且循着左手廊下入去。火光照得如同白日，去那左廊下，一个妇女摇摇摆摆从府堂里出来，自言自语，与崔宁打个胸厮撞。崔宁认得是秀秀养娘，倒退两步，低声唱个喏。原来郡王当日曾对崔宁许道："待秀秀满日，把来嫁与你。"这些众人都撺掇道："好对夫妻。"崔宁拜谢了，不则一番。崔宁是个单身，却也痴心。秀秀见恁地个后生，却也指望。当日有这遗漏，秀秀手中提着一帕子金珠富贵，从左廊下出来，撞见崔宁，便道："崔大夫！我出来得迟了，府中养娘，各自四散，管顾不得。你如今没奈何，只得将我去躲避则个。"

当下崔宁和秀秀出府门，沿着河走到石灰桥。秀秀道："崔大夫！我脚疼了，走不得。"崔宁指着前面道："更行几步，那里便是崔宁住处。小娘子到家中歇脚，却也不妨。"到得家中坐定，秀秀道："我肚里饥，崔大夫与我买些点心来吃。我受了些惊，得杯酒吃更好。"当时崔宁买将酒来，三杯两盏，正是：

三杯竹叶穿心过，两朵桃花上脸来。

道不得个"春为花博士，酒是色媒人"。秀秀道："你记得当时在月台上赏月，把我许你，你兀自拜谢。你记得也不记得？"崔宁叉着手，只应得喏。秀秀道："当日众人都替你喝彩：'好对夫妻！'你怎地到忘了？"崔宁又则应得喏。秀秀道："比似只管等待，何不今夜我和你先做夫妻，不知你意下何如？"崔宁道："岂敢！"秀秀道："你知道不敢，我叫将起来，教坏了你。你却如何将我到家中？我明日府里去说！"崔宁道："告小娘子：要和崔宁做夫妻不妨；只一件，这里住不得了。要好趁这个遗漏，人乱时，今夜就走开去，方才使得。"秀秀道："我既和你做夫妻，凭你行。"当夜做了夫妻。

四更已后，各带着随身金银物件出门。离不得饥餐渴饮，夜住晓行，迤逦[2]来到衢州。崔宁道："这里是五路总头，是打那条路去好？不若取信州路上去。我是碾玉作，信州有

---

[1] 糁盆（shēn pén）：中国岁时民俗，除夕日祭祖送神时焚烧松柴的火盆。
[2] 迤逦：颠沛流离。

几个相识，怕那里安得身。"即时取路到信州。住了几日，崔宁道："信州常有客人到行在往来，若说道我等在此，郡王必然使人来追捉，不当稳便。不若离了信州，再往别处去。"两个又起身上路，径取潭州。

不则一日，到了潭州，却是走得远了。就潭州市里，讨间房屋，出面招牌，写道"行在崔待诏碾玉生活"。崔宁便对秀秀道："这里离行在有二千余里了，料得无事。你我安心，好做长久夫妻。"潭州也有几个寄居官员，见崔宁是行在待诏，日逐也有生活得做。崔宁密使人打探行在本府中事，有曾到都下的，得知府中当夜失火，不见了一个养娘，出赏钱寻了几日，不知下落。也不知道崔宁将他走了，见在潭州住。

时光似箭，日月如梭，也有一年之上。忽一日，方早开门，见两个着皂衫的，一似虞候！府干打扮，入来铺里坐地，问道："本官听得说有个行在崔待诏，教请过来做生活。"崔宁分付了家中，随这两个人到湘潭县路上来。便将崔宁到宅里，相见官人，承揽了玉作生活。回路归家，正行间，只见一个汉子，头上带个竹丝笠儿，穿着一领白缎子两上领布衫，青白行缠扎着裤子口，着一双多耳麻鞋，挑着一个高肩担儿；正面来，把崔宁看了一看。崔宁却不见这汉面貌，这个人却见崔宁，从后大踏步尾着崔宁来。正是：

> 谁家稚子鸣榔板，惊起鸳鸯两处飞。

竹引牵牛花满街，疏篱茅舍月光筛。琉璃盏内茅柴酒，白玉盘中簇豆梅。休懊恼，且开怀，平生赢得笑颜开。三千里地无知己，十万军中挂印来。

这只《鹧鸪天》词是关西秦州雄武军刘两府所作；从顺昌入战之后，闲在家中，寄居湖南潭州湘潭县。他是个不爱财的名将，家道贫寒，时常到村店中吃酒。店中人不识刘两府，欢呼啰唣。刘两府道："百万番人，只如等闲。如今却被他们诬罔！"作了这只《鹧鸪天》，流传直到都下。当时殿前太尉是阳和王，见了这词，好伤感："原来刘两府直恁孤寒！"教提辖官差人送一项钱与刘两府。今日崔宁的东人郡王，听得说刘两府恁地孤寒，也差人送一项钱与他。却经由潭州路过，见崔宁从湘潭路上来，一路尾着崔宁到家，正见秀秀坐在柜身子里。便撞破他们道："崔大夫！多时不见，你却在这里！秀秀养娘他如何也在这里？郡王教我下书来潭州，今遇着你们。原来秀秀养娘嫁了你？也好！"当时唬杀崔宁夫妻两个，被他看破。

那人是谁？却是郡王府中一个排军，从小伏侍郡王，见他朴实，差他送钱与刘两府。这人姓郭名立，叫作郭排军。当下夫妻请住郭排军，安排酒来请他，吩咐道："你到府中，千万莫说与郡王知道。"郭排军道："郡王怎知得你两个在这里？我没事却说甚么？"当下酬谢了出门。回到府中，参见郡王，纳了回书，看看郡王道："郭立前日下书回，打潭州过，却见两个人在那里住。"郡王问："是谁？"郭立道："见秀秀养娘并崔待诏两个，请郭立吃了酒食，教休来府中说知。"郡王听说，便道："叵耐这两个做出这事来！却如何直走到那里？"郭立道："也不知他仔细。只见他在那里住地，依旧挂招牌做生活。"郡王教干办去分付临安府，即时差一个缉捕使臣，带着做公的，备了盘缠，径来湖南潭州府，下了公文，同来寻崔宁和秀秀。却似：

皂雕追紫燕，猛虎啖羊羔。

不两月，捉将两个来，解到府中，报与郡王得知，即时升厅，原来郡王杀番人时，左手使一口刀，叫做"小青"，右手使一口刀，叫做"大青"，这两口刀不知剁了多少番人，那两口刀，鞘内藏着，挂在壁上，郡王升厅，众人声喏，即将这两个人押来跪下，郡王好生焦躁，左手去壁牙上取下小青，右手一掣，掣刀在手，睁起杀番人的眼儿，咬得牙齿剥剥地响，当时唬杀夫人，在屏风背后道："郡王！这里是帝辇之下，不比边庭上面，若有罪过，只消解去临安府施行，如何胡乱凯得人？"郡王听说道："叵耐这两个畜生逃走，今日捉将来，我恼了，如何不凯？既然夫人来劝，且捉秀秀入府后花园去，把崔宁解去临安府断治。"

当下喝酒赐钱赏犒捉事人，解这崔宁到临安府，一一从头供说："自从当夜遗漏，来到府中，都搬尽了，只见秀秀养娘从廊下出来，揪住崔宁道：'你如何安手在我怀中？若不依我口，教坏了你。'要共逃走，崔宁不得已，与他同走，只此是实。"临安府把文案呈上郡王，郡王是个刚直的人，便道："既然恁地，宽了崔宁，且与从轻断治。"崔宁不合在逃，罪杖，发遣建康府居住，当下差人押送。

方出北关门，到鹅项头，见一顶轿儿，两个人抬着，从后面叫："崔待诏且不得去！"崔宁认得像是秀秀的声音，赶将来又不知怎地，心下好生疑惑，伤弓之鸟，不敢揽事，且低着头只顾走，只见后面赶将上来，歇了轿子，一个妇人走出来，不是别人，便是秀秀，道："崔待诏，你如今去建康府，我却如何？"崔宁道："却是怎地好？"秀秀道："自从解你去临安府断罪，把我捉入后花园，打了三十竹篦，遂便赶我出来？我知道你建康府去，赶将来同你去！"崔宁道："恁地却好！"讨了船，直到建康府！押发人自回，若是押发人是个学舌的，就有一切是非出来！因晓得郡王性如烈火，惹着他不是轻放手的！他又不是王府中人，去管这闲事怎地？况且崔宁一路买酒买食，奉承得他好，回去时，就隐恶而扬善了。

再说崔宁两口在建康居住，既是问断了，如今也不怕有人撞见，依旧开个碾玉作铺。浑家道："我两口却在这里住得好。只是我家爹妈，自从我和你逃去潭州，两个老的吃了些苦；当日捉我入府时，两个去寻死觅活，今日也好教人去行在取我爹妈来这里同住。"崔宁道："最好！"便教人来行在取他丈人丈母。写了他地理脚色与来人，到临安府寻见他住处，问他邻舍，指道："这一家便是。"来人去门首看时，只见两扇门关着，一把锁锁着，一条竹竿封着，问邻舍："他老夫妻那里去了。"邻舍道："莫说他有个花枝也似女儿，献在一个奢遮去处，这个女儿不受福德，却跟一个碾玉的待诏逃走了。前日从湖南潭州捉将回来，送在临安府吃官司；那女儿吃郡王捉进后花园里去。老夫妻见女儿捉去，就当下寻死觅活，至今不知下落，只恁地关着门在这里。"来人见说，再回建康府来，兀自未到家。

且说崔宁正在家中坐，只见外面有人道："你寻崔待诏住处，这里便是。"崔宁叫出浑家来看时，不是别人，认得是璩公、璩婆。都相见了，喜欢的做一处。

那去取老儿的人，隔一日才到，说如此这般，寻不见，却空走了这遭。两个老的且自来到这里了。两个老人道："却生受你！我不知你们在建康住，教我寻来寻去，直到这里。"其时四口同住，不在话下。

且说朝廷宫里，一日到偏殿看玩宝器，拿起这玉观音来看。这个观音身上，当时有一个玉铃儿失手脱下。即时问近侍官员："却如何修理得。"官员将玉观音反复看了，道："好个玉观音！怎地脱落了铃儿！"看到底下，下面碾着三字"崔宁造"。"怎地容易。既是有人造，只消得宣这个人来教他修整。"敕下郡王府，宣取碾玉匠崔宁。郡王回奏："崔宁有罪，在建康府居住。"

即时使人去建康取得崔宁到行在歇泊了。当时宣崔宁见驾，将这玉观音教他领去用心整理。崔宁谢了恩，寻一块一般的玉，碾一个铃儿接住了，御前交纳！破分请给养了崔宁，令只在行在居住。崔宁道："我今日遭际御前，争得气再来清湖河下，寻间屋儿开个碾玉铺，须不怕你们撞见。"可煞事有斗巧，方才开得铺三两日，一个汉子从外面过来，就是那郭排军，见了崔待诏便道："崔大夫恭喜了：你却在这里住。"抬起头来，看柜身里却立着崔待诏的浑家。郭排军吃了一惊，拽开脚步就走。浑家说与丈夫道："你与我叫住那排军，我相问则个。"正是：

平生不作皱眉事，世上应无切齿人。

崔待诏即时赶上扯住。只见郭排军把头只管侧来侧去，口里喃喃地道："作怪！作怪！"没奈何只得与崔宁回来，到家中坐地，浑家与他相见了。便问："郭排军：前者我好意留你吃酒。你却归来说与郡王。坏了我两个故事，今日遭际御前。却不怕你去说。"郭排军吃他相问得无言可答。只道得一声，"得罪！"相别了。便来到府里。对着郡王道：

"有鬼!"郡王道:"这汉则甚。"郭立道:"告恩王。有鬼!"郡王问道:"有甚鬼。"郭立道:"方才打清湖河下过。见崔宁开个碾玉铺。却见柜身里一个妇女。便是秀秀养娘。"郡王焦躁道:"又来胡说:秀秀被我打杀了。埋在后花园。你须也看见。如何又在那里;却不是取笑我!"郭立道:"告恩王。怎敢取笑;方才叫住郭立。相问了一回,怕恩王不信。勒下军令状了去。"郡王道:"真个在时。你勒军令状来。"那汉也是合苦。真个写一纸军令状来,郡王收了。叫两个当直的轿番。抬一顶轿子。教:"取这妮子来,若真个在。把来凯取一切;若不在,郭立你须替他凯取一刀!"郭立同两个轿番,来取秀秀。正是:

麦穗两歧,农人难辨。

　　郭立是关西人,朴直,却不知军令状如何胡乱勒得!三个一径来到崔宁家里。那秀秀兀自在柜身里坐地。见那郭排军来得恁地慌忙。却不知他勒了军令来取你,郭排军道:"小娘子!郡王钧旨。教命取你则个。"秀秀道:"既如此。你们少等。待我梳洗了同去。"即时入去梳洗,换了衣服,出来上了轿,分付了丈夫。两个轿番便抬着径到府前,郭立先入去。

　　郡王正在厅上等待,郭立唱了喏道:"已取到秀秀养娘。"郡王道:"着他入来。"郭立出来道:"小娘子:郡王教你进来。"掀起帘子看一看,便是一桶水倾在身上,开着口则合不得。就轿子里不见了秀秀养娘,问那两个轿番,道:"我不知。则见他上轿,抬到这里,又不曾转动。"那汉叫将入来道:"告恩王,恁地真个有鬼。"郡王道:"却不叵耐[1],教人捉这汉,等我取过军令状来,如今凯了一刀。"先去取下青来。那汉从来伏侍郡王,身上也有十数次官了;盖缘是粗人,只教他做排军。这汉慌了道:"见有两个轿番见证,乞叫来问。"即时叫将轿番来道:"见他上轿,抬到这里,却不见了。"说得一般,想必真个有鬼,只消得叫将崔宁来问。便使人叫崔宁来到府中。崔宁从头至尾说了一遍。郡王道:"恁地,又不干崔宁事,且放他去。"崔宁拜辞去了。郡王焦躁,把郭立打了五十背花棒。

　　崔宁听得说浑家是鬼,到家中问丈人丈母。两个面面厮觑,走出门,看着清湖河里,扑通地都跳下水去了。当下叫"救人",打捞,便不见了尸首。原来当时打杀秀秀时,两个老的听得说,便跳在河里,已自死了。这两个也是鬼。

　　崔宁到家中,没情没绪,走进房中,只见浑家坐在床上,崔宁道:"告姐姐,饶我性命。"秀秀道:"我因为你,吃郡王打死了,埋在后花园里。却恨郭排军多口,今日已报了冤仇,郡王已将他打了五十背花棒。如今都知道我是鬼,容身不得了。"道罢,起身双手揪住崔宁,叫得一声,四肢倒地。邻舍都来看时,只见:

[1] 叵耐(pǒ nài):不可忍耐。

两部脉尽总皆沉，一命已归黄壤下。

崔宁也被扯去和父母四个一块儿做鬼去了。后人评论得好：

咸安王捺不下烈火性，郭排军禁不住闲磕牙，璩秀娘舍不得生眷属，崔待诏撇不脱鬼冤家。

知识链接五

宋 词

　　词是一种音乐文学，它的产生、发展，以及创作、流传都与音乐有直接关系。词所配合的音乐叫燕乐，又叫宴乐，其主要是北周和隋以来由西域胡乐与民间里巷之曲相融而成的一种新型音乐，主要用于娱乐和宴会的演奏，隋代已开始流行。而配合燕乐的词的起源，也就可以上溯到隋代。宋人王灼《碧鸡漫志》卷一说："盖隋以来，今之所谓曲子者渐兴，至唐稍盛。"词最初主要流行于民间，《敦煌曲子词集》收录的一百六十多首作品，大多是从盛唐到唐末五代的民间歌曲。大约到中唐时期，诗人张志和、韦应物、白居易、刘禹锡等人开始写词，把这一文体引入文坛。到晚唐五代时期，文人词有了很大的发展，晚唐词人温庭筠以及以他为代表的"花间派"词人、以李煜、冯延巳为代表的南唐词人的创作，都为词体的成熟和基本抒情风格的建立作出了重要贡献。词终于在诗之外别树一帜，成为中国古代最为突出的文学体裁之一。

　　宋词代表了宋代文学的最高成就。宋词句子有长有短，便于歌唱。因是合乐的歌词，故又称曲子词、乐府、乐章、长短句、诗余、琴趣等。它始于梁代，形成于唐代而极盛于宋代。据《旧唐书》上记载："自开元（唐玄宗年号）以来，歌者杂用胡夷里巷之曲。"宋词是中国古代文学皇冠上光辉夺目的明珠，在古代中国文学的阆苑里，她是一座芬芳绚丽的园圃。她以姹紫嫣红、千姿百态的神韵，与唐诗争奇，与元曲斗艳，历来与唐诗并称双绝，都代表一代文学之盛。

　　宋词是中国文学发展史上第一个抒写艳思恋情的专门文体，"诗言志，词言情""词为艳科"都是宋词这种创作主流倾向的归纳。宋词的题材集中在伤春悲秋、离愁别绪、风花雪月、男欢女爱等方面，与"艳情"有着直接或间接的关系。被后人推尊为"豪放词"开山鼻祖的苏轼，其绝大多数词仍属"艳科"范围。即使是"艳情"之外的题材，也受到主流倾向的渗透，或多或少地沾带着"艳"的情味这一宋词创作的主流倾向，正属于被孔子摒弃的淫靡的"郑卫"之声一流，与风雅篇什背道而驰。

　　宋词的代表人物主要有苏轼、辛弃疾（豪放派代表词人）；柳永、李清照（婉约派代表词人）。苏轼可以说是文人抒情词传统的最终奠定者。首先，苏轼的词扩大了词境。苏轼之性情、襟怀、学问悉见之于诗，也同样融之于词。刘辰翁《辛稼轩词序》说："词至东坡，倾荡磊落，如诗如文，如天地奇观。"他外出打猎，便豪情满怀地说："会挽雕弓如满月，西北望，射天狼。"（《江城子·密州出猎》）他望月思念胞弟苏辙，便因此悟出人生哲理："人有悲欢离合，月有阴晴圆缺，此事古难全。"（《水调歌头·明月几时有》）他登临古迹，便慨叹："大江东去，浪淘尽、千古风流人物。"（《念奴娇·赤壁怀古》）五彩纷呈，令人目不暇接。刘熙载《艺概》卷四概括说："东坡词颇似老杜诗，以其无意不可入，无事不可言也。"

其次，苏轼的词提高了词品。苏轼"以诗入词"，把词家的"言情"与诗人的"言志"很好地结合起来，文章道德与儿女私情并见乎词，在词中树堂堂之阵，立正正之旗。即使写闺情，品格也特高。胡寅在《酒边词序》中盛赞苏轼的词："一洗绮罗香泽之态，摆脱绸缪宛转之度，使人登高望远，举首高歌，而逸怀豪气超乎尘埃之外。"

第六单元

元明清文学

中国古典文学演进到元代，创作者主流开始由传统文人士大夫转变为新兴的市民文人，新兴的通俗戏曲、小说异军突起。在元代文学中，杂剧、散曲（合称"元曲"）的成就显著，著名的"元曲四大家"及其作品，多为后人称颂。

综观明代文学，小说成就最高，戏曲次之，诗文相对式微。《三国志演义》可说是历史演义小说的高峰，《水浒传》则是英雄传奇小说的典范。《西游记》可说是神魔小说的楷模，《金瓶梅》等市情小说在揭露封建社会黑暗方面也是前无古人的。明代的白话短篇小说，是宋、元话本的继续和发展，其成就也很高，它犹如昙花在明后期一现，弥足珍贵。戏曲中的《牡丹亭》以其独特的构思，表现了强烈的反封建精神，影响深远。所以，明代小说、戏曲的成就是极为辉煌的。

清代文学是中国封建社会文学的最后阶段，样式繁多，具有自己的特点。小说创作登上高峰，在明代的基础上取得很大成就。作者都是有意为之，对封建社会作了更深入的剖析，艺术表现形式和手法更具有新的特色。蒲松龄的《聊斋志异》是文言小说的名著；吴敬梓的《儒林外史》成为讽刺小说的巅峰；曹雪芹的《红楼梦》无论思想性和艺术性都取得了前所未有的成就。

1 天净沙·冬[1]

白 朴

一声画角[2]谯门[3]，半庭新月黄昏，雪里山前水滨[4]。竹篱茅舍，淡烟[5]衰草孤村。

---

[1] 选自隋树森编《全元散曲》，中华书局，1964年版。白朴（1226—约1306年），原名恒，字仁甫，后改名朴，字太素，号兰谷。元代著名杂剧、散曲作家，"元曲四大家"之一。一生创作剧本见于著录者十五种，现仅存《唐明皇秋夜梧桐雨》《董秀英花月东墙记》《裴少俊墙头马上》三种，以及一些残本。

[2] 画角：乐器名。吹奏时发出呜呜声，其声高亢激昂，古时军中用以警戒、振奋、传令、指挥，也用于帝王出巡的前导。

[3] 谯门：建有望楼的城门，古代为防盗和御敌，京城和州郡皆在城门建有望楼。

[4] 水滨：靠近水的场所。

[5] 淡烟：轻淡的烟雾。

2 西厢记（节选）[1]

王实甫

第三本 张君瑞害相思

第二折

（旦上云）红娘伏侍老夫人不得空便，偌早晚敢待来也。起得早了些儿，困思上来，我再睡些儿咱。（睡科）（红上云）奉小姐言语去看张生，因伏侍老夫人，未曾回小姐话去。不听得声音，敢又睡哩，我入去看一遭。

【中吕】【粉蝶儿】风静帘闲，透纱窗麝兰香散，启朱扉摇响双环。绛台[2]高，金荷[3]小，银釭[4]犹灿。比及将暖帐轻弹，先揭起这梅红罗软帘偷看。

【醉春风】则见他钗嚲[5]玉斜横，鬓偏云乱挽。日高犹自不明眸，畅好是懒、懒。（旦做起身长叹科）（红唱）半晌抬身，几回搔耳，一声长叹。

我待便将简帖儿与他，恐俺小姐有许多假处哩。我则将这简帖儿放在妆盒儿上，看他见了说甚么。（旦做照镜科，见帖看科）（红唱）

【普天乐】晚妆残，乌云嚲，轻匀了粉脸，乱挽起云鬟。将简帖儿拈，把妆盒儿按，开拆封皮孜孜看，颠来倒去不害心烦。（旦怒叫）红娘！（红做意云）呀，决撒[6]了也！厌的早挖皱[7]了黛眉。（旦云）小贱人，不来怎么！（红唱）忽的波低垂了粉颈，氲的呵改变了朱颜。

（旦云）小贱人，这东西那里将来的？我是相国的小姐，谁敢将这简帖来戏弄我，我几曾惯看这等东西？告过夫人，打下你个小贱人下截来。（红云）小姐使将我去，他着我将来。我不识字，知他写着甚么？

---

[1] 选自 [元] 王实甫著、王季思校注《集评校注西厢记》，上海古籍出版社，1987年版。注释参见王实甫著、王季思校注《集评校注西厢记》（上海古籍出版社，1987年版）及张燕瑾校注《西厢记》（人民文学出版社，1995年版）。王实甫（约1260—约1336年），名德言，字实甫，大都（今北京）人。实甫一生创作杂剧见于著录者十四种，今存《西厢记》《丽春堂》《破窑记》三种及《芙蓉亭》《贩茶船》片段。
[2] 绛台：红色的烛台。
[3] 金荷：亦称铜荷，烛台上部承接烛泪的铜盘。
[4] 银釭（gāng）：灯。
[5] 嚲：斜坠。
[6] 决撒：败露，坏了事。
[7] 挖（gē）皱：皱起，紧皱。

【快活三】分明是你过犯，没来由把我摧残；使别人颠倒恶心烦，你不惯，谁曾惯？

姐姐休闹，比及你对夫人说呵，我将这简帖儿去夫人行出首去来。（且做揪住科）我逗你耍来。（红云）放手，看打下下截来。（且云）张生近日如何？（红云）我则不说。（且云）好姐姐，你说与我听咱！（红唱）

【朝天子】张生近间、面颜，瘦得来实难看。不思量茶饭，怕待动弹；晓夜将佳期盼，废寝忘餐。黄昏清旦，望东墙淹泪眼。（且云）请个好太医看他症候咱。（红云）他症候吃药不济。病患、要安，则除是出几点风流汗。

（且云）红娘，不看你面时，我将与老夫人看，看他有何面目见夫人？虽然我家亏他，只是兄妹之情，焉有外事。红娘，早是你口稳哩；若别人知呵，甚么模样。（红云）你哄着谁哩，你把这个饿鬼弄得七死八活，却要怎么？

【四边静】怕人家调犯[1]，"早共晚夫人见些破绽，你我何安。"问甚么他遭危难？撺断得上竿，掇了梯儿看[2]。

（且云）将描笔儿过来，我写将去回他，着他下次休是这般。（且做写科）（起身科云）红娘，你将去说："小姐看望先生，相待兄妹之礼如此，非有他意。再一遭儿是这般呵，必告夫人知道。"和你个小贱人都有话说。（且掷书下）（红唱）

【脱布衫】小孩儿家口没遮拦，一味的将言语摧残。把似[3]你使性子，休思量秀才，做多少好人家风范。（红做拾书科）

【小梁州】他为你梦里成双觉后单，废寝忘餐。罗衣不奈五更寒，愁无限，寂寞泪阑干。

【幺篇】似这等辰勾空把佳期盼[4]，我将这角门儿世不曾牢拴，则愿你做夫妻无危难。我向这筵席头上整扮，做一个缝了口的撮合山[5]。

（红云）我若不去来，道我违拗他，那生又等我回报，我须索走一遭。（下）（末上云）那书倩红娘将去，未见回话。我这封书去，必定成事，这早晚敢待来也。（红上云）须索回张生话去。小姐，你性儿忒惯得娇了；有前日的心，那得今日的心来？

【石榴花】当日个晚妆楼上杏花残，犹自怯衣单，那一片听琴心清露月明间。昨日个

---

[1] 调犯：嘲笑讥讽，说是道非。
[2] "撺断"二句：意谓鼓动别人登梯子爬上竿去，自己却撤走梯子，看人家下不来的样子。这里是说莺莺惹得张生害了相思病，却又撤手不管。撺断，今口语谓之撺掇，从旁鼓动、怂恿之意。
[3] 把似：假如，与其。
[4] "似这"句：盼望佳期到来，好像等待辰勾星出来一样困难。
[5] "我向这"两句：整扮，装扮整齐，指红娘言。撮合山：媒人。凌濛初曰："婚姻筵席媒人与焉，故戏言筵席间整备，做不泄露的媒人。"

向晚，不怕春寒，几乎险被"先生馔"[1]，那其间岂不胡颜[2]。为一个不酸不醋风魔汉，隔墙儿险化做了望夫山[3]。

【斗鹌鹑】你用心儿拨雨撩云，我好意儿传书寄简。不肯搜自己狂为，则待要觅别人破绽。受艾焙权时忍这番[4]，畅好是奸。"张生是兄妹之礼，焉敢如此！"对人前巧语花言；——没人处便想张生，——背地里愁眉泪眼。

（红见末科）（末云）小娘子来了。擎天柱，大事如何了也？（红云）不济事了，先生休傻。（末云）小生简帖儿是一道会亲的符箓，则是小娘子不用心，故意如此。（红云）我不用心？有天理，你那简帖儿好听！

【上小楼】这的是先生命悭，须不是红娘违慢。那简帖儿倒做了你的招状[5]，他的勾头[6]，我的公案。若不是觑面颜，厮顾盼，擔饶轻慢[7]，先生受罪，礼之当然。贱妾何辜？争些儿把你娘拖犯[8]。

【幺篇】从今后相会少，见面难。月暗西厢，凤去秦楼，云敛巫山。你也赸[9]，我也赸；请先生休讪[10]，早寻个酒阑人散。

（红云）只此再不必申诉足下肺腑，怕夫人寻，我回去也。（末云）小娘子此一遭去，再着谁与小生分剖；必索做一个道理，方可救得小生一命。（末跪下揪住红科）（红云）张先生是读书人，岂不知此意，其事可知矣。

【满庭芳】你休要呆里撒奸[11]；你待要恩情美满，却教我骨肉摧残。老夫人手执着棍儿摩挲看，粗麻线怎透得针关。直待我拄着拐帮闲钻懒，缝合唇送暖偷寒[12]。待去呵，小姐性儿撮盐入火[13]，消息儿踏着泛[14]；待不去呵，（末跪哭云）小生这一个性命，都在小娘子身上。（红唱）禁不得你甜话儿热趱：好着我两下里做人难。

---

[1] 先生馔：语出《论语·为政》："有酒食，先生馔。"馔：本指吃喝，凌濛初谓："调成语也，言听琴时几乎被他到了手也。"元词惯用手法，用四书语借作调侃。

[2] 胡颜：羞愧无言、没脸的意思。

[3] "隔墙"句：是说莺莺听琴时伫立良久，险些化成望夫石。

[4] "受艾焙"句：犹俗言忍灸只忍这一遭。剧中为责备、训斥之意。艾：药用植物名，可以疗疾。艾焙：点燃之艾绒卷。作动词用，则指用艾绒卷烤炙患者经穴。

[5] 招状：犯人招认罪行的供词。

[6] 勾头：逮捕人的拘票。

[7] "若不是"三句：如果不是看着彼此的面子，手下留情，容忍了你有失分寸的行为。顾盼：本作"看""视"解，这里是照顾、留情的意思。擔饶：担待宽恕之意。

[8] 争些："争"就是"差"，"争些"即"差点儿""险些儿"。犯：连累犯案。

[9] 赸：走开、散伙。

[10] 讪：埋怨，毁谤。

[11] 呆里撒奸：内藏奸诈而故作诚实。

[12] "直待我"二句：帮闲钻懒，管别人的闲事，替别人做无聊的事。此指男女传情。

[13] 撮盐入火：盐入火即爆，用以比喻脾气急躁。

[14] 消息儿踏着泛：踏着了机关的泛子，中人圈套、落入机关的意思。消息儿：即机关。泛：亦称泛子，即机关的枢纽，触动它机关才能转动。

我没来由分说；小姐回与你的书，你自看者。（末接科，开读科）呀，有这场喜事，撮土焚香，三拜礼毕。早知小姐简至，理合远接，接待不及，勿令见罪！小娘子，和你也欢喜。（红云）怎么？（末云）小姐骂我都是假，书中之意，着我今夜花园里来，和他"哩也波哩也啰"哩。（红云）你读书我听。（末云）"待月西厢下，迎风户半开，隔墙花影动，疑是玉人来。"（红云）怎见得他着你来？你解与我听咱。（末云）"待月西厢下"，着我月上来；"迎风户半开"，他开门待我；"隔墙花影动，疑是玉人来"，着我跳过墙来。（红笑云）他着你跳过墙来，你做下来。端的有此说么？（末云）俺是个猜诗谜的社家，风流隋何，浪子陆贾，我那里有差的勾当。（红云）你看我姐姐，在我行也使这般道儿。

【耍孩儿】几曾见寄书的颠倒瞒着鱼雁，小则小心肠儿转关。写着道西厢待月等得更阑，着你跳东墙"女"字边"干"。原来那诗句儿里包笼着三更枣[1]，简帖儿里埋伏着九里山[2]。他着紧处将人慢，您会云雨闹中取静，我寄音书忙里偷闲。

【四煞】纸光明玉板[3]，字香喷麝阑，行儿边湮透非春汗？一缄情泪红犹湿，满纸春愁墨未干。从今后休疑难，放心波玉堂学士，稳情取金雀鸦鬟[4]。

【三煞】他人行别样的亲，俺跟前取次看[5]，更做道孟光接了梁鸿案。别人行甜言美语三冬暖，我根前恶语伤人六月寒。我为头儿看：看你个离魂倩女，怎发付掷果潘安。

（末云）小生读书人，怎跳得那花园过也？（红唱）

【二煞】隔墙花又低，迎风户半拴，偷香手段今番按。怕墙高怎把龙门跳，嫌花密难将仙桂攀。放心去，休辞惮；你若不去呵，望穿他盈盈秋水，蹙损他淡淡春山[6]。

（末云）小生曾到那花园里，已经两遭，不见那好处；这一遭知他又怎么？（红云）如今不比往常。

【煞尾】你虽是去了两遭，我敢道不如这番。你那隔墙酬和都胡侃，证果的是今番这一简。（红下）

（末云）万事自有分定，谁想小姐有此一场好处。小生是猜诗谜的社家，风流隋何，浪子陆贾，到那里挖扎帮[7]便倒地。今日颓天百般的难得晚。天，

---

[1] 三更枣：为约会的暗语。《高僧传》载，禅宗五祖弘忍传法于六祖慧能时，给了他三粒粳米一枚枣，慧能领悟到时让他"三更早来"的隐语。
[2] 埋伏着九里山：计谋圈套之意。
[3] 玉板：纸名，即玉板宣，白宣纸的一种。
[4] 稳情取：准能得到、包管弄到。金雀鸦鬟：指代美女。
[5] 取次看：犹等闲视之，不重视之意。
[6] 春山：比喻妇女美丽的眉毛。
[7] 挖（gē）扎帮：亦作"挖搭帮"，一下子、迅速之意。

你有万物于人，何故争此一日？疾下去波！读书继暑怕黄昏，不觉西沉强掩门；欲赴海棠花下约，太阳何苦又生根？（看天云）呀，才晌午也，再等一等。（又看科）今日万般的难得下去也呵。碧天万里无云，空劳倦客身心；恨杀鲁阳贪战，不教红日西沉！呀，却早倒西也，再等一等咱。无端三足乌，团团光烁烁；安得后羿弓，射此一轮落？谢天地！却早日下去也！呀，却早发擂也！呀，却早撞钟也！拽上书房门，到得那里，手挽着垂杨滴流扑跳过墙去。（下）

3　牡丹亭（节选）[1]

汤显祖

第十出　惊梦

【绕池游】〔旦上〕梦回莺啭，乱煞年光遍[2]。人立小庭深院。〔贴〕炷尽沉烟[3]，抛残绣线，恁今春关情似去年？〔乌夜啼〕"〔旦〕晓来望断梅关，宿妆残[4]。〔贴〕你侧著宜春髻子[5]恰凭阑。〔旦〕剪不断，理还乱，闷无端。〔贴〕已分付催花莺燕借春看。"〔旦〕春香，可曾叫人扫除花径？〔贴〕分付了。〔旦〕取镜台衣服来。〔贴取镜台衣服上〕"云髻罢梳还对镜，罗衣欲换更添香。"镜台衣服在此。

【步步娇】〔旦〕袅晴丝[6]吹来闲庭院，摇漾春如线。停半晌、整花钿。没揣菱花[7]，偷人半面，迤逗的彩云偏[8]。〔行介〕步香闺怎便把全身现！〔贴〕今日穿插的好。

【醉扶归】〔旦〕你道翠生生出落的裙衫儿茜，艳晶晶花簪八宝填，可知我常一生儿爱好是天然。恰三春好处[9]无人见。不隄防沉鱼落雁鸟惊喧，则怕的羞花闭月花愁颤。〔贴〕早茶时了，请行。〔行介〕你看："画廊金粉半零星，池馆苍苔一片青。踏草怕泥新绣袜，惜花疼煞小金铃。[10]"〔旦〕不到园林，怎知春色如许！

【皂罗袍】原来姹紫嫣红开遍，似这般都付与断井颓垣。良辰美景奈何天，赏心乐事谁家院！恁般景致，我老爷和奶奶再不提起。〔合〕朝飞暮卷，云霞翠轩；雨丝风片，烟波画船——锦屏人[11]忒看的这韶光贱！〔贴〕是[12]花都放了，那牡丹还早。

【好姐姐】〔旦〕遍青山啼红了杜鹃，荼蘼外烟丝醉软。春香呵，牡丹虽好，他春归

---

[1] 选自［明］汤显祖著，徐朔方、杨笑梅校注《牡丹亭》，人民文学出版社，1963年版。汤显祖（1550—1616年），字义仍，号海若、若士，别署清远道人，晚年自号茧翁。江西临川人。其思想受罗汝芳、李贽等的影响，反对程朱理学，主张文艺应抒写性灵。汤显祖是明代最伟大的戏剧家，代表作即所谓的"临川四梦"，包括《牡丹亭》《紫钗记》《邯郸记》《南柯记》。

[2] 乱煞年光遍：缭乱的春光到处都是。
[3] 沉烟：沉水香，薰用的香料。
[4] 宿妆：隔夜的残妆。
[5] 宜春髻子：相传立春的那天，妇女剪彩作燕子状，戴在髻上，上贴"宜春"二字。
[6] 晴丝：游丝、飞丝，也即后文所说的烟丝，虫类所吐的丝缕，常在空中飘荡。
[7] 没揣：不意，蓦然。菱花，镜子。
[8] "迤（tuó）逗"句：迤逗，引逗、挑逗。彩云，美丽的发卷的代称。全句的意思是：想不到镜子偷偷地找见了她。还得她羞答答地把发卷也弄歪了。
[9] 三春好处：比喻自己的青春美貌。
[10] "惜花"句：《开元天宝遗事》："天宝初，宁王……于后园中纫红丝为绳，密缀金玲，系于花梢之上。每有鸟鹊翔集，则令园吏掣铃索以惊之。盖惜花之故也。"疼：为惜花常常掣铃，连小金铃都被拉得疼煞了。
[11] 锦屏人：深闺中人，包括自己在游园前。
[12] 是：凡是、所有的。

怎占的先！〔贴〕成对儿莺燕呵。〔合〕闲凝眄，生生燕语明如翦，呖呖莺歌溜的圆。〔旦〕去罢。〔贴〕这园子委是观之不足[1]也。〔旦〕提他怎的！〔行介〕

【隔尾】观之不足由他缱，便赏遍了十二亭台是枉然。到不如兴尽回家闲过遣。〔作到介〕〔贴〕"开我西阁门，展我东阁床。瓶插映山紫，炉添沉水香。"小姐，你歇息片时，俺瞧老夫人去也。〔下〕〔旦叹介〕"默地游春转，小试宜春面[2]。"春呵，得和你两留连，春去如何遣？咳，恁般天气，好困人也。春香那里？〔作左右瞧介〕〔又低首沉吟介〕天呵，春色恼人，信有之乎！常观诗词乐府，古之女子，因春感情，遇秋成恨，诚不谬矣。吾今年已二八，未逢折桂之夫；忽慕春情，怎得蟾宫之客？昔日韩夫人得遇于郎，张生偶逢崔氏，曾有《题红记》《崔徽传》二书。此佳人才子，前以密约偷期，后皆得成秦晋。〔长叹介〕吾生于宦族，长在名门。年已及笄，不得早成佳配，诚为虚度青春。光阴如过隙耳。〔泪介〕可惜妾身颜色如花，岂料命如一叶乎！

【山坡羊】没乱里[3]春情难遣，蓦地里怀人幽怨。则为俺生小婵娟，拣名门一例、一例里神仙眷。甚良缘，把青春抛的远！俺的睡情谁见？则索因循腼腆。想幽梦谁边，和春光暗流传？迁延，这衷怀那处言！淹煎，泼残生[4]，除问天！身子困乏了，且自隐儿[5]而眠。〔睡介〕〔梦生介〕〔生持柳枝上〕"莺逢日暖歌声滑，人遇风情笑口开。一径落花随水入，今朝阮肇到天台[6]。"小生顺路儿跟着杜小姐回来，怎生不见？〔回看介〕呀，小姐，小姐！〔旦作惊起介〕〔相见介〕〔生〕小生那一处不寻访小姐来，却在这里！〔旦作斜视不语介〕〔生〕恰好花园内，折取垂柳半枝。姐姐，你既淹通书史，可作诗以赏此柳枝乎？〔旦作惊喜，欲言又止介〕〔背想〕这生素昧平生，何因到此？〔生笑介〕小姐，咱爱杀你哩！

【山桃红】则为你如花美眷，似水流年，是答儿[7]闲寻遍。在幽闺自怜。小姐，和你那答儿讲话去。〔旦作含笑不行〕〔生作牵衣介〕〔旦低问〕那边去？〔生〕转过这芍药栏前，紧靠着湖山石边。〔旦低问〕秀才，去怎的？〔生低答〕和你把领扣松，衣带宽，袖梢儿揾着牙儿苫也，则待你忍耐温存一晌眠。〔旦作羞〕〔生前抱〕〔旦推介〕〔合〕是那处曾相见，相看俨然，早难道这好处相逢无一言？〔生强抱旦下〕〔末扮花

---

[1] 观之不足：看不厌。
[2] 宜春面：指新妆。
[3] 没乱里：形容心绪很乱。
[4] 淹煎，泼残生：淹煎，受煎熬，遭磨折；泼残生，苦命儿。
[5] 隐儿：靠着几案。
[6] 阮肇到天台：见到爱人。用刘晨和阮肇在天台山桃源洞遇见仙女的故事。
[7] 是答儿：到处。是：凡。下文，那答儿：那边。

神束发冠，红衣插花上〕"催花御史惜花天，检点春工又一年。蘸[1]客伤心红雨下，勾人悬梦彩云边。"吾乃掌管南安府后花园花神是也。因杜知府小姐丽娘，与柳梦梅秀才，后日有姻缘之分。杜小姐游春感伤，致使柳秀才入梦。咱花神专掌惜玉怜香，竟来保护他，要他云雨十分欢幸也。

【鲍老催】〔末〕单则是混阳烝变，看他似虫儿般蠢动把风情搧。一般儿娇凝翠绽魂儿颠。这是景上缘，想内成，因中见[2]。呀，淫邪展污了花台殿。咱待拈片落花儿惊醒他。〔向鬼门[3]丢花介〕他梦酣春透了怎留连？拈花闪碎的红如片。秀才才到的半梦儿；梦毕之时，好送杜小姐仍归香阁。吾神去也。〔下〕

【山桃红】〔生、旦携手上〕〔生〕这一霎天留人便，草藉花眠。小姐可好？〔旦低头介〕〔生〕则把云鬟点，红松翠偏。小姐休忘了啊，见了你紧相偎，慢厮连，恨不得肉儿般团成片也，逗的个日下胭脂雨上鲜。〔旦〕秀才，你可去呵？〔合〕是那处曾相见，相看俨然，早难道这好处相逢无一言？〔生〕姐姐，你身子乏了，将息，将息。〔送旦依前作睡介〕〔轻拍旦介〕姐姐，俺去了。〔作回顾介〕姐姐，你可十分将息，我再来瞧你那。"行来春色三分雨，睡去巫山一片云。"〔下〕〔旦作惊醒，低叫介〕秀才，秀才，你去了也？〔又作痴睡介〕〔老旦上〕"夫婿坐黄堂，娇娃立绣窗。怪他裙衩上，花鸟绣双双。"孩儿，孩儿，你为甚瞌睡在此？〔旦作醒，叫秀才介〕咳也。〔老旦〕孩儿怎的来？〔旦作惊起介〕奶奶到此！〔老旦〕我儿，何不做些针指，或观玩书史，舒展情怀？因何昼寝于此？〔旦〕孩儿适在花园中闲玩，忽值春暄恼人，故此回房。无可消遣，不觉困倦少息。有失迎接，望母亲恕儿之罪。〔老旦〕孩儿，这后花园中冷静，少去闲行。〔旦〕领母亲严命。〔老旦〕孩儿，学堂看书去。〔旦〕先生不在，且自消停[4]。〔老旦叹介〕女孩儿长成，自有许多情态，且自由他。正是："宛转随儿女，辛勤做老娘。"〔下〕〔旦长叹介〕〔看老旦下介〕哎也，天那，今日杜丽娘有些侥幸也。偶到后花园中，百花开遍，睹景伤情。没兴而回，昼眠香阁。忽见一生，年可弱冠，丰姿俊妍。于园中折得柳丝一枝，笑对奴家说："姐姐既淹通书史，何不将柳枝题赏一篇？"那时待要应他一声，心中自忖，素昧平生，不知名姓，何得轻与交言。正如此想间，只见那生向前说了几句伤心话儿，将奴搂抱去牡丹亭畔，芍药阑边，共成云雨之欢。两情和合，真个是千般爱惜，万种温存。欢毕之时，又送我睡眠，几声"将息"。正待自送那生出门，忽值母亲来到，唤醒将来。我一

---

[1] 蘸：指红雨（落花）沾在人的身上。
[2] 景上缘：景，影；与下文的想、因都是佛家的说法。景上缘：想内成，喻姻缘短暂，是不真实的梦幻。因中见（现）：佛家认为一切事物都由因缘造合而成。
[3] 鬼门：一作古门，戏台上演员的上、下场门。
[4] 消停：休息。

身冷汗，乃是南柯一梦。忙身参礼母亲，又被母亲絮了许多闲话。奴家口虽无言答应，心内思想梦中之事，何曾放怀。行坐不宁，自觉如有所失。娘呵，你教我学堂看书去，知他看那一种书消闷也。〔作掩泪介〕

【绵搭絮】雨香云片，才到梦儿边。无奈高堂，唤醒纱窗睡不便。泼新鲜冷汗粘煎，闪的俺心悠步骓，意软鬓偏。不争多[1]费尽神情，坐起谁忺[2]？则待去眠。〔贴上〕"晚妆销粉印，春润费香篝[3]。"小姐，薰了被窝睡罢。

【尾声】〔旦〕困春心游赏倦，也不索香薰绣被眠。天呵，有心情那梦儿还去不远。

> 春望逍遥出画堂，张说
> 间梅遮柳不胜芳。罗隐
> 可知刘阮逢人处？许浑
> 回首东风一断肠。韦庄

---

[1] 不争多：差不多，几乎。
[2] 忺（xiǎn）：高兴、惬意。
[3] 香篝：即薰笼，薰香用。

4 蒋兴哥重会珍珠衫[1]

冯梦龙

　　仕至千钟非贵，年过七十常稀。浮名身后有谁知，万事空花游戏。休逞少年狂荡，莫贪花酒便宜。脱离烦恼是和非，随分安闲得意。

　　这首词，名为《西江月》，是劝人安分守己，随缘作乐，莫为酒、色、财、气四字，损却精神，亏了行止。求快活时非快活，得便宜处失便宜。说起那四字中，总到不得那色字利害。眼是情媒，心为欲种，起手时，牵肠挂肚；过后去，丧魄销魂。假如墙花路柳，偶然适兴，无损于事。若是生心设计，败俗伤风，只图自己一时欢乐，却不顾他人的百年恩义，假如你有娇妻爱妾，别人调戏上了，你心下如何？古人有四句道得好：

　　　　人心或可昧，天道不差移。

　　　　我不淫人妇，人不淫我妻。

　　看官，则今日听我说《珍珠衫》这套词话，可见果报不爽，好教少年子弟做个榜样。话中单表一人，姓蒋名德，小字兴哥，乃湖广襄阳府枣阳县人氏。父亲叫做蒋世泽，从小走熟广东做客买卖。因为丧了妻房罗氏，止遗下这兴哥，年方九岁，别无男女。这蒋世泽割舍不下，又绝不得广东的衣食道路，千思百计无可奈何，只得带那九岁的孩子同行作伴，就教他学些乖巧。这孩子虽则年小，生得：

　　眉清目秀，齿白唇红。行步端庄，言辞敏捷。聪明赛过读书家，伶俐不输长大汉。人人唤做粉孩儿，个个羡他无价宝。

　　蒋世泽怕人妒忌，一路上不说是嫡亲儿子，只说是内侄罗小官人。原来罗家也是走广东的，蒋家只走得一代，罗家到走过三代了。那边客店牙行，都与罗家世代相识，如自己亲眷一般。这蒋世泽做客，起头也还是丈人罗公领他走起的。因罗家近来屡次遭了屈官司，家道消乏，好几年不曾走动，这些客店牙行见了蒋世泽，那一遍不动问罗家消息，好生牵挂！今番见蒋世泽带个孩子到来，问知是罗家小官人，且是生得十分清秀，应对聪明，想着他祖父三辈交情，如今又是第四辈了，那一个不欢喜。

---

[1]选自［明］冯梦龙编、魏同贤主编《冯梦龙全集·古今小说》，凤凰出版社（原江苏古籍出版社），2007年版。原文有删减。冯梦龙（1574—1646年），字犹龙，又字子犹，别号龙子犹、茂苑野史、墨憨斋主人、顾曲散人等。苏州府长洲（今江苏吴县）人。冯梦龙强调情教，认为文学应表现真情。一生致力于小说、戏曲、山歌的搜集、编辑、整理和创作。其中以"三言"，即《喻世明言》《警世通言》《醒世恒言》成就最高。

闲话休题。却说蒋兴哥跟随父亲做客，走了几遍。学得伶俐乖巧，生意行中，百般都会，父亲也喜不自胜。何期到一十七岁上，父亲一病身亡。且喜刚在家中，还不做客途之鬼。兴哥哭了一场，免不得揩干泪眼，整理大事。殡殓之外，做些功德超度，自不必说。七七四十九日内，内外宗亲，都来吊孝。本县有个王公，正是兴哥的新岳丈，也来上门祭奠，少不得蒋门亲戚陪侍叙话。中间说起：兴哥少年老成，这般大事，亏他独力支持。因话随话间，就有人撺掇道："王老亲翁，如今令爱也长成了，何不乘凶完配，教他夫妇作伴，也好过日？"王公未肯应承，当日相别去了。众亲戚等安葬事毕，又去撺掇兴哥。兴哥初时也不肯，却被撺掇了几番，自想孤身无伴，只得应允。央原媒人往王家去说，王公只是推辞。说道："我家也要备些薄薄妆奁，一时如何来得？况且孝未期年，于礼有碍。便要成亲，且待小祥之后再议。"媒人回话，兴哥见他说得正理，也不相强。

光阴如箭，不觉周年已到。兴哥祭过了父亲灵位，换去粗蔴衣服，再央媒人王家去说，方才依允。不隔几日，六礼完备，娶了新妇进门。有《西江月》为证：

孝幕翻成红幕，色衣换去蔴衣。画楼结彩烛光辉，和畜花筵齐备。那羡妆奁富盛，难求丽色娇妻。今宵云雨足欢娱，来日人称恭喜。

说这新妇是王公最幼之女，小名唤做三大儿。因他是七月七日生的，又唤做三巧儿。王公先前嫁过的两个女儿，都是出色标致的。枣阳县中，人人称羡，造出四句口号。道是：

天下妇人多，王家美色寡。

有人娶着他，胜似为驸马。

常言道："做买卖不着，只一时；讨老婆不着，是一世。"若干官宦大户人家，单拣门户相当，或是贪他嫁资丰厚，不分皂白，定了亲事。后来娶下一房奇丑的媳妇，十亲九眷面前，出来相见，做公婆的好没意思。又且丈夫心下不喜，未免私房走野。偏是丑妇极会管老公，若是一般见识的，便要反目；若使顾惜体面，让他一两遍，他就做大起来。有此数般不妙，所以蒋世泽闻知王公惯生得好女儿，从小便送过财礼，定下他幼女与儿子为婚。今日娶过门来。果然娇资艳质，说起来，比他两个姐儿，加倍标致。正是：

吴宫西子不如，楚国南威难赛。

若比水月观音，一样烧香礼拜。

蒋兴哥人才本自齐整，又娶得这房美色的浑家，分明是一对玉人，良工琢就。男欢女爱，比别个夫妻更胜十分。自古苦日难熬，欢时易过，暑往寒来，早已孝服完满。起灵除孝，不在话下。

兴哥一日间想起父亲存日广东生理，如今担阁三年有馀了，那边还放下许多客账，不曾取得。夜间与浑家商议，欲要去走一遭。浑家初时也答应道："该去。"后来说到：许多路程，恩爱夫妻，何忍分离？不觉两泪交流。兴哥也自割舍不得，两下凄惨一场。又丢开了。如此已非一次。

光阴荏苒，不觉又捱过了二年。那时兴哥决意要行，瞒过了浑家，在外面暗暗收拾行李。拣了个上吉的日期，五日前方对浑家说知，道："常言'坐吃山空'，我夫妻两口，也要成家立业，终不然抛了这行衣食道路？如今这二月天气，不寒不暖，不上路更待何时？"浑家料是留他不住了，只得问道："丈夫此去几时可回？"兴哥道："我这番出外，甚不得己，好歹一年便回，宁可第二遍多去几时罢了。"浑家指着楼前一棵椿树道："明年此树发芽，便盼着官人回也。"说罢，泪下如雨。兴哥把衣袖替他揩拭，不觉自己眼泪也挂下来。两下里怨离惜别，分外恩情，一言难尽。

到第五日，夫妇两个啼啼哭哭，说了一夜的说话，索性不睡了。五更时分，兴哥便起身收拾，将祖遗下的珍珠细软，都交付与浑家收管。自己只带得本钱银两、帐目底本及随身衣服、铺陈之类。又有预备下送礼的人事，都装叠得停当。原有两房家人，只带一个后生些的去，留一个老成的在家，听浑家使唤，买办日用。两个婆娘，专管厨下。又有两个丫头，一个叫晴云，一个叫煖雪，专在楼中伏待，不许远离。分付停当了，对浑家说道："娘子耐心度日，地方轻薄子弟不少，你又生得美貌，莫在门前窥瞰，招风揽火。"浑家道："官人放心，早去早回。"两下掩泪而别。正是：

> 世上万般哀苦事，无非死别与生离。

兴哥上路，心中只想着浑家，整日的不僦不保[1]。不一日到了广东地方，下了客店。这伙旧时相识，都来会面，兴哥送了些人事。排家的治酒接风，一连半月、二十日，不得空闲。兴哥在家时原是淘虚了的身子，一路受些劳碌，到此未免饮食不节，得了个疟疾，一夏不好，秋间转成水痢。每日请医切脉，服药调治，直延到秋尽，方得安痊。把买卖都担阁了，眼见得一年回去不成。正是：

> 只为蝇头微利，抛却鸳被良缘。

兴哥虽然想家，到得日久，索性把念头放慢了。

不题兴哥做客之事。且说这里浑家王三巧儿，自从那日丈夫分付了，果然数月之内，目不窥户，足不下楼。光阴似箭，不觉残年将尽，家家户户闹轰轰的暖火盆，放爆竹，吃合家欢耍子。三巧儿触景伤情，思想丈夫，这一夜好生凄楚！正合古人的四句诗，道是：

---

[1] 僦（chǒu）：顾视；理睬。保（cǎi）：同"睬"，理会，搭理。

腊尽愁难尽，春归人未归。

朝来嗔寂寞，不肯试新衣。

明日正月初一日，是个岁朝。晴云、煖雪两个丫头，一力劝主母在前楼，去看看街坊景象。原来蒋家住宅前后通连的两带楼房，第一带临着大街，第二带方做卧室，三巧儿闲常只在第二带中坐卧。这一日被丫头头们撺掇不过，只得从边厢里走过前楼，分付推开牕子[1]，把帘儿放下，三口儿在帘内观看。这日街坊上好不闹杂！三巧儿道："多少东行西走的人，偏没个卖卦先生在内；若有时，唤他来卜问官人消息也好。"晴云道："今日是岁朝，人人要闲耍的，那个出来卖卦？"煖雪叫道："娘限在我两个身上，五日内包唤一个来占卦便了。"

到初四日早饭过后，煖雪下楼小解，忽听得街上当当的敲响声。响的这件东西，叫做"报君知"，是瞎子卖卦的行头。煖雪等不及解完，慌忙捡了裤腰，跑出门外叫住了瞎先生，拨转脚头，一口气跑上楼来报知主母。三巧儿分付，唤在楼下坐启内坐着。讨他课钱，通陈过了，走下楼梯，听他剖断。那瞎先生占成一卦，问是何用？那时厨下两个婆娘，听得热闹，也都跑将来了，替主母传语道："这卦是问行人的。"瞎先生道："可是妻问夫么？"婆娘道："正是。"先生道："青龙治世，财爻发动。若是妻问夫，行人在半途，金帛千箱有，风波一点无。青龙属木，木旺于春，立春前后，已动身了。月尽月初，必然回家，更兼十分财采。"三巧儿叫买办的把三分银子打发他去，欢天喜地，上楼去了。真所谓"望梅止渴"，"画饼充饥"。

大凡人不做指望，到也不在心上；一做指望，便痴心妄想，时刻难过。三巧儿只为信了卖封先生之语，一心只想丈夫回来，从此时常走向前楼，在帘内东张西望。直到二月初旬，椿树抽芽，不见些儿动静。三巧儿思想丈夫临行之约，愈加心慌，一日几遍，向外探望。也是合当有事，遇着这个俊俏后生。正是：

有缘千里能相会，无缘对面不相逢。

这个俊俏后生是谁？原来不是本地，是徽州新安县人氏，姓陈，名商，小名叫做大喜哥，后来改口呼为大郎。年方二十四岁，且是生得一表人物，虽胜不得宋玉、潘安，也不在两人之下。这大郎也是父母双亡，凑了二三千金本钱，来走襄阳贩糴[2]些米荳之类，每年常走一遍。他下处自在城外，偶然这日进城来，要到大市街汪朝奉典铺中问个家信。那典铺正在蒋家对门，因此经过。你道怎生打扮？头上带一顶苏样的百柱骔帽，身上穿一件鱼

[1] 牕：同"窗"。
[2] 糴（dí）：买进粮食。

肚白的湖纱道袍，又恰好与蒋兴哥平昔穿着相像。三巧儿远远瞧见，只道是他丈夫回了，揭开帘子，定眼而看。陈大郎抬头，望见楼上一个年少的美妇人，目不转睛的，只道心上欢喜了他，也对着楼上丢个眼色，谁知两个都错认了。三巧儿见不是丈夫。羞得两颊通红，忙忙把腮儿拽转，跑在后楼，靠着床沿上坐地，兀自心头突突的跳一个不住。谁知陈大郎的一片精魂，早被妇人眼光儿摄上去了。回到下处，心心念念的放他不下。肚里想道："家中妻子，虽是有些颜色，怎比得妇人一半？欲待通个情款，争奈无门可入。若得谋他一宿，就消花这些本钱，也不枉为人在世。"叹了几口气，忽然想起大市街东巷，有个卖珠子的薛婆，曾与他做过交易。这婆子能言快语，况且日逐串街走巷，那一家不认得？须是与他商议，定有道理。

这一夜番来覆去，勉强过了。次日起个清早，只推有事，讨些凉水梳洗，取了一百两银子、两大锭金子，急急的跑进城来。这叫做：

> 欲求生受用，须下死工夫。

陈大郎进城，一径来到大市街东巷，去敲那薛婆的门。薛婆蓬着头，正在天井里拣珠子，听得敲门，一头收过珠包，一头问道："是谁？"才听说出"徽州陈"三字，慌忙开门请进，道："老身未曾梳洗，不敢为礼了，大官人起得好早，有何贵干？"陈大郎道："特特而来，若迟时，怕不相遇。"薛婆道："可是作成老身，出脱些珍珠首饰么？"陈大郎道："珠子也要买，还有大买卖作成你。"薛婆道："老身除了这一行货，其余都不熟惯。"陈大郎道："这里可说得话么？"薛婆便把大门关上，请他到小阁儿坐着，问道："大官人有何分付？"大郎见四下无人，便向衣袖里摸出银子，解开布包，摊在桌上，道："这一百两白银，干娘收过了，方才敢说。"婆子不知高低，那里肯受。大郎道："莫非嫌少？"慌忙又取出黄灿灿的两锭金子，也放在桌上，道："这十两金子，一并奉纳，若干娘再不收时，便是故意推调了。今日是我来寻你，非是你来求我，只为这椿[1]大买卖，不是老娘成不得，所以特地相求。便说做不成时，这金银你只管受用，终不然我又来取讨，日后再没相会的时节了！我陈商不是恁般小样的人！"

看官，你说从来做牙婆[2]的，那个不贪钱钞？见了这般黄白之物，如何不动火？薛婆当时满脸堆下笑来，便道："大官人休得错怪，老身一生不曾要别人一厘一毫不明不白的钱财。今日既承大官人分付，老身权且留下，若是不能效劳，依旧日奉纳。"说罢，将金锭放银包内，一齐包起，叫声："老身大胆了。"拿向卧房中藏过，忙趱出来，道："大

---

[1] 椿：同"桩"。
[2] 牙婆：旧时以介绍人口买卖为业而从中取利的妇女。

官人，老身且不敢称谢，你且说甚么买卖用着老身之处？"大郎道："急切要寻一件救命之宝，是处都无；只大市街上一家人家方有，特央干娘去借借。"婆子笑将起来，道："又是作怪！老身在这条巷住过二十多年，不曾闻大市街有甚救命之宝。大官人你说，有宝的还是谁家？"大郎道："敝乡里汪三朝奉典铺对门高楼子内是何人之宅？"婆子想了一回，道："这是本地蒋兴哥家里。他男子出外做客一年多了，止有女眷在家。"大郎道："我这救命之宝，正要问他女眷借借。"便把椅儿掇近了婆子身边，向他诉出心腹，如此如此。婆子听罢，连忙摇首道："此事太难！蒋兴哥新娶这房娘子，不上四年，夫妻两个如鱼似水，寸步不离。如今投奈何出去了，这小娘子足不下楼，甚是贞节。因兴哥做人有些古怪，容易嗔嫌，老身辈从不曾上他的堦头[1]。连这小娘子面长面短，老身还不认得，如何应承得此事？方才所赐，是老身薄福，受用不成了。"陈大郎听说，慌忙双膝跪下。婆子去扯他时，被他两手拿住衣袖，紧紧按定在椅上，动撺不得。口里说："我陈商这条性命，都在干娘身上。你是必思量个妙计，作成我入马，救我残生。事成之日，再有白金百两相酬。若是推阻，即今便是个死。"慌得婆子没理会处，连声应道："是……是，莫要折杀老身！大官人请起，老身有话讲。"陈大郎方才起身，拱手道："有何妙策，作速见教。"薛婆道："此事须从容图之，只要成就，莫论岁月。若是限时限日，老身决难奉命。"陈大郎道："若果然成就，便退几日何妨。只是计将安出？"薛婆道："明日不可太早，不可太退，早饭后，相约在汪三朝奉典铺中相会。大官人可多带银两，只说与老身做买卖，其间自有道理。若是老身这两只脚跨进得蒋家门时，便是大官人的造化。大官人便可急回下处，莫在他门首盘桓，被人识破，误了大事。讨得三分机会，老身自来回复。"陈大郎道："谨依尊命。"唱了个肥喏，欣然开门而去。正是：

> 未曾灭项兴刘，先见筑坛拜将。

当日无话。到次日，陈大郎穿了一身齐整衣服，取上三四百两银子，放在个大皮匣内，唤小郎背着跟随，到大市街汪家典铺来。瞧见对门楼牕紧闭，料是妇人不在，便与管典的拱了手，讨个木櫈儿坐在门前，向东而望。不多时，只见薛婆抱着一个蒄丝箱儿来了。陈大郎唤住，问道："箱内何物？"薛婆道："珠宝首饰，大官人可用么？"大郎道："我正要买。"薛婆进了典铺，与管典的相见了，叫声聒噪，便把箱儿打开。内中有十来包珠子，又有几个小匣儿，都盛着新样簇花点翠的首饰，奇巧动人，光灿夺目。陈大郎拣几吊极粗极白的珠子，和那些簪珥之类，做一堆儿放着，道："这些我都要了。"婆子便把眼儿瞅着，说道："大官人要用时尽用，只怕不肯出这样大价钱。"

---

[1] 堦：同"阶"。

陈大郎已自会意，开了皮匣，把这些银两白华华的摊做一台，高声的叫道："有这些银子，难道买你的货不起？"此时邻舍闲汉，已自走过七八个人，在铺前站着看了。婆子道："老身取笑，岂敢小觑大官人。这银两须要仔细，请收过了，只要还得价钱公道便好。"两下一边的讨价多，一边的还钱少，差得天高地远。那讨价的一口不移。这里陈大郎拿着东西，又不放手，又不增添，故意走出屋檐，件件的翻覆认看，言真道假、弹觔[1]估两的在日光中煊耀。惹得一市人都来观看，不住声的有人喝采。婆子乱嚷道："买便买，不买便罢，只管担阁人则甚！"陈大郎道："怎么不买？"两个又论了一番价。正是：

<blockquote>只因酬价争钱口，惊动如花似玉人。</blockquote>

王三巧儿听得对门喧嚷，不觉移步前楼，推牕偷看。只见珠光闪烁，宝色辉煌，甚是可爱。又见婆子与客人争价不定，便分付丫鬟去唤那婆子，借他东西看看。晴云领命，走过街去，把薛婆衣袂一扯，道："我家娘请你。"婆子故意问道："是谁家？"晴云道："对门蒋家。"婆子把珍珠之类，劈手夺将过来，忙忙的包了，道："老身没有许多空闲与你歪缠！"陈大郎道："再添些卖了罢。"婆子道："不卖，不卖，像你这样价钱，老身卖去多时了。"一头说，一头放入箱儿里，依先关锁了，抱着便走。晴云道："我督你老人家拿罢。"婆子道："不消。"头也不回，径到对门去了。陈大郎心中暗喜，也收拾银两，别了管典的，自回下处。正是：

<blockquote>眼望捷旌旗，耳听好消息。</blockquote>

晴云引薛婆上楼，与三巧儿相见了。婆子看那妇人，心下想道："真天人也！怪不得陈大郎心迷，若我做男子，也要浑了。"当下说道："老身久闻大娘贤慧，但恨无缘拜识。"三巧儿问道："你老人家尊姓？"婆子道："老身姓薛，只在这里东巷住，与大娘也是个邻里。"三巧儿道："你方才这些东西，如何不卖？"婆子笑道："若不卖时，老身又拿出来怎的？只笑那下路客人，空自一表人才，不识货物。"说罢，便去开了箱儿，取出几件簪珥，递与那妇人看。叫道："大娘，你道这样首饰，便工钱也费多少，他们还得忒不像样，教老身在主人家面前，如何告得许多消乏。"又把几串珠子提将起来，道："这般头号的货，他们还做梦哩。"三巧儿问了他讨价还价，便道："真个亏你些儿。"婆子道："还是大家宝眷，见多识广，比男子汉眼力到胜十倍。"三巧儿唤丫鬟看茶。婆子道："不扰茶了，老身有件要紧的事，欲往西街走走，遇着这个客人，缠了多时，正是：'买卖不成，担误工程。'这箱儿连锁放在这里，权烦大娘收拾。老身暂去，少停就来。"说罢便走，

---

[1] 觔：同"斤"。

三巧儿叫晴云送他下楼，出门向西去了。

　　三巧儿心上爱了这几件东西，专等婆子到来讨价，一连五日不至。到第六日午后，忽然下一场大雨。雨声未绝，砰砰的敲门声响。三巧儿唤丫鬟开看，只见薛婆衣衫半湿，提个破伞进来，口儿道：

　　　　　　　　晴干不肯走，直待雨淋头。

　　把伞儿放在楼梯边，走上楼来，万福道："大娘，前晚失信了。"三巧儿慌忙答礼，道："这几日在那里去了？"婆子道："小女托赖新添了个外甥，老身去看看，留住了几日，今早方回。半路上下起雨来，在一个相识人家借得把伞，又是破的，却不是晦气！"三巧儿道："你老人家几个儿女？"婆子道："只一个儿子，完婚过了。女儿到有四个，这是我第四个了，嫁与徽州朱八朝奉做偏房，就在这北门外开盐店的。"三巧儿道："你老人家女儿多，不把来当事了。本乡本土少什么一夫一妇的，怎舍得与异乡人做小？"婆子道："大娘不知，到是异乡人有情怀。虽则偏房，他大娘子只在家里，小女自在店中，呼奴使婢，一般受用。老身每遍去时，他当个尊长看待，更不怠慢。如今养了个儿子，愈加好了。"三巧儿道："也是你老人家造化，嫁得着。"说罢，恰好晴云讨茶上来，两个吃了。婆子道："今日雨天没事，老身大胆，敢求大娘的首饰一看，看些巧样儿在肚里也好。"三巧儿道："也只是平常生活，你老人家莫笑话。"就取一把钥匙，开了箱笼，陆续搬出许多钗、钿、缨络之类，薛婆看了，夸美不尽，道："大娘有恁般珍异，把老身这几件东西看不在眼了。"三巧儿道："好说，我正要与你老人家请个实价。"婆子道："娘子是识货的，何消老身费嘴。"三巧儿把东西检过，取出薛婆的篾丝箱儿来，放在桌上，将钥匙递与婆子道："你老人家开了，检看个明白。"婆子道："大娘忒精细了。"当下开了箱儿，把东西逐件搬出。三巧儿品评价钱，都不甚远。婆子并不争论，欢欢喜喜的道："恁地，便不枉了人。老身就少赚几贯钱，也是快活的。"三巧儿道："只是一件，目下凑不起价钱，只好现奉一半。等待我家官人回来，一并清楚。他也只在这几日回了。"婆子道："便迟几日，也不妨事。只是价钱上相让多了，银水要足纹的。"三巧儿道："这也小事。"便把心爱的几件首饰及珠子收起。唤晴云取盃[1]见成酒来，与老人家坐坐。婆子道："造次如何好搅扰？"三巧儿道："时常清闲，难得你老人家到此，作伴扳话。"你老人家若不嫌怠慢，时常过来走走。"婆子道："多谢大娘错爱！老身家里当不过嘈杂，像宅上又忒清闲了。"三巧儿道："你家儿子做甚生意？"婆子道："也只是接些珠宝客人，每日的讨酒讨浆，刮的人不耐烦。老身亏杀各宅们走动，在家时少，还好。若只在六尺地上转，

---

[1] 盃：同"杯"。

怕不燥死了人。"三巧儿道："我家与你相近。不耐烦时，就过来闲话。"婆子道："只不敢频频打搅。"三巧儿道："老人家说那里话。"只见两个丫鬟轮番的走动，摆了两副盃箸[1]，两碗腊鸡，两碗腊肉，两碗鲜鱼，连果碟素菜共一十六个碗。婆子道："如何盛设？"三巧儿道："见成的，休怪怠慢。"说罢，斟酒递与婆子，婆子将盃回敬，两下对坐而饮。原来三巧儿酒量尽去得，那婆子又是酒壶酒瓮，吃起酒来，一发相投了，只恨会面之晚。那日直吃到傍晚，刚刚雨止，婆子作谢要回。三巧儿又取出大银钟来，劝了几钟，又陪他吃了晚饭，说道："你老人家再宽坐一时，我将这一半价钱付你去。"婆子道："天晚了，大娘请自在，不争这一夜儿，明日却来领罢。连这篾丝箱儿，老身也不拿去了，省得路上泥滑滑的不好走。"三巧儿道："明日专专望你。"婆子作别下楼，取了破伞，出门去了。正是：

　　　　世间只有虔婆嘴，哄动多多少少人。

　　却说陈大郎在下处待等了几日，并无音信。见这日天雨，料是婆子在家，拖泥带水的进城来问个消息，又不相值。自家在酒肆中吃了三盃，用了些点心，又到薛婆门首打听，只是未回。看看天晚，却待转身，只见婆子一脸春色，脚略斜的走入巷来。陈大郎迎着他，作了揖问道："所言如何？"婆子摇手道："尚早。如今方下种，还没有发芽哩。再隔五六年，开花结果，才到得你口。你莫在此探头探脑，老娘不是管闲事的。"陈大郎见他醉了，只得转去。

　　次日，婆子买了些时新果子、鲜鸡、鱼、肉之类。唤个厨子安排停当，装做两个盒子，又买一瓮上好的酽酒，央间壁小二挑了，来到蒋家门首。三巧儿这日，不见婆子到来，正教晴云开门出来探望，恰好相遇。婆子教小二挑在楼下，先打发他去了。晴云已自报知主母。三巧儿把婆子当个贵客一般，直到楼梯口边迎他上去。婆子千恩万谢的福了一回，便道："今日老身偶有一盃水酒，将来与大娘消遣。"三巧儿道："到要你老人家赔钞，不当受了。"婆子央两个丫鬟搬将上来，摆做一卓子。三巧儿道："你老人家忒迂阔了，怎般大弄起来。"婆子笑道："小户人家，备不出甚么好东西，只当一茶奉献。"晴云便去取盃箸，煖雪便吹起水火炉来。霎时酒煖，婆子道："今日是老身薄意，还请大娘转坐客位。"三巧儿道："虽然相扰，在寒舍，岂有此理。"两下谦让多时，薛婆只得坐了客席。这是第三次相聚，更觉熟分了。

　　饮酒中间，婆子问道："官人出外好多时了，还不回，亏他撇得大娘下。"三巧儿道："便是。说过一年就转，不知怎地担阁了。"婆子道："依老身说，放下了恁般如花似玉

　　　　　　　　　　　　　　　　　　　　　　　　　　　　　　　　　　　

[1] 箸：同"箸"。

的娘子，便博个堆金积玉也不为罕。"婆子又道："大凡走江湖的人，把客当家，把家当客。比如我第四个女婿朱八朝奉，有了小女，朝欢暮乐，那里想家？或三年四年才回一遍，住不上一两个月，又来了。家中大娘子替他担孤受寡，那晓得他外边之事。"三巧儿道："我家官人到不是这样人。"婆子道："老身只当闲话讲，怎敢将天比地？"当日两个猜谜掷色，吃得酩酊而别。

第三日，同小二来取家火，就领这一半价钱。三巧儿又留他吃点心。从此以后，把那一半赊钱为由，只做问兴哥的消息，不时行走。这婆子俐齿伶牙，能言快语，又半痴不颠的，惯与丫鬟们打诨，所以上下都欢喜他。三巧儿一日不见他来，便觉寂寞，叫老家人认了薛婆家里，早晚常去请他，所以一发来得勤了。

世间有四种人惹他不得，引起了头，再不好绝他。是那四种？游方僧道、乞丐、闲汉、牙婆。上三种人犹可，只有牙婆是穿房入户的，女眷们怕冷静时，十个九个到要扳他来往。今日薛婆本是个不善之人，一般甜言软语，三巧儿遂与他成了至交，时刻少他不得。正是：

> 画虎画皮难画骨，知人知面不知心。

陈大郎几遍讨个消息，薛婆只回言尚早。其时五月中旬，天渐炎热。婆子在三巧儿面前，偶说起家中蜗窄，又是朝西房子，夏月最不相宜，不比这楼上高敞风凉。三巧儿道："你老人家若撇得家下，到此过夜也好。"婆子道："好是好，只怕官人回来。"三巧儿道："他就回，料道不是半夜三更。"婆子道："大娘不嫌蒿恼，老身惯是挨相知的，只今晚就取铺陈过来，与大娘作伴，何如？"三巧儿道："铺陈尽有，也不须拿得。你老人家回覆家里一声，索性在此过了一夏，家去不好？"婆子真个对家里儿子、媳妇说了，只带个梳匣儿过来。三巧儿道："你老人家多事，难道我家油梳子也缺了，你又带来怎地？"婆子道："老身一生怕的是同汤洗脸，合具梳头。大娘怕没有精致的梳具，老身如何敢用？其他姐儿们的，老身也怕用得。还是自家带了便当。只是大娘分付在那一门房安歇？"三巧儿指着牀前一个小小藤榻儿道："我预先排下你的卧处了。我两个亲近些，夜间睡不着，好讲些闲话。"说罢，检出一项青纱帐来，教婆子自家挂了。又同吃了一会酒，方才歇息。两个丫鬟原在牀前打铺相伴，因有了婆子，打发他在间壁房里去睡。

从此为始，婆子日间出去串街做买卖，黑夜便到蒋家歇宿。时常携壶挈榼的殷勤热闹，不一而足。牀榻是丁字样铺下的，虽隔着帐子，却像是一头同睡。夜间絮絮叨叨，你问我答，凡街坊秽亵之谈，无所不至。这婆子或时装醉诈风起来，到说起自家少年时偷汉的许多情事，去勾动那妇人的春心。害得那妇人娇滴滴一副嫩脸，红了又白，白了又红。婆子已知妇人心活，只是那话儿不好启齿。

光阴迅速，又到七月初七日了，正是三巧儿的生日。婆子清早备下两盘盒礼，与他做生。三巧儿称谢了，留他吃面。婆子道："老身今日有些穷忙，晚上来陪大娘，看牛郎织女做亲。"说罢，自去了。

下得埠头不几步，正遇着陈大郎，路上不好讲话，随到个僻静巷里。陈大郎攒着两眉，埋怨婆子道："干娘，你好慢心肠！春去夏来，如今又立过秋了。你今日也说尚早，明日也说尚早，却不知我度日如年。再延捱几日，他丈夫回来，此事便付东流，却不活活的害死我也！阴司去少不得与你索命。"婆子道："你且莫喉（猴）急，老身正要相请，来得恰好。事成不成，只在今晚，须是依我而行。如此如此，这般这般，全要轻轻悄悄，莫带累人。"陈大郎点头道："好计，好计！事成之后，定当厚报。"说罢，欣然而去。正是：

> 排成窃玉偷香阵，费尽携云握雨心。

却说薛婆约定陈大郎这晚成事，午后细雨微茫，到晚却没有星月。婆子黑暗里引着陈大郎埋伏在左近，自己却去敲门。晴云点个纸灯儿开门出来，婆子故意把衣袖一摸，说道："失落了一条临清汗巾儿。姐姐，劳你大家寻一寻。"哄得晴云便把灯向街上照去；这里婆子捉个空，招着陈大郎一溜溜进门来，先引他在楼梯背后空处伏着。婆子便叫道："有了，不要寻了。"晴云道："恰好火也没了，我再去点个来照你。"婆子道："走熟的路，不消用火。"两个黑暗里关了门，摸上楼来。三巧儿问道："你没了什么东西？"婆子袖里处出个小帕儿来，道："就是这个冤家，虽然不值甚钱，是一个北京客人送我的，却不道："礼轻人意重。"三巧儿取笑道："莫非是你老相交送的表记。"婆子笑道："也差不多。"当夜两个要笑饮酒。婆子道："酒肴尽多，何不把些赏厨下男女？也教他闹轰轰，像个节夜。"三巧儿真个把四碗菜、两壶酒，分付丫鬟，拿下楼去。那两个婆娘，一个汉子，吃了一回，各去歇息，不题。

再说婆子饮酒中间，问道："官人如何还不回家？"三巧儿道："便是算来一年半了。"婆子道："牛郎织女也是一年一会，你比他到多隔了半年，常言道："一品官，二品客。做客的那一处没有风花雪月？只苦了家中娘子。"三巧儿叹了口气，低头不语。婆子道："是老身多嘴了。今夜牛女佳期，只该饮酒作乐，不该说伤情话儿。"说罢，便斟酒去劝那妇人。约莫半酣，婆子又把酒去劝两个丫鬟，说道："这是牛郎织女的喜酒，劝你多吃几盃。后日嫁个恩爱的老公，寸步不离。"两个丫鬟被缠不过，勉强吃了，各不胜酒力，东倒西歪。三巧儿分付关了楼门，发放他先睡。他两个自在吃酒。婆子一头吃，口里不住的说啰说皂。

说罢，只见一个飞蛾在灯上旋转，婆子便把扇来一扑，故意扑灭了灯，叫声："阿呀！

老身自去点灯来。"便去开楼门。陈大郎已自走上楼梯，伏在门边多时了。都是婆子预先设下的圈套。婆子道："忘带个取灯儿去了。"又走转来，便引着陈大郎到自己榻上伏着，婆子下楼去了一回，复上来道："夜深了，厨下火种都熄了，怎么处？"三巧儿道："我点灯睡惯了，黑魆魆地，好不怕人！"婆子道："老身伴你一床睡何如？"三巧儿正要问他救急的法儿，应道："甚好。"婆子道："大娘，你先上牀，我关了门就来。"三巧儿先脱了衣服，牀上去了。叫道："你老人家快睡罢。"婆子应道："就来了。"却在榻上拖陈大郎上来，赤条条的搂在三巧儿牀上去。三巧儿摸着身子道："你老人家许多年纪，身上怎般光滑！"那人并不回言，钻进被里，就捧着妇人做嘴。妇人还认是婆子，双手相抱。那人地腾身而上，就干起事来。那妇人一则多了盃酒，醉眼朦胧；二则被婆子挑拨，春心飘荡，到此不暇致详，凭他轻薄。

一个是闺中怀春的少妇，一个是客邸慕色的才郎。一个打熬许久，如文君初遇相如；一个盼望多时，如必正初谐陈女。分明久旱逢甘雨，胜过他乡遇故知。

陈大郎是走过风月场的人，颠鸾倒凤，曲尽其趣，弄得妇人魂不附体。云雨毕后，三巧儿方问道："你是谁？"陈大郎把楼下相逢，如此相慕，如此苦央，薛婆用计，细细说了。

"今番得遂平生，便死瞑目。"婆子走到牀间，说道："不是老身大胆，一来可怜大娘青春独宿，二来要救陈郎性命。你两个也是宿世姻缘，非干老身之事。"三巧儿道："事已如此，万一我丈夫知觉，怎么好？"婆子道："此事你知我知，只买定了晴云、煖雪两个丫头，不许他多嘴，再有谁人漏洩？在老身身上，管成你夜夜欢娱，一些事也没有。只是日后不要忘记了老身。"三巧儿到此，也顾不得许多了。直到五更鼓绝，天色将明，两个兀自不舍。婆子催促陈大郎起身，送他出门去了。

自此无夜不会，或是婆子同来，或是汉子自来。两个丫鬟被婆子甜话儿偎他，又把利害话儿吓他，又教主母赏他几件衣服，汉子到时，不时把些零碎银子赏他们买果儿吃，骗得欢欢喜喜，已自做了一路。夜来明去，一出一入，都是两个丫鬟迎送，全无阻隔。真个是你贪我爱，如胶似漆，胜如夫妇一般。陈大郎有心要结识这妇人，不时的制办好衣服、好首饰送他，又替他还了欠下婆子的一半价钱。又将一百两银子谢了婆子。往来半年有馀，这汉子约有千金之费。三巧儿也有三十多两银子东西送那婆子。婆子只为图这些不义之财，所以肯做牵头。

古人云："天下无不散的筵席。"才过十五元宵夜，又是清明三月天。陈大郎思想蹉跎了多时生意，要得还乡。夜来与妇人说知，两下恩深义重，各不相舍。妇人到情愿收拾了些细软，跟随汉子逃走，去做长久夫妻。陈大郎道："使不得。我们相交始末，都在薛婆肚里。就是主人家吕公，见我每夜进城，难道没有些疑惑，况客船上人多，瞒得那个？两个丫鬟又带去不得，你丈夫回来，跟究出情由，怎肯干休？娘子权且耐心，到明年此时，我到此，觅个僻静下处，悄悄通个信儿与你，那时两口儿同走，神鬼不觉，却不安稳？"妇人道："万一你明年不来，如何？"陈大郎就设起誓来。妇人道："既然你有真心，奴家也决不相负。你若到了家乡，倘有便人，托他稍个书信到薛婆处，也教奴家放意。"陈大郎道："我自用心，不消分付。"

又过几日，陈大郎雇下船只，装载粮食完备，又来与妇人作别。这一夜倍加眷恋，两下说一会，哭一会，整整的一夜不曾合眼。到五更起身，妇人便去开箱，取出一件宝贝，叫做"珍珠衫"，递与陈大郎道："这件衫儿，是蒋门祖传之物。暑天若穿了他，清凉透骨。此去天道渐热，正用得着。奴家把与你做个记念，穿了此衫，就如奴家贴体一般。"陈大郎哭得出声不得，软做一堆。妇人就把衫儿亲手与汉子穿下。叫丫鬟开了门户，亲自送他出门。再三珍重而别。诗曰：

昔年含泪别夫郎，今日悲啼送所欢。

堪恨妇人多水性，招来野鸟胜文鸾。

话分两头。却说陈大郎有了这珍珠衫儿，每日贴体穿着，便夜间脱下，也放在被窝中同睡，寸步不离。一路遇了顺风，不两月行到苏州府枫桥地面。那枫桥是柴米牙行聚处，少不得投个主家脱货，不在话下。

忽一日，赴个同乡人的酒席。席上遇个襄阳客人，生得风流标致。那人非别，正是蒋兴哥。原来兴哥在广东贩了些珍珠、玳瑁、苏木、沉香之类，搭伴起身。那伙同伴商量，都要到苏州发卖。兴哥久闻得"上说天堂，下说苏杭"，好个大马头所在，有心要去走一遍，做这一回买卖，方才回去。还是去年十月中到苏州的，因是隐姓为商，都称为罗小官人，所以陈大郎更不疑惑。他两个萍水相逢，年相若，貌相似，谭吐应对之间，彼此敬慕。即席间问了下处，互相拜望，两下遂成知己，不时会面。兴哥讨完了客账，欲待起身，走到陈大郎寓所作别。大郎置酒相待，促膝谈心，甚是款洽。此时五月下旬，天气炎热，两个解衣饮酒，陈大郎露出珍珠衫来。兴哥心中骇异，又不好认他的，只夸奖此衫之美。陈大郎恃了相知，便问道："贵县大市街有个蒋兴哥家，罗兄可认得否？"兴哥到也乖巧，回道："在下出外日多，里中虽晓得有这个人，并不相认。陈兄为何问他？"陈大郎道："不瞒兄长说，小弟与他有些瓜葛。"便把三巧儿相好之情，告诉了一遍。扯着衫儿看了，眼泪汪汪道："此衫是他所赠，兄长此去，小弟有封书信，奉烦一寄，明日侵早送到贵寓。"兴哥口里答应道："当得，当得。"心下沉吟："有这等异事？现在珍珠衫为证，不是个虚话了。"当下如针刺肚，推故不饮，急急起身别去。回到下处，想了又恼，恼了又想，恨不得学个缩地法儿，顷刻到家。连夜收拾，次早便上船要行。

只见崖上一个人气吁吁的赶来，却是陈大郎。亲把书信一大包，递与兴哥，叮嘱千万寄去。气得兴哥面如土色，说不得，话不得，死不得，活不得。只等陈大郎去后，把书看时，面上写道："此书烦寄大市街东巷薛妈妈家。"兴哥性起，一手扯开，却是八尺多长一条桃红绉纱汗巾。又有个纸糊长匣儿，内羊脂玉凤头簪一根。书上写道："微物二件，烦干娘转寄心爱娘子三巧儿亲收，聊表记念。相会之期，准在来春。珍重，珍重！"兴哥大怒：把书扯得粉碎，撒在河中；提起玉簪在船板上一掼，折做两段。一念想起道："我好糊涂，何不留此做个证见也好。"便捡起簪儿和汗巾做一包收拾，催促开船。急急的赶到家乡。

望见了自家门首，不觉堕下泪来，想起："当初夫妻何等恩爱！只为我贪着蝇头微利，撇他少年守寡，弄出这场丑来。如今悔之何及！"在路上性急，巴不得赶回。及至到了，心中又苦又恨，行一步，懒一步。进得自家门里，少不得忍住了气，勉强相见。兴哥并无言语，三巧儿自己心虚，觉得满脸惭愧，不敢殷勤上前扳话。兴哥搬完了行李，只说去看看丈人丈母，依旧到船上住了一晚。

次早回家，向三巧儿说道："你的爹娘同时害病，势甚危笃。昨晚我只得住下，看了他一夜。他心中只牵挂着你，欲见一面。我已雇下轿子在门首，你可作速回去，我也随后就来。"三巧儿见丈夫一夜不回，心里正在疑虑：闻说爹娘有病，却认真了，如何不慌？慌忙把箱笼上匙钥递与丈夫，唤个婆娘跟了，上轿而去。兴哥叫住了婆娘，向袖中摸出一封书来，分付他送与王公："送过书，你便随轿回来。"

却说三巧儿回家，见爹娘双双无恙，吃了一惊。王公见女儿不接而回，也自骇然。在婆子手中接书拆开看时，却是休书一纸。上写道：

"立休书人蒋德，系襄阳府枣阳县人。从幼凭媒聘定王氏为妻，岂期过门之后，本妇多有过失，正合七出之条。因念夫妻之情，不忍明言，情愿退还本宗，听凭改嫁，并无异言。休书是实。

成化二年月日，手掌为记。

书中又包着一条桃红汗巾，一枝打折的羊脂玉凤头簪。王公看了，大惊，叫过女儿问其缘故。三巧儿听说丈夫把他休了，一言不发，啼哭起来。王公气忿忿的一径跟到女婿家来，蒋兴哥连忙上前作揖，王公回礼，便问道："贤婿，我女儿是清清白白嫁到你家的，如今有何过失，你便把他休了？须还我个明白。"蒋兴哥道："小婿不好说得，但问令爱便知。"王公道："他只是啼哭，不肯开口，教我肚里好闷！小女从幼聪慧，料不到得犯了淫盗。

若是小小过失，你可也看老汉薄面，恕了他罢。你两个是七八岁上定下的夫妻，完婚后并不曾争论一遍两遍，且是和顺。你如今做客才回，又不曾住过三朝五日，有什么破绽落在你眼里？你直如此狠毒，也被人笑话，说你无情无义。"蒋兴哥道："丈人在上，小婿也不敢多讲。家下有祖遗下珍珠衫一件，是令爱收藏，只问他如今在否？若在时，半字休题；若不在，只索休怪了。"王公忙转身回家，问女儿道："你丈夫只问你讨什么珍珠衫，你端的拿与何人去了？"那妇人听得说着了他紧要的关目，羞得满脸通红，开不得口，一发号啕大哭起来。慌得王公没做理会处。王婆劝道："你不要只管啼哭，实实的说个真情与爹妈知道，也好与你分剖。"妇人那里肯说？悲悲咽咽，哭一个不住。王公只得把休书和汗巾、簪子都付与王婆，教他慢慢的偎着女儿，问他个明白。

王公心中纳闷，走到邻家闲话去了。王婆见女儿哭得两眼赤肿，生怕苦坏了她。安慰了几句言语，走往厨房下去烫酒，要与女儿消愁。三巧儿在房中独坐，想着珍珠衫泄漏的缘故，好生难解！这汗巾、簪子，又不知那里来的？沉吟了半晌道："我晓得了。这折簪是镜破钗分之意；这条汗巾，分明教我悬梁自尽。他念夫妻之情，不忍明言，是要全我的廉耻。可怜四年恩爱，一旦决绝，是我做的不是，负了丈夫恩情。便活在人间，料没有个好日，不如缢死，到得干净。"说罢，又哭了一回，把个坐兀子填高，将汗巾兜在梁上，正欲自缢。也是寿数未绝，不曾关上房门。险好王婆烫得一壶好酒，走进房来，见女儿安排这事，急得他手忙脚乱，不放酒壶，便上前去拖拽。不期一脚踢番坐兀子，娘儿两个跌做一团，酒壶都泼翻了。王婆爬起来，扶起女儿，说道："你好短见！二十多岁的人，一朵花还没有开足，怎做这没下梢的事？莫说你丈夫还有回心转意的日子，便真个休了，恁般容貌，怕没人要你？少不得别选良姻，图个下半世受用。你且放心过日子去，休得愁闷。"王公回家，知道女儿寻死，也劝了他一番。又嘱付王婆用心提防。过了数日，三巧儿投奈何也放下了念头。正是：

> 夫妻本是同林鸟，大限来时各自飞。

再说蒋兴哥把两条索子，将晴云、暖雪捆缚起来，拷问情由。那丫头初时抵赖，吃打不过，只得从头至尾细细招将出来。己知都是薛婆勾引，不干他人之事。到明朝，兴哥领了一伙人，赶到薛婆家里，打得他雪片相似，只饶他拆了房子。薛婆情知自己不是，躲过一边，并没一人敢出头说话。兴哥见他如此，也出了这口气。回去唤个牙婆，将两个丫头都卖了。楼上细软箱笼，大小共十六只，写三十二条封皮，打叉封了，更不开动。这是甚意儿？只因兴哥夫妇，本是十二分相爱的。虽则一时休了，心中好生痛切。见物思人，何忍开看。

话分两头，却说南京有个吴杰进士，除授广东潮阳县知县，水路上任，打从襄阳经过。

不曾带家小，有心要择一美妾。一路看了多少女子，并不中意。闻得枣阳县王公之女，大有颜色，一县闻名，出五十金财礼，央媒议亲。王公到也乐从，只怕前婿有言，亲到蒋家，与兴哥说知。兴哥并不阻挡。临嫁之夜，兴哥顾了人夫，将楼上十六个箱笼，原封不动，连匙钥送到吴知县船上，交割与三巧儿，当个陪嫁。妇人心上到过意不去。旁人晓得这事，也有夸兴哥做人忠厚的，也有笑他痴騃[1]的，还有骂他没志气的，正是人心不同。

闲话休题。再说陈大郎在苏州脱货完了，回到新交，一心只想着三巧儿。朝暮看了这件珍珠衫，长吁短叹。老婆平氏心知这衫儿来得蹊跷，等丈夫睡着，悄悄的偷去，藏在天花板上。陈大郎早起要穿时，不见了衫儿，与老婆取讨，平氏那里肯认。急得陈大郎性发，倾箱倒箧的寻个遍，只是不见，便破口骂老婆起来。惹得老婆啼啼哭哭，与他争嚷，闹炒了两三日。陈大郎情怀撩乱，忙忙的收拾银两，带个小郎，再望襄阳旧路而进。将近枣阳，不期遇了一伙大盗，将本钱尽皆劫去，小郎也被他杀了。陈商眼快，走向船梢舵上伏着，幸免残生。思想还乡不得，且到旧寓住下，待会了三巧儿，与他借些东西，再图恢复。叹了一口气，只得离船上岸。走到枣阳城外主人吕公家，台诉其事；又道如今要央卖珠子的薛婆，与一个相识人家借些本钱营运。吕公道："大郎不知，那婆子为勾引蒋兴哥的浑家，做了些丑事。去年兴哥回来，问浑家讨什么'珍珠衫'。原来浑家赠与情人去了，无言回答。兴哥当时休了浑家回去，如今转嫁与南京吴进士做第二房夫人了。那婆子被蒋家打得个片瓦不留。婆子安身不牢，也搬在隔县去了。"

陈大郎听得这话，好似一桶冷水没头淋下。这一惊非小，当夜发寒发热，害起病来。这病又是郁症，又是相思症，也带些怯症，又有些惊症，床上卧了两个多月，翻翻覆覆，只是不愈，连累主人家小厮，伏侍[2]得不耐烦。陈大郎心上不安，打熬起精神，写成家书一封，请主人来商议："要觅个便人梢信往家中，取些盘缠，就要个亲人来看觑同回。"这几句正中了主人之意。恰好有个相识的承差，奉上司公文，要往徽宁一路。水陆驿递，极是快的。吕公接了陈大郎书札，又替他应出五钱银子送与承差，央他乘便寄去。果然的"自行由得我，官差急如火"，不勾几日，到了新安县。问着陈商家里，送了家书，那承差飞马去了。正是：

只为千金书信，又成一段姻缘。

话说平氏拆开家信，果是丈夫笔迹，写道："陈商再拜，贤妻平氏见字：别后襄阳遇盗，劫资杀仆。某受惊患病，见卧旧寓吕家，两月不愈。字到，可央一的当亲人，

---

[1] 騃：痴愚。
[2] 伏侍：今写作"服侍"。

多带盘缠，速来看视。伏枕草草"。平氏看了，半信半疑，想道："前番回家，亏折了千金资本。据这件珍珠衫，一定是邪路上来的。今番又推被盗，多讨盘缠，怕是假话。"又想道："他要个的当亲人，速来看视，必然病势利害，这话是真，也未可知。如今央谁人去好？"左思右想，放心不下。与父亲平老朝奉商议，收拾起细软家私，带了陈旺夫妇，就请父亲作伴，雇个船只亲往襄阳看丈夫去。到得京口，平老朝奉痰火病发，央人送回去了。平氏引着男女上水前进。不一日，来到枣阳城外，问着了旧主人吕家。原来十日前，陈大郎已故了。吕公赔些钱钞，将就入殓。平氏哭倒在地，良久方醒。慌忙换了孝服，再三向吕公说，欲待开棺一见，另买副好棺材，重新殡过。吕公执意不肯。平氏没奈何，只得买木做个外棺包裹，请僧做法事超度，多焚冥资。吕公已自索了他二十两银子谢仪，随他闹炒，并不言语。

过了一月有馀，平氏要选个好日子，扶枢而回。吕公见这妇人年少姿色，料是守寡不终，又且囊中有物，思想儿子吕二，还没有亲事，何不留住了他，完其好事，可不两便？吕公买酒请了陈旺，央他老婆委曲进言，许以厚谢。陈旺的老婆是个蠢货，那晓得什么委曲？不顾高低，一直的对主母说了。平氏大怒，把他骂了一顿，连打几个耳光子，连主人家也数落了几句。吕公一场没趣，敢怒而不敢言。正是：

羊肉馒头没的吃，空教惹得一身骚。

吕公使去撺掇陈旺逃走。陈旺也思量没甚好处了，与老婆商议，教他做脚，里应外合，把银两首饰，偷得罄尽，两口儿连夜走了。吕公明知其情，反埋怨平氏道："不该带这样歹人出来，幸而偷了自家主母的东西，若偷了别家的，可不连累人！"又嫌这灵枢碍他生理，教他快些抬去。又道后生寡妇在此住居不便，催促他起身。平氏被逼不过，只得别赁下一间房子住了。雇人把灵枢移来，安顿在内。这凄凉景象，自不必说。

间壁有个张七嫂，为人甚是活动。听得平氏啼哭，时常走来劝解。平氏又时常央他典卖几件衣服用度，极感其意。不勾几月，衣服都典尽了。从小学得一手好针线，思量要到个大户人家教习女红度日，再作区处。正与张七嫂商量这话，张七嫂道："老身不好说得，这大户人家，不是你少年人走动的。死的没福自死了，活的还要做人。你后面日子正长哩，终不然做针线娘了得你下半世？况且名声不好，被人看得轻了。还有一件，这个灵枢，如何处置？也是你身上一件大事。便出赁房钱，终久是不了之局。"平氏道："奴家也都虑到，只是无计可施了。"张七嫂道："老身到有一策，娘子莫怪我说。你千里离乡，一身孤寡，手中又无半钱，想要搬这灵枢回去，多是虚了。莫说你衣食不周，到底难守；便多守得几时，亦有何益？依老身愚见，莫若趁此青年美貌，寻个好对头，一夫一妇的，随了他去。

得些财礼，就买块土来葬了丈夫。你的终身又有所托，可不生死无憾？"平氏见他说得近理，沉吟了一会，叹口气道："罢，罢，奴家卖身葬夫，旁人也笑我不得。"张七嫂道："娘子若定了主意时，老身现有个主儿在此。年纪与娘子相近，人物齐整，又是大富之家。"平氏道："他既是富家，怕不要二婚的。"张七嫂道："他也是续弦了，原对老身说，不拘头婚二婚，只要人才出众。似娘子这般丰姿，怕不中意。"原来张七嫂曾受蒋兴哥之托，央他访一头好亲。因是前妻三巧儿出色标致，所以如今只要访个美貌的。那平氏容貌，虽不及得三巧儿，论起手脚伶俐，胸中泾渭，又胜似他。

张七嫂次日就进城，与蒋兴哥说了。兴哥闻得是下路人，愈加欢喜。这里平氏分文财礼不要，只要买块好地殡葬丈夫要紧。张七嫂往来回复了几次，两相依允。

话休烦絮。却说平氏送了丈夫灵柩入土，祭奠毕了，大哭一场，免不得起灵除孝。临期，蒋家送衣饰过来，又将他典下的衣服都赎回了。成亲之夜，一般大吹大擂，洞房花烛。正是：

> 规矩熟闲虽旧事，恩情美满胜新婚。

蒋兴哥见平氏举止端庄，甚相敬重。一日，从外而来，平氏正在打叠衣箱，内有珍珠衫一件。兴哥认得了，大惊问道："此衫从何而来？"平氏道："这衫儿来得跷蹊。"便把前夫如此张致，夫妻如此争嚷，如此赌气分别述了一遍。又道："前日艰难时，几番欲把他典卖，只愁来历不明，怕惹出是非，不敢露人眼目。连奴家至今不知这物事那里来的。"兴哥道："你前夫陈大郎名字，可叫做陈商？可是白净面皮，没有须，左手长指甲的么？"平氏道："正是。"蒋兴哥把舌头一伸，合掌对天道："如此说来，天理昭彰，好怕人也！"平氏问其缘故，蒋兴哥道："这件珍珠衫，原是我家旧物。你丈夫奸骗了我的妻子，得此衫为表记。我在苏州相会，见了此衫，始知其情，回来把王氏休了。谁知你丈夫客死，我今续弦，但闻是徽州陈客之妻，谁知就是陈商！却不是一报还一报！"平氏听罢，毛骨飒然。从此恩情愈笃。这才是《蒋兴哥重会珍珠衫》的正话。诗曰：

> 天理昭昭不可欺，两妻交易孰便宜。
>
> 分明欠债偿他利，百岁姻缘暂换时。

再说，兴哥有了管家娘子，一年之后，又往广东做买卖。也是合当有事，一日到合浦县贩珠，价都讲定。主人家老儿只拣一粒绝大的偷过了，再不承认。兴哥不忿，一把扯他袖子要搜。何期去得势重，将老儿拖翻在地，跌下便不做声。忙去扶时，气已断了。儿女亲邻，哭的哭，叫的叫，一阵的簇拥将来，把兴哥捉住。不由分说，痛打一顿，关在空房里。连夜写了状词，只等天明，县主早堂，连人进状。县主准了。因这日有公事，分付把凶身锁押，次日候审。你道这县主是谁？姓吴名杰，南畿进士，正是三巧儿的晚老公。初选原在潮阳，上司因见他清廉，调在这合浦县采珠的所在做官。是夜，吴杰在灯下将准过的状词细阅。三巧儿正在旁边闲看，偶见宋福所告人命一词，凶身罗德，枣阳县客人，不是蒋兴哥是谁！想起旧日恩情，不觉痛酸，哭告丈夫道："这罗德是贱妾的亲哥，出嗣在母舅罗家的。不期客边犯此大辟，官人可看妾之面，救他一命还乡。"县主道："且看临审如何。若人命果真，教我也难宽宥。"三巧儿两眼噙泪跪下，苦苦哀求。县主道："你且莫忙，我自有道理。"明早出堂，三巧儿又扯住县主衣袖哭道："若哥哥无救，贱妾亦当自尽，不能相见了。"

当日，县主升堂，第一就问这起。只见宋福、宋寿弟兄两个，哭啼啼的与父亲执命，禀道："因争珠怀恨，登时打闷，仆地身死。望爷爷做主。"县主问众干证口词，也有说打倒的，也有说推跌的。蒋兴哥辩道："他父亲偷了小人的珠子，小人不忿，与他争论。他因年老脚踅，自家跌死，不干小人之事。"县主问宋福道："你父亲几岁了？"宋福道："六十七岁了。"县主道："老年人容易昏绝，未必是打。"宋福、宋寿坚执是打死的。县主道："有伤无伤，须凭检验。既说打死，将尸发在漏泽园去，俟晚堂听检。"原来宋家也是个大户，有体面的。老儿曾当过里长，儿子怎肯把父亲在尸场剔骨？两个双双叩头道："父亲死状，众目共见，只求爷爷到小人家里相验，不愿发检。"县主道："若不见贴骨伤痕，凶身怎肯伏罪？没有尸格，如何申得上司过？"弟兄两个只是求告，县主发怒道："你既不愿检，我也难问。"慌的地弟兄两个连连叩头道："但凭爷爷明断。"县主道："望七之人，死是本等。倘或不因打死，屈害了一个平人，反增死者罪过。就是你做儿子的，巴得父亲到许多年纪，又把个不得善终的恶名与他，心中何忍？但打死是假，推仆是真，若不重罚罗德，也难出你的气。我如今教他披麻戴孝，与亲儿一般行礼，一应殡殓之费，都要他支持。你可服么？"弟兄两个道："爷爷分付，小人敢不遵依。"兴哥见县主不用刑罚，断得干净，喜出望外。当下原、被告都叩头称谢。县主道："我也不写审单，着差人押出，待事完回话，把原词与你销讫便了。"正是：

> 公堂造业真容易，要积阴功亦不难。
> 试看今朝吴大尹，解冤释罪两家欢。

却说三巧儿自丈夫出堂之后，如坐针毡。一闻得退衙，便迎住问个消息。县主道："我如此断了，看你之面，一板也不曾责他。"三巧儿千恩万谢。又道："妾与哥哥久别，渴思一会，问取爹娘消息。官人如何做个方便，使妾兄妹相见，此恩不小。"县主道："这也容易。"看官们，你道三巧儿被蒋兴哥休了，恩断义绝，如何恁地用情？他夫妇原是十分恩爱的，因三巧儿做下不是，兴哥不得已而休之，心中兀自不忍，所以改嫁之夜，把十六只箱笼完完全全的赠他。只这一件，三巧儿的心肠也不容不软了。今日他身处富贵，见兴哥落难，如何不救？这叫做知恩报恩。

再说蒋兴哥遵了县主所断，着实小心尽礼，更不惜费，宋家弟兄都没话了。丧葬事毕，差人押到县中回复。县主唤进私衙赐坐，说道："尊舅这场官司，若非令妹再三哀恳，下官几乎得罪了。"兴哥不解其故，回答不出。少停茶罢，县主请入内书房，教小夫人出来相见。你道这番意外相逢，不像个梦景么？他两个也不行礼，也不讲话，紧紧的你我相抱，放声大哭。就是哭爹哭娘，从没见这般哀惨，连县主在旁，好生不忍。便道："你两人且莫悲伤，我看你不像哥妹，快说真情，下官有处。"两个哭得半休不休的，那个肯说？却被县主盘问不过，三巧儿只得跪下，说道："贱妾罪当万死，此人乃妾之前夫也。"蒋兴哥料瞒不得，也跪下来，将从前恩爱，及休妻再嫁之事一一诉知。说罢，两人又哭做一团，连吴知县也堕泪不止。道："你两人如此相恋，下官何忍拆开？幸然在此三年，不曾生育，即刻领去完聚。"两个插烛也似拜谢。县主即忙讨个小轿，送三巧儿出衙；又唤集人夫，把原来陪嫁的十六个箱笼抬去，都教兴哥收领；又差典吏一员，护送他夫妇出境。此乃吴知县之厚德。正是：

> 珠还合浦重生采，剑合丰城倍有神。
>
> 堪美吴公存厚道，贪财好色竟何人！

此人向来艰子，后行取到吏部，在北京纳宠，连生三子，科第不绝。人都说阴德之报。这是后话。

再说蒋兴哥带了三巧儿回家，与平氏相见。论起初婚，王氏在前，只因休了一番，这平氏到是明媒正娶，又且平氏年长一岁，让平氏为正房，王氏反做偏房，两个姊妹相称。从此一夫二妇，团圆到老。有诗为证：

> 恩爱夫妻虽到头，妻还作妾亦堪羞。
>
> 殃祥果报无虚谬，咫尺青天莫远求。

5 虎 丘[1]

袁宏道

虎丘[2]去城可七八里，其山无高岩邃壑，独以近城故，箫鼓楼船，无日无之。凡月之夜，花之晨，雪之夕，游人往来，纷错如织。而中秋为尤胜。每至是日，倾城阖户，连臂而至，衣冠士女，下迨蔀屋[3]，莫不靓妆丽服，重茵累席[4]，置酒交衢[5]间。从千人石[6]上至山门，栉比如鳞，檀板[7]丘积，樽罍[8]云泻，远而望之，如雁落平沙，霞铺江上，雷辊电霍[9]，无得而状。

布席之初，唱者千百，声若聚蚊，不可辨识。分曹部署[10]，竞以歌喉相斗，雅俗既陈，妍媸自别。未几而摇头顿足者，得数十人而已。已而明月浮空，石光如练，一切瓦釜[11]，寂然停声，属而和者，才三四辈。一箫，一寸管，一人缓板而歌，竹肉[12]相发，清声亮彻，听者魂销。比至夜深，月影横斜，荇藻凌乱，则箫板亦不复用，一夫登场，四座屏息，音若细发，响彻云际，每度一字，几尽一刻，飞鸟为之徘徊，壮士听而下泪矣。

剑泉[13]深不可测，飞岩如削。千顷云得天池诸山作案[14]，峦壑竞秀，最可觞客。但过午则日光射人，不堪久坐耳。文昌阁亦佳，晚树尤可观。面北为平远堂旧址，空旷无际，仅虞山一点在望。堂废已久，余与江进之谋所以复之，欲祠韦苏州、白乐天诸公于其中，而病寻作；余既乞归，恐进之兴亦阑矣。山川兴废，信有时哉！吏吴两载，登虎丘者六。

---

[1] 选自 [清] 袁宏道著、钱伯诚校笺《袁宏道集笺校》，上海古籍出版社，1981年版。袁宏道（1568—1610年），字中郎，号石公。湖广公安（今属湖北省公安县）人。万历二十年（1592）进士。袁宏道是公安派的代表人物，与兄宗道、弟中道并称"公安三袁"，主张文章应"独抒性灵，不拘格套"，反对句比字拟，剽窃古人。有《袁中郎全集》。
[2] 虎丘：山名，在今江苏省苏州市，是江南名胜之一。相传春秋时吴王阖闾葬此，三日而虎踞其上，因称之为虎丘。
[3] 下迨蔀（pǒu）屋：下至贫民。迨：及，至。蔀屋：指贫家昏暗的房屋。此处则指贫民。
[4] 重茵累席：游客皆席地而坐，以重褥作垫。茵：垫褥。
[5] 交衢：道路交错的地方。
[6] 千人石：虎丘山半，有大石。传说梁时高僧生公于此说法，有千人列听，故称千人石。
[7] 檀板：用檀木制的歌板。
[8] 樽罍（léi）：樽、罍，都是盛酒器。
[9] 雷辊（gǔn）电霍：雷鸣电闪。辊：车轮转动声。
[10] 分曹部署：分部安排。
[11] 瓦釜：喻粗俗的歌调。
[12] 竹肉：指管乐与歌喉。
[13] 剑泉：又称剑池，在千人石下。两侧崖高百尺，池水终年不涸。
[14] "千顷"句：意谓千顷云得天池等山作为几案。千顷云：山名，在虎丘山上。天池：山名，又称华山，在苏州阊门外三十里。

最后与江进之、方子公同登，迟月生公石上[1]，歌者闻令来，皆避匿去。余因谓进之曰："甚矣，乌纱[2]之横，皂隶[3]之俗哉！他日去官，有不听曲此石上者如月[4]。"今余幸得解官，称"吴客"矣，虎丘之月，不知尚识余言否耶？

[1] "迟月"句：意谓坐在生公石上待月出。迟：等候。生公石：即生公讲坛，在千人石背面。
[2] 乌纱：即乌纱帽。自唐朝起始定为官服。此处指官吏。
[3] 皂隶：衙门中的差役。
[4] 如月：以月为证。

6 浣溪沙·谁念西风独自凉[1]

纳兰性德

谁念西风独自凉[2]，萧萧黄叶闭疏窗[3]，沉思往事立残阳。

被酒[4]莫惊春睡重，赌书消得泼茶香[5]，当时只道是寻常。

---

[1] 选自张草纫笺注《纳兰词笺注》，上海古籍出版社，2003 年版。纳兰性德（1655—1685 年），叶赫那拉氏，字容若，号楞伽山人。满洲正黄旗人，大学士明珠长子。康熙十四年（1675）进士，授三等侍卫，再迁至一等。清代著名词人，其词以小令见长，风格清婉、流动自然，著有《纳兰词》《通志堂集》。

[2] "谁念"句：意谓秋天到了，凉意袭人，独自冷落，有谁再念起我呢？

[3] 疏窗：刻有花纹的窗户。

[4] 被酒：中酒，酒酣。

[5] "赌书"句：李清照《金石录后序》云："余性偶强记，每饭罢，坐归来堂，烹茶，指堆积书史，言某事在某书某卷第几页第几行，以中否角胜负，为饮茶先后。中即举杯大笑，至茶倾覆怀中，反不得饮而起。甘心老是乡矣！故虽处忧患困穷，而志不屈。"此句以此典为喻说明往日与亡妻有着像李清照一样的美满的夫妻生活。

7　聂小倩[1]

蒲松龄

　　宁采臣,浙人。性慷爽,廉隅自重[2]。每对人言:"生平无二色[3]。"适赴金华,至北郭,解装兰若。寺中殿塔壮丽,然蓬蒿没人,似绝行踪。东西僧舍,双扉虚掩,惟南一小舍,扃键如新。又顾殿东隅,修竹拱把[4];下有巨池,野藕已花。意甚乐其幽杳。会学使案临[5],城舍价昂,思便留止,遂散步以待僧归。日暮,有士人来,启南扉。宁趋为礼,且告以意。士人曰:"此间无房主,仆亦侨居。能甘荒落,且晚惠教,幸甚。"宁喜,藉藁[6]代床,支板作几,为久客计。是夜,月明高洁,清光似水,二人促膝殿廊,各展姓字。士人自言:"燕姓,字赤霞。"宁疑为赴试诸生,而听其音声,殊不类浙。诘之,自言:"秦人。"语甚朴诚。既而相对词竭,遂拱别归寝。宁以新居,久不成寐。闻舍北喁喁[7],如有家口。起伏北壁石窗下,微窥之。见短墙外一小院落,有妇可四十余;又一媪衣(黑曷)绯[8],插蓬沓,鲐背[9]龙钟,偶语[10]月下。妇曰:"小倩何久不来?"媪曰:"殆好至矣。"妇曰:"将无向姥姥有怨言否?"曰:"不闻,但意似蹙蹙。"妇曰:"婢子不宜好相识!"言未已,有十七八女子来,仿佛艳绝。媪笑曰:"背地不言人,我两个正谈道,小妖婢悄来无迹响。幸不訾着短处。"又曰:"小娘子端好是画中人,遮莫[11]老身是男子,也被摄魂去。"女曰:"姥姥不相誉,更阿谁道好?"妇人女子又不知何言。宁意其邻人眷口,寝不复听。又许时,始寂无声。方将睡去,觉有人至寝所。急起审顾,则北院女子也。惊问之。女笑曰:"月夜不寐,愿修燕好[12]。"宁正容曰:"卿防物议,我畏人言;略一失足,廉耻道丧。"女云:"夜无知者。"宁又咄之。女逡巡若复有词。

---

　　[1] 选自张友鹤辑校《聊斋志异汇校汇注汇评本》,中华书局,1962 年版。蒲松龄(1640—1715 年),字留仙,一字剑臣,别号柳泉居士,因其斋号聊斋,故世称聊斋先生。临川(今山东淄博)人。幼习举业,一生多次应举,皆不中,直至 71 岁,援例出贡。代表作《聊斋志异》,被公认为中国古代文言短篇小说之集大成者。

　　[2] 廉隅:棱角,喻品行端方,有气节。

　　[3] 无二色:色,女色。意思是除了妻子之外,不和第二个女人要好。

　　[4] 拱把:两手合围叫作"拱",一手握住叫作"把"。"拱把",这里形容竹子的粗大。

　　[5] 案临:科举时代,学使在任期三年内,要分赴各府举行岁试和科试各一次,叫作"案临"。

　　[6] 藉藁:铺稻草。

　　[7] 喁喁(yú):形容低而密的谈话声音。

　　[8] (黑曷)(hé)绯:"(黑曷)",变色。"绯":红帛。"(黑曷)绯":指红色的旧衣。

　　[9] 鲐(tái)背:老年人背皮黑皱消瘦的样子。

　　[10] 偶语:相对私语;对谈。

　　[11] 遮莫:假如。

　　[12] 修燕好:结为夫妻。燕好:亲好,指夫妇闺房之乐。

宁叱："速去！不然，当呼南舍生知。"女懼，乃退。至户外复返，以黄金一铤[1]置褥上。宁掇掷庭墀，曰："非义之物，污吾囊橐！"女惭，出，拾金自言曰："此汉当是铁石。"诘旦，有兰溪生携一仆来候试，寓于东厢，至夜暴亡。足心有小孔，如锥刺者，细细有血出。俱莫知故。经宿，仆一死[2]，症亦如之。向晚，燕生归，宁质之，燕以为魅。宁素抗直，颇不在意。宵分，女子复至，谓宁曰："妾阅人多矣，未有刚肠如君者。君诚圣贤，妾不敢欺。小倩，姓聂氏，十八夭殂，葬寺侧，辄被妖物威胁，历役贱务；腆颜向人，实非所乐。今寺中无可杀者，恐当以夜叉来。"宁骇求计。女曰："与燕生同室可免。"问："何不惑燕生？"曰："彼奇人也，不敢近。"问："迷人若何？"曰："狎昵我者，隐以锥刺其足，彼即茫若迷，因摄血以供妖饮；又惑以金，非金也，乃罗刹鬼骨，留之能截取人心肝：二者，凡以投时好耳。"宁感谢。问戒备之期，答以明宵。临别泣曰："妾堕玄海，求岸不得。郎君义气干云，必能拔生救苦。倘肯囊妾朽骨，归葬安宅[3]，不啻再造。"宁毅然诺之。因问葬处，曰："但记取白杨之上，有乌巢者是也。"言已出门，纷然而灭。明日，恐燕他出，早诣邀致。辰后具酒馔，留意察燕。既约同宿，辞以性癖耽寂。宁不听，强携卧具来。燕不得已，移榻从之。嘱曰："仆知足下丈夫，倾风[4]良切。要有微衷，难以遽白。幸勿翻窥箧襆，违之，两俱不利。"宁谨受教。既而各寝。燕以箱箧置窗上，就枕移时，齁如雷吼。宁不能寐。近一更许，窗外隐隐有人影。俄而近窗来窥，目光睒闪[5]。宁懼，方欲呼燕，忽有物裂箧而出，耀若匹练，触折窗上石棂，欻然一射，即遽敛入，宛如电灭。燕觉而起，宁伪睡以觇之。燕捧箧检征，取一物，对月嗅视，白光晶莹，长可二寸，径韭叶许。已而数重包固，仍置破箧中。自语曰："何物老魅，直尔大胆，致坏箧子。"遂复卧。宁大奇之，因起问之，且以所见告。燕曰："既相知爱，何敢深隐。我，剑客也。若非石棂，妖当立毙；虽然，亦伤。"问："所缄何物？"曰："剑也。适嗅之，有妖气。"宁欲观之。慨出相示，荧荧然一小剑也。于是益厚重燕。明日，视窗外，有血迹。遂出寺北，见荒坟累累，果有白杨，乌巢其颠。迨营谋既就，趣装欲归。燕生设祖帐[6]，情义殷渥。以破革囊赠宁，曰："此剑袋也，宝藏可远魑魅。"宁欲从授其术。曰："如君信义刚直，可以为此；然君犹富贵中人，非此道中人也。"宁乃托有妹葬此，发掘女骨，敛以衣衾，赁舟而归。宁斋临野，因营坟葬诸斋外。祭而祝曰："怜卿孤魂，葬近蜗居，歌哭相闻，

[1] 铤：古同"锭"。
[2] 疑作"仆亦死"。
[3] 安宅：安定的居处。这里指安静的墓穴。
[4] 倾风：仰慕、倾倒。
[5] 睒（shǎn）闪：眼光瞥视，闪烁不定的样子。
[6] 祖帐：为出行者饯别所设的帐幕，引申为饯行送别。祖：祭名，出行以前，祭祀路神。

庶不见凌于雄鬼。一瓯浆水饮，殊不清旨，幸不为嫌。"祝毕而返，后有人呼曰："缓待同行！"回顾，则小倩也。欢喜谢曰："君信义，十死不足以报。请从归，拜识姑嫜，媵御[1]无悔。"审谛之，肌映流霞，足翘细笋，白昼端相，娇丽尤绝。遂与俱至斋中。嘱坐少待，先入白母。母愕然。时宁妻久病，母戒勿言，恐所骇惊。言次，女已翩然入，拜伏地下。宁曰："此小倩也。"母惊顾不遑。女谓母曰："儿飘然一身，远父母兄弟。蒙公子露覆，泽被发肤，愿执箕帚，以报高义。"母见其绰约可爱，始敢与言，曰："小娘子惠顾吾儿，老身喜不可已。但生平止此儿，用承桃绪[2]，不敢令有鬼偶。"女曰："儿实无二心。泉下人，既不见信于老母，请以兄事，依高堂，奉晨昏，如何？"母怜其诚，允之。即欲拜嫂。母辞以疾，乃止。女即入厨下，代母尸饔[3]，入房穿榻，似熟居者。日暮，母畏惧之，辞使归寝，不为设床褥。女窥知母意，即竟去。过斋欲入，却退，徘徊户外，似有所惧。生呼之。女曰："室有剑气畏人。向道途中不奉见者，良以此故。"宁悟为革囊，取悬他室。女乃入，就烛下坐。移时，殊不一语。久之，问："夜读否？妾少诵《楞严经》，今强半遗忘。浼求一卷，夜暇，就兄正之。"宁诺。又坐，默然，二更向尽，不言去。宁促之。愀然曰："异域孤魂，殊怯荒墓。"宁曰："斋中别无床寝，且兄妹亦宜远嫌。"女起，容颦蹙而欲啼，足俇儴[4]而懒步，从容出门，涉阶而没。宁窃怜之。欲留宿别榻，又惧母嗔。女朝旦朝母，捧匜沃盥，下堂操作，无不曲承母志。黄昏告退，辄过斋头，就烛诵经。觉宁将寝，始惨然去。先是，宁妻病废，母劬[5]不可堪；自得女，逸甚。心德之。日渐稔，亲爱如己出，竟忘其为鬼；不忍晚令去，留与同卧起。女初来未尝食饮，半年渐啜稀饱[6]。母子皆溺爱之，讳言其鬼，人亦不之辨也。无何，宁妻亡。母阴有纳女意，然恐于子不利。女微窥之，乘间告母曰："居年馀，当知儿肝鬲。为不欲祸行人，故从郎君来。区区[7]无他意，止以公子光明磊落，为天人所钦瞩，实欲依赞三数年，借博封诰[8]，以光泉壤。"母亦知无恶意，但惧不能延宗嗣。女曰："子女惟天所授。郎君注福籍[9]，有亢宗子[10]三，不以鬼妻而遂夺也。"母信之，与子议。宁喜，

---

[1] 媵（yìng）御：以婢妾对待。媵：泛指婢妾。
[2] 承桃（tiāo）绪：传宗接代。桃绪：祖宗馀绪。桃：祖庙。
[3] 尸饔（yōng）：料理饮食。尸：主持。饔：熟食。
[4] 俇（kuāng）儴（rāng）：行又止的样子。
[5] 劬（qú）：勤苦。
[6] 饱（yí）：粥汤。
[7] 区区：自称的谦词。
[8] 封诰：明、清时，皇帝封赠臣下及其祖先、妻子的爵位名号，叫作"封典"。因爵位官阶的高低而有"诰命""敕命"的分别，通常统称为"封诰"。这里专指妻子因丈夫而得的封诰。
[9] 注福籍：意谓命中注定有福。注：载入。福籍：传说的记载人间福禄的簿籍。
[10] 亢宗子：旧时称人子能扩展宗族地位者为亢宗之子。亢宗：庇护宗族，光宗耀祖。

因列筵告戚党。或请觑新妇，女慨然华妆出，一堂尽眙[1]，反不疑其鬼，疑为仙。由是五党诸内眷，咸执贽以贺，争拜识之。女善画兰梅，辄以尺幅酬答，得者藏什袭以为荣。一日，俛[2]颈窗前，怊怅若失。忽问："革囊何在？"曰："以卿畏之，故缄置他所。"曰："妾受生气已久，当不复畏，宜取挂床头。"宁诘其意，曰："三日来，心怔忡无停息，意金华妖物，恨妾远遁，恐旦晚寻及也。"宁果携革囊来。女反复审视，曰："此剑仙将盛人头者也。敝败至此，不知杀人几何许！妾今日视之，肌犹粟慄。"乃悬之。次日，又命移悬户上。夜对烛坐，约宁勿寝。歘有一物，如飞鸟堕。女惊匿夹幕间。宁视之，物如夜叉状，电目血舌，睒闪攫挐而前。至门却步；逡巡久之，渐近革囊，以爪摘取，似将抓裂。囊忽格然一响，大可合簣[3]，恍惚有鬼物突出半身，揪夜叉入，声遂寂然，囊亦顿缩如故。宁骇诧。女亦出，大喜曰："无恙矣！"共视囊中，清水数斗而已。后数年，宁果登进士。女举一男。纳妾后，又各生一男，皆仕进有声。

---

[1] 眙（chì）：瞪目直视，形容惊诧。
[2] 俛：同"俯"。
[3] 大可合簣：约有两个竹筐合起来那么大。簣：盛土的竹器。

8　红楼梦（节选）[1]

曹雪芹

第五回　游幻境指迷十二钗　饮仙醪[2]曲演红楼梦

　　如今且说林黛玉自在荣府以来，贾母万般怜爱，寝食起居，一如宝玉，迎春、探春、惜春三个亲孙女倒且靠后；便是宝玉和黛玉二人之亲密友爱处，亦自较别个不同，日则同行同坐，夜则同息同止，真是言和意顺，略无参商[3]。不想如今忽然来了一个薛宝钗，年岁虽大不多，然品格端方，容貌丰美，人多谓黛玉所不及。而且宝钗行为豁达，随分从时[4]，不比黛玉孤高自许，目无下尘，故比黛玉大得下人之心。便是那些小丫头子们，亦多喜与宝钗去顽。因此黛玉心中便有些悒郁不忿之意，宝钗却浑然不觉。那宝玉亦在孩提之间，况自天性所禀来的一片愚拙偏僻，视姊妹弟兄皆出一意，并无亲疏远近之别。其中因与黛玉同随贾母一处坐卧，故略比别个姊妹熟惯些。既熟惯，则更觉亲密；既亲密，则不免一时有求全之毁，不虞之隙[5]。这日不知为何，他二人言语有些不合起来，黛玉又气的独在房中垂泪，宝玉又自悔言语冒撞，前去俯就，那黛玉方渐渐的回转来。

　　因东边宁府中花园内梅花盛开，贾珍之妻尤氏乃治酒，请贾母、邢夫人、王夫人等赏花。是日先携了贾蓉之妻，二人来面请。贾母等于早饭后过来，就在会芳园游顽，先茶后酒，不过皆是宁荣二府女眷家宴小集，并无别样新文趣事可记。

　　一时宝玉倦怠，欲睡中觉，贾母命人好生哄着，歇一回再来。贾蓉之妻秦氏便忙笑回道："我们这里有给宝叔收拾下的屋子，老祖宗放心，只管交与我就是了。"又向宝玉的奶娘丫鬟等道："嬷嬷、姐姐们，请宝叔随我这里来。"贾母素知秦氏是个极妥当的人，生的袅娜纤巧，行事又温柔和平，乃重孙媳中第一个得意之人，见他去安置宝玉，

---

　　[1] 选自 [清] 曹雪芹著《红楼梦》，人民文学出版社，2005 年版。曹雪芹（约 1715—约 1763 年），名霑，号雪芹，又号芹溪、芹圃。满洲正白旗包衣人。祖父曹寅，曾担任过江宁织造、两淮巡盐御史等职，资财甚富，生活豪奢。后曹家家道中落，举家迁往北京。曹雪芹出生在南京，少年时曾于锦衣玉食中度过了一段富贵荣华的生活，又眼见着家族迅速变故和败落，都使曹雪芹深切感受到世态炎凉和人情冷暖。为他的创作提供了蓝本和生活基础。
　　[2] 仙醪（láo）：仙酒。
　　[3] 略无参（shēn）商：指彼此感情融洽，没有一点隔阂、矛盾。"参"和"商"都是星宿名，属二十八宿。因两星此出彼没，故常用来比喻两人分离不得见面。又据《左传》昭公元年：传说帝喾高辛氏二子阏伯与实沈不和，常争斗，帝遂命阏伯去商丘管商星，实沈去大夏管参星。故参商也用以比喻人与人之间感情不和。
　　[4] 随分从时：安于本分、顺应环境。
　　[5] 求全之毁，不虞之隙：因要求完美而常有责难；因相处亲密而常有料不到的矛盾。毁：诋毁，责难。不虞：没料到。隙：嫌隙、裂痕。

自是安稳的。

当下秦氏引了一簇人来至上房内间。宝玉抬头看见一幅画贴在上面，画的人物固好，其故事乃是《燃藜图》[1]，也不看系何人所画，心中便有些不快．又有一副对联，写的是：

世事洞明皆学问，人情练达即文章。

及看了这两句，纵然室宇精美，铺陈华丽，亦断断不肯在这里了，忙说："快出去！快出去！"秦氏听了笑道："这里还不好，可往那里去呢？不然往我屋里去吧。"宝玉点头微笑。有一个嬷嬷说道："那里有个叔叔往侄儿房里睡觉的理？"秦氏笑道："嗳哟哟，不怕他恼，他能多大呢，就忌讳这些个！上月你没看见我那个兄弟来了，虽然与宝叔同年，两个人若站在一处，只怕那个还高些呢。"宝玉道："我怎么没见过？你带他来我瞧瞧。"众人笑道："隔着二三十里，往那里带去，见的日子有呢。"说着大家来至秦氏房中。刚至房门，便有一股细细的甜香袭人而来。宝玉觉得眼饧[2]骨软，连说"好香！"入房向壁上看时，有唐伯虎画的《海棠春睡图》，两边有宋学士秦太虚写的一副对联，其联云：

嫩寒锁梦[3]因春冷，芳气笼人是酒香。

案上设着武则天当日镜室中设的宝镜，一边摆着飞燕立着舞过的金盘，盘内盛着安禄山掷过伤了太真乳的木瓜。上面设着寿昌公主于含章殿下卧的榻，悬的是同昌公主制的联珠帐。宝玉含笑连说："这里好！"秦氏笑道："我这屋子大约神仙也可以住得了。"说着亲自展开了西子浣过的纱衾，移了红娘抱过的鸳枕。于是众奶母伏侍宝玉卧好，款款散了，只留袭人、媚人、晴雯、麝月四个丫鬟为伴。秦氏便分咐小丫鬟们，好生在廊檐下看着猫儿狗儿打架。

那宝玉刚合上眼，便惚惚的睡去，犹似秦氏在前，遂悠悠荡荡，随了秦氏，至一所在。但见朱栏白石，绿树清溪，真是人迹希逢，飞尘不到。宝玉在梦中欢喜，想道："这个去处有趣，我就在这里过一生，纵然失了家也愿意，强如天天被父母师傅打呢。"正胡思之间，忽听山后有人作歌曰：

春梦随云散，飞花逐水流；

寄言众儿女，何必觅闲愁。

宝玉听了是女子的声音。歌音未息，早见那边走出一个人来，蹁跹袅娜，端的与人不同。有赋为证：

---

[1]这是劝人勤学苦读的画。题材来自六朝无名氏《三辅黄图·阁部》："刘向于成帝之末，校书天禄阁，专精覃思。夜有老人著黄衣，拄藜杖，叩阁而进，见向暗中独坐诵书，老人乃吹杖端烟然（燃），因以见面。授'五行洪范'之文……至曙而去。请问姓名，云，我是太乙之精。"
[2]眼饧（xíng）：眼皮滞涩、朦胧欲睡。
[3]锁梦：不成梦，不能入睡。

方离柳坞[1]，乍出花房。但行处，鸟惊庭树[2]；将到时，影度回廊[3]。仙袂乍飘兮，闻麝兰[4]之馥郁，荷衣欲动兮，听环佩之铿锵。靥笑春桃兮，云堆翠髻；唇绽樱颗兮，榴齿含香。纤腰之楚楚兮，回风舞雪；珠翠之辉辉兮，满额鹅黄[5]。出没花间兮，宜嗔宜喜；徘徊池上兮，若飞若扬。蛾眉颦笑兮，将言而未语；莲步乍移兮，待止而欲行。美彼之良质兮，冰清玉润；美彼之华服兮，闪灼文章[6]。爱彼之貌容兮，香培玉琢[7]；美彼之态度兮，凤翥龙翔[8]。其素若何，春梅绽雪。其洁若何，秋菊被霜。其静若何，松生空谷。其艳若何，霞映澄塘。其文若何，龙游曲沼。其神若何，月射寒江。应惭西子，实愧王嫱。奇矣哉，生于孰地，来自何方；信矣乎，瑶池不二，紫府无双[9]。果何人哉？如斯之美也！

宝玉见是一个仙姑，喜的忙来作揖问道："神仙姐姐不知从那里来，如今要往那里去？也不知这是何处，望乞携带携带。"那仙姑笑道："吾居离恨天之上，灌愁海之中，乃放春山遣香洞太虚幻境警幻仙姑是也：司人间之风情月债，掌尘世之女怨男痴。因近来风流冤孽，缠绵于此处，是以前来访察机会，布散相思。今忽与尔相逢，亦非偶然。此离吾境不远，别无他物，仅有自采仙茗一盏，亲酿美酒一瓮，素练魔舞[10]歌姬数人，新填《红楼梦》仙曲十二支，试随吾一游否？"宝玉听说，便忘了秦氏在何处，竟随了仙姑，至一所在，有石牌横建，上书"太虚幻境"四个大字，两边一副对联，乃是：

假作真时真亦假，无为有处有还无。

转过牌坊，便是一座宫门，上面横书四个大字，道是："孽海情天"。又有一副对联，大书云：

厚地高天，堪叹古今情不尽；

痴男怨女，可怜风月债难偿。

宝玉看了，心下自思道："原来如此。但不知何为'古今之情'，何为'风月之债'？从今倒要领略领略。"宝玉只顾如此一想，不料早把些邪魔招入膏肓了。当下随了仙姑进

---

[1] 柳坞（wù）：植柳以为屏障。坞：原指作为屏障的土堡。
[2] 鸟惊庭树：与"沉鱼落雁"义同，形容女子美貌。
[3] 影度回廊：身影在回廊上移动。此处形容仙姑身姿之美。
[4] 麝兰：麝香和兰草，为古代贵族妇女常所佩之香料。亦用以代指香气。
[5] 满额鹅黄：妇女在额上涂嫩黄色作装饰。鹅黄：嫩黄，黄色之娇美者，如幼鹅的毛色。
[6] 闪灼文章：花纹灿烂。文章：花纹错杂相间。
[7] 香培玉琢：用香料造就，用美玉雕成。
[8] 凤翥龙翔：意即龙飞凤舞，形容仙子体态风度的飘逸。翥（zhù）：鸟向上飞。
[9] 瑶池、紫府：均古代传说中的仙境。瑶池在昆仑山上，西王母所居之处。紫府在青丘凤山，天真仙女曾游此地。
[10] 魔舞：即天魔舞。本为唐代一种宫廷舞乐。元顺帝至正十四年制天魔舞，系宫廷大型队舞，以宫女十六人，盛妆扮成菩萨相，有多种乐器伴奏，应节而舞。

入二层门内，至两边配殿，皆有匾额对联，一时看不尽许多，惟见有几处写的是："痴情司""结怨司""朝啼司""夜怨司""春感司""秋悲司"。看了，因向仙姑道："敢烦仙姑引我到那各司中游玩游玩，不知可使得？"仙姑道："此各司中皆贮的是普天之下所有的女子过去未来的簿册，尔凡眼尘躯，未便先知的。"宝玉听了，那里肯依，复央之再四。仙姑无奈，说："也罢，就在此司内略随喜随喜[1]罢了。"宝玉喜不自胜，抬头看这司的匾上，乃是"薄命司"三字，两边对联写的是：

> 春恨秋悲皆自惹，花容月貌为谁妍。

宝玉看了，便知感叹。进入门来，只见有十数个大厨，皆用封条封着。看那封条上，皆是各省的地名。宝玉一心只拣自己的家乡封条看，遂无心看别省的了。只见那边厨上封条上大书七字云："金陵十二钗正册"。宝玉问道："何为'金陵十二钗正册'？"警幻道："即贵省中十二冠首女子之册，故为'正册'。"宝玉道："常听人说，金陵极大，怎么只十二个女子？如今单我家里，上上下下，就有几百女孩子呢。"警幻冷笑道："贵省女子固多，不过择其紧要者录之。下边二厨则又次之。馀者庸常之辈，则无册可录矣。"宝玉听说，再看下首二厨上，果然写着"金陵十二钗副册"，又一个写着"金陵十二钗又副册"。宝玉便伸手先将"又副册"开了，拿出一本册来，揭开一看，只见这首页上画着一幅画，又非人物，也无山水，不过是水墨滃染的满纸乌云浊雾而已。后有几行字迹，写的是：

> 霁月难逢，彩云易散。心比天高，身为下贱。风流灵巧招人怨。寿夭多因毁谤生，多情公子空牵念。[2]

宝玉看了，又见后面画着一簇鲜花，一床破席，也有几句言词，写道是：

> 枉自温柔和顺，空云似桂如兰；
>
> 堪羡优伶有福，谁知公子无缘。[3]

宝玉看了不解。遂掷下这个，又去开了副册厨门，拿起一本册来，揭开看时，只见画着一株桂花，下面有一池沼，其中水涸泥干，莲枯藕败，后面书云：

> 根并荷花一茎香，平生遭际实堪伤。
>
> 自从两地生孤木，致使香魂返故乡。[4]

宝玉看了仍不解。便又掷了，再去取"正册"看，只见头一页上便画着两株枯木，木上悬着一围玉带；又有一堆雪，雪下一股金簪。也有四句言词，道是：

---

[1] 随喜：佛教术语。谓见人作善事而随之生欢喜心。后游览参观寺院，亦称随喜。
[2] 晴雯判词。
[3] 袭人判词。
[4] 香菱判词。

可叹停机德，堪怜咏絮才。

玉带林中挂，金簪雪里埋。[1]

宝玉看了仍不解。待要问时，情知他必不肯泄漏；待要丢下，又不舍。遂又往后看时，只见画着一张弓，弓上挂着香橼。也有一首歌词云：

二十年来辨是非，榴花开处照宫闱。

三春争及初春景，虎兕相逢大梦归。[2]

后面又画着两人放风筝，一片大海，一只大船，船中有一女子掩面泣涕之状。也有四句写云：

才自精明志自高，生于末世运偏消。

清明涕送江边望，千里东风一梦遥。[3]

后面又画几缕飞云，一湾逝水。其词曰：

富贵又何为，襁褓之间父母违。

展眼吊斜晖，湘江水逝楚云飞。[4]

后面又画着一块美玉，落在泥垢之中。其断语云：

欲洁何曾洁，云空未必空。

可怜金玉质，终陷淖泥中。[5]

后面忽见画着个恶狼，追扑一美女，欲啖之意。其书云：

子系中山狼，得志便猖狂。

金闺花柳质，一载赴黄粱。[6]

后面便是一所古庙，里面有一美人在内看经独坐。其判云：

勘破三春景不长，缁衣顿改昔年妆。

可怜绣户侯门女，独卧青灯古佛旁。[7]

后面便是一片冰山，上面有一只雌凤. 其判曰：

凡鸟偏从末世来，都知爱慕此生才。

一从二令三人木，哭向金陵事更哀。[8]

---

[1] 薛宝钗和林黛玉判词。
[2] 贾元春判词。
[3] 贾探春判词。
[4] 史湘云判词。
[5] 妙玉判词。
[6] 贾迎春判词。
[7] 贾惜春判词。
[8] 王熙凤判词。

后面又是一座荒村野店，有一美人在那里纺绩。其判云：

> 事败休云贵，家亡莫论亲。
>
> 偶因济刘氏，巧得遇恩人。[1]

后面又画着一盆茂兰，旁有一位凤冠霞帔的美人。也有判云：

> 桃李春风结子完，到头谁似一盆兰。
>
> 如冰水好空相妒，枉与他人作笑谈。[2]

后面又画着高楼大厦，有一美人悬梁自缢。其判云：

> 情天情海幻情身，情既相逢必主淫。
>
> 漫言不肖皆荣出，造衅开端实在宁。[3]

宝玉还欲看时，那仙姑知他天分高明，性情颖慧，恐把仙机泄漏，遂掩了卷册，笑向宝玉道："且随我去游玩奇景，何必在此打这闷葫芦！"

宝玉恍恍惚惚，不觉弃了卷册，又随了警幻来至后面。但见珠帘绣幕，画栋雕檐，说不尽那光摇朱户金铺地，雪照琼窗玉作宫。更见仙花馥郁，异草芬芳，真好个所在。又听警幻笑道："你们快出来迎接贵客！"一语未了，只见房中又走出几个仙子来，皆是荷袂蹁跹，羽衣飘舞，姣若春花，媚如秋月。一见了宝玉，都怨谤警幻道："我们不知系何'贵客'，忙的接了出来！姐姐曾说今日今时必有绛珠妹子的生魂前来游玩，故我等久待。何故反引这浊物来污染这清净女儿之境？"

宝玉听如此说，便吓得欲退不能退，果觉自形污秽不堪。警幻忙携住宝玉的手，向众姊妹道："你等不知原委：今日原欲往荣府去接绛珠，适从宁府所过，偶遇宁荣二公之灵，嘱吾云：'吾家自国朝定鼎以来，功名奕世[4]，富贵传流，虽历百年，奈运终数尽，不可挽回者。故遗之子孙虽多，竟无可以继业。其中惟嫡孙宝玉一人，禀性乖张，生性怪谲，虽聪明灵慧，略可望成，无奈吾家运数合终，恐无人规引入正。幸仙姑偶来，万望先以情欲声色等事警其痴顽，或能使彼跳出迷人圈子，然后入于正路，亦吾兄弟之幸矣。'如此嘱吾，故发慈心，引彼至此。先以彼家上中下三等女子之终身册籍，令彼熟玩，尚未觉悟；故引彼再至此处，令其再历饮馔声色之幻，或冀将来一悟，亦未可知也。"

说毕，携了宝玉入室。但闻一缕幽香，竟不知其所焚何物。宝玉遂不禁相问。警幻冷笑道："此香尘世中既无，尔何能知！此香乃系诸名山胜境内初生异卉之精，合各种宝

---

[1] 贾巧姐判词。
[2] 李纨判词。
[3] 秦可卿判词。
[4] 奕世：一代接一代，世代绵延。奕：重、累。

林珠树之油所制，名'群芳髓'。"宝玉听了，自是羡慕而已。大家入座，小丫鬟捧上茶来。宝玉自觉清香异味，纯美非常，因又问何名。警幻道："此茶出在放春山遣香洞，又以仙花灵叶上所带之宿露而烹，此茶名曰'千红一窟'。"宝玉听了，点头称赏。因看房内，瑶琴、宝鼎、古画、新诗，无所不有；更喜窗下亦有唾绒[1]，衾间时渍粉污。壁上也见悬着一副对联，书云：

> 幽微灵秀地，无可奈何天。

宝玉看毕，无不羡慕。因又请问众仙姑姓名：一名痴梦仙姑，一名钟情大士，一名引愁金女，一名度恨菩提，各各道号不一。少刻，有小丫鬟来调桌安椅，设摆酒馔。真是：琼浆满泛玻璃盏，玉液浓斟琥珀杯。更不用再说那肴馔之盛。宝玉因闻得此酒清香甘冽，异乎寻常，又不禁相问。警幻道："此酒乃以百花之蕊，万木之汁，加以麟髓之醅，凤乳之麹[2]酿成，因名为'万艳同杯'。"宝玉称赏不迭。

饮酒间，又有十二个舞女上来，请问演何词曲。警幻道："就将新制《红楼梦》十二支演上来。"舞女们答应了，便轻敲檀板，款按银筝，听他歌道是：

开辟鸿蒙……

方歌了一句，警幻便说道："此曲不比尘世中所填传奇之曲[3]，必有生旦净末之则，又有南北九宫之限[4]。此或咏叹一人，或感怀一事，偶成一曲，即可谱入管弦。若非个中人，不知其中之妙。料尔亦未必深明此调。若不先阅其稿，后听其歌，翻成嚼蜡矣。"说毕，回头命小丫鬟取了《红楼梦》原稿来，递与宝玉。宝玉接来，一面目视其文，一面耳聆其歌曰：

[红楼梦引子]开辟鸿蒙，谁为情种？都只为风月情浓。趁着这奈何天，伤怀日，寂寥时，试遣愚衷。因此上，演出这怀金悼玉的《红楼梦》。[5]

[终身误]都道是金玉良姻，俺只念木石前盟。空对着，山中高士晶莹雪；终不忘，世外仙姝寂寞林。叹人间，美中不足今方信。纵然是齐眉举案，到底意难平。[6]

[枉凝眉]一个是阆苑仙葩，一个是美玉无瑕。若说没奇缘，今生偏又遇着他；若说有奇缘，如何心事终虚化？一个枉自嗟呀，一个空劳牵挂。一个是水中月，一个是镜中花。想眼中能有多少泪珠儿，怎经得秋流到冬，春流到夏！[7]

---

[1]唾绒：古代妇女刺绣，每当换线停针，用齿咬断绣线，口中常沾留线绒，随口吐出，俗谓唾绒。
[2]醅、麹（qū）：醅：未经过滤的酒。麹：酿酒用的发酵物，多用大麦麸皮等制成。
[3]传奇之曲：明代以后通称南戏为传奇。曲：曲词。
[4]南北九宫之限：南北九宫，指古代戏曲的宫调（即调式）。南：指南曲（传奇）；北：指北曲（杂剧）；九宫：即九个宫调。戏剧的曲牌，是受宫调限制的，某一曲牌属于某一宫调之内，不能放入其他宫调来用。有的曲牌可以兼入两宫，但要按曲谱规定。
[5][红楼梦引子]一首：《红楼梦》十二支曲与金陵十二钗册子判词互为补充，预示了书中主要人物的命运和结局。
[6][终身误]一首：曲名意即误了终身。曲子从贾宝玉婚后仍念念不忘死去的林黛玉，写薛宝钗婚后境遇的冷落和难堪。
[7][枉凝眉]一首：曲名意即徒然悲愁。曲子写宝黛的爱情悲剧及黛玉泪尽而逝的命运。

宝玉听了此曲，散漫无稽，不见得好处；但其声韵凄惋，竟能销魂醉魄。因此也不察其原委，问其来历，就暂以此释闷而已。因又看下面唱道：

[恨无常] 喜荣华正好，恨无常又到。眼睁睁，把万事全抛。荡悠悠，把芳魂消耗。望家乡，路远山高。故向爹娘梦里相寻告：儿命已入黄泉，天伦呵，须要退步抽身早！[1]

[分骨肉] 一帆风雨路三千，把骨肉家园齐来抛闪。恐哭损残年，告爹娘，休把儿悬念。自古穷通皆有定，离合岂无缘？从今分两地，各自保平安。奴去也，莫牵连。[2]

[乐中悲] 襁褓中，父母叹双亡。纵居那绮罗丛，谁知娇养？幸生来，英豪阔大宽宏量，从未将儿女私情略萦心上。好一似，霁月光风耀玉堂。厮配得才貌仙郎，博得个地久天长，准折得幼年时坎坷形状。终久是云散高唐，水涸湘江。这是尘寰中消长数应当，何必枉悲伤！[3]

[世难容] 气质美如兰，才华阜比仙。天生成孤癖人皆罕。你道是啖肉食腥膻，视绮罗俗厌；却不知太高人愈妒，过洁世同嫌。可叹这，青灯古殿人将老；辜负了，红粉朱楼春色阑。到头来，依旧是风尘肮脏违心愿。好一似，无瑕白玉遭泥陷；又何须，王孙公子叹无缘。[4]

[喜冤家] 中山狼，无情兽，全不念当日根由。一味的骄奢淫荡贪还构。觑着那，侯门艳质同蒲柳；作践的，公府千金似下流。叹芳魂艳魄，一载荡悠悠。[5]

[虚花悟] 将那三春看破，桃红柳绿待如何？把这韶华打灭，觅那清淡天和。说什么，天上夭桃盛，云中杏蕊多。到头来，谁把秋捱过？则看那，白杨村里人呜咽，青枫林下鬼吟哦。更兼着，连天衰草遮坟墓。这的是，昨贫今富人劳碌，春荣秋谢花折磨。似这般，生关死劫谁能躲？闻说道，西方宝树唤婆娑，上结着长生果。[6]

[聪明累] 机关算尽太聪明，反算了卿卿性命。生前心已碎，死后性空灵。家富人宁，终有个家亡人散各奔腾。枉费了，意悬悬半世心；好一似，荡悠悠三更梦。忽喇喇似大厦倾，昏惨惨似灯将尽。呀！一场欢喜忽悲辛。叹人世，终难定！[7]

[留馀庆] 留馀庆，留馀庆，忽遇恩人；幸娘亲，幸娘亲，积得阴功。劝人生，济困扶穷，休似俺那爱银钱忘骨肉的狠舅奸兄！正是乘除加减，上有苍穹。[8]

---

[1] [恨无常] 一首：曲名有不得寿终与荣辱无定双重意思。曲子从元妃的暴死，写贾府的即将大祸临头。
[2] [分骨肉] 一首：曲名即骨肉分离的意思。曲子从探春远嫁海隔时对父母的强颜劝慰，写她与骨肉亲人分离时的悲苦心境。
[3] [乐中悲] 一首：曲名意即乐中寓悲。写史湘云虽生于富贵人家，但自幼父母双亡，虽嫁得"才貌仙郎"，又中途离散。
[4] [世难容] 一首：曲名意即难为世俗所容。写妙玉的为人及其不幸遭际。
[5] [喜冤家] 一首：曲名意即喜庆婚嫁招来冤家对头。写迎春的婚后不幸遭遇。
[6] [虚花悟] 一首：曲名意即参悟到良辰美景皆虚幻，亦即"色空"的禅理。写惜春因看破贾府好景不长而决意皈依佛门。
[7] [聪明累] 一首：曲名即聪明反为聪明误之意。写王熙凤的悲惨结局和贾府一败涂地的情景。
[8] [留馀庆] 一首：曲名意即前辈留下的德泽。写贾府势败家亡时骨肉相残及巧姐由刘姥姥救出火坑事。

〔晚韶华〕镜里恩情，更那堪梦里功名！那美韶华去之何迅！再休提绣帐鸳衾。只这带珠冠，披凤袄，也抵不了无常性命。虽说是，人生莫受老来贫，也须要阴鸷积儿孙。气昂昂头戴簪缨，气昂昂头戴簪缨；光灿灿胸悬金印；威赫赫爵禄高登，威赫赫爵禄高登；昏惨惨黄泉路近。问古来将相可还存？也只是虚名儿与后人钦敬。[1]

〔好事终〕画梁春尽落香尘。擅风情，秉月貌，便是败家的根本。箕裘颓堕皆从敬，家事消亡首罪宁。宿孽总因情。[2]

〔收尾·飞鸟各投林〕为官的，家业凋零；富贵的，金银散尽；有恩的，死里逃生；无情的，分明报应。欠命的，命已还；欠泪的，泪已尽。冤冤相报实非轻，分离聚合皆前定。欲知命短问前生，老来富贵也真侥幸。看破的，遁入空门；痴迷的，枉送了性命。好一似食尽鸟投林，落了片白茫茫大地真干净！[3]

歌毕，还要歌副曲。警幻见宝玉甚无趣味，因叹："痴儿竟尚未悟！"那宝玉忙止歌姬不必再唱，自觉朦胧恍惚，告醉求卧。警幻便命撤去残席，送宝玉至一香闺绣阁之中，其间铺陈之盛，乃素所未见之物。更可骇者，早有一位女子在内，其鲜艳妩媚，有似乎宝钗，风流袅娜，则又如黛玉。正不知何意，忽警幻道："尘世中多少富贵之家，那些绿窗风月，绣阁烟霞，皆被淫污纨绔与那些流荡女子悉皆玷辱。更可恨者，自古来多少轻薄浪子，皆以'好色不淫'为饰，又以'情而不淫'作案，此皆饰非掩丑之语也。好色即淫，知情更淫。是以巫山之会，云雨之欢，皆由既悦其色、复恋其情所致也。吾所爱汝者，乃天下古今第一淫人也。"

宝玉听了，唬的忙答道："仙姑差了。我因懒于读书，家父母尚每垂训饬，岂敢再冒'淫'字。况且年纪尚小，不知'淫'字为何物。"警幻道："非也。淫虽一理，意则有别。如世之好淫者，不过悦容貌，喜歌舞，调笑无厌，云雨无时，恨不能尽天下之美女供我片时之趣兴，此皆皮肤滥淫之蠢物耳。如尔则天分中生成一段痴情，吾辈推之为'意淫'。'意淫'二字，惟心会而不可口传，可神通而不可语达。汝今独得此二字，在闺阁中，固可为良友，然于世道中未免迂阔怪诡，百口嘲谤，万目睚眦。今既遇令祖宁荣二公剖腹深嘱，吾不忍君独为我闺阁增光，见弃于世道，是以特引前来，醉以灵酒，沁以仙茗，警以妙曲，再将吾妹一人，乳名兼美字可卿者，许配于汝。今夕良时，即可成姻。不过令汝领略此仙闺幻境之风光尚如此，何况尘境之情景哉？而今后万万解释[4]，改悟前情，留意于孔孟之间，

---

[1]〔晚韶华〕一首：曲名寓"夕阳无限好，只是近黄昏"之意。写李纨一生的枯荣变化。
[2]〔好事终〕一首：曲名意即情事终了，含有嘲讽意味。曲子从秦可卿的悬梁自缢，写贾府纲常毁堕，道德败坏。
[3]〔收尾·飞鸟各投林〕一首：曲名喻家败人散各奔东西。此曲总写贾宝玉和金陵十二钗等的不幸结局和贾府最终"树倒猢狲散"的衰败景象。
[4]解释：这里是领悟、不受困惑的意思。

委身于经济之道。"说毕便秘授以云雨之事，推宝玉入房，将门掩上自去。

那宝玉恍恍惚惚，依警幻所嘱之言，未免有儿女之事，难以尽述。至次日，便柔情缱绻，软语温存，与可卿难解难分。因二人携手出去游顽之时，忽至一个所在，但见荆榛遍地，狼虎同群，迎面一道黑溪阻路，并无桥梁可通。正在犹豫之间，忽见警幻后面追来，告道："快休前进，作速回头要紧！"宝玉忙止步问道："此系何处？"警幻道："此即迷津也。深有万丈，遥亘千里，中无舟楫可通，只有一个木筏，乃木居士掌舵，灰侍者撑篙，不受金银之谢，但遇有缘者渡之。尔今偶游至此，设如堕落其中，则深负我从前谆谆警戒之语矣。"话犹未了，只听迷津[1]内水响如雷，竟有许多夜叉海鬼将宝玉拖将下去。吓得宝玉汗下如雨，一面失声喊叫："可卿救我！"吓得袭人辈众丫鬟忙上来搂住，叫："宝玉别怕，我们在这里！"

却说秦氏正在房外嘱咐小丫头们好生看着猫儿狗儿打架，忽听宝玉在梦中唤他的小名，因纳闷道："我的小名这里从没人知道的，他如何知道，在梦里叫出来？"正是：

　　　　一场幽梦同谁近，千古情人独我痴。

---

[1] 迷津：佛家谓三界（欲界、色界、无色界）六道（天道、人道、阿修罗道、畜生道、饿鬼道、地狱道）都是迷误虚妄的境界，故称迷津；世间众生，都陷溺于"迷津"之中，须赖佛家教义，觉迷情海，慈航普渡。后用"迷津"比喻人沉溺于迷途之中。

知识链接六

古典小说

要理清中国古代的"小说"，是一件烦琐之事。因我国传统所谓的"小说"一词，歧义丛生，与当代散文体叙事文学的小说是完全不同的概念。尤其对文言小说的划定，更是众说纷纭。

传统目录学家把"小说"列入子部或史部，要求必须真实记录、排斥虚构，即使今所谓六朝之"志人""志怪"小说，亦如干宝所言乃"发明神道之不诬也"，没有纵横驰骋的想象、夸饰铺陈的文辞，民间如是传说，作者如实记录。故中国的"小说"，其实孕育于史传文学[1]。

鲁迅先生曾言："小说亦如诗，至唐代而一变，虽尚不离于搜奇记逸，然叙述宛转，文辞华艳，与六朝之粗陈梗概者较，演进之迹甚明，而尤显者乃在是时则始有意为小说。"唐代传奇已背离史家"实录"原则而以情节新奇见长，在"征异话奇的消遣娱乐"下，传奇小说蔚为大观，"写物图貌，蔚似雕画""小小情事，凄婉欲绝"，它的出现标志着散文体叙事文学的小说开始脱离母体（史传），从而获得了纯文学意义的精神和品格。从单篇传奇小说如张鷟的《游仙窟》、白行简的《李娃传》、元稹的《莺莺传》、蒋防的《霍小玉传》等，到传奇小说集如袁郊的《甘泽谣》、裴铏的《传奇》、皇甫枚的《三水小牍》，对后世文学影响深远。

宋元时期，民间"说话"伎艺遍及全国，说书艺人"说话"之底本，被认为是中国"话本"小说的发端[2]，由此中国通俗文学兴起，口头文学向书面文学演进，话本小说登上文学舞台。

明清两代，文言小说与白话小说并行发展，都沿其各自轨迹达到创作的巅峰。文言小说的代表乃明代瞿佑《剪灯新话》及清代文言小说集大成者——蒲松龄的《聊斋志异》。白话短篇小说（拟话本）以"三言二拍"成就最高，即冯梦龙的《喻世明言》《警世通言》《醒世恒言》，凌濛初的《初刻拍案惊奇》《二刻拍案惊奇》。白话长篇小说（章回小说）成为这一时期小说创作的主流。著名的《三国志演义》《水浒传》《西游记》等，皆属于题材累积成书，是章回小说发展的一个历史阶段性现象。小说至《金瓶梅》，才真正开始摆脱对现成（或历史）题材的依恋，转而从现实生活中撷取素材、提炼情节。最终为清之《红楼梦》《儒林外史》的诞生，创造了条件。

---

[1] 西方小说脱胎于"神话"。
[2] 鲁迅《中国小说史略》："说话之事，虽在说话人各运匠心，随时生发，而仍有底本以作凭依，是为'话本'"。但此说有争议，如石昌渝认为："'话本小说'就是指源于'说话'伎艺并且仍然保持着'说话'叙事方式的小说，主要指白话短篇小说。"

第七单元

现代文学

现代文学发端于"五四"新文学运动和文学革命，但是其终点学界有两种看法：大陆学界倾向于认为其终点截至 1949 年中华人民共和国成立，而中国香港台湾、海外学界倾向于其延续至今。

中国现代文学是在中国社会内部发生历史性变化的条件下，广泛接受外国文学影响而形成的新的文学。它不仅用现代语言表现现代科学民主思想，而且在艺术形式与表现手法上都对传统文学进行了革新，建立了话剧、新诗、现代小说、杂文、散文诗、报告文学等新的文学体裁，在叙述角度、抒情方式、描写手段及结构组成上，都有新的创造，具有现代化的特点，从而与世界文学潮流相一致，成为真正意义上的现代文学。

中国现代文学以革命现实主义为主体，并包含多种创作方法和流派。"五四"文学革命在中国文学史上引起的另一个历史性变革是，大大加强了文学与现实生活的密切联系。打破"瞒"与"骗"的封建文学的原则和方法，按照生活本来面目去反映现实生活，揭示现代中国社会真实的矛盾运动，以激发人民群众变革现实的热情，这一历史要求贯串于中国现代文学发展的全过程，使革命现实主义成为现代文学文艺观和创作方法的主流。

1 狂人日记[1]

鲁 迅

　　某君昆仲，今隐其名，皆余昔日在中学时良友；分隔多年，消息渐阙。日前偶闻其一大病；适归故乡，迂道往访，则仅晤一人，言病者其弟也。劳君远道来视，然已早愈，赴某地候补[2]矣。因大笑，出示日记二册，谓可见当日病状，不妨献诸旧友。持归阅一过，知所患盖"迫害狂"之类。语颇错杂无伦次，又多荒唐之言；亦不著月日，惟墨色字体不一，知非一时所书。间亦有略具联络者，今撮录一篇，以供医家研究。记中语误，一字不易；惟人名虽皆村人，不为世间所知，无关大体，然亦悉易去。至于书名，则本人愈后所题，不复改也。七年四月二日识。

一

　　今天晚上，很好的月光。

　　我不见他，已是三十多年；今天见了，精神分外爽快。才知道以前的三十多年，全是发昏；然而须十分小心。不然，那赵家的狗，何以看我两眼呢？

　　我怕得有理。

二

　　今天全没月光，我知道不妙。早上小心出门，赵贵翁的眼色便怪：似乎怕我，似乎想害我。还有七八个人，交头接耳的（地）议论我，又怕我看见。一路上的人，都是如此。其中最凶的一个人张着嘴，对我笑了一笑；我便从头直冷到脚根（跟），晓得他们布置，都已妥当了。

　　我可不怕，仍旧走我的路。前面一伙小孩子，也在那里议论我；眼色也同赵贵翁一样，脸色也都铁青。我想我同小孩子有什么仇，他也这样。忍不住大声说，"你告诉我！"

---

　　[1]选自鲁迅著《鲁迅全集》第一卷，人民文学出版社，2005年版。本篇最初发表于1918年5月《新青年》第四卷第五号。首次采用"鲁迅"这一笔名。作者在《〈中国新文学大系〉小说二集序》（《且介亭杂文二集》）中书本篇"意在暴露家族制度和礼教的弊害"。鲁迅（1881—1936年），原名周樟寿，后改名为周树人，"鲁迅"是他1918年发表《狂人日记》时所用的笔名。
　　[2]候补：清代的官制，只有官衔而没有实际职务的中下级官员，由吏部抽签分发到某部或某省，听候委用，成为候补。

他们可就跑了。

我想：我同赵贵翁有什么仇，同路上的人又有什么仇；只有廿年以前，把古久先生的陈年流水簿子，[1]端了一脚，古久先生很不高兴。赵贵翁虽然不认识他，一定也听到风声，代（打）抱不平；约定路上的人，同我作冤对。但是小孩子呢？那时候，他们还没有出世，何以今天也睁着怪眼睛，似乎怕我，似乎想害我。这真教我怕，教我纳罕而且伤心。

我明白了。这是他们娘老子教的！

三

晚上总是睡不着。凡事须得研究，才会明白。

他们——也有给知县打枷过的，也有给绅士掌过嘴的，也有衙役占了他妻子的，也有老子娘被债主逼死的；他们那时候的脸色，全没有昨天这么怕，也没有这么凶。

最奇怪的是昨天街上的那个女人，打他儿子，嘴里说道，"老子呀！我要咬你几口才出气！"他眼睛却看着我。我出了一惊，遮掩不住；那青面獠牙的一伙人，便都哄笑起来。陈老五赶上前，硬把我拖回家中了。

拖我回家，家里的人都装作不认识我；他们的脸色，也全同别人一样。进了书房，便反扣上门，宛然是关了一只鸡鸭。这一件事，越教我猜不出底细。

前几天，狼子村的佃户来告荒，对我大哥说，他们村里的一个大恶人，给大家打死了；几个人便挖出他的心肝来，用油煎炒了吃，可以壮壮胆子。我插了一句嘴，佃户和大哥便都看我几眼。今天才晓得他们的眼光，全同外面的那伙人一模一样。

想起来，我从顶上直冷到脚跟。

他们会吃人，就未必不会吃我。

你看那女人"咬你几口"的话，和一伙青面獠牙的（地）笑，和前天佃户的话，明明是暗号。我看出他话中全是毒，笑中全是刀。他们的牙齿，全是白厉厉的排着，这就是吃人的家伙。

照我自己想，虽然不是恶人，自从踹了古家的簿子，可就难说了。他们似乎别有心思，我全猜不出。况且他们一翻脸，便说人是恶人。我还记得大哥教我做论，无论怎样好人，翻他几句，他便打上几个圈；原谅坏人几句，他便说"翻天妙手，与众不同"。我那里猜得到他们的心思，究竟怎样；况且是要吃的时候。

---

[1] 古久先生的陈年流水簿子：这里比喻中国封建统治的长久历史。

凡事总须（需）研究，才会明白。古来时常吃人，我也还记得，可是不甚清楚。我翻开历史一查，这历史没有年代，歪歪斜斜的每页上都写着"仁义道德"几个字。我横竖睡不着，仔细看了半夜，才从字缝里看出字来，满本都写着两个字是"吃人"！

书上写着这许多字，佃户说了这许多话，却都笑吟吟的（地）睁着怪眼看我。

我也是人，他们想要吃我了！

四

早上，我静坐了一会儿。陈老五送进饭来，一碗菜，一碗蒸鱼；这鱼的眼睛，白而且硬，张着嘴，同那一伙想吃人的人一样。吃了几筷，滑溜溜的不知是鱼是人，便把他兜肚连肠的（地）吐出。

我说"老五，对大哥说，我闷得慌，想到园里走走。"老五不答应，走了；停一会，可就来开了门。

我也不动，研究他们如何摆布我；知道他们一定不肯放松。果然！我大哥引了一个老头子，慢慢走来；他满眼凶光，怕我看出，只是低头向着地，从眼镜横边暗暗看我。大哥说，"今天你仿佛很好。"我说"是的。"大哥说，"今天请何先生来，给你诊一诊。"我说"可以！"其实我岂不知道这老头子是刽子手扮的！无非借了看脉这名目，揣一揣肥瘠：因这功劳，也分一片肉吃。我也不怕；虽然不吃人，胆子却比他们还壮。伸出两个拳头，看他如何下手。老头子坐着，闭了眼睛，摸了好一会，呆了好一会；便张开他鬼眼睛说，"不要乱想。静静的养几天，就好了。"

不要乱想，静静的养！养肥了，他们是自然可以多吃；我有什么好处，怎么会"好了"？他们这群人，又想吃人，又是鬼鬼祟祟，想法子遮掩，不敢直捷（接）下手，真要令我笑死。我忍不住，便放声大笑起来，十分快活。自己晓得这笑声里面，有的是义勇和正气。老头子和大哥，都失了色，被我这勇气正气镇压住了。

但是我有勇气，他们便越想吃我，沾光一点这勇气。老头子跨出门，走不多远，便低声对大哥说道，"赶紧吃罢！"大哥点点头。原来也有你！这一件大发见，虽似意外，也在意中：合伙吃我的人，便是我的哥哥！

吃人的是我哥哥！

我是吃人的人的兄弟！

我自己被人吃了，可仍然是吃人的人的兄弟！

五

这几天是退一步想：假使那老头子不是刽子手扮的，真是医生，也仍然是吃人的人。他们的祖师李时珍做的"本草什么"[1]上，明明写着人肉可以煎吃；他还能说自己不吃人么？

至于我家大哥，也毫不冤枉他。他对我讲书的时候，亲口说过可以"易子而食"[2]；又一回偶然议论起一个不好的人，他便说不但该杀，还当"食肉寝皮"[3]。我那时年纪还小，心跳了好半天。前天狼子村佃户来说吃心肝的事，他也毫不奇怪，不住的（地）点头。可见心思是同从前一样狠。既然可以"易子而食"，便什么都易得，什么人都吃得。我从前单听他讲道理，也胡（糊）涂过去；现在晓得他讲道理的时候，不但唇边还抹着人油，而且心里满装着吃人的意思。

六

黑漆漆的，不知是日是夜。赵家的狗又叫起来了。

狮子似的凶心，兔子似的怯弱，狐狸似的狡猾，……

七

我晓得他们的方法，直捷（接）杀了，是不肯的，而且也不敢，怕有祸祟。所以他们大家连（联）络，布满了罗网，逼我自戕。试看前几天街上男女的样子，和这几天我大哥的作为，便足可悟出八九分了。最好是解下腰带，挂在梁上，自己紧紧勒死；他们没有杀人的罪名，又偿了心愿，自然都欢天喜地的发出一种呜呜咽咽的笑声。否则惊吓忧愁死了，虽则略瘦，也还可以首肯几下。

他们是只会吃死肉的！——记得什么书上说，有一种东西，叫"海乙那"[4]的，眼光和样子都很难看；时常吃死肉，连极大的骨头，都细细嚼烂，咽下肚子去，想起来也教人害怕。"海乙那"是狼的亲眷，狼是狗的本家。前天赵家的狗，看我几眼，可见他也同谋，

---

[1] 本草什么：指明代李时珍的药物学著作《本草纲目》。该书曾提到唐代陈藏器《本草拾遗》中以人肉医治痨病的记载，并表示了异议。这里说李时珍的书"明明写着人肉可以煎吃"，当是"狂人"的"记中语误"。

[2] 易子而食：语出《左传》宣公十五年，是宋将华元对楚将子反叙说宋国都城被楚军围困时的惨状："敝邑易子而食，析骸而爨。"

[3] 食肉寝皮：语出《左传》襄公二十一年，晋国州绰对齐庄公说："然二子者，譬于禽兽，臣食其肉而寝处其皮矣。"按"二子"指齐国的殖绰和郭最，他们曾被州绰俘虏过。

[4] 海乙那：英语"Hyena"的音译，即鬣狗，产于非洲、小亚细亚及亚洲西南部，一种食肉兽，常跟在狮虎等猛兽之后，以它们吃剩的兽类的残尸为食。

早已接洽。老头子眼看着地，岂能瞒得我过。

最可怜的是我的大哥，他也是人，何以毫不害怕；而且合伙吃我呢？还是历来惯了，不以为非呢？还是丧了良心，明知故犯呢？

我诅咒吃人的人，先从他起头；要劝转吃人的人，也先从他下手。

八

其实这种道理，到了现在，他们也该早已懂得，……

忽然来了一个人；年纪不过二十左右，相貌是不很看得清楚，满面笑容，对了我点头，他的笑也不像真笑。我便问他，"吃人的事，对么？"他仍然笑着说，"不是荒年，怎么会吃人。"我立刻就晓得，他也是一伙，喜欢吃人的；便自勇气百倍，偏要问他。

"对么？"

"这等事问他什么。你真会……说笑话。……今天天气很好。"

天气是好，月色也很亮了。可是我要问你，"对么？"

他不以为然了。含含胡胡（糊糊）的（地）答道，"不……"

"不对？他们何以竟吃？！"

"没有的事……"

"没有的事？狼子村现吃；还有书上都写着，通红斩（崭）新！"

他便变了脸，铁一般青。睁着眼说，"有许有的，这是从来如此……"

"从来如此，便对么？"

"我不同你讲这些道理；总之你不该说，你说便是你错！"

我直跳起来，张开眼，这人便不见了。全身出了一大片汗。他的年纪，比我大哥小得远，居然也是一伙；这一定是他娘老子先教的。还怕已经教给他儿子了；所以连小孩子，也都恶狠狠的（地）看我。

九

自己想吃人，又怕被别人吃了，都用着疑心极深的眼光，面面相觑。……

去了这心思，放心做事走路吃饭睡觉，何等舒服。这只是一条门槛，一个关头。他们可是父子兄弟夫妇朋友师生仇敌和各不相识的人，都结成一伙，互相劝勉，互相牵掣，死也不肯跨过这一步。

十

大清早，去寻我大哥；他立在堂门外看天，我便走到他背后，拦住门，格外沉静，格外和气的（地）对他说，

"大哥，我有话告诉你。"

"你说就是，"他赶紧回过脸来，点点头。

"我只有几句话，可是说不出来。大哥，大约当初野蛮的人，都吃过一点人。后来因为心思不同，有的不吃人了，一味要好，便变了人，变了真的人。有的却还吃，——也同虫子一样，有的变了鱼鸟猴子，一直变到人。有的不要好，至今还是虫子。这吃人的人比不吃人的人，何等惭愧。怕比虫子的惭愧猴子，还差得很远很远。

"易牙[1]蒸了他儿子，给桀纣吃，还是一直从前的事。谁晓得从盘古开辟天地以后，一直吃到易牙的儿子；从易牙的儿子，一直吃到徐锡林[2]；从徐锡林，又一直吃到狼子村捉住的人。去年城里杀了犯人，还有一个生痨病的人，用馒头蘸血舐。

"他们要吃我，你一个人，原也无法可想；然而又何必去入伙。吃人的人，什么事做不出；他们会吃我，也会吃你，一伙里面，也会自吃。但只要转一步，只要立刻改了，也就是人人太平。虽然从来如此，我们今天也可以格外要好，说是不能！大哥，我相信你能说，前天佃户要减租，你说过不能。"

当初，他还只是冷笑，随后眼光便凶狠起来，一到说破他们的隐情，那就满脸都变成青色了。大门外立着一伙人，赵贵翁和他的狗，也在里面，都探头探脑的挨进来。有的是看不出面貌，似乎用布蒙着；有的是仍旧青面獠牙，抿着嘴笑。我认识他们是一伙，都是吃人的人。可是也晓得他们心思很不一样，一种是以为从来如此，应该吃的；一种是知道不该吃，可是仍然要吃，又怕别人说破他，所以听了我的话，越发气愤不过，可是抿着嘴冷笑。

这时候，大哥也忽然显出凶相，高声喝道，

"都出去！疯子有什么好看！"

这时候，我又懂得一件他们的巧妙了。他们岂但不肯改，而且早已布置；预备下一个

---

[1]易牙：春秋时齐国人，齐桓公宠臣，善于调味。据《管子·小称》："夫易牙以调和事公（按指齐桓公），公曰'惟蒸婴儿之未尝'，于是蒸其首子而献之公。"桀、纣各为我国夏朝和商朝的最后一代君主，易牙和他们不是同时代人。这里说的"易牙蒸了他儿子，给桀纣吃"，也是"狂人""语颇错杂无伦次"的表现。

[2]徐锡林：隐指徐锡麟（1873—1907年），字伯荪，浙江绍兴人，清末革命团体光复会的重要成员。1907年与秋瑾准备在浙、皖两省同时起义，7月6日，他以安徽巡警处会办兼学堂监督的身份为掩护，趁学堂举行毕业典礼之际刺死安徽巡抚恩铭，率领学生攻占军械局，弹尽被捕，当日惨遭杀害，心肝被恩铭的卫队挖出炒食。

疯子的名目罩上我。将来吃了，不但太平无事，怕还会有人见情。佃户说的大家吃了一个恶人，正是这方法。这是他们的老谱！

陈老五也气愤愤的（地）直走进来。如何按得住我的口，我偏要对这伙人说，

"你们可以改了，从真心改起！要晓得将来容不得吃人的人，活在世上。

"你们要不改，自己也会吃尽。即使生得多，也会给真的人除灭了，同猎人打完狼子一样！——同虫子一样！"

那一伙人，都被陈老五赶走了。大哥也不知那里去了。陈老五劝我回屋子里去。屋里面全是黑沉沉的。横梁和椽子都在头上发抖；抖了一会，就大起来，堆在我身上。

万分沉重，动弹不得；他的意思是要我死。我晓得他的沉重是假的，便挣扎出来，出了一身汗。可是偏要说，

"你们立刻改了，从真心改起！你们要晓得将来是容不得吃人的人，……"

十一

太阳也不出，门也不开，日日是两顿饭。

我捏起筷子，便想起我大哥；晓得妹子死掉的缘故，也全在他。那时我妹子才五岁，可爱可怜的样子，还在眼前。母亲哭个不住，他却劝母亲不要哭；大约因为自己吃了，哭起来不免有点过意不去。如果还能过意不去，……

妹子是被大哥吃了，母亲知道没有，我可不得而知。

母亲想也知道；不过哭的时候，却并没有说明，大约也以为应当的了。记得我四五岁时，坐在堂前乘凉，大哥说爷娘生病，做儿子的须割下一片肉来，煮熟了请他吃，[1]才算好人；母亲也没有说不行。一片吃得，整个的自然也吃得。但是那天的哭法，现在想起来，实在还教人伤心，这真是奇极的事！

十二

不能想了。

四千年来时时吃人的地方，今天才明白，我也在其中混了多年；大哥正管着家务，妹

---

[1] 指割股疗亲。古代提倡的一种忠孝德行。《庄子·盗跖》篇载有："介子推至忠也，自割其股以食（晋）文公。"行孝中的"割骨疗亲"，是割取自己的股肉为药引煎药，以医治父母的重病。《新五代史·何泽传》："五代之际，民苦于兵，往往因亲疾以割股，或既丧而割乳庐墓，以规免州县赋役。"此行得到朝廷褒扬，以孝取士，流弊更多。宋苏轼在给宋神宗奏议《议学校贡举状》中批评说："上以孝取人，则勇者割股，怯者庐墓。……凡可以中上意，无所不至矣，德行之弊，一至于此。"

第七单元
现代文学

子恰恰死了，他未必不和在饭菜里，暗暗给我们吃。

我未必无意之中，不吃了我妹子的几片肉，现在也轮到我自己，……

有了四千年吃人履历的我，当初虽然不知道，现在明白，难见真的人！

十三

没有吃过人的孩子，或者还有？

救救孩子……

一九一八年四月

2　沉沦（节选）[1]

郁达夫

搬进了山上梅园之后，他的忧郁症（hypochondria）又变起形状来了。

他同他的北京的长兄，为了一些儿细事，竟生起龃龉来。他发了一封长长的信，寄到北京，同他的长兄绝了交。

那一封信发出之后，他呆呆的（地）在楼前草地上想了许多时候。他自家想想看，他便是世界上最不幸的人了。其实这一次的决裂，是发始于他的。同室操戈，事更甚于他姓之相争，自此之后，他恨他的长兄竟同蛇蝎一样，他被他人欺侮的时候，每把他长兄拿出来作比：

"自家的弟兄尚且如此，何况他人呢！"

他每达到这一个结论的时候，必尽把他长兄待他苛刻的事情，细细回想出来。把各种过去的事迹列举出来之后，就把他长兄判决是一个恶人，他自家是一个善人。他又把自家的好处列举出来，把他所受的苦处夸大的细数起来。他证明得自家是一个世界上最苦的人的时候，他的眼泪就同瀑布似的流下来。他在那里哭的时候，空中好像有一种柔和的声音在对他说：

"啊呀，哭的是你么？那真是冤屈了你了。像你这样的善人，受世人的那样的虐待，这可真是冤屈了你了。罢了罢了，这也是天命，你别再哭了，怕伤害了你的身体！"

他心里一听到这一种声音，就舒畅起来。他觉得悲苦的中间，也有无穷的甘味在那里。

他因为想复他长兄的仇，所以就把所学的医科丢弃了，改入文科里去。他的意思，以为医科是他长兄要他改的，仍旧改回文科，就是对他长兄宣战的一种明示。并且他由医科改入文科，在高等学校须迟卒业一年。他心里想，迟卒业一年，就是早死一岁，你若因此迟了一年，就到死可以对你长兄含一种敌意。因为他恐怕一二年之后，他们兄弟两人的感情，仍旧要和好起来；所以这一次的转科，便是帮他永久敌视他长兄的一个手段。

气候渐渐儿的寒冷起来，他搬上山来之后，已经有一个月了，几日来天气阴郁，灰色的层云，天天挂在空中。寒冷的北风吹来的时候，梅林的树叶已将树叶凋落起来。

初搬来的时候，他卖了些旧书，买了许多烩饭的器具，自家烧了一个月饭，因为天

---

[1] 本文选自《郁达夫文集》第一卷（国内卷）花城出版社，香港生活·读书·新知三联书店联合编辑出版，1982年版。《沉沦》原是小说集《沉沦》中的一篇，后选入《郁达夫文集·小说卷》。郁达夫（1896—1945年），原名为郁文，浙江富阳人。代表作有《春风沉醉的晚上》《过去》《迟桂花》等。

冷了，他也懒得烧了。他每天的伙食，就一切包给了山脚下的园丁家包办，所以他近来只同退院的闲僧一样，除了怨人骂己之外，更没有别的事情了。

有一天早晨，他侵早的（地）起来，把朝东的窗门开了之后，他看见前面的地平线上有几缕红云，在那里浮荡。东天半角，反照出一种银红的灰色。因为昨天下了一天微雨，所以他看了这清新的旭日，比平日更添了几分欢喜。他走到山的斜面上，从那古井里汲了水，洗了手面之后，觉得满身的气力，一霎时都回复了转来的样子。他便跑上楼去，拿了一本黄仲则[1]的诗集下来，一边高声朗读，一边尽在那梅林的曲径里，跑来跑去的（地）跑圈子。不多一会，太阳起来了。

从他住的山顶向南方看去，眼下看得出一大平原。平原里的稻田，都尚未收割起。金黄的谷色，以绀碧的天空作了背景，反映着一天太阳的晨光，那风景正同看密来（Millet）[2]的田园清画一般。

他觉得自家好像已经变了几千年前的原始基督教徒的样子，对了这自然的默示，他不觉笑起自家的气量狭小起来。

"饶赦了！饶赦了！你们世人得罪于我的地方，我都饶赦了你们罢，来，你们来，都来同我讲和罢！"

手里拿着了那一本诗集，眼里浮着了两泓清泪，正对了那平原的秋色，呆呆的（地）立在那里想这些事情的时候，他忽听见他的近边，有两人在那里低声的（地）说：

"今晚上你一定要来的哩！"

这分明是男子的声音。

"我是非常想来的，但是恐怕……"

他听了这娇滴滴的女子的声音之后，好像是被电气贯穿了的样子，觉得自家的血液循环都停止了。原来他的身边有一丛长大的苇草生在那里，他立在苇草的右面，那一对男女，大约是在苇草的左面，所以他们两个还不晓得隔着苇草，有人站在那里。那男人又说：

"你心真好，请你今晚上来罢，我们到如今还没在被窝里ⅩⅩ。"

"………"

他忽然听见两人的嘴唇，灼灼的好像在那里吮吸的样子。他同偷了食的野狗一样，就惊心吊胆的（地）把身子屈倒去听了。

"你去死罢，你去死罢，你怎么会下流到这样的地步。"

---

[1] 黄仲则：清代诗人。
[2] 密来（Millet）：法国十九世纪画家，现在普遍译为米勒。

他心里虽然如此的在那里痛骂自己，然而他那一双尖着的耳朵却一言半语也不愿意遗漏，用了全副精神在那里听着。

地上的落叶索息索息的响了一下。

解衣带的声音。

男人嘶嘶的（地）吐了几口气。

舌尖吮吸的声音。

女人半轻半重，断断续续的（地）说：

"你！……你！……你快……快ⅩⅩ罢。……别……别……别被人……被人看见了。"

他的面色，一霎时的变了灰色了。他的眼睛同火似的红了起来。他的上腭骨同下腭骨呷呷的发起颤来。他再也站不住了。他想跑开去，但是他的两只脚，总不听他的话。他苦闷了一场，听听两人出去了之后，就同落水的猫狗一样，回到楼上房里去，拿出被窝来睡了。

他饭也不吃，一直在被窝里睡到午后四点钟的时候才起来。那时候夕阳洒满了远近。平原的彼岸的树林里，有一带苍烟，悠悠扬扬的（地）笼罩在那里。他跟跟跄跄的（地）走下了山，上了那一条自北趋南的大道，穿过了那平原，无头无绪的尽是向南的而走去。走尽了平原，他已经到了Ａ神宫前的电车停留处了。那时候恰好从南面有一乘电车到来，他不知不觉就跳了上去，既不知道他究章为什么要乘电车，也不知道这电车是往什么地方去的。

走了十五六分钟，电车停了，开车的教他换车，他就换了一乘车。走了二三十分钟，电车又停了，他听见说是终点了，他就走了下来。他的前面就是筑港了。

前面一片汪洋的大海，横在午后的太阳光里，在那里微笑。超海而南有一发青山，隐隐的浮在透明的空气里。西边是一脉长堤，直驰到海湾的心里去。堤外有一处灯台，同巨人似的立在那里。几艘空船和几只舢板，轻轻的在系着的地方浮荡。海中近岸的地方，有许多浮标，饱受了斜阳，红红的浮在那里。远处风来，带着几句单调的话声，既听不清楚是什么话，也不知道是从那里来的。

他在岸边上走来走去走了一会，忽听见那一边传过了一阵击磬的声来。他跑过去一看，原来是为唤渡船而发的。他立了一会，看有一只小火轮从对岸过来了。跟着了一个四五十岁的工人，他也进了那只小火轮去坐下了。

渡到东岸之后，上前走了几步，他看见靠岸有一家大庄子在那里。大门开得很大，庭内的假山花草，布置得楚楚可爱。他不问是非，就踱了进去。走不上几步，他忽听得前面家中有女人的娇声叫他说：

"请进来吓！"

他不觉惊了一下，就呆呆的（地）站住了。他心里想：

"这大约就是卖酒食的人家，但是我听见说，这样的地方，总有妓女在那里的。"

一想到这里，他的精神就抖擞起来，好像是一桶冷水浇上身来的样子。他的面色立时变了。要想进去又不能进去，要想出来又不得出来；可怜他那同兔儿似的小胆，同猿猴似的淫心，竟把他陷到一个大大的难境里去了。

"进来吓！请进来吓！"里面又娇滴滴的（地）叫了起来，带着笑声。

"可恶东西，你们竟敢欺我胆小么？"

这样的（地）怒了一下，他的面色更同火也似的烧了起来。咬紧了牙齿，把脚在地上轻轻的蹬了一蹬，他就捏了两个拳头，向前进去，好像是对了那几个年轻的侍女宣战的样子。但是他那青一阵红一阵的面色，和他的面上的微微儿在那里振动的筋肉，他总隐藏不过。他走到那几个侍女的面前的时候，几乎要同小孩似的哭出来了。

"请上来！"

"请上来！"

他硬了头皮，跟了一个十七八岁的侍女走上楼去，那时候他的精神已经有些镇静下来了。走了几步，经过一条暗暗的夹道的时候，一阵恼人的花粉香气，同日本女人特有的一种肉的香味，和头发上的香油气息合作了一处，扑上他的鼻孔来。他立刻觉得头晕起来，眼睛里看见了几颗火星，向后面跌也似的退了一步。他再定睛一看，只见他的前面黑暗暗的中间，有一长圆形的女人的粉面，堆着了微笑在那里问他说：

"你！你还是上靠海的地方呢？还是怎样？"

他觉得女人口里吐出来的气息，也热和和的（地）喷上他的面来。他不知不觉把这气息深深的（地）吸了一口。他的意识，感觉到他这行为的时候，他的面色又立刻红了起来。他不得已只能含含糊糊的（地）答应她说：

"上靠海的房间里去。"

进了一间靠海的小房间，那侍女便问他要什么菜。他就回答说：

"随便拿几样来罢。"

"酒要不要？"

"要的。"

那侍女出去之后，他就站起来推开了纸窗，从外边放了一阵空气进来。因为房里的空气沉浊得很，他刚才在夹道中闻过的那一阵女人的香味，还剩在那里，他实在是被这一阵气味压迫不过了。

一湾大海，静静的浮在他的面前。外边好像是起了微风的样子，一片一片的海浪，受了阳光的返照，同金鱼的鱼鳞似的，在那里微动。他立在窗前看了一会，低声的吟了一句诗出来：

"夕阳红上海边楼。"

他向西的一望，见太阳离西南的地平线只有一丈多高了。呆呆的（地）看了一会，他的心思怎么也离不开刚才的那个侍女。她的口里的头上的面上的和身体上的那一种香味，怎么也不容他的心思去想别的东西。他才知道他想吟诗的心是假的，想女人的肉体的心是真的了。

停了一会，那侍女把酒菜搬了进来，跪坐在他的面前，亲亲热热的替他上酒。他心里想仔仔细细的（地）看她一看，把他的心里的苦闷都告诉了她，然而他的眼睛怎么也不敢平视她一眼，他的舌根怎么也不能摇动一摇动。他不过同哑子一样，偷看着她那搁在膝盖上的一双纤嫩的白手，同衣缝里露出来的一条粉红的围裙角。

原来日本的妇人都不穿裤子，身上贴肉只围着一条短短的围裙。外边就是一件长袖的衣服，衣服上也没有钮（纽）扣，腰里只缚着一条一尺多宽的带子，后面结着一个方结。她们走路的时候，前面的衣服每一步一步的掀开来，所以红色的围裙，同肥白的腿肉，每能偷看。这是日本女子特别的美处，他在路上遇见女子的时候，注意的就是这些地方。他切齿的痛骂自己，畜生！狗贼！卑怯的人！也便是这个时候。

他看了那侍女的围裙角，心里变乱跳起来。愈想同她说话，他觉得愈讲不出话来。大约那侍女是看的不耐烦起来了，便轻轻的（地）问他说：

"你府上是什么地方？"

一听了这句话，他那清瘦苍白的面上，又起了一层红色；含含糊糊的（地）回答了一声，他呐呐的总说不出话来。可怜他又站在断头台上了。

原来日本人轻视中国人，同我们轻视猪狗一样。日本人都叫中国人作"支那人"，这"支那人"三字，在日本，比我们骂人的"贱贼"还更难听，如今在一个如花的少女前头，他不得不自认说"我是支那人"了。

"中国呀中国，你怎么不强大起来！"

他全身发起痉来，他的眼泪又快滚下来了。

那侍女看他发颤发得厉害，就想让他一个人在那里喝酒，好教他把精神安静安静，所以对他说：

"酒就快没有了，我再去拿一瓶来吧。"

停了一会，他听得那侍女的脚步声又走上楼来。他以为她是上他这里来的，所以就把衣服整了一整，姿势改了一改。但是他被她欺骗了。她原来是领了两三个另外的客人，上间壁那一间房间里去的。那两三个客人都在那里对侍女取笑，那侍女也娇滴滴的（地）说：

"别胡闹了，间壁还有客人在那里。"

他听了就立刻发起怒来。他心里骂他们说：

"狗才！俗物！你们都赶来欺侮我么？复仇，复仇，我总要复你们的仇。世间哪里有真心的女子！那侍女的负心东西，你竟敢把我丢了么？罢了罢了，我再也不爱女人了，我再也不爱女人了。我就爱我的祖国，我就把我的祖国当作情人了吧。"

他马上就想跑回去发愤用功。但是他的心里，却很羡慕那间壁的几个俗物。他的心里，还有一处地方在那里盼望那个侍女再回到他这里来。

他按住了怒，默默的（地）喝干了几杯酒，觉得身上热起来。打开了窗门，他看看太阳就快要下山去了。又连饮了几杯，他觉得他面前的海景都朦胧起来。西面堤外的那灯台的黑影，长大了许多。一层茫茫的薄雾，把海天融混作了一处。在这一层混沌不明的薄纱影里，西方那将落不落的太阳，好像在那里惜别的样子。他看了一会，不知道是什么缘故，只觉得好笑。呵呵的（地）笑了一回，他用手擦擦自己那火热的双颊，便自言自语的（地）说：

"醉了醉了！"

那侍女果然进来了。见他红了脸，立在窗口在那里痴笑，便问他说：

"窗开了这样大，你不冷的么？"

"不冷不冷，这样好的落照，谁舍得不看呢？"

"你真是一个人诗人呀！酒拿来了。"

"诗人！我本来是一个诗人。你去把纸笔拿了来，我马上写一首诗给你看看。"

那侍女出去了之后，他自家觉得奇怪起来。他心里想：

"我怎么会变了这样的大胆的？"

痛饮了几杯酒拿来的热酒，他更觉得快活起来，又禁不得呵呵的（地）笑了一阵。他听见间壁房间里的那几个俗物，高声的（地）唱起日本歌来，他也放大了嗓子唱着说：

"醉拍栏干酒意寒，江湖劳落又冬残。剧怜鹦鹉中州骨，未拜长沙太傅官。一饭千金图易报，五噫几辈出难关。茫茫烟水回头望，也为神州泪暗弹。"

高声的（地）念了几遍，他就在席上醉倒了。

一醉醒来，他看见自家睡在一条红绸的被里，被上有一种奇怪的香气。这一间房间也不很大，但已不是白天的那一间房间了。房中挂着一盏十烛光的电灯，枕头边上摆着了一壶茶，两只杯子。他倒了二三杯茶，喝了之后，就踉踉跄跄的（地）走到房外去。他开了门，却好白天的那侍女也跑过来了。她问他说：

"你！你醒了么？"

他点了一点头，笑微微的（地）回答说：

"醒了。厕所是在什么地方的？"

"我领你去吧。"

他就跟了她去。他走过日间的那条夹道的时间，电灯点得明亮得很。远近有许多歌唱的声音，三弦的声音，大笑的声音，传到他耳朵里来。白天的情节，他都想出来了。一想到酒醉之后，他对那侍女说的那些话的时候，他觉得面上又发起烧来。

从厕所回到房里之后，他问那侍女说：

"这被是你的么？"

侍女笑着说：

"是的。"

"现在是什么时候了？"

"大约是八点四五十分的样子。"

"你去开了账来罢！"

"是。"

他付清了账，又拿了一张纸币给那侍女，他的手不觉微颤起来。那侍女说：

"我是不要的。"

他知道她是嫌少了。他的面色又涨红了，袋里摸来摸去，只有一张纸币了，他就拿了出来给她说：

"你别嫌少了，请你收了罢。"

他的手震动得更加厉害，他的话声也颤动起来了。那侍女对他看了一眼，就低声的（地）说：

"谢谢！"

他直的（地）跑下了楼，套上了皮鞋，就走到外面来。

外面冷得非常，这一天，大约是旧历的初八九的样子。半轮寒月，高挂在天空的左半边。淡青的圆形盖里，也有几点疏星，散在那里。

他在海边上走了一回，看看远岸的渔灯，同鬼火似的在那里招引他。细浪中间，映着了银色的月光，好像是山鬼的眼波，在那里开闭的样子。不知是什么道理，他忽想跳入海里去死了。

他摸摸身边看，乘电车的钱也没有了。想想白天的事情看，他又不得不痛骂自己。

"我怎么会走上那样的地方去的？我已经变了一个最下等的人了。悔也无及，悔也无及。我就在这里死了吧。我所求的爱情，大约是求不到的了。没有爱情的生涯，岂不同死灰一样么？唉，这干燥的生涯，这干燥的生涯。世上的人又都在那里仇视我，欺侮我，连我自家的亲弟兄，自家的手足，都在那里排挤我到这世界外去。我将何以为生，我又何必生存在这多苦的世界里呢！

想到这里，他的眼泪就连连续续的（地）滴下来。他那灰白的面色，竟同死人没有分别了。他也不举起手来揩揩眼泪，月光射到他的面上，两条泪线倒变了叶上的朝露一样放起光来。他回转头来看看他自家的又瘦又长的影子，不觉心痛起来。

"可怜你这清影，跟了我二十一年，如今这大海就是你的葬身地了。我的身子，虽然被人家欺辱，我可不该累你也瘦弱到这地步的。影子呀影子，你饶了我罢！"

他向西面一看，那灯台的光，一霎变了红一霎变了绿的，在那里尽它的本职。那绿的光射到海面上的时候，海面就现出一条淡青的路来。再向西天一看，他只见西方青苍苍的天底下，有一颗明星，在那里摇动。

"那一颗摇摇不定的明星的底下，就是我的故国。也就是我的生地。我在那一颗星的底下，也曾送过十八个秋冬，我的乡土吓，我如今再也不能见你的面了。"

他一边走着，一边尽在那里自伤自悼的（地）想这些伤心的哀话。走了一会，再向那西方的明星看了一眼，他的眼泪便同骤雨似的（地）落下来了。他觉得四边的景物，都模糊起来。把眼泪揩了一下，立住了脚，长叹了一声，他便断断续续的（地）说：

"祖国呀祖国！我的死是你害我的！

"你快富起来！强起来罢！

"你还有许多儿女在那里受苦呢！"

3 金锁记（节选）[1]

张爱玲

去年她戴了丈夫的孝，今年婆婆又过世了。现在正式挽了叔公九老太爷出来为他们分家。今天是她嫁到姜家来之后一切幻想的集中点。这些年了，她戴着黄金的枷锁，可是连金子的边都啃不到，这以后就不同了。七巧穿着白香云纱衫，黑裙子，然而她脸上像抹了胭脂似的，从那揉红了的眼圈儿到烧热的颧骨。她抬起手来揾了一揾脸，脸上烫，身子却冷得打颤（战）。她叫祥云倒了杯茶来。（小双早已嫁了，祥云也配了个小厮。）茶给喝了下去，沉重地往腔子里流，一颗心便在热茶里扑通扑通跳。她背向着镜子坐下了，问祥云道："九老太爷来了这一下午，就在堂屋里跟马师爷查账？"祥云应了一声是。七巧又道："大爷大奶奶三爷三奶奶都不在跟前？"祥云又应了声是。七巧道："还到谁的屋里去过？"祥云道："就到哥儿们的书房里兜了一兜。"七巧道："好在咱们白哥儿的书倒不怕他查考……今年这孩子就吃亏在他爸爸他奶奶接连着出了事，他若还有心念书，他也不是人养的！"她把茶吃完了，吩咐祥云下去看看堂屋里大房三房的人可都齐了，免得自己去早了，显得性急，被人耻笑。恰巧大房里也差了一个丫头出来探看，和祥云打了个照面。

七巧终于款款下楼来了。当屋里临时布置了一张镜面乌木大餐台，九老太爷独当一面坐了，面前乱堆着青布面，梅红签的账簿，又搁着一只瓜楞茶碗。四周除了马师爷之外，又有特地邀请的"公亲"，近于陪审员的性质。各房只派了一个男子做代表，大房是大爷，二房二爷没了，是二奶奶，三房是三爷。季泽很知道这总清算的日子于他没有什么好处，因此他到得最迟。然而来既来了，他决不愿意露出焦灼懊丧的神气。腮帮子上依旧是他那点丰肥的，红色的笑。眼睛里依旧是他那点潇洒的不耐烦。

九老太爷咳嗽了一声，把姜家的经济状况约略报告了一遍，又翻着账簿子读出重要的田地房产的所在与按年的收入。七巧两手紧紧扣在肚子上，身子向前倾着，努力向她自己解释他的每一句话，与她往日调查所得一一印证。青岛的房子，天津的房子，北京城外的地，上海的房子……三爷在公账上拖欠过巨，他的一部份（分）遗产被抵销了之后，还净欠六万，然而大房二房也只得就此算了，因为他是一无所有的人。他仅有的那一幢花园洋

---

[1] 选自张爱玲著《张爱玲全集》第一卷，十月文艺出版社，2012年版。《金锁记》原是张爱玲小说集《传奇》中的一篇。张爱玲（1920—1995年），中国现代著名作家，作品主要有小说、散文、电影剧本以及文学论著。代表作有小说集《传奇》、长篇小说《十八春》等。

房，他为一个姨太太买的，也已经抵押了出去。其余只有老太太陪嫁过来的首饰，由兄弟三人均分，季泽的那一份也不便充公，因为是母亲留下的一点纪念。七巧突然叫了起来道："九老太爷，那我们太吃亏了！"

堂屋里本就肃静无声，现在这肃静却是沙沙有声，直锯进耳朵里去，像电影配音机器损坏之后的锈轧。九老太爷眍了眼望着她道："怎么？你连他娘丢下的几件首饰也舍不得给他？"七巧道："亲兄弟，明算账，大哥大嫂不言语，我可不能不老着脸开口说句话。我须比不得大哥大嫂——我们死掉的那个若是有能耐出去做两任官，手头活便些，我也乐得放大方些，哪怕把从前的旧账一笔勾销呢？可怜我们那一个病病哼哼一辈子，何尝有过一文半文进账，丢下我们孤儿寡妇，就指着这两个死钱过活。我是个没脚蟹，长白还不满十四岁，往后苦日子有得过呢！"说着，流下泪来。九老太爷道："依你便怎样？"七巧呜咽道："哪儿由得我出主意呢？只求九老太爷替我们做主！"季泽冷着脸只不做声，满屋子的人都觉不便开口。九老太爷按捺不住一肚子的火，哼了一声道："我倒想替你出主意呢，只怕你不爱听！二房里有田地没人照管，三房里有人没有地，我待要叫三爷替你照管，你多少贴他些，又怕你不要他！"七巧冷笑道："我倒想依你呢，只怕死掉的那个不依！来人哪！祥云你把白哥儿给我找来！长白，你爹好苦呀！一下地就是一身的病，为人一场，一天舒坦日子也没过着，临了丢下你这点骨血，人家还看不得你，千方百计图谋你的东西！长白谁叫你爹拖着一身病，活着人家欺负他，死了人家欺负他的孤儿寡妇！我还不打紧，我还能活个几十年么？至多我到老太太灵前把话说明白了，把这条命跟人拼了。长白你可是年纪小着呢，就是喝西北风你也得活下去呀！"九老太爷气得把桌子一拍道："我不管了！是你们求爹爹拜奶奶邀了我来的，你道我喜欢自找麻烦么？"站起来一脚踢翻了椅子，也不等人搀扶，一阵风走得无影无踪。众人面面相觑，一个个悄没声儿溜走了。惟（唯）有那马师爷忙着拾掇账簿子，落后了一步，看看屋里人全走光了，单剩下二奶奶一个人在那里捶着胸脯号啕大哭，自己若无其事的（地）走了，似乎不好意思，只得走上前去，打拱（躬）作揖叫道："二太太！二太太！……二太太！"七巧只顾把袖子遮住脸，马师爷又不便把她的手拿开，急得把瓜皮帽摘下来煽着汗。

维持了几天的僵局，到底还是无声无息照原定计划分了家。孤儿寡妇还是被欺负了。

七巧带着儿子长白，女儿长安另租了一幢屋子住下了，和姜家各房很少来往。隔了几个月，姜季泽忽然上门来了。老妈子通报上来，七巧怀着鬼胎，想着分家的那一天得罪了他，不知他有什么手段对付。可是兵来将挡，她凭什么要怕他？她家常穿着佛青实地纱袄子，特地系上一条玄色铁线纱裙，走下楼来。季泽却是满面春风的（地）站起来问二嫂好，又问白哥儿可是在书房里，安姐儿的湿气可大好了。七巧心里便疑惑他是来借钱的，加意防备着，坐下笑道："三弟你近来又发福了。"季泽笑道："看我像一点心事都没有的人。"七巧笑道："有福之人不在忙吗！你一向就是无牵无挂的。"季泽笑道："等我把房子卖了，我还要无牵无挂呢！"七巧道："就是你做了押款的那房子，你要卖？"季泽道："当初造它的时候，很费了点心思，有许多装置都是自己心爱的，当然不愿意脱手。后来你是知道的，那块地皮值钱了，前年把它翻造了衔堂房子，一家一家收租，跟那些住小家的打交道，我实在嫌麻烦，索性打算卖了它，图个清净。"七巧暗地里说道："口气好大！我是知道你的底细的，你在我跟前充什么阔大爷！"

虽然他不向她哭穷，但凡谈到银钱交易，她总觉得有点危险，便岔了开去道："三妹妹好么？腰子病近来发过没有？"季泽笑道："我也有许久没见过她的面了。"七巧道："这是什么话？你们吵了嘴么？"季泽笑道："这些时我们倒也没吵过嘴。不得已在一起说两句话，也是难得的，也没那闲情逸致吵嘴。"七巧道："何至于这样？我就不相信！"季泽两肘撑在藤椅的扶手上，交叉十指，手搭凉棚，影子落在眼睛上，深深的唉了一声。七巧笑道："没有别的，要不就是你在外头玩得太厉害了。自己做错了事，还唉声叹气的仿佛谁害了你似的。你们姜家就没有一个好人！"说着，举起白团扇，作势要打。季泽把那交叉着的十指往下移了一移，两只大拇指按在嘴唇上，两只食指缓缓抚摸着鼻梁，露出一双水汪汪的眼睛来。那眼珠却是水仙花缸底的黑石子，上面汪着水，下面冷冷的没有表情。看不出他在想什么。七巧道："我非打你不可！"季泽的眼睛里突然冒出一点笑泡儿，道："你打，你打！"七巧待要打，又掣回手去，重新一鼓作气道："我真打！"抬高了手，一扇子劈下来，又在半空中停住了，吃吃笑起来，季泽带笑将肩膀耸了一耸，凑了上去道："你倒是打我一下罢！害得我浑身骨头痒痒着，不得劲儿！"七巧把扇子向背后一藏，越发笑得格格的。

季泽把椅子换了个方向，面朝墙坐着，人向椅背上一靠，双手蒙住了眼睛，又是长长的（地）叹了口气。七巧啃着扇子柄，斜瞟着他道："你今儿是怎么了？受了暑吗？"季泽道："你哪里知道？"半晌，他低低的一个字一个字说道："你知道我为什么跟家里的那个不好，为什么我拼命的（地）在外头玩，把产业都败光了？你知道这都是为了谁？"七巧不知不觉有点胆寒，走得远远的，倚在炉台上，脸色慢慢的变了。季泽跟了过来。七巧垂着头，肘弯撑在炉台上，手里擎着团扇，扇子上的杏黄穗子顺着她的额角拖下来。季泽在她对面站住了，小声道："二嫂！……七巧！"

七巧背过脸去淡淡笑道："我要相信你才怪呢！"季泽便也走开了，道："不错。

你怎么能够相信我？自从你到我家来，我在家一刻也待不住，只想出去。你没来的时候我并没有那么荒唐过，后来那都是为了躲你。娶了兰仙来，我更玩得凶了，为了躲你之外又要躲她。见了你，说不了两句话我就要发脾气——你哪儿知道我心里的苦楚？你对我好，我心里更难受——我得管着我自己——我不能平白的坑坏了你，家里人多眼杂，让人知道了，我是个男子汉，还不打紧。你可了不得！"七巧的手直打颤（战），扇柄上的杏黄须子在她额上苏苏摩擦着。季泽道："你信也罢！不信也罢！信了又怎样？横竖我们半辈子已经过去了，说也是白说。我只求你原谅我这一片心。我为你吃了这些苦，也就不算冤枉了。"

七巧低着头，沐浴在光辉里，细细的音乐，细细的喜悦……这些年了，她跟他捉迷藏似的，只是近不得身，原来还有今天！可不是，这半辈子已经完了——花一般的年纪已经过去了。人生就是这样的错综复杂，不讲理。当初她为什么嫁到姜家来？为了钱么？不是的，为了要遇见季泽，为了命中注定她要和季泽相爱。她微微抬起脸来，季泽立在她跟前，两手合在她扇子上，面颊贴在她扇子上。他也老了十年了，然而人究竟还是那个人呵！他难道是哄她么？他想她的钱——她卖掉她的一生换来的几个钱？仅仅这一转念便使她暴怒起来。就算她错怪了他，他为她吃的苦抵得过她为他吃的苦么？好容易她死了心了，他又来撩拨她，她恨他。他还在看着她。他的眼睛——虽然隔了十年，人还是那个人呵！就算他是骗她的，迟一点儿发现不好么？即使明知是骗人的，他太会演戏了，也跟真的差不多罢？

不行！她不能有把柄落在这厮手里。姜家的人是厉害的，她的钱只怕保不住。她得先证明他是真心不是。七巧定了一定神，向门外瞧了一瞧，轻轻惊叫道："有人！"便三脚两步赶出门去，到下房里吩咐潘妈替三爷弄点心去，快些端了来，顺便带芭蕉扇进来替三爷打扇。七巧回到屋里来，故意皱着眉道："真可恶，老妈子在门口探头探脑的，见了我抹过头去就跑，被我赶上去喝住了。若是关上了门说两句话，指不定造出什么谣言来呢！饶是独门独户住了，还没个清净。"潘妈送了点心与酸梅汤进来，七巧亲自拿筷子替季泽拣掉了蜜层糕上的玫瑰与青梅，道："我记得你是不爱吃红绿丝的。"有人在跟前，季泽不便说什么，只是微笑。七巧似乎没话找话说似的，问道："你卖房子，接洽得怎样了？"季泽一面吃，一面答道："有人出八万五，我还没打定主意呢。"七巧沉吟道："地段倒是好的。"季泽道："谁都不赞成我脱手，说还要涨呢。"七巧又问了些详细情形，便道："可惜我手头没有这一笔现款，不然我倒想买。"季泽道："其实呢，我这房子倒不急，倒是咱们乡下你那些田，早早脱手的好。自从改了民国，接二连三的打仗，何尝有一年闲过，把地面上糟蹋得不成样子，中间还被收租的，师爷，地头蛇一层一层勒掯着，莫说这两年不是水就是旱，就遇着了丰年，也没有多少进账轮到我们头上。"七巧寻思着，道："我也盘算过来，一直挨着没有办。先晓得把它卖了，这会子想买房子，也不至于钱不凑手了。"季泽道："你那田要卖趁现在就得卖，听说直鲁又要开仗了。"七巧道："急切间你叫我卖给谁去？"季泽顿了一顿道："我去替你打听打听，也成。"七巧耸了耸眉毛笑道："得了，你那些狐群狗党里头，又有谁是靠得住的？"季泽把咬开的饺子在小碟里蘸了点醋，闲闲说出两个靠得住的人名，七巧便认真仔细盘问他起来，他果然回答得有条不紊，显然他是筹之已熟的。

七巧虽是笑吟吟的，嘴里发干，上嘴唇黏在牙仁上，放不下来。她端起盖碗来吸了一口茶，舐了舐嘴唇，突然把脸一沉，跳起身来，将手里的扇子向季泽头上滴溜溜掷过去，季泽向左偏了一偏，那团扇敲在他肩膀上，打翻了玻璃杯，酸梅汤淋淋漓漓溅了他一身。七巧骂道："你要我卖了田去买你的房子？你要我卖田？钱一经你的手，还有得说么？你哄我——你拿那样的话来哄我——你拿我当傻子——"她隔着一张桌子探身过去打他，然而她被潘妈下死劲抱住了。潘妈叫唤起来，祥云等人都奔了来，七手八脚按住了她，七嘴八舌求告着。七巧一头挣扎，一头叱喝着，然而她的一颗心直往下坠——她很明白她这举动太蠢——太蠢——她在这儿丢人出丑。

季泽脱下了他那湿濡的白香云纱长衫，潘妈绞了毛巾来代他揩擦，他理也不理，把衣服夹在手臂上，竟自扬长出门去了，临行的时候向祥云道："等白哥儿下了学，叫他替他母亲请个医生来看看。"祥云吓糊涂了，连声答应着，被七巧兜脸给她一个耳刮子。

季泽走了。丫头老妈子也给七巧骂跑了。酸梅汤沿着桌子一滴一滴朝下滴，像迟迟的夜漏——一滴，一滴……一更，二更……一年，一百年。真长，这寂寂的一刹那。七巧扶着头站着，倏地掉转身来上楼去，提着裙子，性急慌忙，跌跌绊绊，不住的撞到那阴暗的绿粉墙上，佛青袄子上沾了大块的淡色的灰。她要在楼上的窗户里再看他一眼。无论如何，她从前爱过他。她的爱给了她无穷的痛苦。单只是这一点，就使她值得留恋。多少回了，为了要按捺她自己，她进得全身的筋骨与牙根都酸楚了。今天完全是她的错。他不是个好人，她又不是不知道。她要他，就得装糊涂，就得容忍他的坏。她为什么要戳穿他？人生在世，还不就是那么一回事？归根究底，什么是真的？什么是假的？

她到了窗前，揭开了那边上缀有小绒球的墨绿洋式窗帘，季泽正在弄堂里往外走，长衫搭在臂上，晴天的风像一群白鸽子钻进他的纺绸裤褂里去，哪儿都钻到了，飘飘拍着翅子。

　　七巧眼前仿佛挂了冰冷的珍珠帘，一阵热风来了，把那帘子紧紧贴在她脸上，风去了，又把帘子吸了回去，气还没透过来，风又来了，没头没脸包住她——一阵凉一阵热，她只是淌着眼泪。

　　玻璃窗的上角隐隐约约反映出弄堂里一个巡警的缩小的影子，晃着膀子踱过去。一辆黄包车静静在巡警身上辗过。小孩把袍子掖在裤腰里，一路踢着球，奔出玻璃的边缘。绿色的邮差骑着自行车，复印在巡警身上，一溜烟掠过。都是些鬼，多年前的鬼，多年后的没投胎的鬼……什么是真的？什么是假的？

4 小二黑结婚（节选）[1]

赵树理

一 神仙的忌讳

刘家峧有两个神仙，邻近各村无人不晓：一个是前庄上的二诸葛，一个是后庄上的三仙姑。二诸葛原来叫刘修德，当年作过生意，抬脚动手都要论一论阴阳八卦，看一看黄道黑道。三仙姑是后庄于福的老婆，每月初一十五都要顶着红布摇摇摆摆装扮天神。

二诸葛忌讳"不宜栽种"，三仙姑忌讳"米烂了"。这里边有两个小故事：有一年春天大旱，直到阴历五月初三才下了四指雨。初四那天大家都抢着种地，二诸葛看了看历书，又掐指算了一下说："今日不宜栽种。"初五日是端午，他历年就不在端午这天做什么，又不曾种；初六倒是个黄道吉日，可惜地干了，虽然勉强把他的四亩谷子种上了，却没有出够一半。后来直到十五才又下雨，别人家都在地里锄苗，二诸葛却领着两个孩子在地里补空子。邻家有个后生，吃饭时候在街上碰上二诸葛便问道："老汉！今天宜栽种不宜？"二诸葛翻了他一眼，扭转头返回去了，大家就嘻嘻哈哈传为笑谈。

三仙姑有个女孩叫小芹。一天，金旺他爹到三仙姑那里问病，三仙姑坐在香案后唱，金旺他爹跪在香案前听。小芹那年才九岁，晌午做捞饭，把米下进锅里了，听见她娘哼哼得很中听，站在桌前听了一会，把做饭也忘了。一会，金旺他爹出去小便，三仙姑趁空子向小芹说："快去捞饭！米烂了！"这句话却不料就叫金旺他爹听见，回去就传开了。后来有些好玩笑的人，见了三仙姑就故意问别人"米烂了没有？"

二 三仙姑的来历

三仙姑下神，足足有三十年了。那时三仙姑才十五岁，刚刚嫁给于福，是前后庄上第一个俊俏媳妇。于福是个老实后生，不多说一句话，只会在地里死受。于福的娘早死了，只有个爹，父子两个一上了地，家里只留下新媳妇一个人。村里的年青（轻）人

---

[1] 本文选自赵树理著《赵树理文集》第一卷，工人出版社，1980 年版。赵树理（1906—1970 年），原名赵树礼，现代小说家，"山药蛋派"创始人，代表作有《小二黑结婚》《李有才板话》《李家庄的变迁》等。

们感觉着新媳妇太孤单，就慢慢自动的（地）来跟新媳妇做伴，不几天就集合了一大群，每天嘻嘻哈哈，十分哄伙。于福他爹看见不像个样子，有一天发了脾气，大骂一顿，虽然把外人挡住了，新媳妇却跟他闹起来。新媳妇哭了一天一夜，头也不梳，脸也不洗，饭也不吃，躺在炕上，谁也叫不起来，父子两个没了办法。邻家有个老婆替她请了一个神婆子，在她家下了一回神，说是三仙姑跟上她了，她也哼哼唧唧自称吾神长吾神短，从此以后每月初一十五就下起神来，别人也给她烧起香来求财问病，三仙姑的香案便从此设起来了。

青年们到三仙姑那里去，要说是去问神，还不如说是去看圣像。三仙姑也暗暗猜透大家的心事，衣服穿得更新鲜，头发梳得更光滑，首饰擦得更明，宫粉搽得更匀，不由青年们不跟着她转来转去。

这是三十来年前的事。当时的青年，如今都已留下了胡子，家里大半又是子媳成群，所以除了几个老光棍，差不多都没有那些闲情到三仙姑那里去了。三仙姑却和大家不同，虽然已经四十五岁，却偏爱当个老来俏，小鞋上仍要绣花，裤腿上仍要镶边，顶门上的头发脱光了，用黑手帕盖起来，只可惜宫粉涂不平脸上的皱纹，看起来好像驴粪蛋上下了霜。

老相好都不来了，几个老光棍不能叫三仙姑满意，三仙姑又团结了一伙孩子们，比当年的老相好更多，更俏皮。

三仙姑有什么本领能团结这伙青年呢？这秘密在她女儿小芹身上。

三　小芹

三仙姑前后共生过六个孩子，就有五个没有成人，只落了一个女儿，名叫小芹。小芹两三岁的时候，就非常伶俐乖巧，三仙姑的老相好们，这个抱过来说是"我的"，那个抱起来说是"我的"，后来小芹长到五六岁，知道这不是好话，三仙姑教她说："谁再这么说，你就说'是你的姑姑'。"说了几回，果然没有人再提了。

小芹今年十八了，村里的轻薄人说，比她娘年轻时候好得多。青年小伙子们，有事没事，总想跟小芹说句话。小芹去洗衣服，马上青年们也都去洗；小芹上树采野菜，马上青年们也都去采。

吃饭时候，邻居们端上碗爱到三仙姑那里坐一会，前庄上的人来回一里路，也并不觉得远。这已经是三十年来的老规矩，不过小青年们也这样热心，却是近二三年来才有的事。

三仙姑起先还以为自己仍有勾引青年的本领，日子长了，青年们并不真正跟她接近，她才慢慢看出门道来，才知道人家来了为的是小芹。

不过小芹却不跟三仙姑一样，表面上虽然也跟大家说说笑笑，实际上却不跟人乱来，近二三年，只是跟小二黑好一点。前年夏天，有一天前晌，于福去地，三仙姑去串门，家里只留下小芹一个人，金旺来了，嘻（嬉）皮笑脸向小芹说："这会可算是个空子吧？"小芹板起脸来说："金旺哥！咱们以后说话要规矩些！你也是娶媳妇大汉了！"金旺撇撇嘴说："咦！装什么假正经？小二黑一来管保你就软了！有便宜大家讨开点，没事；要正经除非自己锅底没有黑。"说着就拉住小芹的胳膊悄悄说："不用装模作样了！"不料小芹大声喊道："金旺！"金旺赶紧放手跑出来。一边还咄念道："等得住你！"说着就悄悄溜走了。

四 金旺弟兄

提起金旺来，刘家峧没有人不恨他，只有他一个本家兄弟名叫兴旺跟他对劲。

金旺他爹虽是个庄稼人，却是刘家峧一只虎，当过几十年老社首，捆人打人是他的拿手好戏。金旺长到十七八岁，就成了他爹的好帮手，兴旺也学会了帮虎吃食，从此金旺他爹想要捆谁，就不用亲自动手，只要下个命令，自有金旺兴旺代办。

抗战初年，汉奸敌探溃兵土匪到处横行，那时金旺他爹已经死了，金旺、兴旺弟兄两个，给一支溃兵作了内线工作，引路绑票，讲价赎人，又做巫婆又做鬼，两头出面装好人。后来八路军来，打垮溃兵土匪，他两人才又回到刘家峧。

山里人本来就胆子小，经过几个月大混乱，死了许多人，弄得大家更不敢出头了。别的大村子都成立了村公所、各救会、武委会，刘家峧却除了县府派来一个村长以外，谁也不愿意当干部。不久，县里派人来刘家峧工作，要选举村干部，金旺跟兴旺两个看出这又是掌权的机会，大家也巴不得有人愿干，就把兴旺选为武委会主任，把金旺选为村政委员，连金旺老婆也被选为妇救会主席。其他各干部，硬捏了几个老头子出来充数。只有青抗先队长，老头子充不得。兴旺看见小二黑这个小孩子漂亮好玩，随便提了一下名就通过了，他爹二诸葛虽然不愿，可是惹不起金旺，也没有敢说什么。

村长是外来的，对村里情形不十分了解，从此金旺兴旺比前更厉害了，只要瞒住村长一个人，村里人不论那（哪）个都得由他两个调遣。这几年来，村里别的干部虽然调换了几个，而他两个却好像铁桶江山。大家对他两个虽是恨之入骨，可是谁也不敢说半句话，都恐怕扳不倒他们，自己吃亏。

五　小二黑

小二黑，是二诸葛的二小子，有一次反"扫荡"打死过两个敌人，曾得到特等射手的奖励。说到他的漂亮，那不只在刘家峧有名，每年正月扮故事，不论去到那一村，妇女们的眼睛都跟着他转。

小二黑没有上过学，只是跟着他爹识了几个字。当他六岁时候，他爹就教他识字。识字课本既不是五经四书，也不是常识国语，而是从天干、地支、五行、八卦、六十四封名等学起，进一步便学些《百中经》、《玉匣记》、《增删卜易》、《麻衣神相》、《奇门遁甲》、《阴阳宅》等书。小二黑从小就聪明，像那些算属相、卜六壬课、念大小流年或"甲子乙丑海中金"等口诀，不几天就都弄熟了，二诸葛也常把他引在人前卖弄。因为他长得伶俐可爱，大人们也都爱跟他玩，这个说："二黑，算一算十岁属什么？"那个说："二黑，给我卜一课！"后来二诸葛因为说"不宜栽种"误了种地，老婆也埋怨，大黑也埋怨，庄上人也都传为笑谈，小二黑也跟着这事受了许多奚落。那时候小二黑十三岁，已经懂得好歹了，可是大人们仍把他当成小孩来玩弄，好跟二诸葛开玩笑的，一到了家，常好对着二诸葛问小二黑道："二黑！算算今天宜不宜栽种？"和小二黑年纪相仿的孩子们，一跟小二黑生了气，就连声喊道："不宜栽种不宜栽种……"小二黑因为这事，好几个月见了人躲着走，从此就和他娘商量成一气，再不信他爹的鬼八卦。

小二黑跟小芹相好已经二三年了。那时候他才十六七，原不过在冬天夜长时候，跟着些闲人到三仙姑那里凑热闹，后来跟小芹混熟了，好像是一天不见面也不能行。后庄上也有人愿意给小二黑跟小芹做媒人，二诸葛不愿意，不愿意的理由有三：第一小二黑是金命，小芹是火命，恐怕火克金；第二小芹生在十月，是个犯月；第三是三仙姑的名声不好。恰巧在这时候彰德府来了一伙难民，其中有个老李带来个八九岁的小姑娘，因为没有吃的，愿意把姑娘送给人家逃个活命。二诸葛说是个便宜，先问了一下生辰八字，掐算了半天说："千里姻缘使线牵。"就替小二黑收作童养媳。

虽然二诸葛说是千合适万合适，小二黑却不认账。父子俩吵了几天，二诸葛非养不行，小二黑说："你愿意养你就养着，反正我不要！"结果虽把小姑娘留下了，却到底没有说清楚算什么关系。

六　斗争会

金旺自从碰了小芹的钉子以后，每日怀恨，总想设法报一报仇。有一次武委会训练村干部，恰巧小二黑发疟疾没有去。训练完毕之后，金旺就向兴旺说："小二黑是装病，其实是被小芹勾引住了，可以斗争他一顿。"兴旺就是武委会主任，从前也碰过小芹一回钉子，自然十分赞成金旺的意见，并且又叫金旺回去和自己的老婆说一下，发动妇救会也斗争小芹一番。金旺老婆现任妇救会主席，因为金旺好到小芹那里去，早就恨得小芹了不得。现在金旺回去跟她说要斗争小芹，这才是巴不得的机会，丢下活计，马上就去布置。第二天，村里开了两个斗争会，一个是武委会斗争小二黑，一个是妇救会斗争小芹。

小二黑自己没有错，当然不承认，嘴硬到底，兴旺就下命令，把他捆起来送交政权机关处理。幸而村长脑筋清楚，劝兴旺说："小二黑发疟是真的，不是装病，至于跟别人恋爱，不是犯法的事，不能捆人家。"兴旺说："他已是有了女人的。"村长说："村里谁不知道小二黑不承认他的童养媳。人家不承认是对的，男不过十六，女不过十五，不到订婚年龄。十来岁小姑娘，长大也不会来认这笔账。小二黑满有资格跟别人恋爱，谁也不能干涉。"兴旺没话说了，小二黑反要问他："无故捆人犯法不犯？"经村长双方劝解，才算放了完事。

兴旺还没有离村公所，小芹拉着妇救会主席也来找村长。她一进门就说："村长！捉贼要赃，捉奸要双，当了妇救会主席就不说理了？"兴旺见拉着金旺的老婆，生怕说出这事与自己有关，赶紧溜走。后来村长问了问情由，费了好大一会唇舌，才给她们调解开。

七　三仙姑许亲

两个斗争会开过以后，事情包也包不住了，小二黑也知道这事是合理合法的了，索性就跟小芹公开商量起来。

三仙姑却着了急。她跟小芹虽是母女，近几年来却不对劲。三仙姑爱的是青年们，青年们爱的是小芹。小二黑这个孩子，在三仙姑看来好像鲜果，可惜多一个小芹，就没了自己的份儿。她本想早给小芹找个婆家推出门去，可是因为自己名声不正，差不多都不愿意跟她结亲。开罢斗争会以后，风言风语都说小二黑要跟小芹自由结婚，她想要真是那样的话，以后想跟小二黑说几句笑话都不能了，那是多么可惜的事，因此托东家求西家要给小芹找婆家。

"插起招军旗，就有吃粮人。"有个吴先生是在阎锡山部下当过旅长的退职军官，家里很富，才死了老婆。他在奶奶庙大会上见过小芹一面，愿意续她，媒人向三仙姑一说，三仙姑当然愿意。不几天过了礼帖，就算定了，三仙姑以为了却一宗心事。

小芹已经和小二黑商量得差不多了，如何肯听她娘的话？过礼那一天，小芹跟她娘闹起来，把吴先生送来的首饰绸缎扔下一地。媒人走后，小芹跟她娘说："我不管！谁收了人家的东西谁跟人家去！"

三仙姑愁住了，睡了半天，晚饭以后，说是神上了身，打了两个呵欠就唱起来。她起先责备于福管不了家，后来说小芹跟吴先生是前世姻缘，还唱些什么"前世姻缘由天定，不顺天意活不成，……"于福跪在地下哀求，神非教他马上打小芹一顿不可。小芹听了这话，知道跟这个装神弄鬼的娘说不出什么道理来，干脆躲了出去，让她娘一个人胡说。

小芹一个人悄悄跑到前庄上去找小二黑，恰在路上碰上小二黑去找她，两个就悄悄拉着手到一个大窑里去商量对付三仙姑的法子。

八 拿双

小芹把她娘怎样主婚怎样装神，唱些什么，从头至尾细细向小二黑说了一遍，小二黑说："不用理她！我打听过区上的同志，人家说只要男女本人愿意，就能到区上登记，别人谁也作（做）不了主……"说到这里，听见外边有脚步声，小二黑伸出头来一看，黑影里站着四五个人，有一个说："拿双拿双！"他两人都听出是金旺的声音，小二黑起了火，大叫道："拿？没有犯了法！"兴旺也来了，下命令道："捉住捉住！我就看你犯法不犯法？给你操了好几天心了！"小二黑说："你说去那里咱就去那里，到边区政府你也不能把谁怎么样！走！"兴旺说："走？便宜了你！把他捆起来！"小二黑挣扎了一会，无奈没有他们人多，终于被他们七手八脚打了一顿捆起来了。兴旺说："里边还有个女的，也捆起来！捉奸要双，这是她自己说的！"说着就把小芹也捆起来了。

前庄上的人都还没有睡，听见有人吵架，有些人就跑出来看，麻秆火把下看见捆着的两个人，大家不问就都知道了八九分。二诸葛也出来了，见小二黑被人家捆起来，就跪在兴旺面前哀求道："兴旺！咱两家没有什么仇！看在我老汉面上，请你们诸位高高手……"兴旺说："这事情，我们管不了，送给上级再说吧！"小二黑说："爹！你不用管！送到哪里也不犯法！我不怕他！"兴旺说："好小子！要硬你就硬到底！"又逼住三个民兵说："带他们走！"一个民兵问："带到村公所？"兴旺说："还到村公所干什么？

上一回不是村长放了的？送给区武委会主任按军法处理！"说着就把他两个人拥上走了。

九　二诸葛的神课

邻居们见是兴旺弟兄们捆人，也没有人敢给小二黑讲情，直等到他们走后，才把二诸葛招呼回家。

二诸葛连连摇头说："唉！我知道这几天要出事啦！前天早上我上地去，才上到岭上，碰上个骑驴媳妇，穿了一身孝，我就知道坏了。我今年是罗睺星照运，要谨防带孝的（地）冲了运气，因此那里也不敢去，谁知躲也躲不过？昨天晚上二黑她娘梦见庙里唱戏。今天早上一个老鸦落在东房上叫了十几声……唉！反正是时运，躲也躲不过。"他罗哩罗嗦（啰里啰唆）念了一大堆，邻居们听了有些厌烦，又给他说了一会宽心话，就都散了。

有事人哪里睡得着？人散了之后，二诸葛家里除了童养媳之外，三个人谁也没有睡。二诸葛摸了摸脸，取出三个制钱占了一卦，占出之后吓得他面色如土。他说："了不得呀了不得！丑土的父母动出午火的官鬼，火旺于夏，恐怕有些危险了。唉！人家把他选成青年队长，我就说过不叫他当，小杂种硬要充人物头！人家说要按军法处理，要不当队长那里犯得了军法？"老婆也拍手跺脚道："小爹呀！谁知道你要闯这么大的事啦？"大黑劝道："不怕！事已经出下了，由他去吧！我想这又不是人命事，也犯不了什么大罪！既然他们送到区上了，我先到区上打听打听！你们都睡吧！"说着点了个灯笼就走了。

二诸葛打发大黑去后，仍然低头细细研究方才占的那一卦。停了一会，远远听着有个女人哭，越哭越近，不大一会就来到窗下，一推门就进来了。二诸葛还没有看清是谁，这女人就一把把他拉住，带哭带闹说："刘修德！还我闺女！你的孩子把我的闺女勾引到哪里了？还我……"二诸葛老婆正气得死去活来，一看见来的是三仙姑，正赶上出气，从炕上跳下来拉住她道："你来了好！省得我去找你！你母女两个好生生把我孩子勾引坏，你倒有脸来找我！咱两人就也到区上说说理！"两个女人滚成一团，二诸葛一个人拉也拉不开，也再顾不上研究他的卦。三仙姑见二诸葛老婆已经不顾了命，自己先胆怯了几分，不敢恋战，少闹了一会挣脱出来就走了。二诸葛老婆追出门来，被二诸葛拦回去，还骂个不休。

十　恩典恩典

二诸葛一夜没有睡，一遍一遍念："大黑怎么还不回来，大黑怎么还不回来。"第二天天不明就起程往区上走，走到半路，远远看见大黑、三个民兵已都回来了，还来了区上一个助理员，一个交通员。他远远就喊叫道："大黑！怎么样？要紧不要紧？"大黑说："没有事！不怕！"说着就走到跟前，助理员跟三个民兵先走了。大黑告交通员说："这就是我爹！"又向二诸葛说："区上添传你跟于福老婆。你去吧，没有事！二黑跟小芹两个人，一到区上就放开了。区上早就听说兴旺和金旺两个人不是东西，已经把他两个人押起来了，还派助理员到咱村开大会调查他们横行霸道的证据。我赶到那里人家就问罢了，听说区上还许咱二黑跟小芹结婚。"二诸葛说："不犯罪就好，结婚可不行，命相不对！你没有听说添传我做什么？"大黑说："不知道，大约也没有什么大事。你去吧，我先回去告我娘说。"交通员说："老汉！这就算见了你了！你去吧，我再传那一个去！"说了就跟大黑相跟着走了。

二诸葛到了区上，看见小二黑跟小芹坐在一条板凳上，他就指着小二黑骂道："闯祸东西！放了你你还不快回去？你把老子吓死了！不要脸！"区长道："干什么？区公所是骂人的地方？"二诸葛不说话了。区长问："你就是刘修德？"二诸葛答："是！"问："你给刘二黑收了个童养媳？"答："是！"问："今年几岁了？"答："属猴的，十二岁了。"区长说："女不过十五不能订婚，把人家退回娘家去，刘二黑已经跟于小芹订婚了！"二诸葛说："她只有个爹，也不知逃难逃到那里去了，退也没处退。女不过十五不能订婚，那不过是官家规定，其实乡间七八岁订婚的多着哩。请区长恩典恩典就过去了……"区长说："凡是不合法的订婚，只要有一方面不愿意都得退！"二诸葛说："我这是两家情愿！"区长问小二黑道："刘二黑！你愿意不愿意？"小二黑说："不愿意！"二诸葛的脾气又上来了，瞪了小二黑一眼道："由你啦？"区长道："给他订婚不由他，难道由你啦？老汉！如今是婚姻自主，由不得你了！你家养的那个小姑娘，要真是没有娘家，就算成你的闺女好了。"二诸葛道："那也可以，不过还得请区长恩典恩典，不能叫他跟于福这闺女订婚！"区长说："这你就管不着了！"二诸葛发急道："千万请区长恩典恩典，命相不对，这是一辈子的事！"又向小二黑道："二黑！你不要糊涂了！这是你一辈子的事！"区长道："老汉！你不要糊涂了；强逼着你十九岁的孩子娶上个十二岁的小姑娘，恐怕要生一辈子气！我不过是劝一劝你，其实只要人家两个人愿意，你愿意不愿意都不相干。回去吧！童养媳没处退就算成你的闺女！"二诸葛还要请区长"恩典恩典"，一个交通员把他推出来了。

十一　看看仙姑

三仙姑去寻二诸葛，一来为的是逞逞斗气的本领，二来为的是遮遮外人的耳目。其实让小芹吃一吃亏她很高兴，所以跟二诸葛老婆闹了一阵之后，回去就睡了。第二天早上，她起得很迟，于福虽比她着急，可是自己既没有主意，又不敢叫醒她，只好自己先去做饭；饭快成的时候，三仙姑慢慢起来梳妆，于福问她道："不去打听打听小芹？"她说："打听她做甚啦？她的本领多大啦？"于福也再没有敢说什么，把饭菜做成了放在炉边等，直等到她梳妆罢了才开饭。

饭还没有吃罢，区上的交通员来传她。她好像很得意，嗓子拉得长长地说："闺女大了咱管不了，就去请区长替咱管教管教！"她吃完了饭，换上新衣服、新手帕、绣花鞋、镶边裤，又擦了一次粉，加了几件首饰，然后叫于福给她备上驴，她骑上，于福给她赶上，往区上去。

到了区上。交通员把她引到区长房子里，她趴下就磕头，连声叫道："区长老爷，你可要给我作（做）主！"区长正伏在桌上写字，见她低着头跪在地下，头上戴了满头银首饰，还以为是前两天跟婆婆生了气的那个年青媳妇，便说道："你婆婆不是有保人吗？为什么不找保人？"三仙姑莫名其妙，抬头看了看区长的脸。区长见是个擦着粉的老太婆，才知道是认错了人。交通员道："认错人了！这就是于小芹的娘！"区长打量了她一眼道："你就是小芹的娘呀？起来！不要装神做鬼！我什么都清楚！起来！"三仙姑站起来了。区长问："你今年多大岁数？"三仙姑说："四十五。"区长说："你自己看看你打扮得象（像）个人不象（像）？"门边站着老乡一个十来岁的小闺女嘻嘻嘻笑了。交通员说："到外边耍！"小闺女跑了。区长问："你会下神是不是？"三仙姑不敢答话。区长问："你给你闺女找了个婆家？"三仙姑答："找下了！"问："使了多少钱？"答："三千五！"问："还有些什么？"答："有些首饰布匹！"问："跟你闺女商量过没有？"答："没有！"问："你闺女愿意不愿意？"答："不知道！"区长道："我给你叫来你亲自问问她！"又向交通员道："去叫于小芹！"

刚才跑出去那个小闺女，跑到外边一宣传，说有个打官司的老婆，四十五了，擦着粉，穿着花鞋。邻近的女人们都跑来看，挤了半院，唧唧哝哝说："看看！四十五了！""看那裤腿！""看那花鞋！"三仙姑半辈没有脸红过，偏这会撑不住气了，一道道热汗在脸上流。交通员领着小芹来了，故意说："看什么？人家也是个人吧，没有见过？闪开路！"一伙女人们哈哈大笑。

把小芹叫来，区长说："你问问你闺女愿意不愿意！"三仙姑只听见院里人说："四十五""穿花鞋"，羞得只顾擦汗，再也开不得口。院里的人们忽然又转了话头，都说"那是人家的闺女"，"闺女不如娘会打扮"，也有人说"听说还会下神"，偏又有个知道底细的断断续续讲"米烂了"的故事，这时三仙姑恨不得一头碰死。

区长说："你不问我替你问！于小芹，你娘给你找的婆家你愿意跟人家结婚不愿意？"小芹说："不愿意！我知道人家是谁？"区长向三仙姑道："你听见了吧？"又给她讲了一会婚姻自主的法令，说小芹跟小二黑订婚完全合法，还吩咐她把吴家送来的钱和东西原封退了，让小芹跟小二黑结婚。她羞愧之下，一一答应了下来。

十二　怎么到底

三个民兵回到刘家峧，一说区上把兴旺金旺两人押起来，又派助理员来调查他们的罪恶，真是人人拍手称快。午饭后，庙里开一个群众大会，村长报告了开会宗旨，就请大家举他两个人的作恶事实。起先大家还怕扳不倒人家，人家再返回来报仇，老大一会没有人说话；有几个胆子太小的人，还悄悄劝大家说："忍事者安然。"有个被他两人作践垮了的年青（轻）人说："我从前没有忍过？越忍越不得安然！你们不说我说！"他先从金旺领着土匪到他家绑票起，一连说了四五款，才说道："我歇歇再说，先让别人也说几款！"他一说开了头，许多受过害的人也都抢着说起来：有给他们花过钱的，有被他们逼着上过吊的，也有产业被他们霸了的，老婆被他们奸淫过的；他两人还派上民兵给他们自己割柴，拨上民夫给他们自己锄地；浮收粮，私派款，强迫民兵捆人，……你一宗他一宗，从晌午说到太阳落，一共说了五六十款。

区上根据这些罪状把他两人送到县里，县里把罪状一一证实之后，除叫他们赔偿大家损失外，又判了十五年徒刑。

经过这次大会之后，村里人也都敢出头了。不久，村干部又都经过大改选，村里人再也不敢乱投坏人的票了。这其间，金旺老婆自然也落了选。偏她还变了口吻，说："以后我也要进步了。"

两个神仙也有了变化：

三仙姑那天在区上被一伙妇女围住看了半天，实在觉着不好意思，回去对着镜子研究了一下，真有点打扮得不像话；又想到自己的女儿快要跟人结婚，自己还卖什么老俏？这才下了个决心，把自己的打扮从顶到底换了一遍，弄得像个当长辈人的样子，把三十年来装神弄鬼的那张香案也悄悄拆去。

二诸葛那天从区上回去，又向老婆提起二黑跟小芹的命相不对，他老婆道："把你的鬼八卦收起吧！你不是说二黑这回了不得吗？你一辈子放个屁也要卜一课，究竟抵了些什么事？我看小芹满（蛮）不错，能跟咱二黑过就很好！什么命相对不对？你就不记得'不宜栽种'？"二诸葛见老婆都不信自己的阴阳，也就不好意思再到别人跟前卖弄他那一套了。

小芹和小二黑各回各家，见老人们的脾气都有些改变，托邻居们趁势和说和说，两位神仙也就顺水推舟同意他们结婚。后来两家都准备了一下，就过门。过门之后，小两口都十分得意，邻居们都说是村里第一对好夫妻。

夫妻们在自己卧房里有时候免不了说玩话：小二黑好学三仙姑下神时候唱"前世姻缘由天定"，小芹好学二诸葛说"区长恩典，命相不对"。淘气的孩子们去听窗，学会了这两句话，就给两位神仙加了新外号：三仙姑叫"前世姻缘"，二诸葛叫"命相不对"。

5 呼兰河传（节选）[1]

萧 红

一

呼兰河这小城里住着我的祖父。

我生的时候，祖父已经六十多岁了，我长到四五岁，祖父就快七十了。

我家有一个大花园，这花园里蜂子、蝴蝶、蜻蜓、蚂蚱，样样都有。蝴蝶有白蝴蝶、黄蝴蝶。这种蝴蝶极小，不太好看。好看的是大红蝴蝶，满身带着金粉。

蜻蜓是金的，蚂蚱是绿的，蜂子则嗡嗡地飞着，满身绒毛，落到一朵花上，胖圆圆的就和一个小毛球似的不动了。

花园里边明晃晃的，红的红，绿的绿，新鲜漂亮。

据说这花园，从前是一个果园。祖母喜欢吃果子就种了果园。祖母又喜欢养羊，羊就把果树给啃了。果树于是都死了。到我有记忆的时候，园子里就只有一棵樱桃树，一棵李子树，因为樱桃和李子都不大结果子，所以觉得他（它）们是并不存在的。小的时候，只觉得园子里边就有一棵大榆树。

这榆树在园子的西北角上，来了风，这榆树先啸，来了雨，大榆树先就冒烟了。太阳一出来，大榆树的叶子就发光了，它们闪烁得和沙滩上的蚌壳一样了。

祖父一天都在后园里边，我也跟着祖父在后园里边。祖父戴一个大草帽，我戴一个小草帽，祖父栽花，我就栽花；祖父拔草，我就拔草。当祖父下种，种小白菜的时候，我就跟在后边，把那下了种的土窝，用脚一个一个地溜平，哪里会溜得准，东一脚的，西一脚的瞎闹。有的把菜种不单（但）没被土盖上，反而把菜子踢飞了。

小白菜长得非常之快，没有几天就冒了芽了，一转眼就可以拔下来吃了。

祖父铲地，我也铲地。因为我太小，拿不动那锄头杆，祖父就把锄头杆拔下来，让我单拿着那个锄头的"头"来铲。其实哪里是铲，也不过爬在地上，用锄头乱勾一阵就是了。也认不得哪个是苗，哪个是草。往往把韭菜当做野草一起地割掉，把狗尾草当做谷穗留着。

---

[1] 选自萧红著《萧红全集》，哈尔滨出版社，1991年版。本文原为《呼兰河传》第三章第一、二节。萧红（1911—1942年），被誉为"20世纪30年代的文学洛神"。代表作有《生死场》《马伯乐》《呼兰河传》等。

等祖父发现我铲的那块满留着狗尾草的一片，他就问我：

"这是什么？"

我说：

"谷子。"

祖父大笑起来，笑得够了，把草摘下来问我：

"你每天吃的就是这个吗？"

我说：

"是的。"

我看着祖父还在笑，我就说：

"你不信，我到屋里拿来你看。"

我跑到屋里拿了鸟笼上的一头谷穗，远远地就抛给祖父了。说：

"这不是一样的吗？"

祖父慢慢地把我叫过去，讲给我听，说谷子是有芒针的。狗尾草则没有，只是毛嘟嘟的真像狗尾巴。

祖父虽然教我，我看了也并不细看，也不过马马虎虎承认下来就是了。一抬头看见了一个黄瓜长大了，跑过去摘下来，我又去吃黄瓜去了。

黄瓜也许没有吃完，又看见了一个大蜻蜓从旁飞过，于是丢了黄瓜又去追蜻蜓去了。蜻蜓飞得多么快，哪里会追得上？好在一开初也没有存心一定追上，所以站起来，跟了蜻蜓跑了几步就又去做别的去了。

采一个倭瓜花心，捉一个大绿豆青蚂蚱，把蚂蚱腿用线绑上，绑了一会，也许把蚂蚱腿就绑掉，线头上只拴了一只腿，而不见蚂蚱了。

玩腻了，又跑到祖父那里去乱闹一阵，祖父浇菜，我也抢过来浇，奇怪的就是并不往菜上浇，而是拿着水瓢，拼尽了力气，把水往天空里一扬，大喊着：

"下雨了，下雨了。"

太阳在园子里是特大的，天空是特别高的。太阳的光芒四射，亮得使人睁不开眼睛，亮得蚯蚓不敢钻出地面来，蝙蝠不敢从什么黑暗的地方飞出来。是凡在太阳下的，都是健康的、漂亮的，拍一拍连大树都会发响的，叫一叫就是站在对面的土墙都会回答似的。

花开了，就像花睡醒了似的。鸟飞了，就像鸟上天了似的。虫子叫了，就像虫子在说话似的。一切都活了。都有无限的本领，要做什么，就做什么。要怎么样，就怎么样。都是自由的。倭瓜愿意爬上架就爬上架，愿意爬上房就爬上房。黄瓜愿意开一个黄花，就开一个黄花，愿意结一个黄瓜，就结一个黄瓜。若都不愿意，就是一个黄瓜也不结，一朵花也不开，也没有人问它。玉米愿意长多高就长多高，它若愿意长上天去，也没有人管。蝴蝶随意的（地）飞，一会从墙头上飞来一对黄蝴蝶，一会又从墙头上飞走了一个白蝴蝶。它们是从谁家来的，又飞到谁家去？太阳也不知道这个。

只是天空蓝悠悠的，又高又远。

可是白云一来了的时候，那大团的白云，好像洒了花的白银似的，从祖父的头上经过，好像要压到了祖父的草帽那么低。

我玩累了，就在房子底下找个阴凉的地方睡着了。不用枕头，不用席子，就把草帽遮在脸上就睡了。

二

祖父的眼睛是笑盈盈的，祖父的笑，常常笑得和孩子似的。

祖父是个长得很高的人，身体很健康，手里喜欢拿着个手杖。嘴上则不住地抽着旱烟管，遇到了小孩子，每每喜欢开个玩笑，说：

"你看天空飞个家雀。"

趁那孩子往天空一看，就伸出手去把那孩子的帽给取下来了，有的时候放在长衫的下边，有的时候放在袖口里头。他说：

"家雀叼走了你的帽啦。"

孩子们都知道了祖父的这一手了，并不以为奇，就抱住他的大腿，向他要帽子，摸着他的袖管，撕着他的衣襟，一直到找出帽子来为止。

祖父常常这样做，也总是把帽放在同一个的地方，总是放在袖口和衣襟下。那些搜索他的孩子没有一次不是在他衣襟下把帽子拿出来的，好像他和孩子们约定了似的："我就放在这块，你来找吧！"

这样的不知做过了多少次，就像老太太永久讲着"上山打老虎"这一个故事给孩子们听似的，哪怕是已经听过了五百遍，也还是在那里回回拍手，回回叫好。

每当祖父这样做一次的时候，祖父和孩子们都一齐地笑得不得了，好像这戏还是第一次演似的。

别人看了祖父这样做，也有笑的，可不是笑祖父的手法好，而是笑他天天使用一种方法抓掉了孩子的帽子，这未免可笑。

祖父不怎样会理财，一切家务都由祖母管理。祖父只是自由自在地一天闲着；我想，幸好我长大了，我三岁了，不然祖父该多寂寞。我会走了，我会跑了。我走不动的时候，祖父就抱着我；我走得动了，祖父就拉着我。一天到晚，门里门外，寸步不离，而祖父多半是在后园里，于是我也在后园里。

我小的时候，没有什么同伴，我是我母亲的第一个孩子。

我记事很早，在我三岁的时候，我记得我的祖母用针刺过我的手指，所以我很不喜欢她。我家的窗子，都是四边糊纸，当中嵌着玻璃。祖母是有洁癖的，以她屋的窗纸最白净。别人抱着把我一放在祖母的炕边上，我不假思索地就要往炕里边跑，跑到窗子那里，若不加阻止，就必得挨着排给捅破。若有人招呼着我，我也得加速的（地）抢着多捅几个才能停止。手指一触到窗上，那纸窗像小鼓似的，嘭嘭地就破了。破得越多，自己越得意。祖母若来追我的时候，我就越得意了，笑得拍着手，跳着脚的。

有一天祖母看我来了，她拿了一个大针就到窗子外边去等我去了。我刚一伸出手去，手指就痛得厉害。我就叫起来了。那就是祖母用针刺了我。

从此，我就记住了，我不喜欢她。虽然她也给我糖吃，她咳嗽时吃猪腰烧川贝母，也分给我猪腰，但是我吃了猪腰还是不喜欢她。

在她临死之前，病重的时候，我还会吓了她一跳。有一次她自己一个人坐在炕上熬药，药壶是坐在炭火盆上，因为屋里特别的寂静，听得见那药壶骨碌骨碌地响。祖母住着两间房子，是里外屋，恰巧外屋也没有人，里屋也没人，就是她自己。我把门一开，祖母并没有看见我，于是我就用拳头在板隔壁上，咚咚地打了两拳。我听到祖母"哟"地一声，铁火剪子就掉了地上了。

我再探头一望，祖母就骂起我来。她好像就要下地来追我似的。我就一边笑着，一边跑了。

我这样地吓唬祖母，也并不是向她报复，那时我才五岁，是不晓得什么的，也许觉得这样好玩。

祖父一天到晚是闲着的，祖母什么工作也不分配给他。只有一件事，就是祖母的地棕上的摆设，有一套锡器，却总是祖父擦的。这可不知道是祖母派给他的，还是他自动的愿意工作，每当祖父一擦的时候，我就不高兴，一方面是不能领着我到后园里去玩了，另一方面祖父因此常常挨骂，祖母骂他懒，骂他擦的（得）不干净。祖母一骂祖父的时候，就常常不知为什么连我也骂上。

祖母一骂祖父，我就拉着祖父的手往外边走，一边说：

"我们后园里去吧。"

也许因此祖母也骂了我。

她骂祖父是"死脑瓜骨",骂我是"小死脑瓜骨"。

我拉着祖父就到后园里去了,一到了后园里,立刻就另是一个世界了。决(绝)不是那房子里的狭窄的世界,而是宽广的,人和天地在一起,天地是多么大,多么远,用手摸不到天空。而土地上所长的又是那么繁华,一眼看上去,是看不完的,只觉得眼前鲜绿的一片。

一到后园里,我就没有对象地奔了出去,好像我是看准了什么而奔去了似的,好像有什么在那儿等着我似的。其实我是什么目的也没有。只觉得这园子里边无论什么东西都是活的,好像我的腿也非跳不可了。

若不是把全身的力量跳尽了,祖父怕我累了想招呼住我,那是不可能的,反而他越招呼,我越不听话。

等到自己实在跑不动了,才坐下来休息,那休息也是很快的,也不过随便在秧子上摘下一个黄瓜来,吃了也就好了。

休息好了又是跑。

樱桃树,明是没有结樱桃,就偏跑到树上去找樱桃。李子树是半死的样子的,本不结李子的,就偏去找李子。一边在找,还一边大声的(地)喊,在问着祖父:

"爷爷,樱桃树为什么不结樱桃?"

祖父老远的(地)回答着:

"因为没有开花,就不结樱桃。"

再问:

"为什么樱桃树不开花?"

祖父说:

"因为你嘴馋,它就不开花。"

我一听了这话,明明是嘲笑我的话,于是就飞奔着跑到祖父那里,似乎是很生气的样子。等祖父把眼睛一抬,他用了完全没有恶意的眼睛一看我,我立刻就笑了。而且是笑了半天的工夫才能够止住,不知哪里来了那许多的高兴。把后园一时都让我搅乱了,我笑的声音不知有多大,自己都感到震耳了。

后园中有一棵玫瑰。一到五月就开花的。一直开到六月。花朵和酱油碟那么大。开得很茂盛,满树都是,因为花香,招来了很多的蜂子,嗡嗡地在玫瑰树那儿闹着。

别的一切都玩厌了的时候，我就想起来去摘玫瑰花，摘了一大堆把草帽脱下来用帽兜子盛着。在摘那花的时候，有两种恐惧，一种是怕蜂子的勾刺人，另一种是怕玫瑰的刺刺手。好不容易摘了一大堆，摘完了可又不知道做什么了。忽然异想天开，这花若给祖父戴起来该多好看。

祖父蹲在地上拔草，我就给他戴花。祖父只知道我是在捉弄他的帽子，而不知道我到底是在干什么。我把他的草帽给他插了一圈的花，红通通的二三十朵。我一边插着一边笑，当我听到祖父说：

"今年春天雨水大，咱们这棵玫瑰开得这么香。二里路也怕闻得到的。"

就把我笑得哆嗦起来。我几乎没有支持的能力再插上去。等我插完了，祖父还是安然的不晓得。他还照样地拔着垄上的草。我跑得很远的（地）站着，我不敢往祖父那边看，一看就想笑。所以我借机进屋去找一点吃的来，还没有等我回到园中，祖父也进屋来了。

那满头红通通的花朵，一进来祖母就看见了。她看见什么也没说，就大笑了起来。父亲母亲也笑了起来，而以我笑得最厉害，我在炕上打着滚笑。

祖父把帽子摘下来一看，原来那玫瑰的香并不是因为今年春天雨水大的缘故，而是那花就顶在他的头上。

他把帽子放下，他笑了十多分钟还停不住，过一会一想起来，又笑了。

祖父刚有点忘记了，我就在旁边提着说：

"爷爷……今年春天雨水大呀……"

一提起，祖父的笑就来了。于是我也在炕上打起滚来。

就这样一天一天的，祖父，后园，我，这三样是一样也不可缺少的了。

刮了风，下了雨，祖父不知怎样，在我却是非常寂寞的了。去没有去处，玩没有玩的，觉得这一天不知有多少日子那么长。

6 乌篷船[1]

周作人

子荣君：[2]

接到手书，知道你要到我的故乡去，叫我给你一点什么指导。老实说，我的故乡，真正觉得可怀恋的地方，并不是那里；但是因为在那里生长，住过十多年，究竟知道一点情形，所以写这一封信告诉你。

我所要告诉你的，并不是那里的风土人情，那是写不尽的，但是你到那里一看也就会明白的，不必罗（啰）唆地多讲。我要说的是一种很有趣的东西，这便是船。你在家乡平常总坐人力车，电车，或是汽车，但在我的故乡那里这些都没有，除了在城内或山上是用轿子以外，普通代步都是用船。船有两种，普通坐的都是"乌篷船"，白篷的大抵作航船用，坐夜航船到西陵去也有特别的风趣，但是你总不便坐，所以我就可以不说了。乌篷船大的为"四明瓦"（Symenngoa），小的为脚划船（划读 uoa）亦称小船。但是最适用的还是在这中间的"三道"，亦即三明瓦。篷是半圆形的，用竹片编成，中夹竹箬，上涂黑油；在两扇"定篷"之间放着一扇遮阳，也是半圆的，木作格子，嵌着一片片的小鱼鳞，径约一寸，颇有点透明，略似玻璃而坚韧耐用，这就称为明瓦。三明瓦者，谓其中舱有两道，后舱有一道明瓦也。船尾用橹，大抵两支，船首有竹篙，用以定船。船头着眉目，状如老虎，但似在微笑，颇滑稽而不可怕，唯白篷船则无之。三道船篷之高大约可以使你直立，舱宽可以放下一顶方桌，四个人坐着打马（麻）将，——这个恐怕你也已学会了罢？小船则真是一叶扁舟，你坐在船底席上，篷顶离你的头有两三寸，你的两手可以搁在左右的舷上，还把手都露出在外边。在这种船里仿佛是在水面上坐，靠近田岸去时泥土便和你的眼鼻接近，而且遇着风浪，或是坐得稍不小心，就会船底朝天，发生危险，但是也颇有趣味，是水乡的一种特色。不过你总可以不必去坐，最好还是坐那三道船罢。

你如坐船出去，可是不能像坐电车的那样性急，立刻盼望走到。倘若出城，走三四十

---

[1] 选自赵家璧主编《中国新文学大系·散文二集》，良友图书印刷公司出版，1935 年版。本文有删改。周作人（1885—1967 年），原名周櫆寿，又名启明，鲁迅之弟，中国现代著名散文家，散文集有《谈龙集》《雨天的书》《谈虎集》等。

[2] 子荣，是周作人的笔名，始用于 1923 年 8 月 26 日《晨报副刊》发表的《医院的阶陛》一文。以后，1923 年，1925 年均用过此笔名，在本文之后，1927 年 9、10 月所作《诅咒》《功臣》等文中，也用过"子荣"的笔名。一说"子荣"此笔名系周作人在日本时的恋人"乾荣子"的名字点化而来。本文收信人与写信人是同一人，可以看作是作者寂寞的灵魂的内心对白。

里路（我们那里的里程是很短，一里才及英里三分之一），来回总要预备一天。你坐在船上，应该是游山的态度，看看四周物色，随处可见的山，岸旁的乌桕，河边的红蓼蓼和白蘋，渔舍，各式各样的桥，困倦的时候睡在舱中拿出随笔来看，或者冲一碗清茶喝喝。偏门外的鉴湖一带，贺家池，壶觞左近，我都是喜欢的，或者往娄公埠骑驴去游兰亭（但我劝你还是步行，骑驴或者于你不很相宜），到得暮色苍然的时候进城上都挂着薜荔的东门来，倒是颇有趣味的事。倘若路上不平静，你往杭州去时可于下午开船，黄昏时候的景色正最好看，只可惜这一带地方的名字我都忘记了。夜间睡在舱中，听水声橹声，来往船只的招呼声，以及乡间的犬吠鸡鸣，也都很有意思。雇一只船到乡下去看庙戏，可以了解中国旧戏的真趣味，而且在船上行动自如，要看就看，要睡就睡，要喝酒就喝酒，我觉得也可以算是理想的行乐法。——你到我那故乡，恐怕没有一个人认得，我又因为在教书不能陪你去玩，坐夜船，谈闲天，实在抱歉而且惆怅。川岛君夫妇现在偁山下，本来可以给你介绍，但是你到那里的时候他们恐怕已经离开故乡了。初寒，善自珍重，不尽。

　　　　　　　　　　　　　　　　　　　　十五年十一月十八日夜，于北京。

7 雷雨（节选）[1]

曹 禺

　　繁漪由中门上。不做声地走进来，雨衣上的水还在往下滴，发鬓有些湿。颜色是很惨白，整个面都像石膏的塑像。高而白的鼻梁，薄而红的嘴唇死死地刻在脸上，如刻在一个严峻的假面上，整个脸庞是无表情的。只有她的眼睛烧着心内疯狂的火，然而也是冷酷的，爱和恨烧尽了女人一切的仪态，她像是厌弃了一切，只有计算着如何报复的心念在心中起伏。

　　她看见朴园，他惊愕地望着她。

周繁漪　（毫不奇怪地）还没有睡？（立在中门前，不动）

周朴园　你？（走近她，粗而低的声音）你上哪儿去了？（望着她，停）冲儿找你一个晚上。

周繁漪　（平常地）我出去走走。

周朴园　这样大的雨，你出去走？

周繁漪　嗯，——（忽然报复地）我有神经病。

周朴园　我问你，你刚才在哪儿？

周繁漪　（厌恶地）你不用管。

周朴园　（打量她）你的衣服都湿了，还不脱了它？

周繁漪　（冷冷地，有意义地）我心里发热，我要在外面冰一冰。

周朴园　（不耐烦地）不要胡言乱话（语）的，你刚才究竟上哪儿去了？

周繁漪　（无神地望着他，清楚地）在你的家里！

周朴园　（烦恶地）在我的家里？

周繁漪　（觉得报复的快感，微笑）嗯，在花园里赏雨。

周朴园　一夜晚？

周繁漪　（快意地）嗯，淋了一夜晚。

　　半晌，朴园惊疑地望着她，繁漪像一座石像似的仍站在门前。

---

　　[1] 选自曹禺著《曹禺选集》，人民文学出版社，2004年版。本文节选自《雷雨》第四幕。曹禺（1910—1996年），中国杰出话剧家，原名万家宝。1934年发表《雷雨》，代表作有《北京人》《日出》《原野》等。

周朴园　繁漪，我看你上楼去歇一歇吧。

周繁漪　（冷冷地）不，不，（忽然）你拿的什么？（轻蔑地）哼，又是那个女人的相片！
（伸手拿）

周朴园　你可以不看，萍儿的母亲的。

周繁漪　（抢过去了，前走了两步，就向灯下看）萍儿的母亲很好看。

朴园没有理她，在沙发上坐下。

周繁漪　问你，是不是？

周朴园　嗯。

周繁漪　样子很温存的。

周朴园　（眼睛望着前面）

周繁漪　她很聪明。

周朴园　（冥想）嗯。

周繁漪　（高兴地）真年青（轻）。

周朴园　（不自觉地）不，老了。

周繁漪　（想起）她不是早死了么？

周朴园　嗯，对了，她早死了。

周繁漪　（放下相片）奇怪，我像是在哪儿见过似的。

周朴园　（抬起头，疑惑地）不，不会吧。——你在哪儿见过她吗？

周繁漪　（忽然）她的名字很雅致，侍萍，侍萍，就是有点丫头气。

周朴园　好，我看你睡去吧。（立起，把相片拿起来。）

周繁漪　拿这个做什么？

周朴园　后天搬家，我怕掉了。

周繁漪　不，不，（从他手中取过来）放在这儿一晚上，（怪样地笑）不会掉的，我替你
守着她。（放在桌上）

周朴园　不要装疯！你现在有点胡闹！

周繁漪　我是疯了。请你不用管我。

周朴园　（愠怒）好，你上楼去吧，我要一个人在这儿歇一歇。

周繁漪　不，我要一个人在这儿歇一歇，我要你给我出去。

周朴园　（严厉地）繁漪，你走，我叫你上楼去！

周繁漪　（轻蔑地）不，我不愿意。我告诉你（暴躁地）我不愿意！

半晌。

周朴园　（低声）你要注意这儿（指头），记着克大夫的话，他要你静静地，少说话。明
　　　　天克大夫还来，我已经替你请好了。

周繁漪　谢谢你！（望着前面）明天？哼！

　　　周萍低头由饭厅走出，神色忧郁，走向书房。

周朴园　萍儿。

周　萍　（抬头，惊讶）爸！您还没有睡。

周朴园　（责备地）怎么，现在才回来？

周　萍　不，爸，我早回来，我出去买东西去了。

周朴园　你现在做什么？

周　萍　我到书房，看看爸写的介绍信在那儿没有。

周朴园　你不是明天早车走么？

周　萍　我忽然想起今天夜晚两点半钟有一趟车，我预备现在就走。

周繁漪　（忽然）现在？

周　萍　嗯。

周繁漪　（有意义地）心里就这样急么？

周　萍　是，母亲。

周朴园　（慈爱地）外面下着大雨，半夜走不大方便吧？

周　萍　这时走，明天日初到，找人方便些。

周朴园　信就在书房桌上，你要现在走也好。

　　　萍点头，走向书房

周朴园　你不用去！（向繁漪）你到书房把信替他拿来。

周繁漪　（看朴园，不信任地）嗯！

　　　繁漪进书房。

周朴园　（望繁出，谨慎地）她不愿上楼，回头你先陪她到楼上去，叫底下人伺候她睡觉。

周　萍　（无法地）是，爸爸。

周朴园　（更小心）你过来！（周萍走近，低声）告诉底下人，叫他们小心点，（烦恶地）
　　　　我看她的病更重，刚才她忽然一个人出去了。

周　萍　出去了？

周朴园　嗯。（严重地）在外面淋了一夜晚的雨，说话也非常奇怪，我怕这不是好现

象。——（觉得恶兆来了似的）我老了，我愿意家里平平安安地……

周　萍　（不安地）我想爸爸只要把事不看得太严重了，事情就会过去的。

周朴园　（畏缩地）不，不，有些事简直是想不到的。天意很——有点古怪：今天一天叫我忽然悟到为人太——太冒险，太——太荒唐，（疲倦地）我累得很。（如释重负）今天大概是过去了。（自慰地）我想以后——不该，再有什么风波。（不寒而栗地）不，不该！

　　　　繁漪持信上。

周繁漪　（嫌恶地）信在这儿！

周朴园　（如梦初醒，向萍）好，你走吧，我也想睡了。（振起喜色）嗯！后天我们一定搬新房子，（向繁漪）你好好地休息两天。

周繁漪　（盼望他走）嗯，好。

　　　　朴园由书房下。

周繁漪　（见朴园走出，阴沉地）这么说你是一定要走了。

周　萍　（声略带愤）嗯。

周繁漪　（忽然急躁地）刚才你父亲对你说什么？

周　萍　（闪避地）他说要我陪你上楼去，请你睡觉。

周繁漪　（冷笑）他应当叫几个人把我拉上去，关起来。

周　萍　（故意装做不明白）你这是什么意思？

周繁漪　（迸发）你不用骗我。我知道。我知道，（辛酸地）他说我是神经病。疯子，我知道他，要你这样看我，他要什么人都这样看我。

周　萍　（心悸）不，你不要这样想。

周繁漪　（奇怪的神色）你？你也骗我？（低声，阴郁地）我从你们的眼神看出来，你们父子都愿我快成疯子！（刻毒地）你们——父亲同儿子——偷偷在我背后说冷话，说我，笑我，在我背后算计着我。

周　萍　（镇静自己）你不要神经过敏，我送你上楼去。

周繁漪　（突然地，高声）我不要你送，走开！（抑制着，恨恶地，低声）我还用不着你父亲偷偷地，背着我，叫你小心，送一个疯子上楼。

周　萍　（抑制着自己的烦嫌）那么，你把信给我，让我自己走吧。

周繁漪　（不明白地）你上哪儿？

周　萍　（不得已地）我要走，我要收拾我的东西。

周繁漪　（忽然冷静地）我问你，你今天晚上上哪儿去了？

周　萍　（敌对地）你不用问，你自己知道。

周繁漪　（低声，恐吓地）到底你还是到她那儿去了。

　　　　半晌，繁漪望萍，萍低头。

周　萍　（断然，阴沉地）嗯，我去了，我去了，（挑战地）你要怎么样？

周繁漪　（软下来）不怎么样。（强笑）今天下午的话我说错了，你不要怪我。我只问你

　　　　走了以后，你预备把她怎么样？

周　萍　以后？——（贸然地）我娶她！

周繁漪　（突如其来地）娶她？

周　萍　（决定地）嗯。

周繁漪　（刺心地）父亲呢？

周　萍　（淡然）以后再说。

周繁漪　（神秘地）萍，我现在给你一个机会。

周　萍　（不明白）什么？

周繁漪　（劝诱他）如果今天你不走，你父亲那儿我可以替你想法子。

周　萍　不必，这件事我认为光明正大，我可以跟任何人谈。——她——她不过就是穷点。

周繁漪　（愤然）你现在说话很像你的弟弟。——（忧郁地）萍！

周　萍　干什么？

周繁漪　（阴郁地）你知道你走了以后，我会怎么样？

周　萍　不知道。

周繁漪　（恐惧地）你看看你的父亲，你难道想像（象）不出？

周　萍　我不明白你的话。

周繁漪　（指自己的头）就在这儿；你不知道么？

周　萍　（似懂非懂地）怎么讲？

周繁漪　（好像在叙述别人的事情）第一，那位专家，克大夫免不了会天天来的，要我

　　　　吃药，逼着我吃药。吃药，吃药，吃药！渐渐伺候着我的人一定多，守着我，

　　　　像个怪物似的守着我。他们——

周　萍　（烦）我劝你，不要这样胡想，好不好？

周繁漪　（不顾地）他们渐渐学会了你父亲的话，"小心，小心点，她有点疯病！"到处

　　　　都偷偷地在我背后低着声音说话，叽咕着。慢慢地无论谁都要小心点，不敢见我，

最后用铁链子锁着我，那我真成了疯子。

周　萍　（无办法）唉！（看表）不早了，给我信吧，我还要收拾东西呢。

周繁漪　（恳求地）萍，这不是不可能的。（乞怜地）萍，你想一想，你就一点——就一点无动于衷么？

周　萍　你——（故意恶狠狠地）你自己要走这一条路，我有什么办法？

周繁漪　（愤怒地）什么，你忘记你自己的母亲也被你父亲气死的么？

周　萍　（一了百了，更狠毒地激惹她）我母亲不像你，她懂得爱！爱自己的儿子，她没有对不起我父亲。

周繁漪　（爆发，眼睛射出疯狂的火）你有权利说这种话么？你忘了就在这屋子，三年前的你么？你忘了你自己才是个罪人；你忘了，我们——（突然，压制自己，冷笑）哦，这是过去的事，我不提了。

　　　　周萍低头，身发颤，坐沙发上，悔恨抓着他的心，面上筋肉成不自然的拘挛。

周繁漪　（她转向他，哭声，失望地说着）哦，萍，好了。这一次我求你，最后一次求你。我从来不肯对人这样低声下气说话，现在我求你可怜可怜我，这家我再也忍受不住了。（哀婉地诉出）今天这一天我受的罪过你都看见了，这样子以后不是一天，是整月，整年地，以至到我死，才算完。他厌恶我，你的父亲；他知道我明白他的底细，他怕我。他愿意人人看我是怪物，是疯子，萍！——

周　萍　（心乱）你，你别说了。

周繁漪　（急迫地）萍，我没有亲戚，没有朋友，没有一个可信的人。我现在求你，你先不要走——

周　萍　（躲闪地）不，不成。

周繁漪　（恳求地）即使你要走，你带我也离开这儿——

周　萍　（恐惧地）什么。你简直胡说！

周繁漪　（恳求地）不，不，你带我走，——带我离开这儿，（不顾一切地）日后，甚至于你要把四凤接来——一块儿住，我都可以，只要，（热烈地）只要你不离开我。

周　萍　（惊惧地望着她，退后，半晌，颤声）我——我怕你真疯了！

周繁漪　（安慰地）不，你不要这样说话。只有我明白你，我知道你的弱点，你也知道我的。你什么我都清楚。（诱惑地笑，向萍奇怪地招着手，更诱惑地笑）你过来，你——你怕什么？

周　萍　　（望着她，忍不住地狂喊出来）哦，我不要你这样笑！（更重）不要你这样对我笑！
　　　　　（苦恼地打着自己的头）哦，我恨我自己，我恨，我恨我为什么要活着。

周繁漪　　（酸楚地）我这样累你么？然而你知道我活不到几年了。

周　萍　　（痛苦地）你难道不知道这种关系谁听着都厌恶么？你明白我每天喝酒胡闹就因
　　　　　为自己恨，——恨我自己么？

周繁漪　　（冷冷地）我跟你说过多少遍，我不这样看，我的良心不是这样做的。（郑重
　　　　　地）萍，今天我做错了，如果你现在听我的话，不离开家；我可以再叫四凤回
　　　　　来的。

周　萍　　什么？

周繁漪　　（清清楚楚地）叫她回来还来得及。

周　萍　　（走到她面前，声沉重，慢说）你跟我滚开！

周繁漪　　（顿，又缓缓地）什么？

周　萍　　你现在不像明白人，你上楼睡觉去吧。

周繁漪　　（明白自己的命运）那么，完了。

周　萍　　（疲惫地）嗯，你去吧。

周繁漪　　（绝望，沉郁地）刚才我在鲁家看见你同四凤。

周　萍　　（惊）什么，你刚才是到鲁家去了？

周繁漪　　（坐下）嗯，我在他们家附近站了半天。

周　萍　　（悔惧）什么时候你在那（哪）里？

周繁漪　　（低头）我看着你从窗户进去。

周　萍　　（急切）你呢？

周繁漪　　（无神地望着前面）就走到窗户前面站着。

周　萍　　那么有一个女人叹气的声音是你么？

周繁漪　　嗯。

周　萍　　后来，你又在那里站多半天？

周繁漪　　（慢而清朗地）大概是直等到你走。

周　萍　　哦！（走到她身后，低声）那窗户是你关上的，是么？

周繁漪　　（更低的声音，阴沉地）嗯，我。

周　萍　　（恨极，恶毒地）你是我想不到的一个怪物！

周繁漪　　（抬起头）什么？

周　萍　（暴烈地）你真是一个疯子！

周繁漪　（无表情地望着他）你要怎么样？

周　萍　（狠恶地）我要你死！再见吧！

　　　　萍由饭厅急走下，门猝然地关上。

周繁漪　（呆滞地坐了一下，望着饭厅的门。瞥见侍萍的相片，拿在手上，低叹，阴郁地）
　　　　这是你的孩子！（缓缓扯下硬卡片贴的相纸，一片一片地撕碎。沉静地立起来，
　　　　走了两步。）奇怪，心里安静得很！

8 茶馆（节选）[1]

老 舍

第一幕

时间　一九九八年（戊戌）初秋，康梁等的维新运动失败了。早半天。

地点　北京，裕泰大茶馆。

人物　王利发　刘麻子　庞太监　唐铁嘴　康　六

　　　小牛儿　松二爷　黄胖子　宋恩子　常四爷

　　　秦仲义　吴祥子　李　三　老　人　康顺子

　　　二德子　乡　妇　茶客甲、乙、丙、丁

　　　马五爷　小　妞　茶房一二人

幕启：这种大茶馆现在已经不见了。在几十年前，每城都起码有一处。这里卖茶，也卖简单的点心与饭菜。玩鸟的人们，每天在蹓够了画眉、黄鸟等之后，要到这里歇歇腿，喝喝茶，并使鸟儿表演歌唱。商议事情的，说媒拉纤的，也到这里来。那年月，时常有打群架的，但是总会有朋友出头给双方调解；三五十口子打手，经调人东说西说，便都喝碗茶，吃碗烂肉面（大茶馆特殊的食品，价钱便宜，作起来快当），就可以化干戈为玉帛了。总之，这是当日非常重要的地方，有事无事都可以来坐半天。

在这里，可以听到最荒唐的新闻，如某处的大蜘蛛怎么成了精，受到雷击。奇怪的意见也在这里可以听到，象（像）把海边上都修上大墙，就足以挡住洋兵上岸。这里还可以听到某京戏演员新近创造了什么腔儿，和煎熬鸦片烟的最好的方法。这里也可以看到某人新得到的奇珍——一个出土的玉扇坠儿，或三彩的鼻烟壶。这真是个重要的地方，简直可以算作文化交流的所在。

我们现在就要看见这样的一座茶馆。

一进门是柜台与炉灶——为省点事，我们的舞台上可以不要炉灶；后面有些锅勺的响声也就够了。屋子非常高大，摆着长桌与方桌，长凳与小凳，都是茶座儿。隔窗可见后院，高搭着凉棚，棚下也有茶座儿。屋里和凉棚下都有挂鸟笼的地方。各处都贴着"莫

---

[1] 选自老舍著《老舍文集》第十一卷，人民文学出版社，1987 年版。本文为《茶馆》第一幕。老舍（1899—1966 年），原名舒庆春，代表作有小说《骆驼祥子》《四世同堂》，话剧《茶馆》等。

谈国事"的纸条。有两位茶客，不知姓名，正眯着眼，摇着头，拍板低唱。有两三位茶客，也不知姓名，正入神地欣赏瓦罐里的蟋蟀。两位穿灰色大衫的——宋恩子与吴祥子，正低声地谈话，看样子他们是北衙门的办案的（侦缉）。

今天又有一起打群架的，据说是为了争一只家鸽，惹起非用武力解决不可的纠纷。假若真打起来，非出人命不可，因为被约的打手中包括着善扑营的哥儿们和库兵，身手都十分厉害。好在，不能真打起来，因为在双方还没把打手约齐，已有人出面调停了——现在双方在这里会面。三三两两的打手，都横眉立目，短打扮，随时进来，往后院去。

马五爷在不惹人注意的角落，独自坐着喝茶。

王利发高高地坐在柜台里。

唐铁嘴踏拉着鞋，身穿一件极长极脏的大布衫，耳上夹着几张小纸片，进来。

王利发 唐先生，你外边蹓跶（溜达）吧！

唐铁嘴 （惨笑）王掌柜，捧捧唐铁嘴吧！送给我碗茶喝，我就先给您相相面吧！手相奉送，不取分文！（不容分说，拉过王利发的手来）今年是光绪二十四年，戊戌。您贵庚是……

王利发 （夺回手去）算了吧，我送你一碗茶喝，你就甭卖那套生意口啦！用不着相面，咱们既在江湖内，都是苦命人！（由柜台内走出，让唐铁嘴坐下）坐下！我告诉你，你要是不戒了大烟，就永远交不了好运！这是我的想法，比你的更灵验！

松二爷和常四爷都提着鸟笼进来，王利发向他们打招呼。他们先把鸟笼子挂好，找地方坐下。松二爷文绉绉的，提着小黄鸟笼；常四爷雄赳赳的，提着大而高的画眉笼。茶房李三赶紧过来，沏上盖碗茶。他们自带茶叶。茶沏好，松二爷、常四爷向邻近的茶座让了让。

松二爷、常四爷 您喝这个！（然后，往后院看了看）

松二爷 好像又有事儿？

常四爷 反正打不起来！要真打的话，早到城外头去啦。到茶馆来干吗？

二德子，一位打手，恰好进来，听见了常四爷的话。

二德子 （凑过去）你这是对谁甩闲话呢？

常四爷 （不肯示弱）你问我哪？花钱喝茶，难道还教谁管着吗？

松二爷 （打量了二德子一番）我说这位爷，您是营里当差的吧？来，坐下喝一碗，我们也都是外场人。

二德子 你管我当差不当差呢！

常四爷 要抖威风，跟洋人干去，洋人厉害！英法联军烧了圆明园，尊家吃着官饷，可没见您去冲锋打仗！

二德子 甭说打洋人不打，我先管教管教你！（要动手）

　　　　别的茶客依旧进行他们自己的事。王利发急忙跑过来。

王利发 哥儿们，都是街面上的朋友，有话好说。德爷，您后边坐！

　　　　二德子不听王利发的话，一下子把一个盖碗搂下桌去，摔碎。翻手要抓常四爷的脖领。

常四爷 （闪过）你要怎么着？

二德子 怎么着？我碰不了洋人，还碰不了你吗？

马五爷 （并未立起）二德子，你威风啊！

二德子 （四下扫视，看到马五爷）喝，马五爷，你在这儿哪？我可眼拙，没看见您！（过去请安）

马五爷 有什么事好好地说，干吗动不动地就讲打？

二德子 嗻！您说得对！我到后头坐坐去。李三，这儿的茶钱我候啦！（往后面走去）

常四爷 （凑过来，要对马五爷发牢骚）这位爷，您圣明，您给评评理！

马五爷 （立起来）我还有事，再见！（走出去）

常四爷 （对王利发）邪！这倒是个怪人！

王利发 您不知道这是马五爷呀！怪不得你也得罪了他！

常四爷 我也得罪了他？我今天出门没挑好日子！

王利发 （低声地）刚才您说洋人怎样，他就是吃洋饭的。信洋教，说洋话，有事情可以一直地找宛平县的县太爷去，要不怎么连官面上都不惹他呢！

常四爷 （往原处走）哼，我就不佩服吃洋饭的！

王利发 （向宋恩子、吴祥子那边稍一歪头，低声地）说话请留点神！（大声地）李三，再给这儿沏一碗来！（拾起地上的碎瓷片）

松二爷 盖碗多少钱？我赔！外场人不做老娘们事！

王利发 不忙，待会儿再算吧！（走开）

　　　　纤手刘麻子领着康六进来。刘麻子先向松二爷、常四爷打招呼。

刘麻子 您二位真早班儿！（掏出鼻烟壶，倒烟）您试试这个！刚装来的，地道的英国造，又细又纯！

常四爷 唉！连鼻烟也得从外洋来！这得往外流多少银子啊！

刘麻子　咱们大清国有的是金山银山，永远花不完！您坐着，我办点小事！（领康六找了个座儿）

李三拿过一碗茶来。

刘麻子　说说吧，十两银子行不行？你说干脆的！我忙，没工夫专伺候你！

康　六　刘爷！十五岁的大姑娘，就值十两银子吗？

刘麻子　卖到窑子去，也许多拿一两八钱的，可是你又不肯！

康　六　那是我的亲女儿！我能够……

刘麻子　有女儿，你可养活不起，这怪谁呢？

康　六　那不是因为乡下种地的都没法子混了吗？一家大小要是一天能吃上一顿粥，我要还想卖女儿，我就不是人！

刘麻子　那是你们乡下的事，我管不着。我受你之托，教你不吃亏，又教你女儿有个吃饱饭的地方，这还不好吗？

康　六　到底给谁呢？

刘麻子　我一说，你必定从心眼里乐意！一位在宫里当差的！

康　六　宫里当差的谁要个乡下丫头呢？

刘麻子　那不是你女儿的命好吗？

康　六　谁呢？

刘麻子　庞总管！你也听说过庞总管吧？伺候着太后，红的不得了，连家里打醋的瓶子都是玛瑙的！

康　六　刘大爷，把女儿给太监作（做）老婆，我怎么对得起人呢？

刘麻子　卖女儿，无论怎么卖，也对不起女儿！你糊涂！你看，姑娘一过门，吃的是珍馐美味，穿的是绫罗绸缎，这不是造化吗？怎样，摇头不算点头算，来个干脆的！

康　六　自古以来，哪有……他就给十两银子？

刘麻子　找遍了你们全村儿，找得出十两银子找不出？在乡下，五斤白面就换个孩子，你不是不知道！

康　六　我，唉！我得跟姑娘商量一下！

刘麻子　告诉你，过了这个村可没有这个店，耽误了事可别怨我！快去快来！

康　六　唉！我一会儿就回来！

刘麻子　我在这儿等着你！

康　六　（慢慢地走出去）

刘麻子 （凑到松二爷、常四爷这边来）乡下人真难办事，永远没有个痛痛快快！

松二爷 这号生意又不小吧？

刘麻子 也甜不到哪儿去，弄好了，赚个元宝！

常四爷 乡下是怎么了？会弄得这么卖儿卖女的！

刘麻子 谁知道！要不怎么说，就是条狗也得托生在北京城里嘛！

常四爷 刘爷，您可真有个狠劲儿，给拉拢这路事！

刘麻子 我要不分心，他们还许找不到买主呢！（忙岔话）松二爷（掏出个小时表来），您看这个！

松二爷 （接表）好体面的小表！

刘麻子 您听听，嘎登嘎登地响！

松二爷 （听）这得多少钱？

刘麻子 您爱吗？就让给您！一句话，五两银子！您玩够了，不爱再要了，我还照数退钱！东西真地道，传家的玩艺！

常四爷 我这儿正咂摸这个味儿：咱们一个人身上有多少洋玩艺儿啊！老刘，就看你身上吧：洋鼻烟，洋表，洋缎大衫，洋布裤褂……

刘麻子 洋东西可真是漂亮呢！我要是穿一身土布，像个乡下脑壳，谁还理我呀！

常四爷 我老觉乎着咱们的大缎子，川绸，更体面！

刘麻子 松二爷，留下这个表吧，这年月，戴着这么好的洋表，会教人另眼看待！是不是这么说，您哪？

松二爷 （真爱表，但又嫌贵）我……

刘麻子 您先戴几天，改日再给钱！

黄胖子进来。

黄胖子 （严重的砂眼，看不清楚，进门就请安）哥儿们，都瞧我啦！我请安了！都是自家兄弟，别伤了和气呀！

王利发 这不是他们，他们在后院哪！

黄胖子 我看不大清楚啊！掌柜的，预备烂肉面，有我黄胖子，谁也打不起来！（往里走）

二德子 （出来迎接）两边已经见了面，您快来吧！

二德子同黄胖子入内。

茶房们一趟又一趟地往后面送茶水。老人进来，拿着些牙签、胡梳、耳挖勺之类的小东西，低着头慢慢地挨着茶座儿走；没人买他的东西。他要往后院去，被李三截住。

李　三　老大爷，您外边蹓跶（溜达）吧！后院里，人家正说和事呢，没人买您的东西！（顺手儿把剩茶递给老人一碗）

松二爷　（低声地）李三！（指后院）他们到底为了什么事，要这么拿刀动杖的？

李　三　（低声地）听说是为一只鸽子。张宅的鸽子飞到了李宅去，李宅不肯交还……唉，咱们还是少说话好，（问老人）老大爷您高寿啦？

老　人　（喝了茶）多谢！八十二了，没人管！这年月呀，人还不如一只鸽子呢！唉！（慢慢走出去）

　　　秦仲义，穿得很讲究，满面春风，走进来。

王利发　哎哟！秦二爷，您怎么这样闲在，会想起下茶馆来了？也没带个底下人？

秦仲义　来看看，看看你这年轻小伙子会做生意不会！

王利发　唉，一边做一边学吧，指着这个吃饭嘛。谁叫我爸爸死的（得）早，我不干不行啊！好在照顾主儿都是我父亲的老朋友，我有不周到的地方，都肯包涵，闭闭眼就过去了。在街面上混饭吃，人缘儿顶要紧。我按着我父亲遗留下的老办法，多说好话，多请安，讨人人的喜欢，就不会出大岔子！您坐下，我给您沏碗小叶茶去！

秦仲义　我不喝！也不坐着！

王利发　坐一坐！有您在我这儿坐坐，我脸上有光！

秦仲义　也好吧！（坐）可是，用不着奉承我！

王利发　李三，沏一碗高的来！二爷，府上都好？您的事情都顺心吧？

秦仲义　不怎么太好！

王利发　您怕什么呢？那么多的买卖，您的小手指头都比我的腰还粗！

唐铁嘴　（凑过来）这位爷好相貌，真是天庭饱满，地阁方圆，虽无宰相之权，而有陶朱之富！

秦仲义　躲开我！去！

王利发　先生，你喝够了茶，该外边活动活动去！（把唐铁嘴轻轻推开）

唐铁嘴　唉！（垂头走出去）

秦仲义　小王，这儿的房租是不是得往上提那么一提呢？当年你爸爸给我的那点租钱，还不够我喝茶用的呢！

王利发　二爷，您说的对，太对了！可是，这点小事用不着您分心，您派管事的来一趟，我跟他商量，该长多少租钱，我一定照办！是！嗻！

秦仲义　你这小子，比你爸爸还滑！哼，等着吧，早晚我把房子收回去！

王利发　您甭吓唬着我玩，我知道您多么照应我，心疼我，绝不会叫我挑着大茶壶，到街
　　　　上卖热茶去！

秦仲义　你等着瞧吧！

　　　　乡妇拉着个十来岁的小妞进来。小妞的头上插着一根草标。李三本想不许她们往前
走，可是心中一难过，没管。她们俩慢慢地往里走。茶客们忽然都停止说笑，看着她们。

小　妞　（走到屋子中间，立住）妈，我饿！我饿！

　　　　乡妇呆视着小妞，忽然腿一软，坐在地上，掩面低泣。

秦仲义　（对王利发）轰出去！

王利发　是！出去吧，这里坐不住！

乡　妇　哪位行行好？要这个孩子，二两银子！

常四爷　李三，要两个烂肉面，带她们到门外吃去！

李　三　是啦！（过去对乡妇）起来，门口等着去，我给你们端面来！

乡　妇　（立起，抹泪往外走，好像忘了孩子；走了两步，又转回身来，搂住小妞吻她）
　　　　宝贝！宝贝！

王利发　快着点吧！

　　　　乡妇、小妞走出去。李三随后端出两碗面去。

王利发　（过来）常四爷，您是积德行好，赏给她们面吃！可是，我告诉您：这路事儿太
　　　　多了，太多了！谁也管不了！（对秦仲义）二爷，您看我说的对不对？

常四爷　（对松二爷）二爷，我看哪，大清国要完！

秦仲义　（老气横秋地）完不完，并不在乎有人给穷人们一碗面吃没有。小王，说真的，
　　　　我真想收回这里的房子！

王利发　您别那么办哪，二爷！

秦仲义　我不但收回房子，而且把乡下的地，城里的买卖也都卖了！

王利发　那为什么呢？

秦仲义　把本钱拢到一块儿，开工厂！

王利发　开工厂？

秦仲义　嗯，顶大顶大的工厂！那才救得了穷人，那才能抵制外货，那才能救国！（对王
　　　　利发说而眼看着常四爷）唉，我跟你说这些干什么，你不懂！

王利发　您就专为别人，把财产都出手，不顾自己了吗？

秦仲义　你不懂！只有那么办，国家才能富强！好啦，我该走啦。我亲眼看见了，你的生

意不错，你甭再耍无赖，不长房钱！

王利发　您等等，我给您叫车去！

秦仲义　用不着，我愿意蹓跶蹓跶（溜达溜达）！

　　　　秦仲义往外走，王利发送。

　　　　小牛儿搀着庞太监走进来。小牛儿提着水烟袋。

庞太监　哟！秦二爷！

秦仲义　庞老爷！这两天您心里安顿了吧？

庞太监　那还用说吗？天下太平了，圣旨下来，谭嗣同问斩！告诉您，谁敢改祖宗的章程，谁就掉脑袋！

秦仲义　我早就知道！

　　　　茶客们忽然全静寂起来，几乎是闭住呼吸地听着。

庞太监　您聪明，二爷，要不然您怎么发财呢！

秦仲义　我那点财产，不值一提！

庞太监　太客气了吧？您看，全北京城谁不知道秦二爷！您比做官的还厉害呢！听说呀，好些财主都讲维新！

秦仲义　不能这么说，我那点威风在您的面前可就施展不出来了！哈哈哈！

庞太监　说得好，咱们就八仙过海，各显其能吧！哈哈哈！

秦仲义　改天过去给您请安，再见！（下）

庞太监　（自言自语）哼，凭这么个小财主也敢跟我斗嘴皮子，年头真是改了！（问王利发）刘麻子在这儿哪？

王利发　总管，您里边歇着吧！

　　　　刘麻子早已看见庞太监，但不敢靠近，怕打搅了庞太监、秦仲义的谈话。

刘麻子　喝，我的老爷子！您吉祥！我等您好大半天了！（搀庞太监往里面走）

　　　　宋恩子、吴祥子过来请安，庞太监对他们耳语。

　　　　众茶客静默一阵之后，开始议论纷纷。

茶客甲　谭嗣同是谁？

茶客乙　好像听说过！反正犯了大罪，要不，怎么会问斩呀！

茶客丙　这两三个月了，有些做官的，念书的，乱折腾乱闹，咱们怎能知道他们捣的什么鬼呀！

茶客丁　得！不管怎么说，我的铁杆庄稼又保住了！姓谭的，还有那个康有为，不是说叫旗兵不关钱粮，去自谋生计吗？心眼多毒！

茶客丙 一份钱粮倒叫上头克扣去一大半，咱们也不好过！

茶客丁 那总比没有强啊！好死不如赖活着，叫我去自己谋生，非死不可！

王利发 诸位主顾，咱们还是莫谈国事吧！

大家安静下来，都又各谈各的事。

庞太监 （已坐下）怎么说？一个乡下丫头，要二百银子？

刘麻子 （侍立）乡下人，可长得俊呀！带进城来，好好地一打扮、调教，准保是又好看又有规矩！我给您办事，比给我亲爸爸做事都更尽心，一丝一毫不能马虎！

唐铁嘴又回来了。

王利发 铁嘴，你怎么又回来了？

唐铁嘴 街上兵荒马乱的，不知道是怎么回事！

庞太监 还能不搜查搜查谭嗣同的余党吗？唐铁嘴，你放心，没人抓你！

唐铁嘴 嘛，总管，您要能赏给我几个烟泡儿，我可就更有出息了！

有几个茶客好像预感到什么灾祸，一个个往外溜。

松二爷 咱们也该走啦吧！天不早啦！

常四爷 嘛！走吧！

二灰衣人——宋恩子和吴祥子走过来。

宋恩子 等等！

常四爷 怎么啦？

宋恩子 刚才你说"大清国要完"？

常四爷 我，我爱大清国，怕它完了！

吴祥子 （对松二爷）你听见了？他是这么说的吗？

松二爷 哥儿们，我们天天在这儿喝茶。王掌柜知道，我们都是地道老好人！

吴祥子 问你听见了没有？

松二爷 那，有话好说，二位请坐！

宋恩子 你不说，连你也锁了走！他说"大清国要完"，就是跟谭嗣同一党！

松二爷 我，我听见了，他是说……

宋恩子 （对常四爷）走！

常四爷 上哪儿？事情要交代明白了啊！

宋恩子 你还想拒捕吗？我这儿可带着"王法"呢！（掏出腰中带着的铁链子）

常四爷 告诉你们，我可是旗人！

吴祥子 旗人当汉奸，罪加一等！锁上他！

常四爷 甭锁，我跑不了！

宋恩子 量你也跑不了！（对松二爷）你也走一趟，到堂上实话实说，没你的事！

　　黄胖子同三五个人由后院过来。

黄胖子 得啦，一天云雾散，算我没白跑腿！

松二爷 黄爷！黄爷！

黄胖子 （揉揉眼）谁呀？

松二爷 我！松二！您过来，给说句好话！

黄胖子 （看清）哟，宋爷，吴爷，二位爷办案哪？请吧！

松二爷 黄爷，帮帮忙，给美言两句！

黄胖子 官厅儿管不了的事，我管！官厅儿能管的事呀，我不便多嘴！（问大家）是不是？

众 嗻！对！

　　宋恩子、吴祥子带着常四爷、松二爷往外走。

松二爷 （对王利发）看着点我们的鸟笼子！

王利发 您放心，我给送到家里去！

　　常四爷、松二爷、宋恩子、吴祥子同下。

黄胖子 （唐铁嘴告以庞太监在此）哟，老爷在这儿哪？听说要安份儿家，我先给您道喜！

庞太监 等吃喜酒吧！

黄胖子 您赏脸！您赏脸！（下）

　　乡妇端着空碗进来，往柜上放。小妞跟进来。

小妞 妈！我还饿！

王利发 唉！出去吧！

乡妇 走吧，乖！

小妞 不卖妞妞啦？妈！不卖了？妈！

乡妇 乖！（哭着，携小妞下）

　　康六带着康顺子进来，立在柜台前。

康六 姑娘！顺子！爸爸不是人，是畜生！可你叫我怎么办呢？你不找个吃饭的地方，你饿死！我弄不到手几两银子，就得叫东家活活地打死！你呀，顺子，认命吧，积德吧！

康顺子　我，我……（说不出话来）

刘麻子　（跑过来）你们回来啦？点头啦？好！来见总管！给总管磕头！

康顺子　我……（要晕倒）

康　六　（扶住女儿）顺子！顺子！

刘麻子　怎么啦？

康　六　又饿又气，昏过去了！顺子！顺子！

庞太监　我要活的，可不要死的！

　　　　静场。

茶客甲　（正与茶客乙下象棋）将！你完啦！

——幕落

9　翡冷翠的一夜[1]

徐志摩

你真的走了，明天？那我，那我……

你也不用管，迟早有那一天；

你愿意记着我，就记着我，

要不然趁早忘了这世界上

有我，省得想起时空着恼，

只当是一个梦，一个幻想；

只当是前天我们见的残红，

怯怜怜的在风前抖擞，一瓣，

两瓣，落地，叫人踩，变泥……

唉，叫人踩，变泥——变了泥倒干净，

这半死不活的才叫是受罪，

看着寒伧，累赘，叫人白眼——

天呀！你何苦来，你何苦来……

我可忘不了你，那一天你来，

就比如黑暗的前途见了光彩，

你是我的先生，我爱，我的恩人，

你教给我什么是生命，什么是爱，

你惊醒我的昏迷，偿还我的天真。

没有你我哪知道天是高，草是青？

你摸摸我的心，它这下跳得多快；

再摸我的脸，烧得多焦，亏这夜黑

看不见；爱，我气都喘不过来了，

别亲我了；我受不住这烈火似的活，

[1] 选自徐志摩著《徐志摩全集》第四卷，天津人民出版社，2005 年版。徐志摩（1897—1931 年），现代诗人，散文家，是新月诗派代表人物。代表作有诗集《翡冷翠的一夜》《猛虎集》《云游》等，散文集《巴黎的鳞爪》等。

这阵子我的灵魂就像是火砖上的

熟铁，在爱的锤子下，砸，砸，火花

四散的飞洒……我晕了，抱着我，

爱，就让我在这儿清静的园内，

闭着眼，死在你的胸前，多美！

头顶白杨树上的风声，沙沙的，

算是我的丧歌，这一阵清风，

橄榄林里吹来的，带着石榴花香，

就带了我的灵魂走，还有那萤火，

多情的殷勤的萤火，有他们照路，

我到了那三环洞的桥上再停步，

听你在这儿抱着我半暖的身体，

悲声的叫我，亲我，摇我，咂我……

我就微笑的再跟着清风走，

随他领着我，天堂，地狱，哪儿都成，

反正丢了这可厌的人生，实现这死

在爱里，这爱中心的死，不强如

五百次的投生？……自私，我知道，

可我也管不着……你伴着我死？

什么，不成双就不是完全的"爱死"，

要飞升也得两对翅膀儿打伙，

进了天堂还不一样的要照顾，

我少不了你，你也不能没有我；

要是地狱，我单身去你更不放心，

你说地狱不定比这世界文明

（虽则我不信，）像我这娇嫩的花朵，

难保不再遭风暴，不叫雨打，

那时候我喊你，你也听不分明，——

那不是求解脱反投进了泥坑，

倒叫冷眼的鬼串通了冷心的人，

笑我的命运，笑你懦怯的粗心？

这话也有理，那叫我怎么办呢？

活着难，太难就死也不得自由，

我又不愿你为我牺牲你的前程……

唉！你说还是活着等，等那一天！

有那一天吗？——你在，就是我的信心；

可是天亮你就得走，你真的忍心

丢了我走？我又不能留你，这是命；

但这花，没阳光晒，没甘露浸，

不死也不免瓣尖儿焦萎，多可怜！

你不能忘我，爱，除了在你的心里，

我再没有命；是，我听你的话，我等，

等铁树儿开花我也得耐心等；

爱，你永远是我头顶的一颗明星：

要是不幸死了，我就变一个萤火，

在这园里，挨着草根，暗沉沉的飞，

黄昏飞到半夜，半夜飞到天明，

只愿天空不生云，我望得见天

天上那颗不变的大星，那是你，

但愿你为我多放光明，隔着夜，

隔着天，通着恋爱的灵犀一点……

六月十一日，一九二五年翡冷翠山中

知识链接七

新　诗[1]

　　所谓新诗，是与古典诗歌相对应的概念。它产生于五四运动前后，以白话作为基本语言手段。文学革命中，最早出现的新文学作品是白话诗。1917年2月《新青年》杂志上便刊登了胡适的《蝴蝶》，次年又分别发表了胡适、刘半农、沈尹默、唐俟（鲁迅）等的新诗作品。新诗的出现是文学革命先驱者准备在这一领域打一场硬仗的结果。诗歌是中国古代文学成就最辉煌的文类。白话文学在小说、戏曲等方面具有显著成果，问题在于"白话是否可以作诗？"许多人对此持怀疑和否定态度。胡适决意用"全力去试作白话诗"，这成就了胡适的《尝试集》。当时的新诗作者有傅斯年、沈尹默、刘半农、周作人、俞平伯、康白情等人，他们的诗作都显示了与古典诗歌不同的审美趣味与追求，如沈尹默的《月夜》显示了个性论者独立的人格，刘半农的《教我如何不想她》托物兴起，因景寄情，回旋复踏，一唱三叹，单纯而不单薄，亲切而又自然。

　　胡适的《尝试集》是新文学史上第一部新诗集，但是在新诗史上对初期新诗发展起了重要作用的是郭沫若的《女神》。《女神》是郭沫若的第一部诗集。代表作《凤凰涅槃》以有关凤凰的传说作素材，借凤凰"集香木自焚，复从死灰中更生"的故事，象征着旧社会以及诗人旧我的毁灭和新社会以及诗人新我的诞生。《女神》礼赞五四，歌颂具有反叛精神的自我形象，同时《女神》还体现了诗人超凡的艺术想象力。

　　在新诗史上产生过影响的还有：冰心、宗白华等人提倡的"小诗"，抒写片刻的思索与感悟；以李金发、穆木天、王独清等人为代表的"象征诗派"，艺术上追求幽深含蓄，多用比喻暗示，力避直白浅露；以徐志摩、闻一多等人为代表的"新月诗派"，倡导格律诗，认为诗歌要"戴着脚镣跳舞"。

　　新诗主张废除旧体诗形式上的束缚，在发展的过程中受到了外国诗歌的影响，同时很多诗人积极吸取中国古典诗歌、民歌的有益基础，使得新诗逐渐走向成熟和多样化，新诗是中国现代诗歌的主体。

---

[1] 本文内容参考了钱理群，温儒敏，吴福辉主编《中国现代文学三十年（修订本）》，北京大学出版社，1998年版，80-108页。

第八单元

当代文学

当代文学是指 1949 年以后的文学，大致可以划分为四个阶段：新时期文学、80 年代文学、90 年代文学、新世纪文学。

新时期文学主要是批判和否定"文化大革命文学"，回归"十七年文学"。80 年代文学超越了"十七年文学"，回归"五四"进而学习西方，完成"五四"未完成的"现代性"，但对于西方文学的学习主要限于艺术形式上。90 年代文学则是沿着"五四"方向前行，充分借鉴西方，继承传统，文学体制双轨制，文学现象多元化，通俗文学得到充分发展。新世纪文学不再有学习的目标，而是独立自主地发展，处于"自由"与"自为"的状态，写作方式、作家身份、读者阅读等都发生了巨大的变化。

在当代文学面向世界的新的历史条件下，有选择地吸收外来文化中一切好的内容和形式，融合到本民族文艺的血液之中，以丰富和提高本民族的文艺，成为新时期作家艺术探索的重要课题。历史的发展正在纠正这种探索中出现的选择不慎和消化不力的现象，使之走上健康、积极的道路。

1　百合花 [1]

茹志鹃

一九四六年的中秋。

这天打海岸的部队决定晚上总攻。我们文工团创作室的几个同志，就由主攻团的团长分派到各个战斗连去帮助工作。大概因为我是个女同志吧！团长对我抓了半天后脑勺，最后才叫一个通讯员送我到前沿包扎所去。

包扎所就包扎所吧！反正不叫我进保险箱就行。我背上背包，跟通讯员走了。

早上下过一阵小雨，现在虽放了晴，路上还是滑得很，两边地里的秋庄稼，却给雨水冲洗得青翠水绿，珠烁晶莹。空气里也带有一股清鲜湿润的香味。要不是敌人的冷炮，在间歇地盲目地轰响着，我真以为我们是去赶集的呢！

通讯员撒开大步，一直走在我前面。一开始他就把我撩下几丈远。我的脚烂了，路又滑，怎么努力也赶不上他。我想喊他等等我，却又怕他笑我胆小害怕；不叫他，我又真怕一个人摸不到那个包扎所。我开始对这个通讯员生起气来。

嗳！说也怪，他背后好像长了眼睛似的，倒自动在路边站下了。但脸还是朝着前面。没看我一眼。等我紧走慢赶地快要走近他时，他又蹬蹬蹬地自个向前走了，一下又把我撩下几丈远。我实在没力气赶了，索性一个人在后面慢慢晃。不过这一次还好，他没让我撩得太远，但也不让我走近，总和我保持着丈把远的距离。我走快，他在前面大踏步向前；我走慢，他在前面就摇摇摆摆。奇怪的是，我从没见他回头看我一次，我不禁对这通讯员发生了兴趣。

刚才在团部我没注意看他，现在从背后看去，只看到他是高挑挑的个子，块头不大，但从他那副厚实实的肩膀看来，是个挺棒的小伙，他穿了一身洗淡了的黄军装，绑腿直打到膝盖上。肩上的步枪筒里，稀疏地插了几根树枝，这要说是伪装，倒不如算作装饰点缀。

没有赶上他，但双脚胀痛得像火烧似的。我向他提出了休息一会后，自己便在做田界的石头上坐了下来。他也在远远的一块石头上坐下，把枪横搁在腿上，背向着我，好像没

---

[1] 选自茹志鹃著《茹志鹃小说选》，江苏文艺出版社，2009 年版。茹志鹃（1925—1998 年），上海人，当代著名女作家，作家王安忆女士的母亲，代表作有《百合花》《静静的产院》等，笔调清新俊逸，情节单纯明快。

我这个人似的。凭经验，我晓得这一定又因为我是个女同志的缘故。女同志下连队，就有这些困难。我着恼的（地）带着一种反抗情绪走过去，面对着他坐下来。这时，我看见他那张十分年轻稚气的圆脸，顶多有十八岁。他见我挨他坐下，立即张惶（皇）起来，好像他身边埋下了一颗定时炸弹，局促不安，掉过脸去不好，不掉过去又不行，想站起来又不好意思。我拼命忍住笑，随便地问他是哪里人。他没回答，脸涨得像个关公，讷讷半晌，才说清自己是天目山人。原来他还是我的同乡呢！

"在家时你干什么？"

"帮人拖毛竹。"

我朝他宽宽的两肩望了一下，立即在我眼前出现了一片绿雾似的竹海，海中间，一条窄窄的石级山道，盘旋而上。一个肩膀宽宽的小伙，肩上垫了一块老蓝布，扛了几枝青竹，竹梢长长地拖在他后面，刮打得石级哗哗作响。……这是我多么熟悉的故乡生活啊！我立刻对这位同乡，越加亲热起来。

我又问："你多大了？"

"十九。"

"参加革命几年了？"

"一年。"

"你怎么参加革命的？"我问到这里自己觉得这不像是谈话，倒有些像审讯。不过我还是禁不住地要问。

"大军北撤时我自己跟来的。"

"家里还有什么人呢？"

"娘，爹，弟弟妹妹，还有一个姑姑也住在我家里。"

"你还没娶媳妇吧？"

"……"他飞红了脸，更加忸怩起来，两只手不停地数摸着腰皮带上的扣眼。半晌他才低下了头，憨憨地笑了一下，摇了摇头。我还想问他有没有对象，但看到他这样子，只得把嘴里的话，又咽了下去。

两人闷坐了一会，他开始抬头看看天，又掉过来扫了我一眼，意思是在催我动身。

当我站起来要走的时候，我看见他摘了帽子，偷偷地在用毛巾拭汗。这是我的不是，人家走路都没出一滴汗，为了我跟他说话，却害他出了这一头大汗，这都怪我了。

我们到包扎所，已是下午两点钟了。这里离前沿有三里路，包扎所设在一个小学里，大小六个房子组成品字形，中间一块空地长了许多野草，显然，小学已有多时不开课了。

我们到时屋里已有几个卫生员在弄着纱布棉花，满地上都是用砖头垫起来的门板，算作病床。

我们刚到不久，来了一个乡干部，他眼睛熬得通红，用一片硬拍（板）纸插在额前的破毡帽下，低低地遮在眼睛前面挡光。他一肩背枪，一肩挂了一杆秤；左手挎了一篮鸡蛋，右手提了一口大锅，呼哧呼哧地走来。他一边放东西，一边对我们又抱歉又诉苦，一边还喘息地喝着水，同时还从怀里掏出一包饭团来嚼着。我只见他迅速地做着这一切，他说的什么我就没大听清。好像是说什么被子的事，要我们自己去借。我问清了卫生员，原来因为部队上的被子还没发下来，但伤员流了血，非常怕冷，所以就得向老百姓去借。哪怕有一二十条棉絮也好。我这时正愁工作插不上手，便自告奋勇讨了这件差事，怕来不及就顺便也请了我那位同乡，请他帮我动员几家再走。他踌躇了一下，便和我一起去了。

我们先到附近一个村子，进村后他向东，我往西，分头去动员。不一会，我已写了三张借条出去，借到两条棉絮，一条被子，手里抱得满满的，心里十分高兴，正准备送回去再来借时，看见通讯员从对面走来，两手还是空空的。

"怎么，没借到？"我觉得这里老百姓觉悟高，又很开通，怎么会没有借到呢？我有点惊奇地问。

"女同志，你去借吧！……老百姓死封建。……"

"哪一家？你带我去。"我估计一定是他说话不对，说崩了。借不到被子事小，得罪了老百姓影响可不好。我叫他带我去看看。但他执拗地低着头，像钉在地上似的，不肯挪步，我走近他，低声地把群众影响的话对他说了。他听了，果然就松松爽爽地带我走了。

我们走进老乡的院子里，只见堂屋里静静的，里面一间房门上，垂着一块蓝布红额的门帘，门框两边还贴着鲜红的对联。我们只得站在外面向里"大姐、大嫂"地喊，喊了几声，不见有人应，但响动是有了。一会，门帘一挑，露出一个年轻媳妇来。这媳妇长得很好看，高高的鼻梁，弯弯的眉，额前一溜蓬松松的留海（刘海儿）。穿的虽是粗布，倒都是新的。我看她头上已硬挷挷地挽了髻，便大嫂长大嫂短地向她道歉，说刚才这个同志来，说话不好别见怪等等。她听着，脸扭向里面，尽咬着嘴唇笑。我说完了，她也不作声，还是低头咬着嘴唇，好像忍了一肚子的笑料没笑完。这一来，我倒有些尴尬了，下面的话怎么说呢！我看通讯员站在一边，眼睛一眨不眨地看着我，好像在看连长做示范动作似的。我只好硬了头皮，讪讪地向她开口借被子了，接着还对她说了一遍共产党的部队，打仗是为了老百姓的道理。这一次，她不笑了，一边听着，一边不断向房里瞅着。我说完了，她看看我，看看通讯员，好像在掂量我刚才那些话的斤两。半晌，她转身进去抱被子了。

通讯员乘这机会，颇不服气地对我说道：

"我刚才也是说的这几句话，她就是不借，你看怪吧！……"

我赶忙白了他一眼，不叫他再说。可是来不及了，那个媳妇抱了被子，已经在房门口了。被子一拿出来，我方才明白她刚才为什么不肯借的道理了。这原来是一条里外全新的新花被子，被面是假洋缎的，枣红底，上面撒满白色百合花。她好像是在故意气通讯员，把被子朝我面前一送，说："抱去吧。"

我手里已捧满了被子，就一努嘴，叫通讯员来拿。没想到他竟扬起脸，装作没看见。我只好开口叫他，他这才绷了脸，垂着眼皮，上去接过被子，慌慌张张地转身就走。不想他一步还没有走出去，就听见"嘶"的一声，衣服挂住了门钩，在肩膀处，挂下一片布来，口子撕得不小。那媳妇一面笑着，一面赶忙找针拿线，要给他缝上。通讯员却高低不肯，挟了被子就走。

刚走出门不远，就有人告诉我们，刚才那位年轻媳妇，是刚过门三天的新娘子，这条被子就是她唯一的嫁妆。我听了，心里便有些过意不去，通讯员也皱起了眉，默默地看着手里的被子。我想他听了这样的话一定会有同感吧！果然，他一边走，一边跟我嘟哝起来了。

"我们不了解情况，把人家结婚被子也借来了，多不合适呀！……"我忍不住想给他开个玩笑，便故作严肃地说：

"是呀！也许她为了这条被子，在做姑娘时，不知起早熬夜，多干了多少零活，才积起了做被子的钱，或许她曾为了这条花被，睡不着觉呢。可是还有人骂她死封建。……"

他听到这里，突然站住脚，呆（待）了一会，说：

"那！……那我们送回去吧！"

"已经借来了，再送回去，倒叫她多心。"我看他那副认真、为难的样子，又好笑，又觉得可爱。不知怎么的，我已从心底爱上了这个傻呼呼（乎乎）的小同乡。

他听我这么说，也似乎有理，考虑了一下，便下了决心似的说：

"好，算了。用了给她好好洗洗。"他决定以后，就把我抱着的被子，统统抓过去，左一条、右一条地披挂在自己肩上，大踏步地走了。

回到包扎所以后，我就让他回团部去。他精神顿时活泼起来了，向我敬了礼就跑了。走不几步，他又想起了什么，在自己挂包里掏了一阵，摸出两个馒头，朝我扬了扬，顺手放在路边石头上，说：

"给你开饭啦！"说完就脚不点地地走了。我走过去拿起那两个干硬的馒头，看见他背的枪筒里不知在什么时候又多了一枝野菊花，跟那些树枝一起，在他耳边抖抖地颤动着。

他已走远了，但还见他肩上撕挂下来的布片，在风里一飘一飘。我真后悔没给他缝上再走。现在，至少他要裸露一晚上的肩膀了。

包扎所的工作人员很少。乡干部动员了几个妇女，帮我们打水，烧锅，作（做）些零碎活。那位新媳妇也来了，她还是那样，笑眯眯地抿着嘴，偶然从眼角上看我一眼，但她时不时地东张西望，好像在找什么。后来她到底问我说：

"那位同志弟到哪里去了？"我告诉她同志弟不是这里的，他现在到前沿去了。她不好意思地笑了一下说："刚才借被子，他可受我的气了！"说完又抿了嘴笑着，动手把借来的几十条被子、棉絮，整整齐齐地分铺在门板上、桌子上（两张课桌拼起来，就是一张床）。我看见她把自己那条白百合花的新被，铺在外面屋檐下的一块门板上。

天黑了，天边涌起一轮满月。我们的总攻还没发起。敌人照例是忌怕夜晚的，在地上烧起一堆堆的野火，又盲目地轰炸，照明弹也一个接一个地升起，好像在月亮下面点了无数盏的汽油灯，把地面的一切都赤裸裸地暴露出来了。在这样一个"白夜"里来攻击，有多困难，要付出多大的代价啊！我连那一轮皎洁的月亮，也憎恶起来了。

乡干部又来了，慰劳了我们几个家做的干菜月饼。原来今天是中秋节了。

啊，中秋节，在我的故乡，现在一定又是家家门前放一张竹茶几，上面供一副香烛，几碟瓜果月饼。孩子们急切地盼那炷香快些焚尽，好早些分摊给月亮娘娘享用过的东西，他们在茶几旁边跳着唱着："月亮堂堂，敲锣买糖，……"或是唱着："月亮嬷嬷，照你照我，……"我想到这里，又想起我那个小同乡，那个拖毛竹的小伙，也许，几年以前，他还唱过这些歌吧！……我咬了一口美味的家做月饼，想起那个小同乡大概现在正趴在工事里，也许在团指挥所，或者是在那些弯弯曲曲的交通沟里走着哩！……

一会儿，我们的炮响了，天空划过几颗红色的信号弹，攻击开始了。不久，断断续续地有几个伤员下来，包扎所的空气立即紧张起来。

我拿着小本子，去登记他们的姓名、单位，轻伤的问问，重伤的就得拉开他们的符号，或是翻看他们的衣襟。我拉开一个重彩号的符号时，"通讯员"三个字使我突然打了个寒战，心跳起来。我定了下神才看到符号上写着 × 营的字样。啊！不是，我的同乡他是团部的通讯员。但我又莫名其妙地想问问谁，战地上会不会漏掉伤员。通讯员在战斗时，除了送信，还干什么，——我不知道自己为什么要问这些没意思的问题。

战斗开始后的几十分钟里，一切顺利，伤员一次次带下来的消息，都是我们突击第一道鹿砦，第二道铁丝网，占领敌人前沿工事打进街了。但到这里，消息忽然停顿了，下来的伤员，只是简单地回答说："在打。"或是"在街上巷战。"但从他们满身泥泞，极度疲乏的神色上，甚至从那些似乎刚从泥里掘出来的担架上，大家明白，前面在进行着一场什么样的战斗。

包扎所的担架不够了，好几个重彩号不能及时送后方医院，耽搁下来。我不能解除他们任何痛苦，只得带着那些妇女，给他们拭脸洗手，能吃得的喂他们吃一点，带着背包的，就给他们换一件干净衣裳，有些还得解开他们的衣服，给他们拭洗身上的污泥血迹。

做这种工作，我当然没什么，可那些妇女又羞又怕，就是放不开手来，大家都要抢着去烧锅，特别是那新媳妇。我跟她说了半天，她才红了脸，同意了。不过只答应做我的下手。

前面的枪声，已响得稀落了。感觉上似乎天快亮了，其实还只是半夜。外边月亮很明，也比平日悬得高。前面又下来一个重伤员。屋里铺位都满了，我就把这位重伤员安排在屋檐下的那块门板上。担架员把伤员抬上门板，但还围在床边不肯走。一个上了年纪的担架员，大概把我当做医生了，一把抓住我的膀子说："大夫，你可无论如何要想办法治好这位同志呀！你治好他，我……我们全体担架队员给你挂匾……"他说话的时候，我发现其他的几个担架员也都睁大了眼盯着我，似乎我点一点头，这伤员就立即会好了似的。我心想给他们解释一下，只见新媳妇端着水站在床前，短促地"啊"了一声。我急拨开他们上前一看，我看见了一张十分年轻稚气的圆脸，原来棕红的脸色，现已变得灰黄。他安详地合着眼，军装的肩头上，露着那个大洞，一片布还挂在那里。

"这都是为了我们，……"那个担架员负罪地说道，"我们十多副担架挤在一个小巷子里，准备往前运动，这位同志走在我们后面，可谁知道反动派不知从哪个屋顶上撂下颗手榴弹来，手榴弹就在我们人缝里冒着烟乱转，这时这位同志叫我们快趴下，他自己就一下扑在那个东西上了。……"

新媳妇又短促地"啊"了一声。我强忍着眼泪，给那些担架员说了些话，打发他们走了。我回转身看见新媳妇已轻轻移过一盏油灯，解开他的衣服，她刚才那种忸怩羞涩已经完全消失，只是庄严而虔诚地给他拭着身子，这位高大而又年轻的小通讯员无声地躺在那里。……我猛然醒悟地跳起身，磕磕绊绊地跑去找医生，等我和医生拿了针药赶来，新媳妇正侧着身子坐在他旁边。

　　她低着头，正一针一针地在缝他衣肩上那个破洞。医生听了听通讯员的心脏，默默地站起身说："不用打针了。"我过去一摸，果然手都冰冷了。新媳妇却像什么也没看见，什么也没听到，依然拿着针，细细地、密密地缝着那个破洞。我实在看不下去了，低声地说：

　　"不要缝了。"她却对我异样地瞟了一眼，低下头，还是一针一针地缝。我想拉开她，我想推开这沉重的氛围，我想看见他坐起来，看见他羞涩的笑。但我无意中碰到了身边一个什么东西，伸手一摸，是他给我开的饭，两个干硬的馒头……

　　卫生员让人抬了一口棺材来，动手揭掉他身上的被子，要把他放进棺材去。新媳妇这时脸发白，劈手夺过被子，狠狠地瞪了他们一眼。自己动手把半条被子平展展地铺在棺材底，半条盖在他身上。卫生员为难地说："被子……是借老百姓的。"

　　"是我的——"她气汹汹地嚷了半句，就扭过脸去。在月光下，我看见她眼里晶莹发亮，我也看见那条枣红底色上洒满白色百合花的被子，这象征纯洁与感情的花，盖上了这位平常的、拖毛竹的青年人的脸。

2 人生(节选)[1]

路 遥

早晨，太阳已经冒花了，高加林才爬起来，到沟里石崖下的水井上去担水。他昨晚上一夜翻腾得没好觉，起来得迟了。

石头围了一圈的水井，脏得像个烂池塘。井底上是泥糊子，蛤蟆衣；水面上漂着一些碎柴烂草。蚊子和孑孓充斥着这个全村人吃水的地方。

他手里的马勺犹豫了半天，终于还是没有舀水。他索性赌气似地和两只桶一起蹲在了井台边。

此刻他的心情感到烦躁和压抑。全村正在用各种各样的风言风语议论他和巧珍的"不正经"，还听说刘立本已经把巧珍打了一顿，事情看来闹得更大了。眼前他又看见水井脏成这样也没人管（大家年年月月就喝这样的水，拿这样的水做饭），心里更不舒畅了。

所有这一切，使他感到沉重和痛苦：现代文明的风啊，你什么时候才能吹到这落后闭塞的地方？

他的心躁动不安，又觉得他很难在农村呆（待）下去了。可是，别的出路又在哪里呢？

他抬起头，向沟口望出去，大山很快就堵住了视线。天地总是这么的狭窄！

他闭住眼，又由不得想起了无边无垠的平原，繁华热闹的大城市，气势磅礴的火车头，箭一样升入天空的飞机……他常用这种幻想来满足自己的精神需要。

当他睁开眼睛的时候，他仍然在现实中。他看了看水井，脏东西仍然没有沉淀下去。他叹了一口气，想：要是撒一点漂白粉也许会好点。可是哪来的这东西呢？漂白粉只有县城才能搞到。

他的腿蹲得有点麻了，就站起来。

他忍不住朝巧珍硷畔上望了望。他什么人也没看见。巧珍大概出山去了；或者被她父亲打得躺在炕上不能动了吧？要么，就是她害怕了，不敢再站在他们家硷畔上那棵老槐树下望他了——他每次担水，她差不多都在那里望他。他们常无言地默默一笑，或者相互做个鬼脸。

---

[1] 选自路遥著《路遥全集》，广州出版社，2000年版。此篇为原文第十章。路遥（1949—1992年），原名王卫国，当代著名作家，代表作有《平凡的世界》《人生》等。

突然，高加林眼睛一亮：他看见巧珍竟然又从那棵老槐树背后转出来了！她两条胳膊静静地垂着，又高兴又害臊地望着他，似乎还在笑！这家伙！

她的头向他们家硷畔上面扬了扬，意思叫加林看那上面。

加林向山坡上望去，见刘立本正在撅着屁股锄自留地。

高加林立刻感到出气粗了。刘立本之所以打巧珍，还放肆地训斥他父亲，实际上是眼里没他高加林！"二能人"仗着他会赚几个钱，向来不把他这一家人放在眼里。

加林决定今天要报复他。他要和巧珍公开拉话，让他看一看！把他气死！

他故意把声音放大一点喊："巧珍，你下来！我有个事要和你说！"

巧珍一下惊得不知该怎办。她下意识地先回过头朝她家的硷畔上看了看。刘立本不知听见没听见。但仍然在低头锄他的地。

巧珍终于坚决从坡里下来了。她甚至连路都不走，从近处的草洼里连跑带跳转下来，径直走向井台。

她来到他面前，鞋袜和裤管被露水浸得湿淋淋的。她忐忑不安地抠着手指头，小声问："加林哥……什么事？村子上面有人看咱两个呢，我爸……"

"不怕！"加林手指头理了一下披在额前的一绺头发说，"专门叫他们看！咱又不是做坏事哩……你爸打你了吗？"

他有点心疼地望着她白嫩的脸庞和婷婷（亭亭）玉立的身姿。

巧珍长睫毛下的眼睛里闪着泪花，含笑咬着嘴唇，不好意思地说："没打……骂了几句……"

"他再要对你动武，我就对他不客气了！"加林气呼呼地说。

"你千万不要动气。我爸刀子嘴豆腐心，不敢太把我怎样。你别着气，我们家的事有我哩！"巧珍扑闪着漂亮的眼睛，劝解她心爱的人。她看了看他身边的空水桶，问："你怎不舀水哩？"

加林下巴朝水井里呶了呶，说："脏得像个茅坑！"

巧珍叹了一口气，说："没办法。就这么脏，大家都还吃。"她转而忍俊不禁地失声笑了，"农村有句俗话，说不干不净，吃了没病……"

加林没笑，把桶从井边提下来，放到一块石头上，对巧珍说："干脆，咱两个到城里找点漂白粉去。先撒着，罢了咱叫几个年轻人好好把水井收拾一下。"

"我也跟你去？一块去？"巧珍吃惊地问。

"一块去！你把你们家的自行车推上，我带你，一块去！咱们干脆什么也别管了！村里人愿笑话啥哩！"加林看着巧珍的眼睛，"你敢不敢？"

"敢！你送桶去！我回去推车子，换个衣服。你也把衣服换一换！你别光给水井讲卫生，看你的衣服脏成啥了！你脱下，明天我给你好好洗一洗。"

加林高兴得脑袋一扬，用农村的粗话对他的情人开了一句玩笑："实在是个好老婆！"

巧珍亲昵地撅起嘴，朝加林脸上调皮地吹了一口气，说："难听死了……"

他们各自都怀着无比激动的心情，各回各家去了。

对于巧珍来说，在家里人和村里人众目睽睽之下，跟加林骑一个车子去逛县城，这无疑是一个大胆的挑战。对于她目前的处境来说，这需要多大的勇气啊！她之所以不怕父亲的打骂，不怕村里人笑话，完全是因为她对加林的痴迷的爱情！只要跟着加林，他让她一起跳崖，她也会眼睛不闭就跟他跳下去的！

对高加林来说，他做出这个决定，是对他所憎恨的农村旧道德观念和庸俗舆论的挑战；也是对傲气十足的"二能人"的报复和打击！

加林把空水桶放到家里，从箱子里翻出那身多时没穿的见人衣裳。他拿香皂洗了脸和头发，立刻感到容光焕发，浑身轻飘飘的。他对着镜子梳了梳头发，觉得自己强悍而且英俊！他父亲出了山，母亲上了自留地，家里没人。他在一个小木箱里取出几块钱装在口袋里，就出门在硷畔上等巧珍——后村人出来都要经过他家门前硷畔下的小路。

巧珍来了，穿着那身他所喜爱的衣服：米黄色短袖上衣，深蓝的确良裤子。乌黑油亮的头发用花手帕在脑后扎成蓬松的一团，脸白嫩得像初春刚开放的梨花。

他俩肩并肩从村中的小路上向川道里走去。两个人都感到新奇、激动，谁连一句话也不说；也不好意思相互看一眼。这是人生最富有一刻。他们两个黑夜独自在庄稼地里的时候，他们的爱情只是他们自己感受。现在，他们要把自己的幸福向整个世界公开展示。他们现在更多的感受是一种庄严和骄傲。

巧珍是骄傲的：让众人看看吧！她，一个不识字的农村姑娘，正和一个多才多艺、强壮标致的"先生"，相跟着去县城啰！

加林是骄傲的：让一村满川的庄稼人看看吧！大马河川里最俊的姑娘，著名的"财神爷"刘立本的女儿，正像一只可爱的小羊羔一般，温顺地跟在他的身边！

村里立刻为这事轰动起来。没出山的婆姨女子、老人娃娃，都纷纷出来看他们。对面山坡和川道里锄地的庄稼人，也都把家具撇下，来到地畔上，看村里这两个"洋人"。有羡慕的（得）哑巴嘴的，有敲怪话的，也有撇凉腔的。正人君子探头缩脑地看；粗鲁俗人垂涎欲滴地看。更多的都感到非常新奇和有意思。尤其是村里的青年男女，又羡慕，又眼红；川道一组锄地的两个暗中相好的姑娘和后生，看着看着，竟然在人背后一个把一个的手拉住了！

高加林和刘巧珍知道这些，但也不管这些，只顾走他们的。一群碎娃娃在他们很远的背后，嘻嘻哈哈，给他们扔小土圪塔，还一哇声有节奏地喊："高加林、刘巧珍，老婆老汉逛县城……"

高玉德老汉在对面山坡上和众人一块锄地。起先他还不知道大家跑到地畔上看什么新奇，也把锄搁下过来看了。当他看见是这码子事时，很快在人家的玩笑和哄笑声中跌跌撞撞退回到玉米地里。他老脸臊得通红，一屁股坐在锄把上，两只瘦手索索地抖着，不住气的（地）摸起了赤脚片。他在心里暗暗叫道：乱子！乱子！刘立本这阵在哪里呢？要是叫"二能人"看见了，不把这两个疯子打倒在地上才怪哩！

刘立本此刻就在他家硷畔上的自留地里。所有这一切"二能人"也都看见了。不过，高玉德老汉的担心过分了。"二能人"正像他女子说的，刀子嘴豆腐心。他此刻虽然又气又急，但终于没勇气在众人的目光下，做出玉德老汉所担心的那种好汉举动来。他也只是一屁股坐到锄把上，双手抱住脑袋，接二连三地叹起了气……

第二天早晨，高家村的水井边发生了一场混乱。早上担水的庄稼人来到井边，发现水里有些东西。大家不知道这是何物，都不敢舀水了，井边一下子聚了好多人。有人证实，这些"白东西"是加林、巧珍和另外几个年轻人撒进去的。有人又解释，这是因为加林爱干净，嫌井水脏，给里面放了些洗衣粉。有的人说不是洗衣粉，是一种什么"药"。

天老子呀！不管是洗衣粉还是药，怎能随便给水井里放呢？所有的人都用粗话咒骂：高玉德的嫩小子不要这一村人的命了！

有人赶快跑到前村去报告高明楼——让大队书记看看吧！更多担水的人都在急躁地议论和咒骂。那几个和加林一起"撒药"的年轻庄稼人给众人解释，井里撒的是漂白粉，是为了讲卫生的，众人立刻把他几个骂了个狗血喷头：

"你几个瞎眼小子，跟上疯子扬黄尘哩！"

"你妈不讲卫生，生养得你缺胳膊了还是少腿了？"

"胡成精哩！把龙王爷惹恼了，水脉一断，你们喝尿去吧！"

那几个拥护加林这次"卫生革命"的人，不管众人怎骂，都舀了水，担回家去了；但他们的父亲立刻把他们担回的水，都倒在了院子里。

水井边围的人越来越多了。而刘立本家里正在打架：刘立本扑着打巧珍；巧珍他妈护着巧珍，和老汉扭打在一起，亏得巧英和她女婿正在他们家，好不容易才把架拉开！刘立本气得连早饭也不吃，出去搞生意去了——他是从自家窑后的小路上转后山走的，生怕水井边的人们看见他。

高加林听说井边发生事，要出来给乡党们说明情况，结果被他爸他妈一人扯住一条胳膊，死活不让他出门。老两口先顾不上责备儿子，只是怕他出去在井边挨打。

这时候，刘立本的三女儿巧玲从后沟里拿一本书走出来。她刚考完大学，在家里等结果。她起得很早，到后沟里背英语单词去了，因此刚才家里打架的事，她并不知道。现在她看见井边围了这么多人，就好奇地走过来打问出了什么事。

有人马上嘲讽地说："你二姐和你二姐夫嫌水井脏，放了些洗衣粉。你们家大概常喝洗衣粉水吧？看把你们脸喝得多白！"

巧玲的脸刷地红到了耳根。她虽然还不到二十岁，但个子已经和巧珍一般高。她和她二姐一样长得很漂亮，但比巧珍更有风度。巧玲早已看出她二姐在爱加林——现在知道她真的和加林好了。她对加林也是又喜欢又尊重，因此为二姐能找这么个对象，心里很高兴。昨晚给水井里撒漂白粉的事，她也知道，于是她就试图拿学校里学的化学原理给众人说漂白粉的作用。

她的话还没完，有人就粗鲁地打断了她："哼！说得倒美！你爬下先喝上一口！和你二姐夫一样咬京腔哩！伙穿一条裤子！"

众人哄然大笑了。

巧玲眼里转着泪花子，羞得转身就跑——愚昧很快就打败了科学。

这时，听到消息的高明楼，赶忙先跑到巧珍家问情况。本来他想去问加林，但想了一下，还是没去，先跑到亲家家里来了。

他一进亲家的院子，看见他们家四个女人都在哭。刘立本已经不见了踪影。他的大儿子正笨嘴笨舌劝一顿丈母娘，又劝一顿小姨子。

明楼叫她们都别哭了，说事情有他哩！

他在巧珍和巧玲嘴里问情况后，很快折转身出了刘立本家的大门，扯大步向沟底的水井边走去。

高明楼来到井边，众人立刻平静下来；他们看村里这个强硬的领导人怎办呀。

明楼把旧制服外衣的扣子一颗颗解开，两只手叉着粗壮的腰，目光炯炯有神，向井边走去，众人纷纷把路给他让开。

他弯腰在水井里象征性看一看，然后掉过头对众人说："哈呀！咱们真是些榆木脑瓜！加林给咱一村人做了一件好事，你们却在咒骂他，实实的冤枉了人家娃娃！本来，水井早该整修了，怪我没把这当一回事！你们为什么不担这水？这水现在把漂白粉一撒，是最干净的水了！五大叔，把你的马勺给我！"

高明楼说着，便从身边的一个老汉手里接过铜马勺，在水井里舀了半马勺凉水一展脖子喝了个精光！

这家伙用手摸了一把胡茬子上的水，笑哈哈地说："我高明楼头一个喝这水！实践检验真理呢！你们现在难道还不敢担这水吗？"

大家都嘿嘿地笑了。

气势雄伟的高明楼使众人一下子便服贴了。大家于是开始争着舀水——赶快担回去好出山呀，太阳已经一竿子高了！

3　我的遥远的清平湾[1]

史铁生

北方的黄牛一般分为蒙古牛和华北牛。华北牛中要数秦川牛和南阳牛最好，个儿大，肩峰很高，劲儿足。华北牛和蒙古牛杂交的牛更漂亮，犄角向前弯去，顶架也厉害，而且皮实、好养。对北方的黄牛，我多少懂一点。这么说吧：现在要是有谁想买牛，我担保能给他挑头好的。看体形，看牙口，看精神儿，这谁都知道；光凭这些也许能挑到一头不坏的，可未必能挑到一头真正的好牛。关键是得看脾气，拿根鞭子，一甩，"嗖"的一声，好牛就会瞪圆了眼睛，左蹦右跳。这样的牛干起活来下死劲，走得欢。疲牛呢？听见鞭子响准是把腰往下一塌，闭一下眼睛，忍了。这样的牛，别要。

我插队的时候喂过两年牛，那是在陕北的一个小山村儿——清平湾。

我们那个地方虽然也还算是黄土高原，却只有黄土，见不到真正的平坦的塬地了。由于洪水年年吞噬，塬地总在塌方，顺着沟、渠、小河，流进了黄河。从洛川再往北，全是一座座黄的山峁或一道道黄的山梁，绵延不断。树很少，少到哪座山上有几棵什么树，老乡们都记得清清楚楚；只有打新窑或是做棺木的时候，才放倒一、两棵。碗口粗的柏树就稀罕得不得了。要是谁能做上一口薄柏木板的棺材，大伙儿就都佩服，方圆几十里内都会传开。

在山上拦牛的时候，我常想，要是那一座座黄土山都是谷堆、麦垛，山坡上的胡蒿和沟壑里的狼牙刺都是柏树林，就好了。和我一起拦牛的老汉总是"唏溜唏溜"地抽着旱烟，笑笑说："那可就一股劲儿吃白馍馍了。老汉儿家、老婆儿家都睡一口好材。"

和我一起拦牛的老汉姓白。陕北话里，"白"发"破"的音，我们都管他叫"破老汉"。也许还因为他穷吧，英语中的"Poor"就是"穷"的意思。或者还因为别的：那几颗零零碎碎的牙，那几根稀稀拉拉的胡子，尤其是他的嗓子——他爱唱，可嗓子像破锣。傍晚赶着牛回村的时候，最后一缕阳光照在崖畔上，红的。破老汉用镢把挑起一捆柴，扛着，一路走一路唱："崖畔上开花崖畔上红，受苦人[2]过得好光景……"声音拉得很长，虽不洪亮，但颤微微（巍巍）的，悠扬。碰巧了，崖顶上探出两个小脑瓜，竖着耳朵听一阵，

---

[1] 本文选自史铁生著《史铁生作品集》，中国社会科学出版社，1995年版。史铁生（1951—2010年），当代著名作家，北京人，曾在陕北插队。代表作有《命若琴弦》《我与地坛》等。
[2] 受苦人：即庄稼人的意思。陕北方言。

跑了：可能是狐狸，也可能是野羊。不过，要想靠打猎为生可不行，野兽很少。我们那地方突出的特点是穷，穷山穷水，"好光景"永远是"受苦人"的一种盼望。天快黑的时候，进山寻野菜的孩子们也都回村了，大的拉着小的，小的扯着更小的，每人的臂弯里都扛着个小篮儿，装的苦菜、苋菜或者小蒜、蘑菇……孩子们跟在牛群后面，"叽叽嘎嘎"地吵，争抢着把牛粪撮回窑里[1]去。

越是穷地方，农活也越重。春天播种；夏天收麦；秋天玉米、高粱、谷子都熟了，更忙；冬天打坝、修梯田，总不得闲。单说春种吧，往山上送粪全靠人挑。一担粪六、七十斤，一早上就得送四、五趟；挣两个工分，合六分钱。在北京，才够买两根冰棍儿的。那地方当然没有冰棍儿，在山上干活渴急了，什么水都喝。天不亮，耕地的人们就扛着木犁、赶着牛上山了。太阳出来，已经耕完了几垧地。火红的太阳把牛和人的影子长长地印在山坡上，扶犁的后面跟着撒粪的，撒粪的后头跟着点籽的，点籽的后头是打土坷拉的，一行人慢慢地、有节奏地向前移动，随着那悠长的吆牛声。吆牛声有时疲惫、凄婉；有时又欢快、诙谐，引动一片笑声。那情景几乎使我忘记自己是生活在哪个世纪，默默地想着人类遥远而漫长的历史。人类好像就是这么走过来的。

清明节的时候我病倒了，腰腿疼得厉害。那时只以为是坐骨神经疼，或是腰肌劳损，没想到会发展到现在这么严重。陕北的清明前后爱刮风，天都是黄的。太阳白蒙蒙的。窑洞的窗纸被风沙打得"唰啦啦"响。我一个人躺在土炕上……

那天，队长端来了一碗白馍……

陕北的风俗，清明节家家都蒸白馍，再穷也要蒸几个。白馍被染得红红绿绿的，老乡管那叫"zì chuī"。开始我们不知道是哪两个字，也不知道什么意思，跟着叫"紫锤"。后来才知道，是叫"子推"，是为纪念春秋时期一个叫介子推的人的。破老汉说，那是个刚强的人，宁可被人烧死在山里，也不出去做官。我没有考证过，也不知史学家们对此作何评价。反正吃一顿白馍，清平湾的老老少少都很高兴。尤其是孩子们，头好几天就喊着要吃子推馍馍了。春秋距今两千多年了，陕北的文化很古老，就像黄河。譬如，陕北话中有好些很文的字眼："喊"不说"喊"，要说"呐喊"；香菜，叫芫菜；"骗人"也不说"骗人"，叫作"玄谎"……连最没文化的老婆儿也会用"酝酿"这词儿。开社员会时，黑压压坐了一窑人，小油灯冒着黑烟，四下里闪着烟袋锅的红光。支书念完了文件，喊一声："不敢睡！大家讨论个一下！"人群中于是息了鼾声，不紧不慢地应着："酝酿酝酿了再……"这"酝酿"二字使人想到那儿确是革命圣地，老乡们还记得当年的好作风。可在我们插队

---

[1] 窑里：即家里之意。陕北方言。

的那些年里，"酝酿"不过是一种习惯了的口头语罢了。乡亲们说"酝酿"的时候，心里也明白；球事不顶！可支书让发言，大伙总得有个说的；支书也是难，其实那些政策条文早已经定了。最后，支书再喊一声："同意啊不？"大伙回答："同意——"然后回窑睡觉。

那天，队长把一碗"子推"放在炕沿上，让我吃。他也坐在炕沿上，"吧达（嗒）吧达（嗒）"地抽烟。"子推"浮头用的是头两茬面，很白；里头都是黑面，麸子全磨了进去。队长看着我吃，不言语。临走时，他吹吹烟锅儿，说："唉！'心儿'家不容易，离家远。""心儿"就是孩子的意思。

队里再开会时，队长提议让我喂牛。社员们都赞成。"年轻后生家，不敢让腰腿作下病，好好价把咱的牛喂上！"老老小小见了我都这么说。在那个地方，担粪、砍柴、挑水、清明磨豆腐、端午做凉粉、出麻油、打窑洞……全靠自己动手。腰腿可是劳动的本钱；唯一能够代替人力的牛简直是宝贝。老乡把喂牛这样的机要工作交给我，我心里很感动，嘴上却说不出什么。农民们不看嘴，看手。

我喂十头，破老汉喂十头，在同一个饲养场上。饲养场建在村子的最高处，一片平地，两排牛棚，三眼堆放草料的破石窑。清平河水整日价"哗哗啦啦"的，水很浅，在村前拐了一个弯，形成了一个水潭。河湾的一边是石崖，另一边是一片开阔的河滩。夏天，村里的孩子们光着屁股在河滩上折腾，往水潭里"扑通扑通"地跳，有时候捉到一只鳖，又笑又嚷，闹翻了天。破老汉坐在饲养场前面的窑顶上看着，一袋接一袋地抽烟。"'心儿'家不晓得愁，"他说，然后就哑着个嗓子唱起来："提起那家来，家有名，家住在绥德三十里铺村……"破老汉是绥德人，年轻时打短工来到清平湾，就住下了。绥德出打短工的，出石匠，出说书的，那地方更穷。

绥德还出吹手。农历年夕前后，坐在饲养场上，常能听到那欢乐的唢呐声。那些吹手也有从米脂、佳县来的，但多数是绥德人。他们到处串，随便站在谁家窑前就吹上一阵。如果碰巧那家要娶媳妇，他们就被推去，"呜哩哇啦"地吹一天，吃一天好饭。要是运气不好，吹完了，就只能向人家要一点吃的或钱。或多或少，家家都给，破老汉尤其给得多。他说："谁也有难下的时候。"原先，他也干过那营生，吃是能吃饱，可是常要受冻，要是没人请，夜里就得住寒窑。"揽工人儿难，哎哟，揽工人儿难；正月里上工十月里满，受的牛马苦，吃的猪狗饭……"他唱着，给牛添草。破老汉一肚子歌。

小时候就知道陕北民歌。到清平湾不久，干活歇下的时候我们就请老乡唱，大伙都说破老汉爱唱，也唱得好。"老汉的日子熬煎咧，人愁了才唱得好山歌。"确实，陕北的民歌多半都有一种忧伤的调子。但是，一唱起来，人就快活了。有时候赶着牛出村，破老汉憋细了嗓子唱《走西口》，"哥哥你走西口，小妹妹也难留，手拉着哥哥的手，送哥到大门口。走路你走大路，再不要走小路，大路上人马多，来回解忧愁……"场院的婆姨、女子们嘻嘻哈哈地冲我嚷，"让老汉儿唱个《光棍哭妻》嘛，老汉儿唱得可美！"破老汉只做没听见，调子一转，唱起了《女儿嫁》："一更里叮当响，小哥哥进了我的绣房，娘问女孩儿什么响，西北风刮得门栓响嘛哎哟……"往下的歌词就不宜言传了。我和老汉赶着牛走出很远了，还听见婆姨、女子们在场院上骂。老汉冲我眨眨眼，撅一条柳条，赶着牛，唱一路。

破老汉只带着个七、八岁的小孙女过。那孩子小名儿叫"留小儿"。两口人的饭常是她做。

把牛赶到山里。正是响午。太阳把黄土烤得发红，要冒火似的。草丛里不知名的小虫子"嗞——嗞——"地叫。群山也显得疲乏，无精打采地互相挨靠着。方圆十几里内只有我和破老汉，只有我们的吆牛声。哪儿有泉水，破老汉都知道：几镢头挖成一个小土坑，一会儿坑里就积起了水。细珠子似的小气泡一串串地往上冒，水很小，又凉又甜。"你看下我来，我也看下你……"老汉喝水，抹抹嘴，扯着嗓子又唱一句。不知道他又想起了什么。

夏天拦牛可不轻闲，好草都长在田边，离庄稼很近。我们东奔西跑地吆喝着，骂着。破老汉骂牛就像骂人，爹、娘、八辈祖宗，骂得那么亲热。稍不留神，哪个狡猾的家伙就会偷吃了田苗。最讨厌的是破老汉喂的那头老黑牛，称得上是"老谋深算"。它能把野草和田苗分得一清二楚。它假装吃着田边的草，慢慢接近田苗，低着头，眼睛却溜着我。我看着它的时候，田苗离它再近它也不吃，一副廉洁奉公的样儿；我刚一回头，它就趁机啃倒一棵玉米或高粱，调头便走。我识破了它的诡计，它再接近田苗时，假装不看它，等它确信无虞把舌头伸向禁区之际，我才大吼一声。老家伙趔趔趄趄地后退，既惊慌又愧悔，那样子倒有点可怜。

陕北的牛也是苦，有时候看着它们累得草也不想吃，"呼嗤（哧）呼嗤（哧）"喘粗气，身子都跟着晃，我真害怕它们趴架。尤其是当年那些牛争抢着去舔地上渗出的盐碱的时候，真觉得造物主太不公平。我几次想给它们买些盐，但自己嘴又馋，家里寄来的钱都买鸡蛋吃了。

每天晚上，我和破老汉都要在饲养场上呆（待）到十一、二点，一遍遍给牛添草。草添得要勤，每次不能太多。留小儿跟在老汉身边，寸步不离。她的小手绢里总包两块红薯或一把玉米粒。破老汉用牛吃剩下的草疙节打起一堆火，干的"噼噼啪啪"响，湿的"嗞嗞"冒烟。火光照亮了饲养场，照着吃草的牛，四周的山显得更高，黑魆魆的。留小儿把红薯或玉米埋在烧尽的草灰里；如果是玉米，就得用树枝拨来拨去，"啪"地一响，爆出了一个玉米花。那是山里娃最好的零嘴儿了。

留小儿没完没了地问我北京的事。"真个是在窑里看电影？""不是窑，是电影院。""前回你说是窑里。""噢，那是电视。一个方匣匣，和电影一样。"她歪着头想，大约想象不出，又问起别的。"啥时想吃肉，就吃？""嗯。""玄谎！""真的。""成天价想吃呢？""那就成天价吃。"这些话她问过好多次了，也知道我怎么回答，但还是问。"你说北京人都不爱吃白肉？"她觉得北京人不爱吃肥肉，很奇怪。她仰着小脸儿，望着天上的星星；北京的神秘，对她来说，不亚于那道银河。

"山里的娃娃什么也解[1]不开，"破老汉说。破老汉是见过世面的，他三七年就入了党，跟队伍一直打到广州。他常常讲起广州：霓虹灯成宿地点着、广州人连蛇也吃、到处是高楼、楼里有电梯……留小儿听得觉也不睡。我说："城里人也不懂得农村的事呢。""城里人解开个狗吗？"留小儿问，"格格（咯咯）"地笑。她指的是我们刚到清平湾的时候，被狗追得满村跑。"学生价连犍牛和生牛也解不开，"留小儿说着去摸摸正在吃草的牛，一边数叨："红犍牛、猴[2]犍牛、花生牛……爷！老黑牛怕是难活[3]下了，不肯吃！""它老了，熬[4]了。"老汉说。山里的夜晚静极了，只听得见牛吃草的"沙沙"声，蛐蛐叫，有时远处还传来狼嗥。破老汉有把破胡琴，"嗞嗞嘎嘎"地拉起来，唱："一九头上才立冬，阎王领兵下河东，幽州困住杨文广，年太平，金花小姐领大兵，……"把历史唱了个颠三倒四。

留小儿最常问的还是天安门。"你常去天安门？""常去。""常能照着[5]毛主席？""哪的来，我从来没见过。""咦？！他就盛[6]在天安门上，你去了会照不着？"她大概以为毛主席总站在天安门上，像画上画的那样。有一回她趴在我耳边说："你冬里回北京把我引上行不？"我说："就怕你爷爷不让。""你跟他说说嘛，他可相信你说的了。盘缠我有。""你哪儿来的钱？""卖鸡蛋的钱，我爷爷不要，都给了我，让我买褂褂儿的。""多少？""五块！""不够。""嘻——我哄你，看，八块半！"她掏出个小布包，打开，有两张一块的，其余全是一毛、两毛的。那些钱大半是我买了鸡蛋给破老汉的。平时实在

---

[1] 解：陕北方言中读 hài。
[2] 猴：小。
[3] 难活：病。
[4] 熬：累。
[5] 照着：望见。
[6] 盛：住。

是饿得够呛想解解馋，也就是买几个鸡蛋。我怎么跟留小儿说呢？我真想冬天回家时把她带上。可就在那年冬天，我病厉害了。

其实，喂牛没什么难的，用破老汉的话说，只要勤谨，肯操心就行。喂牛，苦不重[1]，就是熬人，夜里得起来好几趟，一年到头睡不成个囫囵觉。冬天，半夜从热被窝里爬出来的滋味可不是好受的。尤其五更天给牛拌料，牛埋下头吃得香，我坐在牛槽边的青石板上能睡好几觉。破老汉在我耳边叨唠：黑市的粮价又涨了，合作社来了花条绒、留小儿的袄烂得露了花……我"哼哼哈哈"地应着，刚梦见全聚德的烤鸭，又忽然掉进了什刹海的冰窟窿，打了个冷颤（战）醒了，破老汉还没唠叨完。"要不回窑睡去吧，二次料我给你拌上，"老汉说。天上划过一道亮光，是流星。月亮也躲进了山谷。星星和山峦，不知是谁望着谁，或者谁忘了谁，"这营生不是后生家做的，后生家正是好睡觉的时候，"破老汉说，然后"唉，唉——"地发着感慨。我又迷迷糊糊地入了梦乡。

碰上下雨下雪，我们俩就躲进牛棚。牛棚里尽是粪尿，连打个盹的地方也没有。那时候我的腿和腰就总酸疼。"倒运的天！"破老汉骂，然后对我说："北京够咋美，偏来这山沟沟里作什么嘛。""您那时候怎么没留在广州？"我随便问。他抓抓那几根黄胡子，用烟锅儿在烟荷包里不停地剜，瞪着眼睛愣半天，说："咋！让你把我问着了，我也不晓得咋价日鬼的。"然后又愣半天，似乎回忆着到底是什么原因。"唉，球毛杆不成个毡，山里人当不成个官。"他说，"我那阵儿要是不回来，这阵儿也住上洋楼了，也把警卫员带上了。山里人憨着咧，只要打罢了仗就回家，哪搭儿也不胜窑里好。球！要不，我的留小儿这阵儿还愁穿不上个条绒袄儿？"

每回家里给我寄钱来，破老汉总嚷着让我请他抽纸烟。"行！"我说："'牡丹'的怎么样？""唏——'黄金叶'的就拔尖了！""可有个条件，"我凑到他耳边，"得给'后沟里的'送几根去。""憨娃娃！"他骂。"后沟里的"指的是住在后沟里的一个寡妇，比破老汉小十九岁，村里人都知道那寡妇对破老汉不错。老汉抽着纸烟，望着远处。我也唱一句："你看下我来，我也看下你……"递给他几根纸烟，向后沟的方向示意。他不言传，笑眯眯地不知道想了什么。末了，他把几根纸烟装进烟荷包，说："留小儿大了嫁到北京去呀！"说罢笑笑，知道那是不沾边儿的事。

在后山上拦牛的时候，远远地望着后沟里的那眼土窑洞，我问破老汉："那婆姨怎么样？""亮亮妈，人可好。"他说。我问："那你干嘛不跟她过？""唏——老了老了还……"他打岔，"算了吧！"我说："那你夜里常往她窑里跑？"我其实是开玩笑。"咦！不敢

---

[1] 苦不重：活儿不重。

瞎说！"他装得一本正经。我诈他："我都看见了，你还不承认！"他不言传了，尴尬地笑着。其实我什么也没看见。

破老汉望着山脚下的那眼窑洞。窑前，亮亮妈正费力地劈着一疙瘩树根；一个男孩子帮着她劈，是亮亮。"我看你就把她娶了吧，她一个人也够难的。再说就有人给你缝衣裳了。""唉，丢下留小儿谁管？""一搭里过嘛！""她的亮亮也娇惯得危险[1]，留小儿要受气呢。后妈总不顶亲的。""什么后妈，留小儿得管她叫奶奶了。""还不一样？"山里没人，我们敞开了说。亮亮家的窑顶上冒起了炊烟。老汉呆呆地望着，一缕蓝色的轻烟在山沟里飘绕。小学校放学的钟声"当当"地敲响了。太阳下山了，收工的人们扛着锄头在暮霭中走。拦羊的也吆喝着羊群回村了，大羊喊，小羊叫"咩咩"地响成一片。老汉还是呆呆地坐着，闷闷地抽烟。他分明是心动了，可又怕对不起留小儿。留小儿的大[2]死得惨，平时谁也不敢向破老汉问起这事，据说，老汉一想起就哭，自己打自己的嘴巴。听说，都是因为破老汉舍不得给大夫多送些礼，把儿子的病给耽误了；其实，送十来斤米或者面就行。那些年月啊！

秋天，在山里拦牛简直是一种享受。庄稼都收完了，地里光秃秃的，山洼、沟掌里的荒草却长得茂盛。把牛往沟里一轰，可以躺在沟门上睡觉；或是把牛赶上山，在山下的路口上坐下，看书。秋山的色彩也不再那么单调：半崖上小灌木的叶子红了，杜梨树的叶子黄了，酸枣棵子缀满了珊瑚珠似的小酸枣……尤其是山坡上绽开了一丛丛野花，淡蓝色的，一丛挨着一丛，雾蒙蒙的。灰色的小田鼠从黄土坷垃后面探头探脑；野鸽子从悬崖上的洞里钻出来，"扑楞楞（棱棱）"飞上天；野鸡"咕咕嘎嘎"地叫，时而出现在崖顶上，时而又钻进了草丛……我很奇怪，生活那么苦，竟然没人逮食这些小动物。也许是因为没有枪，也许是因为这些鸟太小也太少，不过多半还是因为别的。譬如：春天燕子飞来时，家家都把窗户打开，希望燕子到窑里来作窝；很多家窑里都住着一窝燕儿，没人伤害它们。谁要是说燕子的肉也能吃，老乡们就会露出惊讶的神色，瞪你一眼："咦！燕儿嘛！"仿佛那无异于亵渎了神灵。

种完了麦子，牛就都闲下来了，我和破老汉整天在山里拦牛。老汉闲不着，把牛赶到地方，跟我交待（代）几句就不见了。有时忽然见他出现在半崖上，奋力地劈砍着一棵小灌木。吃的难，烧的也难，为了一把柴，常要爬上很高很陡的悬崖。老汉说，过去不是这样，过去人少，山里的好柴砍也砍不完，密密匝匝的，人也钻不进去。老人们最怀恋的是红军刚

---

[1] 危险：严重，厉害之意。
[2] 大：爹。

到陕北的时候，打倒了地主，分了地，单干。"才红了[1]那阵儿，吃也有得吃，烧也有得烧，这咋会儿，做过啦[2]！"老乡们都这么说。真是，"这咋会儿"，迷信活动倒死灰复燃。有一回，传说从黄河东来了神神，有些老乡到十几里外的一个破庙去祷告，许愿。破老汉不去。我问他为什么，他皱着眉头不说，又哼哼起《山丹丹开花红艳艳》。那是才红了那辰儿的歌。过了半天，使劲磕磕烟袋锅，叹了口气："都是那号婆姨闹的！""哪号？"我有点明知故问。他用烟袋指指天，摇摇头，撇撇嘴："那号婆姨，我一照就晓得……"如此算来，破老汉反"四人帮"要比"四·五"运动早好几年呢！

在山里，有那些牛做伴即便剩我一个人，也并不寂寞。我半天半天地看着那些牛，它们的一举一动都意味着什么，我全懂。平时，牛不爱叫，只有奶着犊子的生牛才爱叫。太阳偏西，奶着犊儿的生牛就急着要回村了，你要是不让它回，它就"哞——哞——"地叫个不停，急得团团转，无心再吃草。有一回，我在山洼洼里，睡着了，醒来太阳已经挨近了山顶。我和破老汉吆起牛回村，忽然发现少了一头。山里常有被雨水冲成的暗洞，牛踩上就会掉下去摔坏。破老汉先也一惊，但马上看明白，说："没麻搭，它想儿了，回去了。"我才发现，少了的是一头奶犊儿的生牛。离村老远，就听见饲养场上一声声牛叫了，儿一声，娘一声，似乎一天不见，母子间有说不完的贴心话。牛不老[3]在母亲肚子底下一下一下地撞，吃奶，母牛的目光充满了温柔、慈爱，神态那么满足、平静。我喜欢那头母牛，喜欢那只牛不老。我最喜欢的是一头红犍牛，高高的肩峰，腰长腿壮，单套也能拉得动大步犁。红犍牛的犄角长得好，又粗又长，向前弯去；几次碰上邻村的牛群，它都把对方的首领顶得败阵而逃。我总是多给它拌些料，犒劳它。但它不是首领。最讨厌的还是那头老黑牛，不仅老奸巨猾，而且专横跋扈，双套它也会气喘吁吁，却占着首领的位置。遇到外"部落"的首领，它倒也勇敢，但不下两个回合，便跑得比平时都快了。那头老生牛就好，虽然比老黑牛还老，却和蔼得很，再小的牛冲它伸伸脖子，它也会耐心地为之舔毛……和牛在一起，也可谓其乐无穷了，不然怎么办呢？方圆十几里内看不见一个人，全是山。偶尔有拦羊的从山梁上走过，冲我呐喊两声。黑色的山羊在陡峭的岩壁上走，如走平地，远远看去像是悬挂着的棋盘；白色的绵羊走在下边，是白棋子。山沟里有泉水，渴了就喝，热了就脱个精光，洗一通。那生活倒是自由自在，就是常常饿肚子。

破老汉有个弟弟，我就是顶替了他喂牛的。据说那人奸猾，偷牛料；头几年还因为投机倒把坐过县大狱。我倒不觉得那人有多坏，他不过是蒸了白馍跑到几十里外的水站

---

[1] 才红了：指红军刚到陕北。
[2] 做过啦：弄糟了。
[3] 牛不老：指牛犊。

上去卖高价，从中赚出几升玉米、高粱米。白面自家舍不得吃。还说他捉了乌鸦，做熟了当鸡卖，而且白馍里也掺了假。破老汉看不上他弟弟，破老汉佩服的是老老实实的受苦人。

一阵山歌，破老汉担着两捆柴回来了。"饿了吧？"他问我。"我把你的干粮吃了，"我说。"吃得下那号干粮？"他似乎感到快慰，他"哼哼唉唉"地唱着，带我到山背洼里的一棵大杜梨树下。"咋吃！"他说着爬上树去。他那年已经五十六岁了，看上去还要老，可爬起树来却比我强。他站在树上，把一杈杈结满了杜梨的树枝撅下来，扔给我。那果实是古铜色的，小指盖儿大小，上面有黄色的碎斑点，酸极了，倒牙。老汉坐在树杈上吃，又唱起来："对面价沟里流河水，横山里下来些游击队……"那是《信天游》。老汉大约又想起了当年。他说他给刘志丹抬过棺材，守过灵。别人说他是吹牛。破老汉有时是好吹吹牛。"牵牛牛开花羊跑春，二月里见罢到如今……"还是《信天游》。我冲他喊："不是夜来黑喽[1]才见罢吗？""憨娃娃，你还不赶紧寻个婆姨？操心把'心儿'耽误下！"他反唇相讥。"'后沟里的'可会迷男人？""咦！亮亮妈，人可好！""这两捆柴，敢是给亮亮妈砍的吧？""谁情愿要，谁扛去。"这话是真的，老汉穷，可不小气。

有一回我半夜起来去喂牛，借着一缕淡淡的月光，摸进草窑。刚要揽草，忽然从草堆里站起两个人来，吓得我头皮发麻，不禁喊了一声，把那两个人也吓得够呛。一个岁数大些的连忙说："别怕，我们是好人。"破老汉提着个马灯跑了过来，以为是有了狼。那两个人是瞎子说书的，从绥德来。天黑了，就摸进草窑，睡了。破老汉把他们引回自家窑里，端出剩干粮让他们吃。陕北有句民谣："老乡见老乡，两眼泪汪汪。"老汉和两个瞎子长吁短叹，唠了一宿。

第二天晚上，破老汉操持着，全村人出钱请两个瞎子说了一回书。书说得乱七八糟，李玉和也有，姜太公也有，一会是伍子胥一夜白了头，一会又是主席语录。窑顶上，院墙上，磨盘上，坐得全是人，都听得入神。可说的是什么，谁也含糊。人们听的那么个调调儿。陕北的说书实际是唱，弹着三弦儿，艾艾（哀哀）怨怨地唱，如泣如诉，像是村前泪泪而流的清平河水。河水上跳动着月光。满山的高粱、谷子被晚风吹得"沙沙"响，时不时传来一阵响亮的驴叫。破老汉搂着留小儿坐在人堆里，小声跟着唱。亮亮妈带着亮亮坐在窑顶上，穿得齐齐整整。留小儿在老汉怀里睡着了，她本想是听完了书再去饲养场上爆玉米花的，手里攥着那个小手绢包儿。山村里难得热闹那么一回。

我倒宁愿去看牛顶架，那实在也是一项有益的娱乐，给人一种力量的感受，一种拼搏

---

[1] 夜来黑喽：昨天晚上。

的激励。我对牛打架颇有研究。二十头牛（主要是那十几头犍牛、公牛）都排了座次，当然不是以姓氏笔划（画）为序，但究竟根据什么，我一开始也糊涂。我喂的那头最壮的红犍牛却敬畏破老汉喂的那头老黑牛。红犍牛正是年轻力壮的时候，肩峰上的肌肉像一座小山，走起路来步履生风，而老黑牛却已显出龙钟老态，也瘦，只剩了一副高大的骨架。然而，老黑牛却是首领。遇上有哪头母牛发了情，老黑牛便几乎不吃不喝地看定在那母牛身旁，绝不允许其他同性接近。我几次怂恿红犍牛向它挑战，然而只要老黑牛晃晃犄角，红犍牛便慌忙躲开。我实在憎恨老黑牛的狂妄、专横，又为红犍牛的怯懦而生气。后来我才知道，牛的排座次是根据每年一度的角斗，谁夺了魁，便在这一年中被尊崇为首领，享有"三宫六院"的特权，即便它在这一年中变得病弱或衰老，其他的牛也仍为它当年的威风所震慑，不敢贸然不恭。习惯势力到处在起作用。可是，一开春就不同了，闲了一冬，十几头犍牛、公牛都积攒了气力，是重新较量、争魁的时候了。"男子汉"们各自权衡了对手和自己的实力，自然地推举出一头（有时是两头）体魄最大，实力最强的新秀，与前冠军进行决赛。那年春天，我的红犍牛处在新秀的位置上，开始对老黑牛有所怠慢了。我悄悄促成它们决斗，把它们引到开阔的河滩上去（否则会有危险）。这事不能让破老汉发觉，否则他会骂。一开始，红犍牛仍有些胆怯，老黑牛尚有余威。但也许是春天的母牛们都显得愈发俊俏吧，红犍牛终于受不住异性的吸引或是轻蔑，"哞——哞——"地叫着向老黑牛挑战了。它们拉开了架势，对峙着，用蹄子刨土，瞪红了眼睛，慢慢地接近，接近……猛地扭打到一起。这时候需要的是力量，是勇气。犄角的形状起很大作用，倘是两支粗长而向前弯去的角，便极有利，左右一晃就会顶到对方的虚弱处，然而，红犍牛和老黑牛都长了这样两支角。这就要比机智了。前冠军毕竟老朽了，过于相信自己的势力和威风，新秀却认真、敏捷。红犍牛占据了有利地形（站在高一些的地方比较有利），逼得老黑牛步步退却，只剩招架之功。红犍牛毫不松懈，瞧准机会把头一低，一晃一冲，顶到了对方的脖子。老黑牛转身败走，红犍牛追上去再给老首领的屁股上加一道失败的标记。第一回合就此结束。这样的较量通常是五局三胜制或九局五胜制。新秀连胜几局，元老便自愿到一旁回忆自己当年的矫勇去了。

为了这事，破老汉阴沉着脸给我看。我笑嘻嘻地递过一根纸烟去。他抽着烟，望着老黑牛屁股上的伤痕，说："它老了呀！它救过人的命……"

据说，有一年除夕夜里，家家都在窑里喝米酒，吃油馍，破老汉忽然听见牛叫、狼嗥。他想起了一头出生不久的牛不老，赶紧跑到牛棚。好家伙，就见这黑牛把一只狼顶在墙旮旯里，黑牛的脸被狼抓得流着血，但它一动不动，把犄角牢牢地插进了狼的肚子。老汉打死了那只狼，卖了狼皮，全村人抽了一回纸烟。

"不，不是这。"破老汉说，"那一年村里的牛死的死，杀的杀（他没说是哪年），快光了。全凭好歹留下来的这头黑牛和那头老生牛，村里的牛才又多起来。全靠了它，要不全村人倒运吧！"破老汉摸摸老黑牛的犄角。他对它分外敬重。"这牛死了，可不敢吃它的肉，得埋了它。"破老汉说。

可是，老黑牛最终还是被人拖到河滩上杀了。那年冬天，老黑牛不小心踩上了山坡上的暗洞，摔断了腿。牛被杀的时候要流泪，是真的。只有破老汉和我没有吃它的肉。那天村里处处飘着肉香。老汉呆坐在老黑牛空荡荡的槽前，只是一个劲抽烟。

我至今还记得这么件事：有天夜里，我几次起来给牛添草，都发现老黑牛站着，不卧下。别的牛都累得早早地卧下睡了，只有它喘着粗气，站着。我以为它病了。走进牛棚，摸摸它的耳朵，这才发现，在它肚皮底下卧着一只牛不老。小牛犊正睡得香，响着均匀的鼾声。牛棚很窄，各有各的"床位"，如果老黑牛卧下，就会把小牛犊压坏。我把小牛犊赶开（它睡的是"自由床位"），老黑牛"噗通"一声卧倒了。它看着我，我看着它。它一定是感激我了，它不知道谁应该感激它。

那年冬天我的腿忽然用不上劲儿了，回到北京不久，两条腿都开始萎缩。

住在医院里的时候，一个从陕北回京探亲的同学来看我，带来了乡亲们捎给我的东西：小米、绿豆、红枣儿、芝麻……我认出了一个小手绢包儿，我知道那里头准是玉米花。那个同学最后从兜里摸出一张十斤的粮票，说是破老汉让他捎给我的。粮票很破，渍透了油污，中间用一条白纸相连。

"我对他说这是陕西省通用的。在北京不能用，破老汉不信，说：'咦！你们北京就那么高级？我卖了十斤好小米换来的，咋啦不能用？！'我只好带给你。破老汉说你治病时会用得上。"

唔，我记得他儿子的病是怎么耽误了的，他以为北京也和那儿一样。

十年过去了。前年留小儿来了趟北京，她真的自个儿攒够了盘缠！她说这两年农村的生活好多了，能吃饱，一年还能吃好多回肉。她说，黑肉[1]真的还是比白肉好吃些。

"清平河水还流吗？"我糊里巴涂地这样问。

"流哩嘛！"留小儿"格格（咯咯）"地笑。

"我那头红犍牛还活着吗？"

"在哩！老下了。"

---

[1] 黑肉：瘦肉或精肉。白肉，指肥肉。

我想象不出我那头浑身是劲儿的红犍牛老了会是什么样，大概跟老黑牛差不多吧，既专横又慈爱……

留小儿给他爷爷买了把新二胡。自己想买台缝纫机可没买到。

"你爷爷还爱唱吗？"

"一天价瞎唱。"

"还唱《走西口》吗？"

"唱。"

"《揽工调》呢？"

"什么都唱。"

"不是愁了才唱吗？"

"咦？！谁说？"

关于民歌产生的原因，还是请音乐家和美学家们去研究吧。我只是常常记起牛群在土地上舔食那些渗出的盐的情景，于是就又想起破老汉那悠悠的山歌："崖畔上开花崖畔上红，受苦人过得好光景……"如今，"好光景"已不仅仅是"受苦人"的一种盼望了。老汉唱的本也不是崖畔上那一缕残阳的红光，而是长在崖畔上的一种野花，叫山丹丹，红的，年年开。

哦，我的白老汉，我的牛群，我的遥远的清平湾……

4 受戒（节选）[1]

汪曾祺

明子老往小英子家里跑。

小英子的家像一个小岛，三面都是河，西面有一条小路通到荸荠庵。独门独户，岛上只有这一家。岛上有六棵大桑树，夏天都结大桑椹（葚），三棵结白的，三棵结紫的；一个菜园子，瓜豆蔬菜，四时不缺。院墙下半截是砖砌的，上半截是泥夯的。大门是桐油油过的，贴着一副万年红的春联：

向阳门第春常在

积善人家庆有余

门里是一个很宽的院子。院子里一边是牛屋、碓棚；一边是猪圈、鸡窠，还有个关鸭子的栅栏。露天地放着一具石磨。正北面是住房，也是砖基土筑，上面盖的一半是瓦，一半是草。房子翻修了才三年，木料还露着白茬。正中是堂屋，家神菩萨的画像上贴的金还没有发黑。两边是卧房。隔扇窗上各嵌了一块一尺见方的玻璃，明亮亮的，——这在乡下是不多见的。房檐下一边种着一棵石榴树，一边种着一棵栀子花，都齐房檐高了。夏天开了花，一红一白，好看得很。栀子花香得冲鼻子。顺风的时候，在荸荠庵都闻得见。

这家人口不多，他家当然是姓赵。一共四口人：赵大伯、赵大妈，两个女儿，大英子、小英子。老两口没得儿子。因为这些年人不得病，牛不生灾，也没有大旱大水闹蝗虫，日子过得很兴旺。他们家自己有田，本来够吃的了，又租种了庵上的十亩田。自己的田里，一亩种了荸荠，——这一半是小英子的主意，她爱吃荸荠，一亩种了茨菇。家里喂了一大群鸡鸭，单是鸡蛋鸭毛就够一年的油盐了。赵大伯是个能干人。他是一个"全把式"，不但田里场上样样精通，还会罩鱼、洗磨、凿砻、修水车、修船、砌墙、烧砖、箍桶、劈篾、绞麻绳。他不咳嗽，不腰疼，结结实实，像一棵榆树。人很和气，一天不声不响。赵大伯是一棵摇钱树，赵大娘就是个聚宝盆。大娘精神得出奇。五十岁了，两个眼睛还是清亮亮的。不论什么时候，头都是梳得滑溜溜的，身上衣服都是格挣挣的。像老头子一样，她一天不闲着。煮猪食，喂猪，腌咸菜，——她腌的咸萝卜干非常好吃，春粉子，磨小豆腐，

[1] 选自《汪曾祺全集》小说卷，北京师范大学出版社，1998年版。汪曾祺（1920—1997年），当代作家，被誉为"抒情的人道主义者，中国最后一个纯粹的文人，中国最后一个士大夫"。代表作有《受戒》《大淖记事》《晚饭花集》等。

编蓑衣，织芦席。她还会剪花样子。这里嫁闺女，陪嫁妆，磁坛子、锡罐子，都要用梅红纸剪出吉祥花样，贴在上面，讨个吉利，也才好看："丹凤朝阳"呀、"白头到老"呀、"子孙万代"呀、"福寿绵长"呀。二三十里的人家都来请她："大娘，好日子是十六，你哪天去呀？"——"十五，我一大清早就来！"

"一定呀！"——"一定！一定！"

两个女儿，长得跟她娘像一个模子里托出来的。眼睛长得尤其像，白眼珠鸭蛋青，黑眼珠棋子黑，定神时如清水，闪动时像星星。浑身上下，头是头，脚是脚。头发滑溜溜的，衣服格挣挣的。——这里的风俗，十五六岁的姑娘就都梳上头了。这两个丫头，这一头的好头发！通红的发根，雪白的簪子！娘女三个去赶集，一集的人都朝她们望。

姐妹俩长得很像，性格不同。大姑娘很文静，话很少，像父亲。小英子比她娘还会说，一天咭咭（叽叽）呱呱地不停。大姐说：

"你一天到晚咭咭（叽叽）呱呱——"

"像个喜鹊！"

"你自己说的！——吵得人心乱！"

"心乱？"

"心乱！"

"你心乱怪我呀！"

二姑娘话里有话。大英子已经有了人家。小人她偷偷地看过，人很敦厚，也不难看，家道也殷实，她满意。已经下过小定，日子还没有定下来。她这二年，很少出房门，整天赶她的嫁妆。大裁大剪，她都会。挑花绣花，不如娘。她可又嫌娘出的样子太老了。她到城里看过新娘子，说人家现在绣的都是活花活草。这可把娘难住了。最后是喜鹊忽然一拍屁股："我给你保举一个人！"

这人是谁？是明子。明子念"上孟下孟"的时候，不知怎么得了半套《芥子园》，他喜欢得很。到了荸荠庵，他还常翻出来看，有时还把旧账簿子翻过来，照着描。小英子说：

"他会画！画得跟活的一样！"

小英子把明海请到家里来，给他磨墨铺纸，小和尚画了几张，大英子喜欢得了不得：

"就是这样！就是这样！这就可以乱孱！"——所谓"乱孱"是绣花的一种针法：绣了第一层，第二层的针脚插进第一层的针缝，这样颜色就可由深到淡，不露痕迹，不像娘那一代绣的花是平针，深浅之间，界限分明，一道一道的。小英子就像个书童，又像个参谋：

"画一朵石榴花！"

"画一朵栀子花！"

她把花掐来，明海就照着画。

到后来，凤仙花、石竹子、水蓼、淡竹叶、天竺果子、腊梅花，他都能画。

大娘看着也喜欢，搂住明海的和尚头：

"你真聪明！你给我当一个干儿子吧！"

小英子捺住他的肩膀，说：

"快叫！快叫！"

小明子跪在地下磕了一个头，从此就叫小英子的娘做干娘。

大英子绣的三双鞋，三十里方圆都传遍了。很多姑娘都走路坐船来看。看完了，就说："啧啧啧，真好看！这哪是绣的，这是一朵鲜花！"她们就拿了纸来央大娘求了小和尚来画。有求画帐檐的，有求画门帘飘带的，有求画鞋头花的。每回明子来画花，小英子就给他做点好吃的，煮两个鸡蛋，蒸一碗芋头，煎几个藕团子。

因为照顾姐姐赶嫁妆，田里的零碎生活小英子就全包了。她的帮手，是明子。

这地方的忙活是栽秧、车高田水，薅头遍草、再就是割稻子、打场子。这几荐重活，自己一家是忙不过来的。这地方兴换工。排好了日期，几家顾一家，轮流转。不收工钱，但是吃好的。一天吃六顿，两头见肉，顿顿有酒。干活时，敲着锣鼓，唱着歌，热闹得很。其余的时候，各顾各，不显得紧张。

薅三遍草的时候，秧已经很高了，低下头看不见人。一听见非常脆亮的嗓子在一片浓绿里唱：

栀子哎开花哎六瓣头哎……

姐家哎门前哎一道桥哎……

明海就知道小英子在哪里，三步两步就赶到，赶到就低头薅起草来，傍晚牵牛"打汪"，是明子的事。——水牛怕蚊子。这里的习惯，牛卸了轭，饮了水，就牵到一口和好泥水的"汪"里，由它自己打滚扑腾，弄得全身都是泥浆，这样蚊子就咬不通了。低田上水，只要一挂十四轧的水车，两个人车半天就够了。明子和小英子就伏在车杠上，不紧不慢地踩着车轴上的拐子，轻轻地唱着明海向三师父学来的各处山歌。打场的时候，明子能替赵大伯一会，让他回家吃饭。——赵家自己没有场，每年都在荠荞庵外面的场上打谷子。他一扬鞭子，喊起了打场号子：

"格当嘚——"

这打场号子有音无字，可是九转十三弯，比什么山歌号子都好听。赵大娘在家，听见明子的号子，就侧起耳朵：

"这孩子这条嗓子！"

连大英子也停下针线："真好听！"

小英子非常骄傲地说：

"一十三省数第一！"

晚上，他们一起看场。——荸荠庵收来的租稻也晒在场上。他们并肩坐在一个石磙子上，听青蛙打鼓，听寒蛇唱歌，——这个地方以为蝼蛄叫是蚯蚓叫，而且叫蚯蚓叫"寒蛇"，听纺纱婆子不停地纺纱，"唦——"，看萤火虫飞来飞去，看天上的流星。

"呀！我忘了在裤带上打一个结！"小英子说。

这里的人相信，在流星掉下来的时候在裤带上打一个结，心里想什么好事，就能如愿。

……

"摵"荸荠，这是小英最爱干的生活。秋天过去了，地净场光，荸荠的叶子枯了，——荸荠的笔直的小葱一样的圆叶子里是一格一格的，用手一捋，哔哔地响，小英子最爱捋着玩，——荸荠藏在烂泥里。赤了脚，在凉浸浸滑溜溜的泥里踩着，——哎，一个硬疙瘩！伸手下去，一个红紫红紫的荸荠。她自己爱干这生活，还拉了明子一起去。她老是故意用自己的光脚去踩明子的脚。

她挎着一篮子荸荠回去了，在柔软的田埂上留了一串脚印。明海看着她的脚印，傻了。五个小小的趾头，脚掌平平的，脚跟细细的，脚弓部分缺了一块。明海身上有一种从来没有过的感觉，他觉得心里痒痒的。这一串美丽的脚印把小和尚的心搞乱了。

……

明子常搭赵家的船进城，给庵里买香烛，买油盐。闲时是赵大伯划船；忙时是小英子去，划船的是明子。

从庵赵庄到县城，当中要经过一片很大的芦花荡子。芦苇长得密密的，当中一条水路，四边不见人。划到这里，明子总是无端端地觉得心里很紧张，他就使劲地划桨。

小英子喊起来：

"明子！明子！你怎么啦？你发疯啦？为什么划得这么快？"

……

明海到善因寺去受戒。

"你真的要去烧戒疤呀？"

"真的。"

"好好的头皮上烧十二个洞，那不疼死啦？"

"咬咬牙。舅舅说这是当和尚的一大关，总要过的。""不受戒不行吗？"

"不受戒的是野和尚。"

"受了戒有啥好处？"

"受了戒就可以到处云游，逢寺挂褡。"

"什么叫'挂褡'？"

"就是在庙里住。有斋就吃。"

"不把钱？"

"不把钱。有法事，还得先尽外来的师父。"

"怪不得都说'远来的和尚会念经'。就凭头上这几个戒疤？"

"还要有一份戒牒。"

"闹半天，受戒就是领一张和尚的合格文凭呀！"

"就是！"

"我划船送你去。"

"好。"

小英子早早就把船划到荸荠庵门前。不知是什么道理，她兴奋得很。她充满了好奇心，想去看看善因寺这座大庙，看看受戒是个啥样子。

善因寺是全县第一大庙，在东门外，面临一条水很深的护城河，三面都是大树，寺在树林子里，远处只能隐隐约约看到一点金碧辉煌的屋顶，不知道有多大。树上到处挂着"谨防恶犬"的牌子。这寺里的狗出名的厉害。平常不大有人进去。放戒期间，任人游看，恶狗都锁起来了。

好大一座庙！庙门的门坎（槛）比小英子的胈膝都高。迎门矗着两块大牌，一边一块，一块写着斗大两个大字："放戒"；一块是："禁止喧哗"。这庙里果然是气象庄严，到了这里谁也不敢大声咳嗽。明海自去报名办事，小英子就到处看看。好家伙，这哼哈二将、四大天王，有三丈多高，都是簇新的，才装修了不久。天井有二亩地大，铺着青石，种着苍松翠柏。"大雄宝殿"，这才真是个"大殿"！一进去，凉飕飕（飕飕）的。到处都是金光耀眼。释迦牟尼佛坐在一个莲花座上，单是莲座，就比小英子还高。抬起头来也看不全他的脸，只看到一个微微闭着的嘴唇和胖敦敦（墩墩）的下巴。两边的两根大红蜡烛，一搂多粗。佛像前的大供桌上供着鲜花、绒花、绢花，还有珊瑚树，玉如意、整根的大象牙。香炉里烧着檀香。小英子出了庙，闻着自己的衣服都是香的。挂了好些幡。这些幡不知是什么缎子的，那么厚重，绣的花真细。这么大一口磬，里头能装五担水！这么大一个木鱼，有一头牛大，漆得通红的。她又去转了转罗汉堂，爬到千佛楼上看了看。真有一千个小佛！她还跟着一些人去看了看藏经楼。藏经楼没有什么看头，都是经书！妈吔！逛了这么一圈，腿都酸了。小英子想起还要给家里打油，替姐姐配丝线，给娘买鞋面布，给自己买两个坠围裙飘带的银蝴蝶，给爹买烟，就出庙了。

等把事情办齐，晌午了。她又到庙里看了看，和尚正在吃粥。好大一个"膳堂"，坐得下八百个和尚。吃粥也有这样多讲究：正面法座上摆着两个锡胆瓶，里面插着红绒花，后面盘膝坐着一个穿了大红满金绣袈裟的和尚，手里拿了戒尺。这戒尺是要打人的。哪个和尚吃粥吃出了声音，他下来就是一戒尺。不过他并不真的打人，只是做个样子。真稀奇，那么多的和尚吃粥，竟然不出一点声音！他看见明子也坐在里面，想跟他打个招呼又不好打。想了想，管他禁止不禁止喧哗，就大声喊了一句："我走啦！"她看见明子目不斜视地微微点了点头，就不管很多人都朝自己看，大摇大摆地走了。

第四天一大清早小英子就去看明子。她知道明子受戒是第三天半夜，——烧戒疤是不许人看的。她知道要请老剃头师傅剃头，要剃得横摸顺摸都摸不出头发茬子，要不然一烧，就会"走"了戒，烧成了一片。她知道是用枣泥子先点在头皮上，然后用香头子点着。她知道烧了戒疤就喝一碗蘑菇汤，让它"发"，还不能躺下，要不停地走动，叫做"散戒"。这些都是明子告诉她的。明子是听舅舅说的。

她一看，和尚真在那里"散戒"，在城墙根底下的荒地里。一个一个，穿了新海青，光光的头皮上都有十二个黑点子。——这黑疤掉了，才会露出白白的、圆圆的"戒疤"。和尚都笑嘻嘻的，好像很高兴。她一眼就看见了明子。隔着一条护城河，就喊他：

"明子！"

"小英子！"

"你受了戒啦？"

"受了。"

"疼吗？"

"疼。"

"现在还疼吗？"

"现在疼过去了。"

"你哪天回去？"

"后天。"

"上午？下午？"

"下午。"

"我来接你！"

"好！"

……

小英子把明海接上船。

小英子这天穿了一件细白夏布上衣，下边是黑洋纱的裤子，赤脚穿了一双龙须草的细草鞋，头上一边插着一朵栀子花，一边插着一朵石榴花。她看见明子穿了新海青，里面露出短褂子的白领子，就说："把你那外面的一件脱了，你不热呀！"

他们一人一把桨。小英子在中舱，明子扳艄，在船尾。

她一路问了明子很多话，好像一年没有看见了。

她问，烧戒疤的时候，有人哭吗？喊吗？

明子说，没有人哭，只是不住地念佛。有个山东和尚骂人：

"俺日你奶奶！俺不烧了！"

她问善因寺的方丈石桥是相貌和声音都很出众吗？

"是的。"

"说他的方丈比小姐的绣房还讲究？"

"讲究。什么东西都是绣花的。"

"他屋里很香？"

"很香。他烧的是伽楠香，贵得很。"

"听说他会做诗，会画画，会写字？"

"会。庙里走廊两头的砖额上，都刻着他写的大字。"

"他是有个小老婆吗？"

"有一个。"

"才十九岁？"

"听说。"

"好看吗？"

"都说好看。"

"你没看见？"

"我怎么会看见？我关在庙里。"

明子告诉她，善因寺一个老和尚告诉他，寺里有意选他当沙弥尾，不过还没有定，要等主事的和尚商议。

"什么叫'沙弥尾'？"

"放一堂戒，要选出一个沙弥头，一个沙弥尾。沙弥头要老成，要会念很多经。沙弥尾要年轻，聪明，相貌好。"

"当了沙弥尾跟别的和尚有什么不同？"

"沙弥头，沙弥尾，将来都能当方丈。现在的方丈退居了，就当。石桥原来就是沙弥尾。"

"你当沙弥尾吗？"

"还不一定哪。"

"你当方丈，管善因寺？管这么大一个庙？！"

"还早呐！"

划了一气，小英子说："你不要当方丈！"

"好，不当。"

"你也不要当沙弥尾！"

"好，不当。"

又划了一气，看见那一片芦花荡子了。

小英子忽然把桨放下，走到船尾，趴在明子的耳朵旁边，小声地说：

"我给你当老婆，你要不要？"

明子眼睛鼓得大大的。

"你说话呀！"

明子说："嗯。"

"什么叫'嗯'呀！要不要，要不要？"

明子大声地说："要！"

"你喊什么！"

明子小小声说："要——！"

"快点划！"

英子跳到中舱，两只桨飞快地划起来，划进了芦花荡。

芦花才吐新穗。紫灰色的芦穗，发着银光，软软的，滑溜溜的，像一串丝线。有的地方结了蒲棒，通红的，像一枝一枝小蜡烛。青浮萍，紫浮萍。长脚蚊子，水蜘蛛。野菱角开着四瓣的小白花。惊起一只青桩（一种水鸟），擦着芦穗，扑鲁鲁飞远了。

……

5　怀念萧珊（节选）[1]

巴　金

今天是萧珊逝世的六周年纪念日。六年前的光景还非常鲜明地出现在我的眼前。那一天我从火葬场回到家中，一切都是乱糟糟的，过了两三天我渐渐地安静下来了，一个人坐在书桌前，想写一篇纪念她的文章。在五十年前我就有了这样一种习惯：有感情无处倾吐时我经常求助于纸笔。可是一九七二年八月里那几天，我每天坐三四个小时望着面前摊开的稿纸，却写不出一句话。我痛苦地想，难道给关了几年的"牛棚"，真的就变成"牛"了？头上仿佛压了一块大石头，思想好像冻结了一样。我索性放下笔，什么也不写了。

六年过去了。林彪、"四人帮"及其爪牙们的确把我搞得很"狼狈"，但我还是活下来了，而且偏偏活得比较健康，脑子也并不糊涂，有时还可以写一两篇文章。最近我经常去火葬场，参加老朋友们的骨灰安放仪式。在大厅里，我想起许多事情。同样地奏着哀乐，我的思想却从挤满了人的大厅转到只有二、三十个人的中厅里去了，我们正在用哭声向萧珊的遗体告别。我记起了《家》里面觉新说过的一句话："好像珏死了，也是一个不祥的鬼。"四十七年前我写这句话的时候，怎么想得到我是在写自己！我没有流眼泪，可是我觉得有无数锋利的指甲在搔我的心。我站在死者遗体旁边，望着那张惨白色的脸，那两片咽下千言万语的嘴唇，我咬紧牙齿，在心里唤着死者的名字。我想，我比她大十三岁，为什么不让我先死？我想，这是多不公平！她究竟犯了什么罪？她也给关进"牛棚"，挂上"牛鬼蛇神"的小纸牌，还扫过马路。究竟为什么？理由很简单，她是我的妻子。她患了病，得不到治疗，也因为她是我的妻子。想尽办法一直到逝世前三个星期，靠开后门她才住进医院。但是癌细胞已经扩散，肠癌变成了肝癌。

她不想死，她要活，她愿意改造思想，她愿意看到社会主义建成。这个愿望总不能说是痴心妄想吧。她本来可以活下去，倘使她不是"黑老K"的"臭婆娘"。一句话，是我连累了她，是我害了她。

在我靠边的几年中间，我所受到的精神折磨她也同样受到。但是我并未挨过打，她却

---

[1] 选自巴金著《巴金全集》第十六卷，人民文学出版社，1991 年版。本篇为原文的第一节和第四节。巴金（1904—2005 年），四川成都人，原名李尧棠。代表作有《爱情三部曲》《激流三部曲》《憩园》《寒夜》和散文集《随想录》等。萧珊，巴金之妻，原名陈蕴珍，1944 年与巴金结为夫妻，1972 年因病去世。

挨了"北京来的红卫兵"的铜头皮带，留在她左眼上的黑圈好几天后才褪尽。她挨打只是为了保护我，她看见那些年轻人深夜闯进来，害怕他们把我揪走，便溜出大门，到对面派出所去，请民警同志出来干预。那里只有一个人值班，不敢管。当着民警的面，她被他们用铜头皮带狠狠抽了一下，给押了回来，同我一起关在马桶间里。

她不仅分担了我的痛苦，还给了我不少的安慰和鼓励。在"四害"横行的时候，我在原单位（中国作家协会上海分会）给人当作"罪人"和"贱民"看待，日子十分难过，有时到晚上九、十点钟才能回家。我进了门看到她的面容，满脑子的乌云都消散了。我有什么委屈、牢骚，都可以向她尽情倾吐。有一个时期我和她每晚临睡前要服两粒眠尔通才能够闭眼，可是天刚刚发白都醒了。我唤她，她也唤我。我诉苦般地说："日子难过啊！"她也用同样的声音回答："日子难过啊！"但是她马上加一句："要坚持下去。"或者再加一句："坚持就是胜利。"我说"日子难过"，因为在那一段时间里，我每天在"牛棚"里面劳动、学习、写交代、写检查、写思想汇报。任何人都可以责骂我、教训我、指挥我。从外地到"作协分会"来串联的人可以随意点名叫我出去"示众"，还要自报罪行。上下班不限时间，由管理"牛棚"的"监督组"随意决定。任何人都可以闯进我家里来，高兴拿什么就拿走什么。这个时候大规模的群众性批斗和电视批斗大会还没有开始，但已经越来越逼近了。

她说"日子难过"，因为她给两次揪到机关，靠边劳动，后来也常常参加陪斗。在淮海中路"大批判专栏"上张贴着批判我的罪行的大字报，我一家人的名字都给写出来"示众"，不用说"臭婆娘"的大名占着显著的地位。这些文字像虫子一样咬痛她的心。她让上海戏剧学院"狂妄派"学生突然袭击、揪到"作协分会"去的时候，在我家大门上还贴了一张揭露她的所谓罪行的大字报。幸好当天夜里我儿子把它撕毁。否则这一张大字报就会要了她的命！

人们的白眼，人们的冷嘲热骂蚕蚀（食）着她的身心。我看出来她的健康逐渐遭到损害。表面上的平静是虚假的。内心的痛苦像一锅煮沸的水，她怎么能遮盖住！怎么能使它平静！她不断地给我安慰，对我表示信任，替我感到不平。然而她看到我的问题一天天地变得严重，上面对我的压力一天天地增加，她又非常担心。有时同我一起上班或者下班，走进巨鹿路口，快到"作协分会"，或者走进南湖路口，快到我们家，她总是抬不起头。我理解她，同情她，也非常担心她经受不起沉重的打击。我记得有一天到了平常下班的时间，我们没有受到留难，回到家里她比较高兴，到厨房去烧菜。我翻看当天的报纸，在第三版上看到当时做了"作协分会"的"头头"的两个工人作家写的文章《彻底揭露巴金的反革命真面》。真是当头一棒！我看了两三行，连忙把报纸藏起来，我害怕让她看见。她端着烧好的菜出来，脸上还带笑容，吃饭时她有说有笑。饭后她要看报，我企图把她的注意力引到别处。但是没有用，她找到了报纸。她的笑容一下子完全消失。这一夜她再没有讲话，早早地进了房间。我后来发现她躺在床上小声哭着。一个安静的夜晚给破坏了。今天回想当时的情景，她那张满是泪痕的脸还在我的眼前。我多么愿意让她的泪痕消失，笑容在她憔悴的脸上重现，即使减少我几年的生命来换取我们家庭生活中一个宁静的夜晚，我也心甘情愿！

梦魇一般的日子终于过去了。六年仿佛一瞬间似的远远地落在后面了。其实哪里是一瞬间！这段时间里有多少流着血和泪的日子啊。不仅是六年，从我开始写这篇短文到现在又过去了半年，半年中我经常在火葬场的大厅里默哀，行礼，为了纪念给"四人帮"迫害致死的朋友。想到他们不能把个人的智慧和才华献给社会主义祖国，我万分惋惜。每次戴上黑纱插上纸花的同时，我也想起我自己最亲爱的朋友，一个普通的文艺爱好者，一个成绩不大的翻译工作者，一个心地善良的人。她是我生命的一部分，她的骨灰里有我的泪和血。

她是我的一个读者。一九三六年我在上海第一次同她见面。一九三八年和一九四一年我们两次在桂林像朋友似的住在一起。一九四四年我们在贵阳结婚。我认识她的时候，她还不到二十，对她的成长我应当负很大的责任。她读了我的小说，给我写信，后来见到了我，对我发生了感情。她在中学念书，看见我以前，因为参加学生运动被学校开除，回到家乡住了一个短时期，又出来进另一所学校。倘使不是为了我，她三七、三八年一定去了延安。她同我谈了八年的恋爱，后来到贵阳旅行结婚，只印发了一个通知，没有摆过一桌酒席。从贵阳我和她先后到了重庆，住在民国路文化生活出版社门市部楼梯下七八个平方米的小屋里。她托人买了四只玻璃杯开始组织我们的小家庭。她陪着我经历了各种艰苦生活。在抗日战争紧张的时期，我们一起在日军进城以前十多个小时逃离广州，我们从广东到广西，从昆明到桂林，从金华到温州，我们分散了，又重见，相见后又别离。在我那两册《旅途通讯》中就有一部分这种生活的记录。四十年前有一位朋友批评我："这算什么文章！"我的《文集》出版后，另一位朋友认为我不应当把它们也收进去。他们都有道理。两年来我对朋友、对读者讲过不止一次，我决定不让《文集》重版。但是为我自己，我要经常翻看那两小册《通讯》。在那些年代，每当我落在困苦的境地里、朋友们各奔前程的时候，她总是亲切地在我耳边说："不要难过，我不会离开你，我在你的身边。"的确，只有她最后一次进手术室之前她才说过这样一句："我们要分别了。"

我同她一起生活了三十多年。但是我并没有好好地帮助过她。她比我有才华，却缺乏刻苦钻研的精神。我很喜欢她翻译的普希金和屠格涅夫的小说。虽然译文并不恰当，也不是普希金和屠格涅夫的风格，它们却是有创造性的文学作品，阅读它们对我是一种享受。她想改变自己的生活，不愿作（做）家庭妇女，却又缺少吃苦耐劳的勇气。她听一个朋友的劝告，得到后来也是给"四人帮"迫害致死的叶以群同志的同意，到《上海文学》"义务劳动"，也做了一点点工作，然而在运动中却受到批判，说她专门向老作家组稿，又说她是我派去的"坐探"。她为了改造思想，想走捷径，要求参加"四清"运动，找人推荐到某铜厂的工作组工作，工作相当忙碌、紧张，她却精神愉快。但是到我快要靠边的时候，她也被叫回"作协分会"参加运动。她第一次参加这种急风暴雨般的斗争，而且是以"反动权威"家属的身份参加，她不知道该怎么办才好。她张皇失措，坐立不安，替我担心，又为儿女们的前途忧虑。她盼望什么人向她伸出援助的手，可是朋友们离开了她，"同事们"拿她当作箭靶，还有人想通过整她来整我。她不是"作协分会"或者刊物的正式工作人员，可是仍然被"勒令"靠边劳动、站队挂牌，放回家以后，又给揪到机关。过一个时期，她写了认罪的检查，第二次给放回家的时候，我们机关的造反派头头却通知里弄委员会罚她扫街。她怕人看见，每天大清早起来，拿着扫帚出门，扫得精（筋）疲力尽，才回到家里，关上大门，吐了一口气。但有时她还碰到上学去的小孩，对她叫骂"巴金的臭婆娘"。我偶尔看见她拿着扫帚回来，不敢正眼看她，我感到负罪的心情，这是对她的一个致命的打击。不到两个月，她病倒了，以后就没有再出去扫街（我妹妹继续扫了一个时期），但是也没有完全恢复健康。尽管她还继续拖了四年，但一直到死她并不曾看到我恢复自由。这就是她的最后，然而绝不是她的结局。她的结局将和我的结局连在一起。

我绝不悲观。我要争取多活。我要为我们社会主义祖国工作到生命的最后一息。在我丧失工作能力的时候，我希望病榻上有萧珊翻译的那几本小说。等到我永远闭上眼睛，就让我的骨灰同她的掺和在一起。

6 静虚村记[1]

贾平凹

如今，找热闹的地方容易，寻清静的地方难；找繁华的地方容易，寻拙朴的地方难，尤其在大城市的附近，就更其为难的了。

前年初，租赁了农家民房借以栖身。

村子南九里是城北门楼，西五里是火车西站，东七里是火车东站，北去二十里地，又是一片工厂，素称城外之郭。奇怪台风中心反倒平静一样，现代建筑之间，偏就空出这块乡里农舍来。

常有友人来家吃茶，一来就要住下，一住下就要发一通讨论，或者说这里是一首古老的民歌，或者说这里是一口出了鲜水的枯井，或者说这里是一件出土的文物，如宋代的青瓷，质朴，浑拙，典雅。

村子并不大，屋舍仄仄斜斜，也不规矩，像一个公园，又比公园来得自然，只是没花，被高高低低绿树、庄稼包围。在城里，高楼大厦看得多了，也便腻了，陡然到了这里，便活泼泼地觉得新鲜。先是那树，差不多没了独立形象，枝叶交错，像一层浓重的绿云，被无数的树桩撑着。走近去，绿里才见村子，又尽被一道土墙围了，土有立身，并不苦瓦，却完好无缺，生了一层厚厚的绿苔，像是庄稼人剃头以后新生的青发。

拢共两条巷道，其实连在一起，是个"U"形。屋舍相对，门对着门，窗对着窗；一家鸡叫，家家鸡都叫，单声儿持续半个时辰；巷头家养一条狗，巷尾家养一条狗，贼便不能进来。几乎都是茅屋，并不是人家寒酸，茅屋是他们的讲究：冬天暖，夏天凉，又不怕被地震震了去。从东往西，从西往东，茅屋撑得最高的，人字形搭得最起的，要算是我的家了。

村人十分厚诚，几乎近于傻昧，过路行人，问起事来，有问必答，比比划划了一通，还要领到村口指点一番。接人待客，吃饭总要吃得剩下，喝酒总要喝得昏醉，才觉得惬意。衣着朴素，都是农民打扮，眉眼却极清楚。当然改变了吃浆水酸菜，顿顿油锅煎炒，但没有坐在桌前用餐的习惯，一律集在巷中，就地而蹲。端了碗出来，却蹲不下，站着吃的，只有我一家，其实也只有我一人。

---

[1] 本文选自贾平凹著《贾平凹文集·闲澹卷》，中国文联出版公司，1995年版。贾平凹，陕西人，1952年出生，当代著名作家，1978年凭《满月儿》获得全国优秀短篇小说奖。代表作有《秦腔》《废都》等。

　　我家里不栽花，村里也很少有花。曾经栽过多次，总是枯死，或是萎琐（缩）。一老汉笑着说：村里女儿们多啊，瞧你也带来两个！这话说得有理。是花嫉妒她们的颜色，还是她们羞得它们无容？但女儿们果然多，个个有桃花水色。巷道里，总见她们三五成群，一溜儿排开，横着往前走，一句什么没盐没醋的话，也会惹得她们笑上半天。我家来后，又都到我家来，这个帮妻剪个窗花，那个为小女染染指甲。什么花都不长，偏偏就长这种染指甲的花。

　　啥树都有，最多的，要数槐树。从巷东到巷西，三搂粗的十七棵，盆口粗的家家都有，皮已发皱，有的如绳索匝缠，有的如渠沟排列，有的扭了几扭，根却委屈得隆出地面。槐花开放，一片嫩白，家家都做槐花蒸饭。没有一棵树是属于我家的，但我要吃槐花，可以到每一棵树上去采。虽然不敢说我的槐树上有三个喜鹊窠、四个喜鹊窠，但我的茅屋梁上燕子窝却出奇地有了三个。春天一暖和燕子就来，初冬逼近才去，从不撒下粪来，也不见在屋里落一根羽毛，从此倒少了蚊子。

　　最妙的是巷中一眼井，水是甜的，生喝比熟喝味长。水抽上来，聚成一个池，一抖一抖地，随巷流向村外，凉气就沁了全村。村人最爱干净，见天有人洗衣。巷道的上空，即茅屋顶与顶间，拉起一道一道铁丝，挂满了花衣彩布。最艳的，最小的，要数我家：艳者是妻子衣，小者是女儿裙。吃水也是在那井里的，须天天去担。但宁可天天去担这水，不愿去拧那自来水。吃了半年，妻子小女头发愈是发黑，肤色愈是白皙，我也自觉心脾清爽，看书作文有了精神、灵性了。

　　当年眼羡城里楼房，如今想来，大可不必了。那么高的楼，人住进去，如鸟悬窠，上不着天，下不踏地，可怜怜掬得一抔黄土，插几株花草，自以为风光宜人了。殊不知农夫有农夫得天独厚之处。我不是农夫，却也有一庭土院，闲时开垦耕耘，种些白菜青葱。菜收获了，鲜者自吃，败者喂鸡，鸡有来杭、花豹、翻毛、疙瘩，每日里收蛋三个五个。夜里看书，常常有蝴蝶从窗缝钻入，大如小女手掌，五彩斑斓。一家人喜爱不已，又都不愿伤生，捉出去放了。那蛐蛐就在台阶之下，彻夜鸣叫，脚一跺，噤声了，隔一会儿，声又起。心想若是有个儿子，儿子玩蛐蛐就不用跑蛐蛐市掏高价购买了。

　　门前的那棵槐树，唯独向横的发展，树冠半圆，如裁剪过一般。整日看不见鸟飞，却鸟鸣声不绝，尤其黎明，犹如仙乐，从天上飘了下来似的。槐下有横躺竖蹲的十几个碌碡，早年碾场用的，如今有了脱粒机，便集在这里，让人骑了，坐了。每天这里人群不散，谈北京城里的政策，也谈家里婆娘的针线，谈笑风生，乐而忘归。直到夜里十二点，家家喊人回去。回去者，扳倒头便睡的，是村人，回来捻灯正坐，记下一段文字的，是我呢。

　　来求我的人越来越多了，先是代写书信，我知道了每一家的状况，鸡多鸭少，连老小的小名也都清楚。后来，更多的是携儿来拜老师，一到高考前夕，人来得最多，提了点心，拿了酒水。我收了学生，退了礼品，孩子多起来，就组成一个组，在院子里辅导作文。村人见得喜欢，越发器重起我。每次辅导，门外必有家长坐听，若有孩子不安生了，进来张口就骂，举手便打。果然两年之间，村里就考中了大学生五名，中专生十名。

天旱了，村人焦虑，我也焦虑，抬头看一朵黑云飘来了，又飘去了，就咒天骂地一通，什么粗话野话也骂了出来。下雨了，村人在雨地里跑，我也在雨地跑，疯了一般，有两次滑倒在地，磕掉了一颗门牙。收了庄稼，满巷竖了玉米架，柴禾（火）更是塞满了过道，我骑车回来，常是扭转不及，车子跌倒在柴堆里，吓一大跳，却并不疼。最香的是鲜玉米棒子，煮能吃，烤能吃，剥下颗粒熬稀饭，粒粒如栗，其汤有油汁。在城里只道粗粮难吃，但鲜玉米面做成的漏鱼儿，搅团儿，却入味开胃，再吃不厌。

小女来时刚会翻身，如今行走如飞，咿哑（呀）学语，行动可爱，成了村人一大玩物，常在人掌上旋转，吃过百家饭菜。妻也最好人缘，一应大小应酬，人人称赞，以至村里红白喜事，必邀她去，成了人面前走动的人物。而我，是世上最呆的人，喜欢静静地坐着，静静地思想，静静地作文。村人知我脾性，有了新鲜事，跑来对我叙说，说毕了，就退出让我写，写出了，嚷着要我念。我念得忘我，村人听得忘归；看着村人忘归，我一时忘乎所以，邀听者到月下树影，盘脚而坐，取清茶淡酒，饮而醉之。一醉半天不醒，村人已沉睡入梦，风止月瞑，露珠闪闪，一片蛐蛐鸣叫。我称我们村是静虚村。

鸡年八月，我在此村为此村记下此文，复写两份，一份加进我正在修订的村史前边，作为序，一份则附在我的文集之后，却算是跋了。

7 婆婆的晨妆[1]

林海音

五十多年前，我初结婚时，婆母常跟儿媳妇们谈起她做儿媳妇时代的生活，曾很感慨地说："那时候儿媳妇不好做呀！要五更梳头，早起三光，迟起慌张嘛！"她又告诉我们，所谓的三光是头、脸、脚。早起早梳头，迟起误了到婆婆屋去请安的时辰，是有失礼貌的。

那时候梳头、缠足是费时的化妆。婆婆是缠足，我们知道她每天临睡前洗脚、缠足，总要弄到半夜才入睡。先是仆妇给她准备了几壶开水，她把开水灌入一个高脚的木盆里，慢慢烫洗。我们可以想象散开裹了一天缠脚布的脚，是多么紧疼！如今可得好好泡泡，松快松快。洗好擦干之后，还得再足缝里撒上"把干"的滑石粉之类，这才穿上睡鞋、睡袜上床。

我的母亲也是缠足，但是四五岁缠足，到了十岁样子就被放足了。这倒要拜日本侵台之功，他们禁止妇女缠足，所以母亲放了足，但是脚底的骨头已经折断，她有时表演给我们看，用手握住脚背凹下去，中间竟是折叠的。

中国妇女缠足在唐以前是没有的，据说是起于南唐李后主："后主宫嫔窅娘，纤丽扇舞，乃命作金莲高六尺，饰以珍宝绸带缨络，中作品色瑞莲，命窅娘以帛缠足，屈上作新月状，着素袜，行舞莲中，回旋有凌云之志，由是多人效之。此缠足始也。"（摘自《闲情偶寄》中附录余怀之作）。唐以前的诗人墨客作品中形容妇女的足美，如李太白诗云："一双金莲屐，两足白如霜。"韩致光诗云："六寸肤圆光致致。"杜牧之诗云："钿尺裁量减四分。"《汉杂事秘辛》云："足长八寸，胫跗丰妍。"都指的是没缠过的天足。

好在这一千多年的缠足之俗，到二十世纪的现状，已经全都消灭。生在现代，我们真是幸福。

再谈婆婆的另一晨妆——梳头。这也是很重要的，三光之一嘛！

婆婆早晨起来，洗过脸之后，就会拿出她的梳头匣子，肩头上批一块布，把头髻拆散，

---

[1] 选自林海音著《林海音文集·生命的风铃》，浙江文艺出版社，1997年版。林海音（1918—2001年），台湾作家。1918年出生于日本大阪，祖籍广东，代表作有小说《城南旧事》。

让头发披散下来，梳头、抿油、绾髻、别金簪，完成梳头的化妆程序。然后再在脸部擦面霜、白粉，这时三光完成了，只等我们到堂屋向她"请安"，其实就是带孩子去叫"奶奶"，奶奶会把早预备好的糖果拿出来，说一声"乖！"塞在孙儿们的手里，我也会叫一声："娘！我上班去了。"（我也是三光：烫发卷儿、胭脂粉儿、高跟鞋儿。）把孩子撂在堂屋，等仆妇收拾完屋子下来带走。这时，三光已毕的奶奶早坐在堂屋里的太师椅上抽水烟袋了。

所谓堂屋，是一家之主婆婆的起居室（living room），也是我们这几十口人大家庭的生活中心。婆母从早便坐镇堂屋，不论是出去的、回来的、办公的、上学的、丈夫、姨太太……出出入入，各房头要商量什么事，或是晚上闲聊，都在这里，她都看得见。我们结婚初期，尚未分炊，所以饭厅也在这里，吃大锅饭的时候，饭桌上就是交换消息的地方。说实话，我很怀念这婚后前几年的生活。

我不是说婆婆已经梳洗三光完毕了吗？但是她下午有时会在堂屋里，或天气好在宽大的前廊下，坐在藤椅上，又披散了头发，把它们由后脑拢到右前边来，用篦子篦头发。篦发也是梳发的一种，但用具不同，篦子和梳子是两种梳具，可以这么说：疏者叫梳，密者叫篦。就叫它们是梳子的姊儿俩吧！篦子的形状、质料和梳子都有不同。梳子的质料，有木的、竹的、玉的、角的、金的、银的、珐琅的、铜的等，但是篦子的质料却只有竹的，因为它们的作用不同。梳子除了梳头以外，还可以当头上的装饰品，就是现代中外妇女的发饰，也还有用梳子的，而篦子只有一项用途——篦头发，是专为了去发垢，如头上发间的头皮、油垢、尘灰等。

你也许会说，头发脏了就洗嘛！但是要知道，旧时妇女是不太洗头的，怕洗多了受凉得头风呀！所以旧时连婴儿都不洗头而只篦头发的。

我看婆婆用篦子从头顶一绺一绺地篦下来，动作很有韵律的呢！

那篦子也不是直接用，要把撕薄了的棉花塞在篦子上一排，等篦好了头发，再把棉花剔下来，污垢随着棉花下来扔掉，一点儿都不会留在篦子上，篦子上仍是干净的。我婆婆虽已经发白又秃，还是这么篦头而不洗头，正如我读到杜甫某首诗中有两句"耳聋须画字，发短不胜篦"的情形一样。

我还见到一种小篦子，只有平常的一半大，原来那是给男人篦胡子用的。把它和耳挖子、打火机、修指刀、牙签、小放大镜、眼镜盒、烟袋、烟、手帕、小镜子、钱袋等男人身边用品都挂在腰间带子上，很有趣。

《水浒传》里曾读到有"篦头铺"一词，就是现在的理发店呢！

我在李笠翁的《闲情偶寄》中《修容篇》的"盥栉"一章中读到一小段他对用篦子的看法，颇有见解。他是这么说的："善栉不如善篦，篦者，栉之兄也。发内无尘，始得丝丝现相，不则一片如毡，求其界限而不得，是帽也，非髻也；是退光黑漆之器，非乌云蟠绕之头也。故善蓄姬妾者，当以百钱买梳，千钱购篦。篦精则发精，稍俭其值，则发损头痛，篦不数下而止矣。篦之极静，始便用梳，而梳之为物，则越旧约精；人惟求旧，物惟求新，古语虽然，非为论梳而设，求其旧而不得，则富者用牙，贫者用角。新木之梳，即搜根剔齿者，非油浸十日，不可用也。"

这样看来，我们老祖母头上的三千烦恼丝，可也不简单哪！

8 白毛女（节选）[1]

集体创作

第一幕

一九三四年冬。

河北省某县杨格庄，村前平原，村后大山。

第一场

【除夕。天降大雪。

【佃户杨白劳之女喜儿手上拿玉茭子面在风雪中上。

【音乐奏第一曲。】

喜　儿　（唱第二曲）

北风春，雪花飘。

雪花飘飘年来到。

爹出门去躲账整七天，

三十晚上还没回还。

大婶子给了玉茭子面，

我等我的爹爹回家过年。（推门进屋。）

【屋中穷苦简陋，内有一灶台，旁边有灶神，柴禾（火）及盆罐散放在角落里，锅台上放一油灯。】

喜　儿　呵，今儿年三十啦，家家都蒸黄米糕，包饺子，烧香，贴门神……过年啦。爹出门去躲账，七八天啦还没回来，家里过年的东西什么也没有。刚才我到大婶家去，她给我了一些玉茭子面，我把它捏成饼子等爹回来好吃。

（舀水，和面，做窝窝。）

【音乐奏第三曲。

【屋外，风把门吹开。喜儿跑去看，无人。】

---

[1] 本文为歌剧《白毛女》剧本第一幕第一场。本剧本为延安鲁迅艺术文学院集体创作，由贺敬之、丁毅执笔。1945年，鲁迅艺术文学院的艺术家在院长周扬的指示下，根据1940年流传在晋察冀边区一带"白毛仙姑"的民间故事传说，加工改编成了歌剧《白毛女》。

　　　　呵，是风把门吹开了。

　　（唱第四曲）

　　　　风卷雪花在门外，

　　　　风打着门来门自开；

　　　　我盼爹爹快回家，

　　　　一脚踏进门里来，

　　　　一脚踏进门里来。

　　（白）爹出去的时候是挑着豆腐担子出去的，要是卖了豆腐赚下几个钱，称回二斤白面来，今年过年还能吃上一顿饺子哪。

　　（唱第五曲）

　　　　我盼爹爹心中急，

　　　　爹爹回来心欢喜，

　　　　爹爹带回白面来，

　　　　欢欢喜喜过个年，

　　　　欢欢喜喜过个年！（继续做饼子）

　　【杨白劳身上落了一层雪，背着豆腐担子，披着盖豆腐的布，踉踉跄跄地上。

　　【音乐奏第六曲。】

杨白劳　（唱第七曲）

　　　　十里风雪一片白，

　　　　躲账七天回家来；

　　　　指望着熬过这一关。

　　　　挨冻受饿，我也能忍耐。

　　　　（一面畏缩地看看四周，一面打门。白）喜儿，开门！

喜　儿　（开门，惊喜）爹！你回来啦？

杨白劳　嗯。（以手急止喜儿不要大声。）

喜　儿　（给爹打身上的雪）爹，外面的雪下得真大，看你身上落了这么厚一层……

杨白劳　（急切地）喜儿，爹问你，爹出去这几天，少东家打发人来要账了没有？

喜　儿　二十五那天，穆仁智来过一回。

杨白劳　（一惊）怎么？他来过一回！他说什么来着？

喜　儿　爹，他没说什么，看见爹不在家就回去了。

杨白劳 后来呢?

喜　儿 后来再没有来过。

杨白劳 （半信半疑）真的?

喜　儿 真的,爹。

杨白劳 （还是不大相信）呵?

喜　儿 谁还哄你呢,爹,是真的!

杨白劳 （放下心来）唉,这就好了,喜儿,你听听外面风刮得这么厉害!……

喜　儿 雪也下得那么大!

杨白劳 天也黑了。

喜　儿 道儿也难走,爹!

杨白劳 我看穆仁智这回不会来啦。咱欠东家这一石五斗租子,还有那不清的驴打滚的账,这回总算又躲过去啦。

喜　儿 （欢喜地）又躲过去啦,爹!

杨白劳 喜儿,抓把柴禾（火）叫爹烤烤火。

【音乐奏第八曲】

杨白劳 怎么,这么冷的天,你一个人又上山打柴去了?

喜　儿 这是我和大春哥一块儿去的。

杨白劳 （喜悦地）唔唔……（转身看锅台）怎么这点儿玉茭子面还没吃完?

喜　儿 早就吃完了,这是刚王大婶给的。（抓柴禾（火）点燃。）爹! 你饿了吧?

杨白劳 （烤火）爹饿了,饿了……

喜　儿 饼子捏好,我去蒸去。

杨白劳 等一等,喜儿,你看这是什么?（从怀中掏出一个口袋）

喜　儿 （惊喜地抢过来）什么,是白面?

杨白劳 是白面!（唱第九曲）

　　　　卖豆腐赚下了几个钱,

　　　　集上称回了二斤面,

　　　　怕叫东家看见了,

　　　　揣在怀里四五天。

喜　儿 （唱第十曲）

　　　　卖豆腐赚下了几个钱,

爹爹称回来二斤面，

带回家来包饺子，

欢欢喜喜过个年。

哎！过呀过个年！

（白）爹，我去喊王大婶过来包饺子。

杨白劳　（止喜儿）喜儿，再等会儿，你看这又是什么？

喜　儿　什么，爹？

杨白劳　（从怀里掏出一个小纸包，包了很多层，一层一层剥开，原来是红头绳，边剥边唱第十一曲）

人家的闺女有花戴，

爹爹钱少不能买，

扯上了二尺红头绳，

给我喜儿扎起来！

哎，扎起来！

【喜儿跪在杨白劳膝前，杨白劳给喜儿扎头绳。】

喜　儿　（唱第十二曲）

人家的闺女有花戴，

我爹钱少不能买，

扯回来二尺红头绳，

给我扎起来。

哎，扎呀扎起来。（起立。）

杨白劳　哈哈，喜儿，转过来叫爹看看，（喜儿转身）好，一会儿叫你王大婶和你大春哥也过来看看。（喜儿羞涩又撒娇地一扭身）唔，爹还请了两张门神来，把它贴上吧。（取门神。）

喜　儿　门神？

杨白劳　把它贴上吧。

【二人贴门神。】

喜　儿　哎（唱第十三曲）

门神门神骑红马，

杨白劳　（唱）

贴在门上守住家；

喜　儿　（唱）

门神门神扛大刀，

杨白劳　（唱）

大鬼小鬼进不来。

杨白劳、喜儿（唱）

哎！进呀进不来！

杨白劳　对，叫大鬼小鬼进不来。

喜　儿　叫那要账的穆仁智也进不来！

杨白劳　好孩子，这回该叫咱们过个平安年啦。

　　　【两人关门。

　　　【王大婶子上。

　　　【音乐奏第十四曲。】

王大婶　今儿大春从集上称回二斤面来，我去看看他杨大伯回来了没有，要是回来了，喊他们爷儿俩过来包饺子。（到杨白劳门口一看）呵，准是他杨大伯回来了，看这门神都贴上啦！（打门）喜儿，开门！

喜　儿　谁呀？

王大婶　你大婶子嘛！

　　　【喜儿开门，王大婶进门。】

喜　儿　大婶子，你看我爹回来啦。

王大婶　他大伯，你多会回来的？

杨白劳　才回来一袋烟的工夫。

喜　儿　大婶，我爹回来还称回二斤面来，我才说喊你过来包饺子，你可就先来了，你看！你看！

王大婶　好孩子，你大春哥也称回二斤白面，二升米还换了一斤肉，我是喊你爷儿俩过去包饺子的。

喜　儿　就在这儿包吧！

王大婶　还是过去包吧！

喜　儿　就在这儿包嘛，大婶子。

王大婶　还是过去包吧！

杨白劳　　咳，就在这儿包嘛。

王大婶　　看你们这爷儿俩！这还能让到外人去吗？（转身悄声对杨白劳）他杨大伯……过了这个年，喜儿和大春都大一岁了，我还等着你的信儿呢！

杨白劳　　（怕喜儿听见，又要让喜儿听见）她大婶，你先不要着急，等过了这个年，只要遇上个好年月，咱就准给孩子们办，咳……

喜　儿　　（故作不知，打断话题）大婶过来和面嘛！

杨白劳　　唔，唔，快和面去吧，快和面去吧！

王大婶　　（笑）哈哈哈……和面，和面……（去和面。）

【穆仁智上，手提红灯，上有"积善堂黄"四字。】

穆仁智　　（唱第十五曲）

　　　　　　讨租讨租，

　　　　　　要账要账，

　　　　　　走了东庄走西庄，

　　　　　　我有四件宝贝身边藏；

　　　　　　一支香来一支枪，

　　　　　　一个拐子一个筐——

　　　　　　见了东家就烧香，

　　　　　　见了佃户就放枪，

　　　　　　能拐就拐，

　　　　　　能诳就诳。

　　　　　　今儿晚上，我们少东家叫我到佃户杨白劳家里去给他办一件事——一件心事，一件不叫人知道的事……（到门边打门）老杨，开门！

杨白劳　　谁呵？

穆仁智　　我，穆仁智。

众　　　呵？（一惊。）

【王大婶和喜儿急把面盆等物藏起。】

穆仁智　　老杨，快开门呵！

【杨白劳无法，只得开门。穆仁智进来，众哑然。】

穆仁智　　（持灯照屋内一圈，喜儿躲在王大婶背后）老杨……（异乎寻常地和气）预备好过年了吧？

杨白劳　咳，穆先生，还没动烟火呢。

穆仁智　唔。老杨，麻烦你一下，我们少东家请你去一趟，有事商量商量。

杨白劳　呵！（惊）这，这，穆先生，我打不起租子，还不起账呵！

穆仁智　哎，不是，这回少东家叫你去，一不打租，二不要账，有要紧的事跟你商量。今儿年三十啦，少东家心里高兴，有话好说，有事好办。走一趟！

杨白劳　（哀求地）我……穆先生……

穆仁智　（指门）没有什么，走一趟。

　　　　【杨白劳只好走。】

喜　儿　（急切地）爹，你……

穆仁智　（用灯照喜儿，轻薄地）唔，是喜儿，不要紧，呀！……少东家给你买花戴，叫你爹给带回来……（对杨白劳）老杨，咱们走吧。

王大婶　（把豆腐包给杨白劳披上）他大伯，你把这个披上吧，外面雪又下大了……你到了那里，跟少东家好好说说，他总不能不让咱们过这个年呵！

穆仁智　是呀！（推杨白劳出门。）

　　　　【杨白劳走出，又回头。】

喜　儿　爹……

　　　　（音乐奏第十六曲。）

杨白劳　咳……他大婶，我去了一会儿就回来……

穆仁智　快走吧。（推杨白劳走下。）

喜　儿　大婶，我爹……（欲哭。）

王大婶　（安慰地）你爹一会儿就回来啦。走，先到大婶家和面去吧！（挽喜儿下。）

9　有关大雁塔[1]

韩　东

有关大雁塔

我们又能知道些什么

有很多人从远方赶来

为了爬上去

做一次英雄

也有的还来第二次

或者更多

那些不得意的人们

那些发福的人们

统统爬上去

做一做英雄

然后下来

走进下面的大街

转眼不见了

也有种的往下跳

在台阶上开一朵红花

那就真的成了英雄——

当代英雄

有关大雁塔

我们又能知道些什么

我们爬上去

看看四周的风景

然后再下来

---

[1]选自杨晓明主编《百年百首经典诗歌1901—2000》，长江文艺出版社，2003年版。韩东，江苏南京人，1985年组织"他们文学社"，曾主编《他们》1—5期，被认为是"第三代诗歌"的最主要的代表。

知识链接八

先锋小说[1]

"先锋"又译作"前卫",它源自法语,最早出现于 1794 年,用来指法国军队中的前卫部队,后来这一"术语"逐渐进入了文学艺术界,用来专门描绘新崛起的现代主义作家和艺术家。在中国当代文学史中,先锋派小说于 20 世纪 80 年代中期走上历史舞台。先锋文学关注文本形式本身,它的产生有着深层的历史文化因子,对传统文学理论及观念是一次巨大的挑战。

在"先锋小说"中,个人主体的寻求和历史意识的确立已趋淡薄,它们重视的是"文体的自觉",即小说的"虚构性"和"叙述"在小说方法上的意义。一般认为,马原[2]是这一"小说革命"的代表性人物,他发表于 1984 年的《拉萨河的女神》是当代第一部将叙述置于重要地位的小说。继马原之后,洪峰[3]被看作另一个进行先锋小说探索的作家。

此外莫言[4]、残雪[5]等人也可以看作先锋小说的代表作家。与马原相比,莫言的成就是多方面的,他的小说形成了个人化的神话世界与语象世界,富于主观性和感觉性,如中篇小说《筑路》《白狗秋千架》等。残雪的《山上的小屋》等小说则以一种丑恶意象的堆积凸显外在世界对人的压迫,以及人自身的丑陋与无望,把一种个人化感觉上升到对人的生存状态关注的层次。

此后,先锋小说作家还有格非[6]、苏童[7]、余华[8]等人。格非展现的是梦魇般的难以理喻的生存世界,如在《褐色鸟群》中,"我"与女人"棋"的三次相遇如梦似真,似乎有几个不同的"棋"存在于一个共时的世界中。在这样的一种叙事策略中,读者仿佛是在一个迷宫中探寻人物内心的奥秘和意识的流动。苏童是对虚幻历史的一种忘情缅怀,揭示了主体人的多面性与复杂性,如小说《妻妾成群》中

---

[1] 本文内容参考了陈思和主编《中国当代文学史教程(第二版)》,复旦大学出版社,2010 年版,291-295 页。

[2] 马原:辽宁锦州人,中学毕业后下乡"插队",1982 年辽宁大学中文系毕业后,在西藏任记者、编辑 7 年,期间开始进行小说创作。出版《马原文集》(1-4 卷)。

[3] 洪峰:吉林省通榆县人,现居住云南会泽县。1977 年考入东北师范大学中文系,1983 年开始创作小说。

[4] 莫言:原名管谟业,山东高密人,1981 年开始发表作品《春夜雨霏霏》,1984 年因《透明的红萝卜》一举成名。2012 年获得诺贝尔文学奖。

[5] 残雪:湖南耒阳人,小学毕业后当过赤脚医生、装配工、车工,20 世纪 80 年代经营裁缝店。出版小说集有《黄泥街》《思想汇报》《天堂里的对话》等。

[6] 格非:原名刘勇,江苏丹徒人,1981 年就读于华东师范大学。主要作品有《迷舟》《敌人》《欲望的旗帜》。

[7] 苏童:原名童忠贵,1984 年毕业于北京师范大学中文系,主要作品有《米》《我的帝王生涯》《紫檀木球》等。

[8] 余华:浙江杭州人,中学毕业后当过五年牙医,1983 年开始发表作品,主要作品有小说集《十八岁出门远行》《一九八六年》《偶然事件》,长篇小说《活着》《许三观卖血记》《兄弟》等。

对旧式生活精细的刻画，这种感性主义轻而易举地酝酿出诗情画意，使它们无言地透出一种近于颓废的抒情心态。余华流畅而冷漠的叙述语调和令人震惊的血腥暴力在文本中被鲜明地凸显出来，从而呈现出众多刺激性的暴力景观，在《现实一种》《难逃劫数》等作品中，其细致地描写了人与人之间的残杀，揭示了人性的残酷与存在的荒谬。

"先锋小说"总体上以形式和叙事方式的突破为主要探索倾向，后来其局限性日渐显露，即不可避免地走向"形式的疲惫"。在20世纪八九十年代"转折"的历史语境中，"先锋小说"作家的写作很快便出现了分化。

第九单元

外国文学（上）

　　世界文学源远流长，绚丽多姿。古希腊罗马文学和早期基督教文学分别体现出来的世俗与人本色彩、神圣与超越色彩共同构成了西方文学（文化）的两个源头。恩格斯说："没有希腊文化和罗马帝国所奠定的基础，也就没有现代的欧洲。"

　　马克思说："希腊神话不仅是希腊艺术的武库，而且是它的土壤。"希腊神话不仅对古希腊文学艺术的发展有重要的作用，而且对欧洲文学艺术的发展产生了深远影响，对欧洲思想文化方面的影响更是源远流长。欧洲文学中热爱现实生活，积极追求自然和人性美，以人为本，强调人的力量等思想，其不断进取的乐观主义精神，都能在希腊神话中找到源头。

　　西方文艺在希腊、罗马古典时代曾高度繁荣，但在中世纪"黑暗时代"却衰败湮灭，直到14世纪后才获得"再生"与"复兴"。其后，西方许多民族都出现过杰出的文学大师和众多的名家名著。人们热爱和珍视这些作家及其作品，是因为优秀的文学作品体现了人类对客观世界的认识，显示了人类成长的精神轨迹，并给世世代代的人们以审美的愉悦。

1 生如夏花[1]

[印] 泰戈尔

生命，一次又一次轻薄过
轻狂不知疲倦
　　　　　　——题记

1

我听见回声，来自山谷和心间
以寂寞的镰刀收割空旷的灵魂
不断地重复决绝，又重复幸福
终有绿洲摇曳在沙漠

我相信自己
生来如同璀璨的夏日之花
不凋不败，妖冶如火
承受心跳的负荷和呼吸的累赘
乐此不疲

2

我听见音乐，来自月光和胴体
辅极端的诱饵捕获飘渺的唯美
一生充盈着激烈，又充盈着纯然
总有回忆贯穿于世间

---

[1] 本文选自印度诗人泰戈尔著，郑振铎译《新月集·飞鸟集》第82首，北京十月文艺出版社，2005年版。英文原文是："Let life be beautiful like summer flowers and death like autumn leaves." 郑振铎译为"使生如夏花之绚烂，死如秋叶之静美"。泰戈尔（1861—1941年），印度著名诗人、文学家、作家、艺术家、社会活动家、哲学家和反现代民族主义者，生于加尔各答市一个有深厚文化教养的家庭，属于婆罗门种姓。1913年他凭借宗教抒情诗《吉檀迦利》获得诺贝尔文学奖，是首位获得诺贝尔文学奖的印度人（也是首个亚洲人）。他与黎巴嫩诗人纪·哈·纪伯伦齐名，并称为"站在东西方文化桥梁的两位巨人"。

我相信自己

死时如同静美的秋日落叶

不盛不乱，姿态如烟

即便枯萎也保留丰肌清骨的傲然

玄之又玄

3

我听见爱情，我相信爱情

爱情是一潭挣扎的蓝藻

如同一阵凄微的风

穿过我失血的静脉

驻守岁月的信念

4

我相信一切能够听见

甚至预见离散，遇见另一个自己

而有些瞬间无法把握

任凭东走西顾，逝去的必然不返

请看我头置簪花，一路走来一路盛开

频频遗漏一些，又深陷风霜雨雪的感动

5

般若波罗蜜，一声一声

生如夏花之绚烂，死如秋叶之静美

还在乎拥有什么

2　神曲（节选）[1]

[意] 但丁

但丁的困惑与恐惧

白昼在离去，昏暗的天色

在使大地上一切生物从疲劳中解脱，

只有我独自一人

在努力承受这艰巨的历程

和随之而来的怜悯之情的折磨，

我记忆犹新的脑海将追述事情的经过。

啊！诗神缪斯啊！或者崇高的才华啊！现在请来帮助我；

要么则是我的脑海啊！请写下我目睹的一切，

这样，大家将会看出你的高贵品德。

我开言道："指引我的诗人啊！

在你让我从事这次艰险的旅行之前，

请看一看我的能力是否足够强大。

你说过，西尔维乌斯[2]的父亲还活着时，

也曾去过那永恒的世界，

尽管他依然带有肉体的感觉。

但如果说万恶之敌

因为想到埃涅阿斯[3]所必然产生的深远影响，

而对他相待以礼，

不论他的后代是谁，又有什么德能，也都似乎不会有

---

[1] 本文节选自但丁著，朱维基译《神曲》，上海译文出版社，1984年第1版。但丁·阿利基埃里（1265—1321年），意大利诗人，被恩格斯誉为"中世纪的最后一位诗人，同时又是新时代的最初一位诗人"。但丁一生著作甚丰，其中最有价值的是《神曲》。这部作品通过作者与地狱、炼狱及天国中各种著名人物的对话，反映出中古文化领域的成就和一些重大的问题，带有"百科全书"性质，从中也可隐约窥见文艺复兴时期人文主义思想的曙光。在这部长达一万四千余行的史诗中，但丁坚决反对中世纪的蒙昧主义，表达了执着地追求真理的思想，对欧洲后世的诗歌创作有极其深远的影响。

[2] 西尔维乌斯：埃涅阿斯和拉维尼亚之子，生于森林中。"西尔维乌斯"一词的拉丁文即为"森林人"之意。

[3] 埃涅阿斯：特洛伊英雄，安基塞斯王子与爱神阿佛洛狄忒的儿子。在神话里，埃涅阿斯被视作古罗马的神。

违明智者的心意；

正是在净火天里，

他被选定为圣城罗马和罗马帝国之父：

这帝国和圣城——倘若想说实情——

也都曾被奠定为圣地，

被奠定为大彼得的后继者的府邸。

通过你所吟诵的那次冥界之行，

埃涅阿斯听到了一些事情，

得知他何以会取胜，教皇的法衣又何以会应运而生。

后来，'神选的器皿'去到那里，

为信仰带来了鼓励，

而信仰正是走上获救之途的凭依。

但是，我为何要到那里去？又是谁容许我这样做？

我不是埃涅阿斯，我也不是保罗；

我自己和旁人都不会相信我有这样的资格。

因此，如果说我听任自己前往，

我却担心此行是否发狂。

你是明智的；你必能更好地理解我说的理由。"

正如一个人放弃了原先的念头，

由于有了新的想法，改变了主意，

把已经开始做的事全部抛弃，

我在昏暗的山地所做的也正是这样，

我原来的行为实在莽撞，

经过再三考虑，我才舍弃了这大胆的设想。

3 我愿意是急流^[1]

[匈]裴多菲

我愿意是急流，

山里的小河，

在崎岖的路上，

岩石上经过……

只要我的爱人

是一条小鱼，

在我的浪花中

快乐的游来游去。

我愿意是荒林，

在河流的两岸，

对一阵阵的狂风，

勇敢地作战……

只要我的爱人

是一只小鸟，

在我的稠密的

树枝间做窠^[2]，鸣叫。

我愿意是废墟，

在峻峭的山岩上，

这静默的毁灭

---

[1] 本文选自裴多菲著，兴万生译《裴多菲抒情诗选》，译林出版社，1991年版。《我愿意是急流》是匈牙利诗人裴多菲·山陀尔于1847年创作并题献给恋人的一首抒情诗，诗中用一连串的"我愿"引出构思巧妙的意象，反复咏唱对爱情的坚贞与渴望，向恋人表白着自己的爱情。该诗20世纪在中国引起了青年中的爱情诗热潮。裴多菲·山陀尔（1823—1849年），匈牙利爱国诗人。他于1823年1月1日出生在匈牙利一个贫苦屠户家庭，少年时期过流浪生活，做过演员，当过兵。裴多菲15岁开始写诗，1842年正式发表诗歌《酒徒》，开始写作生涯。他一生前后共计写了八百多首抒情诗和8首长篇叙事诗。
[2] 做窠（kē）：窠，一般指鸟兽昆虫的窝。这里指鸟窝。

并不使我懊丧……
只要我的爱人

是青青的常春藤，

沿着我荒凉的额，

亲密地攀缘上升。

我愿意是草屋，

在深深的山谷底，

草屋的顶上

饱受风雨的打击……

只要我的爱人

是可爱的火焰，

在我的炉子里，

愉快的缓缓闪现。

我愿意是云朵，

是灰色的破旗，

在广漠的空中，

懒懒地飘来荡去，

只要我的爱人

是珊瑚似的夕阳，

傍着我苍白的脸，

显出鲜艳的辉煌。

4 西风颂[1]

[英] 雪莱

第一节

哦，狂野的西风，秋之生命的气息，

你无形，但枯死的落叶被你横扫

犹如精魂飞遁远离法师长吟，

黄的，黑的，灰的，红得像患肺痨，

染上瘟疫的纷纷落叶四散凋零：哦，是你哟，

以车驾把有翼的种子催送到

黑暗的冬床上，它们就躺在那里，

像是墓中的死穴，冰冷，深藏，低贱，

直到阳春，你蔚蓝的姐妹向沉睡的大地

吹响她嘹亮的号角

（如同牧放群羊，驱送香甜的花蕾到空气中觅食就饮）

将色和香充满了山峰和平原：

狂野的精灵呵，你无处不远行；

破坏者兼保护者：听吧，你且聆听！

第二节

在你的川流之上，长空中巨流滔天，

乱云像大地上凋零的树叶，

被西风从天和海交错缠结的枝丫上吹落下来，

成为雨和电的使者：它们飘落

---

[1] 本文选自雪莱著，查良铮译《西风颂》，人民文学出版社，2012年版。《西风颂》是雪莱"三大颂"诗中的一首，写于1819年。珀西·比西·雪莱（1792—1822年），英国最具才华的抒情诗人之一。他是柏拉图主义者，是伟大的理想主义者。其诗节奏明朗，蓬勃向上，风格自由不羁。1818年至1819年间，雪莱完成了两部重要长诗：《解放了的普罗米修斯》和《倩契》，以及不朽之作《西风颂》。

在你缥缈的蔚蓝波涛表面，

有如狂女的飘扬的头发在闪烁

从天穹的最遥远而模糊的边沿

直抵九霄的中天，到处都在摇曳，

欲来雷雨的卷发，对濒死的一年

你唱出了葬歌，而这密集的黑夜

将成为它广大墓陵的一座圆顶，

里面正有你的万钧之力的凝结

那是你的浑然之气，从它会迸涌

黑色的雨、冰雹和火焰：哦，你听！

第三节

是你，你将蓝色的地中海唤醒

而它曾经昏睡了一整个夏天，

被澄澈水流的回旋催眠入梦，

就在巴亚海湾的一个浮石岛边，

它梦见了古老的宫殿和楼阁

在水天辉映的波影里抖颤，

而且都生满青苔、开满花朵，

那芬芳真迷人欲醉！呵，为了给你

让一条路，大西洋的汹涌的浪波

把自己向两边劈开，而深在渊底

那海洋中的花草和泥污的森林

虽然枝叶扶疏，却没有精力

听到你的声音，它们已吓得发青，

一边颤栗，一边自动萎缩：哦，你听！

第四节

我若是一片落叶随你飘腾；

我若是一朵流云伴你飞行；

或是一个浪头在你的威力下翻滚

如果我能有你的锐势和冲劲

即使比不上你那不羁的奔放

我若能像在少年时，凌风而舞

便成了你的伴侣，悠游天空

（因为呵，那时候，要想追你上云霄，

似乎并非梦幻），又何至沦落到这等颓丧

祈求你来救我之急。

哦，举起我吧，当我是水波、树叶、浮云！

我跌在人生的荆棘上，我在流血！

这被岁月的重轭所制服的生命

原是和你一样：骄傲、轻捷而不驯。

第五节

把我当作你的竖琴，当作那树丛：

尽管我的叶落了，那有什么关系！

你那非凡和谐的慷慨激越之情

定能从森林和我同奏出深沉的秋韵，

甜美而带苍凉。给我你迅猛的劲头，

狂暴的精灵！化成我吧，借你的锋芒！

请把我尘封的思想散落在宇宙

让它像枯叶一样促成新的生命！

哦，请听从这一篇符咒似的诗歌，

就把我的心声，像是灰烬和火星

从还未熄灭的炉火向人间播散！

让预言的喇叭通过我的嘴巴

把昏睡的大地唤醒吧！哦，西风啊，

如果冬天来了，春天还会远吗？

5 普罗米修斯[1]

[英] 拜伦

一

巨人！在你不朽的眼睛看来

人寰所受的苦痛

是种种可悲的实情，

并不该为诸神蔑视、不睬；

但你的悲悯得到什么报酬？

是默默的痛楚，凝聚心头；

是面对着岩石，饿鹰和枷锁，

是骄傲的人才感到的痛苦；

还有他不愿透露的心酸，

那郁积胸中的苦情一段，

它只能在孤寂时吐露，

而就在吐露时，也得提防万一

天上有谁听见，更不能叹息，

除非它没有回音答复。

二

巨人呵！你被注定了要辗转

在痛苦和你的意志之间，

不能致死，却要历尽磨难；

而那木然无情的上天，

---

[1] 本文选自拜伦著，查良铮译《拜伦诗集》，上海译文出版社，1982年版。《普罗米修斯》赞颂并描述了伟大的抗争者普罗米修斯的形象。乔治·戈登·拜伦（1788—1824年），是英国19世纪初期伟大的浪漫主义诗人，代表作品有《恰尔德·哈洛尔德游记》《唐璜》等，并在他的诗歌里塑造了一批"拜伦式英雄"。他不仅是一位伟大的诗人，还是一个为理想战斗一生的勇士，积极而勇敢地投身革命——参加了希腊民族解放运动，并成为领导人之一。

那"命运"的耳聋的王座，
那至高的"憎恨"的原则
（它为了游戏创造出一切，
然后又把造物一一毁灭），
甚至不给你死的幸福；
"永恒"——这最不幸的天赋
是你的：而你却善于忍受
司雷的大神逼出了你什么？
除了你给他的一句诅咒：
你要报复被系身的折磨。
你能够推知未来的命运，
但却不肯说出求得和解；
你的沉默成了他的判决，
他的灵魂正枉然地悔恨：
呵，他怎能掩饰那邪恶的惊悸，
他手中的电闪一直在颤栗。

三

你神圣的罪恶是怀有仁心，
你要以你的教训
减轻人间的不幸，
并且振奋起人自立的精神；
尽管上天和你蓄意为敌，
但你那抗拒强暴的毅力，
你那百折不挠的灵魂——
天上和人间的暴风雨
怎能摧毁你的果敢和坚忍！
你给了我们有力的教训：
你是一个标记，一个征象，

标志着人的命运和力量；

和你相同，人也有神的一半，

是浊流来自圣洁的源泉；

人也能够一半儿预见

他自己的阴惨的归宿；

他那不幸，他的不肯屈服，

和他那生存的孤立无援：

但这一切反而使他振奋，

逆境会唤起顽抗的精神

使他与灾难力敌相持，

坚定的意志，深刻的认识；

即使在痛苦中，他能看到

其中也有它凝聚的酬报；

他骄傲他敢于反抗到底，

呵，他会把死亡变为胜利。

（一八一六年七月，戴奥达蒂）

6　德国，一个冬天的童话 [1]

[德] 海涅

凄凉的十一月，

日子已渐渐阴郁，

风把树叶摘落，

我走上德国的旅途。

来到国境，

强烈的心跳震撼着胸底。

并且，真的，

连眼泪也开始滴沥。

听见德国的语言，

使我有异样的感觉，

好像我心脏的血液溢出了，

它舒畅地衰落下去了。

一位小小的琴女在歌咏，

用真实的感情，

和假的嗓音，但她的弹唱，

却使我非常动心。

她歌唱着爱，和爱中的恨，

歌唱着牺牲，

歌唱着那天上的、更好的世界里的重逢，

说那儿没有愁恨。

她歌唱着地上的眼泪，

歌唱着那一瞬即逝的狂欢，

---

　　[1] 本文选自海涅著，杨武能译《海涅诗选》，译林出版社，2000 年版。《德国，一个冬天的童话》是海涅重要的政治讽刺诗，这是他于 1843 年 10 月回家看望母亲时所写，当时他看见整个德国的统治如同冬天一样冰冷而有感而发。海因里希·海涅（1797—1856 年），德国著名抒情诗人和散文家，被称为"德国古典文学的最后一位代表"。1797 年 12 月 13 日生于德国莱茵河畔杜塞尔多夫一个犹太人家庭，童年和少年时期经历了拿破仑战争，学过金融和法律。1821 年开始发表诗作，以 4 卷《游记》和《歌集》而闻名文坛。

歌唱那被华光照耀着的灵魂，

他们是沉醉在永远的欢悦中，在彼岸

她歌唱的是古时绝望的曲调，

是在民众痛苦哀泣的时候，

能将他们送入昏睡中的，

那天上的催眠曲调。

我知道这些旋律，这些歌词，

知道这些词句的作者大师们。——

他们在屋里私自饮酒，

在门外却假意用水劝人[1]。

新的歌，更好的歌，

啊！朋友，让我替你们制作——

我们要在地上

建筑起天国。

我们要在地上得到幸福，

再不愿老是饥肠辘辘，

再不愿把勤劳的两手获得的东西，

拿去填饱那些吃闲饭的肚腹。

为着一切的人们，

这地上有足够的面包产生。

玫瑰花呀，常春树呀，美呀，乐呀，

甜豌豆呀，也同样能孳生。

是的，豆荚裂时，

甜豌豆便是属于万人的，

天上的乐园吗？

让你们天使和麻雀拿去！

我们死后若能生出翅膀，

我们就到天上拜访你们，

在那儿我们要和你们一道，

---

[1] 屋里饮酒，门外劝水，指那些伪善的僧侣。

同吃最幸福的蛋糕和点心！

新的歌，更好的歌，

它和笛、提琴一样畅快地响着。

忏悔的歌声止了，

丧钟也沉默着。

处女欧洲，

和美丽的自由天使订婚，

万岁呀，这对新郎新妇，

万岁呀，他们未来的子孙！

我的歌，是结婚赞美歌，

是更好的、新的歌，

最高感激的星光，

在我的心中闪灼。

感激的星光，它会热烈地焚烧，

熔流而成火焰的河川。

我感到自己变得无比的坚强，

我甚至能把櫟树折断！

踏上德国的国土以来，

灵妙的液体便流贯了我的全身。

巨人[1]再一次触到了他的母体，

他身上就又有新的力量长成。

---

[1] 巨人：指希腊神话中的安泰。安泰是大地的儿子，他同人角力时，只要一触到自己的母亲大地，即能得到不可战胜的力量。

7　鹰之歌[1]

[俄] 高尔基

蛇，高高地爬到山里去，躺在潮湿的山谷里，盘成一圈，望着海。太阳高高地在天空中照耀着，群山向天空中喷出热气，波浪在下面冲击着石头。沿着山谷，在黑暗中、在飞沫里，山泉轰隆隆地冲击着石头，迎着大海奔腾而去。雪白的、激烈的山泉，完全浸在泡沫里，它切开山岭，怒吼着倒入海去。

忽然，在蛇所待的那个山谷里，天空中坠下一只胸膛受伤、羽毛上染着血迹的鹰。他短促地叫了一声，坠在地上，怀着无可奈何的愤怒，胸膛撞在坚硬的石头上。

蛇吓了一大跳，敏捷地爬开。但是，马上看出这鸟儿的生命只能维持两、三分钟了。他爬到那受伤的鸟儿跟前，面对着他轻声地说：“怎么啦，你要死了么？”

“是的，要死了。”鹰深深地叹了一口气回答说。“啊，我美好地生活过了，我懂得什么是幸福。我英勇地战斗过了，我见过天！哦，你是不会那么近的看到天的。唉，你这可怜虫。”

“那有什么了不起。天么？空空洞洞的,我怎么能在天上爬呢？我在这里很好，又温暖、又滋润。”蛇对那自由的鸟儿这样回答。他听了那鸟儿的胡言乱语，心中暗暗好笑。而且，蛇还这样想：“哼，飞也好、爬也好，结果还不是一样，大家都要埋入黄土，都要化为灰尘的？”但是，那勇敢的鹰忽然抖擞精神，微微地挺起身来，向山谷里看了一眼。水穿过灰色的石头滴下来，阴暗的山谷里气闷不堪，散发这腐臭的气味。鹰使出全身精力，悲哀而痛苦地喊叫起来：“啊，要是能够再飞到天上去一次，那该多好呀！我要把敌人紧压在胸膛的伤口上，让我的血呛死他。哦，战斗是多么幸福啊！”

但是，蛇却想到：“天上的生活吗，哦，大概的确是很愉快的吧。要不然为什么他要呻吟呢？”他给那自由的鸟儿出了个主意。“哎，那么，你挪到山谷边，跳下去。也许翅膀会把你托起来，你就可以在你的世界里再活一些时候啦。”

鹰颤抖了一下，高傲地叫了一声，顺着石头上的黏液滑到悬崖边上。到了边上，他伸

---

[1] 本文选自高尔基著，李玉祥译《高尔基文集》，中央编译出版社，2010年版。这首散文诗通过一个鞑靼族老牧人拉吉姆讲述的鹰和蛇的故事，塑造了两个对比强烈的鲜明形象——只会爬行的蛇和永远高飞的鹰。从对比中作者突出了鹰之高大，蛇之渺小；鹰之高尚，蛇之低俗；鹰之英姿，蛇之丑陋；鹰之奋不顾身，蛇之贪生怕死。高尔基，原名阿列克赛·马克西姆维奇·别什可夫，苏联著名作家、诗人、评论家、政论家、学者。

开翅膀，胸中吸足了气，眼睛里闪着光辉，向下面滚去。他像石头似的顺着山崖滑下去，迅速地下坠。啊，翅膀折断，羽毛也掉下了。山泉的波浪把他卷入，泡沫里映着血，冲到海里去。海浪发出悲伤的吼声撞击着石头，那鸟儿连尸体都看不见了。

蛇躺在山谷里，对于那鸟儿的死亡，对于那向往天空的热情，想了很久。他注视着那令人看了总要产生幸福的幻想的远方："那死去的鹰，他在这没有底、没有边的天上，究竟看见了什么呢？像他这样，为什么在临死的时候，要为了热爱飞到天空中去而心里苦恼呢？嗨，我只要飞到天空中去一次，不久就可以把这一切看清楚了。"说了就做。他盘成一圈儿，向天空中跳去，像一条窄长的带子似的，在太阳光下闪耀了一下。

天生要爬的是飞不起来的，这他忘记了。结果掉在石头上，嗯，不过没有摔死。他哈哈大笑起来："哈哈，你们瞧哇，飞到天空中去有什么好呀？好就好在掉下来了吗？嘿嘿，可笑的鸟儿呀，他们不懂得地上的好处，待在地上就发愁，拼命想飞到天空中去，到炎热的天空中去追求生活。天上不过空空洞洞，那里光明倒是很光明的。但是没有吃的东西，没有支持活的东西的立脚点。嗨，为什么要高傲呢？为什么埋怨呢？为什么要拿高傲来掩饰自己的狂热的愿望呢？自己不能生活下去，为什么要埋怨呢？哼，可笑的鸟儿呀。不过，现在我再也不会受他们的骗了，我什么都懂得了，我见过了天。我已经飞到天空中去过，而且把天空打量了一下，认识到了掉下来的滋味儿。但是没有摔死，自信心倒是更强了。哦，让那些不喜欢地上的，靠欺骗去生活吧。我是懂得真理的，他们的口号，我不会相信了。我是大地的造物，我还是靠大地生活吧。"于是，他就在石头上自豪地盘成一团。

海还在灿烂的光辉中闪耀，浪涛威严地冲击着海岸。在浪涛的吼声中，轰隆隆地响着颂赞那高傲的鸟儿的歌声。山岩被浪涛冲击得发抖，天空被那威严的歌声震撼得战栗了。我们歌颂勇士们的狂热的精神。勇士们的狂热的精神，就是生活的真理。啊，勇敢的鹰，在和敌人的战斗中，你流尽了血。但是，将来总有一天，你那一点一滴的热血将像火花似的，在黑暗的生活中发光。许多勇敢的心，将被自由、光明的狂热的渴望燃烧起来。你就死去吧。但是，在精神刚强的勇士们的歌曲里，你将是生动的模范，是追求自由、光明的号召。我们歌颂勇士们的狂热的精神！

8 生活在大自然的怀抱里 [1]

［法］卢梭

  为了到花园里看日出，我比太阳起得更早；如果这是一个晴天，我最殷切地期望是不要有信件或来访扰乱这一天的清宁。我用上午的时间做各种杂事。每件事都是我乐意完成的，因为这都不是非立即处理不可的急事，然后我匆忙用膳，为的是躲避那些不受欢迎的来访者，并且使自己有一个充裕的下午。即使最炎热的日子，在中午一时前我就顶着烈日带着小狗芳夏特出发了。由于担心不速之客会使我不能脱身，我加快了步伐。可是，一旦绕过一个拐角，我觉得自己得救了，就激动而愉快地松了口气，自言自语说："今天下午我是自己的主宰了！"接着，我迈着平静的步伐，到树林中去寻觅一个荒野的角落，一个人迹不至因而没有任何奴役和统治印记的荒野的角落，一个我相信在我之前从未有人到过的幽静的角落，那儿不会有令人厌恶的第三者跑来横隔在大自然和我之间。那儿，大自然在我眼前展开一幅永远清新的华丽的图景。金色的染料木、紫红的欧石南非常繁茂，给我深刻的印象，使我欣悦；我头上树木的宏伟、我四周灌木的纤丽、我脚下花草的惊人的纷繁使我眼花缭乱，不知道应该观赏还是赞叹：这么多美好的东西竞相吸引我的注意力，使我在它们面前留步，从而助长我懒惰和爱空想的习气，使我常常想："不，全身辉煌的所罗门也无法同它们当中任何一个相比。"

  我的想象不会让如此美好的土地长久渺无人烟。我按自己的意愿在那儿立即安排了居民，我把舆论、偏见和所有虚假的感情远远驱走，使那些配享受如此佳境的人迁进这大自然的乐园。我将把他们组成一个亲切的社会，而我相信自己并非其中不相称的成员。我按照自己的喜好建造一个黄金的世纪，并用那些我经历过的给我留下甜美记忆的情景和我的心灵还在憧憬的情境充实这美好的生活，我多么神往人类真正的快乐，如此甜美、如此纯洁，但如今已经远离人类的快乐。甚至每当念及此，我的眼泪就夺眶而出！啊！这个时刻，如果有关巴黎、我的世纪、我这个作家的卑微的虚荣心的念头来扰乱我的遐想，我就怀着无比的轻蔑立即将它们赶走，使我能够专心陶醉于这些充溢我心灵的

---

[1] 本文选自卢梭著，李常山、何兆武译《卢梭文集》，中国戏剧出版社，2008年版。《生活在大自然的怀抱里》一文为卢梭流亡期间所写，表达了作者热爱自然、崇尚自由、蔑视世俗观念的思想感情。卢梭（1712—1778年），法国18世纪伟大的启蒙思想家、哲学家、教育家、文学家，18世纪法国大革命的思想先驱，杰出的民主政论家和浪漫主义文学流派的开创者，启蒙运动最卓越的代表人物之一。主要著作有《论人类不平等的起源和基础》《社会契约论》《爱弥儿》《忏悔录》《新爱洛伊丝》《植物学通信》等。

美妙的感情！然而，在遐想中，我承认，我幻想的虚无有时会突然使我的心灵感到痛苦。甚至即使我所有的梦想变成现实，我也不会感到满足：我还会有新的梦想、新的期望、新的憧憬。我觉得我身上有一种没有什么东西能够填满的无法解释的空虚，有一种虽然我无法阐明，但我感到需要的对某种其他快乐的向往。然而，先生，甚至这种向往也是一种快乐，因为我从而充满一种强烈的感情和一种迷人的感伤——而这都是我不愿意舍弃的东西。

我立即将我的思想从低处升高，转向自然界所有的生命，转向事物普遍的体系，转向主宰一切的不可思议的上帝。此刻我的心灵迷失在大千世界里，我停止思维，我停止冥想，我停止哲学的推理；我怀着快感，感到肩负着宇宙的重压。我陶醉于这些伟大观念的混杂，我喜欢任由我的想像（象）在空间驰骋；我禁锢在生命的疆界内的心灵感到这儿过分狭窄，我在天地间感到窒息，我希望投身到一个无限的世界中去。我相信，如果我能够洞悉大自然所有的奥秘，我也许不会体会这种令人惊异的心醉神迷，而处在一种没有那么甜美的状态里；我的心灵所沉湎的这种出神入化的佳境使我在亢奋激动中有时高声呼唤："啊，伟大的上帝呀！啊，伟大的上帝呀！"但除此之外，我不能讲出也不能思考任何别的东西。

遗忘，但他们肯定不会把我忘却；不过，这又有什么关系？反正他们没有任何办法来搅乱我的安宁。摆脱了纷繁的社会生活所形成的种种尘世的情欲，我的灵魂就经常神游于这一氛围之上，提前跟天使们亲切交谈，并希望不久就将进入这一行列。我知道，人们将竭力避免把这样一处甘美的退隐之所交还给我，他们早就不愿让我待在那里。但是他们却阻止不了我每天振想象之翼飞到那里，一连几个小时重尝我住在那里时的喜悦。我还可以做一件更美妙的事，那就是我可以尽情想象。假如我设想我现在就在岛上，我不是同样可以遐想吗？我甚至还可以更进一步，在抽象的单调的遐想的魅力之外，再添上一些可爱的形象，使得这一遐想更为生动活泼。在我心醉神迷时这些形象所代表的究竟是什么，连我的感官也时常是不甚清楚的；现在遐想越来越深入，它们也就被勾画得越来越清晰了。跟我当年真在那里时相比，我现在时常是更融洽地生活在这些形象之中，心情也更加舒畅。不幸的是，随着想象力的衰退，这些形象越来越难以映入脑际，而且也不能长时间的停留。唉！正在一个人开始摆脱他的躯壳时，他的视线却被他的躯壳阻挡的最厉害！

9　西西弗的神话[1]

[法]加缪

　　诸神处罚西西弗不停地把一块巨石推上山顶，而石头由于自身的重量又滚下山去，诸神认为再也没有比进行这种无效无望的劳动更为严厉的惩罚了。

　　荷马说，西西弗是最终要死的人中最聪明最谨慎的人。但另有传说说他屈从于强盗生涯。我看不出其中有什么矛盾。各种说法的分歧在于是否要赋予这地狱中的无效劳动者的行为动机以价值。人们首先是以某种轻率的态度把他与诸神放在一起进行谴责，并历数他们的隐私。阿索波斯[2]的女儿埃吉娜被朱庇特[3]劫走。父亲对女儿的失踪大为震惊并且怪罪于西西弗，深知内情的西西弗对阿索波斯说，他可以告诉他女儿的消息，但必须以给柯兰特城堡供水为条件，他宁愿得到水的圣浴，而不是天火雷电。他因此被罚下地狱，荷马告诉我们西西弗曾经扼住过死神的喉咙。普洛托忍受不了地狱王国的荒凉寂寞，他催促战神把死神从其战胜者手中解放出来。

　　还有人说，西西弗在临死前冒失地要检验他妻子对他的爱情。他命令她把他的尸体扔在广场中央，不举行任何仪式。于是西西弗重堕地狱。他在地狱里对那恣意践踏人类之爱的行径十分愤慨。他获得普洛托的允诺重返人间以惩罚他的妻子。但当他又一次看到这大地的面貌，重新领略流水、阳光的抚爱，重新触摸那火热的石头、宽阔的大海的时候，他就再也不愿回到阴森的地狱中去了。冥王的诏令、气愤和警告都无济于事。他又在地球上生活了多年，面对起伏的山峦，奔腾的大海和大地的微笑他又生活了多年。诸神于是进行干涉。墨丘利跑来揪住这冒犯者的领子，把他从欢乐的生活中拉了出来，强行把他重新投入地狱，在那里，为惩罚他而设的巨石已准备就绪。

　　我们已经明白：西西弗是个荒谬的英雄。他之所以是荒谬的英雄，还因为他的激情和他所经受的磨难。他藐视神明，仇恨死亡，对生活充满激情，这必然使他受到难以用言语

---

[1] 本文选自加谬著，郭宏安等译《加谬文集》，译林出版社，1999年版。在古希腊神话中，西西弗得罪了诸神，诸神罚他将巨石推到山顶。然而，每当他用尽全力，将巨石推近山顶时，巨石就会从他的手中滑落，滚到山底。西西弗只好走下去，重新将巨石向山顶奋力推去，日复一日，陷入了永无止息的苦役之中。法国作家加缪从这则著名的古希腊神话中，发现了人类现实困境的某种象征意义，于是写成了阐述他荒谬英雄理念的名篇《西西弗的神话》。阿尔贝·加缪（1913—1960年），法国声名卓著的小说家、散文家和剧作家，"存在主义"文学的大师。1957年因"热情而冷静地阐明了当代向人类良知提出的种种问题"而获诺贝尔文学奖，是有史以来最年轻的诺奖获奖作家之一。

[2] 阿索波斯：指古希腊神话中的河神（Asopus）。

[3] 朱庇特：罗马神话中的主神，克洛诺斯和瑞亚之子，掌管天界；以贪花好色著称，奥林匹斯的许多神祇和许多希腊英雄都是他和不同女人生下的子女。他以雷电为武器，维持着天地间的秩序，公牛和鹰是他的标志。他的兄弟尼普顿（波塞冬）和普罗同（哈德斯）分别掌管海洋和地狱；女神朱诺（赫拉）是朱庇特的妻子。

尽述的非人折磨：他以自己的整个身心致力于一种没有效果的事业。而这是为了对大地的无限热爱必须付出的代价。人们并没有谈到西西弗在地狱里的情况。创造这些神话是为了让人的想象使西西弗的形象栩栩如生。在西西弗身上，我们只能看到这样一幅图画：一个紧张的身体千百次地重复一个动作：搬动巨石，滚动它并把它推至山顶；我们看到的是一张痛苦扭曲的脸，看到的是紧贴在巨石上的面颊，那落满泥土、抖动的肩膀，沾满泥土的双脚，完全僵直的胳膊，以及那坚实的满是泥土的人的双手。经过被渺渺空间和永恒的时间限制着的努力之后，目的就达到了。西西弗于是看到巨石在几秒钟内又向着下面的世界滚下，而他则必须把这巨石重新推向山顶。他于是又向山下走去。

正是因为这种回复、停歇，我对西西弗产生了兴趣。这一张饱经磨难近似石头般坚硬的面孔已经自己化成了石头！我看到这个人以沉重而均匀的脚步走向那无尽的苦难。这个时刻就像一次呼吸那样短促，它的到来与西西弗的不幸一样是确定无疑的，这个时刻就是意识的时刻。在每一个这样的时刻中，他离开山顶并且逐渐地深入到诸神的巢穴中去，他超出了他自己的命运。他比他搬动的巨石还要坚硬。

如果说，这个神话是悲剧的，那是因为它的主人公是有意识的。若他行的每一步都依靠成功的希望所支持，那他的痛苦实际上又在哪里呢？今天的工人终生都在劳动，终日完成的是同样的工作，这样的命运并非不比西西弗的命运荒谬。但是，这种命运只有在工人变得有意识的偶然时刻才是悲剧性的。西西弗，这诸神中的无产者，这进行无效劳役而又进行反叛的无产者，他完全清楚自己所处的悲惨境地：在他下山时，他想到的正是这悲惨的境地。造成西西弗痛苦的清醒意识同时也就造就了他的胜利。不存在不通过蔑视而自我超越的命运。

如果西西弗下山推石在某些天里是痛苦地进行着的，那么这个工作也可以在欢乐中进行。这并不是言过其实。我还想象西西弗又回头走向他的巨石，痛苦又重新开始。当对大地的想象过于着重于回忆，当对幸福的憧憬过于急切，那痛苦就在人的心灵深处升起：这就是巨石的胜利，这就是巨石本身。巨大的悲痛是难以承担的重负。这就是我们的客西马尼之夜。但是，雄辩的真理一旦被认识就会衰竭。因此，俄狄浦斯[1]不知不觉首先屈从命运。而一旦他明白了一切，他的悲剧就开始了。与此同时，两眼失明而又丧失希望的俄狄浦斯认识到，他与世界之间的唯一联系就是一个年轻姑娘鲜润的手。他于是毫无顾忌地发出这样震撼人心的声音："尽管我历尽艰难困苦，但我年逾不惑，我的灵魂深邃伟大，因而我

---

[1] 俄狄浦斯：是希腊神话中忒拜（Thebe）的国王拉伊俄斯（Laius）和王后约卡斯塔（Jocasta）的儿子，他在不知情的情况下，杀死了自己的父亲并娶了自己的母亲。

认为我是幸福的。"索福克勒斯[1]的俄狄浦斯与陀思妥耶夫斯基[2]的基里洛夫都提出了荒谬胜利的法则。先贤的智慧与现代英雄主义汇合了。

人们要发现荒谬，就不能不想到要写某种有关幸福的教材。"哎，什么！就凭这些如此狭窄的道路……？"但是，世界只有一个。幸福与荒谬是同一大地的两个产儿。若说幸福一定是从荒谬的发现中产生的，那可能是错误的。因为荒谬的感情还很可能产生于幸福。"我认为我是幸福的"，俄狄浦斯说，而这种说法是神圣的。它回响在人的疯狂而又有限的世界之中。它告诫人们一切都还没有也从没有被穷尽过。它把一个上帝从世界中驱逐出去，这个上帝是怀着不满足的心理以及对无效痛苦的偏好而进入人间的。它还把命运改造成为一件应该在人们之中得到安排的人的事情。

西西弗无声的全部快乐就在于此。他的命运是属于他的。他的岩石是他的事情。同样，当荒谬的人深思他的痛苦时，他就使一切偶像哑然失声。在这突然重又沉默的世界中，大地升起千万个美妙细小的声音。无意识的、秘密的召唤，一切面貌提出的要求，这些都是胜利必不可少的对立面和应付的代价。不存在无阴影的太阳，而且必须认识黑夜。荒谬的人说"是"，但他的努力永不停息。如果有一种个人的命运，就不会有更高的命运，或至少可以说，只有一种被人看作是宿命的和应受到蔑视的命运。此外，荒谬的人知道，他是自己生活的主人。在这微妙的时刻，人回归到自己的生活之中，西西弗回身走向巨石，他静观这一系列没有关联而又变成他自己命运的行动，他的命运是他自己创造的，是在他的记忆的注视下聚合而又马上会被他的死亡固定的命运。因此，盲人从一开始就坚信一切人的东西都源于人道主义，就像盲人渴望看见而又知道黑夜是无穷尽的一样，西西弗永远行进。而巨石仍在滚动着。

我把西西弗留在山脚下！我们总是看到他身上的重负。而西西弗告诉我们，最高的虔诚是否认诸神并且搬掉石头。他也认为自己是幸福的。这个从此没有主宰的世界对他来讲既不是荒漠，也不是沃土。这块巨石上的每一颗粒，这黑黝黝的高山上的每一颗矿砂唯有对西西弗才形成一个世界。他爬上山顶所要进行的斗争本身就足以使一个人心里感到充实。应该认为，西西弗是幸福的。

---

[1] 索福克勒斯：雅典三大悲剧作家之一。
[2] 陀思妥耶夫斯基：俄国19世纪文坛上享有世界声誉的一位小说家，他的创作具有极其复杂、矛盾的性质。

知识链接九

荷马史诗

《荷马史诗》相传是由古希腊盲诗人荷马创作的两部长篇史诗——《伊利亚特》和《奥德赛》的统称，是根据民间流传的短歌综合编写而成。《荷马史诗》以扬抑格六音步写成，集古希腊口述文学之大成，是古希腊最伟大的作品，也是西方文学中最伟大的作品。

两部史诗都分成 24 卷，《伊利亚特》共有 15693 行，《奥德赛》共有 12110 行。《伊利亚特》和《奥德赛》叙述的主题分别是：在特洛伊战争中，阿基琉斯与阿伽门农间的争端；特洛伊沦陷后，奥德修斯返回伊萨卡岛上的王国，与妻子珀涅罗珀团聚的故事。

《伊利亚特》叙述阿开亚人的联军围攻小亚细亚的城市特洛伊的故事，因特洛伊城又名伊利昂，故名《伊利亚特》。史诗以联军统帅阿伽门农和勇将阿基琉斯的争吵为切入点，集中描写了战争最后几十天发生的事件。联军围攻特洛伊城十年，一直未能攻克，军中的矛盾逐渐激化，阿基琉斯愤恨统帅阿伽门农夺其女俘，拒绝再为联军出战，后来他的好友兼爱人战死，为了替他报仇才重新出战。特洛伊王子赫克托尔与阿基琉斯决斗，英勇战死。特洛伊国王普里阿摩斯哀求讨回赫克托尔的尸体，举行葬礼，《伊利亚特》的故事至此结束。

《奥德赛》叙述伊萨卡国王奥德修斯在攻陷特洛伊后归国途中十年漂泊的故事。它集中描写的只是这十年中最后一年零几十天的事情。奥德修斯因得罪了海神，受神祇捉弄，在海上漂流了十年，到处遭难，最后受诸神怜悯得以归家。当奥德修斯流落异域时，伊萨卡及邻国的权贵们欺其妻弱子幼，向其妻珀涅罗珀求婚，迫她改嫁，珀涅罗珀用尽了各种方法拖延。最后奥德修斯扮成乞丐归家，与其子杀尽求婚者，恢复了他在伊萨卡的权力。

《荷马史诗》其实并非一时一人之作，而是保留在全体希腊人记忆中的历史。特洛伊战争结束以后，一些希腊城邦的民间歌手和民间艺人就将希腊人在战争中的英雄事迹和胜利的经过编成歌词，在公众集会的场合吟唱。这些故事由民间歌手口耳相传，历经几个世纪，经过不断地增益和修改，到了荷马手里被删定为两大部分，成为定型作品。

《荷马史诗》是欧洲文学史上最早的优秀文学巨著，它反映了古希腊史前时代的生活面貌，是研究希腊早期社会的重要文献。它那精湛的艺术特色，对后世欧洲文学和世界文学的发展具有深远的影响。

第十单元

外国文学（下）

　　西方文学经历了中世纪、文艺复兴、古典主义、启蒙运动、浪漫主义、自然主义以及现实主义等发展阶段，但不论是哪个时代，流派如何演变，作品怎样复杂，一切文学作品在内容上归根结底都不能摆脱如下范畴：人与自然的斗争，人与社会的斗争，人与人之间的斗争，人自身的矛盾斗争。

　　文学的演变史同时也是人类社会发展的演变史。所不同的是，文学史是以文学作品反映人类对事物认识的演变过程。每个时代的作品毫无例外地反映了该时代人们对宇宙、对社会、对个人的认识深度。就以人类对自身的认识来说，在文学作品里就能找到一条明显的发展线索。中世纪时期，对人的认识是：人是有罪的。文艺复兴时期，人成了宇宙的精华、万物的灵长，"人"代替了"神"。启蒙运动时期，人在求得解放后，发扬并强调了人的理性的一面。与此同时，人的感情面也开始苏醒，最后终于在浪漫主义时期爆发出来。表面看来，启蒙和浪漫时期的主张似乎是相斥的，但实际上从整体观念来看，都是互相补充的。到了批判现实主义时期则是另外一种情况，这时期着重刻画的是人在社会中的地位，探索客观环境对人产生的影响和作用。

　　到了20世纪的当代，文学作品中的人开始进行自我认识，追求自我价值，这个新倾向与信息时代的来临是密切相关的。

1　罗密欧与朱丽叶（节选）[1]

[英] 莎士比亚

第二场　维洛那[2]。凯普莱特家的花园

罗密欧上。

罗密欧　没有受过伤的才会讥笑别人身上的创痕。（朱丽叶自上方窗户中出现）轻声！那边窗子里亮起来的是什么光？那就是东方，朱丽叶就是太阳！起来吧，美丽的太阳！赶走那妒忌的月亮，她因为她的女弟子比她美得多，已经气得面色惨白了。既然她这样妒忌着你，你不要忠于她吧；脱下她给你的这一身惨绿色的贞女的道服，它是只配给愚人穿的。那是我的意中人；啊！那是我的爱；唉，但愿她知道我在爱着她！她欲言又止，可是她的眼睛已经道出了她的心事。待我去回答她吧；不，我不要太卤（鲁）莽，她不是对我说话。天上两颗最灿烂的星，因为有事他去，请求她的眼睛替代它们在空中闪耀。要是她的眼睛变成了天上的星，天上的星变成了她的眼睛，那便怎样呢？她脸上的光辉会掩盖了星星的明亮，正像灯光在朝阳下黯然失色一样；在天上的她的眼睛，会在太空中大放光明，使鸟儿误认为黑夜已经过去而唱出它们的歌声。瞧！她用纤手托住了脸，那姿态是多么美妙！啊，但愿我是那一只手上的手套，好让我亲一亲她脸上的香泽！

朱丽叶　唉！

罗密欧　她说话了。啊！再说下去吧，光明的天使！因为我在这夜色之中仰视着你，就像一个尘世的凡人，张大了出神的眼睛，瞻望着一个生着翅膀的天使，驾着白云缓缓地驰过了天空一样。

朱丽叶　罗密欧啊，罗密欧！为什么你偏偏是罗密欧呢？否认你的父亲，抛弃你的姓名吧；也许你不愿意这样做，那么只要你宣誓做我的爱人，我也不愿再姓凯普莱特了。

罗密欧　（旁白）我还是继续听下去呢，还是现在就对她说话？

---

[1] 节选自莎士比亚著，朱生豪译《罗密欧与朱丽叶》，人民文学出版社，2001年版。莎士比亚（1564—1616年），是英国文学史上最杰出的戏剧家，也是欧洲文艺复兴时期伟大的戏剧家，他还是一位伟大的诗人。代表作品有《罗密欧与朱丽叶》《哈姆莱特》《奥赛罗》《李尔王》和《麦克白》。

[2] 维络那：地名。

朱丽叶　只有你的名字才是我的仇敌；你即使不姓蒙太古，仍然是这样的一个你。姓不姓蒙太古又有什么关系呢？它又不是手，又不是脚，又不是手臂，又不是脸，又不是身体上任何其他的部分。啊！换一个姓名吧！姓名本来是没有意义的；我们叫做玫瑰的这一种花，要是换了个名字，它的香味还是同样的芬芳；罗密欧要是换了别的名字，他的可爱的完美也决（绝）不会有丝毫改变。罗密欧，抛弃了你的名字吧；我愿意把我整个的心灵，赔偿你这一个身外的空名。

罗密欧　那么我就听你的话，你只要叫我做爱，我就重新受洗，重新命名；从今以后，永远不再叫罗密欧了。

朱丽叶　你是什么人，在黑夜里躲躲闪闪地偷听人家的话？

罗密欧　我没法告诉你我叫什么名字。敬爱的神明，我痛恨我自己的名字，因为它是你的仇敌；要是把它写在纸上，我一定把这几个字撕成粉碎。

朱丽叶　我的耳朵里还没有灌进从你嘴里吐出来的一百个字，可是我认识你的声音；你不是罗密欧，蒙太古家里的人吗？

罗密欧　不是，美人，要是你不喜欢这两个名字。

朱丽叶　告诉我，你怎么会到这儿来，为什么到这儿来？花园的墙这么高，是不容易爬上来的；要是我家里的人瞧见你在这儿，他们一定不让你活命。

罗密欧　我借着爱的轻翼飞过园墙，因为砖石的墙垣是不能把爱情阻隔的；爱情的力量所能够做到的事，它都会冒险尝试，所以我不怕你家里人的干涉。

朱丽叶　要是他们瞧见了你，一定会把你杀死的。

罗密欧　唉！你的眼睛比他们二十柄刀剑还厉害；只要你用温柔的眼光看着我，他们就不能伤害我的身体。

朱丽叶　我怎么也不愿让他们瞧见你在这儿。

罗密欧　朦胧的夜色可以替我遮过他们的眼睛。只要你爱我，就让他们瞧见我吧；与其因为得不到你的爱情而在这世上捱命，还不如在仇人的刀剑下丧生。

朱丽叶　谁叫你找到这儿来的？

罗密欧　爱情怂恿我探听出这一个地方；他替我出主意，我借给他眼睛。我不会操舟驾舵，可是倘使你在辽远辽远的海滨，我也会冒着风波寻访你这颗珍宝。

朱丽叶　幸亏黑夜替我罩上了一重面幕，否则为了我刚才被你听去的话，你一定可以看见我脸上羞愧的红晕。我真想遵守礼法，否认已经说过的言语，可是这些虚文俗礼，现在只好一切置之不顾了！你爱我吗？我知道你一定会说"是的"；我也一定会相信你的话；可是也许你起的誓只是一个谎，人家说，对于恋人们的寒盟背信，天神是一笑置之的。温柔的罗密欧啊！你要是真的爱我，就请你诚意告诉我；你要是嫌我太容易降心相从，我也会堆起怒容，装出倔强的神气，拒绝你的好意，好让你向我婉转求情，否则我是无论如何不会拒绝你的。俊秀的蒙太古啊，我真的太痴心了，所以也许你会觉得我的举动有点轻浮；可是相信我，朋友，总有一天你会知道我的忠心远胜过那些善于矜持作态的人。我必须承认，倘不是你乘我不备的时候偷听去了我的真情的表白，我一定会更加矜持一点的；所以原谅我吧，是黑夜泄漏了我心底的秘密，不要把我的允诺看作无耻的轻狂。

罗密欧 姑娘，凭着这一轮皎洁的月亮，它的银光涂染着这些果树的梢端，我发誓——

朱丽叶 啊！不要指着月亮起誓，它是变化无常的，每个月都有盈亏圆缺；你要是指着它起誓，也许你的爱情也会像它一样无常。

罗密欧 那么我指着什么起誓呢？

朱丽叶 不用起誓吧；或者要是你愿意的话，就凭着你优美的自身起誓，那是我所崇拜的偶像，我一定会相信你的。

罗密欧 要是我的出自深心的爱情——

朱丽叶 好，别起誓啦。我虽然喜欢你，却不喜欢今天晚上的密约；它太仓卒（促）、太轻率、太出人意外了，正像一闪电光，等不及人家开一声口，已经消隐了下去。好人，再会吧！这一朵爱的蓓蕾，靠着夏天的暖风的吹拂，也许会在我们下次相见的时候，开出鲜艳的花来。晚安，晚安！但愿恬静的安息同样降临到你我两人的心头！

罗密欧 啊！你就这样离我而去，不给我一点满足吗？

朱丽叶 你今夜还要什么满足呢？

罗密欧 你还没有把你的爱情的忠实的盟誓跟我交换。

朱丽叶 在你没有要求以前，我已经把我的爱给了你了；可是我倒愿意重新给你。

罗密欧 你要把它收回去吗？为什么呢，爱人？

朱丽叶 为了表示我的慷慨，我要把它重新给你。可是我只愿意要我已有的东西：我的慷慨像海一样浩渺，我的爱情也像海一样深沉；我给你的越多，我自己也越是富有，因为这两者都是没有穷尽的。（乳媪在内呼唤）我听见里面有人在叫；亲爱的，再会吧！——就来了，好奶妈！——亲爱的蒙太古，愿你不要负心。再等一会儿，我就会来的。（自上方下。）

罗密欧 幸福的，幸福的夜啊！我怕我只是在晚上做了一个梦，这样美满的事不会是真实的。

朱丽叶自上方重上。

朱丽叶 亲爱的罗密欧，再说三句话，我们真的要再会了。要是你的爱情的确是光明正大，你的目的是在于婚姻，那么明天我会叫一个人到你的地方来，请你叫他带一个信给我，告诉我你愿意在什么地方、什么时候举行婚礼；我就会把我的整个命运交托给你，把你当作我的主人，跟随你到天涯海角。

乳　媪 （在内）小姐！

朱丽叶 就来。——可是你要是没有诚意，那么我请求你——

乳　媪 （在内）小姐！

朱丽叶 等一等，我来了。——停止你的求爱，让我一个人独自伤心吧。明天我就叫人来看你。

罗密欧 凭着我的灵魂——

朱丽叶 一千次的晚安！（自上方下。）

罗密欧 晚上没有你的光，我只有一千次的心伤！恋爱的人去赴他情人的约会，像一个放学归来的儿童；可是当他和情人分别的时候，却像上学去一般满脸懊丧。（退后。）

朱丽叶自上方重上。

朱丽叶 嘘！罗密欧！嘘！唉！我希望我会发出呼鹰的声音，招这只鹰儿回来。我不能高声说话，否则我要让我的喊声传进厄科[1]的洞穴，让她的无形的喉咙因为反复叫喊着我的罗密欧的名字而变成嘶哑。

罗密欧 那是我的灵魂在叫喊着我的名字。恋人的声音在晚间多么清婉，听上去就像最柔和的音乐！

朱丽叶 罗密欧！

罗密欧 我的爱！

朱丽叶 明天我应该在什么时候叫人来看你？

罗密欧 就在九点钟吧。

朱丽叶 我一定不失信；挨到那个时候，该有二十年那么长久！我记不起为什么要叫你回来了。

罗密欧 让我站在这儿，等你记起了告诉我。

---

[1] 厄科（Echo）是希腊神话中的仙女，因恋爱美少年那耳喀索斯不遂而形消体灭，化为山谷中的回声。

朱丽叶 你这样站在我的面前，我一心想着多么爱跟你在一块儿，一定永远记不起来了。

罗密欧 那么我就永远等在这儿，让你永远记不起来，忘记除了这里以外还有什么家。

朱丽叶 天快要亮了；我希望你快去；可是我就好比一个淘气的女孩子，像放松一个囚犯似的让她心爱的鸟儿暂时跳出她的掌心，又用一根丝线把它拉了回来，爱的私心使她不愿意给它自由。

罗密欧 我但愿我是你的鸟儿。

朱丽叶 好人，我也但愿这样；可是我怕你会死在我的过分的爱抚里。晚安！晚安！离别是这样甜蜜的凄清，我真要向你道晚安直到天明！（下。）

罗密欧 但愿睡眠合上你的眼睛！

　　　　但愿平静安息我的心灵！

　　　　我如今要去向神父求教，

　　　　把今宵的艳遇诉他知晓。（下。）

2 包法利夫人（节选）[1]

[法] 福楼拜

夏尔外出时，她常走到那橱前，从餐巾的夹缝中，取出绿色缎面的雪茄烟匣。

她端详它，打开盖子，还去嗅衬里，问问那股马鞭草香精和烟草夹杂的气味。它是谁的？——是子爵的。也许是情妇给他的礼物。绣出这小巧玲珑的纹徽，那位小姐可得悄悄儿躲着人，一连几小时俯着身子，专心致志地飞针走线，松垂的发鬈披拂在檀木绷架上。十字布的经纬之间，幸承过爱情的气息；一针针，一线线，绣出的不是盼望，就是回忆，所有这些交叠的丝线，都是尽在不言中的激情的赓续。而后，一个早晨，子爵带走了它。当它还搁在宽宽的壁炉架上，置身花瓶与蓬巴杜式[2]座钟之间时，他俩说了些什么悄悄话？此刻，她在托斯特。而他，却在巴黎；在巴黎！这巴黎到底是个什么样儿？多么了不起的名字！她低声念叨着它，好让自己感到愉悦；它在耳边回荡，犹如大教堂里管风琴的和声；它在眼前闪烁，连发乳瓶上的标签也在熠熠生辉。

入夜，运水产的货贩驾着大车，唱着牛至小调[3]从窗下经过，她醒了；只听得箍铁的车轮辚辚向前，驶上镇外的泥地，就很快轻了下去。

"明天他们就到那儿了！"她心里想道。

她在想象中追随着车队，跟着它翻山越岭、走村过镇，趁着星光行进在大路上。走了不知有多远，就总会有那么个朦朦胧胧的地方，让这想象消失在那儿。

她买了张巴黎地图，指着图游览京都。顺着林荫大道而上，每走到一个拐角，碰上街道交汇处，来到表示房屋的白色方块跟前，都要停一下。最终眼睛看累了，闭上眼睛，在黑暗中只见煤气灯随风晃荡，敞篷四轮马车在剧院柱廊前停住，咣啷一声放下踏板。

她订了一份妇女杂志《花坛》和一份《沙龙精灵》。她一字不漏地细读有关首场公演、赛马和晚会的报道，关心每位初露头角的女歌星和每家新开张的店铺。她熟悉新款的时

---

[1] 节选自福楼拜著，周克希译《包法利夫人》，上海译文出版社，2002年版。福楼拜（1821—1880年），法国著名作家，对19世纪末乃至20世纪文学，特别是现代主义文学的发展有着极其深远的影响。代表作有《包法利夫人》《情感教育》《圣安东尼的诱惑》等。

[2] 蓬巴杜式：指一种精致而纤巧的洛可可风格。

[3] 牛至是一种芳香的草本植物，常用作爱情的象征。

装和一流裁缝的店址，知道布洛涅游园会或歌剧院的日程安排。她仔细研究欧仁·苏[1]小说里描写家具摆设的段落；她看巴尔扎克、乔治·桑[2]的小说，寻求在想象中满足自己的贪欲。就连在饭桌上，她也手不释卷，夏尔边吃边跟她说话，她却管自翻着书页。看着看着就会想起子爵。她把他和小说虚构的人物联系在一起了。然而，以他为中心的圆圈渐渐在他周围扩展，他头上的那圈光晕，脱离她的脸庞，在远处弥漫开来，照亮更多的梦。

巴黎，浩瀚胜于大洋，因而在爱玛眼里仿佛在朱红的氤氲里闪闪发光。可是，那儿充满喧闹的躁动纷繁的生活，又是各有地界，分成若干不同场景的。爱玛只瞥见了其中的两三种场景，它们却遮蔽了其他的场景，让她觉着这就是整个人生。大使府邸的客厅，四处都是镜子，中央那张椭圆形长桌，铺着有金色流苏的丝绒台毯，宾客在晶亮的镶木地板上款款而行。那儿有垂尾挺括的礼服，有事关重大的机密，有掩饰在微笑背后的焦灼不安。接着浮现的是公爵夫人们的社交圈：那儿人人脸色苍白，都要到下午四点才起床；那些女人真是惹人爱怜的天使！裙子上都镶着英国的针钩花边，而那些男士，看似热衷于琐事，实则怀着一腔才具，他们不惜累垮自己的骏马，以逞一时之快，他们每年要到巴登巴登[3]去消夏，临了到四十头上，便娶个有钱的女继承人。餐馆单间里，午夜过后聚着吃夜宵的杂沓人群，在烛光的辉映下，文人骚客和女演员畅怀大笑。这些人，挥金似土有如王侯，胸中怀着理想主义的抱负，心头激荡着狂热的浪漫情调。这些人凌驾于各色人等之上，俯仰于天地之间，兀立在暴风雨中，在他们身上自有一种近乎神圣的东西。至于其他的人，都微不足道，世上没有他们确切的位置，犹如他们并不存在一般。况且，愈是离得近的人和物，她愈是不愿去想。周围习见的一切，落寞沉闷的田野，愚蠢无聊的小布尔乔亚，平庸乏味的生活，在她仿佛只是人世间的一种例外，一种她不幸厕身其间的偶然，而越过这一切，展现在眼前的便是一望无垠的幸福与激情的广阔天地。她顺着自己的心愿，把声色娱乐看成心灵的愉悦，把举止温雅当作感情的细腻。难道爱情，不就像印度的植物一样，也需要适宜的土壤和特定的温度吗？月光下的长吁短叹，难分难舍的拥抱接吻，执手相对滴落的泪珠，那一切欲火中烧的激动，情意缠绵的忧郁，都得跟充满闲情逸致的城堡阳台、挂着丝帘铺着厚厚地毯的内客厅、枝叶茂盛的盆栽、华丽精致的大床方能相配，还不

---

[1]欧仁·苏（1804—1857年）：法国小说家。代表作《巴黎之神秘》以揭示都市生活阴暗面著称。他的另一些小说，如《阿尔蒂尔》（1838）、《玛蒂尔德》（1841）等则以当时的上流社会生活为题材。他本人以生活奢侈闻名。
[2]乔治·桑（1804—1876年）：法国女小说家。主要作品有《安蒂亚娜》《康索埃洛》《魔沼》等长篇小说。
[3]巴登巴登：德国著名旅游城市。19世纪时是欧洲贵族和上流社会人士的疗养胜地。

能少了宝石的闪光和号服的绦饰。

每天早上，驿站的伙计来刷马，趿着笨重的木鞋穿过走廊；他的罩衣破了好几个洞，脚上没穿袜子。穿束膝短裤的年轻跟班就甭想喽，有这么个马夫也该知足了！他把这活儿干完，当天就不来了；因为夏尔回家照例自己把马牵进马厩，卸下马鞍，套上笼头，女仆帮着抱来一捆麦秸，使足劲儿扔进料槽。

爱玛找了个十四岁的小姑娘，来接替娜丝塔齐（她终究还是离开了托斯特，临走时哭得泪人儿似的）。这姑娘是个孤儿，看上去挺斯文，爱玛不许她戴棉纱便帽，吩咐她回话要称夫人、先生，关照她端杯水也要用盘子，进门先要敲门，还教她怎样上浆，怎样侍候着装，一心想把她调教成贴身女仆。新女仆生怕给辞退，毫无怨言地唯命是从；再说，夫人照例总让钥匙挂在碗橱门上，费莉茜黛就每晚包一小袋糖，做完祷告独自在床上享用。

下午，她有时到对面去跟驿站的人聊聊天。夫人这会儿在楼上的房间里。

爱玛穿一件开胸很低的便袍，前胸的圆翻领间，露出皱裥衬衣上的三粒金钮（纽）扣。细细的腰带坠着挺大的流苏，纤小的紫红拖鞋上一绺宽宽的缎带，覆在足背上。她买来了吸墨水纸、文具盒、蘸水笔和信封，虽说她没什么人要写信；她给搁架掸掸灰，照照镜子，拿过一本书，看着看着走了神，随手让书摞在了膝上。她渴望能去旅行，要不就回修道院去生活。她想死，又巴不得能住在巴黎。

夏尔，不管下雨下雪，骑马抄小路赶来赶去。他在农庄餐桌上吃煎蛋卷，把胳膊伸进湿漉漉的被窝，给病人放血时热血溅得一脸，他们听嘶哑的喘气声，检查便盆，一次又一次撩起脏兮兮的内衣；可是每天傍晚，有暖融融的火炉、热腾腾的菜肴、软绵绵的靠椅等着他，还有一位打扮入时的娇妻，她身上那股沁人心脾的清香是从哪儿来的，她的衬衣到底是不是让肌肤给熏香的，他说都说不上来。

她想出种种别出心裁的点子，叫夏尔看得着迷；一会儿把烛台托盘剪个新花样，一会儿给裙子镶上道边，赶上有盘挺普通的菜，女仆烧坏了，她就起个别致的菜名，而夏尔照样也会津津有味地吃个底朝天。她在鲁昂看见夫人小姐都在表链上挂串小饰物，也就买了好些小饰物。她先是把一对蓝色的大玻璃瓶搁在壁炉上，过了一阵，又放上个象牙盒，还有只镀金的银针箍。夏尔愈不懂这种情趣，愈觉得它们妙不可言。它们给他带来了感官的愉悦，增添了家庭的气氛。这就好比是些金粉，一路洒在他生活的小径上。

他身体结实，脸色红润；医生这个位子也坐稳了。村民都喜欢他，因为他一点没有架子。他疼爱孩子，平时不进酒店，再说，他的医德也深得病家的信任。他治重伤风和胸部疾病疗效颇好。其实，夏尔生怕治死病人，方子一般只开点镇静剂，有时再开点催吐药、泡脚浸剂，用用蚂蟥。做外科手术，他可不怕；给人放血一点不含糊，就像对付的是马，拔起牙来更是毫不手软。

后来，为了赶得上趟，他订了《医林》，这份新杂志寄过来征订单。晚餐过后，看上一会儿，可是屋里挺暖和，食物又在消化，所以不到五分钟，他就打起盹来了；他端坐不动，双手托腮，头发披下来，直垂到烛座上。爱玛耸起肩膀瞧着他。要说丈夫，再不济也该是那么个寡言奋勉的男人，夜夜灯下苦读，熬到六十头上，到了风湿缠身的年岁，一串勋章终于挂在不大合身的黑礼服上，可她怎么就连这么个丈夫都没有呢。她巴不得包法利这名头——如今这也是她的姓——能响当当的，书店的封皮上见得到，报刊杂志三天两头提起，全国上下没人不知道。可是夏尔根本就没点志气！日前从伊夫托来了个医生，跟他一起会诊，居然就在病床跟前，当着病人家属的面，弄得他颇有点难堪。夏尔当晚一五一十讲给爱玛听，她气不打一处来，把他那同行一顿臭骂。夏尔大为感动。他含着泪吻了她的前额。可是她羞愤难平；她恨不能揍他一顿，竟自走到过道上打开窗，猛吸新鲜空气让自己平静下来。

"真是窝囊废！真是窝囊废！"她咬着嘴唇喃喃地说。

再说，她愈看他愈觉着不顺眼了。年岁一大，他变得愈来愈迟钝；上甜食的工夫，他拿刀子去削空酒瓶的塞子；吃过东西，老拿舌头舔牙；大口大口喝汤，咽一口咕嘟一声，人也开始发福，眼睛本来就小，现在仿佛让胖鼓鼓的腮帮给挤往太阳穴了。

爱玛有时给他披披衣服，让红毛衣别从背心下露出来，把皱裥领巾弄弄好，再不，见他拿起褪了色的手套往手上戴，干脆夺过来扔一边去；可这并不如他想的那样是为了他；这是为她自己，是一种自私的膨胀，神经质的发泄。有时，她也给他讲讲她看过的东西，比如一本小说或一个新剧本的一个段落，或是连载小说中提到的上流社会趣闻；因为夏尔好歹是个听众，会洗耳恭听，会点头称是。她对小猎兔犬都要说那么些心里话哩！对壁炉劈柴和座钟摆锤，她也少不得要诉说心曲。

可是在内心深处，她始终在等待发生一桩新的事情。就像遇难的水手，在孤苦无告之际，睁大绝望的眼睛四下张望，看雾蒙蒙的远处会不会出现一点白帆。她不知道这随风飘来的命运之舟会是什么，会把她带往何方的岸畔，也不知它是小小的帆船抑或三层甲板的大船，装着忧愁抑或满载幸福。可是，每天早晨一醒来，她就期盼它会在这一天降临，她侧耳谛听，冷不丁竖起身来，心中诧异它怎么还没来；到了太阳下山时分，愁绪最难排遣，只得将希望再寄于明天。

春天又到了。梨树开花时节，乍来的暖意使她感到胸口堵得慌。

从七月初起，她就扳着指头计数到十月还有几个星期，心想德·昂代维利埃侯爵说不定还会在沃比萨尔再开个舞会。可是眼看九月就这么过去了，没有来信也没有来人。

失望之余更添惆怅，她的心又变得空落落的，生活重又照原样周而复始。

于是，她现在就这样打发着日子，日复一日，一成不变，什么也不会带来！别样的生活，不管多么平淡，至少总还有机会发生点变故吧。一次偶然事件，有时会引发出一连串的波折，会带来风云突变的结局。可是她呢，什么也盼不到，这是老天的安排吗？眼前是一条黑黢黢的走道，尽头处的门紧闭着。

她不碰音乐了。弹琴干吗？有谁来听？既然永远也不会在演奏会上身穿短袖丝绒裙子，面对埃拉尔牌钢琴，用轻盈的指尖去触碰象牙琴键，也不会感觉到欣喜的赞叹宛如清风在耳畔荡漾，那何必再费神去练琴呢。她把画夹和绒绣放进柜里。有什么用？有什么用哟？针线活儿也让她厌烦。

"书，都看过喽。"她对自己说。

于是她只能把火钳烧得红红的，或者凝望窗外下着雨。

星期天，教堂敲响晚祷钟的时候，她心里有多难受呵！她谛听暗哑的钟声一下一下响起，听得异常专注，神情一片麻木。有只猫在屋顶上慢慢地走，在暗淡的阳光下弓着背。风在大路上卷起阵阵尘土。远处，不时有条狗在叫；匀和的教堂钟声，持续而单调地响着，然后消失在田野里。

而教堂里的人出来了。农妇脚登上过蜡的木鞋，农夫身穿簇新的长罩衣，孩子们光着头跳跳蹦蹦地走在头里，大家都在回家去。只有五六个男人，每回总是那几个，留在客栈大门口玩翻瓶塞游戏，一直玩到夜里。

冬天很冷。每天早晨，窗子上结着霜，白蒙蒙的阳光透进屋来，仿佛中间隔了层毛玻璃，有时整天如此。下午四点，就得点灯了。

天气好的日子，她下楼到园子里走走。露珠给甘蓝镶上银色的镂空花边，亮晶晶的，从一颗披到另一颗。听不见鸟声，仿佛一切都在沉睡，沿墙的果树覆着草秸，五叶地锦犹如一条病恹恹的蟒蛇，攀援在墙的盖顶下，走近些，还能看见多足的鼠妇在墙角爬来爬去。树篱边上，云杉树间，头戴三角帽诵读经书的神甫右脚不见了，石膏也经不起霜冻，纷纷剥落，脸上留下一摊摊白癣。

过后她又重上楼，关好房门，拨匀炭火后，只觉得屋里暖融融的，浑身酥软乏力，愁绪变得沉甸甸的（地）压将下来。她想下楼去跟女仆聊聊，可又拉不下这个面子。

戴黑丝帽的小学校长，每天准时推开自家的护窗板，乡警也在这会儿走过，长罩衣的腰间挂着军刀。一早一晚，驿站的马三匹三匹地穿过街道，到村外的水塘去饮水。小酒店门口的铃铛不时丁丁作响；赶上起风的日子，还能听见理发铺前支在两根杆儿上的小铜脸盆铮铮有声，这脸盆是店铺的招牌。橱窗里贴着一张过时的时装式样，还搁着一尊黄发女人的半身蜡像，这是为店铺装点门面的。理发匠也在唉声叹气，生意不景气，眼看要维持不下去，他幻想能在一个大城市，比如说鲁昂，觅个近剧院的码头，开个理发店，可如今他只能成天在街上转悠，从村公所到教堂踱来踱去，拉长着脸，等着来顾客。包法利夫人抬起眼来，总瞅见他，像个哨兵似的在那儿，希腊软帽斜扣在脑袋上，穿一件厚实的毛料上衣。

下午，前屋窗外，有时会露出另一个男人的脑袋，脸膛晒成了古铜色，留着黑黑的髯须，慢悠悠的一笑，表情挺柔和，露出一口雪白的牙齿。圆舞曲很快就响了起来，手摇风琴的箱匣上，是个小巧的客厅，手指般高的小人儿在里面跳着舞，包红头帕的娘们儿，盛装的蒂罗尔[1]山民，穿黑色燕尾服的猴子，着短套裤的绅士，全都在椅子、沙发、半圆桌中间转呀，转呀，四周搁着些镜片，折角处用金色纸条黏住，小人儿的身影在镜子里变幻着。那人摇着手柄，东张张，西望望，目光还投向扇扇窗户。过一会儿，就远远地朝界石吐一口褐色的唾沫，用膝盖把风琴往上顶一下，肩带硬硬的，勒的肩膀不好受；乐声时而忧伤迂缓，时而欢快急促，透过一块粉红塔夫绸的幕帘，呜呜的从琴箱里飘出，帘幕上面有个阿拉伯风味的铜爪饰。飘到爱玛耳畔的，却是在别处，在剧院演奏的音调，是在沙龙吟唱的歌声，是那个灯火辉煌的夜晚跳舞的乐曲，是上流社会传来的回声。萨拉班德舞曲[2]无休无止地在脑际回旋，她的思绪，犹如彩花地毯上的印度舞女，随着音符跃起，从幻梦舞向幻梦，从忧伤跳往忧伤。那人摘下帽子接过赏钱，便盖好旧蓝布罩，把风琴捎在背上，脚步蹒跚地离去了。她望着他渐渐走远。

而最让她受不了的，还是用餐的时刻，底楼的小餐厅里，炉子冒着水汽，门嘎嘎作响，墙壁渗着水，石板地湿漉漉的；她觉着面前盆子里盛着生活的全部痛苦，白煮肉的热气，勾起心底种种令人恶心的联想。夏尔要吃上好半天；她只吃几枚榛子，或者双肘支在桌上，

---

[1] 蒂罗尔：奥地利西部的一个山区。当地人多擅长歌舞。
[2] 萨拉班德舞曲：一种节奏缓慢的古西班牙宫廷舞曲。

用餐刀的刀尖在漆布上划道道消遣。

她现在撇下家务不管了，包法利老太太封斋期上托斯特来，看到这种变化大吃一惊。果然，以往那么细心、那么讲究的她，如今成天拖着身便袍，穿的是灰色棉纱袜，点的是秃头蜡烛。她还口口声声说，既然家里不富裕，就该节俭过日子，还说她挺满足，挺幸福，待在托斯特觉得挺开心，另外还有一大堆新鲜的说法，堵住了婆婆的嘴。而且，婆婆的话，看来她根本就不想听；有一回，包法利老太太打算发表一下看法，说做东家的也该管管用人的宗教信仰，爱玛就那么白了她一眼，冷笑了一声，老太太吓得没敢往下说。

爱玛的脾气变得又别扭，又任性。她吩咐给自己做的菜，端来后连碰也不碰，头天光喝牛奶，第二天却一连喝上十几杯茶。往往，她使性子足不出户，可回头又觉着气闷，把窗子全打开，换上薄裙。发起火来把女仆骂一顿，过后又送她礼物，让她上邻居家去串门，有时甚至把钱袋里的银币统统扔给穷人，尽管她跟大多数出身农家的人一样，性情既算不得温存，轻易也不会动恻隐之心，但是她也像他们那样，有某种类似父辈手掌上胼胝的东西，在心灵上是根深蒂固的。

二月底，鲁奥老爹记着头年治腿伤的情，带了只肥壮的火鸡来看女婿，在托斯特待了三天。夏尔要出诊，就爱玛一人陪他。他在卧室里抽烟，唾沫就往壁炉柴火架上吐，老念叨着庄稼、牛犊、奶牛、家禽和乡议会；等他一走，爱玛关上房门，不由得生出一种如释重负的感觉，这是她自己也料想不到的。不过，她这会儿已经挑明了她对任何事、任何人都不屑一顾的态度；她不时发表些奇谈怪论，人家称道的，她偏要贬得一无是处，大家认为有悖常情、伤风败俗的事情，她却大加赞许，弄得做丈夫的目瞪口呆。

莫非这种罪得永远受下去？莫非她就没法从中脱身了？可是，她哪儿比不上那些生活美满幸福的女人呢！在沃比萨尔，她见到过那些身材臃肿、举止俗气的公爵夫人，她真怨恨老天的不公；她头倚墙壁伤心落泪；她想望纷繁热闹的生活、假面舞会的夜晚，她向往恣肆放纵的欢乐，其中想必有她从未体验过的癫狂痴情。

她脸色苍白，心跳加剧。夏尔给她服用缬草根冲剂，叫她洗樟脑浴。试来试去，她反而肝火更旺了。

有些天，她情绪亢奋，滔滔不绝说个不停；兴奋过后，马上又变得迷迷糊糊，一声不响，一动不动。这时她只有往手臂上洒一瓶科隆香水，才能恢复点生气。

由于她不停地抱怨托斯特，夏尔揣测她的病因也许是某种环境的影响，有了这个念头，他就认真地考虑起迁居的问题。

这时候，她又喝醋减肥，得了轻微的干咳症，毫无食欲。

夏尔在托斯特四年，好不容易开始立稳了脚跟，这当口离开托斯特，对他来说是一种牺牲。可是，既然事情已经到了这份上！他陪她到鲁昂去看当年医学院的老师。她得的是神经官能症：需要换个环境。

夏尔四处打听，听说新堡区有个重镇，叫永镇寺，镇上的医生是波兰难民，上星期刚搬走。于是，他写信给当地的药剂师，就镇上有多少居民、距最近的同行有多远、那位前任年收入如何等等问题向他咨询；回音很令人满意，夏尔就此打定主意，开春时爱玛的病情还不见好转，就迁居那儿。

动身前有一天，爱玛在理抽屉，手指让什么东西扎了一下。细一看，是婚礼花束上的铁丝。橙花的花蕾沾了灰尘已经发黄，滚银边的缎带也散丝了。她把花束扔进壁炉。它霎时就烧着了，真比干草秸还引火。而后，就像炉灰上绽开一丛小红树，又慢慢地销毁。她看着它烧。硬纸板的小浆果闪着光，铜丝扭曲，饰带熔化，纸做的花冠变脆了，黑蝴蝶似的沿炉壁盘旋，最后飘进了烟道。

3 简·爱（节选）[1]

［英］夏洛蒂·勃朗特

明丽的仲夏照耀着英格兰，天空如此明净，阳光如此灿烂，在我们这个波涛围绕的岛国，本来是难得有这样的好天气的，而近来却接连很多天都是这样，仿佛是意大利的天气来到了英国——就像一群欢快的过路候鸟从南方飞来，在阿尔比恩[2]的悬崖上暂时歇上一歇。干草全都收进来了，桑菲尔德四周的田地都已收割干净，露出了一片绿色。大路让太阳晒得又白又硬。树木郁郁葱葱，树篱和林子枝繁叶茂，一片浓荫，与它们之间洒满阳光的明亮的牧草地，正好形成鲜明的对比。

施洗约翰节[3]的前夕，阿黛尔在干草村小路上采了半天野草莓，采累了，太阳一下山就去睡了。我看着她睡着后，才离开她，来到花园里。

这是二十四小时中最美好的时刻——"白昼已耗尽了它炽热的烈火"[4]，露水清凉地降落在喘不过气来的平原和烤焦了的山顶上。在太阳没有披上华丽的云彩就朴素地沉落的地方，展现出一片壮丽的紫色，只有在一座小山峰上的一点上，正燃烧着红宝石和熊熊炉火般的光辉。那片紫色慢慢扩展着，愈来愈高，愈来愈远，愈来愈淡，直至覆盖了整整半爿天空。东方则有它自己湛蓝悦目的美，有它自己那不大炫耀的宝石，一颗独自正在徐徐升起的星星。它过不多久就将以月亮而自豪，不过这会儿它还在地平线下。

我在石子小径上散了一会儿步，可是有一股幽幽的、熟悉的香味——雪茄烟味——从一扇窗子里飘了出来。我看到书房的窗子打开有一手宽光景。我知道可能会有人在那儿窥视我，于是我马上离开，走进果园。庭园里再没有哪个角落比这儿更隐蔽、更像伊甸园的了。这儿树木茂密，鲜花盛开。它的一边有一堵高墙，把它和院子隔开，另一边则有一条山毛榉林荫道形成屏障，使它和草坪分开。果园的尽头是一道低矮篱笆，这是它跟孤寂的田野唯一的分界线。有一条蜿蜒的小路通向篱笆，小路的两边长着月桂树，路的尽头耸立着一棵高大的七叶树，树的根部围着一圈坐凳。在这儿，你可以自由漫步而不让人看见。

---

[1] 选自夏洛蒂·勃朗特著，宋兆霖译《勃朗特两姐妹全集》（第一卷《简·爱》），河北教育出版社，1996年版。夏洛蒂·勃朗特（1816—1855年），英国女作家，与两个妹妹艾米莉·勃朗特和安妮·勃朗特在英国文学史上有"勃朗特三姐妹"之称。著有《简·爱》《维莱特》《教师》等。
[2] 阿尔比恩：英格兰的旧称。
[3] 施洗约翰节：每年6月24日。
[4] 引自英国诗人托·坎贝尔（1777—1844年）的《土耳其夫人》一诗。

在这蜜露降临、万籁俱寂、暮色渐浓的时候，我觉得自己仿佛可以永远在这浓荫下流连下去。果园的一个高处较为开阔，初升的月亮在这儿洒下了一片银辉。我被吸引着走向那儿，正穿行在花丛和果树之间时，我的脚步不由得停了下来——既不是因为听到什么，也不是因为看到了什么，而是因为再次闻到了一股引起警觉的香味。

多花蔷薇、青蒿、茉莉、石竹和玫瑰一直都在奉献着晚间的芳香，可是这股新的香味既不是来自灌木，也不是花香，这是——我非常熟悉——罗切斯特先生的雪茄香味。我看着四周，侧耳细听，我看到的是枝头挂满正在成熟的果实的果树，听到的是半英里外林子里一只夜莺的歌唱。看不见一个移动的人影，听不见任何走近的脚步声，可是那香味却愈来愈浓。我得赶快逃走。我正举步朝通向灌木丛的边门走去，却一眼看见罗切斯特先生正走了进来。我向旁边一闪，躲进常青藤深处。他不会逗留很久，一定很快就会回去的，只要我坐在那儿不动，他绝不会看见我的。

可是并非如此——黄昏对他像对我一样可爱，这个古老的花园对他也同样迷人。他继续信步朝前走着，一会儿托起醋栗树枝，看看枝头那大如李子的累累果实，一会儿从墙头摘下一颗熟透的樱桃，一会儿又朝一簇花朵弯下身去，不是去闻闻它们的香气，就是欣赏一下花瓣上的露珠。一只很大的飞蛾从我身边嗡嗡地飞过，停落在罗切斯特先生脚边的一株花上。他看见后，俯身朝它仔细地察看着。

"现在他正背朝着我，"我想，"而且又在专心地看着。要是我轻轻地走，也许能悄悄地溜掉，不让他发现。"

我踩着小径边上的草丛走，以免路上的石子发出声响把我暴露。他正站在离我的必经之路有一两码远的花坛间，那只飞蛾显然把他给吸引住了。"我一定可以顺利地走过去的。"我心里暗想。尚未升高的月亮把他的影子长长地投映在地上，当我跨过他的影子时，他头也不回地轻声说："简，过来看看这小东西。"

我刚才并没弄出声音，他的背后又没长眼睛，莫非他的影子也有感觉么？开始我吓了一跳，接着便朝他身边走去。

"瞧瞧它的翅膀，"他说，"它倒让我想起了西印度群岛的一种昆虫。在英国，这么大、色彩这么艳丽的夜游神，是不能见到的。瞧！它飞走了。"

蛾子飞走了，我也怯生生地退身离去。可是罗切斯特先生一直跟着我。两人走到小门边时，他说：

"回转去吧，这么可爱的夜晚，呆坐在屋子里太可惜了。在这种日落紧接月出的时刻，决不会有人想到要去睡觉的。"

我有一个缺点：虽然有时候我的舌头能对答如流，可有时候却不幸地怎么也找不出一个借口。而且这种失误往往总是发生在某些紧要关头，在特别需要有一句机敏的话或巧妙的托词来摆脱难堪困境的时候。我不想在这种时候，在这座树影幢幢的果园单独跟罗切斯特先生一起散步，可是我又找不出一个理由让我作为借口离开他。我缓缓地拖着脚步跟在后面，脑子里苦苦思索着，想找出一个脱身之计。可是他看上去却那么镇静，那么严肃，倒让我因自己的心慌意乱感到愧疚起来。看来邪念——假如有邪念存在或者即将有邪念出现的话——只在我心中，他的心中根本没有这种想法，很平静。

"简，"当我们踏上两旁有月桂树的小径缓缓地朝矮篱笆和那棵七叶树漫步走去时，他又开口说起话来，"在夏天，桑菲尔德是个挺可爱的地方，是不是？"

"是的，先生。"

"你一定有些依恋上这座宅院了吧？……你是个对大自然的美颇有眼光，而且又很容易产生依恋心情的人。"

"我的确依恋它。"

"而且，尽管我不明白是怎么回事，但我看得出来，你对那个傻孩子阿黛尔，甚至还有那位头脑简单的费尔法克斯太太，已经有了几分感情，是吧？"

"是的，先生，尽管方式不同，我对她们两个都很喜爱。"

"那离开她们你会感到难受吧？"

"是的。"

"真遗憾！"他说，叹了口气，停了一会儿。"世上的事总是这样，"他又继续说道，"你刚在一个合意的歇息处安顿下来，马上就有一个声音朝你呼唤，要你起身继续上路，因为休息的时间已经过完了。"

"我得继续上路吗，先生？"我问道，"我得离开桑菲尔德？"

"我认为你得离开，简。我很抱歉，简妮特，不过我认为你确实得离开。"

这真是个打击，可是我并没有让它把我打垮。

"好吧，先生，开步走的命令一下，我就可以走。"

"现在就下了——我必须今天晚上就下。"

"这么说，你是要结婚了，先生？"

"正—是—如—此———一—点—不—错。凭着你的一贯敏锐，你这是一语破的。"

"快了吗，先生？"

"很快，我的……哦，爱小姐。你也许还记得，简，我本人或者是传闻最初清楚地向你透露的情况：我打算把我的老单身汉的脖子伸进神圣的套索里，有意进入神圣的结婚阶段——把英格拉姆小姐拥抱在怀里（她那么大的个儿够我抱的，不过这没关系——像我的漂亮的布兰奇这样一个宝贝，是谁也不会嫌她个儿大的）。总之，呃，就像我刚才说的……听我说呀，简！你干吗扭过头去，是在找寻更多的飞蛾吗？那只是只瓢虫，孩子，'正在飞回家'[1]。我是想提醒你，是你带着你那让我敬重的审慎，带着符合你的职责和身份的明智、远见和谦虚，首先向我提出，如果我娶了英格拉姆小姐，你和小阿黛尔最好是马上离开。你这提议中对我爱人的为人所暗含的诋毁，我并不想多做计较。真的，在你远离我之后，简妮特，我会尽量去忘掉它，而只注意其中的明智，这种明智我已把它作为我行动的准则。阿黛尔得进学校，而你，简小姐，得另找新职位。"

"好的，先生，我马上就登广告。在这期间，我想……"我正想说"我想我也许可以暂时待在这儿，等找到新的安身的地方再走吧"，但是我突然住了口，感到不能冒险去说这样长长的一句话，因为我的声音已经不太听从我的使唤了。

"大约再过一个月，我就要当新郎了，"罗切斯特先生继续说道，"在这以前，我会亲自为你找一个工作和安身的地方的。"

"谢谢你，先生，我很抱歉给你……"

"哦，用不着道歉！我认为，一个雇员能像你这样忠于职守，她就有权要求她的雇主提供一点他不费举手之劳就能做到的帮助。说实话，我已经从我未来的岳母那儿听说，有一个我认为很适合你的位置，是在爱尔兰的康诺特的苦果山庄，教狄奥尼修斯·奥高尔太太的五个女儿。我想你会喜欢爱尔兰的，听说那儿的人都很热心肠。"

"可是路很远啊，先生。"

"没关系——像你这样有见识的姑娘总不会怕航行和路远吧。"

"不是怕航行，而是怕路远，再说，还有大海隔开了……隔开了英格兰，隔开了桑菲尔德，还有……"

"什么？"

"还有你，先生。"

我这话几乎是不由自主说出的，而且，同样不由自主地，我的眼泪也夺眶而出。不过我并没有哭出声来，以免被他听见。我压抑着抽泣。一想到奥高尔太太和苦果山庄，我心里就一阵发冷。想到看来注定将横贯在我和走在身边的这位主人之间的茫茫大海，我更觉得心寒。而最使我心寒的，是想起那更辽阔的海洋——阻隔在我和我无法避免、自然而然

---

[1] 这是当时流行的儿歌中的词句。"瓢虫，瓢虫，快快飞回家……"。

爱着的人中间的财产、地位和习俗。

"路很远啊。"我又说了一句。

"的确很远。你一去了爱尔兰康诺特的苦果山庄，我就再也见不到你了，简，这是肯定无疑的。我绝不会去爱尔兰，我向来就不太喜欢这个国家。我们一直是好朋友，简，是不是？"

"是的，先生。"

"朋友们在离别的前夕，总喜欢在一起度过余下的一点时间。来吧——趁那天空的星星越来越闪亮，让我们从从容容地谈谈这次航行和离别，谈上那么半个来小时。这儿是那棵七叶树，这儿有围着它老根的坐凳。来吧，今天晚上我们就在这儿安安静静地坐上一坐，今后我们可注定再也不能一起坐在这儿了啊。"

他招呼我坐下，然后自己也坐了下来。

"去爱尔兰路途遥远，简妮特，我很过意不去，让我的小朋友去做那么令人厌倦的旅行。不过，我没法安排得更好了，这又有什么办法呢？你觉得你有点跟我相像吗，简？"

这一次我没敢答话，我心里异常激动。

"因为，"他说，"对你，有时候我有一种奇怪的感觉——尤其是像现在这样你靠我很近的时候，仿佛我左肋下有根弦，跟你那小小身躯的同一地方的一根弦紧紧相连，无法解开。一旦那波涛汹涌的海峡和两百英里的陆地，把我们远远地分隔两地，我真怕这根联系着两人的弦会一下绷断。我心里一直就有一种惴惴不安的想法，担心到那时我内心准会流血。至于你嘛——你会把我忘得一干二净的。"

"我永远不会的，先生，你知道……"我说不下去了。

"简，你听见那夜莺在林子里歌唱吗？听！"

我听着听着就啜泣起来，因为我再也抑制不住心中的悲伤，我不得不屈服了。剧烈的痛苦使我从头到脚浑身都颤抖着。等到我能说出话来时，我也只能表示出一个强烈的愿望：但愿我从来未出生过，从未来到过桑菲尔德。

"因为你离开它感到难过？"

我心中的痛苦和爱情激起的强烈感情，正在要求成为我的主宰，正在竭力要支配一切，要想压倒一切，战胜一切，要求生存、要求升迁，最后成为统治者。当然——还要说话。

"离开桑菲尔德我感到伤心。我爱桑菲尔德。我爱它。因为我在这儿过了一段——至少是短暂的一段——愉快而充实的生活。我没有受到歧视，我没有给吓得呆若木鸡，没有硬把我限制在低下庸俗的人中间，没有被排斥在和聪明、能干、高尚的人的交往之外。我能面对面地跟我所尊敬的人、我所喜爱的人——跟一个独特、活跃、宽厚的心灵交谈。我认识了你，罗切斯特先生，想到非得永远离开你，这让我感到害怕和痛苦。我看出我非离开不可，可是这就像是看到我非死不可一样。"

"你从哪儿看出非这样不可呢？"他突然问道。

"从哪儿？是你，先生，让我明明白白看出的。"

"在什么事情上？"

"在英格拉姆小姐的事情上，在一位高贵漂亮的女人——你的新娘身上。"

"我的新娘！什么新娘？我没有新娘！"

"可是你就会有的。"

"对，——我就会有的！——我就会有的！"他紧咬着牙关。

"那我就非走不可了，你自己亲口说过的。"

"不，你非留下不可！我要为这发誓——这誓言我一定遵守。"

"我跟你说，我非走不可！"我有点生气地反驳道。"你认为我会留下来，成了一个对你来说无足轻重的人吗？你认为我只是一架机器——一架没有感情的机器？你认为我能忍受让人把我的一口面包从嘴里抢走，让人把我的一滴活命水从杯子里泼掉吗？你以为因为我贫穷、低微、不美、矮小，我就没有灵魂，没有心吗？——你想错了！——我跟你一样有灵魂，——也完全一样有一颗心！要是上帝赐给了我一点美貌和大量财富，我也会让你感到难以离开我，就像我现在难以离开你一样。我现在不是凭着习俗、常规，甚至也不是凭着肉体凡胎跟你说话，而是我的心灵在跟你的心灵说话，就好像我们都已离开人世，两人平等地一同站在上帝跟前——因为我们本来就是平等的！"

"因为我们本来就是平等的！"罗切斯特先生重复了一句——"就这样，"他补充说，将我一把抱住，紧紧搂在怀中，嘴唇紧贴着我的嘴唇，"就这样，简！"

"对，就这样，先生，"我回答说，"可又不是这样，因为你是个已经结了婚的人，或者等于是结了婚的人，娶的是一个配不上你的女人，一个意气不相投的女人——我不相信你真正爱她，因为我曾耳闻目睹过你讥笑她。我瞧不起这种结合，所以我比你好——让我走！"

"去哪儿，简？去爱尔兰吗？"

"对——去爱尔兰。我已经说出了我的心里话，现在去哪儿都行。"

"简，安静点，别这么挣扎了，像只绝望中狂躁的小鸟似的，拼命抓扯着自己的羽毛。"

"我可不是小鸟，也没有落进罗网。我是个有独立意志的自由人，我现在就要按自己的意志离开你。"

我又使劲一挣扎，终于挣脱出来，昂首直立在他的面前。

"那你就按你的意志来决定你的命运吧。"他说，"我向你献上我的心、我的手和分享我全部家产的权利。"

"你这是在演一出滑稽戏，看了只会让我发笑。"

"我这是在请求你一辈子跟我在一起——成为另一个我和我最好的终身伴侣。"

"对这件终身大事，你已经做出了你的选择，你就应该信守它。"

"简，请安静一会儿，你太激动了。我也要安静一下。"

一阵风顺着月桂树中间的小径吹来，颤抖着穿过七叶树的枝叶，飘然而去——吹向渺茫的远方——消失了。只有夜莺的歌声是这时唯一的声响。我听着听着，又哭了起来。罗切斯特先生默默地坐着，温柔而又认真地看着我。他有好一会儿没有做声，最后终于说：

"到我身边来，简，让我们做些解释，求得互相理解吧。"

"我绝不再到你身边去了。现在我已忍痛离开，不可能回去了。"

"可是，简，我是唤你来做我的妻子，我想要娶的只是你。"

我没有做声。我想他准是在捉弄我。

"来吧，简——过来。"

"你的新娘拦在我们中间。"

他站起身来，一步跨到我面前。

"我的新娘就在这儿，"他说着，再次把我拉进他怀里，"因为和我相配，和我相似的人在这儿。简，你愿意嫁给我吗？"

我仍不作回答，还是扭动着要挣脱他，因为我依然不相信。

"你怀疑我吗，简？"

"完全怀疑。"

"你不相信我？"

"一点也不相信。"

"我在你眼里是个撒谎者？"他激动地说。"小怀疑家，你会相信的。我对英格拉姆小姐有什么爱情呢？没有，这你是知道的。她对我又有什么爱情呢？也没有，正如我想方设法已经证实的那样。我有意让一个谣言传到她耳朵里，说我的财产还不到人们料想的三分之一，然后我就亲自去看结果怎么样，结果她跟她母亲全都冷若冰霜。我绝不会——也不可能——娶英格拉姆小姐。是你——你这古怪的，几乎不像尘世的小东西！——只有你，我才爱得像爱自己的心肝！你——尽管又穷又低微，既矮小也不美——我还是要恳求你答应我做你的丈夫。"

"什么，我！"我失声叫了起来。看到他的认真——特别是他的粗鲁——我开始有点相信他的真诚。"怎么会是我？我在这个世界上除了你，连一个朋友也没有——如果你是我的朋友的话。除了你给我的那点工资外，我连一个先令也没有啊！"

"是你，简。我一定要让你属于我——完完全全属于我一个人。你愿意属于我吗？说愿意，快说！"

"罗切斯特先生，让我看看你的脸。转过来朝着月光。"

"为什么？"

"因为我想看看你脸上的神情。转过来！"

"看吧，你将发现它不见得比一张皱巴巴、乱涂过的纸更容易看得明白。看吧，只要你快一点，因为我感到难受。"

他脸上神情激动，满脸通红，五官在抽搐，眼里闪现着奇异的光芒。

"哦，简，你是在折磨我！"他嚷了起来，"你在用寻根究底而又信任、宽厚的目光折磨我！"

"我怎么会折磨你呢？只要你是诚挚的，你的求婚是真心的，我对你的感情只能是感激和挚爱——绝不会是折磨！"

"感激！"他嚷了起来，接着又发狂似的补充说："简，快答应我，说，爱德华——叫我名字——爱德华，我愿意嫁给你。"

"你是认真的吗？你真的爱我？你真心诚意希望我做你的妻子？"

"是的，要是一定要发誓你才能满意，那我就发誓。"

"好吧，先生，我愿意嫁给你。"

"叫我爱德华——我的小妻子！"

"亲爱的爱德华！"

"到我这儿来——现在整个儿投到我怀里来吧。"他说。随后他拿脸贴着我的脸，用最深沉的语调在我耳边继续说："使我幸福吧，我也会使你幸福的。"

"上帝，饶了我吧！"一会儿他又接着说，"别让人来干涉我。我得到她了，我要好好守住她。"

"没有人会来干涉的，先生。我没有亲属会来阻挠。"

"没有——那就太好了。"他说。要不是我那么深深地爱他，也许我会觉得他那狂喜的口气和神情有点太野了，然而，靠着他坐在那儿，从离别的噩梦中醒来——忽然被召入团圆的乐园——我此刻想到的只是那任我畅饮的无穷幸福。他一遍又一遍地问："你幸福吗，简？"我一次又一次地回答："幸福。"接着他又喃喃地说道："我会赎罪的——会得到上帝宽恕的。难道不是我发现她没有朋友、冷清凄凉、得不到安慰的么？难道我能不去保卫她、爱护她和安慰她么？难道我心中没有爱情，我的决心还不够坚定么？这会在上帝的法庭上得到赎罪的。我知道上帝是准许我这么做的。至于人间的评判——我才不去管它。别人的议论——我毫不在乎。"

可是这夜色是怎么啦？月亮还没下落，我们就已被笼罩在一片黑暗之中。尽管靠得那么近，我却几乎看不见我主人的脸。是什么使得那棵七叶树如此痛苦不安？它挣扎着，呻吟着。狂风在月桂树间的小径上呼啸，急速地从我们头上掠过。

"我们得进屋去，"罗切斯特先生说，"变天了。我本可以跟你一直坐到天亮的，简。"

"我也一样，"我想，"本可以跟你一直坐下去。"本来我也许会这么说出来的，但一道耀眼青色闪电突然从我望着的云堆里窜出，紧接着一声劈咧啪啦的爆裂声，然后是近处的一阵轰隆隆的雷声。我除了赶紧把闪花了的眼睛贴在罗切斯特先生的肩上藏起外，别的什么也顾不上了。

大雨倾盆而下。他催我赶快走上小径，穿过庭园，逃进屋子。但没等我们进门，全身就已经完全湿透了。正当他在大厅里帮我摘下披巾，抖掉我散开的头发上的雨水时，费尔法克斯太太从她的房间里走了出来。一开始，我没有看见她，罗切斯特先生也没有看见她。灯亮着。钟正打十二点。

"快去脱下你身上的湿衣服。"他说，"临别以前，道一声晚安——晚安，我亲爱的！"

他连连地吻我。当我正从他怀中脱出身来时，抬头一看，那位寡妇就站在那儿，脸色苍白，神情严肃而又吃惊。我只对她笑了笑，便跑上楼去。"另找时间再解释吧。"我心里想。可是当我走进自己的房间后，一想到她哪怕是会暂时误解她看到的情况，我心中也仍然感到一阵极度的不安。但是欢乐很快就把其他的心情一扫而空。尽管在持续两小时的暴风雨中，狂风呼啸怒吼，雷声既近又沉，电光频频猛闪，大雨如瀑倾泻，我却并不感到害怕，也没有丝毫畏惧。在这风狂雨暴的时刻，罗切斯特先生曾三次来到我的门前，问我是否平安无事，而这就足以令人安慰，就是应付一切的力量。

第二天早上，我还没起床，小阿黛尔就跑进房来告诉我，果园尽头那棵大七叶树昨天夜里遭了雷击，被劈掉了一半。

4　安娜·卡列尼娜（节选）[1]

[俄] 列夫·托尔斯泰

　　第二天上午十一点钟，渥伦斯基坐车到彼得堡车站去接他母亲。他在车站大台阶上遇到的第一个人就是奥勃朗斯基。奥勃朗斯基在等候坐同一班车来的妹妹。

　　"啊，阁下！"奥勃朗斯基高声喊道。"你来接谁呀？"

　　"我来接妈妈，"渥伦斯基像别的遇见奥勃朗斯基的人那样，笑逐颜开地回答，他握了握他的手，同他一起走上台阶。"她今天从彼得堡来。"

　　"我昨夜等你等到两点钟。你从谢尔巴茨基家出来又上哪儿去啦？"

　　"回家了，"渥伦斯基回答，"老实说，我昨天从谢尔巴茨基家出来，心里太高兴了，哪儿也不想去。"

　　"'我凭烙印识别骏马，从小伙子的眼睛看出他有了情人。'"奥勃朗斯基像上次对列文一样朗诵了这两句诗。

　　渥伦斯基摆出并不否认的样子笑了笑，但立刻把话岔开去。

　　"那么你来接谁呀？"他问。

　　"我吗？我来接一位漂亮的女人。"奥勃朗斯基说。

　　"原来如此！"

　　"你这是以小人之心度君子之腹！我是来接我的亲妹妹安娜的。"

　　"哦，是卡列宁夫人吗？"渥伦斯基问。

　　"你大概认识她吧？"

　　"好像见过。也许没见过……说真的，我记不得了。"渥伦斯基心不在焉地回答。一提到卡列宁这个名字，他就模模糊糊地联想到一种古板乏味的东西。

　　"那你一定知道我那位赫赫有名的妹夫阿历克赛·阿历山德罗维奇吧。他是个举世闻名的人物。"

　　"我只知道他的名声和相貌。我听说他这人聪明，有学问，很虔诚……不过说实在的，这些个……我都不感兴趣。"渥伦斯基说。

---

[1] 节选自列夫·托尔斯泰著，草婴译《安娜·卡列尼娜》，上海译文出版社，1982年版。列夫·托尔斯泰（1828—1910年），俄国小说家、评论家、剧作家和哲学家。著有《战争与和平》《安娜·卡列尼娜》和《复活》等世界著名的长篇小说。列夫·托尔斯泰被列宁誉为"俄国革命的镜子"。

"是的，他是个杰出的人物，稍微有点保守，但人挺不错，"奥勃朗斯基说，"人挺不错"。

"啊，那太好了，"渥伦斯基微笑着说，"嗬，你也来了，"他对站在门口的母亲的那个高个子老当差说，"到这儿来吧"。

渥伦斯基近来同奥勃朗斯基特别热乎，除了因为奥勃朗斯基为人和蔼可亲外，还因为渥伦斯基知道他同吉娣平时常有来往。

"我们礼拜天请那位女歌星吃晚饭，你说好吗？"他笑嘻嘻地挽着奥勃朗斯基的手臂对他说。

"好极了。我来约人参加公请。哦，你昨天同我的朋友列文认识了吗？"奥勃朗斯基问。

"那还用说。但他不知怎的很快就走了。"

"他是个好小子，是不是？"奥勃朗斯基继续说。

"我不知道，"渥伦斯基回答，"莫斯科人怎么个个都很凶——当然现在同我说话的这一位不在其内，——他们总是摆出一副架势，怒气冲冲的，仿佛要给人家一点颜色瞧瞧……"

"是的，确实是这样……"奥勃朗斯基快活地笑着说。

"车快到了吗？"渥伦斯基问车站上的一个职工。

"信号已经发出了。"那个职工回答。

车站上紧张的准备工作，搬运工的往来奔走，宪兵和铁路职工的出动，以及来接客的人们的集中，都越来越明显地表示火车已经驶近了。透过寒冷的雾气，可以看见那些身穿羊皮袄、脚登软毡靴的工人穿过弯弯曲曲的铁轨，奔走忙碌。从远处的铁轨那里传来机车的汽笛声和沉重的隆隆声。

"不，"奥勃朗斯基说，急于想把列文向吉娣求婚的事讲给渥伦斯基听，"不，你对我们列文的评价不恰当。他这人很神经质，确实常常不讨人喜欢，但因此有时倒很可爱。他天性忠厚，生有一颗像金子一样的心。不过昨天有特殊原因"，奥勃朗斯基别有含意地笑着说下去，完全忘记他昨天是那么真心实意地同情列文。今天他虽然又产生同样的感情，但那是对渥伦斯基的。"是的，他昨天忽而特别高兴，忽而特别痛苦，那是有原因的。"

渥伦斯基站住了，单刀直入地问：

"这是怎么一回事？是不是他昨天向你姨妹求婚了？……"

"可能，"奥勃朗斯基说，"我看昨天有过这类事。他走得很早，而且情绪很坏，那准是……他爱上她好久了。我真替他难过"。

机车已在远处鸣笛了。不多一会儿，站台震动起来，火车喷出的蒸气在严寒的空气中低低地散开，中轮的杠杆缓慢而有节奏地一上一下移动着。从头到脚穿得很暖和的司机，身上盖满霜花，弯着腰把机车开过来。接着是煤水车，煤水车之后是行李车，行李车里有一条狗在汪汪乱叫。火车开得越来越慢，站台震动得越来越厉害。最后，客车进站了，车厢抖动了一下，停了下来。

身子矫捷的列车员不等车停就吹着哨子跳了下来。性急的乘客也一个个跟着往下跳，其中有腰骨笔挺、威严地向周围眺望的近卫军军官，有满脸笑容、手拿提包的轻浮小商人，有捎着袋子的农民。

渥伦斯基站在奥勃朗斯基旁边，环顾着车厢和下车的旅客，把母亲完全给忘了。刚才听到的有关吉娣的事使他兴高采烈。他不由得挺起胸膛，眼睛闪闪发亮，觉得自己是个胜利者。

"渥伦斯基伯爵夫人在这个车厢里。"身子矫捷的列车员走到渥伦斯基面前说。

列车员的话提醒了他，使他想到了母亲，以及很快就要同她见面这件事。他内心并不尊敬母亲，也不爱她，只是口头上没有承认这一点罢了。就他所处的社会地位和所受的教育来说，他对待母亲除了极端顺从和尊重之外，不能有别的态度。而表面上对她越顺从和尊重，心里对她却越不敬爱。

渥伦斯基跟着列车员登上车厢，在入口处站住了，给一位下车的太太让路。渥伦斯基凭他丰富的社交经验，一眼就从这位太太的外表上看出，她是上流社会的妇女。他道歉了一声，正要走进车厢，忽然觉得必须再看她一眼。那倒不是因为她长得美，也不是因为她整个姿态所显示的风韵和妩媚，而是因为经过他身边时，她那可爱的脸上现出一种异常亲切温柔的神态。他转过身去看她，她也向他回过头来。她那双深藏在浓密睫毛下闪闪发亮的灰色眼睛，友好而关注地盯着他的脸，仿佛在辨认他似的，接着又立刻转向走近来的人群，仿佛在找寻什么人。在这短促的一瞥中，渥伦斯基发现她脸上有一股被压抑着的生气，从她那双亮晶晶的眼睛和笑盈盈的樱唇中掠过，仿佛她身上洋溢着过剩的青春，不由自主地忽而从眼睛的闪光里，忽而从微笑中透露出来。她故意收起眼睛里的光辉，但它违反她的意志，又在她那隐隐约约的笑意中闪烁着。

渥伦斯基走进车厢。渥伦斯基的母亲是个黑眼睛、鬈头发的干瘪老太太。她眯缝着眼睛打量儿子，薄薄的嘴唇露出一丝笑意。她从座位上站起身来，把手提包递给侍女，伸出一只皮包骨头的小手给儿子亲吻，接着又托起儿子的脑袋，在他的脸上吻了吻。

"电报收到了？你身体好吗？赞美上帝！"

"您一路平安吧？"儿子说，在她旁边坐下来，不由自主地倾听门外一个女人的声音。他知道这就是刚才门口遇见的那位太太在说话。

"我还是不同意您的话。"那位太太说。

"这是彼得堡的观点，夫人。"

"不是彼得堡的观点，纯粹是女人家的观点。"她回答。

"那么让我吻吻您的手。"

"再见，伊凡·彼得罗维奇。请您去看看我哥哥来了没有，要是来了叫他到我这儿来。"那位太太在门口说，说完又回到车厢里。

"怎么样，找到哥哥了吗？"渥伦斯基伯爵夫人问那位太太。

渥伦斯基这才想起，她就是卡列宁夫人。

"您哥哥就在这儿，"他站起来说，"对不起，我刚才没认出您来。说实在的，我们过去见面的时间太短促，您一定不会记得我了"。渥伦斯基一面鞠躬，一面说。

"哦，不，"她说，"我可以说已经认识您了，因为您妈妈一路上尽是跟我谈您的事情，"她说，终于让那股按捺不住的生气从微笑中流露出来。"哥哥我可还没见到呢。"

"你去把他找来，阿历克塞。"老伯爵夫人说。

渥伦斯基走到站台上，叫道：

"奥勃朗斯基！这儿来！"

但安娜不等哥哥走过来，一看到他，就迈着矫健而又轻盈的步子下了车。等哥哥一走到她面前，她就用一种使渥伦斯基吃惊的果断而优美的动作，左手搂住哥哥的脖子，迅速地把他拉到面前，紧紧地吻了吻他的面颊。渥伦斯基目不转睛地瞧着她，自己也不知道为什么，一直微笑着。但是一想到母亲在等他，就又回到车厢里。

"她挺可爱，是不是？"伯爵夫人说到卡列宁夫人。"她丈夫让她同我坐在一起，我很高兴。我同她一路上尽是谈天。噢，我听说你……你一直还在追求理想的爱情。这太好了，我的宝贝，太好了。"

"我不知道您指的是什么，妈妈，"儿子冷冷地回答，"那么妈妈，我们走吧"。

安娜又走进车厢，来同伯爵夫人告别。

"您瞧，伯爵夫人，您见到了儿子，我见到了哥哥，"她快活地说，"我的故事全讲完了，再没有什么可讲的了"。

"哦，不，"伯爵夫人拉住她的手说，"我同您在一起，就是走遍天涯也不会觉得寂寞的。有些女人就是那么可爱，你同她谈话觉得愉快，不谈话同她一起坐坐也觉得愉快。您就是这样一位女人。您不必为您的儿子担心：总不能一辈子不离开呀"。

安娜挺直身子，一动不动地站着。她的眼睛含着笑意。

"安娜·阿尔卡迪耶夫娜有个八岁的儿子，"伯爵夫人向儿子解释说，"她从没离开过儿子，这回把儿子留在家里，她总是不放心"。

"是啊，伯爵夫人同我一路上谈个没完，我谈我的儿子，她谈她的儿子"安娜说。她的脸上又浮起了微笑，一个对他而发的亲切的微笑。

"这一定使您感到很厌烦吧，"渥伦斯基立刻接住她抛给他的献媚之球，应声说。不过，安娜显然不愿继续用这种腔调谈下去，就转身对伯爵夫人说：

"我真感谢您。我简直没留意昨天一天是怎么过的。再见，伯爵夫人"。

"再见，我的朋友，"伯爵夫人回答，"让我吻吻您漂亮的脸。不瞒您说，我这老太婆可真的爱上您了"。

这句话尽管是老一套，安娜却显然信以为真，并且感到很高兴。她涨红了脸，微微弯下腰，把面颊凑近伯爵夫人的嘴唇，接着又挺直身子，带着荡漾在嘴唇和眼睛之间的微笑，把右手伸给渥伦斯基。渥伦斯基握了握她伸给他的手，安娜也大胆地紧紧握了握他的手。她这样使劲的握手使渥伦斯基觉得高兴。安娜迅速地迈开步子走出车厢。她的身段那么丰满，步态却那么轻盈，真使人感到惊奇。

"她真可爱，"老太婆说。

她的儿子也这样想。渥伦斯基目送着她，直到她那婀娜的身姿看不见为止。渥伦斯基脸上一直挂着微笑。他从窗口看着她走到哥哥面前，拉住他的手，热烈地对他说话。说的显然是同他渥伦斯基不相干的事。这使他感到不快。

"哦，妈妈，您身体好吗？"他又一次对母亲说。

"很好，一切都很好。阿历山大长得很可爱，玛丽雅长得挺漂亮。她真好玩。"

伯爵夫人又说起她最得意的事——孙儿的洗礼。她就是为这事特地到彼得堡去了一次。她还谈到皇上赐给她大儿子的特殊恩典。

"啊，拉夫伦基来了，"渥伦斯基望着窗外说，"您要是愿意，现在可以走了"。

伯爵夫人的老当差走进车厢报告说，一切准备就绪。伯爵夫人站起来准备动身了。

"走吧，现在人少了。"渥伦斯基说。

侍女拿着手提包，牵着狗；老当差和搬运工拿着其他行李。渥伦斯基挽着母亲的手臂。他们走出车厢的时候，忽然有几个人神色慌张地从他们身边跑过。戴着颜色与众不同的制帽的站长也跑过去了。显然是出了什么事。已经下车的旅客也纷纷跑回来。

"什么？……什么？……自己扑上去的！……压死了！……"过路人中传出这一类呼声。

奥勃朗斯基挽住妹妹的手臂，也神色慌张地走回来。他们在车厢门口站住，避开拥挤的人群。

太太们走到车厢里，渥伦斯基同奥勃朗斯基跟着人群去打听这场车祸的详情。

一个看路工，不知是喝醉了酒，还是由于严寒蒙住耳朵，没有听见火车倒车，竟被轧死了。

不等渥伦斯基和奥勃朗斯基回来，太太们已从老当差那儿打听到了详细经过。

奥勃朗斯基和渥伦斯基都看到了血肉模糊的尸体。奥勃朗斯基显然很难过。他皱着眉头，眼看就要哭出来了。

"哎呀，真可怕！哎呀，安娜，还好你没看见！哎呀，真可怕！"他喃喃地说。

渥伦斯基不作声。他那张俊美的脸很严肃，但十分平静。

"哎呀，伯爵夫人，您还好没看见，"奥勃朗斯基说，"他老婆也来了……看见她真难受……她一头扑在尸体上。据说，家里一大帮子人全靠他一个人养活。真可怜！"

"不能替她想点办法吗？"安娜激动地低声说。

渥伦斯基瞅了她一眼，立刻走下车去。

"我马上回来，妈。"他从门口回过头来说。

几分钟以后，当他回来的时候，奥勃朗斯基已经在同伯爵夫人谈论那个新来的歌星了，但伯爵夫人却不耐烦地望着门口，等儿子回来。

"现在我们走吧。"渥伦斯基走进来说。

他们一起下了车。渥伦斯基同母亲走在前面。安娜同她哥哥走在后面。在车站出口处，站长追上了渥伦斯基。

"您给了我的助手两百卢布。请问您这是赏给谁的？"

"给那个寡妇，"渥伦斯基耸耸肩膀说，"这还用问吗？"

"是您给的吗？"奥勃朗斯基在后面大声问。他握住妹妹的手说："真漂亮！真漂亮！他这人挺可爱，是吗？再见，伯爵夫人。"

他同妹妹站住了，找寻她的侍女。

他们出站的时候，渥伦斯基家的马车已经走了。从站里出来的人们还纷纷议论着刚才发生的事。

"死得真惨哪！"一位先生在旁边走过说，"听说被轧成两段了"。

"我的看法正好相反，这是最好过的死法，一眨眼就完了"另一个人说。

"怎么不采取些预防措施啊！"第三个人说。

安娜坐上马车。奥勃朗斯基惊奇地看到她的嘴唇在哆嗦，她好容易才忍住眼泪。

"你怎么啦，安娜？"他们走了有几百码路，他问道。

"这可是个凶兆。"她说。

"胡说八道！"奥勃朗斯基说，"最要紧的是你来了。你真不能想象，我对你抱有多大的希望啊！"

"你早就认识渥伦斯基了？"她问。

"是的。不瞒你说，我们都希望他同吉娣结婚呢。"

"是吗？"安娜悄悄地说。"哦，现在来谈谈你的事吧，"她接着说，抖了抖脑袋，仿佛要从身上抖掉什么妨碍她的累赘似的，"让我们来谈谈你的事。我接到你的信就来了"。

"是啊，如今全部希望都在你身上了，"奥勃朗斯基说。

"那么，你把事情经过都给我讲讲吧。"

奥勃朗斯基就讲了起来。

到了家门口，奥勃朗斯基扶妹妹下了车，叹了一口气，握了握她的手，自己就到官厅办公去了。

5　高老头（节选）[1]

[法] 巴尔扎克

第二天下午两点左右，皮安训要出去，叫醒拉斯蒂涅，接他的班。高老头的病势上半天又加重许多。

"老头儿活不到两天了，也许还活不到六小时，"医学生道，"可是他的病，咱们不能置之不理。还得给他一些费钱的治疗。咱们替他当看护是不成问题，我可没有钱。他的衣袋，柜子，我都翻遍了，全是空的。他神志清楚的时候我问过他，他说连一个子儿都没有了。你身上有多少，你？"

"还剩二十法郎，我可以去赌，会赢的。"

"输了怎办？"

"问他的女婿女儿去要。"

皮安训道："他们不给又怎办？眼前最急的还不是钱，而是要在他身上贴滚热的芥子膏药，从脚底直到大腿的半中间。他要叫起来，那还有希望。你知道怎么做的。再说，克利斯朵夫可以帮你忙。我到药剂师那儿去作个保，赊欠药账。可惜不能送他进我们的医院，招呼得好一些。来，让我告诉你怎么办；我不回来，你不能离开他。"

他们走进老人的屋子，欧也纳看到他的脸变得没有血色，没有生气，扭做一团，不由得大吃一惊。

"喂，老丈，怎么样？"他靠着破床弯下身去问。

高里奥眨巴着黯淡的眼睛，仔细瞧了瞧欧也纳，认不得他。大学生受不住了，眼泪直涌出来。

"皮安训，窗上可要挂个帘子？"

"不用。气候的变化对他已经不生影响。他要有冷热的知觉倒好了。可是咱们还得生个火，好煮药茶，还能作好些旁的用处。等会我叫人送些柴草来对付一下，慢慢再张罗木柴。昨天一昼夜，我把你的柴跟老头儿的泥炭都烧完了。屋子潮得厉害，墙壁都在淌水，还没完全烘燥呢。克利斯朵夫把屋子打扫过了，简直像马房，臭得要命，我烧了

---

[1] 节选自巴尔扎克著，傅雷译《欧也妮·葛朗台／高老头》，人民文学出版社，1980年版。巴尔扎克（1799—1850年），法国小说家，被称为"现代法国小说之父"，代表作品有《人间喜剧》《朱安党人》《驴皮记》等。

些松子。"

拉斯蒂涅叫道："我的天！想想他的女儿哪！"

"他要喝水的话，给他这个，"医学生指着一把大白壶。"倘若他哼哼唧唧的叫苦，肚子又热又硬，你就叫克利斯朵夫帮着给他来一下……你知道的。万一他兴奋起来说许多话，有点儿精神错乱，由他去好了。那倒不是坏现象，可是你得叫克利斯朵夫上医院来。我们的医生，我的同事，或是我，我们会来给他做一次灸。今儿早上你睡觉的时候，我们会诊过一次，到的有迦尔博士的一个学生，圣父医院的主任医师跟我们的主任医师。他们认为颇有些奇特的症候，必须注意病势的进展，可以弄清科学上的几个要点。有一位说，血浆的压力要是特别加在某个器官上，可能发生一些特殊的现象。所以老头儿一说话，你就得留心听，看是哪一类的思想，是记忆方面的，智力方面的，还是判断方面的；看他注意物质的事还是情感的事；是否计算，是否回想过去；总之你想法给我们一个准确的报告。病势可能急转直下，他会像现在这样人事不知的（地）死去。这一类的病怪得很。倘若在这个地方爆发，"皮安训指了指病人的后脑，"说不定有些出奇出怪的病状：头脑某几个部分会恢复机能，一下子死不了。血浆能从脑里回出来，至于再走什么路，只有解剖尸体才能知道。残废院内有个痴呆的老人，充血跟着脊椎骨走；人痛苦得不得了，可是活在那儿。"

高老头忽然认出了欧也纳，说道：

"她们玩得痛快吗？"

"哦！他只想着他的女儿，"皮安训道。"昨夜他和我说了上百次：她们在跳舞呢！她的跳舞衣衫有了。——他叫她们的名字。那声音把我听得哭了，真是要命！他叫：但斐纳！我的小但斐纳！娜齐！真的！简直叫你止不住眼泪。"

"但斐纳，"老人接口说，"她在这儿，是不是？我知道的。"

他眼睛忽然骨碌碌的（地）乱转，瞪着墙壁和房门。

"我下去叫西尔维预备芥子膏药，"皮安训说，"这是替他上药的好机会。"

拉斯蒂涅独自陪着老人，坐在床脚下，定睛瞧着这副嘴脸，觉得又害怕又难过。

"特·鲍赛昂太太逃到乡下去了，这一个又要死了，"他心里想。"美好的灵魂不能在这个世界上待久的。真是，伟大的感情怎么能跟一个猥琐，狭小，浅薄的社会沆瀣一气呢？"

他参加的那个盛会的景象在脑海中浮起来，同眼前这个病人垂死的景象成为对比。皮安训突然奔进来叫道：

"喂，欧也纳，我才见到我们的主任医师，就奔回来了。要是他忽然清醒，说起话来，你把他放倒在一长条芥子膏药上，让芥末把颈窝到腰部下面一齐裹住；再教人通知我们。"

"亲爱的皮安训！"欧也纳说。

"哦！这是为了科学。"医学生说，他的热心像一个刚改信宗教的人。

欧也纳说："那么只有我一个人是为了感情照顾他了。"

皮安训听了并不生气，只说："你要看到我早上的模样，就不会说这种话了。告诉你，朋友，开业的医生眼里只有疾病，我还看见病人呢。"

他走了。欧也纳单独陪着病人，唯恐高潮就要发作。不久高潮果然来了。

"啊！是你，亲爱的孩子。"高老头认出了欧也纳。

"你好些吗？"大学生拿着他的手问。

"好一些。刚才我的脑袋好似夹在钳子里，现在松一点儿了。你可曾看见我的女儿？她们马上要来了，一知道我害病，会立刻赶来的。从前在于西安街，她们服侍过我多少回！天哪！我真想把屋子收拾干净，好招待她们。有个年轻人把我的泥炭烧完了。"

欧也纳说："我听见克利斯朵夫的声音，他替你搬木柴来，就是那个年轻人给你送来的。"

"好吧！可是拿什么付账呢？我一个钱都没有了，孩子。我把一切都给了，一切。我变了叫化（花）子了。至少那件金线衫好看吗？（啊唷！我痛！）谢谢你，克利斯朵夫。上帝会报答你的，孩子；我啊，我什么都没有了。"

欧也纳凑着男佣人的耳朵说："我不会教你和西尔维白忙的。"

"克利斯朵夫，是不是我两个女儿告诉你就要来了？你再去一次，我给你五法朗（郎）。对她们说我觉得不好，我临死之前还想拥抱她们，再看她们一次。你这样去说吧，可是别过分吓了她们。"

克利斯朵夫看见欧也纳对他递了个眼色，便动身了。

"她们要来了，"老人又说。"我知道她们的脾气。好但斐纳，我死了，她要怎样的伤心呀！还有娜齐也是的。我不愿意死，因为不愿意让她们哭。我的好欧也纳，死，死就是再也看不见她们。在那个世界里，我要闷得发慌哩。看不见孩子，做父亲的等于入了地狱；自从她们结了婚，我就尝着这个味道。我的天堂是于西安街。嗳！喂，倘使我进了天堂，我的灵魂还能回到她们身边吗？听说有这种事情，可是真的？我现在清清楚楚看见她们在于西安街的模样。她们一早下楼，说：爸爸，你早。我把她们抱在膝上，用种种花样逗她们玩儿，跟她们淘气。她们也跟我亲热一阵。我们天天一块儿吃中饭，一块儿吃晚饭，总之那时我是父亲，看着孩子直乐。在于西安街，她们不跟我讲嘴，一点不懂人事，她们很爱我。天哪！干么她们要长大呢？（哎唷！我痛啊；头里在抽。）啊！啊！对不起。孩子们！我痛死了；要不是真痛，我不会叫的，你们早已把我训练得不怕痛苦了。上帝呀！只消我能握着她们的手，我就不觉得痛啦。你想她们会来吗？克利斯朵夫蠢极了！我该自己去的。他倒有福气看到她们。你昨天去了跳舞会，你告诉我呀，她们怎么样？她们一点不知道我病了，可不是？要不她们不肯去跳舞了，可怜的孩子们！噢！我再也不愿意害病了。她们还少不了我呢。她们的财产遭了危险，又是落在怎样的丈夫手里！把我治好呀，治好呀！（噢！我多难过！哟！哟！哟！）你瞧，非把我医好不行，她们需要钱，我知道到哪儿去挣。我要上奥特赛去做淀粉。我才精明呢，会赚他几百万。（哦呀！我痛死了！）"

高里奥不出声了，仿佛集中全身的精力熬着痛苦。

"她们在这儿，我不会叫苦了，干么还要叫苦呢？"

他迷迷糊糊昏沉了好久。克利斯朵夫回来，拉斯蒂涅以为高老头睡熟了，让佣人高声汇报他出差的情形。

"先生，我先上伯爵夫人家，可没法跟她说话，她和丈夫有要紧事儿。我再三央求，特·雷斯多先生亲自出来对我说：高里奥先生快死了是不是？哎，再好没有。我有事，要太太待在家里。事情完了，她会去的。——他似乎很生气，这位先生。我正要出来，太太从一扇我看不见的门里走到穿堂，告诉我：克利斯朵夫，你对我父亲说，我同丈夫正在商量事情，不能来。那是有关我孩子们生死的问题。但等事情一完，我就去看他。——说到男爵夫人吧，又是另外一桩事儿！我没有见到她，不能跟她说话。老妈子说：啊！太太今儿早上五点一刻才从跳舞会回来；中午以前叫醒她，一定要挨骂的。等会她打铃叫我，我会告诉她，说她父亲的病更重了。报告一件坏消息，不会嫌太晚的。——我再三央求也没用。哎，是呀，我也要求见男爵，他不在家。"

"一个也不来，"拉斯蒂涅嚷道，"让我写信给她们。"

"一个也不来，"老人坐起来接着说。"她们有事，她们在睡觉，她们不会来的。我早知道了。直要临死才知道女儿是什么东西！唉！朋友，你别结婚，别生孩子！你给他们生命，他们给你死。你带他们到世界上来，他们把你从世界上赶出去。她们不会来的！我已经知道了十年。有时我心里这么想，只是不敢相信。"

他每只眼中冒出一颗眼泪，滚在鲜红的眼皮边上，不掉下来。

"唉！倘若我有钱，倘若我留着家私，没有把财产给她们，她们就会来，会用她们的亲吻来舐我的脸！我可以住在一所公馆里，有漂亮的屋子，有我的仆人，生着火；她们都要哭做（作）一团，还有她们的丈夫，她们的孩子。这一切我都可以到手。现在可什么都没有。钱能买到一切，买到女儿。啊！我的钱到哪儿去了？倘若我还有财产留下，她们会来伺候我，招呼我；我可以听到她们，看到她们。啊！欧也纳，亲爱的孩子，我唯一的孩子，我宁可给人家遗弃，宁可做个倒楣（霉）鬼！倒楣（霉）鬼有人爱，至少那是真正的爱！啊，不，我要有钱，那我可以看到她们了。唉，谁知道？她们两个的心都像石头一样。我把所有的爱在她们身上用尽了，她们对我不能再有爱了。做父亲的应该永远有钱，应该拉紧儿女的缰绳，像对付狡猾的马一样。我却向她们下跪。该死的东西！她们十年来对我的行为，现在到了顶点。你不知道她们刚结婚的时候对我怎样的奉承体贴！（噢！我痛得像受毒刑一样！）我才给了她们每人八十万，她们和她们的丈夫都不敢怠慢我。我受到好款待：好爸爸，上这儿来；好爸爸，往那儿去。她们家永远有我的一份刀叉。我同她们的丈夫一块儿吃饭，他们对我很恭敬，看我手头还有一些呢。为什么？因为我生意的底细，我一句没提。一个给了女儿八十万的人是应该奉承的。他们对我那么周到，体贴，那是为我的钱啊。世界并不美。我看到了，我！她们陪我坐着车子上戏院，我在她们的晚会里爱待多久就待多久。她们承认是我的女儿，承认我是她们的父亲。我还有我的聪明呢，嗨，什么都没逃过我的眼睛。我什么都感觉到，我的心碎了。我明明看到那是假情假意；可是没有办法。在她们家，我就不像在这儿饭桌上那么自在。我什么话都不会说。有些漂亮人物咬着我女婿的耳朵问：

——那位先生是谁啊？

——他是财神，他有钱。

——啊，原来如此！

"人家这么说着，恭恭敬敬瞧着我，就像恭恭敬敬瞧着钱一样。即使我有时叫他们发窘，我也补赎了我的过失。再说，谁又是十全的呢？（哎唷！我的脑袋简直是块烂疮！）我这时的痛苦是临死以前的痛苦，亲爱的欧也纳先生，可是比起当年娜齐第一次瞪着我给我的难受，眼前的痛苦算不了什么。那时她瞪我一眼，因为我说错了话，丢了她的脸；唉，她那一眼把我全身的血管都割破了。我很想懂得交际场中的规矩；可是我只懂得一样：我在世界上是多余的。第二天我上但斐纳家去找安慰，不料又闹了笑话，惹她冒火。我为此急疯了。八天工夫我不知道怎么办。我不敢去看她们，怕受埋怨。这样，我便进不了女儿的大门。哦！我的上帝！既然我吃的苦，受的难，你全知道，既然我受的千刀万剐，使我头发变白，身子磨坏的伤，你都记在账上，干么今日还要我受这个罪？就算太爱她们是我的罪过，我受的刑罚也足够补赎了。我对她们的慈爱，她们都狠狠地报复了，像刽子手一般把我上过毒刑了。唉！做老子的多蠢！我太爱她们了，每次都回头去迁就她们，好像赌棍离不开赌场。我的嗜好，我的情妇，我的一切，便是两个女儿，她们俩想要一点儿装饰品什么的，老妈子告诉了我，我就去买来送给她们，巴望得到些好款待！可是她们看了我在人前的态度，照样来一番教训。而且等不到第二天！喝，她们为着我脸红了。这是给儿女受好教育的报应。我活了这把年纪，可不能再上学校啦。（我痛死了，天哪！医生呀！医生呀！把我脑袋劈开来，也许会好些。）我的女儿呀，我的女儿呀，娜齐，但斐纳！我要看她们。叫警察去找她们来，抓她们来！法律应该帮我的，天性，民法，都应该帮我。我要抗议。把父亲踩在脚下，国家不要亡了吗？这是很明白的。社会，世界，都是靠父道做轴心的；儿女不孝父亲，不要天翻地覆吗？哦！看到她们，听到她们，不管她们说些什么，只要听见她们的声音，尤其但斐纳，我就不觉得痛苦。等她们来了，你叫她们别那么冷冷地瞧我。啊！我的好朋友，欧也纳先生，看到她们眼中的金光变得像铅一样不灰不白，你真不知道是什么味儿。自从她们的眼睛对我不放光辉之后，我老在这儿过冬天；只有苦水给我吞，我也就吞下了！我活着就是为受委屈，受侮辱。她们给我一点儿可怜的，小小的，可耻的快乐，代价是教我受种种的羞辱，我都受了，因为我太爱她们了。老子偷偷摸摸地看女儿！听见过没有？我把一辈子的生命给了她们，她们今天连一小时都不给我！我又饥又渴，心在发烧，她们不来苏（疏）解一下我的临终苦难。我觉得我要死了。什么叫做践踏父亲的尸首，难道她们不知道吗？天上还有一个上帝，他可不管我们做老子的愿不愿意，要替我们报仇的。噢！她们会来的！来啊，我的小心肝，你们来亲我呀；最后一个亲吻就是你们父亲的临终圣餐了，他会代你们求上帝，说你们一向孝顺，替你们辩护！归根结蒂，你们没有罪。朋友，她们是没有罪的！请你对大家都这么说，别为了我难为她们。一切都是我的错，是我纵容她们把我踩在脚下的。我就喜欢那样。这跟谁都不相干，人间的裁判，神明的裁判，都不相干。上帝要是为了我责罚她们，就不公平了。我不会做人，是我糊涂，自己放弃了权利。为她们我甚至堕落也甘心情愿！有什么办法！最美的天性，最优秀的灵魂，都免不了溺爱儿女。我是一个糊涂蛋，遭了报应，女儿七颠八倒的生活是我一手造成的，是我惯了她们。现在她们要寻欢作乐，正像她们从前要吃糖果。我一向对她们百依百顺。小姑娘想入非非的欲望，都给她们满足。十五岁就有了车！要什么有什么。罪过都在我一个人身上，为了爱她们而犯的罪。唉，她们的声音能够打开我的心房。我听见她们，她们在来啦。哦！一定的，她们要来的。法律也要人给父亲送终的，法律是支持我的。只要叫人跑一趟就行。我给车钱。你写信去告诉她们，说我还有几百万家私留给她们！我敢起誓。我可以上奥特赛去做高等面食。我有办法。计划中还有几百万好赚。哼，谁也没有想到。那不会像麦子和面粉一样在路上变坏的。嗳，嗳，淀粉哪，有几百万好赚啊！你告诉她们有几百万决（绝）不是扯谎。她们为了贪心还是肯来的；我宁愿受骗，我要看到她们。我要我的女儿！是我把她们生下来的！她们是我的！"他一边说一边在床上挺起身子，给欧也纳看到一张白发凌乱的脸，竭力装做威吓的神气。

欧也纳说："嗳，嗳，你睡下吧。我来写信给她们。等皮安训来了，她们要再不来，我就自个儿去。"

"她们再不来，"老人一边大哭一边接了一句，"我要死了，要气疯了，气死了！气已经上来了！现在我把我这一辈子都看清楚了。我上了当！她们不爱我，从来没有爱过我！这是摆明的了。她们这时不来是不会来的了。她们越拖，越不肯给我这个快乐。我知道她们。我的悲伤，我的痛苦，我的需要，她们从来没体会到一星半点，连我的死也没有想到；我的爱，我的温情，她们完全不了解。是的，她们把我糟蹋惯了，在她们眼里我所有的牺牲都一文不值。哪怕她们要挖掉我眼睛，我也会说：挖吧！我太傻了。她们以为天下的老子都像她们的一样。想不到你待人好一定要人知道！将来她们的孩子会替我报仇的。唉，来看我还是为她们自己啊。你去告诉她们，说她们临死要受到报应的。犯了这桩罪，等于犯了世界上所有的罪。去啊，去对她们说，不来送我的终是忤逆！不加上这一桩，她们的罪过已经数不清啦。你得像我一样的去叫：哎！娜齐！哎！但斐纳！父亲待你们多好，他在受难，你们来吧！——唉！一个都不来。难道我就像野狗一样的死吗？爱了一辈子的女儿，到头来反给女儿遗弃！简直是些下流东西，流氓婆；我恨她们，咒她们；我半夜里还要从棺材里爬起来咒她们。嗳，朋友，难道这能派我的不是吗？她们做人这样恶劣，是不是！我说甚么？你不是告诉我但斐纳在这儿吗？还是她好。你是我的儿子，欧也纳。你，你得爱她，像她父亲一样的爱她。还有一个是遭了难。她们的财产呀！哦！上帝！我要死了，我太苦了！把我的脑袋割掉吧，留给我一颗心就行了。"

"克利斯朵夫，去找皮安训来，顺便替我雇辆车。"欧也纳嚷着。他被老人这些呼天抢地的哭诉吓坏了。

"老伯，我到你女儿家去把她们带来。"

"把她们抓来，抓来！叫警卫队，叫军队！"老人说着，对欧也纳瞪了一眼，闪出最后一道理性的光。"去告诉政府，告诉检察官，叫人替我带来！"

"你刚才咒过她们了。"

老人楞（愣）了一楞（愣），说："谁说的？你知道我是爱她们的，疼她们的！我看到她们，病就好啦……去吧，我的好邻居，好孩子，去吧，你是慈悲的；我要重重的（地）谢你；可是我什么都没有了，只能给你一个祝福，一个临死的人的祝福。啊！至少我要看到但斐纳，吩咐她代我报答你。那个不能来，就带这个来吧。告诉她，她要不来，你不爱她了。她多爱你，一定会来的。哟，我渴死了，五脏六腑都在烧！替我在头上放点儿什么吧。最好是女儿的手，那我就得救了，我觉得的……天哪！我死了，谁替她们挣钱呢？我要为她们上奥特赛去，上奥特赛做面条生意。"

欧也纳搀起病人，用左臂扶着，另一只手端给他一杯满满的药茶，说道："你喝这个。"

"你一定要爱你的父母，"老人说着，有气无力地握着欧也纳的手。"你懂得吗，我要死了，不见她们一面就死了。永远口渴而没有水喝，这便是我十年来的生活……两个女婿断送了我的女儿。是的，从她们出嫁之后，我就没有女儿了。做老子的听着！你们得要求国会定一条结婚的法律！要是你们爱女儿，就不能把她们嫁人。女婿是毁坏女儿的坏蛋，他把一切都污辱了。再不要有结婚这回事！结婚抢走我们的女儿，教我们临死看不见女儿。为了父亲的死，应该订一条法律。真是可怕！报仇呀！报仇呀！是我女婿不准她们来的呀。杀死他们！杀雷斯多！杀纽沁根！他们是我的凶手！不还我女儿，就要他们的命！唉！完啦，我见不到她们的了！她们！娜齐，但斐纳，喂，来呀，爸爸出门啦……"[1]

"老伯，你静静吧，别生气，别多想。"

"看不见她们，这才是我的临终苦难！"

"你会看见的。"

"真的！"老人迷迷惘惘地叫起来。"噢！看到她们！我还会看到她们，听到她们的声音。那我死也死得快乐了。唉，是啊，我不想活了，我不希（稀）罕活了，我痛得越来越厉害了。可是看到她们，碰到她们的衣衫，唉！只要她们的衣衫，衣衫，就这么一点儿要求！只消让我摸到她们的一点儿什么！让我抓一把她们的头发，……头发……"

他仿佛挨了一棍，脑袋望枕上倒下，双手在被单上乱抓，好像要抓女儿们的头发。

他又挣扎着说："我祝福她们，祝福她们。"

然后他昏过去了。皮安训进来说：

---

[1] "来呀，爸爸出门啦"二句，为女儿幼年时父亲出门前呼唤她们的亲切语；此处出门二字有双关意味。

"我碰到了克利斯朵夫，他替你雇车去了。"

他瞧了瞧病人，用力揭开他的眼皮，两个大学生只看到一只没有颜色的灰暗的眼睛。

"完啦，"皮安训说，"我看他不会醒的了。"

他按了按脉，摸索了一会，把手放在老头儿心口。

"机器没有停；像他这样反而受罪，还是早点去的好！"

"对，我也这么想。"拉斯蒂涅回答。

"你怎么啦？脸色发白像死人一样。"

"朋友，我听他又哭又叫，说了一大堆。真有一个上帝！哦，是的，上帝是有的，他替我们预备着另外一个世界，一个好一点儿的世界。咱们这个太混账了。刚才的情形要不那么悲壮，我早哭死啦，我的心跟胃都给揪紧了。"

"喂，还得办好多事，哪儿来的钱呢？"

拉斯蒂涅掏出表来：

"你送当铺去。我路上不能耽搁，只怕赶不及。现在我等着克利斯朵夫，我身上一个钱都没有了，回来还得付车钱。"

拉斯蒂涅奔下楼梯，上海尔特街特·雷斯多太太家去了。刚才那幕可怕的景象使他动了感情，一路义愤填胸。他走进穿堂求见特·雷斯多太太，人家回报说她不能见客。

他对当差说："我是为了她马上要死的父亲来的。"

"先生，伯爵再三吩咐我们……"

"既然伯爵在家，那么告诉他，说他岳父快死了，我要立刻和他说话。"

欧也纳等了好久。

"说不定他就在这个时候死了，"他心里想。

当差带他走进第一客室，特·雷斯多先生站在没有生火的壁炉前面，见了客人也不请坐。

"伯爵，"拉斯蒂涅说，"令岳父在破烂的阁楼上就要断气了，连买木柴的钱也没有；他马上要死了，但等见一面女儿……"

"先生，"伯爵冷冷地回答，"你大概可以看出，我对高里奥先生没有什么好感。他教坏了我太太，造成我家庭的不幸。我把他当作扰乱我安宁的敌人。他死也好，活也好，我全不在意。你瞧，这是我对他的情分。社会尽可以责备我，我才不在乎呢。我现在要处理的事，比顾虑那些傻瓜的闲言闲语紧要得多。至于我太太，她现在那个模样没法出门，我也不让她出门。请你告诉她父亲，只消她对我，对我的孩子，尽完了她的责任，她会去看他的。要是她爱她的父亲，几分钟内她就可以自由……"

"伯爵，我没有权利批评你的行为，你是你太太的主人。可是至少我能相信你是讲信义的吧？请你答应我一件事，就是告诉她，说她父亲没有一天好活了，因为她不去送终，已经在咒她了！"

雷斯多注意到欧也纳愤愤不平的语气，回答道："你自己去说吧。"

拉斯蒂涅跟着伯爵走进伯爵夫人平时起坐的客厅。她泪人儿似地埋在沙发里，那副痛不欲生的模样叫他看了可怜。她不敢望拉斯蒂涅，先怯生生地瞧了瞧丈夫，眼睛的神气表示她精神肉体都被专横的丈夫压倒了。伯爵侧了侧脑袋，她才敢开口：

"先生，我都听到了。告诉我父亲，他要知道我现在的处境，一定会原谅我。我想不到要受这种刑罚，简直受不了。可是我要反抗到底，"她对她的丈夫说。"我也有儿女。请你对父亲说，不管表面上怎么样，在父亲面前我并没有错。"她无可奈何地对欧也纳说。

那女的经历的苦难，欧也纳不难想象，便呆呆地走了出来。听到特·雷斯多先生的口吻，他知道自己白跑了一趟，阿娜斯大齐已经失去自由。

接着他赶到特·纽沁根太太家，发觉她还在床上。

"我不舒服呀，朋友，"她说。"从跳舞会出来受了凉，我怕要害肺炎呢，我等医生来……"

欧也纳打断了她的话，说道："哪怕死神已经到了你身边，爬也得爬到你父亲跟前去。他在叫你！你要听到他一声，马上不觉得你自己害病了。"

"欧也纳，父亲的病也许不像你说的那么严重；可是我要在你眼里有什么不是，我才难过死呢；所以我一定听你的吩咐。我知道，倘若我这一回出去闹出一场大病来，父亲要伤心死的。我等医生来过了就走。"她一眼看不见欧也纳身上的表链，便叫道："哟！怎么你的表没有啦？"

欧也纳脸上红了一块。

"欧也纳！欧也纳！倘使你已经把它卖了，丢了，……哦！那太岂有此理了。"

大学生伏在但斐纳床上，凑着她耳朵说：

"你要知道么？哼！好，告诉你吧！你父亲一个钱没有了，今晚上要把他入殓的尸衣[1]都没法买。你送我的表在当铺里，我钱都光了。"

但斐纳猛的（地）从床上跳下，奔向书柜，抓起钱袋递给拉斯蒂涅，打着铃，嚷道：

---

[1] 尸衣：西俗入殓时将尸体用布包裹，称为尸衣。

"我去我去，欧也纳。让我穿衣服，我简直是禽兽了！去吧，我会赶在你前面！"她回头叫老妈子："丹兰士，请老爷立刻上来跟我说话。"

欧也纳因为能对垂死的老人报告有一个女儿会来，几乎很快乐地回到圣·日内维新街。他在但斐纳的钱袋里掏了一阵打发车钱，发觉这位那么有钱那么漂亮的少妇，袋中只有七十法郎。他走完楼梯，看见皮安训扶着高老头，医院的外科医生当着内科医生在病人背上做灸。这是科学的最后一套治疗，没用的治疗。

"替你做灸你觉得吗？"内科医生问。

高老头看见了大学生，说道：

"她们来了是不是？"

外科医生道："还有希望，他说话了。"

欧也纳回答老人："是的，但斐纳就来了。"

"呃！"皮安训说，"他还在提他的女儿，他拼命地叫她们，像一个人吊在刑台上叫着要喝水……"

"算了吧，"内科医生对外科医生说，"没法的了，没救的了。"

皮安训和外科医生把快死的病人放倒在发臭的破床上。

医生说："总得给他换套衣服，虽则毫无希望，他究竟是个人。"他又招呼皮安训："我等会儿再来。他要叫苦，就给他横膈膜上搽些鸦片。"

两个医生走了，皮安训说：

"来，欧也纳，拿出勇气来！咱们替他换上一件白衬衫，换一条褥单。你叫西尔维拿了床单来帮我们。"

欧也纳下楼，看见伏盖太太正帮着西尔维摆刀叉。拉斯蒂涅才说了几句，寡妇就迎上来，装着一副又和善又难看的神气，活现出一个满腹猜疑的老板娘，既不愿损失金钱，又不敢得罪主顾。

"亲爱的欧也纳先生，你和我一样知道高老头没有钱了。把被单拿给一个正在翻眼睛的人，不是白送吗？另外还得牺牲一条做他入殓的尸衣。你们已经欠我一百四十四法郎，加上四十法郎被单，以及旁的零星杂费，跟等会儿西尔维要给你们的蜡烛，至少也得二百法郎；我一个寡妇怎受得了这样一笔损失？天啊！你也得凭凭良心，欧也纳先生。自从晦气星进了我的门，五天工夫我已经损失得够了。我愿意花三十法郎打发这好家伙归天，像你们说的。这种事还要叫我的房客不愉快。只要不花钱，我愿意送他进医院。总之你替我想想吧。我的铺子要紧，那是我的，我的性命呀。"

欧也纳赶紧奔上高里奥的屋子。

"皮安训，押了表的钱呢？"

"在桌子上，还剩三百六十多法郎。欠的账已经还清。当票压在钱下面。"

"喂，太太，"拉斯蒂涅愤愤地奔下楼梯，说道："来算账。高里奥先生在府上不会耽久了，而我……"

"是的，他只能两脚向前地出去的了，可怜的人。"她一边说一边数着二百法郎，神气之间有点高兴，又有点惆怅。

"快点儿吧。"拉斯蒂涅催她。

"西尔维，拿出褥单来，到上面去给两位先生帮忙。"

"别忘了西尔维，"伏盖太太凑着欧也纳的耳朵说，"她两晚没有睡觉了。"

欧也纳刚转身，老寡妇立刻奔向厨娘，咬着她耳朵吩咐：

"你找第七号褥单，那条旧翻新的。反正给死人用总是够好的了。"

欧也纳已经在楼梯上跨了几步，没有听见房东的话。

皮安训说："来，咱们替他穿衬衫，你把他扶着。"

欧也纳站在床头扶着快死的人，让皮安训脱下衬衫。老人做了个手势，仿佛要保护胸口的什么东西，同时哼哼唧唧，发出些不成音的哀号，犹如野兽表示极大的痛苦。

"哦！哦！"皮安训说。"他要一根头发练子和一个小小的胸章，刚才咱们做灸拿掉的。可怜的人，给他挂上。喂，在壁炉架上面。"

欧也纳拿来一条淡黄带灰的头发编成的练子，准是高里奥太太的头发。胸章的一面刻着：阿娜斯大齐；另外一面刻着：但斐纳。这是他永远贴在心头的心影。胸章里面藏着极细的头发卷，大概是女儿们极小的时候剪下来的。发辫挂上他的脖子，胸章一碰到胸脯，老人便心满意足地长叹一声，教人听了毛骨悚然。他的感觉这样振动了一下，似乎望那个神秘的区域，发出同情和接受同情的中心，隐没了。抽搐的脸上有一种病态的快乐的表情。思想消灭了，情感还存在，还能发出这种可怕的光彩，两个大学生看着大为感动，涌出几颗热泪掉在病人身上，使他快乐得直叫：

"噢！娜齐！斐斐纳！"

"他还活着呢。"皮安训说。

"活着有什么用？"西尔维说。

"受罪啰！"拉斯蒂涅回答。

皮安训向欧也纳递了个眼色，教他跟自己一样蹲下身子，把胳膊抄到病人腿肚子下面，两人隔着床做着同样的动作，托住病人的背。西尔维站在旁边，但等他们抬起身子，抽换被单。高里奥大概误会了刚才的眼泪，使出最后一些气力伸出手来，在床的两边碰到两个大学生的脑袋，拼命抓着他们的头发，轻轻地叫了声："啊！我的儿哪！"整个灵魂都在这两句里面，而灵魂也随着这两句呓语飞逝了。

"可怜可爱的人哪，"西尔维说，她也被这声哀叹感动了。这声哀叹，表示那伟大的父爱受了又惨又无心的欺骗，最后激动了一下。

这个父亲的最后一声叹息还是快乐的叹息。这叹息说明了他的一生，他还是骗了自己。大家恭恭敬敬把高老头放倒在破床上。从这个时候起，喜怒哀乐的意识消灭了，只有生与死的搏斗还在他脸上印着痛苦的标记。整个的毁灭不过是时间问题了。

6　老人与海（节选）[1]

[美]海明威

　　他们航行得很好，老人把手浸在盐水里，努力保持头脑清醒。积云堆聚得很高，上空还有相当多的卷云，因此老人看出这风将刮上整整一夜。老人时常对鱼望望，好确定真有这么回事。这时候是第一条鲨鱼来袭击它的前一个钟点。

　　这条鲨鱼的出现不是偶然的。当那一大片暗红的血朝一英里深的海里下沉并扩散的时候，它从水底深处上来了。它窜上来得那么快，全然不顾一切，竟然冲破了蓝色的水面，来到了阳光里。跟着它又掉回海里，嗅到了血腥气的踪迹，就顺着小船和那鱼所走的路线游去。

　　有时候它迷失了那气味。但是它总会重新嗅到，或者就嗅到那么一点儿，它就飞快地使劲跟上。它是条很大的灰鲭鲨，生就一副好体格，能游得跟海里最快的鱼一般快，周身的一切都很美，除了它的上下颚。它的背部和剑鱼的一般蓝，肚子是银色的，鱼皮光滑而漂亮。它长得和剑鱼一般，除了它那张正紧闭着的大嘴，它眼下就在水面下迅速地游着，高耸的脊鳍像刀子般划破水面，一点也不抖动。在这紧闭着的双唇里面，八排牙齿全都朝里倾斜着。它们和大多数鲨鱼的不同，不是一般的金字塔形的。它们像爪子般蜷曲起来的人的手指。它们几乎跟这老人的手指一般长，两边都有刀片般锋利的快口。这种鱼生就拿海里所有的鱼当食料，它们游得那么快，那么壮健，武器齐备，以致所向无敌。它闻到了这新鲜的血腥气，此刻正加快了速度，蓝色的脊鳍划破了水面。

　　老人看见它在游来，看出这是条毫无畏惧而坚决为所欲为的鲨鱼。他准备好了鱼叉，系紧了绳子，一面注视着鲨鱼向前游来。绳子短了，缺了他割下用来绑鱼的那一截。

　　老人此刻头脑清醒，正常，充满了决心，但并不抱着多少希望。光景太好了，不可能持久的，他想。他注视着鲨鱼在逼近，抽空朝那条大鱼望上一眼。这简直等于是一场梦，他想。我没法阻止它来袭击我，但是也许我能弄死它。登多索鲨[2]，他想。你它妈交上坏运啦。

---

　　[1]节选自海明威著，吴劳译《老人与海》，上海译文出版社，1999年版。海明威（1899—1961年），美国作家、记者，以文坛硬汉著称，被认为是20世纪最著名的小说家之一。代表作有《老人与海》《太阳照常升起》等，其中，《老人与海》为海明威夺得诺贝尔文学奖。
　　[2]原文为Dentuso，西班牙语，意为"牙齿锋利的"，这是当地对灰鲭鲨的俗称。

鲨鱼飞速地逼近船梢（艄），它袭击那鱼的时候，老人看见它张开了嘴，看见它那双奇异的眼睛，它咬住鱼尾巴上面一点儿的地方，牙齿咬得嘎吱嘎吱地响。鲨鱼的头露出在水面上，背部正在出水，老人听见那条大鱼的皮肉被撕裂的声音，这时候，他用鱼叉朝下猛地扎进鲨鱼的脑袋，正扎在它两眼之间的那条线和从鼻子笔直通到脑后的那条线的交叉点上。这两条线实际是并不存在的。只有那沉重、尖锐的蓝色脑袋，两只大眼睛和那嘎吱作响、吞噬一切的突出的两颚。可是那儿正是脑子的所在，老人直朝它扎去。他使出全身的力气，用糊着鲜血的双手，把一支好鱼叉向它扎去。他扎它，并不抱着希望，但是带着决心和十足的恶意。

鲨鱼翻了个身，老人看出它眼睛里已经没有生气了，跟着它又翻了个身，自行缠上了两道绳子。老人知道这鲨鱼快死了，但它还是不肯认输。它这时肚皮朝上，尾巴扑打着，两颚嘎吱作响，像一条快艇般划破水面。它的尾巴把水拍打得泛出白色，四分之三的身体露出在水面上，这时绳子给绷紧了，抖了一下，啪地断了。鲨鱼在水面上静静地躺了片刻，老人紧盯着它。然后它慢慢地沉下去了。

"它吃掉了约莫四十磅肉。"老人说出声来。它把我的鱼叉也带走了，还有那么许多绳子，他想，而且现在我这条鱼又在淌血，其他鲨鱼也会来的。

他不忍心再朝这死鱼看上一眼，因为它已经被咬得残缺不全了。鱼挨到袭击的时候，他感到就像自己挨到袭击一样。

可是我杀死了这条袭击我的鱼的鲨鱼，他想。而它是我见到过的最大的登多索鲨。天知道，我见过一些大的。

光景太好了，不可能持久的，他想。但愿这是一场梦，我根本没有钓到这条鱼，正独自躺在床上铺的旧报纸上。

"不过人不是为失败而生的，"他说，"一个人可以被毁灭，但不能给打败"。不过我很痛心，把这鱼给杀了，他想。现在倒霉的时刻要来了，可我连鱼叉也没有。这条登多索鲨是残忍、能干、强壮而聪明的。但是我比它更聪明。也许并不，他想。也许我仅仅是武器比它强。

"别想啦，老家伙，"他说出声来，"顺着这航线行驶，事到临头再对付吧"。

但是我一定要想，他想。因为我只剩下这个了。这个，还有棒球。不知道那了不起的迪马吉奥可会喜欢我那样击中它的脑子？这不是什么了不起的事儿，他想。任何人都做得到。但是，你可以为，我这双受伤的手跟骨刺一样是个很大的不利条件？我没法知道。我的脚后跟从没出过毛病，除了有一次在游水时踩着了一条海鳐鱼，被它扎了一下，小腿麻痹了，痛得真受不了。

"想点开心的事儿吧，老家伙，"他说，"每过一分钟，你就离家近一步。丢了四十磅鱼肉，你航行起来更轻快了"。

他很清楚，等他驶进了海流的中部，会发生什么事。可是眼下一点办法也没有。

"不，有办法，"他说出声来，"我可以把刀子绑在一支桨的把子上"。

于是他胳肢窝里挟着舵柄，一只脚踩住了帆脚索，就这样办了。

"行了，"他说，"我照旧是个老头儿。不过我不是没有武器的了"。

这时风刮得强劲些了，他顺利地航行着。他只顾盯着鱼的上半身，恢复了一点儿希望。

不抱希望才蠢哪，他想。再说，我认为这是一桩罪过。别想罪过了，他想。麻烦已经够多了，还想什么罪过。何况我根本不懂这个。

我根本不懂这个，也说不准我是不是相信。也许杀死这条鱼是一桩罪过。我看该是的，尽管我是为了养活自己并且给许多人吃用才这样干的。不过话得说回来，什么事都是罪过啊。别想罪过了吧。现在想它也实在太迟了，而且有些人是拿了钱来干这个的。让他们去考虑吧。你天生是个渔夫，正如那鱼天生就是一条鱼一样。圣彼德罗[1]是个渔夫，跟那了不起的迪马吉奥的父亲一样。

但是他喜欢去想一切他给卷在里头的事，而且因为没有书报可看，又没有收音机，他就想得很多，只顾想着罪过。你不光是为了养活自己、把鱼卖了买食品才杀死它的，他想。你杀死它是为了自尊心，因为你是个渔夫。它活着的时候你爱它，它死了你还是爱它。如果你爱它，杀死它就不是罪过。也许是更大的罪过吧？

"你想得太多了，老家伙。"他说出声来。

但是你很乐意杀死那条登多索鲨，他想。它跟你一样，靠吃活鱼维持生命。它不是食腐动物，也不像有些鲨鱼那样，只知道游来游去满足食欲。它是美丽而崇高的，见什么都不怕。

"我杀死它是为了自卫，"老人说出声来，"杀得也很利索"。

再说，他想，每样东西都杀死别的东西，不过方式不同罢了。捕鱼养活了我，同样也快把我害死了。那孩子使我活得下去，他想。我不能过分地欺骗自己。

他把身子探出船舷，从鱼身上被鲨鱼咬过的地方撕下一块肉。他咀嚼着，觉得肉质很好，味道鲜美。又坚实又多汁，像牲口的肉，不过不是红色的。一点筋也没有，他知

---

[1] 圣彼德罗：即耶稣刚开始传道时，在加利利海边所收的最早的四个门徒之一彼得。

道在市场上能卖最高的价钱。可是没有办法让它的气味不散布到水里去，老人知道糟糕透顶的时刻就快来到了。

风持续地吹着。它稍微转向东北方，他明白这表明它不会停息。老人朝前方望去，不见一丝帆影，也看不见任何一只船的船身或冒出来的烟。只有从他船头下跃起的飞鱼，向两边逃去，还有一摊摊黄色的马尾藻。他连一只鸟也看不见。

他已经航行了两个钟点，在船梢（艄）歇着，有时候从大马林鱼身上撕下一点肉来咀嚼着，努力休息，保持精力，这时他看到了两条鲨鱼中首先露面的那一条。

"Ay。"他说出声来。这个词儿是没法翻译的，也许不过是一声叫喊，就像一个人觉得钉子穿过他的双手，钉进木头时不由自主地发出的声音。

"加拉诺鲨[1]。"他说出声来。他看见另一个鳍在第一个的背后冒出水来，根据这褐色的三角形鳍和甩来甩去的尾巴，认出它们正是铲鼻鲨。它们嗅到了血腥味，很兴奋，因为饿昏了头，它们激动得一会儿迷失了臭迹，一会儿又嗅到了。可是它们始终在逼近。

老人系紧帆脚索，卡住了舵柄。然后他拿起上面绑着刀子的桨。他尽量轻地把它举起来，因为他那双手痛得不听使唤了。然后他把手张开，再轻轻捏住了桨，让双手松弛下来。他紧紧地把手合拢，让它们忍受着痛楚而不致缩回去，一面注视着鲨鱼在过来。他这时看得见它们那又宽又扁的铲子形的头，和尖端呈白色的宽阔的胸鳍。它们是可恶的鲨鱼，气味难闻，既杀害其他的鱼，也吃腐烂的死鱼，饥饿的时候，它们会咬船上的一把桨或者舵。就是这些鲨鱼，会趁海龟在水面上睡觉的时候咬掉它们的脚和鳍状肢，如果碰到饥饿的时候，也会在水里袭击人，即使这人身上并没有鱼血或黏液的腥味。

"Ay，"老人说，"加拉诺鲨。来吧，加拉诺鲨"。

它们来啦。但是它们来的方式和那条灰鲭鲨的不同。一条鲨鱼转了个身，钻到小船底下不见了，它用嘴拉扯着死鱼，老人觉得小船在晃动。另一条用它一条缝似的黄眼睛注视着老人，然后飞快地游来，半圆形的上下颚大大地张开着，朝鱼身上被咬过的地方咬去。它褐色的头顶以及脑子跟脊髓相连处的背脊上有道清清楚楚的纹路，老人把绑在桨上的刀子朝那交叉点扎进去，拔出来，再扎进这鲨鱼的黄色猫眼。鲨鱼放开了咬住的鱼，身子朝下溜，临死时还把咬下的肉吞了下去。

另一条鲨鱼正在咬啃那条鱼，弄得小船还在摇晃，老人就放松了帆脚索，让小船横过来，使鲨鱼从船底下暴露出来。他一看见鲨鱼，就从船舷上探出身子，一桨朝它戳去。他只戳在肉上，但鲨鱼的皮紧绷着，刀子几乎戳不进去。这一戳不仅震痛了他那双手，

---

[1] 加拉诺鲨：原文为 Galano，西班牙语，意为"豪侠、优雅"，在这里又可解作"杂色斑驳的"，也是一种鲨鱼的俗称。

也震痛了他的肩膀。但是鲨鱼迅速地浮上来，露出了脑袋，老人趁它的鼻子伸出水面挨上那条鱼的时候，对准它扁平的脑袋正中扎去。老人拔出刀刃，朝同一地方又扎了那鲨鱼一下。它依旧紧锁着上下颚，咬住了鱼不放，老人一刀戳进它的左眼。鲨鱼还是吊在那里。

"还不够吗？"老人说着，把刀刃戳进它的脊骨和脑子之间。这时扎起来很容易，他感到它的软骨折断了。老人把桨倒过来，把刀刃插进鲨鱼的两颚之间，想把它的嘴撬开。他把刀刃一转，鲨鱼松了嘴溜开了，他说："走吧，加拉诺鲨，溜到一英里深的水里去吧。去找你的朋友，也许那是你的妈妈吧。"

老人擦了擦刀刃，把桨放下。然后他摸到了帆脚索，张起帆来，使小船顺着原来的航线走。

"它们一定把这鱼吃掉了四分之一，而且都是上好的肉，"他说出声来，"但愿这是一场梦，我压根儿没有钓到它。我为这件事感到真抱歉，鱼啊。这把一切都搞糟啦"。他顿住了，此刻不想朝鱼望了。它流尽了血，被海水冲刷着，看上去像镜子背面镀的银色，身上的条纹依旧看得出来。

"我原不该出海这么远的，鱼啊，"他说，"对你对我都不好。我很抱歉，鱼啊"。

得了，他对自己说。去看看绑刀子的绳子，看看有没有断。然后把你的手弄好，因为还有鲨鱼要来。

"但愿有块石头可以磨磨刀，"老人检查了绑在桨把子上的刀子后说。"我原该带一块磨石来的。"你应该带来的东西多着哪，他想。但是你没有带来，老家伙啊。眼下可不是想你什么东西没有带的时候，想想你用手头现有的东西能做什么事儿吧。

"你给了我多少忠告啊，"他说出声来，"我听得厌死啦"。

他把舵柄夹在胳肢窝里，双手浸在水里，小船朝前驶去。

"天知道最后那条鲨鱼咬掉了多少鱼肉，"他说，"这船现在可轻得多了"。他不愿去想那鱼残缺不全的肚子。他知道鲨鱼每次猛地撞上去，总要撕去一点肉，还知道鱼此刻给所有的鲨鱼留下了一道臭迹，宽得像海面上的一条公路一样。

它是条大鱼，可以供养一个人整整一冬，他想。别想这个啦。还是休息休息，把你的手弄好，保护这剩下的鱼肉吧。水里的血腥气这样浓，我手上的血腥气就算不上什么了。再说，这双手上出的血也不多。给割破的地方都算不上什么。出血也许能使我的左手不再抽筋。

我现在还有什么事可想？他想。什么也没有。我必须什么也不想，等待下一条鲨鱼来。但愿这真是一场梦，他想。不过谁说得准呢？也许结果会是好的。

接着来的鲨鱼是条单独的铲鼻鲨。看它的来势，就像一头猪奔向饲料槽，如果说猪能有这么大的嘴，你可以把脑袋伸进去的话。老人让它咬住了鱼，然后把桨上绑着的刀子扎进它的脑子。但是鲨鱼朝后猛地一扭，打了个滚，刀刃啪的一声断了。

老人坐定下来掌舵。他都不去看那条大鲨鱼在水里慢慢地下沉，它起先是原来那么大，然后渐渐小了，然后只剩一丁点儿了。这种情景总叫老人看得入迷。可是这会他看也不看一眼。

"我现在还有那根鱼钩，"他说，"不过它没什么用处。我还有两把桨和那个舵把和那根短棍"。

它们如今可把我打败了，他想。我太老了，不能用棍子打死鲨鱼了。但是只要我有桨和短棍和舵把，我就要试试。

他又把双手浸在水里泡着。下午渐渐过去，快近傍晚了，他除了海洋和天空，什么也看不见。空中的风比刚才大了，他指望不久就能看到陆地。

"你累乏了，老家伙，"他说，"你骨子里累乏了"。

直到快日落的时候，鲨鱼才再来袭击它。

老人看见两片褐色的鳍正顺着那鱼必然在水里留下的很宽的臭迹游来。它们竟然不用到处来回搜索这臭迹。它们笔直地并肩朝小船游来。

他刹住了舵把，系紧帆脚索，伸手到船梢（艄）下去拿棍子。它原是个桨把，是从一支断桨上锯下的，大约两英尺[1]半长。因为它上面有个把手，他只能用一只手有效地使用，于是他就用右手好好儿攥住了它，弯着手按在上面，一面望着鲨鱼在过来。两条都是加拉诺鲨。

我必须让第一条鲨鱼好好咬住了才打它的鼻尖，或者直朝它头顶正中打去，他想。

两条鲨鱼一齐紧逼过来，他一看到离他较近的那条张开嘴直咬进那鱼的银色胁腹，就高高举起棍子，重重地打下去，砰的一声打在鲨鱼宽阔的头顶上。棍子落下去，他觉得好像打在坚韧的橡胶上。但他也感觉到坚硬的骨头，他就趁鲨鱼从那鱼身上朝下溜的当儿，再重重地朝它鼻尖上打了一下。

另一条鲨鱼刚才窜来后就走了，这时又张大了嘴扑上来。它直撞在鱼身上，闭上两颚，老人看见一块块白色的鱼肉从它嘴角漏出来。他抡起棍子朝它打去，只打中了头部，鲨鱼朝他看看，把咬在嘴里的肉一口撕下了。老人趁它溜开去把肉咽下时，又抡起棍子朝它打

---

[1] 1 英尺 = 0.3048 米。

下去，只打中了那厚实而坚韧的橡胶般的地方。

"来吧，加拉诺鲨，"老人说，"再过来吧"。

鲨鱼冲上前来，老人趁它合上两颚时给了它一下。他结结实实地打中了它，是把棍子举得尽量高才打下去的。这一回他感到打中了脑子后部的骨头，于是朝同一部位又是一下，鲨鱼呆滞地撕下嘴里咬着的鱼肉，从鱼身边溜下去了。

老人守望着，等它再来，可是两条鲨鱼都没有露面。接着他看见其中的一条在海面上绕着圈儿游着。他没有看见另外一条的鳍。

我没法指望打死它们了，他想。我年轻力壮时能行。不过我已经把它们俩都打得受了重伤，它们中哪一条都不会觉得好过。要是我能用双手抡起一根棒球棒，我准能把第一条打死。即使现在也能行，他想。

他不愿朝那条鱼看。他知道它的半个身子已经被咬烂了。他刚才跟鲨鱼搏斗的时候，太阳已经落下去了。

"马上就要断黑了，"他说，"那时候我将看见哈瓦那的灯火。如果我往东走得太远了，我会看见一个新开辟的海滩上的灯光"。

我现在离陆地不会太远，他想。我希望没人为此担心。当然啦，只有那孩子会担心。可是我相信他一定有信心。好多老渔夫也会担心的。还有不少别的人，他想。我住在一个好镇子里啊。

他不能再跟这鱼说话了，因为它给糟蹋得太厉害了。接着他头脑里想起了一件事。

"半条鱼，"他说，"你原来是条完整的。我很抱歉，我出海太远了。我把你我都毁了。不过我们杀死了不少鲨鱼，你跟我一起，还打伤了好多条。你杀死过多少啊，好鱼？你头上长着那只长嘴，可不是白长的啊"。

他喜欢想到这条鱼，想到如果它在自由地游着，会怎样去对付一条鲨鱼。我应该砍下它这长嘴，拿来跟那些鲨鱼斗，他想。但是没有斧头，后来又弄丢了那把刀子。

但是，如果我把它砍下了，就能把它绑在桨把上，该是多好的武器啊。这样，我们就能一起跟它们斗啦。要是它们夜里来，你该怎么办？你又有什么办法？

"跟它们斗，"他说，"我要跟它们斗到死"。

但是，在眼下的黑暗里，看不见天际的反光，也看不见灯火，只有风和那稳定地拉曳着的帆，他感到说不定自己已经死了。他合上双手，摸摸掌心。这双手没有死，他只消把它们开合一下，就能感到生之痛楚。他把背脊靠在船梢（艄）上，知道自己没有死。这是他的肩膀告诉他的。

我许过愿，如果逮住了这条鱼，要念多少遍祈祷文，他想。不过我现在太累了，没法念。我还是把麻袋拿来披在肩上。

他躺在船梢（艄）掌着舵，注视着天空，等着天际的反光出现。我还有半条鱼，他想。也许我运气好，能把前半条带回去。我总该多少有点运气吧。不，他说。你出海太远了，把好运给冲掉啦。

"别傻了，"他说出声来，"保持清醒，掌好舵。你也许还有很大的好运呢"。

"要是有什么地方卖好运，我倒想买一些。"他说。

我能拿什么来买呢？他问自己。能用一支弄丢了的鱼叉、一把折断的刀子和两只受了伤的手吗？

"也许能，"他说，"你曾想拿在海上的八十四天来买它。人家也几乎把它卖给了你"。

我不能胡思乱想，他想。好运这玩意儿，来的时候有许多不同的方式，谁认得出啊？可是不管什么样的好运，我都要一点儿，要多少钱就给多少。但愿我能看到灯火的反光，他想。我的愿望太多了。但眼下的愿望就只有这个了。他竭力坐得舒服些，好好掌舵，因为感到疼痛，知道自己并没有死。

大约夜里十点的时候，他看见了城市的灯火映在天际的反光。起初只能依稀看出，就像月亮升起前天上的微光。然后一步步地清楚了，就在此刻正被越来越大的风刮得波涛汹涌的海洋的另一边。他驶进了这反光的圈子，他想，要不了多久就能驶到湾流的边缘了。

现在事情过去了，他想。它们也许还会再来袭击我。不过，一个人在黑夜里，没有武器，怎样能对付它们呢？

他这时身子僵硬、疼痛，在夜晚的寒气里，他的伤口和身上所有用力过度的地方都在发痛。我希望不必再斗了，他想。我真希望不必再斗了。

但是到了午夜，他又搏斗了，而这一回他明白搏斗也是徒劳。它们是成群袭来的，朝那鱼直扑，他只看见它们的鳍在水面上划出的一道道线，还有它们的磷光。他朝它们的头打去，听到上下颚啪地咬住的声音，还有它们在船底下咬住了鱼使船摇晃的声音。他看不清目标，只能感觉到，听到，就不顾死活地挥棍打去，他感到什么东西攫住了棍子，它就此丢了。

他把舵把从舵上猛地扭下，用它又打又砍，双手攥住了一次次朝下戳去。可是它们此刻都在前面船头边，一条接一条地窜上来，成群地一起来，咬下一块块鱼肉，当它们转身再来时，这些鱼肉在水面下发亮。

最后，有条鲨鱼朝鱼头扑来，他知道这下子可完了。他把舵把朝鲨鱼的脑袋抢去，打在它咬住厚实的鱼头的两颚上，那儿的肉咬不下来。他抢了一次，两次，又一次。他听见舵把啪的断了，就把断下的把手向鲨鱼扎去。他感到它扎了进去，知道它很尖利，就再把它扎进去。鲨鱼松了嘴，一翻身就走了。这是前来的这群鲨鱼中最末的一条。它们再也没有什么可吃的了。

老人这时简直喘不过气来，觉得嘴里有股怪味儿。这味儿带着铜腥气，甜滋滋的，他一时害怕起来。但是这味儿并不太浓。

他朝海里啐了一口说："把它吃了，加拉诺鲨。做个梦吧，梦见你杀了一个人。"

他明白他如今终于给打败了，没法补救了，就回到船梢（艄），发现舵把那锯齿形的断头还可以安在舵的狭槽里，让他用来掌舵。他把麻袋在肩头围好，使小船顺着航线驶去。航行得很轻松，他什么念头都没有，什么感觉也没有。他此刻超脱了这一切，只顾尽可能出色而明智地把小船驶回他家乡的港口。夜里有些鲨鱼来咬这死鱼的残骸，就像人从饭桌上捡面包屑吃一样。老人不去理睬它们，除了掌舵以外他什么都不理睬。他只留意到船舷边没有什么沉重的东西，小船这时驶来多么轻松，多么出色。

船还是好好的，他想。它是完好的，没受一点儿损伤，除了那个舵把。那是容易更换的。

他感觉到已经在湾流中行驶，看得见沿岸那些海滨住宅区的灯光了。他知道此刻到了什么地方，回家是不在话下了。

不管怎么样，风总是我们的朋友，他想。然后他加上一句：有时候是。还有大海，海里有我们的朋友，也有我们的敌人。还有床，他想。床是我的朋友。光是床，他想。床将是样了不起的东西。吃了败仗，上床是很舒服的，他想。我从来不知道竟然这么舒服。那么是什么把你打败的，他想。

"什么也没有，"他说出声来，"只怪我出海太远了"。

等他驶进小港，露台饭店的灯光全熄灭了，他知道人们都上床了。海风一步步加强，此刻刮得很猛了。然而港湾里静悄悄的，他直驶到岩石下一小片卵石滩前。没人来帮他的忙，他只好尽自己的力量把船划得紧靠岸边。然后他跨出船来，把它系在一块岩石上。

他拔下桅杆，把帆卷起，系住。然后他打起桅杆往岸上爬。这时候他才明白自己疲乏到什么程度。他停了一会儿，回头一望，在街灯的反光中，看见那鱼的大尾巴直竖在小船船梢（艄）后边。他看清它赤露的脊骨像一条白线，看清那带着突出的长嘴的黑糊糊的脑袋，而在这头尾之间却一无所有。

他再往上爬，到了顶上，摔倒在地，躺了一会儿，桅杆还是横在肩上。他想法爬起身来。可是太困难了，他就扛着桅杆坐在那儿，望着大路。一只猫从路对面走过，去干它自己的事，老人注视着它。然后他只顾望着大路。

临了，他放下桅杆，站起身来。他举起桅杆，扛在肩上，顺着大路走去。他不得不坐下歇了五次，才走到他的窝棚。

进了窝棚，他把桅杆靠在墙上。他摸黑找到一只水瓶，喝了一口水。然后他在床上躺下了。他拉起毯子，盖住两肩，然后裹住了背部和双腿，他脸朝下躺在报纸上，两臂伸得笔直，手掌向上。

早上，孩子朝门内张望，他正熟睡着。风刮得正猛，那些漂网渔船不会出海了，所以孩子睡了个懒觉，跟每天早上一样，起身后就到老人的窝棚来。孩子看见老人在喘气，跟着看见老人的那双手，就哭起来了。他悄没声儿地走出来，去拿点咖啡，一路上边走边哭。

许多渔夫围着那条小船，看着绑在船旁的东西，有一名渔夫卷起了裤腿站在水里，用一根钓索在量那死鱼的残骸。

孩子并不走下岸去。他刚才去过了，其中有个渔夫正在替他看管这条小船。

"他怎么啦？"一名渔夫大声叫道。

"在睡觉，"孩子喊着说。他不在乎人家看见他在哭。"谁都别去打扰他。"

"它从鼻子到尾巴有十八英尺长。"那量鱼的渔夫叫道。

"我相信。"孩子说。

他走进露台饭店，去要一罐咖啡。

"要烫，多加些牛奶和糖在里头。"

"还要什么？"

"不要了。过后我再看他想吃些什么。"

"多大的鱼呀，"饭店老板说，"从来没有过这样的鱼。你昨天捉到的那两条也满不错"。

"我的鱼，见鬼去。"孩子说，又哭起来了。

"你想喝点什么吗？"老板问。

"不要，"孩子说，"叫他们别去打扰圣地亚哥。我就回来"。

"跟他说我多么难过。"

"谢谢。"孩子说。

孩子拿着那罐热咖啡直走到老人的窝棚，在他身边坐下，等他醒来。有一回眼看他快醒过来了。可是他又沉睡过去,孩子就跨过大路去借些木柴来热咖啡。

老人终于醒了。

"别坐起来,"孩子说,"把这个喝了"。他倒了些咖啡在一只玻璃杯里。

老人把它接过去喝了。

"它们把我打败了,马诺林,"他说,"它们确实把我打败了"。

"它没有打败你。那条鱼可没有。"

"对。真个的。是后来才吃败仗的。"

"佩德里科在看守小船和打鱼的家什。你打算把那鱼头怎么着?"

"让佩德里科把它切碎了,放在捕鱼机里使用。"

"那张长嘴呢?"

"你要你就拿去。"

"我要,"孩子说,"现在我们得来商量一下别的事情"。

"他们来找过我吗?"

"当然啦。派出了海岸警卫队和飞机。"

"海洋非常大,小船很小,不容易看见,"老人说。他感到多么愉快,可以对一个人说话,不再只是自言自语,对着海说话了。"我很想念你,"他说,"你们捉到了什么?"

"头一天一条。第二天一条,第三天两条。"

"好极了。"

"现在我们又可以一起钓鱼了。"

"不。我运气不好。我再不会交好运了。"

"去它的好运,"孩子说,"我会带来好运的"。

"你家里人会怎么说呢?"

"我不在乎。我昨天逮住了两条。不过我们现在要一起钓鱼,因为我还有好多东西需要学。"

"我们得弄一支能扎死鱼的好长矛,经常放在船上。你可以用一辆旧福特牌汽车上的钢板做矛头。我们可以拿到瓜纳巴科亚[1]去磨。应该把它磨得很锋利,不要回火锻造,免得它会断裂。我的刀子断了。"

"我去弄把刀子来,把钢板也磨磨快。这大风要刮多少天?"

"也许三天。也许还不止。"

---

[1] 瓜纳巴科亚:位于哈瓦那东约五英里处,为哈瓦那的郊区,有海滨浴场。

"我要把什么都安排好，"孩子说，"你把你的手养好，老大爷"。

"我知道怎样保养它们的。夜里，我吐出了一些奇怪的东西，感到胸膛里有什么东西碎了。"

"把这个也养养好，"孩子说，"躺下吧，老大爷，我去给你拿干净衬衫来。还带点吃的来"。

"我不在这儿的时候的报纸，你也随便带一份来。"老人说。

"你得赶快好起来，因为我还有好多东西要学，你可以把什么都教给我。你吃了多少苦？"

"可不少啊，"老人说。

"我去把吃的东西和报纸拿来，"孩子说，"好好休息吧，老大爷。我到药房去给你的手弄点药来"。

"别忘了跟佩德里科说那鱼头给他了。"

"不会。我记得。"

孩子出了门，顺着那磨损的珊瑚石路走去，他又在哭了。

那天下午，露台饭店来了一群旅游者，有个女人朝下面的海水望去，看见在一些空啤酒听和死梭子鱼之间，有一条又粗又长的白色脊骨，一端有条巨大的尾巴，当东风在港外不断地掀起大浪的时候，这尾巴随着潮水起落、摇摆。

"那是什么？"她问一名侍者，指着那条大鱼的长长的脊骨，它如今仅仅是垃圾，只等潮水来把它带走了。

"Tiburon[1]，"侍者说，"Eshark[2]"。他打算解释这事情的经过。[3]

"我不知道鲨鱼有这样漂亮的尾巴，形状这样美观。"

"我也不知道。"她的男伴说。

在大路另一头老人的窝棚里，他又睡着了。他依旧脸朝下躺着，孩子坐在他身边，守着他。老人正梦见狮子。

---

[1] 西班牙语：鲨鱼。
[2] 这是侍者用英语讲"鲨鱼"（Shark）时读别的发音，前面多了一个元音。
[3] 他想说这是被鲨鱼残杀的大马林鱼的残骸，但说到这里，对方就错以为这是鲨鱼的骨骼了。

7 雪国（节选）[1]

[日] 川端康成

穿出长长的国境隧道就是雪国了。天边的夜色明亮起来。火车停在信号房前面。

一个姑娘从对面的座位上起身走过来，打开了岛村面前的玻璃窗。雪的冷气向车里注入。这姑娘探出整个身子到窗外，向远方呼喊着："站长！站长！"

一个男人提着灯踏雪慢慢走来，他的围巾一直包到鼻子上，皮帽子罩住耳朵。

岛村向外眺望，心里想：已经这么冷了吗？只有一些像是铁路员工宿舍的木板房子冷落地散布在山脚下，雪光还没有伸延到那边，它们被包围在阴暗中。

"站长，是我，您好啊！"

"啊，是叶子吗，你回来啦。天又冷了。"

"听说我弟弟这次派到这儿来工作，要您多照顾啦。"

"这种地方，要冷清得难受哪，他年纪轻轻的，倒也可怜。"

"他还是个孩子，要站长好好地教导他，郑重地拜托您啦。"

"好的。他做得挺有劲，以后就要忙起来了。去年好大的雪，常常雪崩，火车都不通了，村子里给灾民烧饭，很够忙的。"

"站长，您身上像是穿的好厚实，弟弟来信说，他连背心还没穿上身咧。"

"我穿上四件啦。年轻的人们，天一冷光是喝酒，囫囵个儿躺下去，就感冒了。"站长朝公家宿舍方向挥动着提灯。

"我弟弟也喝酒吗？"

"不。"

"站长，你回家吗？"

"我受了伤，正在看医生。"

"啊，那可不好。"

站长虽然在日本服上加了大衣，却想急忙中断寒冷中站着聊天，说了声："再见吧，你好好保重啊。"就转过身去。

---

[1] 节选自川端康成著，韩侍桁译《雪国》，上海译文出版社，1981年版。川端康成（1899—1972年），日本著名小说家，新感觉派作家。1968年以《雪国》《古都》《千只鹤》三部代表作获得诺贝尔文学奖。

"站长，我弟弟现在没出工吗？"叶子在雪地上用眼搜寻着，"站长，你好好地看管我弟弟，拜托啦。"

她那美丽的声音甚至带上悲哀的气愤。话声很响亮，好像会从雪夜中传来回声。

即使火车开动了，她也没把上半身缩回到窗口里来，站长沿着轨道旁走着，她一追上他就喊："站长，请您告诉我弟弟，下一次休假的日子让他回家来。"

"好的。"站长放大声音喊着。

叶子关了窗子，用双手捂着冻红了的脸蛋儿。

国境的山边已经配备好三辆除雪车等待着除雪。从隧道的南北两方沟通了报告雪崩的电线。除雪工人增加到五千名，消防队青年团达到了两千名，都做好出动的准备。

岛村一了解到叶子姑娘的弟弟今年冬天将在这就要被大雪掩埋的铁路信号房里服务，就越发加深了对她的兴趣。

不过岛村在这里以"姑娘"相称，只是从表面上来看的，跟她结伴的那个男人究竟是她什么人，岛村当然不明了。讲到两个人的动作表情，倒像是夫妇的味道，不过那男人显然是个病人。由于对待病人，也就放宽了男女的分别，越是诚诚恳恳地照料病人，越显得带有夫妇的味道。实际上从旁看来，这个女人照料一个比自己更年长的男人那种小母亲的样子，也可以想他们是夫妇。

岛村把她一个人分开来，只凭对于她的姿态的感觉，就随便地断定她大概是个姑娘。可是由于他曾用一种奇怪的眼光，过分地注视了这个姑娘，也许就把他自己的伤感心情混合在里面了。

还是在三个小时以前，岛村出于无聊，眼望着左手食指的转动，结果只有这个手指还在生动地记忆着他要去会面的女人，然而越是心急地想回忆出来，越是抓不住那已经模糊了的记忆，这时他奇怪地感觉到只有这个手指至今还沾染着那个女人的触觉，正在把他拖向远方的女人那边。他把鼻子凑近手指闻了闻，偶然用手指在玻璃窗上划（画）了一条线，只见内中有个女人的一只眼睛清楚地浮现着。他吓了一跳，似乎要叫起来。然而这是因为他心里想着远方的缘故，留神一看，没有什么可奇怪的，映现出来的是对面座位上的女人。外面薄暮正在下降，火车里点上了灯，因此玻璃窗变成了镜面。可是暖气炉的暖气使玻璃整个浸润了水蒸气，手指不去擦它，就现不出镜面。

正是因为只现出姑娘的一只眼睛，反而显得异常美丽，岛村把脸凑近窗口，忽然做出一副观望晚景的带有旅愁的面孔，他用手掌擦了擦玻璃。

那个姑娘稍稍斜着身子一心一意地俯视着她面前躺着的男人。从她那两肩用力的情形来看，可以看出她是那么的认真，她那略带严峻神情的眼睛一眨也不眨。那男人头朝着窗口的方向，蜷着腿搭在姑娘的身旁。这是三等客车，因为他们的座位不是和岛村在一排上而是在前一排的斜对面，所以那倒卧着的男人面孔，在镜中只映现到耳边。

姑娘因为正好坐在岛村的斜对面，是直接可以看到的，可是他们上火车时候，那姑娘的清冷刺人的美质，使岛村吃了一惊，他就把眼睛垂下来，那时他看到男人的青黄色的手紧紧地握着姑娘的手，他就觉得不好再朝那个方向观望了。

映现在镜中的男人，面对着姑娘的胸部，露出无忧无虑地沉静的脸色。他的体力虽然是衰弱的，却浮现出甜蜜的谐和。他铺上围巾当枕头，拿它紧紧地盖着嘴，挂在鼻子底下，然后又朝上包住他的脸蛋儿，可是时而松下来，时而又盖住了鼻子，他的眼睛要转动还没有转动的时候，姑娘就以温柔的手势给他整理好。有好几次两个人天真地反复着同样的动作，岛村在一旁观望，甚至觉得刺激了神经。还有，那男人用外套包着腿，下摆常常垂下来，姑娘会马上发觉而给他整理好。这样的动作完全是很自然的，以致使人觉得两个人会忘掉了行程的距离，无尽无休地以同样情态去向远方。因此，岛村并不感到眼看悲哀事情时的苦味，而像是在望着离奇的梦境，因为他看过了奇怪的镜中情景。

在镜子的底面，傍晚的景色变动着，也就是镜面和它映现的景物像双重电影画面似的流动着。上场的人物和背景是什么关系也没有的，而且人物在变幻无常的透明中，风景在朦胧流动的薄暮中，两者融合在一起，描绘出并非这个世界的象征世界。尤其是当那姑娘的面容当中燃起山野的灯火时，岛村的胸间甚至颤动着难以形容的美景。

远方山上的空中，还微微地残留着夕阳反照的色彩，越过玻璃窗望见的风景，一直向遥远的方向伸延，形迹未消。然而彩色已经全失，随你看到哪里，平凡的山野形影愈加显得平凡了，任何景物也并不特别引人注目，所以反而使人产生了一种模模糊糊开阔的感觉。不用说，这是因为内中浮现着姑娘面容的缘故。在映现出她那一部分的身段，窗外是看不见的，而由于在姑娘轮廓的四周不断地动荡着傍晚景色，使人感到姑娘的面容是透明的。但是否是真的透明呢，那是错认为在她面孔里不停流动着的晚景透到面孔上来了，仔细一看，就难以捉摸了。

火车里光线又不是那么亮，没有普通镜面那样的强烈光彩，它不能反射。在岛村注目观望的时候，他渐渐地忘记了有这么一面镜子，以为那姑娘像是浮现在晚景流动的当中了。

每逢这样的时候，她的脸上是有灯火点燃着，镜子里的映像没有足以消除窗外的灯火那么强，而灯火也不足以消灭映像。所以灯光是穿过她的面孔流动着，可并不使她的面孔光辉灿烂。那是冷冷的远方的亮光，朦胧地照亮着她小小瞳孔的四周，也就是在姑娘的眼睛和灯火重叠的那一瞬间，她的眼睛浮现在薄暮的波动中，成了妖艳美丽的夜光虫。

叶子不会注意到她是这样被人偷看的。她的心神只一心一意地灌注在病人身上，即使有时把脸转向岛村这方面，大概她也看不见透过玻璃窗映现出她自己姿容，所以也就不会把眼神停留在这个望着窗外的男人身上。

岛村长时间这样偷看着叶子，竟然忘记了这事对她是失礼的，恐怕是因为映现着晚景的镜面具有一种非现实的力量把他吸引了去。

所以当她向站长打招呼使人看出即便在这里她都表露了过分严肃认真的情态时，首先使他产生的恐怕也是这种富有小说意味的兴趣。

通过那个信号房的时候，窗口已经一片黑暗。面前风景的流动一消失，镜中的魅力就不见了。叶子的美丽容貌虽然还在映现，举动还是那么亲密，岛村却在她身上新发见到一种清澈的冷峻，他就不想再拂去镜面上模糊不清的地方。

可是没有想到仅仅过了半小时，叶子俩和岛村在同一个车站下了车，他觉得这事还会有下文，似乎与自己将有些瓜葛，就回头看了一下，可是一接触到站台上的寒冷，立刻感到在火车上的那种无礼举动是可耻的，就头也不回，从机车的前方走过去。

那个男人搭着叶子的肩膀想下落到轨道的时候，这边的站务人员扬起手来阻止他。

不久在黑暗中现出一列长长的货车遮掩了两个人的身影。

8 苦 恼[1]

——我拿我的烦恼向谁去诉说？……[2]

[俄]契诃夫

暮色晦暗。大片的湿雪绕着刚点亮的街灯懒洋洋地飘飞，落在房顶、马背、肩膀、帽子上，积成又软又薄的一层。车夫姚纳·波达波夫周身雪白，像个幽灵。他坐在车座上一动也不动，身子向前伛着，伛到了活人的身子所能伛到的最大限度。哪怕有一片大雪落在他的身上，仿佛他也会觉得用不着抖掉似的……他的小母马也是一身白，也一动不动。它那呆呆不动的姿势、它那瘦骨棱棱的身架，它那棍子一样笔直的四条腿，使得它活像拿一个小钱就能买到的马形蜜糖饼。它大概在想心事吧。不管是谁，只要被人从犁头上硬拉开，从熟悉的灰色景致里硬拉开，硬给丢到这个充满古怪的亮光、不停的喧哗、熙攘的行人的旋涡里，那他就不会不想心事……

姚纳和他的小马有好久没动了。还是在午饭以前，他们就走出了院子，至今还没拉到一趟生意。可是现在黄昏的暗影笼罩全城了。街灯的黯淡的光已经变得明亮生动，杂乱的街上也热闹多了。

"车夫，到维保区[3]去！"姚纳听见有人喊车。"车夫！"

姚纳猛的（地）哆嗦一下，从粘着雪的睫毛望出去，看见一个军人，穿一件军大衣，头戴一顶兜囊。

"到维堡区去！"军人又说一遍，"你是睡着了还是怎么的？拉到维堡区去！"

为了表示同意，姚纳抖了抖缰绳；这样一来，一片片的雪就从马背上和他的肩膀上纷纷掉下来……军人坐上了雪橇。车夫嘬起嘴唇，对那匹马发出啧的一响，跟天鹅那样伸出脖子，在车座上微微挺起身子，与其说是由于需要还不如说是出于习惯地扬起鞭子。那小母马也伸出脖子，弯一弯像棍子一样笔直的腿，迟迟疑疑地走动了……

"你往哪儿闯啊，鬼东西？"姚纳立刻听见黑暗里有人嚷起来，一团团黑影在他跟前游过来游过去，"你到底是往哪儿走啊？靠右！"

---

[1] 选自契诃夫，汝龙译《契诃夫小说选》，人民文学出版社，1984年版。契诃夫（1860—1904年），俄国批判现实主义作家的杰出代表，他在中短篇小说的创作上有很高的成就，他独具一格的戏剧也很有影响。代表作品有《套中人》《变色龙》《草原》等。
[2] 出自《旧约全书》的《诗篇》。
[3] 维保区：彼得堡的一个区的名字。

"你不会赶车！靠右走！"军人生气地说。

一个赶四轮轿车的车夫朝他咒骂；一个行人穿过马路，肩膀刚好擦着马鼻子，就狠狠地瞪他一眼，抖掉袖子上的雪。姚纳坐在车座上局促不安，仿佛坐在针尖上似的，向他两旁撑开胳臂肘儿，眼珠乱转，就跟有鬼附了体一样，仿佛他不知道自己在哪儿，也不知道为什么在那儿似的。

"这些家伙真是混蛋！"军人打趣地说，"他们简直是极力跑来撞你，或者扑到马蹄底下去。他们这是预先商量好的。"

姚纳回头瞧着他的乘客，张开嘴唇……他分明想要说话，可是喉咙里没吐出一个字来，只是哼了一声。

"什么？"军人问。

姚纳咧开苦笑的嘴，嗓子里用一下劲，这才干哑地说出来：

"老爷，我的……嗯……我的儿子在这个星期死了。"

"哦！……他害什么病死的？"

姚纳掉转整个身子朝着乘客说：

"谁说得清呢？多半是热病吧……他在医院里躺了三天就死了……上帝的意旨哟。"

"拐弯呀，鬼东西！"黑暗里有人喊，"瞎了眼还是怎么的，老狗？用眼睛瞧着！"

"赶车吧，赶车吧……"乘客说，"照这样走下去，明天也到不了啦。快点赶车吧！"

车夫又伸出脖子，微微挺起身子，笨重而优雅地挥动他的鞭子。他有好几回转过身去看军官，可是军官闭着眼睛，分明不愿意再听了。姚纳把车赶到维堡区，让乘客下车，再把车子赶到一个饭馆的左边停下来，坐在车座上伛下腰，又不动了……湿雪又把他和他的马涂得挺白。一个钟头过去了，又一个钟头过去了……

三个青年沿着人行道走过来，两个又高又瘦，一个挺矮，驼背，他们互相谩骂，他们的雨鞋踩出一片响声。

"车夫，上巡警桥去！"驼背用破锣似的声音喊道，"我们三个人……二十个戈比！"

姚纳抖动缰绳，把嘴唇嘬得啧啧的响。二十戈比是不公道的，可是他顾不得讲价了。现在，一个卢布也好，五个戈比也好，在他全是一样，只要有人坐车就行……青年们互相推挤着，骂着下流话，拥上雪橇，三个人想一齐坐下来。这就有了需要解决的问题：该哪两个坐着？该哪一个站着呢？经过很久的吵骂、变卦、责难，他们总算得出了结论：该驼背站着，因为他顶矮。

"好啦，赶车吧！"驼背站稳，用破锣样的声音说，他的呼吸吹着姚纳的后脑壳，"快走，你戴的这是什么帽子呀，老兄！走遍彼得堡，再也找不到比这更糟的了……”

“嘻嘻！……嘻嘻！……”姚纳笑，“这帽子本来不行啦！”

“得了，本来不行了，你啊，赶车吧！你就打算一路上都照这样子赶车吗？啊？要我给你一个脖儿拐吗？……”

“我的脑袋要炸开了……”一个高个子说，“昨天在杜科玛索夫家里，华斯卡和我两个人一共喝了四瓶白兰地。”

“我真不懂你为什么胡说！”另一个高个子生气地说，“你跟下流人似地胡说八道。”

“要是我胡说，让上帝惩罚我！我说的是实在的情形嘛！……”

“要是这实在，跳蚤咳嗽就也实在罗。”

“嘻嘻！”姚纳笑了，“好有兴致的几位老爷！”

“呸，滚你的！……”驼背愤愤地喊叫，“你到底肯不肯快点走啊，你这老不死的？难道就这样赶车？给它一鞭子！他妈的！快走！结结实实地抽它一鞭子！”

姚纳感到了背后驼背的扭动的身子和颤抖的声音。他听着骂他的话，看着这几个人，孤单的感觉就渐渐从他的胸中消散了。驼背一股劲儿地骂他，诌出一长串稀奇古怪的骂人话，直说得透不过气来，连连咳嗽。那两个高个子开始讲到一个名叫娜节日达·彼得罗芙娜的女人。姚纳不住地回头看他们。等到他们的谈话有了一个短短的停顿，他又回过头去，叽叽咕咕地说：

“这个星期我……嗯……我的儿子死了！”

“大家都要死的……”驼背咳了一阵，擦擦嘴唇，叹口气说，“算了，赶车吧！赶车吧！诸位先生啊，车子照这么爬，我简直受不得啦！什么时候他才会把我们拉到啊？”

“那么，你给他一点小小的鼓励也好……给他一个脖儿拐！”

“你听见没有，你这老不死的？我要给你一个脖儿拐啦！要是跟你们这班人讲客气，那还不如索性走路的好！……听见没有，你这条老龙[1]？莫我们说的话你不在心上吗？”

于是姚纳，与其说是觉得，不如说是听见脖子后面啪的一响。

“嘻嘻！……”他笑，“好有兴致的几位老爷……求上帝保佑你们！”

“赶车的，你结过婚没有？”一个高个子问。

“我？嘻嘻！……好有兴致的老爷！现在我那个老婆成了烂泥地罗……嘻嘻嘻！……那就是，在坟里头啦！这忽儿，我儿子也死了，我却活着……真是怪事，死神认错了门啦……它没来找我，却去找了我的儿子……”

---

[1] “老龙”原文是“高里尼奇龙”，神话中的一条怪龙名，住在深山里。这里用作骂人的话。

姚纳回转身去，想说一说他儿子是怎么死的，可是这当儿驼背轻松地吁一口气，说是谢天谢地，他们总算到了。姚纳收下二十戈比，对着那几个玩乐的客人的后影瞧了好半天，他们走进一个漆黑的门口，不见了。他又孤单了，寂静又向他侵袭过来……苦恼，刚淡忘了不久，现在又回来了，更为有力地撕扯他的胸膛。姚纳的眼睛焦灼而痛苦地打量大街两边川流不息的人群：难道在这成千上万的人当中，连一个愿意听他讲话的人都找不到吗？人群匆匆地来去，没有人理会他和他的苦恼……那苦恼是浩大的，无边无际。要是姚纳的胸裂开，苦恼滚滚地流出来的话，那苦恼仿佛会淹没全世界似的，可是话虽如此，那苦恼偏偏没人看见。那份苦恼竟包藏在这么一个渺小的躯壳里，哪怕在大白天举着火把去找也找不到……

姚纳看见一个看门人提着一个袋子，就下决心跟他攀谈一下。

"现在什么时候了，朋友？"他问。

"快到十点了……你停在这儿做什么？把车子赶开！"

姚纳把雪橇赶到几步以外，伛下腰，任凭苦恼来折磨他……他觉得向别人诉说也没有用了。可是还没过上五分钟，他就挺起腰板，摇着头，仿佛感到一阵剧烈的疼痛似的；他拉了拉缰绳……他受不住了。

"回院子里去！"他想，"回院子里去！"

他那匹小母马仿佛领会了他的想头似的，踩着小快步跑起来。过了一个半钟头，姚纳已经坐在一个又大又脏的火炉旁边了。炉台上，地板上，凳子上，全睡得有人，正在打鼾。空气又臭又闷……姚纳看一看那些睡熟的人，搔一搔自己的身子，后悔回来得太早了……

"其实我连买燕麦的钱还没挣到呢，"他想，"这就是为什么我会这么苦恼的缘故了。一个人，要是会料理自己的事……让自己吃得饱饱的，自己的马也吃得饱饱的，那他就会永远心平气和……"

墙角上，有一个年青的车夫爬起来，睡意朦胧地嗽了嗽喉咙，走到水桶那儿去。

"想喝水啦？"姚纳问他。

"是啊，想喝水！"

"那就喝吧。……喝点水，身体好……可是，老弟，我的儿子死啦……听见没有？这个星期在医院里死的……真是怪事！"

姚纳看一看他的话生了什么影响，可是什么影响也没看见。那年青小伙子已经盖上被子蒙着头，睡着了。老头儿叹口气，搔搔自己的身子……如同那个青年想喝水似的，他想说话。他儿子去世快满一个星期了，他却至今还没跟别人好好的谈过这件事……应当有条有理、有声有色地讲一讲……应当讲一讲他儿子怎样得的病，怎样受苦，临死以前说过些什么话，怎样去世的……他要描摹一下儿子怎样下葬，后来他怎样上医院里去取死人的衣服。他还有个女儿阿尼霞住在乡下……他也想谈一谈她……他现在可以讲的话还会少吗？听讲的人应该哀伤，叹息，惋惜……倒还是跟娘们儿谈一谈的好。她们虽是些蠢东西，不过听不上两句话就会呜呜地哭起来。

"出去看看马吧，"姚纳想，"有的是工夫睡觉……总归睡得够的，不用担心……"

他穿上大衣，走进马棚，他的马在那儿站着。他想到燕麦，想到干草，想到天气……他孤单单一个人的时候，不敢想儿子……对别人谈一谈儿子倒还可以，至于想他，描出他的模样，那是会可怕得叫人受不了的……

"你在嚼草吗？"姚纳问他的马，看见它亮晶晶的眼睛，"好的，嚼吧，嚼吧……我们挣的钱既然不够吃燕麦，那就吃干草吧……对了……我呢，岁数大了，赶车不行啦……应当由我儿子来赶车才对，不该由我来赶了……他可是个地道的马车夫……要是他活着才好……"

姚纳沉默一忽儿，接着说：

"是这么回事，小母马……库司玛·姚尼奇下世了……他跟我说了再会……他一下子就无缘无故死了……哪，打个比方，你生了个小崽子，你就是那个小崽子的亲妈了……突然间，比方说，那小崽子跟你告别，死了……你不是要伤心吗？……"

小母马嚼着干草，听着，闻闻主人的手……

姚纳讲得有了劲，就把心里的话统统讲给它听了……

知识链接十

西方戏剧[1]

西方戏剧迄今已有两千多年的历史，它是一门古老的艺术，穿越了漫长的历史时空，表现了人类发展演进的心灵历程；它也是一门综合的艺术，集文学、美术、音乐、舞蹈、造型等多种艺术元素于一体，展示出特定情境下的百态人生。

一、古希腊戏剧

古希腊戏剧的起源与庆祭酒神狄俄尼索斯的活动有关，大都采用说、唱、舞、化装和置景等多种艺术相结合的形式。约从公元前543年以后，演出以比赛形式进行。演员佩戴面具，以三人串演为定型阵容，由男性演员串演所有角色。参赛诗人须事先提出申请，获准后可得到分配的歌队，演出在露天举行。[2]

古希腊戏剧包括悲剧、喜剧、萨图罗斯剧和拟剧等，其中成就最高的是悲剧和喜剧。

这一时期是人类戏剧的童年时期，也是它的第一个繁荣期，有许多悲剧和喜剧作品留传下来。著名悲剧作家有埃斯库罗斯、索福克勒斯、欧里庇得斯。著名喜剧作家有阿里斯托芬、米南德。

二、中世纪戏剧

中世纪开始时，西方社会的奴隶制随着罗马帝国的覆灭而消亡，代之而起的是封建社会的生产方式，随着封建专制的加剧，基督教在意识形态的垄断地位渐趋稳固。在中世纪，古典戏剧关于命运、人生、社会的思索，以及艺术表现上的多元格局，渐渐让位于对基督教教义的宣扬和解释，这是当时戏剧发展的主流。

这一时期的戏剧类型主要有以宣传教义为目的的宗教剧和表现世俗生活的世俗剧。

三、文艺复兴时期的戏剧

文艺复兴运动是发端于意大利，并旋即席卷整个欧洲的一场伟大的人文主义文化运动，它结束了中世纪黑暗的教会统治，迎来了科学、民主、自由的新的历史时期，开创了欧洲文学艺术的复兴与全盛的崭新局面。

---

[1] 本篇引自周慧华、宋宝珍著《西方戏剧史通论》，浙江大学出版社，2008年版。
[2] 引自郑克鲁主编《外国文学史》，高等教育出版社，2006年版。

这一时期的欧洲戏剧以英国和西班牙为主流,主要剧作家有马洛、莎士比亚、琼森、维加·卡尔皮奥等。其中,莎士比亚的许多剧作如《罗密欧与朱丽叶》《奥赛罗》《哈姆莱特》等乃是世界戏剧宝库中的珍品。

四、古典主义时期的戏剧

17世纪,欧洲戏剧进入古典主义时期。古典主义戏剧主张反映真实生活,强调理性,排斥情感,认为理性是最高真实和美的裁判。古典主义戏剧把古希腊、罗马时期的戏剧奉为典范。其作品中的故事和人物,大都采自古代传说或古代的文学艺术作品。但是,他们关心的并非是古代历史,而是借助古人的事,反映自己的社会思想。为此,它反对戏剧上的个人倾向和自由倾向,制定了一整套需严格遵守的戏剧戒条,如不能把悲、喜剧混同一处,戏剧语言应当是诗体语言等,而"三一律"则被看成必须遵守的法则。

这一时期的主要剧作家有高乃依、莫里哀、拉辛等。

五、启蒙运动时期的戏剧

到18世纪,西方社会进入启蒙主义的历史时期,这是一场资产阶级反抗封建统治的思想运动。伏尔泰、卢梭、狄德罗等人是这一思潮的思想代表,他们在哲学上比较认同培根等人的经验论,倾向自然神论和无神论,在现实中反对教会权威和封建制度。法国的启蒙主义异军突起,迅猛发展,很快便成为全欧洲的思想中心。当时,许多启蒙思想家本人,就是著名的戏剧家,像狄德罗、伏尔泰等,他们的剧作,代表了这一时期戏剧的主要特征。

在启蒙主义思想的影响下,人们产生了关于艺术的美学思考,艺术欣赏不再是一种纯个体的趣味,而变成了一门运用经验理性加以研究的学问。就戏剧而言,古典时期的纤巧、细腻的风格受到排斥,人们希望创作出更加真实、更加自然的戏剧。

六、浪漫主义戏剧

18世纪末到19世纪初,在启蒙主义戏剧不断深入发展的时候,一种新的戏剧思潮正悄然产生,这就是波及整个欧洲的浪漫主义戏剧。

浪漫主义戏剧反对古典主义的既定规则,崇尚主观,讴歌自然天性,强调艺术家的激情、个性、想象和灵感,主张戏剧既不必拘泥于古典传统的所谓规范,也不必恪守生活真实的局限。浪漫主义戏剧家喜欢夸张地表达个人的内心情感,运用强烈对比的手法，抒发自我对社会人生的价值判断。浪漫主义戏剧多表现忠贞不渝的爱情，从中寄托剧作家的美好心愿，同时也表现理想与社会、情感与现实难以调和的矛盾。浪漫主义的戏剧舞台，往往色彩斑斓、富于变幻。在表演方面，则是把演员个人的情感体验，当作塑造形象的基础，强调富有激情的艺术创造。

浪漫主义戏剧的代表人物是德国的歌德、席勒、莱辛，以及法国的雨果、小仲马等。

七、现实主义戏剧

19世纪末，世界戏剧跨入现代时期，因此，20世纪的戏剧，被称为现代戏剧。

20世纪，是人类社会空前进步的阶段。科学技术的飞跃犹如神话一般，创造了前所未有的物质文明。但是，同时人类社会的诸种矛盾空前激烈，社会危机、经济危机和生存环境危机极端严重，单是世界大战就发生了两次。人类面临着更为深刻的内心困惑和精神危机。于是，革命和改革的浪潮从未间断。这些历史背景给戏剧带来了深刻影响。

在新的历史时期，戏剧的风格日趋多样。除现实主义戏剧外，还有诸如象征主义、表现主义、未来主义、超现实主义、存在主义、荒诞派等戏剧派别，它们也可统称为现代派戏剧。

参考文献

［1］郭锡良，等.古代汉语［M］.北京：商务印书馆，1999.

［2］阮元校刻.十三经注疏·毛诗正义［M］.北京：中华书局，1980.

［3］朱熹.诗经集传.［M］.北京：中国书店出版社，2005.

［4］周振甫.诗经译注［M］.北京：中华书局，2003.

［5］阮元校刻.十三经注疏·春秋左传正义［M］.北京：中华书局，1980.

［6］刘利，纪凌云译注.左传［M］.北京：中华书局，2011.

［7］上海师范大学古籍整理组校点.国语［M］.上海：上海古籍出版社，1978.

［8］陈桐生译注.国语［M］.北京：中华书局，2016.

［9］刘向集录.战国策［M］.上海：上海古籍出版社，1985.

［10］缪文远等译注.战国策［M］.北京：中华书局，2016.

［11］杨伯峻.论语译注［M］.北京：中华书局，2006.

［12］王力.古代汉语［M］.北京：中华书局，1999.

［13］阮元校刻.十三经注疏·孟子注疏［M］.北京：中华书局，1980.

［14］杨伯峻.孟子译注［M］.北京：中华书局，2008.

［15］郭象.庄子注疏［M］.成玄英，疏.北京：中华书局，2011.

［16］孙通海译注.庄子［M］.北京：中华书局，2016.

［17］冀昀.韩非子［M］.北京：线装书局，2007.

［18］张觉.韩非子译注［M］.上海：上海古籍出版社，2012.

［19］洪兴祖.楚辞补注［M］.北京：中华书局，1983.

［20］董楚平.楚辞译注［M］.上海：上海古籍出版社，2012.

［21］司马迁.史记［M］.北京：中华书局，1959.

［22］贾谊撰，阎振益，等校注.新书校注［M］.北京：中华书局，2000.

［23］班固.汉书［M］.北京：中华书局，1962.

［24］萧统.昭明文选［M］.李善，注.上海：上海古籍出版社，1986.

［25］陈振鹏，等.古文鉴赏辞典［M］.上海：上海辞书出版社，2014.

［26］张溥校.张河间集.［清］木刻本埽叶山房两卷本.

［27］吴兆宜注，程琰删补.玉台新咏笺注［M］.北京：中华书局，1985.

［28］隋树森.古诗十九首集释［M］.北京：中华书局，1957.

［29］郁贤皓.中国古代文学教程［M］.北京：高等教育出版社，2007.

［30］郭茂倩.乐府诗集［M］.北京：中华书局，1979.

［31］余冠英选注.三曹诗选［M］.北京：人民文学出版社，1956.

［32］朱东润.中国历代文学作品选［M］.上海：上海古籍出版社，2002.

［33］阮籍著，黄节注.阮步兵咏怀诗注［M］.北京：人民文学出版社，1957.

［34］萧统编，李善注［M］.北京：中华书局，1977.

［35］曹植，黄节注，叶菊生校订.曹子建诗注［M］.北京：人民文学出版社，1957.

［36］逯钦立校注.陶渊明集［M］.北京：中华书局，1979.

［37］袁行霈.陶渊明集笺注［M］.北京：中华书局，2003.

［38］胡大雷选注.谢灵运鲍照诗选［M］.北京：中华书局，2005.

［39］顾绍柏.谢灵运集校注［M］.郑州：中州古籍出版社，1987.

［40］谢灵运著，黄节注.谢康乐诗注［M］.北京：人民文学出版社，1958.

［41］江淹著，胡之骥注.李长路，赵威点校.江文通集汇注［M］.北京：中华书局，
1984.

［42］余嘉锡.世说新语笺疏［M］.北京：中华书局，1983.

［43］张万起，刘尚慈.世说新语译注［M］.北京：中华书局，1998.

［44］逯钦立辑校.先秦汉魏晋南北朝诗·隋诗卷四［M］.北京：中华书局，1986.

［45］骆宾王著，陈熙晋笺注.骆临海集笺注［M］.上海：上海古籍出版社，1985.

［46］徐鹏校注.陈子昂集［M］.北京：中华书局，1960.

［47］孟浩然著，佟培基笺注.孟浩然诗集笺注［M］.上海：上海古籍出版社，2000.

［48］赵殿成.王右丞集笺注［M］.上海：上海古籍出版社，1961.

［49］彭定求.全唐诗［M］.北京：中华书局，1980.

［50］王昌龄著，李云逸注.王昌龄诗注［M］.上海：上海古籍出版社，1984.

［51］高适著，刘开扬笺注.高适诗集编年笺注［M］.北京：中华书局，1981.

［52］高适著，孙钦善校注.高适集校注［M］.上海：上海古籍出版社，1984.

［53］岑参著，陈铁民，侯忠义，等校注.岑参集校注［M］.上海：上海古籍出版社，1981.

［54］李白著，王琦注.李太白全集［M］.北京：中华书局，1977.

［55］仇兆鳌注.杜诗详注［M］.北京：中华书局，1979.

［56］谢思炜校注.白居易诗集校注［M］.北京：中华书局，2006.

［57］马其昶校注，马茂元整理.韩昌黎文集校注［M］.上海：上海古籍出版社，1986.

［58］徐中玉，齐森华.大学语文［M］.上海：华东师范大学出版社，2007.

［59］柳宗元著，吴文治编.柳宗元集［M］.北京：中华书局，1979.

［60］卞孝萱校订.刘禹锡集［M］.北京：中华书局，1990.

［61］李贺著，王琦，等注.三家评注李长吉歌诗［M］.北京：中华书局，1959.

［62］冯浩.玉溪生诗集笺注［M］.上海：上海古籍出版社，1979.

［63］冯集梧.樊川诗集注［M］.上海：上海古籍出版社，1962.

［64］赵崇祚，房开江注，崔黎民译.花间集全译［M］.贵阳：贵州人民出版社，1997.

［65］刘学锴.温庭筠全集校注［M］.北京：中华书局，2007.

［66］王仲闻.南唐二主词校订［M］.北京：中华书局，2007.

［67］欧阳修著，陈新，等选注.欧阳修选集［M］.上海：上海古籍出版社，1986.

［68］王安石著，唐武标校.王文公文集［M］.上海：上海人民出版社，1974.

［69］周子瑜.柳永周邦彦词选注［M］.上海：上海古籍出版社，1990.

［70］陈迩冬.苏轼词选［M］.北京：人民文学出版社，1998.

［71］刘忆萱.李清照诗词选注［M］.上海：上海古籍出版社，1981.

［72］徐培均.秦观词集［M］.上海：上海古籍出版社，2010.

［73］崔铭.辛弃疾词集［M］.上海：上海古籍出版社，2014.

［74］陆游著，钱钟联校注.剑南诗稿校注［M］.上海：上海古籍出版社，1985.

［75］缪荃荪刊印.京本通俗小说［M］.上海：上海古籍出版社，1988.

［76］隋树森.全元散曲［G］.北京：中华书局，1964.

［77］王实甫著，王季思校注.集评校注西厢记［M］.上海：上海古籍出版社，1987.

［78］张燕瑾校注.西厢记［M］.北京：人民文学出版社，1995.

［79］汤显祖著，徐朔方，等校注.牡丹亭［M］.北京：人民文学出版社，1963.

［80］冯梦龙编，魏同贤主编.冯梦龙全集［M］.南京：凤凰出版社（原江苏古籍出版社），
2007.

［81］袁宏道著，钱伯城校笺.袁宏道集笺校［M］.上海：上海古籍出版社，1981.

［82］张草纫.纳兰词笺注［M］.上海：上海古籍出版社，2003.

［83］蒲松龄著，张友鹤辑校.聊斋志异汇校汇注汇评本［M］.北京：中华书局，1962.

［84］张友鹤.聊斋志异选注［M］.北京：人民文学出版社，1978.

［85］朱其铠，等．全本新注聊斋志异［M］．北京：人民文学出版社，1989．

［86］曹雪芹．红楼梦［M］．北京：人民文学出版社，2005．

［87］鲁迅．鲁迅全集第一卷［M］．北京：人民文学出版社，2005．

［88］郁达夫．郁达夫文集第一卷［M］．广州：花城出版社，1982．

［89］张爱玲．倾城之恋［M］．北京：十月文艺出版社，2012．

［90］赵树理．赵树理文集第一卷［M］．北京：工人出版社，1980．

［91］萧红．萧红全集［M］．哈尔滨：哈尔滨出版社，1991．

［92］赵家璧，郁达夫．中国新文学大系散文二集［M］．上海：良友图书印刷公司，1935．

［93］曹禺．曹禺选集［M］．北京：人民文学出版社，2004．

［94］老舍．老舍文集第十一卷［M］．北京：人民文学出版社，1987．

［95］徐志摩著，韩石山编．徐志摩全集第四卷［M］．天津：天津人民出版社，2005．

［96］茹志鹃．茹志鹃小说选［M］．南京：江苏文艺出版社，2009．

［97］路遥．路遥精品集［M］．延边：延边人民出版社，2006．

［98］史铁生．史铁生作品集［M］．北京：中国社会科学出版社，1995．

［99］汪曾祺著，邓九平编．汪曾祺全集二小说卷［M］．北京：北京师范大学出版社，1988．

［100］巴金．巴金全集第十六卷［M］．北京：人民文学出版社，1991．

［101］贾平凹．贾平凹文集·闲澹卷M］．北京：中国文联出版公司，1995．

［102］林海音．林海音文集·生命的风铃［M］．杭州：浙江文艺出版社，1997．

［103］延安鲁迅艺术文学院．白毛女［M］．北京：中国青年出版社，2000．

［104］杨晓明．百年百首经典诗歌1901—2000［M］．武汉：长江文艺出版社，2003．

［105］泰戈尔．新月集·飞鸟集［M］．郑振铎，译．北京：北京十月文艺出版社，2005．

［106］但丁．但丁抒情诗选［M］．朱维基，译．上海：上海译文出版社，1984．

［107］裴多菲，裴多菲抒情诗选［M］．兴万生，译．南京：译林出版社，1991．

［108］雪莱，雪莱诗选［M］．查良铮，译．北京：人民文学出版社，2012．

［109］拜伦．拜伦诗选［M］．查良铮，译．上海：上海译文出版社，1982．

［110］海涅．海涅诗选［M］．杨武能，译．南京：译林出版社，2000．

［111］高尔基．高尔基文集［M］．李玉祥，译．北京：中央编译出版社，2010．

［112］加缪．加缪文集［M］．郭宏安，等，译．南京：译林出版社，1999．

［113］荷马.荷马史诗·伊利亚特［M］.罗念生，王焕生，译。北京：人民文学出版社，2015.

［114］莎士比亚.罗密欧与朱丽叶［M］.朱生豪，译.北京：人民文学出版社，2001.

［115］福楼拜.包法利夫人［M］.周克希，译.上海：上海译文出版社，2002.

［116］夏洛蒂·勃朗特.勃朗特两姐妹全集（第一卷《简·爱》）［G］.宋兆霖，译.石家庄：河北教育出版社，1996.

［117］列夫·托尔斯泰.安娜·卡列尼娜［M］.草婴，译.上海：上海译文出版社，1982.

［118］巴尔扎克.欧也妮·葛朗台/高老头［M］.傅雷，译.北京：人民文学出版社，1980.

［119］海明威.老人与海［M］.吴劳，译.上海：上海译文出版社，1999.

［120］川端康成.雪国［M］.侍桁，译.上海：上海译文出版社，1981.

［121］契诃夫.契诃夫小说选［M］.汝龙，译，北京：人民文学出版社，1984.

［122］周慧华，宋宝珍.西方戏剧通史［M］.杭州：浙江大学出版社，2008.

［123］郑克鲁.外国文学史［M］.北京：高等教育出版社，2006.